Dear friends,
   Thank you for reading
The COUPLE AT NO. 9. I
really hope you enjoy it.
   Best wishes,
   Claire Douglas
        x

진 버든

클레어 더글라스 지음
김혜연 옮김

진 버든
Jean Burdon

늘

차
례

1부   7

2부   91

3부   251

4부   399

에필로그   473

작가의 말   485

1부

1

새피

2018년 4월

앞마당 진입로 틈에 볼썽사납게 삐져나온 잡초를 뽑고 있을 때였다. 깊고 거친 비명이 들렸다. 뒷마당에서는 인부들이 굴착기로 작업 중이었다. 덕분에 바람을 타고 들려오는 기계음이 끊이지 않았다. 오전에 거실 창문 아래에서 장미 덤불을 다듬는 동안에도 내내 그랬다. 끈질긴 두통 같다. 그런데 소리가 멈췄다. 그 사실을 깨닫자 가슴이 두근거리기 시작했다. 엎드려 있던 스노이가 귀를 쫑긋 세웠다. 스노이는 할머니가 키우던 작은 웨스티 화이트 테리어다. 집 쪽으로 몸을 돌리자 등줄기에 엷게 땀이 배어났다. 무슨 일이 생긴 것일까? 팔다리가 잘리고 피가 솟구치는 장면이 떠올랐다. 햇살이 눈부신 파란 하늘과는 전혀 어울리지 않는 상상에 속이 불편해진다. 원래 몸 상태가 아주 좋을 때도 비위가 좋은 편은 아니었지만, 임신 14주에 접어든 지금은 시도 때도 없는 입덧에 시달린다.

몸을 일으켰다. 청바지의 무릎이 진흙투성이다. 아직 평소 입는 사이즈 그대로지만 허리가 전보다 꼭 맞는 느낌이다. 볼 안쪽을 씹으며 생각에 잠겼고, 속으로 결단력 없는 자신을 책망했다. 스노이도 나를 따라 일어서다가 귀를 세우고 짧게 한 번 짖었다. 인부 중에서 젊고 잘생긴 존티가 갑작스레 집 옆쪽에서 모습을 드러냈다. 존티는 내 쪽으로 뛰어왔다. 주의를 끌기 위해 모자를 손에 쥐고 흔들었다. 그 바람에 티셔츠 겨드랑이 아랫부분이 땀으로 둥그렇게 얼룩진 게 보였다. 뜀박질에 맞춰 옅은 갈색 곱슬머리가 달싹거렸다.

허, 사고 났나 봐. 나는 반대 방향으로 도망치고 싶은 충동을 억눌렀다. 눈 위로 손을 올려 초가지붕을 타고 내리쬐는 햇빛을 가렸다. 존티는 다친 데가 없어 보였지만 가까이 다가오자 주근깨투성이 얼굴에 놀란 기색이 역력했다.

"누가 다쳤어요?" 목소리에서 당황하는 기색을 숨기려고 노력했다. 세상에, 구급차 불러야 하나, 한 번도 119를 불러본 적이 없는데. 게다가 나는 피를 보는 것도 익숙하지 않았다. 어릴 때는 간호사가 되고 싶기도 했지만, 그것도 친한 친구가 자전거에서 떨어졌을 때까지 이야기였다. 무릎 피부가 갈라질 정도로 깊게 베인 것을 보고 기절했기 때문이다.

"아니요. 방해해서 미안한데." 존티는 헐떡이면서 다급하게 말을 쏟아냈다. "뭐가 나왔어요. 빨리 와보세요. 빨리!"

나는 잔디에 원예 장갑을 던지고 존티를 따라 집 옆으로 돌아갔다. 스노이도 발치에서 따라왔다. 대체 무슨 일일까. 혹시 보물을 발견했나? 박물관에 전시할 만한 유물? 하지만 그 비명, 귀한 물건을 발견해서 기뻐하는 소리가 아니었다. 두려움이 짙게 배어있었다.

톰이 집에 있었으면 좋았을 텐데. 톰이 출근한 동안 인부들을 대하자면 마음이 편치 않다.

이 사람들은 계속해서 질문을 해대고 내가 결정을 내려주기를 바란다. 반면 나는 틀린 결정을 내릴까 봐 전전긍긍이다. 지금까지 결정권을 가져본 적도 별로 없었다. 톰과 나는 스물네 살로 이제 대학을 졸업한 지 3년밖에 되지 않았다. 이 모든 일, 그러니까 크로이던의 아파트에서 코츠월드의 예스러운 마을 베거스 눅으로 이사 온 것, 그리고 숲이 보이는 시골집에서 살게 된 것은 모두 계획된 일이 아니었다. 불쑥 눈앞에 나타난 선물과도 같았다.

존티는 나를 뒷마당으로 데려갔다. 인부들이 오기 전에는 목가적인 풍경을 뽐내던 곳이었다. 잘 자란 관목이 있고, 인동 덩굴이 격자 울타리를 휘감았으며, 구석 바위 정원에는 벨벳처럼 부드러운 팬지가 분홍색과 연보라색 꽃을 가득 피웠다. 하지만 지금은 흉측한 주황색 굴착기가 서있고 땅에서 파낸 거대한 흙무덤이 주위를 둘러싸고 있다. 투박한 안전화를 신은 발이 흙 속으로 푹푹 빠져 들어가는데도 나머지 인부 둘이 허리에 손을 얹고 자기들이 파놓은 구덩이를 내려다보고 있었다. 삼십 대 중반에 힙스터 스타일로 턱수염을 기른 대런은 자신감 있는 태도로 보아 책임자인 듯하다. 다른 사람은 나랑 비슷한 연배에 럭비 선수처럼 몸이 다부진 칼이다. 두 사람은 내가 다가가자 한 치의 어긋남도 없이 동시에 고개를 휙 들어 올렸다. 놀란 표정도 비슷했지만, 칼의 눈은 흥분에 반짝였다. 그의 시선을 따라가자 흙 속에서 언뜻 상앗빛이 눈에 들어왔다. 본차이나 그릇이 튀어나온 것처럼 보인다. 스노이가 본능적으로 구덩이에 달려들지 못하게 팔을 뻗어 목줄을 잡았다.

"파다가…… 뭐가 나왔어요." 대런이 흙 범벅이 된 티셔츠 위로 팔짱을 끼며 말했다.

"뭐가요?" 스노이가 움직여서 목줄을 더 단단히 움켜쥐었다.

"유골이요." 대런의 표정이 엄숙해졌다.

"유골…… 동물인가요?"

대런과 다른 인부들이 시선을 주고받았다.

칼이 자신감 있게, 조금은 신나는 듯 흙을 걷어차며 한 걸음 앞으로 나섰다. "그게 손처럼 보여요……."

나는 오싹해져서 뒤로 물러섰다. "그러면 사람…… 이란 말이에요?"

대런이 동정하는 기색으로 말했다. "그런 것 같아요. 일단 경찰에 신고해야겠네요."

2

두 시간이 지나고 톰이 집에 도착할 무렵, 나는 좁은 부엌에서 서성거리고 있었다. 80년대에 만들어진 전형적인 농가 스타일 부엌이다. 벽타일에 볼이 통통한 돼지와 양이 그려져 있는 것도 그랬다. 아파트에서 쓰던 참나무 식탁은 겨우 들어갔지만, 의자는 네개 중 두 개만 놓을 수 있었다. 지난 2월, 이사하고 얼마 지나지 않아 우리는 건축가를 구했다. 체구가 작고 머리가 벗겨지기 시작한 클라이브는 60대로 동네에서 평판이 좋았다. 우리는 집 뒤편을 공사할 계획을 세웠다. 부엌을 집 너비만큼 확장하고 마당으로 나갈 수 있는 유리문을 달 계획이었다. 확실히 이 계획은 태어날 아이에 대한 걱정을 잊게 해줬다. 솔직히 이 계획에 몰두하느라 걱정을 잊을 수 있었다. 물론 지금도 여전히 초조하지만 말이다. 12주 차 검사까지 마쳤고 모두 정상이라는 결과를 받았는데도 만약의 일이 두렵다. 유산하면 어떡해? 아이가 제대로 자라지 못하면, 너무 일찍 태어나면 어쩌지? 사산하면? 출산을 잘 해내지 못하면 어쩌지? 산후 우울증이 온다면?

아이는 원래 계획에 없었다. 톰과는 결혼식을 올리고 나서야 아이를 생각해 보자고 대충 얘기했었다. 하지만 우리는 각자 일을 시작하고 아파트를 장만할 착수금을 모으는 것만으로도 바빴다. 아이도 결혼식도 좀 더 준비되면 생각할 문제였다. 진짜 어른이 되었을 때. 문제는 장염에 걸려서 피임에 실패한 것이다. 그 한 번의 실수가 지금의 결과로 이어졌다. 나는 어린 엄마가 될 것이다. 우리 엄마만큼은 아니지만.

스노이가 오븐 옆에 놓인 자기 자리에 몸을 쭉 뻗고 누워있다. 앞발 위에 고개를 올리고 서성이는 나를 바라본다. 납 틀로 만든 격자창 너머로는 뒷마당에서 벌어지는 일이 한눈에 보인다. 잔디밭 절반에 걸쳐 흰 천막이 세워졌고, 경찰과 방호복을 입은 과학수사원들이 오고 간다. 카메라를 목에 건 경찰도 있다. 노란 형광테이프를 천막 주위에 둘러놓아 바람이 살짝만 불어도 퍼덕인다. 가로로 '범죄 현장 들어가지 마시오'라고 적혀있어서 볼 때마다 기분이 나쁘다. 범죄 드라마에서 볼 법한 장면이지만, 테이프의 존재 때문에 우리 집에서 진짜 일이 벌어지고 있다는 사실이 실감 난다. 일단 충격에서 벗어난 뒤 내가 얼마나 빨리 일을 처리했는지 생각하면 놀랍다. 그리고 사실은 조금 자랑스럽다. 먼저 경찰에 전화를 걸었고, 도착한 경찰에게 상황을 진술한 뒤, 인부들을 돌려보내며 작업을 재개할 수 있을 때 알려주기로 했다. 이 모든 일을 내내 쿵쾅거리는 가슴을 안고 해낸 것이다. 그다음에는 출근해서 런던에 있는 톰에게 전화했다. 톰은 다음 기차를 타고 돌아오겠다고 했다.

톰의 람브레타가 진입로에 멈춰 서는 소리가 들렸다. 람브레타는 톰이 늘 가지고 싶어 했던 스쿠터인데 여기로 이사 왔을 때 역까지 오가기 위해 맘먹고 중고로 샀다. 차를 두 대 굴리는 것보다 싸게 먹히기도 했다. 저축한 돈은 모두 확장 공사에 들어갔다.

현관문이 쾅 닫히고 톰이 부엌으로 들어왔다. 얼굴에 걱정이 가득했다. 톰은 유행하는 검은 테 안경을 쓰고 있다. 1년 전 테크 회사 재무팀에 취직했을 때 산 안경이다. 안경을 쓰는 편이 좀 더 진중해 보인다는 것이 이유였다. 옅은 갈색이 섞인 금발 머리가 얼굴 위로 흘러내렸고, 청바지 위에 입은 리넨 셔츠와 블레이저가 구깃구깃했다. 무엇을 입든 톰은 여전히 학생 같다. 톰에게서 런던 냄새가 났다. 배기가스, 기차, 테이크아웃 라테, 그리고 낯선 이의 값비싼 향수 냄새. 스노이가 우리 다리 사이를 뱅뱅 돌자 톰이 몸을 숙여 건성으로 쓰다듬었다. 톰의 관심은 온통 내게로 쏠려있다.

"어떻게 이런 일이. 괜찮아? 충격이 컸을 텐데…… 아기한테도." 톰이 몸을 일으키며 말했다.

"다 괜찮아. 우린 별일 없어." 나는 보호하듯이 배를 토닥이며 대답했다. "경찰들 아직 안 갔어. 나랑 인부들한테 얘기 듣고 방금 폴리스라인을 쳤어. 천막이랑 이것저것 설치하더라."

"젠장." 톰은 내 뒤의 창 너머로 현장을 힐끗 보고 금세 표정이 어두워졌다. 그리고 다시 나를 보며 물었다. "다른 얘긴 없었어?"

"별로, 딱히 없었어. 사람 유골이래. 얼마나 오래 묻혀있던 건지 누가 알아. 어쩌면 수백 년은 더 된 걸지도 몰라."

"로마 시대까지 거슬러 올라가는 거 아니야?" 톰이 쓴웃음을 지었다.

"내 말이 그 말이야. 스켈턴 플레이스를 짓기 전부터 있었을 거야. 그게 언제였냐면⋯⋯." 연도가 잘 기억나지 않아서 나는 눈을 찡그렸다.

"1855년." 당연히 기억할 줄 알았다. 톰은 한 번 읽기만 하면 뭐든 기억한다. 텔레비전 퀴즈 쇼에서 일반 상식 문제가 나오면 항상 1등으로 답을 맞히고 맨날 휴대폰으로 잡학 상식을 검색한다. 나랑은 정반대다. 톰은 차분하고 현실적으로 행동하며 지나칠 정도로 감정을 드러내는 법이 없다. "근데 심각해 보이긴 한다." 톰이 바깥 상황에 시선을 고정한 채로 중얼거렸다. 나도 그 시선을 따라 눈길을 돌렸다. 누군가 시체 탐지견을 두 마리 데리고 왔다. 시체가 더 있다고 의심하는 걸까. 속이 울렁거린다.

톰은 다시 내 쪽으로 돌아서서 심각한 목소리로 말했다. "이 꼴을 보자고 시골로 이사 온 건 아닌데." 잠시 침묵이 흐른 뒤 두 사람 모두 초조한 웃음을 터뜨렸다.

"세상에." 정신을 차리며 내가 입을 열었다. "웃으면 안 될 것 같아. 어쨌든 누가 죽었잖아."

덕분에 다시 웃음이 터져 나왔다.

목을 가다듬는 소리에 웃음을 거뒀다. 돌아보니 뒷문에 제복을 입은 여자 경관이 서 있다. 뒷문은 마구간 스타일이라 위쪽만 따로 열리는데, 그 바람에 틀 안에 사람이 들어가 있는 것처럼 보였다. 마치 곧 꼭두각시 인형극을 펼칠 것처럼. 경관은 우리를 버릇없는 학생처럼 보고 있다. 스노이가 짖기 시작했다.

"괜찮아." 톰이 스노이를 달랬다.

"방해해서 죄송합니다만." 경관 얼굴에는 미안한 기색이 전혀 없었다.

"노크는 확실히 했습니다." 경관은 문의 아래쪽 절반을 밀어서 열고 들어와 문 앞에 섰다.

"괜찮습니다." 톰이 대꾸하며 스노이를 놓아주었다. 스노이는 곧장 달려가 낯선 사람의 바지 냄새를 맡았다. 경관은 다리로 스노이를 슬며시 밀어냈다. 살짝 짜증이 난 듯했다.

"저는 어맨다 프라이스 경관입니다." 짙은 색 단발머리에 강렬하게 푸른 눈동자가 인상적인 경관은 우리보다 십오 년은 나이 들어 보였다. "여러분이 이 주택의 소유주인 점을 확실히 하고 싶은데요. 톰 퍼킨스 씨, 그리고 사프란 커틀러 씨?"

엄밀히 말하면 우리 엄마가 주인이지만 그렇게 말해서 일을 복잡하게 만들고 싶지 않았다.

"네." 톰이 나에게 눈을 크게 떠 보였다. "우리 집이에요."

"알겠습니다. 죄송하지만 작업이 좀 걸릴 텐데요. 오늘 밤, 아니 주말 동안 머물 곳이 있나요?"

태라가 생각났지만 지금 런던에 있고, 학교 다닐 때 친구였던 베스는 켄트에 있다. 톰의 친구들은 고향인 풀 아니면 크로이던에 있다. "여기 산 지 얼마 안 돼서요. 아직 이 동네에서 친구를 사귀지 못했어요." 이렇게 말하자 외딴곳에 있는 새로운 동네에서 우리가 얼마나 고립되어 있는지 뼈저리게 느껴졌다.

"부모님은 근처에 안 사시나요?"

톰이 고개를 저었다. "저희 부모님은 풀에 계시고 새피 어머니는 스페인에 계세요."

"아버지는 런던에 계시지만 침실이 하나만 있는 아파트에 사셔서……."

프라이스 경관은 필요 없는 정보라고 생각하는 듯 얼굴을 찡그렸다. "그러면 호텔에서 머무는 건 어떠십니까? 일요일까지만요. 범죄 현장을 통제하고 유골 수습을 마치는 동안 경찰 쪽에서 비용을 지급하겠습니다."

'범죄 현장', '유골 수습' 같은 말 때문에 속이 메슥거렸다.

"공사는 언제 다시 시작할 수 있을까요?" 톰이 물었다.

프라이스 경관은 너무 멀리 나간 질문이라는 듯 한숨을 쉬었다. "죄송하지만 조사를 마치고 유골을 완전히 수습할 때까지는 뒷마당을 쓰실 수 없습니다. SOCO에서 연락할 때까지 기다리셔야 할 거예요. 현장 조사 담당 과학수사관이요." 어리둥절해하는 우리를 보고 설명을 덧붙였다.

"그러면 범죄로 보시는 건가요?" 톰에게 걱정스러운 시선을 보내며 내가 물었다. 톰은 나를 안심시키려고 애써 웃어 보이지만 그럴수록 더 우거지상이 됐다.

"네, 저희는 범죄 현장으로 보고 있습니다." 경관은 내가 바보 같은 질문을 한 것처럼 대답했다. 하지만 더 자세한 정보는 주지 않았다. 더 물어봤자 의미가 없어 보였다.

"저희는 여기서 이제 겨우 몇 달밖에 안 살았어요." 왠지 설명해야 할 것 같아서 말을 꺼냈다. 혹시라도 이 엄격한 경찰이 우리가 유골하고 관계가 있다고 생각할까 봐 신경 쓰였다. 예를 들면 우리를 상습적으로 정원에 시체나 숨기는 사람으로 볼 수도 있다. "아주 오랫동안 묻혀있던 걸지도 몰라요……. 한 몇백 년 됐다거나……." 경관의 표정을 보니 말을 더듬게 되었다.

프라이스 경관은 입술을 안으로 오므렸다. "아직은 자세한 사항을 말씀드릴 수 없습니다. 과학수사대에서 사람 유골인지 확인하기 위해 법의인류학자를 요청했으니 추후 다시 연락드릴 겁니다."

나는 칼이 봤다고 말한 손을 떠올렸다. 사람인지 아닌지 의심할 여지는 별로 없을 것이다. 얼마간 어색한 침묵이 흐르고, 경관이 자리를 뜨려다가 걸음을 멈추고 말했다. 문득 기억난 듯한 말투였다.

"아 참, 한 시간 안으로 집을 비워주셨으면 합니다."

우리는 프라이스 경관이 뒷마당의 섬뜩한 과학 수사 현장으로 돌아가는 것을 지켜봤다. 나는 눈물을 참으려고 애썼다. 톰이 위로할 말을 잃은 듯 조용히 손을 잡았다.

별안간 이 일이 진짜라는 사실이 실감 났다. 꿈만 같던 우리 집, 아름다운 우리 시골집은 이제 범죄 현장이 되었다.

다행히 마을의 술집 겸 여관인 '수사슴과 꿩'에 빈 객실이 있고 반려견 동반도 가능했다. 우리는 각자 가방에 하룻밤 정도 보낼 짐을 꾸렸다. 톰은 내가 스노이를 맡으면 자기가 가방을 모두 들겠다고 고집을 부렸다.

여관 주인인 샌드라 오언스는 호기심 어린 눈으로 우리를 바라보았다. "스켈턴 플레이스에 새로 이사 오신 분들 맞죠?" 우리가 바 쪽에서 시간을 보내고 있을 때 이렇게 물어왔다. 여기엔 베거스 눅에 이사 오고 나서 딱 한 번, 지난달 일요일에 점심을 먹으러 왔었다. 패로 앤드 볼 브랜드의 아주 옅은 녹색 페인트를 칠한 고상한 벽과 소박한 원목 가구, 맛있는 가정식 메뉴가 마음에 들었다. 5년 전 오언스 가족이 가게를 인수했을 때 대대적인 새 단장을 한 듯했다.

나는 뭐라고 할 말을 찾지 못했다. 입만 벙긋하면 온 마을에 소문이 다 퍼지리라.

"공사 중에 문제가 좀 생겼어요. 그래서 며칠 집을 비우는 게 좋겠다 싶더라고요. 일이 해결될 때까지요." 톰이 붙임성 있게, 그러면서도 애매하게 대답했다.

"그렇군요." 샌드라는 그다지 이해한 얼굴이 아니었다. 50대 후반으로, 하이라이트를 넣은 단발머리에 우아한 랩 드레스를 입은 매력적인 사람이었다. 머지않아 진실을 알게 되겠지만 우리 둘 다 오늘 밤에는 이 일에 대해 말하고 싶지 않았다. 피로가 덮쳐오는데 아직 일곱 시도 되지 않았고 바깥은 환했다. 침대로 기어들고 싶기만 했다.

샌드라는 우리를 더블룸으로 안내했다. 뒤쪽 창문으로 숲이 보이는 작고 아늑한 객실이었다. "아침 식사는 일곱 시 반부터 열 시까지예요." 샌드라가 방을 나서며 말했다.

톰은 컵과 주전자 따위가 있는 곳 옆에 서서 창문 너머 먼 나무를 바라보았다. 그리고 나를 등진 채로 말했다. "어떻게 이런 일이 일어난 거지."

나는 침대로 올라가 몸을 뻗었다. 검은색 계열의 퀼트 담요를 덮은 고상한 침대다. 기둥이 네 개 달려있다. 평소라면 특별한 일이 되었을 터였다. 지난 다섯 달 동안 돈이란 돈은 다 확장 공사를 위해 모아둬야 했기 때문에 한참 동안 휴가를 가지 못했기 때문이다. 하지만 이런 특별함도 뒷마당에 드리운 그림자 때문에 사라졌다. 생각만 해도 소름이 돋았다.

스노이가 침대로 뛰어올라 옆으로 왔다. 내 무릎에 머리를 올리고 따뜻한 갈색 눈동자로 나를 올려다본다. "내 집에서 쫓겨나다니

어이없네." 나는 스노이의 머리를 쓰다듬으며 말했다. 그리고 카디건을 몸에 둘렀다. 갑자기 쌀쌀해졌다. 충격 때문일지도 모른다.

톰도 작은 플라스틱 주전자의 스위치를 누르고 침대 위로 올라와 우리와 함께했다. 매트리스가 집에 있는 것보다 더 푹신했다. "나도. 하지만 다 괜찮아질 거야." 전처럼 긍정적인 태도를 되찾은 모양이다. "금방 공사도 다시 시작하고 모든 게 다 정상으로 돌아올 거야."

나는 그 말처럼 되길 바라며 톰의 품으로 파고들었다.

우리는 집에 가보고 싶었지만 참았다. 대신 여관 아래층의 술집에서 시간을 보내거나 마을과 숲으로 멀리 산책하러 나가며 주말을 보냈다.

"그래도 인테리어 작업에서 벗어나는 주말이 생겼어." 마을 광장을 한가롭게 거니는 동안 톰이 내 손을 잡으며 말했다. 이사한 후로 톰은 집을 꾸미느라 쉴 틈 없이 바빴다. 계단에서 낡아빠진 카펫을 걷어내고 거실과 침실을 비둘기색으로 칠했으며 마룻바닥을 매끈하게 갈아냈다. 다음으로는 아이가 태어나기 전에 작은 방의 벽지를 벗겨내 꾸밀 생각이었다. 하지만 혹시라도 불행을 불러올까 봐 12주 검사까지 미뤄두고 있었다.

일요일 점심을 먹고 드디어 집에 왔다. 우리 집인데도 마치 손님처럼 가방을 내려놓았다. 하지만 가슴이 덜컹 내려앉았다. 경찰차와 밴이 여전히 진입로에 서있었다. 제복을 입은 저번과 다른 중년의 남자 경찰관이 수습은 해가 질 때쯤 끝날 예정이라고 알려줬다. 집 안에는 들어가도 되지만 작업이 끝날 때까지 마당으로 나오면 안 된다고 말했다. 경찰들이 집 안도 뒤졌을까. 생각만으로도 불안이 밀려왔다. 경찰이 우리 물건을 샅샅이 뒤지는 광경을 상상하니 끔찍했다. 내 걱정을 들은 톰이 집 안을 조사할 예정이었으면 미리 통보했을 거라고 날 안심시켰다.

우리는 거실에 틀어박혀 남은 오후를 보냈다. "동네 사람들이 뭐라고 생각할까." 나는 창가에 서서 디카페인 차를 홀짝이며 물었다. 옆집에 사는 노부부 잭과 브렌다가 떠올랐다. 산울타리에 가려서 옆집이 잘 보이지는 않지만, 브렌다는 창밖을 내다보며 동네일에 참견하길 좋아하는 타입이 확실하다. 더욱이 클라이브가 부엌 확장 공사 계획을 내놓았을 때 이 둘은 반대하고 나섰었다.

진입로 끝에는 사람들이 조금 모여있다. 주차된 경찰차가 있었지만 크게 가려지지 않아서 잘 보였다.

"분명 기자들일 거야." 톰이 어깨 너머로 말했다. 머그잔을 단단히 움켜쥐고 있었다. "자기 아버지한테 전화해서 조언을 구하는 게 어때?"

아빠는 전국으로 발행되는 타블로이드 신문의 수석 기자다. 나는 맥없이 고개만 끄덕였다. 마치 누가 우리 집 지붕을 들어내기라도 한 듯, 안이 훤히 다 보이는 곳에 있는 느낌이다. "악몽이 따로 없네." 나는 한숨을 내뱉으며 말했다. 이번만은 톰도 나를 안심시켜 주지 않았다. 오히려 심각한 얼굴을 하고 있었다. 조용히 커피를 마시며 창밖을 바라보는 톰의 아래턱 가장자리에서 근육이 실룩거렸다.

잠시 뒤 아빠에게 조언을 구하기 위해 전화를 걸었다. "늙은 아빠에게 특종을 줄 생각은 없는 거니?" 아빠가 태연한 척하며 농담을 던졌다.

나는 웃음을 터뜨렸다. "아직 아무것도 몰라요! 수백 년은 더 된 걸지도 모른다고요."

"글쎄, 그렇지 않다면 조심해야 할 거야. 경찰이 범죄를 확정하고 신원을 확인하는 순간 기자들이 밀려들 테니 말이다."

"다른 데 가 있어야 할까요?" 말은 이렇게 해도 실제 어디로 갈지도 막막하다. 호텔에 갈 여유는 없다. 아빠가 가까운 곳에 살면 좋을 텐데. 아니면 엄마라도. 하지만 엄마는 더 먼 곳에 있다.

"아니, 아니야. 그러지는 말고. 그냥 마음의 준비를 하라는 말이었어. 그리고 필요한 게 있으면, 정보든 조언이든, 아빠한테 얘기하렴." 뒤에서 전화가 울리고 사람들이 바삐 움직이며 말하는 소리가 들리는 것으로 보아 아빠는 뉴스 편집실에 있는 모양이다.

"아빠 쪽에서도 취재원 보낼 거예요?"

"현재로서는 뉴스 통신사를 이용할 것 같아. 하지만 언론에 이야기할 일이 생기면 아빠를 잊지 마라. 알았지? 진지하게 말하는데 경찰이든 기자든 못 믿겠으면 아빠한테 먼저 연락해라."

"응, 고마워요, 아빠." 안도감이 찾아왔다. 아빠는 언제나 내가 안전하다고 느끼게 해준다.

다음 날 아침, 경찰이 천막과 노란 테이프를 거둬갔다. 톰과 나는 뒷마당에 남은 거대한 구덩이를 경악하며 바라보았다. 인부들이 팠던 것보다 네 곱절은 더 컸다. 톰은 상사에게 며칠 재택근무를 요청했다. 우리는 그 며칠을 주변에 남아서 서성거리는 몇몇 기자를 피하려고 애쓰면서 보냈다.

그리고 수요일, 톰이 다시 출근한 날 경찰에서 전화가 왔다.

"좋은 소식이 아니라 유감입니다." 목소리가 걸걸한 남자 형사가 말했다. 이름은 곧바로 까먹었다.

몸이 경직되는 것을 느끼며 이어질 말을 기다렸다.

"두 구의 유골이 발견됐습니다."

하마터면 전화기를 떨어뜨릴 뻔했다. "하나가 아니라고요?"

"유감스럽게도 그렇습니다. 유골은 모두 회수했고, 법의학 조사 결과 한 구는 남성, 다른 한 구는 여성이라고 확정되었습니다. 뼈의 구성과 성숙 정도를 바탕으로 피해자의 연령대도 알아냈습니다. 둘 다 30세에서 45세 사이입니다."

메스꺼움이 치솟아서 말이 나오지 않았다.

"불행히도⋯⋯" 형사가 계속 말을 이었다. "여성 피해자는 둔기로 머리에 외상을 입고 사망했습니다. 남성 쪽 사망 원인은 아직 확인하고 있습니다. 조직이 부패해서 시간이 더 걸릴 겁니다. 여성쪽은 머리뼈에 골절이 있어서 더 분명했습니다."

나는 눈을 질끈 감고 상상하지 않으려 애썼다.

"정말⋯⋯ 정말 끔찍한 일이네요." 도무지 받아들이기가 힘들었다. "저기⋯⋯ 또 나오진 않겠죠?" 불현듯 온 마당이 다 파헤쳐지고 공동묘지가 드러나는 환상이 보여서 몸이 떨려왔다. 기자들이 섬뜩하게 묘사하는 '공포의 집'이 떠올랐다. 크롬웰가 25번지, 화이트하우스 농장처럼 우리 집도 악명을 떨치게 될까? 아무도 이 집을 사려 하지 않아서 영원히 여기에 갇히게 될까? 심장이 고동치기 시작했다. 나는 마른침을 삼키며 형사의 말에 집중하려고 애썼다.

"현장에 시체 탐지견이 있었습니다. 그러니 더는 없을 거라고 확신합니다."

"얼마나…… 오래 묻혀있었죠?"

"아직 확실하게 말할 수 없습니다. 마당 흙이 알칼리성에 가까운 덕분에 옷이나 신발 일부가 남아있기는 합니다. 그래도 1970년대보다 더 이전은 아닐 거로 추정하는 정돕니다. 부패 상태로 보면 1990년 이후는 아닙니다."

온몸에 소름이 돋았다. 우리 집에서 두 사람이 살해됐다. 나의 목가적인 시골집에서. 모든 것이 돌연 어둡고 비현실적으로 느껴졌다.

"그리고 당연한 말씀입니다만, 경찰에선 1970년부터 1990년 사이에 그 집에서 산 적이 있는 모든 사람을 조사해야 합니다. 죄송하지만 댁의 전 소유주였던 로즈 그레이 씨와 이야기를 해봐야겠습니다."

방이 기울어진다.

로즈 그레이는 우리 할머니다.

3

2018년 5월

시체 생각을 떨쳐낼 수 없다. 날마다 스노이를 산책시키러 마을로 나갈 때도, 톰과 함께 텔레비전을 볼 때도. 70년대식 꽃무늬 벽지가 있는 앞마당 쪽 작은 방, 나의 조그만 사무실에서 일할 때도 시체 생각이 머릿속에 맴돌았다.

소식은 곧 마을 전체로 퍼졌다. 유골 수습이 끝난 지도 열흘이 넘었지만 사람들 사이에서는 여전히 추측이 난무했다. 피해자가 언제 어떻게 죽었는지 아직 확정된 것은 아무것도 없는데 말이다. 모퉁이 슈퍼에 갔을 때는 노년의 맥널티 부인이 동년배 친구와 수다 떠는 소리를 들었다. 몸이 구부정하고 머리에 스카프를 쓴 할머니가 바퀴 달린 체크무늬 가방을 밀며 말했다. "터너 가족이 한 짓은 아닐 거야. 거기 오래 살았잖아. 터너 부인이 또 얼마나 겁이 많았는데."

"그래도 말이야." 맥널티 부인이 목소리를 낮추며 말했다. 반짝이는 눈동자에서 흥분이 엿보였다. "몇 년 전에 그런 일이 있었잖아? 조카니, 장물이니 했던?"

"아, 그랬지. 기억하고말고. 그래, 서둘러서 떠나긴 했어. 그게 언제였더라? 2년 전인가? 집을 좀 엉망으로 해놓고 갔다는 얘기도 들었어." 스카프 쓴 할머니가 목소리를 낮췄다. "온갖 잡동사니 다 모아서 쌓아두는 사람들 있잖아, 보아하니 딱 그거야. 그래도 정원은 잘 가꿨다니까. 터너 부인은 알뿌리 식물을 좋아했어."

"그리고 그 젊은이들이 나타났지."

"그 집을 공짜로 받았다던데. 보나 마나 유산이겠지."

"운 좋은 사람들이 있다니까."

뺨이 달아올랐다. 나는 선반에 삶은 콩 통조림을 다시 올려놓고 두 사람이 눈치채기 전에 가게에서 나왔다.

의자에 걸쳐두었던 카디건을 집었다. 오늘은 더 쌀쌀하다. 태양이 구름 사이로 고개를 내밀려고 애쓰고 있다. 나는 몸을 숙여 침대에 있는 스노이의 복슬복슬한 털에 뽀뽀했다.

"이따 봐."

오늘은 일찍 일을 마쳤다. 늘 그러듯 매주 목요일이면 할머니를 만나러 간다. 집 밖에 기자들이 몰려오는 바람에 지난주에는 할머니를 보러 가지 못했다. 떠올리니 불쑥 죄책감이 들었다. 하지만 오늘은 여느 목요일과는 다르다. 오늘 할머니 맞은편에 앉으면 오래전에 무슨 일이 일어났을지 알고 싶어질 것이다. 그 두 사람은 어쩌다가 할머니의 정원에서 살해당하고 매장됐을까?

노란색 컨버스 운동화를 신고 진입로에 깔린 자갈을 자박자박 밟으며 내 미니를 향해 발걸음을 서둘렀다. 오늘은 데님 멜빵바지를 입고 끝단을 접어 올렸다. 이제 배가 불러오고 있어서 이런 옷이 훨씬 더 편하게 느껴진다. 임신 16주 차에 접어드니 배가 조금 볼록해졌다. 임신했다기보다는 배가 나온 것처럼 보이지만. 운동화와 색을 맞춘 노란 스크런치로 짙은 색 곱슬머리를 묶어서 뒤로 넘겼다. 엄마는 항상 내 스크런치 컬렉션을 비웃는다. "이건 좀 너무…… 80년대식이잖니." 엄마는 토끼 눈을 하고 이렇게 말하고는 한다. "곱창 밴드가 다시 유행할 줄이야." 엄마와는 지난 크리스마스에 본 것이 마지막이다. 그나마도 엄마의 철없는 남자 친구 알베르토 때문에 좋은 시간을 보내지 못했다. 시간이 어찌나 빠른지. 아직 엄마에게 할머니가 된다고 털어놓지 못했다. 말하려고 할 때마다 실망할 엄마 모습이 떠오른다.

운전석에 앉으니 길 위에 서있는 한 남자가 눈에 들어왔다. 앞쪽 담장 때문에 모습이 조금 가려지기는 했지만 우리 집을 올려다보고 있었다. 체격이 다부지고 인상이 불도그를 닮은 50대 중후반의 남자로 청바지와 왁스 재킷[1]을 입고 있다. 남자는 내 시선을 알아차리고 걸음을 돌렸다. 우리 집 사진을 찍고 있었던 것일까? 분명 또 기자겠지. 지금으로서는 기자들 대부분이 새로운 정보가 나올 때까지 취재를 포기한 상태다. 그런데도 이따금 앞마당 잡초처럼 성가시게 불쑥불쑥 기자들이 나타났다. 토요일에는 톰이랑 스노이를 산책시키러 나가다가 진입로에서 기자를 마주쳤다. 한 명이 앞

---

1. 야외 활동에 적합하도록 면이나 캔버스에 왁스를 입혀서 만든 재킷. 방수, 방풍 등에 유리함

으로 튀어나와 길을 막고 우리 사진을 찍었다. 톰은 화가 잔뜩 나서 허둥지둥 차로 돌아가는 기자에게 욕을 퍼부었다.

차를 빼면서 천천히 남자 옆을 지나갔다. 산울타리에 바짝 달라붙지 않아도 되게 충분히 여유를 남기며 운전했다. 그런데 남자가 아주 심각한 얼굴로 나를 뚫어지게 보고 있어서 깜짝 놀랐다. 뒷거울로 보니 남자는 언덕을 더 내려가서 8번지 근처에 주차해 둔 검은색 세단에 올라탔다.

어제는 집에 돌아온 톰이 지하철에 누가 두고 간 〈더 선〉에서 마당에 묻혀있던 유골 기사를 봤다. '스켈턴 플레이스에서 발견된 해골'이란 자극적인 제목이 달렸고, 더불어 토요일에 찍힌 우리가 놀라는 사진도 실렸다고 한다. "세상에, 톰." 나는 화가 치밀어서 얼굴이 달아올랐다. "이러다간 우리를 월트셔의 프레드, 로즈메리, 그 유명한 웨스트 부부²라고 하겠어!"

그러자 톰이 적당히 웃어넘겼다. "아니, 그러진 않을 거야. 적어도 30년 전에 있었던 일이잖아. 그때 우린 태어나지도 않았어."

하지만 우리 할머닌 아니잖아.

나는 아까 본 남자 생각을 억누르며 길을 따라 내려가 언덕 밑에 있는 수사슴과 꿩을 지나쳤다. 베거스 눅이 얼마나 평화로운지 다시 생각했다. 이곳에는 코츠월드 지역 특유의 아름답고 오래된 석회암 건물이 늘어서 있다. 마을 광장을 통과하면 마켓 크로스³, 예쁜 교회, 모퉁이 슈퍼, 카페가 나온다. 자질구레한 장신구와 카드,

---

2. 영국의 연쇄 살인범 부부로 다수의 여성을 살해했음
3. 과거에 장이 서는 것을 허가받은 마을에서 시장 광장을 표시하기 위해 세운 건축물로 중세 시대까지 그 역사가 거슬러 올라감

하늘하늘하고 비싼 옷을 파는 부티크도 하나 보인다. 모두 우리 집에서 걸어갈 수 있는 거리에 있다. 지대가 낮은데다가 하늘까지 뻗은 참나무가 빽빽한 숲에 둘러싸여 있어서 바깥세상과는 동떨어진 숨겨진 마을 같은 인상을 풍긴다. 다리를 건너 길고 구불구불한 길을 계속 따라 가면 예쁜 석조 주택이 양쪽에 늘어서 있고 끝에는 농장이 나온다. 건물이 발 디딜 틈 없이 들어선 크로이던과는 너무나 다르다. 아주 안전하다. 아니 그렇게 생각했었다. 지금은 잘 모르겠다.

살인 사건은 분명 1970년대, 할머니가 집을 사기 전에 벌어졌을 것이다. 할머니는 브리스틀로 이사한 뒤, 수십 년 동안 이 집을 세놓았다. 이런 사실은 할머니가 요양원에 들어가시면서 최근에야 알게 되었다. 엄마와 나는 조금 놀랐다. 우리가 알기로는 할머니에게는 집이 한 채밖에 없기 때문이었다. 브리스틀의 비숍스턴에 있는 빨간 벽돌 테라스 하우스[4]. 엄마가 어린 시절을 보냈고 내가 여름마다 머물던 곳이다. 치매에 걸리기 전에 할머니는 빵 굽기와 식물 키우기를 좋아하던 분이었다. 침착하고 현실적이며 절대 언성을 높이지 않았다. 금방 발끈하고 가려서 말할 줄 모르는 엄마와는 달랐다. 엄마도 이젠 좀 많이 유해졌지만 말이다. 마당이 넓고 그 끝이 넓은 대지와 이어지던 브리스틀의 할머니 집. 그곳에서 보낸 여름은 나에게는 안식과도 같았다. 엄마에게서도, 엄마를 둘러싸고 벌어지는 드라마 같은 나날에서도 벗어날 수 있었기 때문이다.

나는 할머니가 기르던 회색 수염의 검은 래브라도레트리버, 브

---

4. 벽을 맞댄 주택이 일렬로 늘어선 방식의 주거 형태

루스도 좋아했다. 엄마는 냄새난다는 이유로 절대 동물을 키우려 하지 않았다. 하지만 할머니네 집에서는 아무 냄새도 나지 않았다. 편안한 옛날식 소파도 좋았다. 팔걸이에는 매주 빨아서 풀을 먹이는 하얀색 면직 덮개를 씌웠다. 찬장 꼭대기 철제 상자에 든 버터 스카치 사탕, 철망으로 울타리를 세워 이웃집과 구역을 나눠둔 마당. 따뜻하면서 퀴퀴한 온실 냄새와 그 안에서 자라던 토마토. 할머니가 온실에서 식물을 돌보며 잘 자라라고 속삭이는 모습을 보면 기분이 좋아졌다. 엄마를 무척 사랑하지만 엄마는 그때나 지금이나 변함없이 에너지가 넘친다. 과하게 풍부한 감정을 숨김없이 드러낸다. 게다가 옷까지 화려하게 입고 개성이 넘쳐서 때때로 피곤해진다. 그래서인지 할머니에게 더 친밀감을 느꼈다. 우리는 둘 다 자연과 야외 활동을 좋아하고 살짝 은둔형이며 사람들과 어울리기보다는 혼자 있는 쪽을 좋아하기 때문이다.

나가서 동네 아이들과 노는 대신 집에서 〈이스트 엔더스〉[5]나 보고 싶다고 했을 때 할머니는 내가 평범한 사람이라고 느낄 수 있게 해주었다. 항상 밖에 나가 시끄럽게 떠들며 놀지 않아도 된다고 생각하게 해주었다. 어릴 때 엄마는 내가 늘 너무 조용하고 너무 부끄럼을 탄다면서 "맨날 똑같은 친구하고만 놀지 말고 다른 데 나가서 또래 여자애들하고 어울리지 그러니?"라고 말했다. 엄마는 이 친구와 어울리다가 저 친구에게로 옮겨가는 것이 전혀 어렵지 않은 사교적인 사람이다. 그런 성격이 되고 싶었던 것은 아니지만 나는 엄마를 은근히 질투했다. 그 결과 나는 서툴고 재미없는 사람

---

5. 1985년부터 방영 중인 영국 드라마

이 됐다. 항상 무슨 말을 해야 할지 판단하기 힘들었다. 대학에서 톰을 만나기 전까지는 말이다. 톰은 내가 나 자신으로 있을 수 있게 느끼게 했다. 톰과 함께 있으면 나는 재치 있고 재미있는 사람이 될 수 있었다.

브리스틀에 가까워지면서 길에 차가 많아졌다. 할머니가 들어간 요양원은 고속도로 근처의 필턴이란 마을에 있다. 중앙 분리대가 있는 곳이다.

한 1년 전부터 할머니가 꽤 달라 보였다. 처음에는 크게 신경 쓰이지 않았다. 할머니는 평소에도 잘 잊어버리는 사람이었다. 툭하면 "어, 내 가방 못 봤니?", "내가 안경을 어디에다 뒀더라?" 하면서 런던식 말투로 묻곤 했다. 20대에 런던을 떠났는데도 그 억양은 절대로 변하지 않았다. 할머니는 언제나 아주 독립적이고 현실적이었다. 작년까지만 해도 건강하고 어디 하나 불편한 곳이 없었다. 가뿐하게 기차를 타고 지도를 보며 나를 만나러 크로이던에 오기도 했다. 할머니 핸드백에는 구식 휴대폰과 귀퉁이를 접어서 표시해 둔 A~Z 지도책이 항상 들어있었다. 할머니의 조그만 웨스티, 스노이도 함께였다. 할머니는 우리가 역으로 데리러 가겠다고 계속 권해도 끝내 마다했다.

첫 번째 이상 징후는 두 번 배달된 생일 카드였다. 하나가 도착하고 며칠이 지나 다른 하나가 도착했다. 마치 첫 번째 카드를 보냈다는 사실을 잊은 것처럼. 그리고 몇 달 뒤 우리 집에 온 할머니는 전보다 더 기억력이 떨어져 보였다. 스노이 이름도 자주 깜빡했고 밥을 주거나 산책시키는 것도 잊어서 내가 말해주거나 직접 나서야 했다. 그리고 우리와 함께 지내고 며칠이 지난 뒤, 어느 날 저녁이었다. 톰과 내가 함께 텔레비전을 보고 있는데 할머니가 말했다. "저기, 다른 커플은 어디로 갔지?" 오싹한 두려움이 등줄기를 타고 내려갔다. 다른 커플은 없었기 때문이다. 할머니는 저녁 내내 우리와 함께 있었다. 그리고 나서 때때로 할머니가 톰과 나를 알아보지 못한다는 사실을 깨닫자 가슴이 무너졌다. 할머니의 기억은 신호가 잘 잡히지 않는 라디오 같았다. 연결됐다가 끊겼다가를 반복했다.

스노이를 돌보는 일이 할머니에게 버겁다는 사실도 그때 분명해졌다. 내가 스노이를 기르겠다고 하자 할머니도 동의했다. 사랑하는 강아지를 남겨둔 채 캐리어를 끌고 기차에 오르는 할머니를 보며 나는 선글라스 뒤로 눈물을 흘렸다. 할머니가 집에 무사히 도착했다는 전화를 해올 때까지 걱정을 떨치지 못했다.

하지만 그로부터 사흘 뒤 걸려 온 전화에서 할머니는 당황한 목소리로 스노이를 잃어버렸다고 허둥지둥했다. 스노이는 이제 나와 톰이 기르기로 했다고 부드럽게 다시 한번 설명해야 했다.

엄마한테 연락해 모든 것을 털어놓을 수밖에 없었던 마지막 결정타는 할머니의 이웃인 에스메 아줌마의 전화였다.

"할머니 일이란다, 새끼. 할머니가 솥을 불에 올려놓고 다 말라버릴 때까지 내버려 뒀어. 내가 마침 들러서 다행이었지. 안 그랬으면 집에 불이 날 뻔했지 뭐니."

엄마에게 걱정을 털어놓자 엄마는 스페인에서 날아와 곧장 의사에게 할머니를 데려갔다. 그다음부터는 일이 정신없이 흘러갔다. 그래도 엄마는 언제나 일 처리가 확실하고 결단력이 있는 사람이었다. 곧 할머니가 들어갈 사설 요양원이 결정되었다. 브리스틀의 마당 딸린 할머니 집, 내가 언제나 안식처로 여겨온 그 집에서 그리 멀지 않은 곳에 있었다.

나는 널찍한 주차장으로 들어섰다. 앞에는 커다란 회색 고딕 양식 건물이 있었다. 엘름스 브룩이라는 이름 때문에 요양원이라기보다는 휴양지 호텔처럼 느껴진다. 엄마 얘기를 들어 보면 예전에는 창살로 창문을 막은 정신병원이었단다. 어쨌든 엘름스 브룩은 괜찮았다. 가격도 중간 정도였다. 그래도 할머니는 비용을 대기 위해 집을 팔아야만 했다. 할머니의 짐을 싸고 집을 비웠던 날을 떠올리면 목이 멘다.

지난 11월, 할머니가 의식이 좀 더 또렷할 때 엄마와 내게 시골집에 대해 이야기했다. 우리가 이 집의 존재 자체를 처음 안 순간이었다.

"네 이름으로 되어있단다, 로나." 할머니는 등받이가 높은 의자에서 몸을 내밀고 엄마 손을 잡았다. "10년 전에 네 앞으로 명의를 돌려뒀어." 나는 할머니의 빈틈없음에 감탄했다. 시골집을 엄마 명의로 해둔 덕에 요양원 비용을 대는 용도로 처분하지 않아도 되었기 때문이다.

나중에 요양원 밖에서 작별 인사를 나눌 때 밝은 주황색 코트를 입은 엄마가 추위에 떨면서 내게 말했다. "할머니가 여기저기 비상금도 숨겨 두고, 약삭빠른 사람인 건 원래 알고 있었어. 아마 그 시골집은 투자용으로 샀을 거야." 엄마는 손을 호호 불었다. "어쨌든, 엄마는 필요 없어. 원하면 네가 가져. 너 도시 사는 거 싫어하잖아." 나는 얼떨떨해졌다. 처음으로 엄마가 나를 제대로 이해하고 있다는 생각이 들었기 때문이었다.

"하지만 엄마, 아직 집도 안 봤잖아."

"아무것도 없는 시골에서 내가 뭘 하겠어?" 엄마 말을 알 것 같았다. 시골구석에 있는 집이라니 엄마한테는 너무 지루할 것이다. 그렇고 말고. 엄마에게는 빛나는 햇살과 상그리아, 나랑 나이도 별로 차이 나지 않는 이국적인 남자들이 필요했다.

엄마는 시골집에 가보지도 않고 그대로 산 세바스티안으로 날아갔다. 그보다 더 무관심할 수 없었다. 덕분에 나는 엄마의 제안을 받아들이면서 죄책감을 많이 덜 수 있었다. 공짜로 살 수 있는 집이라니. 대출이 없다니. 톰과 내가 절대 가능할 리 없다고 생각하던 경제적인 자유를 의미했다. 특히나 20대 중반에는 더더욱 어림없는 일이었다. 이 정도면 나는 크로이던에서 잡은 직장을 그만두고 프리랜서로 전환해 전원에 둘러싸인 생활을 할 수 있었다. 꿈이 이루어지는 것이다.

하지만 일이 이렇게 되고 나니 그때의 대화가 다시 떠올랐다. 10년 전 할머니는 엄마 앞으로 명의를 돌려놓았다. 왜지? 순수하게 경제적인 이유에서였을까? 상속세를 피하려고? 아니면 그곳에서 살인 사건이 있었던 것을 알았기 때문에?

아니, 그건 말도 안 된다. 할머니가 알았을 리가 없다. 내가 블랙 커피와 땅콩버터 샌드위치를, 스노이의 귀에 난 벨벳처럼 부드러운 털을, 갓 깎은 잔디 냄새를 좋아한다는 사실만큼이나 의심의 여지가 없다.

나는 깊이 숨을 들이마시고 마음을 진정시키듯 운전대를 꼭 잡았다. 매번 방문할 때마다 그날 할머니 상태가 어떨지는 알 수가 없다. 나를 알아볼 때도 있지만, 요양원 직원처럼 대할 때도 있다.

그럴 때면 할머니가 내 곁을 영영 떠나는 슬픔을 고스란히 다시 느끼게 된다.

차에서 내리는데 검은색 세단이 속도를 줄이며 지나치더니 엔진을 켜둔 상태로 멈춰 섰다. 아까 집 근처에 주차되어 있던 차와 같은 차인지는 확실하지 않다. 옆을 부드럽게 지나칠 때 운전자의 얼굴이 내 쪽을 향하기는 했다. 하지만 남자라는 것 말고 생김새까지는 알아볼 수 없었다. 아까 그 남자일까? 차를 대려나? 이렇게 생각하는 순간 차가 속도를 높이고 길을 따라 멀어졌다. 나는 잠시 서서 그 차를 바라보았다. 아무 일도 아닌데 걱정하는 것은 아닌지, 아니면 정말 염려할 만한 일인지 분간이 안 갔다.

4

할머니는 깔끔하게 손질된 정원이 내다보이는 휴게실 창가에 앉아있었다. 앞에는 커피 테이블이 있고 맞은편 의자는 비어있었다. 레이스 커튼을 통해 햇살이 들어오고 있었다. 덕분에 작은 구슬처럼 할머니 머리 주위를 떠다니던 먼지도 빛을 받아 눈에 띄었다. 가슴 가득 애정이 차오르면서 눈이 시큰거렸다. 이곳에서 할머니를 볼 때마다 예전으로 돌아가고 싶다는 생각이 들어서 가슴이 아파진다. 할머니가 부엌에서 바쁘게 움직이며 당밀 색깔 차를 끝없이 끓이던 시절, 온실에서 어린 나에게 적환무 기르는 법을 가르쳐주던 그 시절이 그리웠다.

할머니는 머리를 숙이고 있었다. 통통하던 얼굴은 간데없이 턱 밑으로 피부가 축 늘어져 광대뼈가 도드라져 보였다. 한때는 아름다운 구릿빛 붉은 머리였는데 이제는 백발이 되었다. 솜털 같아 보이는 탓에 탈지면이 떠오른다. 할머니는 테이블 위에 놓인 직소 퍼즐 조각을 이리저리 옮기고 있었다. 덕분에 잠시나마 어린 시절 기억이 되살아났다. 해가 지는 저녁 무렵이면 할머니와 함께 앉아 다정한 침묵 속에서 퍼즐을 맞추곤 했다.

나는 문 앞에 잠시 서서 할머니를 바라보았다. 휴게실 안은 너무 따뜻한데다가 묵은 냄새가 났다. 오븐에 고기를 구우며 채소를 지나치게 푹 삶고 있는 부엌에서 날 법한 냄새였다. 카펫은 오래된 바닷가 여관에서 흔히 볼 수 있는 종류로, 바탕이 붉은색이고 금색 나선무늬가 들어갔다.

"오늘은 할머니 상태 좋으세요." 뒤에서 목소리가 들려왔다. 요양사 중 내가 제일 좋아하는 밀리였다. 밀리는 나보다 몇 살 아래인데 세상 착해 보이는 얼굴로 누구보다 환한 미소를 짓는다. 검은 머리를 삐죽삐죽 짧게 잘랐고 양쪽 귀 모두 귓불부터 타고 올라가며 절반까지 피어싱을 했다.

"다행이에요. 할머니한테 전할 뉴스가 있거든요."

밀리가 눈썹을 들어 올렸다. "와, 좋은 소식이에요?"

나는 의식적으로 배에 손을 올리며 고개를 끄덕였다. 다른 것은 생각하고 싶지 않다. 나쁜 소식도. 시체들도.

밀리는 격려하듯 내 어깨를 꼭 쥔 다음 의자에서 일어나려고 애쓰는 할아버지를 도와주러 갔다. 나는 텔레비전 주위에 모여있는 환자들과 한쪽 구석에서 신문을 거꾸로 든 채 읽고 있는 할아버지 사이를 빠져나가 창가에 앉은 할머니에게 다가갔다.

내가 다가가자 고개를 들고 바라보는 할머니의 얼굴에 순간 혼란이 스쳐 지나갔다. 나는 실망을 억눌러야 했다. 할머니는 나를 알아보지 못한다. 결국 오늘은 좋은 날이 아니었다.

나는 맞은편 의자에 앉았다. 등받이가 퍽 높아서 왕좌에 앉는 느낌이다. "저 왔어요, 할머니. 새피예요."

할머니는 그림을 맞추기 시작한 것도 아니면서 계속 말없이 퍼즐 조각을 이리저리 움직였다. 테이블 가장자리에 세워놓은 퍼즐 상자에는 꽃에 둘러싸인 검은색 꼬마 래브라도레트리버가 그려져 있었다. "가장자리부터 먼저 찾자." 할머니는 정원 일을 너무 많이 해서 거칠어진 손으로 민첩하게 맞는 조각을 찾아내면서 늘 이렇게 말했다. 하지만 지금은 계획이라고는 없다. 할머니는 의미 없이 그저 조각을 움직일 뿐이다. 울퉁불퉁 마디지고 주름진 손가락으로.

"새피. 새피……." 할머니는 내 얼굴을 보지 않고 중얼거리다가 고개를 휙 들었다. 나를 알아보고 눈을 반짝인다. "새피! 너구나. 할머니를 보러 와줬네. 그간 어디 있었니?" 할머니 얼굴이 온통 환해진다. 나는 손을 뻗어 할머니의 노쇠한 손을 잡았다. 할머니는 일흔다섯 살이지만 요양원에 들어온 후로 훨씬 더 나이가 들어 보인다.

할머니는 머지않아 결국 아까와 같은 상태로 돌아갈 것이다. 과거 일을 그렇게 많이 기억하는데 오늘 아침 메뉴 같은 가장 최근 일은 기억하지 못할 수 있다니 여전히 놀랍기만 하다.

"저 임신했어요, 할머니. 아이가 태어날 거예요." 나는 목소리에서 기쁨과 두려움을 지우지 못하고 말을 꺼냈다.

"아이. 아이라니. 정말 잘됐구나. 멋진 선물이야." 할머니가 내 손을 조금 지나치게 꼭 잡았다. "운 좋은 아이야, 너는. 그……" 할머니의 눈이 흐려졌다. 기억을 더듬기가 어려운 모양이다. "그 저기 팀은 기뻐하니?"

"톰이에요. 좋아해요. 하늘을 날 것처럼요." 치매 진단을 받기 전에 할머니는 톰을 애지중지 아꼈다. 볼 때마다 더 잘해주지 못해서 안달이었다. 종종 먹을 것도 꾸려서 보내주었다. 집에서 만든 케이크, 직접 담근 슬로 진 같은 것들이었다. 정원에서 기른 루바브도 들어있었다. 나는 루바브를 싫어하지만 톰이 좋아하기 때문에 챙겨주었다. "톰을 잘 먹여야 한다." 할머니는 종종 이렇게 말했다. 나는 그저 할머니 세대의 표현이라고 생각했다. 내 남자를 행복하게 해주라는 말로 받아들였다. 하지만 할머니 옆에 남자가 있었던 기억은 없었다. 할아버지는 엄마가 태어나기도 전에 돌아가셨다.

할머니의 얼굴이 어두워졌다. "빅터는 좋아하지 않았지. 그래, 아니야. 전혀 좋아하지 않았어."

빅터? 할머니에게서는 빅터라는 이름을 들어본 적이 없었다. 할아버지 성함은 윌리엄이라고 했고 별달리 얘기해 준 것도 없었다. 심지어는 엄마도 그다지 아는 것이 없었다. 하지만 물어봤다가 생각 중인 할머니의 흐름을 방해할까 봐 입 다물고 있었다.

"빅터는 아이를 해치려고 했어." 할머니가 얼굴을 찌푸렸다.

"할머니, 톰은 아이를 해치지 않아요. 절대 안 그래요. 톰은 착한 사람이에요. 톰 좋아하셨잖아요. 기억나세요?"

할머니 표정이 다시 바뀌었다. "오, 그럼. 톰은 좋은 애야. 튀기고 지진 아침 식사를 좋아하지."

나는 빙그레 웃었다. 우리가 할머니 집에 가서 자고 올 때마다 톰에게 완벽한 영국식 아침 식사를 차려 주시고는 했다. "맞아요."

정원에서 발견한 두 시체에 대해서는 어떻게 말을 꺼내야 할까? 말을 꺼내도 되기는 할까? 지금으로서는 그냥 넘어가는 것이 최선일지도 모른다. 세를 놓았다고는 해도 오랫동안 집이 할머니 소유였으니 언젠가는 경찰이 할머니를 만나러 올 것이다. 미리 말해두면 경찰이 왔을 때 충격이 덜할지도 모른다.

"그리고…… 저희는 스켈턴 플레이스에서 살게 돼서 좋아요." 나는 머뭇거리며 말을 꺼냈다.

할머니 얼굴이 다시 어두워졌다. "스켈턴 플레이스?"

"할머니, 시골집이요. 베거스 눅에 있는 집."

"너희가 스켈턴 플레이스에 있는 시골집에서 산다고?"

"네, 엄마는 스페인에 계속 계신대요. 엄마 성격 아시잖아요. 햇빛 없이 못 사는 거. 그래서 저랑 톰이 거기서 살고 있어요. 다 할머니 덕분이에요……." 물론 이 이야기는 전에도 했다.

할머니는 다시 목적 없이 퍼즐 조각을 움직이기 시작했다. 할머니가 또 나를 알아보지 못할까 봐 마음이 급해졌다. 아무거나 말해야 한다. 빨리. 할머니가 자기 내면으로 다시 들어가기 전에 빨리.

"그런데 이상한 일이 생겼어요……. 집을 넓히려고 마당을 파기 시작했는데 유골이 두 구 나왔어요……."

할머니가 고개를 획 쳐들었다. "유골?"

"네, 할머니. 마당에 묻혀있었어요."

"죽은 사람이라고?"

"어…… 네." 죽지 않은 유골도 있나?

"스켈턴 플레이스에?"

나는 격려하듯이 고개를 끄덕였다. "여자 하나, 남자 하나였어요."

할머니가 나를 너무 오래 쳐다봐서 일종의 긴장증 같은 상태에 빠진 건지 걱정됐다. 그러면 움직이거나 반응을 보이지 않게 된다.

하지만 할머니 눈이 마치 기억을 더듬는 듯 멍해졌다. 갑자기 할머니가 내 손을 덥석 잡았다. 테이블 위의 퍼즐 조각들이 흩어져 바닥으로 떨어졌다. "실라?" 할머니가 속삭였다.

실라? "실라가 누구예요, 할머니?"

할머니가 돌연 손을 잡아 뺐다. 눈동자에 옅은 혼란이 백내장처럼 덮인다. 의자 깊숙이 몸을 움츠리는 할머니는 겁먹은 아이 같다. "돼먹지 못한 애. 사람들이 모두 그렇게 말했어. 돼먹지 못한 애라고."

"누가요? 누가 돼먹지 못한 애예요?"

"사람들이 다 그랬어."

나는 주제를 바꿔야 했다. 할머니가 점점 동요하고 있었기 때문이다. 몸을 숙여 카펫에 떨어진 퍼즐 조각을 주웠다.

"여기 정원도 참 예쁘죠." 몸을 일으키고 할머니 뒤에 있는 창문 밖을 보며 말했다. "아직도 매일 산책하러 나가세요?" 할머니 정신에는 문제가 있을지 몰라도 몸에는 문제가 없다.

하지만 할머니는 계속 실라의 이름을 되뇌며 돼먹지 못한 애라는 말을 중얼거리고 있다.

나는 테이블 위로 팔을 뻗어 할머니의 쭈글쭈글한 손을 꼭 잡았다. "할머니, 실라가 누구예요?"

할머니는 중얼거림을 멈추고 나를 또렷하게 똑바로 바라보았다. "나는…… 몰라……."

"좀 지나면 경찰이 할머니하고 이야기를 나누고 싶어 할 거예요. 그건 할머니가 그 집 소유주였기 때문이고……"

할머니의 얼굴에 공포가 떠올랐다. "경찰?" 바로 뒤에 경찰이 있기라도 한 것처럼 거칠게 주변을 두리번거렸다.

"괜찮아요. 그냥 몇 가지 물어보기만 할 거예요. 걱정하실 필요 없어요. 단순한 절차상 문제니까요. 서류에 완료 표시는 해야 하니까 하는 거예요."

"로나? 로나가 죽었어?"

나는 죄책감을 억눌렀다. "아니에요, 할머니. 엄마는 스페인에 있어요. 기억나시죠?"

"돼먹지 못한 애."

나는 부드럽게 할머니 손을 놓고 다시 맞은편 의자에 앉았다. 할머니는 다시 혼자 중얼거리고 있다. 오늘은 뭘 더 해보는 건 무리다. 유골 얘기는 꺼내지 말았어야 했다. 옳지 않은 일이었다. 당연히 할머니는 아무것도 모를 텐데. 어떻게 알겠어. 나는 할머니가 퍼즐 맞추는 것을 도왔다. 다정한 침묵이 흐르는 가운데 어린 시절 그랬던 것처럼. 가장자리부터 먼저 맞춰야지.

5

테오

테오는 아버지 집 진입로에 볼보를 주차했다. 영구차처럼 보이는 아버지의 검은 벤츠 옆자리였다. 불규칙하게 뻗은 오래된 집이 거대한 존재감을 드러냈다. 마치 공포 영화에 나올 것 같았다. 햇빛이 집에 가려지자 테오는 몸서리쳤다. 이 집이 싫다. 언제나 싫었다. 가능하면 오지 못하게 막으려던 테오의 노력에도 불구하고 드물게나마 놀러 왔던 친구들은 인상적인 집이라고 생각했다. 하지만 우울한 잿빛 석재와 단숨에 하강해 낚아챌 듯 지붕에서 내려다보고 있는 못생긴 가고일 석상을 보면 테오는 변함없이 오싹해진다. 이 집은 노년의 남성이 혼자 지내기에는 너무 크다. 테오는 아버지가 왜 이 집을 팔지 않는지 이해할 수 없다. 혹시 감정적인 이유로 이 집을 유지하는 것은 아닐까 의심이 든다. 지위를 나타내 준다고 생각할지도 모른다. 테오는 가진 것을 으스대고 싶지 않았다 물질적으로 가진 것이 많아서는 아니었다. 어쨌든 테오는 물질로 자신의 가치를 매길 마음 자체가 없었다. 아버지는 테오의 이런 면을 이해하지 못했다.

테오는 휑한 복도로 들어섰다. 나무 패널 장식과 나선형 계단이 있었다. 어머니의 죽음 이래로 테오는 이 계단을 미친 듯이 싫어하게 되었다. 벽에는 사슴 머리가 여러 개 걸려있다. 어린 시절에는 이 머리 때문에 악몽을 꾸었다. 장작 때는 냄새와 마루용 광택제 냄새가 익숙하게 숨결에 묻어서 코로 들어왔다. 며칠에 한 번씩 메이비스라는 가정부가 와서 청소와 빨래를 하는데, 내일까지는 오지 않는다.

"아버지, 저 왔어요." 소리쳤지만 대답이 없어서 테오는 위층의 서재로 올라갔다. 서재는 앞마당을 내다보는 방향에 있다. 광을 낸 마루에 닿아 운동화 고무 밑창에서 끽끽거리는 소리가 났다. 아버지는 서재에서 오랫동안 시간을 보낸다. 무엇을 하는지는 알 길이 없다. 은퇴한 지도 오래됐다.

테오는 서재 문을 열었다. 아버지가 기분이 좋지 않다는 사실을 한눈에 알 수 있었다. 아버지에게서는 분노가 배어 나오고 있었다. 커다란 얼굴에 테오도 물려받은 친숙한 납작코가 평소보다 더 붉다. 머리 꼭대기의 성긴 흰 머리카락 사이로 드러난 두피까지 분홍색이다.

이럴 때면 테오는 아버지가 불쾌한 사람이라고 생각한다. 아버지가 일흔여섯 살의 은퇴한 전문의가 아니라 응석받이 어린애처럼 굴 때도 그렇지만, 그러지 않더라도 사실 불쾌하지 않을 때가 드물다. 오늘은 왜 또 화가 났을까 궁금했다. 아버지는 딱히 대단한 이유도 없이 화를 낸다. 아마도 메이비스가 아버지의 골프 트로피를 잘못된 위치에 올려뒀을 것이다. 테오는 더는 아버지와 함께 살지 않아도 돼서 감사한 기분이 들었다.

테오는 그저 아버지를 살펴보러 들렀을 뿐이었다. 매주 그러듯이 말이다. 아버지가 최고의 아빠라거나 최고의 남편은 아니었다고 해도 의무감이 들었다. 그리고 어머니도 이러기를 바라실 것이다. 아버지에게 남은 가족이라고는 테오뿐이니까. 가끔 아버지가 엄청 짜증 나게 굴지 않고, 좀 더 약한 면모가 드러날 때도 있다. 말하자면 같이 소파에 나란히 앉아서 영화를 보다가 아버지가 가슴에 턱을 기대고 잠들 때, 그 평온하고 나이 들어 보이는 모습에 테오는 밀려오는 애정을 느꼈다. 그러면 아버지가 잠에서 깨어나 까다롭고, 요구 많은 원래 모습으로 되돌아가고, 조금 전까지 테오가 느꼈던 정감은 증발해 버리는 것이다.

그럼에도 테오는 아버지를 몰아붙이지 않으려고 노력했다. 14년 전 아내를, 테오의 엄마를 잃은 것이 엄청난 충격이었음을 알기 때문이다. 캐럴라인 카마이클은 사망 당시 겨우 마흔네 살밖에 되지 않았다. 무척 활기 넘치고 다정한 사람이었다. 캐럴라인의 부재는 두 사람의 삶에 움푹 파인 골을 남겼다. 아버지가 감정을 내놓고 드러낸 적은 없었다. 상처받을 수 있다는 것을 내보이면 약점이 생긴다는 것이다. 그래서 아버지는 무뚝뚝한 겉모습 뒤에 감정을 숨기는 쪽을 선호한다. 그래도 테오는 늘 아버지에게 어쩔 수 없는 존경심을 느꼈다. 아버지는 아주 뛰어난 사람이다. 대단히 영리하고 자기 분야에서 어마어마한 재능을 발휘했다. 은퇴하고 난 지금까지도 의학 잡지에 논문을 기고할 정도이다.

테오는 목을 가다듬었다. 아버지는 서랍을 쾅쾅 닫고 캐비닛 문을 여닫느라 너무 바빠서 테오가 온 소리를 듣지 못했다. 테오는 아버지가 올려다볼 때까지 몇 번 같은 행동을 반복해야 했다.

"뭐냐?"

끝내주는군. 테오가 생각했다. 처남 사이먼의 이사를 도와주면서 이미 최악의 인간은 벌써 만났다. 게다가 오늘 밤에는 레스토랑에서 저녁 근무를 해야 했다. 해러깃에서 가장 번화한 거리에 있지만 아버지 눈에 찰 고급 레스토랑은 아니다. 하지만 테오는 그곳에서 헤드 셰프로 일하는 것이 좋다. 차로 가구를 옮겼더니 몸이 찝찝했다. 출근하기 전에 샤워를 하고 싶었다.

"그냥 잠깐 들렀어요. 식사는 잘하고 계세요? 라자냐 좀 만들어 왔으니 얼려두고 드세요." 테오는 왜 왔는지 보라는 듯 가방을 들어 보였다.

아버지는 끙 소리를 내며 테오에게서 등을 돌리고 계속해서 서랍을 뒤졌다.

테오는 손으로 턱을 쓸어내렸다. 이런, 면도를 해야겠다. 젠은 테오가 거칠하게 수염을 기르고 있으면 싫어한다. 키스할 때 얼굴이 긁히기 때문이다. 테오는 한 걸음 더 안으로 들어갔다. "도와드려요?"

"됐다."

"네, 그러면 이거 냉동실에 넣고 갈게요. 저녁에 출근해서요."

아버지는 아무 말도 하지 않았다. 서랍 위로 구부린 몸이 물음표를 그린다. 테오는 폴로셔츠 뒤로 아버지의 어깨뼈 윤곽을 볼 수 있었다. 아버지는 언제나 말쑥하게 차려입는다. 이 점은 테오도 달갑게 생각한다. 아버지는 매일 샤워하고 오랫동안 써온 프라다 애프터 셰이브를 바르며, 교복처럼 치노 팬츠와 랄프로렌 상의를 입는다. 날씨가 추울 때는 그 위에 꽈배기 무늬가 들어간 브이넥 스웨터를 덧입는다. 이 모습이 달라진다면 그때부터 걱정해야 할 것이다.

"라자냐 꼭 챙겨 드세요. 기력 안 떨어지게요."

"넌 너무 호들갑이야. 네 엄마처럼."

테오는 아버지를 기쁘게 해주려다가 번번이 거부당하고 시무룩했던 사랑스러운 엄마의 모습을 기억한다. 아버지와 엄마는 열여덟 살 차이였다. 학교 친구들은 아버지가 할아버지인 줄 알았다. 아버지가 다정한 할아버지처럼만 행동했어도 아마 싫지 않았겠지만 어쨌든 테오는 창피했다. 그래도 가끔 아버지가 비싼 차를 끌고 테오를 데리러 오면 친구들에게 부러움을 사기는 했다.

테오가 방을 나서려는데 아버지도 바지를 털며 일어났다. 아버지는 키가 크다. 아버지를 닮아 팔다리가 길고 호리호리한 테오보다도 더 크다. 테오는 아버지가 여전히 잘생겼고 정기적으로 클럽에서 골프를 친 결과, 나이에 비해 건강하다는 사실을 인정해야 했다. "내려가서 아래층을 봐야겠다." 아버지가 테오를 스쳐 지나가며 말했다. 무엇을 찾는지는 말하지 않는다. "차 마실 거냐?"

빌어먹을. 이제 테오는 의무감을 느낀다. "빨리 마시고 갈게요. 저녁에 일해야 해서요."

"안다, 아까 말했다."

아버지는 테오가 성공적이었던 자신의 발자취를 따라 의대에 가기를 원했었다. 그래서 셰프라는 테오의 직업을 취미와 마찬가지로 여긴다. 이 생각만 하면 아직도 짜증이 나기 때문에 테오는 생각하지 않으려 한다.

"가서 주전자에 물 올릴게요." 테오가 말했지만 아버지는 대답 없이 문을 쾅 닫고 나갔다. 브로그 구두 밑창이 옻칠한 쪽모이 세공 마루에 부딪쳤다.

테오도 막 방을 나서려는 순간 아버지 책상 위에서 무언가가 눈에 띄었다. 그렇게 뒤졌는데도 서재는 깔끔하게 정리되어 있었다. 하지만 책상 위에 덧댄 짙은 녹색의 도톰한 가죽 매트에 오려낸 신문 조각이 남아있었다. 테오는 혹시 엄마랑 관련된 것인지 궁금했다. 아버지는 엄마 이름이 나오기만 하면 집착하듯 무엇이든 다 보관하면서 동시에 엄마의 죽음에 관해서는 이야기하고 싶어 하지 않았다. 테오는 책상으로 가서 신문 조각을 집어 들었다. 엄마 기사가 아니어서 어리둥절했다. 지난주 신문에 실린 짧은 기사였다. 몇 문단에 불과했다. 뒷마당에서 백골을 발견했다는 윌트셔 코츠월드 지역의 젊은 부부 사진이 실려있다. 〈스켈레톤 플레이스〉[6]라는 장난스러운 제목이었다. 부부의 이름 밑에 붉은색 밑줄이 있었다. 한 군데 더, 로즈 그레이라는 이름 밑에도. 기사 밑에는 이렇게 적혀있다. '이 여자를 찾아.'

---

6. 스켈턴 플레이스에서 영어로 해골을 뜻하는 스켈레톤이 발견되었으므로 발음의 유사성을 이용한 말장난

6

로나

비가 세차게 내렸다. 로나는 나지막하게 욕설을 내뱉었다. 갑자기 우산살이 천과 분리되면서 튀어 나갔기 때문이었다. 우산이 짜부라지자 막 다듬은 머리가 제대로 가려지지 않았다. 덩치 큰 스타일리스트 마르코가 공들여서 매끄럽고 윤기 나게 드라이해 준 머리인데 이제 종 모양으로 붕 뜨게 생겼다. 로나는 알베르토에게 멋지게 보이고 싶었다. 그래서 오늘 밤 데이트를 위해 공을 들였다. 2년 가까이 사귀고 나니 권태기가 찾아오는 것 같아서 겁이 났다. 낮에 일하는 로나와 달리 알베르토는 자기가 운영하는 바에서 밤늦게 일했다. 로나는 어린 여자들하고 시시덕거리며 자기가 영화 〈칵테일〉에 나오는 톰 크루즈인 척하는 알베르토 모습이 눈에 선했다. 도대체, 아, 왜 늘 잘못된 선택을 하는 것일까? 너무 어린 남자. 너무 잘생긴 남자. 너무 자기중심적인 남자. 로나는 3개월이 지나면 마흔한 살이 된다. 이제는 남자 보는 눈이 좀 생겨야 한다. 하지만 아니, 부정적으로 생각하지 않을 것이다. 그건 로나 스타일이 아니다. 어쨌든 알베르토는 같이 춤추러 갈 수 있게 오늘 밤은 일을 쉬겠다고 약속했다. 어쩌면 두 사람 사이의 열정이 조금 되살아날지도 모른다.

로나는 고루한 호텔 유니폼 위에 얇은 리넨 블레이저 하나만 걸치고 있었다(유니폼은 노란빛이 살짝 도는 흰 블라우스에 진한 녹색 무릎길이 치마였는데, 그나마 화사한 핑크 스카프를 매치해서 포인트를 더했다). 아침에 아파트를 나설 때는 날씨가 더웠기 때문이다. 웬지 구두 때문에 뒤꿈치가 쓸리기 시작했다. 알베르토와 함께 사는 아파트까지는 10분 거리였다. 걸어가다 보면 흠뻑 젖고 말 터였다. 로나는 뒤꿈치가 까지는 것을 무시하려고 애쓰면서 번잡한 광장을 계속해서 성큼성큼 걸었다. 걸음을 멈췄다가는 앞 사람 등에 코를 박게 될 판이다. 딱히 불편하진 않았다. 로나는 산 세바스티안의 북적북적한 느낌을 좋아한다. 오늘은 바다가 거칠다. 성난 파도가 하얗게 해변으로 밀려오는 가운데 어떤 바보가 부서지는 거품 속에서 서핑을 하고 있었다. 휴가객 한 무리 역시 날씨가 나쁜데도 소나기에 아랑곳하지 않고 해변에 앉아있다.

직장 일로 힘든 하루였다. 로나가 접수원으로 일하는 호텔은 해마다 이맘때면 늘 그렇듯 바빠지기 시작했다. 이번 주에는 영국에서 온 가족 단위 여행객도 꽤 있었다. 그들 중 몇몇은 날씨 때문에 투덜거렸다. 5월 초의 따스한 영국을 두고 스페인까지 왔는데, 봄비를 만날 것이라고는 생각지 못했다. 로나는 그들에게 실내 수족관을 안내했다. 그 사람들이 실망한 것도 이해가 갔다. 태양과 해변, 야외에 테이블을 내놓은 타파스[7] 레스토랑을 즐기러 휴가를 왔

7. 스페인에서 식전에 간단하게 먹는 음식을 통칭함. 여러 가지 요리를 소량으로 즐길 수 있음

50

을 테니까. 처음 여기 이사 왔을 때 로나도 비슷한 실망을 느꼈다. 스페인에 와서도 비를 볼 줄은 상상하지 못했다. 그래도 로나는 여기가 좋았다. 올드타운의 돌길 건너에 있는 아름답고 오래된 건물, 안뜰이 따로 있는 그 작은 아파트가 좋았다. 그리고 음식도 훌륭했다. 파에야, 참새우, 오징어는 날마다라도 먹을 수 있었다. 핀초스[8]는 말할 필요도 없었다.

로나는 젖은 머리끝을 매만졌다. 오후 내내 프론트 데스크에 앉아 흠뻑 젖은 투숙객들이 실망한 채 로비로 들어오는 모습을 바라봤다. 그러면서도 이런 결과는 예상하지 못하고 머리하러 가기만을 고대했다. 이제 다 망해버렸다.

사람들이 북적거렸다. 거리 양편에는 검은색 철제 발코니가 달린 황토색 석조 건물이 늘어서 있다. 5분쯤 더 걸어서 미로 속을 빠져나가자 아파트에 도착했다. 로나는 거대한 정문을 통과해 로비로 들어간 다음 길고 좁은 복도로 걸음을 옮겼다. 그리고 2층으로 올라가는 유리 승강기를 지나 복도 끝, 또 다른 문으로 들어갔다. 그러자 하늘이 탁 트인 안뜰이 나왔다. 복층 주택 두 개가 직각을 이루며 안뜰을 둘러싸고 있었다. 로나의 집과 마리의 집이다. 건물을 앞에서 봐서는 뒤에 이런 공간이 숨어있다는 사실을 결코 알 수 없다.

마리는 체구가 작고 검은 머리를 허리춤까지 기른 50대 중반 여성으로 문 앞에 서서 러그를 두드리며 먼지를 털고 있었다. 로나가 빗물이 번들거리는 테라코타 타일에 미끄러지지 않도록 조심하며 안뜰로 들어가자 "안녕하세요Buenas noches."라고 인사를 건넸다. 로

---

8. 작은 바게트 위에 여러 재료를 올리고 핀으로 고정하는 스페인 바스크 지방의 타파스 요리

나는 미소를 지으며 손을 흔들었다. 분명 물에 빠진 생쥐 꼴로 보였을 것이다. 로나는 자기 집 현관으로 들어갔다. 현관에서는 바로 식사 공간 겸 거실이 이어지고 복층으로 올라가는 나무 계단이 나온다. 위에는 욕실 딸린 침실이 있다. 부엌과 작은 화장실은 뒤편에 있어서 건물 뒤가 내다보인다. 그라피티에 뒤덮인 콘크리트 농구장이 있는 곳이다. 가끔 늦은 밤에도 동네 아이들이 놀거나 음악을 듣는 소리가 들린다. 알베르토가 일하는 동안 혼자가 아니라고 느끼게 해주는 이 소리는 로나에게 위로와도 같았다.

로나는 젖은 블레이저를 벗고 신발을 벗어 던진 다음 몸을 숙여 물집이 생긴 뒤꿈치를 살펴보았다. 그리고 조용히 좁은 복도를 가운데 두고 양쪽에 벽이 있는 형태의 부엌으로 들어가 주전자에 물을 끓였다. 냉장고에 있는 화이트 와인을 마시고 싶은 유혹이 들었지만 참기로 했다. 머리는 이따가 오랜만에 예전 스타일로 내려볼 생각이다. 물이 다 끓기를 기다리는 동안 로나는 조리대에 기대서 시계를 확인했다. 거의 여섯 시였다. 알베르토가 집에 오기 전에 머리를 펼 시간은 충분했다. 알베르토는 일곱 시까지 온다고 했다.

싱크대에 남겨진 와인 잔 두 개가 눈에 띄었다. 아침에 나가기 전에 분명히 설거지를 했다. 로나는 싱크대가 엉망인 꼴을 보지 못한다. 우선 부엌이 너무 좁았고, 부엌이 어수선하면 스트레스를 받았다. 오늘 아침 로나는 구릿빛 한쪽 팔을 얼굴 위에 올린 채 자고 있는 남자 친구를 침대에 남겨두고 나왔다. 알베르토는 오후 네 시까지 바에 나가지 않아도 됐다. 그렇다면 종일 무슨 일을 했을까. 무엇보다도 누구랑 함께 있었을까? 로나는 와인 잔을 들어서 립스틱 자국이 있는지 조사했다. 아무 자국도 없었다. 잔을 다시 싱크대에 집어넣었다. 미친 짓이다. 로나는 원래 이런 사람이 아니다. 보통 믿어주는 편이다. 너무 신뢰가 지나쳐서 문제였다. 예전 남자 친구 스벤하고 사귄 지 1년 반 만에 헤어진 것도 그쪽이 바람을 피웠기 때문이다. 로나는 새피가 톰을 만났을 무렵 영국을 떠났고 그때는 암스테르담에 살고 있었다. 하지만 스벤과 헤어지고 나자 암스테르담에 있기가 싫어졌다. 대신 스페인에서 살 곳을 찾기로 했다. 그리고 몇 달 만에 알베르토를 만나 사랑에 빠졌다. 키가 크고 근육질이며 구릿빛 피부가 멋진 알베르토는 로나보다 여섯 살 아래였다. 로나는 어려진 기분을 느낄 줄 알았지만 오히려 반대였다.

조리대에 올려둔 휴대폰이 진동했다. 몸을 숙여 휴대폰을 들어서 보니 화면에 새피의 이름이 있었다. 로나는 솟구치는 행복을 느꼈다. 하지만 금세 죄책감이 따라붙었다. 크리스마스 이후로는 딸과 만나지 못했기 때문이다. 딸이 보고 싶었다.

"안녕, 우리 딸." 로나가 전화를 받았다.

"엄마." 새피의 머뭇거리는 듯한 목소리에 로나의 안테나가 바로 반응했다. 로나는 똑바로 서서 딸의 살짝 불안해 보이지만 예쁜 얼굴을 떠올렸다.

"별일 없지?"

"응…… 어, 아니. 이상한 일이 생겼어."

사소한 잡담 따위는 없다. 로나는 딸의 이런 점을 좋아했다. 새피는 언제나 본론으로 바로 들어간다.

"이상한 일이라고?" 로나는 마음을 다잡았다. 멀리 떨어져 사는 동안 외동딸에게 닥쳐올지 모른다고 생각하면서도 미리 걱정하지 않으려고 노력했던 여러 재난이 떠올랐다. 긴장으로 가슴이 조였다.

소리가 찌지직거려서 새피가 이야기를 하는 동안 거실로 자리를 옮겼다. 방금 시체 어쩌고 한 것 같은데?

"…… 열흘 전에 마당에서 아저씨들이 땅을 파는데……" 이렇게 말하는 새피는 어린애 같다.

로나는 휴대폰을 귀에 딱 붙이고 라임 색깔 팔걸이의자에 앉았다. 가슴이 철렁 내려앉았다. "뭐라고?" 새피가 자세한 얘기를 하는 사이 입이 딱 벌어졌다. 어째서 지금에야 이 얘기를 듣는 거지? 열흘 전 일이라면서.

"경찰이 할머니를 보재. 아직 자세한 얘기는 없지만. 엄마, 할머니가 정확히 언제 집을 샀는지 알아? 대충 1970년대라고 하신 건 아는데 혹시라도 틀렸을지 몰라서."

로나는 다리를 의자 위로 접어 올려 깔고 앉았다. 블라우스가 비에 젖어서 축축하고 추웠다. "모르겠는데. 나도 작년에 너랑 같이 있을 때 처음 들었어. 엄마가 알기로 할머니는 그 집에서 산 적이 없을 거야."

"양도 증서 엄마한테 있지? 거기 매매 일자가 적혀있을 거야."

로나가 얼굴을 찡그렸다. "어딘가 있을 거야, 찾아볼게. 근데 이런 정보는 경찰이 이미 다 알고 있을 텐데."

"그래도 내가 알고 싶어. 세입자 명단도." 새피가 대답했다.

"매매를 담당했던 변호사랑 얘기해 보는 게 나을지도 모르겠다……. 엄마가 연락처 찾을 수 있나 볼게."

새피가 이런 일을 혼자 처리해서는 안 된다. 로나는 새피가 할머니와 얼마나 가까웠는지 안다. 로나가 엄마와 쌓지 못했던 유대감을 할머니와 손녀가 느끼고 있었다. 로나는 엄마를 당연히 사랑했지만 두 사람은 너무 달랐다. 엄마는 혼자 지내는 타입이었고 사람들을 사귀거나 남의 일에 얽히려 하지 않았다. 그 결과 로나는 어린 나이부터 어긋나기 시작했다. 열네 살 때부터 술 마시고 파티에 다니다가 열다섯 살에 임신했다. 엄마는 슬퍼하며 단념하듯이 로나를 망나니라고 불렀다. 로나에게 새피는 모녀 관계를 만회할 수 있는 최고의 선물이었다. 조용하고 열심히 공부하는 딸. 토요일 밤에 파티에 가기보다는 집에 있는 쪽을 더 좋아하는 딸. 할머니와 손녀가 서로를 얼마나 사랑하는지 지켜보면 가슴이 따뜻해졌다. 하지만 엄마가 알츠하이머 진단을 받으면서 이런 관계는 망가지고 말았다. 물론 새피 입장에서 봤을 때 얘기지만 말이다.

"엄마가 영국으로 갈게." 로나가 불쑥 말했다. "너희 집에서 지내도 되니? 그 집 보고 싶어."

"여기로 온다고? 하지만…… 그러지 않아도 되는데. 그럴 필요 없어."

로나는 실망을 억눌렀다. "너 보려고 하지. 우리 딸 보고 싶어. 할머니도 한동안 못 만났잖아. 그리고 엄마가 도와줄 수 있을 거야."

"엄마…… 그렇게 간단한 문제는 아닌 것 같아."

"알아. 하지만 함께 있어주고 싶어. 경찰이 돌아다니면서 자꾸 물어보고 널 귀찮게 굴 때는 더욱더. 엄마는 호텔에서 지내도 돼……."

"아니, 그런 얘기가 아니야. 당연히 여기 있어도 되지. 우리 매트리스도 있어." 잠깐 침묵이 흘렀다. "알베르토도 데려올 거야?"

로나는 싱크대 안의 와인 잔 두 개를 떠올리고 등 뒤의 부드러운 쿠션에 몸을 기댔다. "아니. 우리 좀 떨어져서 지내도 돼, 솔직히 말해서."

"아, 엄마."

"괜찮아. 문제없어. 우리 오늘 밤에 놀러 나갈 거야. 그냥 알베르토가 바 운영하느라 바빠서……." 로나는 말을 맺지 않았다. 딸은 똑똑하고 자기가 그 나이였을 때보다 훨씬 분별력이 있다. 속아 넘어가지 않을 것이다. 언제부터 두 사람 역할이 뒤바뀌었을까? 남자친구 문제로 전화를 걸어오는 쪽은 새피여야 했다. 하지만 새피는 그러지 않고 톰과 4년째 함께하고 있다. 로나는 한 남자와 관계를 4분이나 유지할까 말까 하는데.

"오늘 밤 뭐할 거야?"

딸이 아주 편안한 웃음을 터뜨렸다. "평소랑 똑같지. 집에서 포장해 온 음식 먹으면서 넷플릭스 볼 거야."

로나도 전화 건너에서 미소를 지었다. 별안간 너무나 그 자리에 있고 싶었다. 딸이랑 함께 무릎 위에 접시를 올려놓고 피시앤칩스를 먹으며 드라마나 정주행하고 싶었다. "토요일 아침에 갈게. 괜찮지?"

"브리스틀 공항으로 데리러 갈게. 시간 정해지면 문자 줘."

작별 인사를 나누고 로나는 나무 계단을 올라 침실로 갔다. 그리고 몸에 달라붙는 빨간색 드레스로 갈아입었다. 알베르토가 제일 좋아하는 옷이었다. 가슴을 강조하기 때문에 알베르토는 이 드레스를 로나의 제시카 래빗[9] 드레스라고 부른다. 망가진 머리를 수습하려고 애쓰면서 로나는 딸과 나눈 대화를 곰곰이 생각했다. 엄마 집 마당에 백골이 묻혀있었다. 남자 하나, 여자 하나. 기억, 모호하

---

9. 영화 〈누가 로저 래빗을 모함했나〉에 등장하는 캐릭터

고 뒤틀린 기억이 머릿속에 스쳤다. 마당, 밤하늘에 터지는 불꽃놀이로 간간이 어둠이 걷히던 기억이 언뜻 떠올랐다. 하지만 확실히 떠오르기 전에 날아가 버렸다. 마치 바람에 날린 민들레 홀씨처럼 손이 닿지 않는 곳으로.

7

새피

엄마를 바로 찾아냈다. 크고 헐렁한 밀짚모자를 쓰고 몸매가 다
드러나는 핑크 크롭 진을 입은 채 브리스틀 공항 입국장으로 성큼
성큼 나오고 있었기 때문이다. 손목에 잔뜩 팔찌를 끼었고, 달랑거
리는 커다란 귀걸이가 걸을 때마다 빛을 받아 반짝였다. 샹들리에
가 따로 없었다. 남자들이 우리 엄마를 쳐다본다. 넘치는 에너지
와 시시덕거리기 좋아하는 성격, 언제나 내보이고 있는 가슴골 같
은 것들이 어릴 때는 창피했다. 게다가 엄마는 교문 앞에서 기다리
고 있는 다른 엄마들보다 훨씬 더 젊었다. 하지만 지금은 아니다.
서로 다른 나라에 떨어져 살다 보니 내가 엄마를 얼마나 그리워하
는지 깨달았다. 아니면 나도 곧 엄마가 되기 때문일 수도 있다. 엄
마가 마흔한 살에 할머니가 되는 것을 어떻게 받아들일까. 나이 든
느낌이 들까. 나는 걱정을 억눌렀다. 지금 이런 문제를 생각할 수
는 없다. 다른 걱정거리도 넘쳐난다.

어제저녁 형사한테 받은 전화 같은 것 말이다.

나를 발견한 엄마가 얼굴 한가득 함박웃음을 지었다. 굽 높은 샌들을 신은 엄마는 표범 무늬 여행 가방을 끌면서 또각또각 나에게로 다가왔다.

"우리 딸." 엄마가 나를 감싸 안았다. 톰포드 향수와 코코넛 선크림이 뒤섞인 익숙한 냄새가 난다. "얼굴 보니 너무 좋네."

"나도. 엄마, 좋아 보인다."

엄마는 팔을 뻗어 어깨를 붙잡고 나를 찬찬히 바라봤다. "너도 그런데?" 엄마 목소리에 놀란 기색이 섞여있어서 나는 속으로 웃었다. "좀 통통해진 것 같다. 잘 어울려. 엄마가 너 너무 말랐다고 생각했던 거 알지." 그러더니 엄마가 주위를 둘러봤다. "톰은 어디 있니?"

"차 세워놓고 스노이랑 같이 기다리고 있어."

엄마가 팔짱을 끼었다. "톰도 너무 반가울 것 같아. 그럼 이제 해골 얘기 좀 해볼래? 도저히 믿을 수 없는 얘기야, 안 그러니?"

내가 대답하려고 입을 벌리는데도 엄마가 계속 말을 이어 나갔다. "그러니까 경찰이 지나치게 질문을 많이 해서 할머니를 괴롭히지 않는다는 가정하에 말이야. 너랑 연락하는 경찰관 이름이 뭐니? 경찰이 뭘 어쩌려는지 엄마가 정확하게 알아낼게. 그리고……"

두통이 오는 느낌이다. 엄마를 무척 사랑하지만 정말이지 엄마는 말을 끝낼 줄 모른다.

나는 차까지 가는 동안 엄마가 떠들도록 내버려 두었다. 톰은 우리 미니에 기대서서 당혹스러운 미소를 짓고 있었다. 엄마가 있을 때면 늘 저렇게 웃는 것 같다. 스노이는 발밑에서 냄새를 맡고 있었다.

"톰!" 엄마가 소리치며 달려가 톰을 끌어안았다. 팔찌가 맞부딪쳐 찰랑거리는 소리가 톰의 귀에 들릴 정도다. 톰이 엄마 어깨 너머로 나를 바라보며 눈썹을 올렸다. 나는 웃음을 참았다.

"안녕하세요. 편하게 오셨어요?" 톰이 엄마의 포옹에서 빠져나오며 물었다.

엄마는 부정하듯이 손을 저었다. "자리가 좁아 터졌어. 덩치 큰 사람들 사이에 끼어서 왔거든. 그래도 뭐, 도착했으면 됐지. 게다가 오늘은 여기 날씨가 산 세바스티안보다 훨씬 좋네." 엄마가 어깨를 으쓱했다.

톰이 가방을 트렁크에 싣는 동안 나는 엄마가 우아함과는 거리가 멀게 뒷좌석에 바둥거리며 타는 모습을 지켜봤다. 톰하고 아이가 태어나면 뒷좌석 쪽에도 문이 달린 차를 사야겠다는 얘기를 했었다. 하지만 확장 공사 때문에 살림이 빠듯하다.

"시골집을 보게 되다니 신난다." 주차장을 빠져나가는데 엄마가 앞쪽으로 다가앉으며 톰이 앉은 조수석 등받이를 잡고 말했다. "너랑 전화한 다음에 양도 증서 찾아서 변호사한테 간단하게 전화해 봤는데……"

당연히 그랬겠지. 엄마는 내가 전화를 끊는 순간 행동에 들어갔을 것이다. 그래도 내가 직접 처리하지 않아도 돼서 고마웠다.

"알아보니 할머니는 1977년 3월에 그 집을 샀고 1981년 봄까지 살다가 세놓았나 봐. 브리스틀 집을 산 건 그다음 일이고." 엄마는 이 모든 얘기를 숨도 쉬지 않고 말했다.

"그럼 엄마도 시골집에서 잠깐 살았겠네?" 놀라서 물어봤다.

"기억나?"

"음…… 아니, 떠오르는 게 없어. 이사 나갈 때 내가 세 살이었을 테니까. 하지만 보면 뭔가 기억이 날지도 모르지."

"집 안은 좀 구식이야. 특히 부엌이. 하지만 다른 부분은 톰이 멋지게 손보고 있어. 그런데……" 나는 설명하는 도중에 재빨리 톰에게 미소를 지었다. "불행히도 예비로 남겨둔 방은 아직 벽이 샛노란 색이야."

엄마가 웃었다. "엄마한테 완전 맞춤이겠는데. 그럼 할머니 얘기 좀 자세히 해봐."

나는 차 뒷거울로 엄마를 흘낏 봤다. 모자를 벗은 엄마의 짙은 갈색 눈동자가 흥분으로 반짝이고 있었다. 하지만 다른 것도 있었다. 엄마가 숨기려고 애쓰고 있는 고통이었다. 사실 엄마랑 알베르토가 대체 어떻게 되고 있는지 궁금하다. 나는 항상 엄마가 도망치고 있다는 느낌을 받는다.

이번에는 말이 끊기지 않기를 빌며 입을 열었다. "어젯밤에 형사가 전화했어. 매슈 반스라고 직급은 경사래. 그럭저럭 친절했는데 요양원 매니저 조이랑 얘기했다고 하더라. 조이가 경찰한테 할머니하고 얘기하려면 본인이 안전하다고 느끼는 장소인 엘름스 브룩에서 하는 게 좋겠다고 했대. 그리고 엄마나 내가 동석하는 편이 좋겠다고도 하고. 요양원 쪽에서는 할머니가 가끔 정신이 돌아올 때도 있고 과거 일은 많이 기억하는 편이니까 경찰이랑 얘기하는 건 충분히 가능하다고 보나 봐. 도움이 될 수도 있대."

"그래, 잘됐다. 엄마도 갈게." 엄마가 고집했다.

"응, 잘됐네. 음…… 얼마나 있다가 갈 거야? 일은 어떻게 했어?"

엄마가 왜 안 물어보나 했다는 듯이 한숨을 내쉬었다. "일주일 휴가 냈어. 이 정도면 정상 참작할 만한 일이잖아, 그렇지?"

"어…… 글쎄. 응, 그렇지…… 하지만 그냥 형식상 만나는 것뿐이야. 그 20년 사이에 우리 집에서 살았던 사람들 전부랑 얘기해야 한대."

"그렇겠지. 하지만 우리 딸이랑 같이 지낼 수 있으니 얼마나 좋아. 크리스마스 이후로 제대로 보지도 못했잖아."

그때는 정말 악몽 같았다. 사실 엄마 잘못은 아니었다. 전부 다 엄마가 남자 친구라고 부르는 무례하고 오만한 멍청이가 크로이던의 좁은 아파트에서 우리랑 같이 지내기 싫다는 티를 냈기 때문이었다. 아무 데나 다른 곳, 기왕이면 스페인의 해변으로 가고 싶어 하는 것이 눈에 보일 지경이었다. 그리고 예전에는 같이 있다 보면 항상 엄마가 정신없이 바쁜 삶으로 돌아가고 싶어 안달하는 느낌이 들었다.

곁눈질하니 톰이 '저 빼고 얘기해 주세요' 얼굴을 한 채 정면을 똑바로 바라보고 있었다.

나는 롱 애슈턴 우회로로 들어갔다. 딱히 할 말이 없었다. 엄마랑 시간을 보내기 싫다는 것은 아니다. 지금은 엄마를 상대할 기력이 없다……. 그래, 기력이 없다. 엄마가 직접 말하지도 않았고 말해야 하는 것도 아니지만 내가 너무 일찍 정착해서 엄마가 탐탁지 않게 여긴다는 사실은 알고 있다. 톰하고 내가 몇 년 전 집을 합칠 때, 엄마는 그만두라고 설득하려 했다. 그리고 같이 집을 사기 위해 착수금을 모으고 있다고 말하자 '너무 어린 나이'에 주택담보대

출에 '매이는' 삶을 살면 안 된다고 경고했다. 열여섯 살에 나를 낳았으니 엄마의 십 대 시절은 당연히 엉망이었다. 페이스북 사진을 보면 엄마는 그때의 상실을 지금 보상하고 있는 것이 분명하다.

"엄마 있고 싶을 때까지 있어." 나는 마음 깊은 곳에서 질질 끌어온 감정을 무시하려고 노력하며 말했다.

40분 뒤 우리는 베거스 눅에 도착했다.

엄마는 꽤 오래 숨을 돌리면서 창밖으로 코츠월드 특유의 석조 건물들을 구경했다. "아주 멋진 곳이네. 지명은 이상하지만. 좀 괴상해. 근데 잘 모르겠다. 익숙해 보이기는 한데 〈아가사 레이즌〉[10]에 나오는 그 예쁘장한 마을이 생각나서일지도 몰라. 제일 가까운 번화한 도시까지 얼마나 걸리니?"

나는 속으로 생각했다. 그럼 그렇지. 엄마는 벌써 쇼핑할 계획을 잡고 있었다. 이 마을은 엄마한테 너무 외딴곳일 테니까. "치퍼넘인데, 십 이삼 킬로미터 가야 있어."

"십삼 킬로미터, 와." 엄마는 도망가고 싶은 망아지처럼 살짝 당황한 눈길로 주위를 훑어보았다.

우리는 마을 한가운데를 가로질렀다. 그런데 광장을 지날 때 엄마가 숨을 헉 들이마셨다. "저게 뭐지?" 엄마가 가리킨 것은 측면이 개방된 정육면체 모양 석조 건축물이었다. 지붕을 씌우고 꼭대기에 첨탑을 달았다. 중심 도로 세 개가 만나는 지점인 교회 바로앞, 광장 경계에 있었다. 네 면 모두 돌계단으로 둘러싸여서 광장히 눈에 띄는 랜드마크였다.

10. 영국의 코믹 미스터리 드라마

"저건 마켓 크로스예요." 상식을 전달할 기회를 잡아서 톰의 얼굴이 밝아졌다. "처음 여기 이사 왔을 때 찾아봤는데요. 역사가 14세기까지 거슬러 올라간대요. 시장이 있는 도시나 마을에서는 꽤 흔했나 봐요. 이렇게 멋진 건 본 적이 없지만요."

엄마는 눈살을 찌푸렸다. "나…… 이거 기억나……."

"정말?"

엄마가 눈을 깜빡였다. "아주 막연한 기억이야. 하지만 전에 본 적이 있어. 난……" 엄마는 고개를 저었다. "너무 답답하다. 마음속에 아주 간략하게 이미지랑 어떤 감정이 존재하는 느낌이야." 엄마는 가슴에 손을 얹었다. 뒷거울로 눈을 감은 얼굴이 보였다. "이 감정……" 엄마가 눈을 번쩍 떴다. "하지만 금방 사라져."

"전에 어디서 읽었는데" 톰이 끼어들었다. "사람의 기억은 끝없이 발전한대요. 그래서 우리가 기억할 수 있는 건 원래 있었던 일이 아니라 마지막으로 그 일을 회상했던 버전의 기억이래요."

나는 못 말린다는 듯이 웃었다. 하지만 엄마는 평소와 다르게 굳은 얼굴이었다. 그리고 기대감을 품고 있지만 살짝 망설이고 있는 어린아이처럼 유리창에 바짝 얼굴을 대고 있었다. 톰을 슬쩍 쳐다보자 톰도 어색한지 어깨를 으쓱했다. 나는 계속해서 언덕을 올라가 열두 채의 집이 늘어서 있는 우리 동네, 스켈턴 플레이스에 도착했다. 자갈 깔린 진입로가 환영하듯 펼쳐졌다. 차를 세우다 보니 오늘은 기자들이 어슬렁거리고 있지 않아서 마음이 놓였다. 유골이 발견된 지 2주가 지났으니까 이제 좀 다른 기사로 넘어갔기를 빌고 있다.

"세상에, 숲이 꽤 음산하네, 안 그러니?" 엄마가 말했다. "마을 전체가 숲에 둘러싸여 있네. 빨간 모자에 나오는 동네 같다."

"그렇게 보일 수도 있어. 특히 흐린 날에는."

"시골집에 이름이 없어서 놀랐어. 이 아름다운 등나무를 봐. 초가지붕은 또 어떻고. 근데 스켈턴 플레이스 9번지는 너무…… 모르겠다." 엄마는 살짝 몸을 떨었다. "불길하게 들려."

시시콜콜 잘못을 찾아내서 신경 쓰이게 하는 건 엄마 특기지만 무슨 말인지는 나도 안다. 엄밀히 말해서 예쁜 이름은 아니니까. 조그만 우리 집에 어울리지 않기도 하다. 이 집은 그리 크지 않다. 할머니의 브리스틀 집만큼은 가치가 없을 것이다. 하지만 나는 이렇게 아름답고, 고풍스럽고, 그림엽서로 만들면 완벽할 것 같은 곳에서는 살아보지 못했다. 지금은 등나무가 무성하게 자라서 어슴푸레한 연보라색 깃털 목도리처럼 집 전면을 휘감고 있다. 그리고 진입로에서는 뒷마당의 거대한 구덩이가 보이지 않았다.

권리상으로는 나와 톰이 아니라 엄마가 여기에서 애인이랑 같이 사는 게 맞다. 이번에 엄마의 마음을 사로잡은 연하남이 누구든 간에 말이다. 그래서 모아둔 돈을 일부 주려고 했었는데 엄마가 거절했다. 내가 알기로 엄마가 소유한 집은 이 집뿐이다. 내가 어릴 때는 켄트 지방의 브롬리라는 동네에서 아파트에 세 들어 살았다. 엄마는 매이기 싫다고 했지만 나한테는 언제나 조금…… 무책임해 보였다.

아직 나와 톰 이름으로 명의를 바꾸지는 못했다. 부엌 확장 공사를 시작하기 전에 엄마한테 말을 꺼내 보려고 했는데 여러 가지로 여의치 못했다. 내 임신 얘기를 아직 꺼내지 못한 것처럼 말이다. 자꾸 임신이라는 주제로 돌아가네.

나는 차에서 나와 몸을 쭉 폈다. 등도 아프고 속도 메슥거렸다. 톰과 엄마가 차에서 빠져나오는 동안 뱃속 가득 시골 공기를 들이마셨다. 내리려던 엄마는 신발 뒷굽이 안전벨트에 걸리는 바람에 깔깔 웃었다. 엄마를 도와주던 톰도 웃었다. 톰은 사람들하고 정말 잘 지내고, 인내심도 강하다. 보나 마나 아주 훌륭한 아빠가 될 것이다. "여기 좀 냄새난다." 진입로로 나온 엄마가 말했다. "거름인가?"

나는 톰을 보고 얼굴을 찡그렸다. 차 옆으로 한 바퀴 돌아 두 사람 쪽으로 가는데 진입로 끄트머리 산울타리 옆에서 누군가 맴도는 것이 보였다. 몸이 얼어붙었다. 또 그 남자다. 그날 집 옆에 숨어 있던 남자. 할머니 요양원에서 차를 타고 내 옆을 지나간 남자.

"톰! 저 남자……" 말을 꺼내는데 톰도 그 남자의 존재를 알아차린 모양이었다. 엄마에게 스노이의 산책 줄을 넘긴다.

"빌어먹을 기자들." 톰이 나지막하게 중얼거렸다.

"경찰에서 새로 발표한 정보도 없는데 왜 어슬렁거리는 거야!" 내가 소리쳤다. 두개골 골절 건은 경찰이 아직 공개하지 않았다.

"이봐요." 톰이 소리치며 앞으로 다가갔다. 하지만 그 남자는 산울타리 뒤로 사라졌다. 톰이 남자를 쫓아 진입로 아래로 달려갔다. "거기! 기다려!" 입구까지 가다가 톰은 걸음을 멈추고 우리를 돌아보며 어깨를 으쓱했다. "가버렸어."

8

로나

로나는 수선을 떨며 돌아오는 톰을 바라보았다. 새피 곁으로 온 톰은 보호하듯 한쪽 팔로 새피의 어깨를 감쌌다. 로나는 두 사람이 확고하게 공유하고 있는 유대감에 불현듯 날카로운 질투를 느꼈다. 로나와 유안도 한때는 그랬었다. 하지만 아직 어린애에 불과할 때 아이를 낳은 것이 두 사람 관계에 상처가 되었다. 오버사이즈 멜빵바지를 입어서 귀여워 보이는 새피가 입술을 깨물고 있었다. 새피는 어릴 때도 항상 입술을 깨물었다. 로나는 끝없이 그만 깨물라고 말하고는 했다.

"이상한데." 톰이 가쁜 숨을 몰아쉬며 말했다. "분명히 기자일 텐데 왜 다가가니까 도망쳤을까? 왜 질문을 퍼붓지 않지?"

로나는 안도하며 스노이의 산책 줄을 톰에게 건넸다. 동물이라면 질색이다.

새피 얼굴이 걱정 때문에 파리해졌다. "전에도 본 적 있는 사람이야. 며칠 전에." 새피가 말했다. 로나는 딸이 걱정하기 시작할 줄 벌써 알고 있었다. 새피는 상상력이 엄청나게 풍부한 아이니까. 네 살 때는 아파트에 괴물이나 용이 침입할 수 있다고 생각했다. 덕분에 로나는 몇 달을 매일 밤마다 침대 가장자리에 앉아 그런 일은 불가능하다고 안심시켜야 했다.

"새피, 그냥 또 다른 기자일 거야." 로나는 새피의 팔뚝을 부드럽게 감싸며 말했다. "예상했잖아. 가자, 집 안이 너무 보고 싶다."

새피는 다시 도로 쪽을 흘깃 보았다. 커다란 갈색 눈동자로 여기저기 눈길을 던지는 것이 꼭 겁먹은 강아지 같았다. 하지만 곧 입을 꾹 다문 채 로나를 보고 고개를 끄덕였다.

톰은 두 사람을 아치형 현관문으로 안내했다. 안으로 작은 복도가 나있다. 천정에 들보가 드러나 있고 마루는 벗겨졌다. 톰은 두 사람이 먼저 문턱을 넘도록 뒤로 물러섰다. 톰 머리가 들보에 거의 닿을 듯했다. 톰은 자랑스러운 표정을 짓고 있었다. 로나는 새피가 차에서 한 말을 떠올렸다. "톰, 아주 근사하다." 로나가 패로 앤드 볼 페인트를 칠한 벽과 사포질을 한 마룻바닥을 둘러보면서 말했다.

"그러니까 거실은 저기로 들어가면 돼." 새피가 왼쪽에 있는 나무 문을 가리킨다. "복도 끝은 부엌이야. 작긴 한데 식탁 놓을 공간은 있어. 거의 딱 맞아. 그리고……"

하지만 로나는 본능적으로 오른쪽으로 돌았다. 계단에 바로 못 미쳐서 방이 하나 있었다. 문을 밀어서 열자 머릿속에서 스쳐 지나가는 기억이 폭발했다. 재봉틀. 페달을 밟는 소리. 드륵 드륵 드륵. 로나는 빠르게 눈을 깜빡였다. 또렷해진 시야에는 재봉틀이라고는 보이지 않았다. 그저 창문 아래에 책상이 있고 컴퓨터가 놓여있다.

벽에는 갈색과 노란색으로 된 못생긴 구식 벽지가 붙어있다.

"내 서재야." 뒤따라온 새피가 말했다. "아직 꾸밀 시간이 없었어. 이 벽지는 50년 넘게 안 바꾼 것 같아!"

로나는 얼굴에 웃음을 띠고서 새피를 돌아보았다. 재봉틀이라니. 브리스틀 엄마 집에는 재봉틀이 없었다. "귀여운 방이네. 페인트를 칠하면 예쁘겠다."

새피는 로나의 불안을 감지하기라도 한 듯 어색한 미소를 지었다. "자, 이제 위층이야." 새피가 계단을 가리켰다. 마룻바닥이 그대로 드러나 있었다. 원래 이랬던가? "침실은 세 개 있어. 안방이 앞마당을 바라보는 쪽이야. 뒷마당이 보이는 방향으로 조금 작지만 그래도 더블베드를 놓을 수 있는 방이 있고, 작은 방이 하나 더 있어서 우리는 거길 아……!" 말을 멈추는 새피 얼굴이 잿빛이 됐다.

"뭐라고? 너……" 로나는 돌연 모든 것을 분명히 깨달았다. 둥그스름해진 새피 얼굴, 약간 불어난 체중. "너 아기라고 말하려고 했니?"

새피가 얼굴이 빨개지더니 죄지은 사람처럼 고개를 끄덕였다. "응, 나 임신했어."

로나는 휘청거렸다. 임신이라고. 망할. 새피는 아직 너무 어리다. 아직도 로나의 아기다. 실망감이 몰려왔다. 새피는 겨우 스물네 살이고 아직 세상을 채 살아보지도 못했다. 로나의 삶에서 아무것도 배우지 못한 것일까? 로나는 늘 새피에게 좀 더 나이가 든 뒤에, 경력을 잘 쌓은 뒤에 결혼하고 아이를 가지라고 말했다.

"나는…… 와, 멋진 소식이다. 우리 딸." 로나가 진심을 억누르며 가까스로 말했다. "축하해." 딸을 끌어안았지만 품속 새피에게서 긴장감이 느껴졌다. 그 정도로 거짓말처럼 들렸나? 로나는 새피를 놓아주고 현관 옆에서 여전히 로나의 가방을 든 채로 어색하게 서있는 톰에게도 말을 걸었다. 스노이가 발치에 앉아서 고개를 한쪽으로 젖히고 로나를 올려다봤다. "톰도 축하해. 와." 로나는 다시 딸을 돌아보았다. "얼마나 됐어? 3개월 검진은 아직이니?"

새피가 고개를 끄덕였다. 뺨을 물들이던 붉은 빛이 이제 목으로 타고 내려와 흰색과 파란색 줄무늬 티셔츠까지 퍼지고 있었다. "응, 지금 17주야. 예정일은 10월 13일이고."

17주. 그렇다면 새피는 족히 두 달, 어쩌면 석 달 전에 알고 있었다는 얘기다. 로나는 딸이 곧바로 자신을 찾지 않았다는 사실에 어쩔 수 없이 상처받았다. 물론 자신도 엄마에게 임신을 숨겼었다. 하지만 그건 임신 사실을 들켰을 때 로나의 나이가 열여섯 살도 안 됐기 때문이었다. 유안은 겨우 한 살 더 많았다. 조용하고 엄격한 로즈 그레이의 망나니 외동딸은 이웃들이 몇 년에 걸쳐 상상한 대로 행동했다. 모두 로나를 프램페이스[11]라고 불렀다. 그렇다고 로나가 그중 무엇 하나라도 후회한 것은 아니다. 새피가 다섯 살에 갈라서기는 했지만 로나와 유안은 잘 해냈다. 함께 살고, 결혼도 했다. 몇 년 못 가서 이혼하기는 했어도 말이다. 하지만 유안은 새피의 삶에서 큰 비중을 차지하는 사람으로 남았다. 자라면서 새피는 2주에 한 번은 런던에 있는 유안의 작은 아파트로 가서 아빠와 주말을 같이 보냈다. 덕분에 두 사람은 가까운 관계를 유지했다. 로나도 유안도 재혼은 하지 않았다. 로나는 유안의 성을 그대로 썼다.

할머니가 되는 날을 상상해 본 적이 있었다. 본인이 그렇게 어린

11. Pramface, 10대에 아기를 낳은 청소년을 가리키는 말

70

나이에 엄마가 됐으니 할머니가 되더라도 그리 많은 나이가 되지는 않을 거라고 생각은 했었다. 하지만 그래도 마흔하고도 겨우 한 살보다는 많을 줄 알았다. 알베르토가 뭐라고 생각하겠어?

이 모든 생각이 순식간에 머릿속을 스쳐 지나갔다. 로나는 곧바로 마음을 다잡았다. 다 이기적인 생각이다. 자기 문제가 중요한 게 아니다. 새피와 톰, 그리고 두 사람의 아기에 관한 일이었다. "정말 기쁘다, 우리 딸. 진심으로 기뻐."

새피는 안심해서 맥이 풀린 듯했다. "계획한 임신은 아니었지만……" 불안 섞인 웃음이 나왔다. "음, 알잖아."

로나도 웃었다. "알지. 너 혹시…… 아빠한테도 얘기했니?"

"아니 아직. 엄마한테 먼저 말하고 싶었어."

로나는 적어도 유안보다는 먼저 알았다는 사실에 너무 으쓱하지 않으려고 노력했다. "자, 그러면 차 마실 물 올리고, 유골 나온데 보러 가자. 이런 말을 하게 되다니. 상상도 안 해봤다."

톰은 두 사람이 밀린 얘기를 할 수 있게 스노이를 데리고 동네 산책하러 가겠다며 문밖으로 사라졌다. 왜 톰이 나가지 못해서 안달인 느낌이 들지? 로나는 딸이랑 잠시 단둘이 있게 돼서 다행이라고 생각하면서도 이렇게 생각했다.

주방은 작고 구식이었다. 들어가자마자 로나는 곧장 창가로 갔다. 창 너머로 엉망인 마당이 보였다. 버려진 굴착기, 땅에서 파낸 야외 테라스용 널돌, 거대한 구덩이, 그리고 음울한 배경을 이루고 있는 빽빽한 숲. 덕분에 로나는 불안감에 휩싸였다. 어깨 가까이에서 새피가 온 기척을 느꼈지만 돌아보지 않았다. 마치 누가 목덜미에 부드럽게 입김을 부는 것 같아서 로나는 몸을 떨었다. 마당 끝,

숲에 조금 못 미치는 곳에는 보라색 꽃이 핀 커다란 나무가 있었다. 굵은 가지가 집으로 팔을 뻗는 것처럼 보였다. 로나는 거칠게 숨을 들이마셨다.

"왜 그래, 엄마?"

"저 나무……." 로나는 머리를 흔들었다. 보라색 꽃잎. 전에 양동이에 저 꽃잎을 담아 물을 넣고 찧은 적이 있다. 기억이 난다. "이 마당에서 놀았어. 아주 눈에 익어. 내 생각엔…… 한때 저 나무에 밧줄로 매단 그네도 있었을 거야. 전에 저 꽃으로 향수 만드는 시늉을 했었어."

어깨를 감싸 쥐는 새피의 따뜻한 손이 느껴졌다. "우아, 엄마."

로나는 딸을 돌아보았다. "여기서 지내는 거 행복하니? 이런 일이 생겼는데도?"

창백해진 새피의 눈에 눈물이 조금 고였다. "난…… 우린 달리 갈 데가 없어. 그리고 이 일이 있기 전에는 여기가 정말 좋았어."

로나는 울컥 목이 메는 것을 참았다. "그래."

"그리고 아주 오래전에 일어난 일이잖아, 안 그래? 내가 생각한 만큼 오래는 아니지만." 새피는 눈물 어린 미소를 지었다. 그러고는 눈길을 창밖으로 돌렸다. "누구 시체인지 궁금해."

"어쩌면 경찰에서 치과 기록으로 알아낼 거야. 나가 봐도 될까? 더 가까이에서 보고 싶은데."

"이제 경찰이 작업 끝냈으니까 나가도 돼. 뒷문 열쇠 가져올게. 잠깐만."

새피의 걸음이 느리다. 어깨도 처져 있다. 로나는 딸을 꼭 감싸 안고 싶었다.

"자, 열쇠가 왔어요." 새피가 돌아오자 로나는 문을 열 수 있게 비켜주었다. 두 사람은 과감하게 마당으로 나갔다. 이제 해가 지고 있어서 잔디밭에 나무 그림자가 길게 드리워졌다.

두 사람은 울퉁불퉁한 지면을 걸으며 입을 벌리고 있는 구덩이로 향했다. 아주 깊은 구덩이였다. 가까이 다가가자 축축한 흙냄새를 맡을 수 있었다. "경찰이 유골이 또 있는 건 아닌지 확인했대?" 가끔 묘지를 방문할 때와 비슷한 느낌이 났다. 실제로는 이미 사라지고 없다는 사실을 알면서도 발밑에서 그 모든 시체의 존재가 느껴지는 기분이다.

새피가 고개를 끄덕였다. "조사 때 수색견들도 있었어. 더는 없다니까 걱정하지 마……."

로나는 새피 어깨에 팔을 둘렀다. "가자, 가서 차 한 잔 마시고 엄마가 쓸 방 보여줘."

얼마 후 톰이 스노이를 데리고 돌아왔다. 세 사람은 부엌에서 작은 나무 식탁 주위에 둘러앉아 저녁을 먹었다. 새피가 벽에 붙여둔 식탁을 당겨서 로나가 앉을 자리를 만들었다. 로나는 아기 얘기를 다시 꺼냈다.

"그래서 이름은 생각해 봤어?"

"아직." 새피가 볼로네제 파스타를 한입 가득 물고 말했다.

"성별은 확인할 거야?"

새피는 톰을 슬쩍 쳐다봤다. "아니. 우리는 마지막까지 깜짝 선물로 남겨두고 싶어."

"그건 네 생각이지. 난 알아도 상관없어." 톰이 온화하게 말했다.

"난 그냥 깜짝 선물 쪽이 더 근사할 것 같아."

"하지만 성별을 알면 아기방을 어떤 색 페인트로 칠할지 알 수 있잖아!"

새피가 못 말린다는 표정을 지었다. "또 인테리어 얘기야? 옅은 회색으로 칠하면 되잖아." 말투에 애정이 묻어났다.

로나는 얼굴을 찡그리지 않으려고 애썼다. 회색이 어쩌고 어째? 다른 색은 다 어디 두고?

새피는 식탁 너머로 손을 뻗어 톰의 손을 꼭 잡았다. 애정 표현을 드러내놓고 한다는 점에서는 아빠를 닮은 딸이었다. 그래도 이 남자를 향한 딸의 사랑은 눈부셨다. 그래서 로나는 알베르토와 자기 사이에 부족한 것이 무엇인지 더욱 확실하게 깨달았다. 알베르토만이 아니다. 사실 과거에 만났던 남자들과도 다 비슷한 관계였다. 아마도 유안만 예외였을 것이다. 하지만 그때 둘은 너무 어렸다.

새피가 눈이 촉촉해지더니 나이프와 포크를 내려놓았다. "계속 할머니 생각이 나. 할머니도 여기 있으면 좋겠어, 우리랑."

"착한 우리 딸, 엄마도 그래." 로나가 부드럽게 말했다.

딸의 눈에 눈물이 차올랐다. "엄마는 할머니가 거기서 행복한 것 같아? 난 할머니가 불행할까 봐, 왜 거기 있는 건지 이해하지 못할까 봐 걱정돼. 그래서 겁이 날 때가 있을까 봐 걱정이야. 엄마 생각엔 잠깐이라도 여기에 모셔 올 수 있을 것 같아?"

"그러면 할머니가 더 혼란스러울 수도 있어. 거기 좋은 요양원이야. 잘 챙겨드리고 있을 거야. 엄마가 제대로 알아봤어." 새피는 예전부터 수도꼭지였다. 수도꼭지는 로나가 종종 쓰던 표현이다. 딸은 넘치도록 감수성이 풍부한 아이였다. 한번은 휴가차 포르투

갈에 놀러 갔는데 아홉 살이었던 새피가 레스토랑 수족관에서 요리될 차례만 기다리고 있는 바닷가재를 보더니 울음을 터뜨렸다. 이 일을 극복하는 데 며칠이나 걸렸다. 또 새피는 길에서 본 노숙자나 떠돌이 개를 몇 시간씩 걱정했다.

"하지만…… 거기가 할머니네 집은 아니잖아. 안 그래?"

"여기서 지내니까 할머니 생각이 날 수밖에 없겠지."

새피가 울상을 지었다. "정말 그래. 그리고 할머니가 그리워."

"나도 그래." 로나는 덜컥 자기 말이 사실임을 깨달았다. 새피가 태어났을 때 엄마는 하나밖에 없는 손녀에게 푹 빠졌고, 그 둘은 언제나 특별히 가까운 사이였다. 로나는 둘이 깊이 사랑해서 기뻤다. 다 같이 있을 때는 중간에 끼인 사람이 되더라도 개의치 않으려고 애썼다. 정말로 노력했다. 두 사람은 너무나 비슷했다. 로나는 그렇게 생각했다. 하지만 모녀 사이에는 틈이 있었다. 성격 차이 때문이었다. 로나는 틈이 생기게 내버려 둔 자기 엄마와는 달리 자기와 새피 사이에서는 결코 그런 일이 벌어지게 두지 않겠다고 늘 맹세했다.

"어디를 아기방으로 쓸지 보여 줄래?" 새피의 기분을 좀 풀어주고 싶었다.

새피는 얼굴이 밝아지더니 로나를 복도로 데리고 나와서 계단으로 안내했다. "폭이 좁은 카펫을 사서 계단에 놓을 거야. 근데 어떤 걸 살지 결정하지 못했어. 천연 모직이나…… 뭐, 그런 거." 새피가 어깨를 으쓱했다.

계단을 다 오르고 두 사람은 작은 침실로 들어갔다. 너비와 폭이 2.5미터 내외에 불과했고 한쪽 벽에 벽난로가 있었다. 하지만 로나는 완벽한 아기방이 될 것을 알아봤다. 지금은 구석에 쌓아둔 상자 몇 개를 빼면 텅 빈 방이다. 카펫이 벗겨져서 마룻바닥이 드러나고 벽지는 바랬다. 하지만 방에 들어서자마자 로나는 너무 강력한 기시감에 압도돼서 창턱을 붙잡았다.

"뭐야? 엄마 괜찮아?" 새피가 놀란 목소리로 물었다.

"그냥……" 로나는 뒷마당을 향한 창문 쪽으로 고개를 돌렸다. 여기에서도 보라색 나무가 보였다. 봄에만 보라색이고 그다음에는 잎이 초록색으로 물들었다. 겨울이면 낙엽이 카펫처럼 잔디 위를 뒤덮었다. 로나는 다시 고개를 돌려 벽지를 매만지기 위해 손을 뻗었다. 기억난다. 바로 이 방에서 침대에 누워있었다. 장미꽃 봉오리 벽지 무늬에서 얼굴 모양을 찾으려던 기억이 났다.

로나는 새피를 보며 말했다. "여기가 내 침실이었던 것 같아."

9

테오

무덤은 헐벗어 보였다. 테오가 지난주에 두고 간 노란 장미는 이미 갈색으로 변해 시들었다. 날씨가 더워서 시드는 속도가 빨라졌다.

"그럼 이번에도 아버님은 안 오신 거야?" 테오의 생각을 그대로 읊은 것처럼 옆에서 젠이 물었다.

"놀랄 일도 아니잖아?" 테오는 목소리가 가라앉지 않게 애쓰며 대답했다.

아내가 대답 대신 잘 다듬은 눈썹을 들어 올렸다. 테오의 팔을 부드럽게 감싸면서도 달리 말은 하지 않았다. 젠이 아버지를 좋아하지 않는 것을 테오도 알고 있다. 아버지가 젠을 대하는 태도가 그 모양인데 왜 좋아하겠어? 하지만 젠은 절대 아버지를 험담하지 않았다. 젠이 오는 길에 사 온 밝고 선명한 색색의 꽃다발을 건네며 말했다. "잠깐 혼자 있게 해 줄게……."

"그러지 않아도 돼."

"당신 어머님하고 얘기하는 거 좋아하잖아."

테오는 살짝 미소를 지었다. "당신은 이상하다고 생각하지만." 사귀고 얼마 안 돼서 이런 이야기를 한 적이 있다. 그리고 곧바로 후회했다. 젠이 자기를 슬픈 마마보이라고 생각하지 않기를 바랐다.

"안 이상해. 그냥 나도 어머님을 만나볼 기회가 있었으면 좋았겠다고 생각해."

"엄마는 당신을 좋아했을 거야." 정말로 그랬을 것이다. 모든 사람이 그러니까. 젠은 활기차고 마음이 따뜻해서 누구나 만나자마자 좋아하게 되는 사람이다. 곧바로 사람을 편하게 해준다.

젠이 까치발을 하고 테오 입술에 키스했다. "저쪽에 가서 옛날 비문들 읽고 있을게."

"그거야말로 진짜 이상한데……." 테오가 웃었다.

"이보세요! 비문은 흥미롭거든요!" 꼭대기에 커다란 천사가 앉아있는 금이 간 비석 쪽으로 가던 젠이 어깨 너머로 돌아보고 미소를 지었다.

테오는 사각거리는 긴 치마에 딱 달라붙는 티셔츠를 입은 아내의 뒷모습을 지켜보았다. 어깨를 반듯하게 펴고 자신감 있게 걷는다. 옛 무덤이 많은 쪽으로 향하는 걸음마다 머리 위로 동그랗게 올린 붉은기 도는 금발이 흔들린다.

테오는 다시 엄마 무덤으로 눈길을 돌렸다. "엄마, 젠은 용기를 내고 있어요. 아직도 임신이 안 돼서 걱정하고 있지만요. 저희는 1년 가까이 노력하고 있어요." 테오는 엄마가 여전히 살아계셨다면 이 문제를 이렇게 정직하게 이야기했을지 궁금했다. 물에서 나는 악취가 콧속으로 타고 올라와 목 뒤편까지 찔러왔다. 테오는 준비해

온 비닐봉지에 시든 장미를 쑤셔 넣고 새로 산 신선한 꽃다발을 놓았다.

테오는 매주 토요일마다 묘지를 찾는다. 젠은 평소 시내 미용실에서 일하고 쉬는 토요일은 한 달에 한 번뿐이기 때문에 대개는 동행하지 않는다. 그리고 그때마다 무엇이든 지난주에 자기가 두고 간 시든 꽃이 아닌 다른 것이 있기를 바란다. 아버지가 다녀가셨다는 사실을 알 만한 것. 아버지가 본심으로는 엄마를 아꼈다고 확인할 수 있는 것. 하지만 몇 년 동안 아무것도 없었다. 돌이켜보면 처음 일이 년 사이에 서서히 아버지의 관심이 줄어든 듯했다. 테오는 아버지가 지나치게 감정적으로 되기 때문에 더는 묘지에 찾아오지 않는다고 생각했다. 오지 않으면 그런 일이 일어나지 않은 척할 수 있으니까.

테오는 마른 잔디 위에 무릎을 꿇고 손가락으로 묘비에 새겨진 날짜를 따라갔다 2004년 5월 12일, 수요일. 오늘은 엄마의 열네 번째 기일이다. 테오는 믿기지 않았다. 아직도 바로 어제 일어난 일만 같은데 어떻게 14년이나 지났을 수가 있지? 인생을 뒤바꾼 그 전화가 걸려 왔을 때 테오는 요크에 있는 대학에 다니느라 집을 떠나있었다. 열아홉 살이었다. 날씨가 더운데도 그날을 떠올리면 몸이 떨린다. 아버지의 깊고 위엄 있는 목소리, 마지막에는 감정이 섞여서 잠겨 들던 목소리로 말했다. 엄마가 떨어졌다. 계단에서 떨어져서 죽었다. 미안하다, 아들아. 정말 미안하다. 테오는 어울려 다니던 친구들이 좌우로 갈라져서 북적이는 학생회관 술집에서 손에 휴대폰을 들고 서있었다. 주변에서는 다들 즐겁게 노래하며 술을 마시고 있는데 아버지가 무슨 말을 하는 건지 이해할 수 없었다. 집으로 돌아와라. 테오는 곧바로 버스를 탔다. 원래는 술을 진탕 마실 계획이었는데 다행히 막 시작했을 무렵이라 300밀리리터 정도밖에 마시지 않았다. 테오는 요크에서 해러깃으로 돌아가던 여정을 이토록 긴 세월이 지났어도 생생하게 기억한다. 아버지가 착각했기를, 잘못 알았기를 빌었다. 아버지의 비상한 머리를 생각하면 그럴 리 없음을 알면서도 그랬다.

병원에서 만난 아버지는 절망한 것처럼 보였다. 왜소해지고 나이가 들어 보였다. 어쩌지? 아버지는 잿빛 얼굴로 몇 번이나 되풀이해서 말했다. 이제 어떻게 하지?

테오는 의대로 돌아가 학위를 마치지 않았다. 대신 학기가 끝날 때까지 언제나 증오해 온 흉측한 저택에 머물렀다. 아버지 곁에 남아 곳곳에 깃든 엄마의 기억을 떠올리려고 노력했다. 하지만 밤에 눈을 감으면 아름답게 장식된 그 빌어먹을 참나무 계단에서 엄마가 떨어지는 모습만 떠올랐다. 그다음에는 움직이지 못하고 바닥에 쓰러져 있는 모습이 이어졌다. 엄마는 온종일, 아버지가 퇴근해서 발견할 때까지 쓰러져 있었던 모양이다. 아버지는 즉사였다고 했지만 오늘까지도 테오는 그 말을 믿어야 할지 모르겠다. 그래서 엄마가 밀랍을 입힌 마룻바닥에 쓰러져 고통스러워하는 모습을 떠올린다. 도움을 청하러 전화기 쪽으로 가고 싶지만 움직이지 못하는 엄마 모습을 상상하며 아직도 자신을 괴롭힌다. 엄마는 테오가 친구와 함께 쓰던 비좁은 요크의 기숙사에서 첫 여자 친구와 사랑을 나누느라 바쁜 사이에 돌아가셨다. 그해 9월, 테오는 외식 및 서비스업으로 전공을 바꿨다. 아버지가 조롱해 마지않는 일이었지만, 엄마라면 기쁘게 생각하면서 인생은 너무나 짧다고 말해줄 거라 믿었다.

묘지는 조용했지만 그래도 테오는 엄마에게 이야기하며 목소리를 낮췄다. 아버지 서재에서 이틀 전에 발견한 기사 이야기였다. "아버지가 누군가를 찾으려나 봐요." 테오는 손가락으로 풀을 집어 올렸다. 지푸라기 같다. 테오는 그 신문 기사 생각을 떨쳐버리지 못하고 있었다. 기사에 나온 두 사람의 이름도 외웠다. 사프란 커틀러와 로즈 그레이. '이 여자를 찾아.' 하지만 둘 중 누구를, 왜 찾는 걸까?

엄마가 죽고 몇 년 동안 아버지는 테오에게 수수께끼로 남았다. 자신을 다 보여주지 않고 중요한 일이라면 일절 대화를 거부했기 때문이다. 처음 몇 달 동안 그 휑한 집에서 둘이 함께 살았기에 테오는 서로 위로를 나눌 수 있으리라 생각했다. 지금 떠올리니 순진한 생각이었다. 생각과 달리 병원에서 아버지가 감정을 쏟아냈던 첫날 밤 이후로는 아무 일도 없었다. 그저 침묵뿐이었다. 아버지는 장례 이후 다시 일을 시작했고, 외로움과 슬픔에 젖어 지내는 테오를 방치했다.

테오는 부모님의 결혼이 완벽과는 거리가 멀다는 사실을 알았다. 지금 돌이켜보니 아버지는 소유욕이 강했다. 엄마가 입은 옷이 마음에 들지 않으면 갈아입으라고 요구했다. '너무 창녀 같아' 보인다고 하면서. 하지만 테오는 엄마가 창녀처럼 보인다고 생각한 적이 없었다. 만약 테오가 그 비슷한 말을 했다면 젠은 응당 테오의 뺨을 때렸을 것이다. 거침없는 아내 생각에 테오는 미소를 지었다. 젠은 테오의 작은 폭탄이다. 하지만 엄마는 단지 부드럽게 한숨을 짓고는 남편을 기쁘게 해주기 위해 좀 더 수녀 같은 옷으로 갈아입었다. 친구와 어디 놀러 간 일도 극히 드물었다. 사실 동성 친구가 있었는지조차 테오는 기억하지 못했다. 부모님은 아버지 일 때문에 알게 된 연상의 부부와 저녁 식사를 하러 가거나, 딱딱한 행사, 디너파티 같은 곳에 가고는 했다. 하지만 엄마가 아버지 없이 멀리 간 적은 절대로 없었다.

아버지가 출근하고 엄마가 집에서 온종일 무슨 일을 했는지 테오는 알지 못했다. 엄마는 직업을 가져본 일이 없었다. 열여섯 살때 한번은 학교에서 일찍 돌아온 날이 있었다. 화장대 앞에 앉은 엄마가 울고 있었다. 눈이 다 퉁퉁 부어있고 분명 어깨에 시퍼런 멍이 있었는데, 테오가 침실로 들어가자 황급히 카디건으로 가렸다. 테오가 괜찮은지 물어보았을 때 엄마는 드물게 솔직히 대답했다. "내가 감옥에 갇힌 죄수 같아." 그러고는 눈물 어린 미소를 지은 채 바보 같은 말이었다며 호르몬 때문이니 무시하라고 덧붙였다. 하지만 테오는 며칠 동안 마음이 편치 않았다. 그래서 부모님을 더 자세히 관찰했다. 친구들 부모님이 서로를 대하는 것과는 너무 달랐다. 이건 그저 아버지 방식일 뿐이란다, 테오. 아버지는 뛰어난 분이셔. 정말 열심히 일하시지. 그냥 가끔 스트레스를 좀 받으시는 거야. 하지만 아버지가 엄마에게 손찌검하는 모습은 본 적이 없었다. 그랬다면 테오가 아버지에게 주먹을 날렸을 것이다.

"물어보고 싶은데 그럴 수 없는 게 너무 많아요. 그리고 약속할게요. 운 좋게 아빠가 될 수 있다면 아버지처럼 감정을 나누지 않는 사람은 안 될 거예요." 테오는 일어나서 청바지에 묻은 흙을 털었다. "다음 주에 또 만나요. 사랑해요, 엄마."

그리고 나서 테오는 역사가 200년 전까지 거슬러 올라가는 거대한 묘비 근처로 젠을 찾아갔다. 묘비에는 일가족 열 명의 이름이 새겨져 있었다. 테오는 뒤로 다가가 젠의 허리에 팔을 둘렀다. "다 끝났어."

"그러면 이제 커피 마시러 갈까?" 남편을 돌아본 젠이 인상을 찡그렸다. "왜 그래? 자기…… 걱정 있어 보여."

"모르겠어. 뭔가 께름칙해. 아버지 문제, 그 기사 말이야." 테오는 그날 밤 일을 마친 뒤 젠에게 모든 것을 다 털어놓았다.

"그냥 아버님께 물어보지 그래?"

"우리 아버지는 아버님하고 다르잖아." 테오 장인은 아버지하고는 극과 극이었다. 따뜻하고, 친절하고, 재미있고, 자애로웠다.

"알아. 그래도 당신이 이 문제를 정면으로 끄집어내면 빠져나가지 못하실 거야, 테오." 젠이 부드럽게 말했다. "내가 당신 사랑하는 거 알지. 하지만 아버지 문제만 나오면 당신은…… 뭐랄까…… 겁먹은 고양이처럼 소심해져."

테오가 웃었다. "겁먹은 고양이라고?"

"그래, 겁먹은 고양이. 마치 아버님을 무서워하는 것 같아."

"우리 아버지 만나봤잖아!"

"응, 무시무시한 분이시지. 거짓말은 안 할 거야." 아내는 테오의 감정이 상하지 않도록 요령 좋게 말하고 있었다. 감정이 풍부하고 명랑한 젠조차 아버지의 호감을 사지 못했다. 테오는 아내에게 말하지 않았지만 젠을 처음 집에 데려갔던 날 아버지는 젠이 천하다고 했다. 어머니의 죽음 이후 테오가 아버지에게 맞선 것은 그때가 유일했다. 테오는 젠을 사랑한다고, 언제든 젠에게 나쁜 말이나 행동을 하면 다시는 아버지와 말하지 않겠다고 반발했다. 아버지는 충격을 받은 듯했고 오래 못 갈 거라고 중얼거렸다. 하지만 5년이 지난 지금, 두 사람은 결혼 3년 차가 되었다.

"아버지는 사실대로 말해주지 않을 거야. 정치했어야 한다니까."

"분명 물어볼 만한 사람이 또 있을 거야. 조부모님은 돌아가셨고…… 친척이라든가?"

테오는 아내의 손을 잡고 함께 묘지 밖으로 걸음을 옮겼다. 아는 친척도 없었다. 젠은 이해하기 어려울 것이다. 젠네 집안은 대가족이고 모두 사이가 좋다. "일단 아버지한테 물어볼래. 아버지가 원하는 답을 해주지 않으면 직접 알아볼 거야."

"잘 생각했어. 나도 도울게. 다른 생각을 하면 좀 낫겠지."

테오는 누군가 심장을 꽉 쥐는 것 같다고 생각했다. "젠……. 전문가를 만나볼 수도 있어. 검사를 받아보면 어떨까?"

젠은 고개를 저었다. 금발 곱슬머리가 눈을 덮었다. "아직은 싫어. 그 단계까지 갈 준비가 안 됐어. 지금은 그냥 좀 더 기다려보자."

테오는 대답으로 아내의 손에 입을 맞췄다. 마음에는 이미 아버지와 신문 기사 건이 다시 들어찼다. 내일 아버지가 누굴 찾는지 알아내겠어. 그 이유도.

10

로나

너무 어둡고 조용하다. 로나는 벽 하나만 사이에 둔 옆방에 딸과 딸의 남자 친구가 있다고 생각하니 딱딱한 매트리스에서 잠들기가 더 어려웠다. 아직도 외동딸이 성관계를 맺고 임신했다는 사실이 낯설기만 했다. 아이라니. 할머니가 된다는 사실을 받아들이기가 어렵다.

산 세바스티안의 소리가 그리웠다. 가끔 들리는 청소년들의 웃음과 날카로운 외침. 근처 타파스 레스토랑에서 들려오는 현악기 튕기는 소리. 이 지독한 침묵과 달리 위안이 되는 도시의 소음. 생각이 알베르토에게 미쳤다. 로나는 옆으로 돌아누워 침대 옆 소나무 재질 캐비닛에 올려둔 휴대폰으로 손을 뻗었다. 열두 시가 넘었다. 스페인은 한 시간 앞선다. 소문난 저녁형 인간이니 알베르토는 아직 바에 있을 터였다.

로나는 노출이 심한 여자들과 어울리는 남자 친구의 모습을 떠올리고 그런 생각을 떨쳐내려 애쓰며 일어나 앉았다. 누워서 잠들려고 노력하는 것은 의미가 없었다. 과거에 불면증으로 고생했을 때 읽어본 모든 조언에서 일어나라고 권했다. 로나는 강렬한 핑크 기모노 스타일 가운을 걸치고 새피와 톰을 깨우지 않게 조용히 침실 문을 연 다음, 복도를 따라 작은 방으로 살그머니 걸어갔다. 그 방, 그 침실, 자신을 과거로 데려가는 직관에 이끌렸다. 문을 밀자 삐걱 소리가 나서 들어가기도 전에 움찔했다.

창문에는 커튼이 없었고, 달빛이 한 조각이 비쳐 마룻바닥에 타르처럼 달라붙은 검은 광택제 얼룩이 반짝였다. 로나는 마당이 보이는 창가로 갔다. 구덩이가 어둠 속에서 훨씬 더 불길해 보였다. 빽빽하고 울창한 숲이 뒷마당 경계를 둘러싸고 있다. 로나는 더 기억해 내려고 머리를 채찍질했다. 여기에서 무슨 일이 있었지? 유리에 비친 자신을 바라보며 물었다. 하지만 유리 속 얼굴은 그저 로나를 마주 보기만 했다. 그 모습이 풍성한 곱슬머리와 겁에 질린 큰 눈을 가진 악귀처럼 보였다. 로나는 몸을 돌려 방을 둘러보았다. 침대는 저쪽 구석, 문 옆에 있었다. 지금 상자가 있는 곳이다. 그래, 맞아. 로나는 기억을 떠올린다. 흰색 철제 프레임이었고 코바늘로 뜬 알록달록한 담요에 큼직한 노란색 데이지꽃 장식이 있었다. 침대 아래에는 〈오즈의 마법사〉에 나오는 도로시처럼 빨간색 에나멜 구두를 뒀었다. 가장 좋아하는 신발이었다. 브리스틀로 이사한 뒤 그 신발은 어디로 가버렸을까? 철제 프레임 침대와 뜨개 담요는?

벽지는 군데군데 색이 바래거나 노랗게 변해있었다. 벽난로도 보수가 필요해 보였다. 나무로 만든 벽난로 선반에는 먼지가 두껍

게 내려앉았다. 지난 세입자가 이 방을 쓰지 않았던 것이 분명했다. 여기를 아기방으로 바꾸려면 새피와 톰이 말도 못 하게 고생해야 할 것이다. 로나는 다시 창가로 갔다. 구름이 달 위로 흘러서 잠시 숲과 마당이 더 으스스하고 음산하게 보였다.

잠자리로 돌아가 책을 읽는 게 나을 것 같았다. 아직 읽지 않은 메리언 키스[12]의 신작을 가져왔다. 로나는 가운을 여며 몸을 좀 더 꼭 감쌌다. 이제 추워서 살짝 몸이 떨려왔다.

몸을 돌려 나가려는 바로 그 순간, 무언가 밝은 빛이 시선을 사로잡았다. 숲속의 나무 사이를 스쳐 간 빛. 로나는 창에 얼굴을 바짝 붙이고 손을 둥글게 말아 얼굴 주위를 가렸다. 심장 고동이 빨라진다. 손전등 불빛 같다. 누군가 저기서 집을 지켜보고 있는 것일까? 로나는 눈을 깜빡이면서 어두운 나무 사이를 가로지르는 한 점의 빛과 후광처럼 은은하게 빛나는 빛줄기에서 눈길을 떼지 않았다. 그 순간 빛이 사라졌다. 로나는 빛을 찾으려 애쓰며 그곳에 10분 정도 더 서있었다. 그러나 아무것도 나타나지 않았다.

다음 날 아침, 로나는 어젯밤 일을 딸에게 말하지 않았다. 딸은 걱정만 할 테고 로나는 그런 결과를 가장 바라지 않았다. 대신 옷을 입고 아침을 먹었다. 톰이 만든 기름진 아침이었는데 새피는 먹는 둥 마는 둥 했다 로나는 접시를 비우고 마당을 걷고 싶다고 말했다.

그때 새피가 식탁에서 일어나며 말했다. "나도 같이 갈게." 톰은

---

12. 아일랜드의 유명 소설 작가로 국내에는 《처음 드시는 분들을 위한 초밥》이라는 작품이 소개된 적 있음

벌써 인테리어용 작업복으로 갈아입고 복도 난간에 페인트칠을 시작할 생각이라고 했다.

"아냐, 괜찮아. 넌 아침 마저 먹어. 난 좀 걸으면서 기억날 만한 거 있나 찾아볼게."

"그래…… 알았어. 좋은 생각이야."

차가운 아침 공기가 느껴졌다. 해가 화창하게 빛났지만 풀잎에는 이슬이 맺혀있었다. 로나가 잔디밭으로 발을 내딛자 샌들 사이로 축축함이 스며들었다. 로나는 오염되지 않은 시골 공기를 깊이 들이마셨다. 어제와 달리 오늘 아침에는 널어두었던 빨랫감처럼 상쾌한 냄새가 났다. 로나는 구덩이를 무시하며 마당 끝부분까지 가봤다. 아름다운 보라색 나무가 있는 곳. 나무 이름이 뭔지 궁금해서 새피에게 물어봐야겠다고 머릿속의 할 일 목록에 기록해 두었다. 로나는 집 쪽을 돌아보고 딸이 지켜보지 않는지 확인한 다음, 낮고 굵은 가지 위로 올라갔다. 담 위로 뛰어오를 수 있을 정도의 딱 좋은 높이였다. 자연스럽게 몸이 움직이는 것을 보니 전에도 틀림없이 해본 적이 있었다. 나무 몸통을 지지대 삼아 잡고 있다가 반대편으로 뛰어내렸다.

밖은 지대가 더 높았고 군데군데 블루벨이 핀 오솔길이 구불구불 뻗어있었다. 로나는 지난밤 빛을 본 곳을 조사했다. 무엇을 찾게 될지는 몰랐다. 아마도 발자국? 하지만 땅이 너무 말라 있었다. 그때 무언가 로나의 눈길을 사로잡았다. 누가 최근에 밟고 서 있던 것처럼 블루벨이 납작하게 눌린 게 눈에 띄었다. 더 가까이 다가갔다. 훑어보니 뭉개진 꽃 말고 다른 것도 언뜻 보였다. 담배꽁초 세 개다.

어젯밤 로나는 꿈을 꾼 것이 아니었다. 누군가 어둠을 틈타 숲속으로 들어왔다. 누군가 지켜보고 있었다. 이 집을, 그리고 그들을.

2부

11

로즈

1979년 크리스마스 이브

우리 마을이 그렇게 예뻐 보였던 적은 내가 대프니 하틀을 만난 그날이 처음이었어.

시내 중심가를 따라 가로등 사이마다 걸어둔 백색 전구들이 잿빛 하늘과 대비를 이루면서 마을 전체를 따스하게 밝혔지. 그리고 교회 합창단이 커다란 크리스마스트리를 앞에 둔 마켓 크로스의 돌계단 위에서 〈고요한 밤 거룩한 밤〉을 불렀어. 마을 광장 한 모퉁이에는 어설퍼 보이는 가판대도 몇 개 세워졌고. 베거스 눅에서 유일하게 카페를 운영하는 멀리사 브라운은 늦게까지 가게 문을 열고 따뜻한 음료와 민스파이를 팔았어. 창의력 넘치는 이름의 카페, '멀리사네'에서 구운 밤과 향신료를 넣고 데운 와인 냄새가 흘러나와 공기를 가득 채웠지.

너도 크리스마스의 마법을 만끽할 수 있을 만큼 컸을 때였어.

"엄마. 마셔?"

널 내려다보니 끝이 살짝 들린 작은 코가 추워서 빨개졌더라. 내가 떠준 분홍색 목도리도 턱까지 끌어 올렸지. 주변은 이미 어둑어둑했지만 아직 차 마시는 시간은 안 되었을 무렵이었어.

"그럴까?" 난 웃으면서 부드러운 양모 장갑을 낀 네 손을 꼭 잡았어. "핫초코 마실까?"

너는 신나서 꺅꺅거리며 나를 광장 건너로 끌고 가려고 했어.

그때 그 사람을 봤지.

내 인생을 바꿀 여자. 물론 그때는 몰랐어.

그 사람은 슬퍼 보였어. 그게 첫인상이었단다. 마켓 크로스 옆에 홀로 서서 캐럴 부르는 사람들을 바라보며 손에 입김을 불고 있었어. 색색이 헝겊을 덧댄 올리브그린 색깔의 얇은 벨벳 코트를 입었고, 허벅지까지 내려오는 코듀로이 플레어스커트가 너무 헐렁해 보였어. 쇄골이 셔츠 밖으로 튀어나와 보일 정도로 마른 사람이었어. 긴 금발 머리를 양 갈래로 나누어 늘어뜨리고 코바늘로 뜬 베레모를 그 위에 눌러썼더라. 어깨에는 커다란 가방을 멨고. 원래 이 마을에 살던 사람이 아니라는 것을 알 수 있었어. 이 동네가 낯선 얼굴을 하고 있었거든. 그리고 내게는 새로 온 사람들을 살피고 경계한다는 철칙도 있었어. 사람들과 어울리지 않고 혼자 지내는 와중에도 말이야. 그래야만 했어. 내 안전을 위해. 그리고 네 안전을 위해. 코츠월드 깊숙한 곳에 있는 이 후미진 마을은 사람들이 숨으려고 찾아오는 곳이야. 나와 같은 목적으로 온 사람들은 보면 알 수 있었어.

"엄마." 너는 내 손을 잡아끌며 재촉했지.

"미안, 롤리." 나는 낯선 이에게서 시선을 거두고 너를 따라 카페로 들어갔어. 멀리사가 흰 스티로폼 컵을 건네자 네 커다란 갈색 눈동자가 반짝였지. 핫초코에 휘핑크림도 듬뿍 올라갔으니까. 난 웃으면서 넌 절대 다 먹지 못할 거라고 했어. 그 뒤 우리는 따뜻한 컵을 손으로 감싸 쥐고 카페 앞에 나가 섰어. 넌 핫초코 위의 크림을 핥았고, 나는 트리 옆에 모여있는 사람들 무리 속에서 그 사람을 찾았지. 군중 사이에서 돌아다니는 그 사람이 보였어. 추워서 어깨를 움츠리고 두려운 듯 여기저기 두리번거리는 모습이었어. 마치 사냥당한 짐승처럼. 3년 전 처음 이 마을에 왔던 나도 같은 모습이었을까? 배 속에 너를 품은 채 새롭게 시작하고 싶다는 절박한 마음뿐이었던 나도?

"잠깐만 기다리고 있어, 롤리. 멀리사 아줌마랑 금방 얘기하고 올게."

나는 네 손을 놓고 카페로 들어갔어. 멀리사 브라운은 몸집이 큰 편이었어. 희끗희끗한 단발머리를 가운데에서 갈라 양옆에 핀으로 고정했지. 정확한 나이는 모르지만 40대였는데, 겉모습도 인생관도 모두 구식인 사람이었어. 결혼하지 않고 베거스 눅에서 평생 살아서인지 모든 마을 사람을 속속들이 다 알고 있었어. 아니, 거의 모두라고 하자. 멀리사는 나를 수수께끼로 여겼으니까. 여러 번 그렇게 말했거든. 보통 크고 축축한 손으로 내 손을 꼭 잡고 있을 때 그랬지. 친애하는 로즈, 당신은 정말이지 수수께끼야. 멀리사의 수많은 질문에 내가 대답을 피하면 종종 이렇게 말했어. 하지만 멀리사는 항상 나를 친절하게 대해줬어. 마을 일에 끼워주려고 애썼고.

카페 안은 조용했어. 많은 사람이 아직도 마켓 크로스 쪽에 모여있었거든. 그렇지 않으면 색색의 트리용 반짝이와 화려한 장식으로 채워진 가판대를 둘러보고 있었고. 나도 네가 조르는 바람에 장식을 하나 샀어. 트리 꼭대기에 달 작은 금색 요정이었지.

"멀리사." 나는 카페 안에 나와 멀리사밖에 없는데도 목소리를 낮추고 물었어. "저분 아세요? 저기 마르고 뜨개 모자를 쓴 여자분이요."

멀리사는 꽃무늬 앞치마에 손을 닦고 그 사람 쪽을 봤어. 그러고는 고개를 저었지. "처음 보는 사람이네. 옆 마을에서 왔을 수도 있어. 아 참, 잊어버리기 전에 얘기해야지. 낸시가 그러는데 누가 걔네 가게 진열창에 붙여둔 광고에 관심을 보였대. 있잖아, 그 하숙인 구한다는 광고."

낸시는 동네 가게에서 일하는 멀리사의 동생이야. 난 일부러 광고를 애매모호하게 냈어. 내 정보를 쓰는 대신 낸시에게 광고에 관심을 보이는 사람이 있으면 자세한 정보를 받아달라고 했지. 내가 직접 연락할 수 있게. 내 이름조차 쓰지 않았어. 그런 위험을 감수할 수는 없었거든.

"잘됐네요." 이렇게 말하면서도 나는 벌써 남자라면 절대 연락하지 않을 거라고 생각했어.

지난번 하숙인 때도 실수했었지. 여자이기는 했지만 질문이 너무 많았어. 친구가 되고 싶었나 봐. 그래서 내보내야만 했어.

"낸시한테 자세한 얘기 전해주라고 할게. 내일, 괜찮아?"

나는 고개를 끄덕였지만 이미 그 얘기는 생각할 겨를이 없었어. 그래서 카운터를 뒤로 하고 열린 문 쪽으로 갔지. 너를 남겨두고 온 그 문으로.

나는 얼어붙었어. 네가 사라진 거야.

단 몇 분 등을 돌리고 있었을 뿐인데. 어리석은 짓이었어. 보통은 절대로 널 내 시야에서 벗어나게 두지 않거든. 하지만 그때는 이상하게 안전한 느낌이 들었어. 알겠니? 크리스마스 분위기에 흠뻑 젖어있었던 거야. 그리고 마을 사람들은 사실 나를 잘 몰랐지만, 나는 지난 3년 동안 그 사람들을 지켜봤어. 누구를 신뢰할 수 있을지 보려고 말이야. 모두 다 정직하고 열심히 일하는 사람들 같았어. 선하고 고귀한 세상의 소금 같은 사람들. 그리고 나는 너를 믿어도 된다고 생각했어. 네가 걷기 시작했을 때부터 조심해야 한다고, 내 옆에 붙어있어야 한다고, 멀리 가면 안 된다고 끊임없이 말했거든. 하지만 넌 그저 어린아이일 뿐이었지. 겨우 두 살 반이었으니까. 크리스마스의 화려함에 매료된 어린아이.

네가 사라졌어.

"롤리!" 나는 목소리에서 공포를 떨쳐내지 못하고 네 이름을 불렀어. 거리로 나가서 인도와 광장을 훑어봤어. 막 〈고요한 밤 거룩한 밤〉 공연을 마치고 흩어지기 시작한 합창단원들 사이도 샅샅이 훑어봤어. 겨우 일이 분밖에 안 지났으니 네가 멀리 가지는 못했을 거라 생각하며. 하지만 어디에서도 네 모습은 보이지 않았어. 네가 입은 조그만 빨간 코트도, 분홍색 목도리도, 선명한 패턴이 들어간 방울 달린 털실 모자도 보이지 않았어. 난 흥분해서 귀까지 다 달아올랐어.

"괜찮아?" 뒤에서 멀리사의 목소리가 들렸지만 마치 물속에서 말하는 것처럼 이상하게 들렸어.

"애가 없어졌어요! 롤리가 없어요! 롤리가 보이지 않아요. 아무 데도 없어요."

사람들은 웃으면서, 이야기를 나누면서, 향신료를 넣고 데운 와인을 마시면서 서성거리고 있었어. 나는 그 모든 사람한테 소리치고 싶은 심정이었어. **다들 비켜요! 우리 아이 어디 있어요? 내 아이 어디 있냐고요!** 눈물이 차오르고 공포에 가슴이 짓눌리는 느낌이었어.

그 남자가 데려갔구나. 온통 이 생각뿐이었어. 머릿속에서 공포 영화처럼 계속, 계속 이 생각이 반복됐어.

나는 지나가는 사람들을 밀치며 네 이름을 불렀어. 멀리사가 따라오며 나를 진정시키려 하는 걸 느끼면서도 멀리사가 하는 말을 이해할 수 없었어. 나는 공포에 빠져있었어. 눈이 멀 것 같은 공포. 사람들이 이렇게 말하는 것을 들어본 적이 있어. 딱 그 느낌이었지. 두려움에 보이는 것이 없을 지경이었으니까.

나는 사람들을 밀쳤고 멀리사도 뒤에서 따라왔어. 빨간색 더플코트를 입은 여자아이를 못 봤냐고 묻는 소리가 들렸어.

그리고 거기 네가 있었어. 사람들 사이에서 어떤 여자의 손을 잡은 너를 봤지. 나중에 그 여자가 대프니 하톨이란 것을 알았어. 너는 웃고 있었지만 뺨에는 눈물 자국이 남아있었어.

나는 달려가서 그 키 크고 마른 여자에게서 거의 잡아채듯이 너를 빼앗았어. 눈높이를 맞춰 몸을 숙이고 널 품에 안았어. 익숙하기 그지없는 네 달콤한 냄새를 들이마셨어. "신이여 감사합니다. 감사합니다. 감사합니다."

"미안해요." 이렇게 말하는 그 여자의 목소리는 허스키했어. "아이가 길을 잃은 것 같아서 엄마 찾는 걸 도와주겠다고 했어요." 그 사람은 초콜릿 때문에 가장자리가 끈적해진 스티로폼 컵을 들고 있었어.

몸을 일으켰어. 네 손을 잡고. 다시는 이 손을 놓고 싶지 않다고 생각하며.

"거봐." 뒤에서 목소리가 들려왔어. 멀리사였지. 숨을 헐떡이느라 커다란 가슴이 위아래로 들썩였어. "내가 그랬잖아……" 헉, 헉. "롤리는 괜찮을 거라고."

"고마워요, 멀리사. 미안해요…… 내가 과민했어요."

멀리사는 고개를 끄덕이더니 손으로 가슴을 누르며 괜찮다고, 카페로 돌아가는 편이 좋겠다고 했어. 하지만 가는 길에 고개를 돌려 나를 이상한 듯이 쳐다봤지. 무슨 생각을 하는지 알 수 있었어. 과잉보호하는 엄마로 생각했겠지. 히스테리가 있다고.

잠시 어색한 침묵이 흐르고 그 사람이 말했어. "난 대프니라고 해요."

"전 로즈예요. 얘는 롤리고요."

대프니가 미소를 짓자 온 얼굴이 다 환해졌어. 다가가기 어려워 보이던 느낌도, 어색한 느낌도 줄었어. 가까이에서 보니 긴 속눈썹 끝이 파란 것도 알 수 있었어. "알아요. 롤리가 말해줬어요. 흔치 않은 이름이네요."

"원래는 로나예요. 그런데 얘가 발음을 어려워해서요. 자기를 롤리라고 하는 바람에 그렇게 부르는 게 굳어졌어요. 저, 다시 한번 고마워요." 나는 물어볼까 말까 망설였어. "우리 마을에는 처음 오셨나요?"

대프니는 고개를 끄덕였어. "수사슴과 꿩에서 머무르고 있어요. 하지만 하숙집을 찾는 중이죠. 임시가 아니라 계속 머물 수 있는 곳으로요. 한동안은 여기 있으려고요."

내 광고를 보고 문의해 온 사람이 이 사람일까 하는 생각이 들었어.

"제가 도와드릴 수 있을지도 모르겠어요." 내가 미소를 짓자 대프니도 부끄러운 듯 미소를 지으며 작고 흰 이를 드러냈지. 기대하지 못했던 기쁨이 찾아왔다고 생각했어. 우리는 만날 운명이었다고.

얼마나 잘못된 생각이었는지.

12

새피

할머니를 만나러 가는 길에 엄마는 평소와 달리 조용했다. 마을 광장과 마켓 크로스, 베거스 볼 카페를 지나치며 그저 창밖을 바라볼 뿐이었다. 창 너머로는 교회 첨탑이 눈부신 햇살을 받아 반짝였다. 밤새 비가 내려서 공기가 갓 씻어낸 듯 신선하게 느껴졌고 모든 것이 더 밝고 선명하게 보였다. 알베르토를 생각하고 있을까? 엄마는 알베르토 얘기를 그다지 꺼내지 않았다.

어제는 거의 오후 내내 엄마를 데리고 다니며 마을 곳곳을 보여줬다. 그러면서 할머니와 쌓아온 추억을 나누었다. 톰은 사려 깊게 스노이를 데리고 조금 뒤에서 거리를 두며 따라왔다. 엄마는 본능적으로 카페에 가는 길을 아는 듯했다. 그리고 마켓 크로스의 무너져 가는 돌계단 위로 올라가더니 기시감이 느껴진다고 말했다.

"저기." 엄마가 교회 옆의 작은 건물을 가리키며 말했다. "저기는 분명히 유아원 아니면 주일 학교 비슷한 데였어."

수사슴과 꿩에서 점심을 먹을 예정이었다. 엄마라면 각종 상을 받았다는 그 집 음식을 좋아할 테니까 미리 일요일 점심으로 예약을 잡아두었다. 엄마는 내가 아는 가장 열렬한 미식가다. 돌을 깔아서 만든 거리를 돌아다니는 동안 엄마는 평소와 달리 안절부절못하는 듯했다. 계속 집 뒤편에서 숲으로 가기가 어렵냐고만 물었다. 이렇게 불안해하는 엄마 모습은 아주 낯설었다. 엄마는 어떤 일이든 항상 밝은 면을 찾아내는 태평한 사람이기 때문이다. 그런데 이번에는 내가 무슨 일이냐고 물어보자 고개를 젓다가 커다란 귀걸이 때문에 놀라서 기절할 뻔하기도 했다. 그러면서도 내 팔에 팔짱을 끼고 말했다. "아무 일도 없어, 우리 착한 딸. 엄만 너랑 같이 있어서 참 좋다. 이제 그 괜찮다는 식당으로 갈까? 로스트비프를 먹고 싶어서 죽을 지경이야."

"엄마, 괜찮아?" 어제 일을 떠올리다가 물어보았다. 이제 막 마을을 벗어나서 M4 고속도로로 가고 있는 참이었다.

엄마가 나를 보고 환하게 웃었다. 하지만 전문가급 화장으로도 피곤이 가려지지 않았다. "당연하지. 왜?"

쉴 새 없이 수다 떨지 않으니까. "그냥 조금…… 조용해서. 평소보다." 나는 속마음을 그대로 말하는 대신 기분 상하지 않도록 돌려서 말했다.

"할머니 생각을 하고 있어서 그래. 그게 다야. 할머니가 오늘 경찰 조사를 받을 만큼 정신이 맑을까?"

갑자기 구름이 해를 가리면서 사방이 어두워졌다. "나도 그게 걱정이야. 할머니가 무서워하지 않았으면 좋겠어. 그래도 최소한 요양원에서 조사받으니 다행이지. 그리고 엄마도 토요일까지는 있을 거니까. 가기 전에 할머니 보러 한 번 더 갈 수 있으니 마음이 놓여."

엄마는 가만히 앉아있지 못하고 연신 옷매무새를 다듬었다. 오늘은 가슴이 살짝 조이는 보디스 스타일의 딱 맞는 데님 블라우스와 화이트 진을 입고 갈색의 굽 높은 샌들을 신었다. 발톱도 자주색으로 새로 칠했다. 내 발톱은 크리스마스 이후로 손도 안 댔는데. 이 더위에도 운동화만 신고 다니니까 딱히 상관은 없다. 게다가 내가 샌들을 신는다면 언제나 애용하는 버켄스탁일 것이다. 엄마는 항상 극혐이라면서 싫어하지만 말이다. "좀 더 오래 있을까 생각 중이야." 엄마가 조금 뒤 덧붙였다. "너만 싫지 않으면."

엄마가 더 오래 있겠다고 결정한 이유가 무엇인지 궁금하다. 일주일이면 엄마한테는 적당히 길고도 긴 시간인 줄 알았는데. 분명히 그때쯤이면 알베르토와 해변이 그리워서 난리일 텐데. "물론 나야 괜찮지." 이렇게 대답했지만 엄밀하게 말하면 사실이 아니다. 이유는 알 수 없지만 엄마의 존재감이 집을 가득 채워서 모든 것이 훨씬 작게 느껴진다. 엄마는 생활을 주도하지 않을 수가 없는 모양이다. 우리가 배고프지 않을 때도 밥을 해주거나 소파에 늘어져 있으려고 하면 세탁기 돌리게 빨랫감 가져오라고 하거나. 톰과 나는 보통 설거지를 다음 날로 미루고 텔레비전 앞에서 쉬는 편인데, 엄마가 설거지를 시작하면 죄책감이 들고 가서 도와야 할 것 같다. 톰은 엄마랑 아주 잘 지내고 있다. 하지만 어젯밤 〈IT 크라우드〉를 보려고 하는데 엄마가 말을 거니까 얼굴에서 부담감을 엿보였다.

"그런데 엄마 일은?"

"며칠은 무급 휴가로 처리할 수 있어. 어쨌든 쌓인 휴가도 많고."

"알았어. 엄마가 있고 싶은 만큼 오래 있어도 돼. 하지만 나 진짜로 일해야 해. 마감이 있어." 이 말은 사실이다. 내가 같이 앉아서 종일 수다 떨어줄 시간이 없다는 점을 엄마가 알아줬으면 좋겠다는 뜻이기도 했다.

엄마는 손을 뻗어 다정하게 내 무릎을 도닥였다. 팔찌가 짤랑거렸다. "엄마 걱정은 안 해도 돼. 평소 하던 일 그대로 하고 난 없다고 생각해."

나는 웃고 싶었다. 엄마하고 있으면 절대 불가능한 얘기니까. "알베르토가 싫어하지 않을까?"

엄마가 반지 낀 손을 무시하듯이 내저었다. "나한테 맡겨. 다 괜찮을 거야."

나는 억지로 걱정을 내려놓았다. 엄마가 스페인에서의 삶으로부터 도망치려 한다고 생각할 수밖에 없었다. 알베르토와 문제가 생긴 것이 뻔하다. 그 문제를 피해 도망치는 것이다. 그래서 죄책감이 든다. 나에게는 톰이 있고 아이도 태어날 예정인데 엄마는 아직도 진정한 의미에서 정착하지 못하고 있으니까.

엄마가 갑자기 웃음을 터뜨려서 깜짝 놀랐다. "우리 딸, 엄청 심각해 보인다. 걱정 좀 그만해."

"안 하거든."

"너 또 입술 깨물고 있잖아. 걱정할 때마다 꼭 깨물더라. 엄마는 어른이야. 괜찮을 거야. 걱정할 필요 없어…… 내가 널 걱정해야지."

나는 눈을 찡그렸다. "왜 날 걱정해야 해?"

"내 말은……" 엄마가 가운뎃손가락에 낀 반지를 빙빙 돌린다. 아빠가 준 반지다. 사파이어가 박힌 아름다운 반지. 오래전에 아빠와 헤어졌는데도 엄마는 이 반지를 절대 빼지 않는다. "보통 그렇다는 얘기야. 그게 엄마가 하는 일이잖아."

왜 엄마가 뭔가 말하지 않고 숨기는 느낌이 들까?

구름 뒤에서 해가 다시 고개를 내밀었다. 찬란하고 눈이 부신 빛이 들어와서 햇빛 가리개를 끌어 내렸다. 엄마 말이 틀린 것은 아니다. 나는 불안하다. 카페인 없는 차를 마시고, 반쪽짜리 토스트를 먹다가 토할까 봐 불안하다. 경찰을 만나는 일이 불안하고, 할머니가 조사받는 것도 불안하다. 할머니가 무슨 말을 할지 몰라서 불안하다.

우리가 도착했을 때 할머니는 언제나처럼 휴게실 구석 자리에 앉아있었다. 이곳은 유리를 통해 햇빛이 들어와서 너무 덥고 답답한 느낌이다. 유리문은 단단히 닫혀있고 할머니는 분홍색 스웨터를 입고 있었다. 분명 찌는 것처럼 더울 텐데.

오늘 할머니는 퍼즐을 맞추고 있지 않았다. 대신 깊은 생각에 잠겨 유리문 너머 정원을 바라만 보고 있었다. 할머니가 무슨 생각을 하고 있는지 궁금했다.

"세상에! 마지막으로 만났을 때보다 훨씬 더 작아지고 마른 것 같아." 엄마는 북받치는 감정 때문에 잠긴 목소리였다.

나는 긴장을 억누르고 시계를 봤다. 10시가 조금 넘었다. 경찰은 10시 반까지 오겠다고 했다.

요양원 매니저 조이가 문 앞에 서있는 우리에게 다가왔다. 50대

후반으로 보이는 마르고 거만한 여자다.

"로즈는 좋은 하루를 보내고 있어요." 조이는 웃어 보였지만 뿔테 안경 뒤 눈에는 웃음기가 보이지 않았다. 조이에게서는 언제나 사람을 업신여기는 듯한 분위기가 느껴진다. "경찰이 도착하면 알려드리죠. 경찰이 여기로 들어와서 다른 분들에게 혼란을 주지 않았으면 해요."

엄마는 고개를 끄덕이며 조이에게 고맙다고 했다. 그리고 우리는 할머니에게로 갔다. 할머니 옆에 2인용 소파가 있어서 둘이 같이 끼여서 앉았다.

할머니는 우리가 옆에 갔는데도 쳐다보지 않고 계속해서 조금 떨어진 곳을 내다보고만 있었다. 틀니를 끼고 있었다. 내게는 틀니를 끼지 않은 할머니가 너무 익숙해서 얼굴 윤곽이 달라진 듯했다. 아래턱이 더 두드러져서 어쩐지 더 엄격해 보였다.

"저 왔어요, 할머니." 나는 할머니 쪽으로 체중을 싣고 몸을 기울였다. 내 자리가 할머니와 더 가까웠다.

엄마도 내 위로 몸을 기울이고 할머니의 손을 잡았다. "보고 싶었어요, 엄마. 얼굴 좋아 보여요."

하지만 할머니는 고개를 돌리고 엄마를 보며 인상을 찌푸렸다. 멍한 얼굴이다. "누구세요?"

가슴이 내려앉는다.

"저예요, 로나. 엄마 딸이요." 엄마 목소리가 떨린다.

할머니의 얼굴에 당황한 표정이 번져 나간다. "난 딸이 없어요."

엄마의 상처받은 표정을 보자 눈물이 차올랐다. 하지만 흐르지 못하게 재빨리 눈을 깜빡였다. 울어봤자 아무에게도 도움이 되지 않을 테니까. 엄마는 금방 기운을 냈다. "물론 딸이 있죠. 손녀도 있고요." 그러면서도 엄마는 할머니에게 내밀었던 손을 거뒀다.

할머니가 내게로 시선을 돌렸다. 나를 알아보고 눈이 반짝인다. "새피!"

나는 엄마를 보지 않으려 애쓰며 웃었다. "할머니."

"네 귀여운 남자 친구는 잘 지내니?"

"잘 지내요."

"네가 잘 먹이고 있으면 좋겠구나."

나는 웃었다. 엄마는 완전히 낙담해서 소파 등받이에 털썩 기댔다.

"오늘은 목요일이 아닌데. 새피 넌 보통 목요일에 오잖니?"

할머니가 스위치를 올린 것처럼 너무나도 멀쩡해질 수 있다는 사실이 가끔은 충격으로 다가온다. 그리고 또 가끔은 누가 밤늦게 요양원에 숨어 들어서 할머니의 기억을 지워버린 것 같을 때도 있다. 다른 일은 이렇게 잘 기억하면서 엄마를 기억하지 못하다니 더욱더 잔인한 느낌이다. "오늘은 월요일이니까, 할머니 말씀이 맞아요. 그런데 오늘은 경찰이 올 거예요. 지난주에, 마당에서 백골이 나왔다고 얘기했던 거 기억하세요?"

할머니는 긴장해서인지 태도가 뻣뻣해졌다. 하지만 엄마는 기대되는 듯 몸을 앞으로 내밀었다.

"경찰이 왜 날 만나?"

"그냥 몇 가지 질문만 할 거예요. 그게 다예요. 할머니가 전에 그 집에 사셨기 때문이에요."

할머니가 눈을 가늘게 떴다.

"최대한 아시는 대로만 대답하시면 돼요……. 저번에 실라 얘기를 하셨죠. 빅터도요."

"실라. 돼먹지 못한 애."

할머니가 계속 얘기하는 실라가 누굴까? 알고 싶은 마음은 굴뚝 같지만 지금은 눈앞의 문제에 집중하시게 해야 한다. "시골집에서 살 때 기억하세요, 할머니?"

할머니가 자세를 똑바로 바로잡았다. "당연히 기억하지. 내가 염병할 멍청이인 줄 알아?"

나는 깜짝 놀랐다. 전에 할머니는 내게 이런 식으로 말한 적이 한 번도 없었다. 할머니가 욕하는 것도 들어본 일이 없었다. "할머니가 멍청하다는 얘기는 당연히 아니죠." 내가 부드럽게 달랬다.

엄마가 끼어들었다. "질문은 경찰 몫으로 남겨두는 게 좋을 것 같다, 새피."

"지금 질문하는 거 아니잖아." 나는 엄마를 흘낏 보면서 말했다. 사실은 질문을 하고 있었는데도 그렇게 말했다. 하지만 엄마는 할머니를 어떻게 대해야 하는지 이해하지 못한다. 반면에 나는 잘 알고 있다. 우리 셋은 잠시 침묵에 빠졌다. 할머니가 자기를 잊어버려서 엄마가 속으로 시무룩해진 것도 알고 있다. 얼마나 상처일지도 안다. 하지만 할머니는 가끔 나도 잊어버리는걸. 엄마는 할머니가 요양원에 들어온 뒤로 자주 만나러 오지도 않았다. 이런 일이 있을 수 있다고 미리 경고했어야 했다.

"진이 그 여자를 내리쳤어." 할머니가 침묵을 깨고 불쑥 말했다.

나는 할머니 쪽으로 몸을 기울였다. "진이 누구예요?"

"진이 그 여자를 내리쳤어. 진이 머리를 내리쳐서 그 여자가 바닥에 쓰러졌어."

나는 할머니가 되짚어가는 기억의 흐름을 방해하지 않으려고 숨을 죽였다. 엄마에게서도 긴장감이 뚜렷하게 느껴졌다.

할머니가 그 유골에 대해 정말로 뭔가 알 수도 있을까?

우리는 기다렸다······. 기다리고, 또 기다렸다······. 옆에서 엄마가 입을 열려고 하자 내가 고개를 저었다. 아냐. 나는 소리 없이 엄마에게 부탁했다. 말하지 마.

"난 어떻게 해야 할지 몰랐어. 모두 실라는 돼먹지 못한 애라고 했어. 모두 실라는 나쁘다고 했어. 저지른 짓이 있으니까. 빅터는 우리를 해치려고 했어."

나는 할머니의 관심을 흐트러뜨리지 않도록 조심스럽게 몸을 숙였다. "할머니····· 진이라는 사람이 스켈턴 플레이스에서 그 여자를 죽였다는 말씀이세요?" 나는 고개를 돌려 엄마를 바라보았다. 공포가 밀려왔다.

"빅터····· 실라······."

관자놀이를 문질렀다. 밀려오는 두통이 느껴진다. 할머니도 혼란스럽고 나도 혼란스럽다. 그냥 치매 탓에 나오는 말일 거라고 스스로에게 되뇌어본다. 저번에 오기 전까지는 이 이름들을 들어본 적도 없으니까.

다행히 그때 조이가 우리에게 다가왔다. "경찰이 왔어요." 그리고 다른 사람들에게 들리지 않도록 주위를 둘러보며 속삭였다. "모두 절 따라오세요."

13

로나

세 사람은 조이를 따라 복도 바로 옆방으로 들어갔다. 벽난로가 있고 은은한 청록색 플로킹 벽지[13]를 바른 방이었다. 새피가 할머니의 팔을 잡고 들어가는 사이 로나는 말없이 괴로워했다. 여섯 달 전 마지막으로 만났을 때보다 엄마가 훨씬 더 나이 들어 보였기 때문만은 아니다. 엄마가 자신을 알아보지 못했다는 충격 때문에도 가슴이 무너졌다. 자식 된 도리를 할 만큼 엄마를 찾아가지 않았다는 것도 알고 있었다. 하지만 스페인에서는 쉽지 않았다. 어쨌든 로나는 항상 자기 자신에게 이렇게 변명했다. 그러나 마음 깊은 곳에서는 정말로 원했다면 더 자주 만나러 올 수 있었다는 사실을 인정하고 있었다. 비행기로 겨우 90분 거리였으니까. 하지만 요양원에서 점점 노쇠해지는 엄마, 기억도 뒤죽박죽이 되어가는 엄마에 대해서는 생각하지 않는 쪽이 더 편했다. 대신 말도 안 되게 근육

13. 벨벳 소재로 입체감 있는 무늬를 넣은 벽지

질이고 어울리지 않게 어린 남자 친구들에게 집중하기가 훨씬 쉬웠다. 그리고 이제 죄책감이 로나를 사로잡았다. 자신은 나쁜 딸이었다.

벽난로 양옆에는 꽃무늬 팔걸이의자가 두 개에 각각 남자가 앉아있었다. 둘 다 위 단추를 푼 셔츠를 입고 말쑥한 바지를 입었으며 얼굴에는 땀이 배어 나왔다. 이 방은 휴게실보다 더 더웠다. 그들이 들어가자 두 남자 중 나이가 많은 쪽이 일어섰다. 로나는 40대 중반이라고 추측했다. 이마가 넓어지고 있었고 눈동자가 푸르며 턱이 각진 사람이었다. 더 젊은 쪽은 20대 후반으로 보였으며 키가 작고 몸집이 다부졌다. 삐죽삐죽한 머리칼은 걸레 빤 물 같은 색이었다. 탁해 보였다. 그는 앉은 채로 투명한 스타벅스 컵을 들고 초콜릿 밀크셰이크처럼 보이는 음료를 마시고 있었다.

"매슈 반스 경사입니다." 커피 테이블 위로 악수를 청하며 말했다. "이쪽은 제 동료 벤 워딩 경장입니다. 저희는 윌트셔 경찰서 범죄수사과 소속입니다." 벤이 모두를 보고 고개를 끄덕였다. 로나는 벤의 시선이 새피에게 오래 머무는 것을 눈치챘다.

반스 경사가 다시 자리에 앉자 조이가 그들도 맞은편 의자에 앉으라고 권하며 커피와 차를 주문받는 등 부산을 떨었다. 로나와 새피는 로즈를 가운데 두고 양옆에 앉았다. 의자에 앉은 로즈는 더 왜소하고 아주 혼란스러워 보였다. 깍지 낀 손을 무릎 위에 올리고 긴장한 어린아이처럼 두 남자를 번갈아서 쳐다봤다. 로나는 팔을 뻗어 안심시키듯 엄마의 손을 잡았다. 그리고 거부당하지 않자 안도했다.

"자, 걱정하실 필요는 없습니다, 로즈 씨." 반스 경사가 친절하게 설명했다. "이건 비공식적인 대화입니다. 현시점에서 저희는 그저 정보를 수집하는 중입니다. 그 집과 연관된 모든 사람을 조사하는 과정이죠." 앞 테이블에는 수첩과 펜이 있었다. 반스 경사는 수첩을 펼치고 펜 뚜껑을 열어 이야기를 들을 준비를 했다.

로즈는 아무 말도 하지 않고 그저 정면을 응시하며 조이가 친절하게 가져다준 차를 마셨다.

"그러면 먼저 간단하게 개인 정보를 확인할 수 있겠습니까, 로즈 씨? 생년월일이 어떻게 되시죠?"

로즈는 갑자기 당황한 얼굴로 컵을 내렸다. "난…… 그…… 7월…… 아니, 8월생인데…… 1939년이었나……."

"1943년이에요, 엄마." 로나가 끼어들더니 반스 경사를 바라보며 생일을 바로잡았다. "1943년 3월 20일이에요."

"아, 그래, 맞아. 1943년. 전쟁이 한창이었을 때." 로즈는 다시 차를 마시며 입맛을 쩝쩝 다셨다. 로나는 새피에게 슬쩍 눈길을 던졌다. 새피 역시 불안한 눈길로 로나를 바라보았다.

이번 조사는 엉망진창이 되리라. 분명했다. 자기 생일조차 기억 못하는 사람과 어떻게 질의응답을 한단 말인가?

"그리고 알츠하이머 진단을 받으셨다고요?" 반스 경사가 물었다.

로즈가 아무 말도 하지 않자 로나가 다시 대답했다. "네, 지난여름에요."

새피가 자기 자리에서 몸을 꼼지락거렸다. 로나는 딸이 물에 손도 대지 않은 것을 알아차렸다.

"고맙습니다, 로나 씨." 반스 경사가 웃음기 없이 고개를 끄덕였다. "그러면 로즈 씨, 제 기록에 따르면 1981년 4월부터 해당 주택의 임대를 시작하신 것으로 나오는데요."

로즈가 고개를 저었다. "난…… 몰라요."

반스 경사는 작은 검은색 수첩을 확인했다. "저희가 알기로는 1981년 6월에 처음 세입자가 들어왔습니다. 한 부부가 그 집을 10년 동안 빌렸죠. 그분들과는 이미 이야기를 나눴습니다. 하지만 그전에는 선생님이 그 집에 4년 가까이 거주하셨죠. 혹 누구 같이 사셨던 분이 있습니까?"

"저기…… 하숙하던 사람이 하나 있기는 했는데요."

처음 듣는 이야기였다. 로나는 몸을 곧게 폈다. 새피도 마찬가지였다.

"하숙인이요? 남자입니까, 여자입니까?" 반스 경사가 물었다.

"여자였어요. 대프니…… 대프니 하톨." 로즈는 즐거운 듯이 이름을 밝혔다. 오랜만에 그 이름을 입에 올리는 감각에서 기쁨을 느끼는 듯했다.

로나는 엄마에게서 대프니라는 사람 얘기를 들어본 적이 없었다.

"그게 언제였는지 연도는 기억나십니까?" 반스 경사가 물었다.

"1979년인가. 아니, 1980년……." 로즈는 후루룩 소리를 내며 차를 마셨다. 차가 입고 있는 분홍색 스웨터로 조금 튀었다. 새피가 언제든 도와줄 수 있게 컵 쪽으로 손을 내밀고 있었다. "그 집에서 살았던 마지막 해였어요."

"대프니는 몇 살이었습니까?"

"대프니는…… 나랑 비슷한 나이였던 것 같아요. 30대, 아니면…… 40대인가…… 난……." 로즈의 눈동자가 좌우로 흔들렸다. "정확히 기억나지 않아요……."

"대프니는 어떻게 됐죠?"

"잘…… 몰라요. 떠났어요. 연락이 끊겼어요."

"두 분은 친구였습니까?"

"네. 네, 친구였어요." 로즈의 말투에서 언짢은 기색이 느껴졌다. 로나가 아버지에 관해 물어볼 때면 이런 말투가 나오고는 했다.

"그럼 두 분에게…… 그 시기에 알고 지내던 남자가 있었습니까?"

로즈가 갑자기 움직이는 바람에 컵에 든 찻물이 넘쳐서 앞으로 흘러내렸다.

새피가 고통스러운 표정을 지었다. "자, 할머니. 제가 컵 받을게요." 별 탈 없이 컵을 건네받아서 테이블 위에 내려놓고 나니 새피의 얼굴에 안도감이 번졌다.

"로즈 씨……" 반스 경사가 재촉했다. "찾아오는 남자가 있었습니까?"

로즈는 몸을 떨었다. "아니, 없었어요. 우리는 무서웠어요. 빅터가."

로나가 얼굴을 찡그렸다. 또 빅터다. 이 빅터라는 사람은 누구지?

"왜 무서웠습니까, 로즈 씨?" 반스 경사가 부드럽게 물었다.

"빅터는 아기를 해치려고 했어요." 로즈는 임신했을 때의 느낌을 떠올리는 것처럼 배 위에 부드럽게 손을 올렸다. 내 얘기일까? 로나는 의문이 들었다. 나일 리가 없어. 엄마는 내가 태어나기 전에 아버지가 돌아가셨다고 했잖아.

어린 시절 엄마는 언제나 로나를 과보호했다. 매일 저녁 다른 친구들은 다 통학버스에서 내리면 집까지 혼자 걸어갔지만 엄마는 늘 버스 앞에서 만나기를 고집했다. 혼자 멀리 돌아다니는 것도 허락하지 않았고, 로나가 어디로 가는지, 언제 돌아올지 항상 확인했다. 만약 늦기라도 하는 날에는 친구들 부모님에게 한 사람도 빼놓지 않고 전화를 걸었다. 그것이 너무 창피해서 로나는 언제나 꼭 제시간에 돌아갔다. 이것이 이유였을까? 엄마가 빅터라는 남자를 두려워했기 때문에?

반스 경사가 인상을 썼다. "빅터가 누굽니까? 성을 기억하실 수 있습니까?"

로즈는 고개를 저었다. "이젠 너무 오래전 일이라……." 그리고 새피를 보며 말했다. "더는 대답하기 싫구나. 〈바겐 헌트〉¹⁴를 보고 싶어."

"할머니." 새피가 손을 잡으며 말했다. "오래 걸리지 않을 거예요. 그렇죠, 형사님?"

반스 경사가 고개를 끄덕였다. "조금만 더 부탁드립니다, 로즈 씨. 빅터라는 사람에 대해 더 기억나는 거 없으세요? 집에 찾아온 적이 있습니까?"

"아뇨. 몰라요. 난……" 로즈는 빠르게 눈을 깜빡였다. "기억이 안 나요."

"대프니에 대해 더 얘기해 주실 건 없을까요?"

"아니요. 말했듯이 대프니는 나랑 그 집에서 한동안 같이 살았어요. 1년 정도였어요. 그리고 떠났어요. 다른 인생을 살러 갔어요. 그래요…… 그래. 다른 인생을 살려고 떠났어요."

"그 시기에 다른 하숙인은 없었습니까?"

"없었어요. 아, 참, 그랬지. 있었어요. 대프니 전에. 하지만 오래 있진 않았어요."

---

14. 출연자를 두 팀으로 나누어 골동품을 구매한 뒤 경매에 붙이는 영국의 텔레비전 프로그램

"이름은 기억하십니까?"

"아니요……."

반스 경사가 깊게 숨을 들이쉬었다. "좋습니다. 아마도 그 부분을 더 조사할 필요가 있을 것 같군요. 그 집에서 누군가 다치는 장면을 목격하신 일은 없으십니까?"

"진이 그 여자 머리를 때렸어요."

로나의 가슴이 덜컹 내려앉았다.

반스 경사가 동료를 흘낏 본 다음 다시 로즈에게 시선을 돌렸다. "진이요? 진이 누구죠, 로즈 씨?"

"진이 그 여자 머리를 내리쳐서 다시 일어나지 못했어요."

반스 경사가 꼬고 있던 다리를 풀었다. 얼굴에는 별다른 반응이 없었지만 로나는 반스의 입꼬리가 흥분 때문에 씰룩이는 것을 알아챘다. "진이 대프니의 머리를 쳤습니까?"

"아니에요."

"그럼 누구를 쳤죠?"

로즈의 얼굴에 혼란이 스친다. 눈 밑에 그늘이 져서 피곤해 보인다. "몰라요."

"이제 엄마도 할 만큼 하신 것 같은데요. 안 그래요?" 로나가 끼어들었다. 이러고 있는 것이 잘못된 일 같았다. 엄마가 하는 말을 어떻게 믿을 수 있다는 말인가.

반스 경사가 어쩔 수 없이 고개를 끄덕였다. "좋습니다." 그리고 로나를 보고 말했다. "하지만 어머님께서 무언가 기억해 낸다면, 아주 사소해 보이는 거라도 좋으니 뭐든지 저희에게 알려주십시오."

로나는 복도에 서서 새피와 조이가 엄마를 데리고 다시 휴게실로 가는 모습을 지켜보았다. 엄마는 〈바겐 헌트〉에 대해 이야기하고 있었고 모퉁이를 돌 때까지 계속 목소리가 들렸다. 그렇게 오래 떠나와 있었는데도 여전히 강한 런던식 말투다. 엄마 상태에 앞으로도 계속 영향을 미칠 만한 일은 생기지 않은 듯했다. 하지만 그래도 로나는 여전히 반스 경사에게 화가 났다. 한마디 해주고 싶었다.

복도에서 기다리고 있자 반스 경사가 나왔다. 벤 워딩도 바로 뒤에서 따라 나왔다. 로나는 어깨 위로 가방을 끌어 올리고 반스 쪽으로 성큼성큼 걸어갔다.

"이번 조사가 진짜로 필요했나요? 엄마는 치매가 있는 노인이에요, 어이가 없어서. 엄마가 말하는 빅터니 진이니 심각하게 받아들이지 않았으면 좋겠군요. 엄마 머릿속은 뒤죽박죽이에요. 그게 다라고요. 본인이 뭐라고 말하는지도 몰라요."

반스 경사는 로나의 분노에 깜짝 놀란 듯했다. "저희는 해당 기간 그 집에 사셨던 모든 분들과 대화를 나눠야 합니다." 하지만 말투는 차분했다. 로나는 반스 경사가 언성을 높이는 모습을 상상하기 힘들었다. "이건 심각한 범죄이고 저희는 최대한 많은 정보를 확보해야 합니다. 하지만 로즈 씨가 치매에 걸린 사실도 이해하고 있습니다. 로즈 씨 말을 모두 곧이곧대로 받아들이지는 않을 겁니다. 그래도 그 가운데 단서가 있을 수도 있기 때문에 제가 그 부분을 조사하지 않는다면 직무 유기가 될 겁니다."

"엄마는 아무것도 모를 거예요. 그 집에 세 들어 살았다는 사람들과 얘기해 보셨다면서요. 그쪽에서 건질 건 없었나요?"

반스 경사가 한숨을 쉬었다. "현재로서는 없습니다. 하지만 말씀드렸다시피 현 단계에서는 누가 언제 그 집에 살았는지 최대한 자세히 알아내려고 노력하고 있습니다. 또, 유골의 신원을 파악하는 작업도 한창 진행 중입니다. 피해자가 누군지 알아내고 정확히 언제 사망했는지 알아내면 훨씬 쉽게…….”

빨대로 액체를 빨아들이는 꼬르륵 소리에 대화가 끊겼다. 두 사람이 고개를 돌리자 워딩 경장이 마침 테이크아웃 밀크셰이크를 해치우고 있었다. 로나가 쏘아보자 워딩은 부끄러운 얼굴로 예의를 차렸다. “차에서 기다릴게요, 대장.” 워딩은 이렇게 말하며 허둥지둥 건물 밖으로 나갔다.

대장? 장난하나? 로나는 눈을 어디에 둘지 몰랐다. 반스 경사도 눈치챘는지 진지한 얼굴로 말했다. “들어온 지 얼마 안 돼서요. 아마도 〈더 스위니 시리즈〉[15]를 너무 많이 본 것 같습니다.”

로나는 입꼬리가 올라갔지만 웃음을 참았다. 분위기가 가벼워지는 것을 원치 않았다.

발을 끌면서 걸었다. 얼마 전에 생긴 물집에 한쪽 샌들이 닿아 아팠기 때문이다. “그럼 다음은 뭐죠?”

반스 경사는 로나를 한참 바라보았다. 어떤 의미인지 알 수 없는 표정이었다. 로나는 동정일지도 모른다고 생각했다. “연락드리겠습니다.”

---

15. 1970년대에 방영된 영국의 경찰 드라마로 2012년에는 영화로도 제작되었음

14

새피

집으로 돌아오니 톰은 아직 퇴근 전이었다. 엄마는 자기가 저녁을 만들 테니 나는 스노이를 산책시키고 오라고 했다. 밖은 아직 따뜻했고 나뭇가지 사이로 새어 나오는 햇빛이 반짝반짝 흔들렸다. 8번지 옆을 잽싸게 지나가는데 브렌다 모리슨이 잰걸음으로 나왔다. 아직도 양가죽 슬리퍼를 신고 있었다. "이봐요, 얘기 좀 해요!" 브렌다가 노려보며 말했다.

발걸음을 멈추고 예의 바르게 웃으려 노력하며 브렌다 쪽으로 돌아섰다. 브렌다도 그 남편 잭도 도무지 호감이 가지 않는다. 우리가 이사 왔을 때도 둘 다 딱히 환영하는 것 같지 않았다. 확장 공사를 반대한 것은 말할 것도 없다. 이 사람들은 항상 불평투성이다. 우리 집 쓰레기통 위치, 공사할 때 드릴 쓰는 소리, 마당에서 스노이가 짖는 소리.

"안녕하세요, 브렌다?"

"안녕 못해요. 그 기자들이 시도 때도 없이 찾아와서 아주 지긋지긋해. 지난주에는 한 사람이 우리 뒷마당으로 들어와서 우리 집 울타리 너머로 사진을 찍었다니까. 있어서는 안 될 일이지. 덕분에 우리 잭이 위산 역류가 도졌단 말이에요."

"정말 죄송해요. 저도 여기 기자들 오는 거 너무 싫어요."

"여기 30년을 살았는데 기자하고는 엮일 일이 없었단 말이지."

"저도 기자들이 대체 뭘 하려는 건지 모르겠어요. 새로운 정보도 없고, 한동안 나올 것 같지도 않은데 말이죠." 요전에 반스 경사는 유골의 신원을 밝히기 위해 1970년부터 1990년 사이의 실종자를 대대적으로 조사한다고 했다. 그렇다면 몇 달은 걸릴 수도 있다.

"그리고 지난주에는 경찰까지 와서 꼬치꼬치 물어보고 갔다니까." 브렌다는 내가 아무 말도 안 한 것처럼 계속 불만을 쏟아냈다. "그리고 경찰한테 말한 거 아가씨한테도 말해두는데 우리가 여기서 30년 넘게 살았단 말이야. 옆집 마당에서 사람이, 그것도 둘이나 살해당하고 매장당했다면 말이지, 나 원." 브렌다가 가슴 위로 팔짱을 끼었다. "우리가 봤을 거라고. 뭐가 됐든 내 눈은 못 피한단 말씀이야."

별로 놀랄 만한 얘기도 아니었다.

"30년이요? 그럼 이 동네로 오신 게……."

"1986년. 멋있는 노부부한테 이 집을 샀지. 아들내미 집 근처의 단층집으로 이사한다고 하더라고."

"그러면 저희 할머니 모르세요? 로즈 그레이요. 그때는 여기 살지 않았지만 이 집 주인이셨거든요. 할머니가 집에 온 적이 있는지는 잘 모르지만……."

하지만 브렌다는 고개를 저었다. "아니. 우리가 이사 왔을 때는 아가씨 집에 젱킨스 부부가 살았어요. 베릴하고 콜린. 로즈 그레이란 사람은 만난 기억이 없네."

스노이가 줄을 당겨서 나는 몸을 숙이고 스노이를 쓰다듬어 주었다. "그럼 그다음이 터너 일가였나요?" 맥널티 부인이 모퉁이 가게에서 나누던 대화를 떠올리며 물었다.

브렌다는 나를 노려보고 있었다. 그래서 대답해 주지 않으리라 생각했는데 뜻밖에 내 쪽으로 몸을 기울였다. 예민해서 곧잘 발끈하는 성격이지만, 남 얘기로 수다를 떨기 좋아하는 모양이다. 브렌다는 크림색 카디건을 끌어당겨 마른 몸을 더 꼭 감쌌다. "터너네는 밸러리하고 스탠이었지. 1988년인가 1989년인가 그쯤에 들어왔어요. 불량해 보이는 아들이 하나 있었고. 허구한 날 말썽을 피웠지."

"그 아들 이름도 기억하세요?"

"해리슨. 맞아, 해리슨이었어. 가수 조지 해리슨 덕에 기억해. 망나니였어요. 부모가 안됐다는 생각이 들 정도였어. 둘 다 나이도 많았거든. 스탠은 관절염이 아주 심했어."

"경찰한테도 이 얘기 하셨어요?"

"당연히 했지. 지난주에 다 말했어요."

경찰이 그 아들 쪽을 알아봤으면 좋겠다. 반스 경사에게 물어봐야겠다고 머릿속에 새겼다.

"어쨌든." 나는 활기찬 분위기를 내려고 노력하며 말했다. "지금은 기자가 없네요. 아마 하루 쉬나 봐요."

하지만 브렌다는 헛기침을 하더니 인사도 없이 종종걸음으로 들어가 버렸다.

브렌다와 이런 대화를 나눴다고 나중에 톰에게도 알려줬다. 나란히 싱크대 앞에 서서 저녁 먹은 그릇을 씻으면서였다. 엄마가 설거지한다고 나서기 전에 선수를 쳤다. 포크와 나이프를 넣어둔 서랍은 이미 엄마 스타일로 정리가 끝났다. 할머니한테 가서 있었던 일은 밥 먹을 때 얘기해 줬다.

엄마는 물집 잡힌 발을 살펴보러 방으로 갔다. 왜 어디에서나 힐을 고집하는지 잘 모르겠다. 은빛 연어 껍질이 오븐용 그릇에 붙어 있었다. 힘주어 문지르며 답답한 감정도 같이 벗겨냈다. 식기세척기가 너무 간절한데 공사를 언제 다시 시작할 수 있을지는 아무도 모른다. 내가 꿈꾸던 주방을 만들려면 오랜 시간이 흘러야 할 것 같다. 마당은 더 이상 범죄 현장으로 취급되지 않고 경찰 역시 공사를 계속해도 된다고 했다. 하지만 공사업체 쪽에서 새로운 일을 시작했기 때문에 몇 달은 다시 올 수 없단다. 핑계를 대는 것은 아닌지 의심스럽다.

"경찰 쪽에서는 그 아들한테 관심이 가겠네." 톰이 말했다. "어쩌면 부모도 아들이 시체 숨기는 걸 도왔을지 몰라." 나는 톰의 머리카락에서 흰색 페인트 얼룩을 발견했다. 집에 와서 곧바로 작업복으로 갈아입고는 "저녁 먹기 전에 페인트 한 겹은 더 칠할 수 있겠다."라고 말했었다. 난간 작업이 거의 끝나서 톰은 다음으로 작은 침실을 손보려고 한다. 하지만 나는 뭔가가 걸린다. 그 방에 들어갈 때마다 이상한 기분이 든다. 유골이 발견된 후부터 느껴지기 시작했으니 뒤쪽 창문으로 뒷마당과 거대한 구덩이가 내다보이는 것이 원인일 것이다. 그저 어떤 일이 벌어졌는지 떠올리게 되기 때문일 것이다. 그것이 전부다. 지나갈 감정이다. 다 끝나기만 하면.

"할머니가 오늘 진하고 빅터란 사람 얘기를 했어. 그냥 기억이 혼란스러워진 것 같아. 하지만……" 나는 한숨을 쉬었다. "처음으로 할머니가 그 유골에 대해 뭔가 아는 거 같다는 생각이 들었어. 그러니까 할머니가 뭔가를 기억해 내려고 애쓰고 있다거나 하는 생각. 하지만 브렌다하고 얘기하고 나니까……" 나는 말꼬리를 흐렸다.

우리가 자리에서 일어났을 때 반스 경사는 1977년에 할머니한테 이 집을 판 사람은 오래전에 세상을 떠났다고 알려줬다. 자식이 없고 여동생만 있어서 경찰은 동생과 이야기를 나눴다고 했다. 그리고 1981년부터 1990년 사이 할머니에게서 집을 빌렸던 두 가족 쪽을 더 알아보고 있다고 했는데, 터너 가의 아들에 관해서는 언급하지 않았다. 또, 반스 경사는 대프니 하틀과 다른 하숙인도 조사해 보겠다고 했다. 유골의 신원을 밝히려고 상당히 노력 중인 듯했지만 부패 상태로 보아 오래 걸릴 예정이란다. 업무량이 엄청난 것 같다.

"조사받는 건 할머니한테는 아주 힘든 일일 거야. 그러니 할머니 말씀이 진짜로 의미가 있는 건지 아니면 치매 때문에 횡설수설하는 건지는 알기 힘들어." 톰이 접시를 마른행주로 닦으며 말했다. 접시가 하마터면 톰의 손에서 미끄러질 뻔했다.

"조심해! 이가 나가지 않은 몇 안 되는 접시라고."

톰이 우스꽝스러운 얼굴을 했다. 행동거지가 야무지지 못한 톰을 놀리면서 우리끼리 오랫동안 주고받아 온 농담이기 때문이었다. 우리는 본머스에서 대학에 다닐 때 만났는데, 처음 만난 날 밤 과음한 나를 톰이 학생 기숙사까지 데려다줬다. 톰이 착한 사람인 것은 곧바로 알아봤다. 나를 잘 보살펴줬기 때문이다. 물을 가져다주고 속을 가라앉히라고 조금씩 뜯어 먹게 토스트도 만들어줬다.

손에 쟁반을 들고 허름한 거실을 가로질러 오는 톰을 바라보다가 갑작스레 애정이 솟아올랐던 순간을 기억한다. 살짝 샌님 같으면서 매력 있는 부드러운 금발 머리 남자가 내게 좋은 인상을 주려고 노력하고 있었다. 그런데 그때 톰이 러그에 걸려 넘어지며 접시와 머그잔이 방 건너편까지 날아갔다. 톰은 경악해서 얼어붙었고 서로 시선이 마주쳤다. 그러자 우리 둘 다 미친 듯이 웃음이 터져 나왔다. 그렇게 어색함은 사라졌다.

그날 이후로도 비슷한 일이 반복되었다. 공인중개사와 처음으로 같이 살 집을 둘러보러 갔을 때는 톰이 물기가 있는 덱에서 미끄러져 넘어졌다. 숲에서 둘이 로맨틱하게 산책하다가 톰 혼자 나무 밑동에 걸려 넘어지면서 발목이 부러지기도 했다. 작년에는 스노이한테 걸려서 넘어졌고 허리를 삐어서 일주일이나 고생했다. 지난 몇 년 동안 떨어뜨린 유리잔과 접시들은 다 말할 것도 없다. 톰은 긴 팔다리와 흐느적거리는 뼈대에 적응하지 못하기 때문에 균형을 잡지 못하는 것이라고 변명했다. 그리고 '너무 빨리 성장하는 독일 셰퍼드 같은 것'이라고 농담을 하고는 한다.

톰은 접시를 조심조심 조리대에 올려놓고 건조대에서 오븐용 그릇을 지나치게 조심스러운 과장된 동작으로 집어 들어 나를 웃겼다.

엄마가 부엌으로 달려왔다. 허둥거리는 모습이었다. "엄청난 아이디어가 떠올랐어. 할머니 물건을 살펴보는 게 어떨까? 진이니 빅터니 하는 얘기들 말이야. 듣고 보니 궁금해졌어."

"할머니 물건?" 톰에게 마른행주를 받아 거품투성이 손을 닦으며 물어보았다.

"그래. 알지? 브리스틀 집에서 짐 싸면서 상자에 넣었던 것들."

나는 눈을 찡그렸다. "자선단체에 꽤 많이 기부했잖아. 가구랑 물건들이랑."

"그래, 맞아. 하지만 개인적인 물건은 따로 됐지. 안 그러니? 서류 같은 것들 말이야." 엄마는 마음이 급해 보였다. 나는 고개를 끄덕였다. 봉투며 종이가 든 상자들이 할머니 찬장에 쌓여있었는데 하나하나 살펴보기 귀찮아서 나중에 정리하자고 했던 기억이 떠올랐다. 결국 둘 다 상자의 존재를 잊었고 엄마는 스페인으로 돌아갔지만. 엄마가 물었다. "그것들 다 어떻게 했어?"

"음……" 나는 생각해 내기 위해 애썼다. "지금은 안 쓰는 방에 있든가 아니면 다락방에 있을 거야. 아직 못 푼 짐이 많거든."

엄마는 '아니, 너희 여기 산 지 몇 달이나 지났잖아!'라고 말하듯이 눈썹을 세웠다. 엄마라면 이사 오고 첫 주에 모든 일을 다 해치웠을 것이다. "알았어, 그럼. 상자를 찾아서 안을 살펴봐야겠다."

나는 맥이 빠졌다. "뭐, 지금?" 원래는 민스트럴즈 초콜릿을 한 봉지 들고 텔레비전 앞에 앉아서 마음 편한 로맨틱 코미디나 뭔가 재미있는 것을 볼 생각이었다. 마음 시끄러운 것들도 같이 치워버리고 싶었다.

엄마 표정이 부드러워졌다. "엄마가 미안해. 엄청 피곤할 텐데 몰라줬네. 첫 3개월 지나고 다음 3개월 들어가면 얼마나 피곤한지 잊고 있었어. 어디 있는지만 알려줘. 그럼 내가 살펴볼게."

엄마 말에 조금 끌렸다. 거짓말은 하지 않겠다. 하지만 엄마 혼자 보게 내버려 둘 수는 없다. 옳지 않다. "괜찮아. 나도 도울게. 가자."

나는 어깨 너머로 톰을 돌아보며 짜증 난다는 표정을 지었다. 톰은 동정하듯 미소를 지으며 찻물을 올리겠다고 했다.

상자는 다락방에서 찾았다. 커다란 상자 두 개가 제일 깊숙한 곳, 지붕 아래 구석에 처박혀 있었다. 톰이 올라와서 상자를 들고 사다리 아래로 내리는 일을 도와야 했다. 그리고 우리 셋은 바닥에 앉아 뜨거운 차를 옆에 두고 내용물을 자세히 살폈다. 스노이도 톰의 무릎 위에 고개를 올리고 곁을 지켰다.

"와, 할머니가 잡동사니 많이도 모아놓으셨네." 톰이 오래된 영수증 더미를 살펴보며 말했다.

"이거 봐." 나는 갈색 가죽 장정 책을 들었다. "시집이야. 오래된 것 같아." 책을 펼쳐 보았다. 종이가 누렇게 바랬고 곰팡내가 났다. "어?…… 우아."

"왜 그래?" 엄마가 물었다.

나는 책장 사이에 눌려있던 꽃을 부드럽게 떼어 냈다. "압화 장미, 로즈야." 바싹 말라서 바스락거리지만 짙은 핏빛이 여전히 강렬했다. "할머니가 사랑했던 사람이 준 건가 봐." 나는 조심스럽게 압화를 원래 자리에 돌려놓고 엄마에게 책을 건넸다. "사랑을 주제로 한 시야."

책을 받아서 앞표지가 보이게 뒤집는 엄마의 눈이 반짝였다. 어떤 기분인지 안다. 할머니는 늘 자기 얘기를 하지 않았다. 과거에 대해서도, 사랑했던 사람, 남편에 대해서도 말해주지 않았다. 로즈 그레이에게 엄마가 되기 전이나 할머니가 되기 전에도 인생이 있었다고는 상상하기 어려웠다. 장미꽃을 넣은 시집을 받는 인생도, 누군가와 사랑에 빠졌던 인생도 상상할 수 없었다. "어쩌면 아버지가 준 걸지도 몰라." 엄마가 말했다. "오래된 사진 같은 건 없어? 그쪽 상자에 보이니?"

"할머니한테는 늘 사진이 별로 없었어." 내가 할아버지 사진이 보고 싶다고 했을 때 할머니는 없다고 잘라 말했다. 할머니가 젊을 때는 사람들이 사진을 많이 찍지 않았다고 말했던 것도 떠올랐다. 할머니가 빅토리아 시대 사람도 아니고 믿기 어려운 얘기였다. "엄마는 할아버지 사진 본 적 있어?" 아직도 조그만 시집을 쳐다보고 있는 엄마에게 물었다. 엄마는 마지못해 시집을 발 옆에 내려놓았다.

"아니, 없어. 할머니가 그러는데 이사하면서 잃어버렸대."

"그럼 할아버지에 대해 아무것도 몰라?"

"응, 거의 몰라. 할머니가 얘기하기 싫어했거든. 너무 슬퍼진다고 하면서." 엄마는 계속해서 상자를 뒤지며 말했다. "내가 태어나기 전에 돌아가셨대. 심장 마비로. 묘지에도 가본 적 없어."

마당에 묻혀있던 남자를 떠올렸다. 한순간 끔찍하게도 그 남자와 내 할아버지가 겹쳐졌다. 하지만 곧 그 생각을 떨쳐냈다. 말도 안 된다. 이제 와서 할머니를 의심할 수는 없다. 그리고 그 시집과 말린 장미가 있으니까. 두 분은 한때 분명히 사랑했다.

"할아버지 쪽 친척도 만난 적 없어?"

엄마는 고개를 저었다. "응, 엄마는 항상 아버지도 자기랑 처지가 같았다고 했어. 두 분 다 아직 어린아이일 때 부모님이 돌아가셨다고."

"그거 말고 또 아는 건 없어?"

상자를 들여다보던 엄마가 고개를 들고 곰곰이 생각했다. "딱히 없네. 물어보는 걸 포기했던 것 같아. 엄만 아버지 얘기를 싫어하는 것 같았거든." 엄마는 다시 상자를 뒤지기 시작했다. 그리고 곧 기쁨의 탄성을 내뱉어서 나를 놀라게 했다. 엄마는 손에 A4 크기의 갈색 봉투를 들고 있었다. "이 안에 사진이 있어!"

나는 창가에 앉은 엄마 옆으로 기어갔다. "나도 보여줘."

엄마가 다양한 크기의 사진을 한 무더기 끄집어내서 살펴보기 시작했다. 대부분 브리스틀 집 정원에서 커가는 엄마의 모습을 찍은 사진들이었다. 하지만 엄마는 그 안에서 정사각형 사진 대여섯 장을 골라냈다. "이거 봐." 엄마가 사진들을 건넸다. 희귀한 사진을 보는 데 정신이 팔려서 나는 엄마를 거의 깔아뭉개다시피 했다. 구식 폴라로이드 카메라로 찍은 듯한 사진에는 아주 어린 엄마가 있었다. 기껏해야 두세 살이 넘지 않을 것 같았다. 엄마는 대개 책상다리하고 이 집 마당으로 보이는 곳에 앉아있었다. 배경으로 집이 아주 조금 보였다. 한 장은 엄마와 아주 젊은 할머니 사진이었다. 할머니는 내가 평생 봐온 것보다 더 날씬했고 나팔바지에 줄무늬 민소매 티셔츠를 입고 있었다.

"어머, 세상에." 엄마가 또 다른 사진을 보며 말했다. 나도 엄마 어깨 너머로 사진을 유심히 봤다. 다시 꼬마 숙녀 시절의 엄마가 이 시골집 앞에 서있었는데, 위로 하늘하늘한 연보라색 등나무가 보였다. 엄마 옆에서 누군지 알 수 없는 어떤 여자가 몸을 구부려 엄마와 키를 맞추고 있었다. 클로즈업 사진이 아니라 생김새를 구분하기는 어려웠지만 할머니는 아니었다. 엄마가 고개를 돌려 나와 눈을 맞췄다. 갈색 눈을 크게 뜨고 있었다. "누구지, 이 사람? 네가 보기엔 이 사람이 대프니일 것 같니?"

"어쩌면." 나는 사진을 건네받아 뒤집어 보았다. 뒷면에는 이렇게 쓰여있었다. 롤리, 1980년 4월. 스켈턴 플레이스 9번지. 나는 눈을 찌푸렸다. "롤리가 누구지?"

"나야." 엄마가 말했다. "내가 나를 부르는 방식이었어. 아마도 로나라는 발음을 못했었나 봐."

"할머니가 엄마 그렇게 부르는 거 한 번도 못 들어봤는데."

엄마가 빙그레 웃었다. "아마 내가 못 하게 했을 거야. 크면서 창피해지는 것들 있잖아. 그중 하나였지 싶어."

나는 사진을 톰에게 넘겨주었다. 톰은 슬쩍 보더니 크게 웃었다. "단발머리가 아주 멋진데요."

"우리 엄마가 잘라주곤 했어. 저 앞머리 봐!"

나는 다시 상자 쪽으로 돌아가서 안을 살펴보다가 봉투 하나를 끄집어냈다. 사진이 더 나왔으면 했다. 하지만 안에는 사진이 아니라 노랗게 변한 신문 조각이 들어있었다. "이게 뭐지?" 봉투에서 미끄러뜨리듯이 조각을 꺼냈다. 너무 오래돼서 손에 닿으면 부서지지 않을까 걱정됐다. "1977년 1월에 〈새닛 에코〉 신문에서 오려낸 거네."

"뭐?" 이번에는 엄마가 서둘러 내 쪽으로 왔고 우리는 동시에 기사를 읽었다.

일주일 이상 실종 상태였던 브로드스테어스 여성, 안타깝게 익사한 것으로 보여

실라 와츠(37세)는 섣달그믐날 동네 술집 샤이어 호스에서 마지막으로 목격되었다. 늦게까지 남아있던 손님들은 와츠 양이 새해를 맞아 계속해서 축배를 들기 위해 그들과 함께 바이킹만으로 갔다고 증언했다.

목격자는 경찰에 와츠 양이 12시를 조금 넘겨서까지 해변에 있었으며 바다로 들어가는 것을 봤다고 진술했다. 와츠 양은 찾을 수 없었지만 옷은 해변에서 발견되었다.

이웃인 앨런 하틀(38세)은 "실라는 고독한 타입이었다. 혼자 지내는 편을 좋아했다. 하지만 나는 잘 알고 지냈다. 새해 전야였기 때문에 실라는 우리와 함께 동네 술집에서 술을 마시기로 했다. 해변에도 같이 갔다. 바다에는 실라 혼자만 들어갔다. 술 마시느라 정신이 없어서 실라에 대해서는 잊고 있었다. 실라가 집에 돌아오지 않아서 그제야 무슨 일이 있었는지 깨닫고 경찰에 신고했다."라고 밝혔다.

해안 경비대는 바이킹만을 샅샅이 뒤졌으나 수색에 실패했고, 지역 경찰에서는 와츠 양이 사고로 사망했을 것이라는 성명을 발표했다.

나는 엄마를 바라봤다. "실라래! 이게 할머니가 오늘 말했던 그 사람일까?"

엄마도 나만큼이나 얼떨떨해 보였다. "아는 사람이었나 봐."

"브로드스테어스에? 하지만 할머니는 런던 출신인 줄 알았는데."

"내가 태어나기 전에는 여기저기에서 살았던 것 같아."

나는 신문 기사를 톰에게 넘겨서 읽어보게 했다. 격자창으로 옅어지는 햇빛이 들어와 톰의 얼굴 한쪽에 그림자를 드리웠다. 덕분에 톰의 코가 비뚤어져 보였다. 톰은 신문 조각을 다시 내게 건넸다. "이건 중요한 단서가 틀림없어요." 톰이 나와 엄마를 보며 말했다. 그리고 우리 모두의 생각을 입 밖으로 꺼냈다. "중요하지 않다면 왜 40년 동안 이 기사를 보관해 뒀겠어요?"

15

테오

테오는 지난주에 우연히 신문 기사를 본 이후로 아버지를 자세히 관찰했다. 교대 근무를 하는 사이사이 핑계를 찾아 아버지의 영혼 없는 저택에 들렀다. 그러면서 윌트셔 커플 이야기를 꺼낼 수 있게 용기를 끌어 올리고 있었다. 아버지는 아주 기분이 좋을 때도 테오에게 무엇이든 숨김없이 다 말해주는 법이 없었다. 하지만 최근에는 테오가 집에 나타날 때마다 마치 침입자라도 되는 것처럼 대했다. 왜 왔는지 꼬치꼬치 물었다. 테오는 단 한 번이라도 아버지가 자기를 보고 반가운 기색을 내비쳤으면 했다. 하지만 아버지에게 물어보기로 젠과 약속했으니 불편해도 와야 했다. 젠이라면 가족들에게 뭐든 거리낌 없이 물어볼 것이다. 젠네 가족은 마음이 따뜻하고 아무것도 숨기지 않으니까.

화요일 점심, 테오는 레스토랑에 출근하기 전에 아버지 집을 찾았다. 아버지에게 이 얘기를 꺼내기가 왜 이렇게까지 힘들까? 테오도 이제 어른이다. 하지만 아버지 앞에만 서면 엄마 뜻에 따라 입 다물고 있던 어린 시절로 돌아가는 느낌이다. 엄마는 아버지가 시키는 대로 하라고 했다. 아버지 기분을 건드리면 안 된다고 했다. 엄마가 늘 그랬듯이 일상의 평화를 유지하기 위해서였다. 다시 말해 아버지가 화내지 않게 하기 위해서였다.

"음식은 더 가져올 필요 없다." 테오가 애용하는 보랭 가방을 들고 치킨 카레와 코티지 파이[16]를 부엌으로 가져오자 아버지가 날카롭게 말했다. "냉동실에 아직 잔뜩 있다. 저녁은 거의 골프 클럽에서 먹는단 말이다."

솔직히 테오는 자기가 왜 쓸데없이 신경을 쓰는지 알 수 없었다. 세상에, 아버지를 책망하고 싶은 마음이 굴뚝같았다. 하지만 엄마가 돌아가신 지 14년이 지났어도 도저히 그럴 수가 없었다. 엄마가 실망하실 테니까.

"실은……" 테오가 가방을 식탁 위에 올리며 말했다. "뭐 좀 여쭤보려고 왔어요." 티셔츠 밑에서 가슴이 쿵쿵 뛰었다. 테오는 뒤에서 젠이 계속하라고 격려하는 모습을 상상했다.

"뭐냐." 아버지는 천으로 골프채 헤드를 닦아 광을 내고 있었다. 아버지가 테오에게 골프를 가르치려던 적도 있었다. 열세 살 때 일이다. 아버지는 테오에게 따로 골프채를 한 세트 사주고 하나씩 이름을 가르쳐줬다. 테오는 그 모든 순간이 끔찍했지만 아버지를 기쁘게 해주기 위해 1년 넘게 골프를 계속했다. 하지만 실력이 좋아질 것 같지 않자 아버지는 아들을 가르치는 일에 흥미를 잃어버렸다.

테오는 심호흡을 했다. "지난주 집에 들렀을 때 아버지 책상에

16. 다진 쇠고기와 으깬 감자를 층층이 올려 굽는 영국식 파이

서 신문 기사를 봤어요. 월트셔의 어떤 커플이 무슨 공사를 하다가 마당에서 해골을 발견했다는 얘기요. 아버지가 두 여자 이름에 밑줄을 치고 '이 여자를 찾아'라고 쓰셨던데요."

아버지는 광내기를 멈췄다. 하지만 고개를 들어 테오의 얼굴을 쳐다보지는 않았다. 대신 근육질 어깨에서 긴장한 기색이 느껴지고 목의 힘줄이 불룩 튀어나왔다. "내 물건을 염탐하고 다닌 게냐?"

"아뇨. 당연히 아니죠."

아버지가 일어났다. 골프채를 여전히 들고 있었다. 한순간 테오는 아버지가 골프채로 자신을 내리치는 것이 아닐까 생각했다. 이제 아버지는 테오를 보고 있었다. 푸른 눈동자가 얼음처럼 차가웠다. "빌어먹을 네 일이나 신경 써라."

테오는 충격을 감추려고 애썼다. 아버지는 오랫동안 이런 식으로 말하지 않았다. "누굴 찾으시는 거예요?"

"내 말 못 들었냐?" 아버지가 테오 쪽으로 두 걸음 다가왔다. 테오는 안색이 어두워졌다. 익숙한 두려움이 되살아났다.

난 이제 겁먹은 어린애가 아니야. 테오는 다시금 되새겼다.

"왜 말씀을 안 해주세요? 제가 도울 수 있을지도 모르잖아요?"

아버지가 비웃는 듯한 웃음을 내뱉었다. "네가?"

아버진 어째서 그렇게 불쾌하게 구는 거예요? 테오는 이렇게 생각했지만 지금은 물러서고 싶지 않았다. "네, 제가요. 월트셔에 산다는 그 커플 아세요?"

"당연히 모르지."

"그럼 그 기사는 뭐예요?"

아버지가 손에 들고 있던 골프채를 부엌 식탁에 기대 내려놓자 테오는 작게 안도의 한숨을 쉬었다. "난 그저 거기다 메모를 한 것뿐이다. 그것도 너하고는 아무 상관 없지만."

아버지는 거짓말을 하고 있다. 테오를 바보로 생각하는 것이 틀림없다.

"그럼 '이 여자를 찾아'는 무슨 뜻이에요?"

"도대체 왜 모든 말에 숨은 뜻이 있다고 생각하는 게냐? 진짜로 물어보고 싶은 게 뭐야, 어? 진짜로 뭐 때문에 이 난리냐?" 아버지는 입을 꾹 다물고 있는 테오를 응시했다. "난 성인이고 너한테 일일이 보고할 필요는 없다. 알겠냐?"

테오도 아버지를 응시했다. 뭘 숨기고 계신 거예요, 아버지? 뭔가 숨기고 있다는 거 알거든요. "말장난하려는 거 아니에요." 테오는 목소리가 흔들리지 않도록 애썼다. "전 그 기사에 관해 물어보고 있어요. 그게 다예요. 아버지 최근 뭔가에 계속 정신이 팔려계셨잖아요. 뭔가 귀찮은 일이 생긴 것처럼요."

"날 귀찮게 하는 건 오로지 너뿐이다."

테오는 숨을 깊이 들이마셨다. 아버지가 이런 식으로 나올 때는 말다툼을 해봐야 소용없었다. 테오는 손을 들어 올렸다. "알았어요. 그럼 아버지 마음대로 하세요." 테오는 식탁에 올려뒀던 가방을 집어 들었다. "음식 다 필요 없으신 거죠?"

아버지가 대답 대신 노려보았다.

"그러면 가져갈게요. 젠이랑 같이 먹죠, 뭐." 테오는 가방을 들고 성큼성큼 부엌을 나섰다. 그리고 운전석에 앉을 때까지 뒤돌아보지 않았다. 반쯤은 아버지가 따라와서 사과해 주기를 바랐다. 하지만 당연히 그런 일은 없었다. 테오는 보랭 가방을 조수석에 놓고 시동을 걸지 않은 채 몇 분 동안 앉아있었다. 언제나 그렇듯이 죄책감이 치솟았다. 자신이 버릇없이 군 것일까? 다른 식으로 접근했어야 했나?

아버지는 그냥 옛날 사람인 거야. 엄마는 온화한 말투로 종종 이렇게 말했다. 아버지는 감정을 표현하는 게 서툴러. 그래도 우리를 사랑하신단다. 엄마가 테오를 설득하려고 이렇게 말한 것인지 아니면 자기 자신을 설득하려고 한 것인지 테오는 결코 확신할 수 없었다.

아버지가 아무것도 얘기해 주지 않았다고 해서 놀랄 일은 아니었다. 엄마가 돌아가시고 난 뒤 테오는 아버지와 엄마 얘기를 해보려고 노력했다. 하지만 아버지는 대화를 거절했다. 덕분에 테오의 슬픔은 잘 만든 라자냐처럼 겹겹으로 쌓인 비통함과 분노 아래에 묻혀버렸다.

그리고 지금 이런 일이 벌어졌다. 이곳에서 300킬로미터 넘게 떨어진 윌트셔의 어느 집 마당. 그곳에서 발견된 백골. 그리고 아버지가 마구 뻗친 글씨로 쓴 '이 여자를 찾아'라는 글. 또 다른 수수께끼가 생긴 것이다.

마침내 테오는 아버지에게서 답을 얻을 수 없다는 사실을 깨달았다. 긴 세월이 흘렀다. 풀리지 않는 의문이 너무 많았다. 결국 스스로 파고드는 수밖에 없었다.

하지만 무엇부터 시작해야 하지? 이 생각이 든 것은 나중 일이었다. 한참 뒤, 레스토랑 일을 마치고 난 후였다. 젠은 위층에서 자고 있었지만 테오는 여전히 흥분 상태였다. 저녁 내내 서서 일한 탓에 발이 아프고 몸도 미친 듯이 피곤했지만 정신은 지나치게 또렷해서 생각하지 않으려고 해도 그럴 수가 없었다.

구글. 테오는 검색부터 시작하자고 생각했다.

테오는 노트북 컴퓨터 쪽으로 갔다. 방 두 개짜리 빅토리아풍 테라스 하우스에서 사는 젠과 테오는 식탁에 노트북을 고정으로 두고 썼다. 어두운 방을 오직 스크린 불빛만이 밝혔다. 그 불빛은 마당으로 이어지는 유리문에 닿아 다시 테오에게 반사되었다.

테오는 우선 '사프란 커틀러'를 입력했다. 마당에서 발견된 백골에 관한 기사가 몇 개 나왔지만 아버지 책상에서 본 기사 내용이 전부였다. 계속 스크롤을 내렸다. 유안 커틀러라는 사람이 쓴 새로운 기사들이 잔뜩 나왔다. 타블로이드 신문 하나에 고정으로 기사를 쓰는 사람이었다. 로즈 그레이 역시 성과가 없었다. 수많은 로즈 그레이 중 누가 그 기사에 언급된 사람인지 감도 오지 않았다.

다음으로 테오는 아버지 이름을 입력했다.

많은 결과가 나타났다. 아버지는 아주 저명한 사람이다. 그래서 결과를 살펴보고 추려내자니 시간이 걸렸고 거의 포기할 뻔했다. 테오는 무엇을 찾으려고 하는지도 몰랐다. 검색 결과 중에는 의사로서 성공적이었던 아버지의 오랜 경력을 상세하게 기술한 페이지가 있었다. 그리고 1974년에 개업한 개인 병원을 언급하는 또 다른 기사도 눈에 띄었다. 기사에는 거칠고 선명하지 않은 흑백 사진이 실렸는데, 격식 있는 파티에 참석한 젊은 시절의 아버지가 다른 남자와 함께 서 있었다. 테오는 화면을 더 자세히 들여다봤다. 아래쪽에 사진 설명이 있었다. 개업 파트너 래리 나이트. 테오는 이상하다고 생각했다. 자기가 아는 한 아버지가 운영하다가 6년 전 은퇴하면서 처분한 작은 개인 병원에는 동업자가 없었다.

테오는 아버지의 이름과 '닥터 래리 나이트'를 함께 구글에 입력했다. 여러 의학 저널에서 기사가 몇 개 검색되었다. 보아하니 두 사람은 병원을 개업하고 4년 뒤에 갈라선 듯했다. 테오는 이유가 궁금했다. 아버지는 언제나 수수께끼 같은 사람이었다. 아버지의 과거에 대해 모르는 것이 너무 많았다. 어쩌면 래리 나이트가 테오에게 대답을 안겨줄지도 모른다. 테오는 자신이 지푸라기라도 붙잡고 싶은 심정임을 깨달았다. 아버지와 윌트셔에서 발견된 백골을 연결 지을 만한 것은 아무것도 없었다. 하지만 혹시라도 래리 나이트가 엄마를 만나기 전 아버지의 삶에 대해 알려줄지 모른다. 로즈 그레이까지 알지도 모른다.

테오는 눈을 비볐다. 너무 피곤했지만 동시에 흥분됐다. 새로운 정보라고는 전혀 없는데도 화면에서 눈을 뗄 수 없었다.

눈을 깜빡이며 피로를 잊으려 했지만, 아버지의 이름이 눈앞에서 빙글빙글 돌았다.

닥터 빅터 카마이클.

16

로즈

1980년 1월

대프니는 새해 첫날 우리 집으로 들어왔어. 점심을 먹고 나자 이내 문 앞에 나타났지. 금발 머리를 프랑스식으로 땋고 얇은 코트를 입은 채 떨고 있었어. 가진 거라곤 배낭 하나와 등에 걸친 옷이 전부였고.

그래서 이후로 이어진 나날들 동안 자주 궁금해지고는 했어. 30대 중후반쯤 되어 보이는 여자에게 어째서 생활에 필요한 다른 소지품이 없는 걸까. 내 눈에는 마지막으로 살았던 곳을 급히 떠난 것처럼 보였어.

낯선 사람을 집으로 들이다니 경솔했던 것일까? 난 그렇게 생각하지 않았어. 어쨌든 그때는 그랬어. 그때 대프니는 그저 하숙인에 불과했으니까. 방세를 내줄 사람이었지. 남은 부모님 유산을 써버리는 대신 추가로 돈 나올 곳이 필요했거든. 크리스마스이브에 만난 대프니의 태도에서 나와 같은 절박함을 느끼기도 했어. 숨어야

137

한다는 절박감. 이유도 비슷할 거라고 내 인생을 걸 수 있을 정도로 확신했지. 남자를 피해 도망치고 있는 거라고.

첫날 밤은 조금 어색했어. 나는 집을 보여줬고 짐을 내려놓을 수 있게 대프니를 방으로 안내했어. 대프니 눈에 비친 시골집이 어땠을지는 뻔했어. 네 방에는 네가 바란 대로 분홍색 카펫을 깔았지만, 다른 곳에는 미처 카펫을 깔 틈이 나지 않았거든. 그러니 니스도 칠하지 않은 맨 마룻바닥이 흉하게 드러나 있었지. 낡은 부엌에는 갈색 타일이 붙어있는 데다가 라디에이터도 없어서 벽난로뿐이었어. 무쇠 주전자를 올려서 물을 끓이는 낡은 레이번 레인지[17]는 언제나 켜둬야 했고.

"이 방은 무슨 방이죠?" 계단을 내려오자 대프니가 왼쪽에 있는 문을 가리키며 물었어.

"지금은 안 쓰는 방이에요." 나는 빈방을 보여줬어. 전 주인이 남기고 간 갈색과 노란색 무늬의 벽지가 남아있었지. "아주 큰 방은 아니니까요. 아마도 응접실 비슷한 용도였지 싶어요."

대프니가 눈을 찡그렸어. "식사하는 공간으로 써도 될 것 같네요."

"맞아요. 하지만 식탁은 부엌에 뒀어요."

"그럼 롤리 놀이방으로는 어때요?"

"롤리는 보통 저랑 같이 거실에서 놀아요. 아니면 2층 자기 방에서 놀거나요. 혹시……" 나는 망설이며 대프니를 바라봤지. "이 방 쓰고 싶으면 써도 돼요. 뭐든 원하시는 쪽으로요."

대프니가 밝아진 얼굴로 눈을 크게 뜨고 나를 봤어. "정말요? 그

---

17. 핫플레이트와 여러 칸의 오븐으로 구성된 레인지, 무쇠 프레임으로 만들어서 열을 보존하는 방식으로 작동하며 이를 위해 항상 전원이 켜져있음

럼 진짜 좋죠. 슬프게도." 이내 얼굴에 실망이 어렸지. "이제는 재
봉틀이 없지만요."

"재봉도 하세요?"

"전에는 옷을 직접 만들어 입었어요……." 대프니는 얼굴을 붉
혔어. "어쨌든 돈 모아서 다시 하나 장만하죠, 뭐."

나는 대프니가 입고 있는 헝겊을 덧댄 녹색 코트도 직접 만든
것인지 궁금해졌어. 확실히 집에서 만든 느낌이 났거든.

"중고로 살 수 있을지도 몰라요. 주변에 물어볼게요."

"고마워요." 대프니는 눈을 들어 나와 시선을 맞췄어. 불편해질
정도로 오래 내 시선을 사로잡았지. 파란색 마스카라를 칠한 속눈
썹. 광대 위 흰 피부에 떨어진 마스카라 가루. 눈동자에 아주 작은
검은 점이 있어서 더 매력적으로 보였어.

내가 먼저 눈을 내리고 시선을 피했어. "그래요, 그럼. 전 롤리한
테 가보는 게 좋겠어요." 이렇게 말하고는 뒤돌아서 위층으로 갔어.

나중에 너를 조그만 철제 침대에 눕히고 이불을 잘 덮어준 다음,
나는 대프니와 함께 갈색 코듀로이 소파에 나란히 앉았어. 첫 데이
트를 하는 긴장한 커플 같았지. 대프니는 아직도 코트를 입은 채였
고 남색 통굽 부츠를 신고 있었어. 그래서 데님 나팔바지 아래로
삐져나온 발가락을 펜으로 색칠한 것처럼 보였지. 나는 베이비샴
을 한 잔씩 따랐어. 배로 만든 술인데 크리스마스에 수사슴과 꿩의
사장 조엘이 줬어. 우리는 앉아서 벽난로 속의 불꽃과 탁탁 소리를
내며 타는 나무를 바라보았어. 서서히 타들어 가는 나무와 불쏘시
개로 쓴 연료 냄새가 가득해 취하는 것만 같았어. 라디오에서는 블
론디의 〈유리 심장Heart of Glass〉이 흘러나왔지.

대프니는 우리 집 수수한 거실을 눈여겨보고 있었어. 처음 이사 왔을 때 분홍색과 파란색 꽃무늬가 있는 벽지를 내가 직접 붙였는데, 구석에 놓은 장식용 술이 달린 장스탠드와는 어울리지 않았어.

"집이 너무 단출한 게 아닌지 모르겠어요. 하지만 적어도 화장실은 실내에 있어요. 전 주인이 만들었거든요." 내가 말했어.

대프니는 수수께끼 같은 미소를 지으며 거실을 둘러보았지. "더 나쁜 데에서도 살아봤어요." 나는 대프니의 말을 불쾌하게 받아들이지 않으려고 노력했어. 나로서는 너를 위해 최대한 아늑하게 꾸민 집이었거든.

"집값이 쌌어요." 나는 웃으며 어깨를 으쓱해 보였지. 무심해 보이려고 애썼어. 내 소유의 집이 있다는 사실을 은근히 자랑스럽게 여기는 것처럼 보이지 않으려 했지. 내게 집이란 누구도 빼앗아 갈 수 없는 것, 안전을 보장해 주는 것이었으니까. "가진 돈을 다 집에만 투자하고 싶지 않았거든요." 공인중개사가 초가지붕 마룻대는 10년마다 교체해야 한다고 경고했지만 흘려들었어. 너무 먼 미래 같았거든. 그때쯤이면 이사를 했을지도 모르잖아.

대프니는 가늘게 그린 눈썹 한쪽을 들어 올렸어. "혼자서 아이를 키우려면 힘들겠죠."

나는 고개를 끄덕였지. 속으로는 둘이 키우는 것보다는 낫다고 생각했지만, 입 밖으로 꺼내지는 않았어.

"이 집은 남편이 남겨줬나요?"

나는 머뭇거렸어. 대프니는 내가 남편과 사별했다고 생각했나 봐. 아무것도 알려주지 않으면서 얼버무리려면 뭐라고 해야 할까. 이해해줘야 해, 롤리. 난 언제나 아주 정직하게 살아왔단다. 전에는 말이야. 사람들에게 뭐든 다 말했어. 새로 산 옷이 얼마인지, 얼마나 버는지, 누구랑 데이트할지, 사람들이 정말로 알고 싶어 하는지는 상관하지 않고 다 말했어. 하지만 입 다물고 있는 편이 좋다는 것을 고생 끝에 배웠거든.

나는 고개를 끄덕이고 술을 조금 마셨어.

"남편은 언제 죽었죠?"

"임신 중에요." 거짓말을 하려니 끔찍했어.

"너무 안타깝네요." 대프니는 유리잔 손잡이 부분을 매만지며 말했어. 내 손을 흘깃 보고는 결혼반지가 없는 것을 알아보더라. 원래부터 반지가 없었다고 순순히 인정하기는 싫었어.

그래서 대신 물어봤어. "혹시…… 결혼하셨었나요?"

대프니는 몸을 떨었어. "세상에, 아뇨. 결혼한 적 없어요."

"정말요?"

"난 한 남자에 매여 살고 싶어 하는 사람들 이해 못해요."

대프니도 남자한테 심한 꼴을 당했기 때문일까? 아니면 내가 오해한 것일까? 그냥 조금 자유로운 영혼일지도 모르잖아? 히피일 수도 있고. 자유연애를 신봉하는지도 모르지. 대프니는 매력적이었어. 속 쌍꺼풀이 있는 큰 눈. 요정처럼 작고 예쁜 얼굴. 염색을 해서 뿌리에 살짝 갈색이 드러난 긴 금발 머리. 남자의 관심이 부족할 일은 없을 것 같았어. 나도 스스로 어느 정도 매력적이라고 자부했지만 눈부시거나 시선이 집중될 정도는 아니었지. 자연스럽고 위협이 되지 않는 정도였어. 하지만 대프니는 눈에 띄게 매력적이었어. "음……" 목을 가다듬고 말했어. "좀 민감한 문제란 건 아는데요. 오시기 전에 얘기를 하는 편이 좋았겠어요. 하지만…… 롤리도 있고 전체적으로…… 제 생각에는 자제하는 편이 낫지 않나 해서요……" 어떻게 세련되게 말할 수 있을까? "…… 자고 가는 손님은요."

대프니는 나를 잠시 쳐다보더니 큰 소리로 웃었어. "아, 로즈! 얼굴 좀 봐요, 새빨개졌어요. 침실에 남자를 데려오지 않겠다고 약속할게요. 솔직히 나한텐 남자만큼 시시한 것도 없어요."

나는 안도하며 술을 홀짝였어.

"담배 피우면 안 되겠죠?"

나는 고개를 저었어. "난 롤리 옆에서는 안 피우려고 해요. 그렇게 해줄 수 있으면 괜찮아요."

대프니는 살짝 놀란 얼굴이었지만 어깨를 으쓱했지. "알았어요. 뒷마당으로 나가서 피울게요." 대프니는 술잔을 협탁에 내려놓고 자리에서 일어났어. 나도 부엌으로 따라가 뒷문 밖으로 나갔어. 대프니는 야외 테라스에 서서 몸을 떨었지. 골지 터틀넥 상의와 얇은 코트만 입고 있었으니까. 그래서인지 죄책감이 느껴져서 문 옆에 서서 피워도 된다고 했어. 대프니는 내게 손으로 만 담배를 건넸어. 우리는 조용히 서서 담배를 피웠어. 그 사이 앞에 놓인 테라스 바닥에 얇게 얼음이 깔렸지.

"고마워요." 결국 대프니가 입을 열었어. "방을 빌려줘서요. 우린 잘 지낼 수 있을 것 같아요."

술 때문인지 니코틴 때문인지, 아니면 둘 다 때문인지 알 수 없었어. 하지만 불쑥 대프니 말이 맞을 거라는 자신감이 솟았지. 이르지만 알 수 있었거든. 우리 둘 다 바라는 것이 같다는 것을. 평화와 고요. 그리고 아무도 모르는 사람이 되는 것.

새해 첫날, 그리고 새로운 10년을 여는 날. 그곳에서 둘이 같이 서있는 동안 나는 대프니가 짊어진 짐, 대프니의 과거 때문에 우리가 위험해질 거라고는 꿈도 꾸지 못했어.

17

로나

다음 날 아침 로나는 자진해서 스노이를 산책시키겠다고 했다. 새피에게 혼자 있을 시간을 조금 주기 위해서였다. 4일밖에 지나지 않았지만 로나는 딸 얼굴에서 얼핏 할 말 많은 표정을 읽을 수 있었다. 엄마가 거치적거린다는 말이었다. 로나가 집안일을 도우려고 하면 할수록 새피는 시큼한 사탕을 물고 있는 것처럼 안색이 안 좋아졌다. 사실 로나는 유골이라는 소름 끼치는 발견 덕에 딸과 가까워지는 기회를 얻을 것으로 생각했다. 아니 그렇게 되길 바랐다. 이기적인 것은 알고 있었다. 하지만 이제 새피도 임신했으니 로나는 두 사람 사이의 틈이 더 벌어질까 봐 두려웠다.

새피가 자랄 때 자신이 실수했다는 자각도 있었다. 그때는 엄마가 새피를 맡아주는 것이 좋았다. 그래서 여름이면 새피를 보내버렸다. 자신에게 휴가를 주기 위해서였다. 그러면 한창때인 자기 나이답게 살 수 있었다. 클럽에도 다니고, 술집에도 갔다. 유안하고 헤어진 다음에는 별 볼 일 없는 남자들하고 어울렸다.

그런데 마침내 새피에게 자신이 필요한 때가 왔다. 정말로 엄마가 필요한 때가. 새피 본인은 아직 모르고 있다고 해도 말이다.

새피는 작고 답답한 서재에 들어가서 구부정한 자세로 컴퓨터를 들여다보고 있었다. 로나는 그런 새피를 남겨두고 햇빛 찬란한 바깥으로 나갔다. 숨을 깊게 들이마셨다. 그러다가 시골 냄새가 목 깊숙이 훅 들어와서 기침을 했다. 하늘에는 구름 한 점 없었다. 청바지에 얇은 상의를 입고 샌들을 신은 로나에게 더할 나위 없는 날씨였다. 굽이 낮은 신발을 가져왔으면 좋았을 것 같았다. 비탈과 경사가 많은 베거스 눅에서 힐은 좋은 선택이 아니었다.

스노이를 데리고 자갈을 깐 진입로로 나가는데 커다란 밴이 주차되어 있었다. 보라색 정장을 잘 차려입은 젊은 여자도 있었다. 검은 머리카락이 바람에도 꼼짝하지 않았다. 여자는 도로 위에 서서 카메라를 보며 말을 하고 있었다.

"여기 이 집은 코츠월드의 소박한 시골집으로 아주 평범해 보이는데요." 기자는 마이크에 대고 음산한 어조로 말하고 있었다. "하지만 겉모습에 속으면 안 됩니다. 여기 스켈턴 플레이스에서는 유골이 두 구나 발견되었기 때문이죠." 기자가 집을 가리키려고 몸을 돌렸다. 로나는 그 자리에서 굳어버렸다. 계속 걸어가야 할지 가만히 있어야 할지 알 수 없었다. 로나를 본 기자의 얼굴이 밝아졌다. "그리고 여기, 집주인이 나오셨네요." 기자는 로나에게로 다가왔다. "유골을 발견하셨을 때 충격이 크셨을 텐데요." 그러고는 마이크를 로나의 얼굴로 들이밀었다.

로나는 발끈했다. "우리 집 아니거든요."

"앗." 기자는 당혹스러운 얼굴이 되었다. 그러나 곧 프로답게 대처했다. "그러면 사프란 커틀러 씨가 아니시군요."

"네, 아니에요."

"저희가 알아본 바로는 이 집이 과거 사프란 씨의 할머니 소유였는데요. 맞나요?"

"할 말 없어요." 로나가 말했다. "그럼 실례지만······"

"컷!" 카메라맨이 소리쳤다. 차도 위에 서있었기 때문에 뒤에서 성난 운전자들이 비키라며 경적을 울렸다. 하지만 카메라맨은 인도로 걸어오면서도 운전자들에게 사과는커녕 감사 인사조차 하지 않았다.

기자는 그런 카메라맨을 노려보다가 다시 로나에게 눈길을 고정했다. "저희 뉴스에서 선생님을 인터뷰할 수 있으면 정말 좋겠어요. 전 헬리아나 필립스라고 해요. 반갑습니다."

"여긴 뉴스고 뭐고 없어요." 로나가 쏘아붙였다. "우린 그 유골에 대해 아무것도 모른다고요. 우리 딸이 여기 살기 한참 전에 일어난 일이에요."

헬리아나가 매끄러운 머리카락을 귀 뒤로 넘겼다. "글쎄요." 달래는 듯한 목소리였다. 로나는 사람을 구슬릴 때 이런 목소리를 낼 것이라고 짐작했다. "제 생각엔 아주 흥미진진한 이야기인 것 같아요. 요즘은 유골이 두 구씩 발견되는 일이 일상적으로 일어나지 않으니까요. 그렇잖아요? 정말 유골이 더 나오지 않을까요?"

"네, 아주 확실해요." 로나가 줄을 부드럽게 당겨 스노이를 일으킨 다음 그대로 지나쳐가면서 말했다. 인도에는 길 건너편에 사는 나이 많은 사람들이 모여있었다. 팔짱을 끼고 못마땅한 표정으로 이쪽을 지켜보고 있다. 로나는 헬리아나라는 기자는 물론, 나머지 기자들도 그저 자기 직업에 충실할 뿐이라는 점을 이해했다. 어쨌든 한때 유안이랑 같이 살았으니까 익숙하기도 했다. 하지만 로나는 기자들이 꺼지기를 빌었다. 무엇보다도 새피를 위해서였다. 기자들이 바깥에 보이면 새피는 숨으려 했다. 자기 집에 갇힌 죄수와 다를 바 없었다.

로나는 언덕길에 불편한 신발을 신고서도 성큼성큼 걸어 내려갔다. 헬리아나가 부르는 소리는 무시했다. 가슴이 빨리 뛰었지만 속도를 늦추지 않았다. 그렇게 언덕 밑에 있는 수사슴과 꿩에 이르렀다. 로나는 그제야 멈춰서서 한숨 돌렸다. 그리고 다시 마을 광장으로 걸어갔다. 넓은 광장이 아이들이 보는 팝업북의 한 페이지처럼 펼쳐졌다. 마켓 크로스와 작고 예스러운 교회를 지나가려다가 로나는 다시금 아주 희미한 기억에 감싸였다. 하지만 부유하는 기억은 절망스럽게도 붙잡히지 않았다. 마켓 크로스가 너무 친숙한 나머지 로나 자신도 모르는 사이 발걸음을 그리로 향했다. 그리고 차가운 계단에 앉아 광장을 두루 훑어보았다. 그러자 어떤 감각이 찾아왔다. 기억. 로나의 머릿속에서 기억이 겨우 형체를 갖춰가고 있었다. 이 광장을 걸었다. 옆에는 두 사람이 있었다. 여자였고 둘 다 로나의 손을 한 쪽씩 잡았다. 엄마…… 그리고 또 다른 누군가. 얼굴이 보이지 않는다. 사진 속의 여자일지도. 기억이라기보다는 느낌에 가까웠다. 그리고 이 감각 탓에 로나는 곧바로 울적해졌다. 약간 슬픔을 닮은 감정이었다.

왜 여기에만 오면 이러는 걸까? 로나는 의아한 마음으로 일어섰다. 이곳에 오면 설명할 수 없는 슬픔에 휩싸이는 느낌이다. 마치 차가운 안개가 자신 위로 내려앉는 것 같았다. 베일을 씌우는 것처럼.

이래서는 안 된다. 로나는 이 느낌에서 벗어나고 싶었다. 여기에 온 이유를 떠올려야 했다. 머릿속으로 살 것들을 하나씩 정리했다. 오늘 밤 새피와 톰에게 만들어줄 정통 스페인식 파에야 재료였다. 작은 다리를 건너 길 끄트머리에 있는 가게로 갔다. 그리고 스노이를 바깥 기둥에 묶었다. 이제 스노이와 지내는 것도 익숙해지고 있었다. 심지어는 정이 간다고 말할 정도였다.

모퉁이 가게에서 필요한 재료를 빠짐없이 다 구하기는 어려웠다. 그러니 있는 재료들을 잘 활용해야 한다. 좁은 선반 사이를 걸어가는데 다른 사람들의 시선이 몇 차례 느껴졌다. 하지만 로나는 무시했다. 누가 쳐다보는 것은 익숙했다. 계산한 다음 스노이를 데리고 천천히 모퉁이의 작은 카페, 베거스 볼로 걸어갔다.

카페에는 반려견이 허용돼서 스노이를 데리고 들어갔다. 뒤쪽에 둥근 탁자 두 개만 겨우 놓은 좁은 공간이었다. 앞에서는 백발이 부스스한 노년의 남성이 카운터 뒤에서 주문을 받는 청년에게 이야기하고 있었다. 막 줄을 선 로나에게 대화의 끝부분이 들려왔다.

"…… 이렇게 조용한 동네도 없었는데 이제는 지천에 기자다, 경찰이다, 원. 어젯밤에는 우리 집에도 하나 와서 질문을 해대더구먼. 저녁 먹을 때인데 말이야. 도대체 누가 저녁 먹을 때 찾아오냐, 이거야. 안 그래! 젊은것들이 와서 쓸데없이 집을 뜯어고치면 이런 일이 생긴다니까……." 노인은 로나의 존재를 깨달으며 말을 더듬거렸다. 우락부락한 흰 눈썹을 로나에게 들어 보이기는 했지만 장황하게 떠들어대던 비난을 더는 잇지 못했다. 로나는 자기 때문에 침묵하지 말라고 말하고 싶었다. 하지만 새피를 더 곤란하게 하고 싶지도 않았다. 이러나저러나 이 마을에서 살아갈 사람은 새피니까.

할아버지는 카운터 뒤 청년에게 컵을 받았다. 그리고 웃음기 없이 로나에게 고개를 까딱하고는 카페를 나갔다.

"뭐 드릴까요?" 청년이 물었다. 로나는 이 청년이 자기가 누군지 알면서도 알은체를 안 하는 것 같아 고마웠다. 그래서 라테를 주문하고 음료가 만들어지는 동안 청년과 잡담을 나눴다. 청년의 이름은 세스였다. 이 마을에서 자랐고 전에는 친척이 이 카페를 운영했단다. 10월에는 공학을 전공하러 노팅엄으로 간다고도 했다. 소중한 라테를 들고나오며 로나는 혼자 웃음을 지었다. 이 마을에 도착하고 처음으로 상냥한 사람을 만났기 때문이다.

커피를 마시려고 걸음을 늦추니 어깨 뒤에서 누가 목을 가다듬는 소리가 났다. 돌아보니까 어떤 남자가 있었다. 체크무늬 셔츠와 청바지를 입은 50대 후반 남자였다. 키가 작고 흰 머리가 많았으며 가늘게 뜬 눈으로 로나를 뜯어보는 듯했다. 무례할 정도로 오래 쳐다봤다. 로나가 걸음을 멈추자 스노이도 발치에 털썩 앉았다.

"안녕하세요." 남자가 기분 좋은 미소를 지으며 말했다. "스켈턴 플레이스에 사시는 분 아니신가요?" 북부 지방 말투였지만 자세와 어조에서 군인 출신일 가능성이 다분히 묻어났다.

"아뇨. 전 그냥 다니러 왔어요." 로나가 대답했다.

"저도 이 지역 사람이 아닙니다." 남자의 대답이 로나에게는 뜻밖이었다.

"아, 그래요?" 그때 문득 떠오르는 생각이 있었다. "그럼, 기자신가요?"

남자는 놀란 표정이었다. "아, 아닙니다…… 아니에요. 저도 그저 다니러 온 겁니다. 글렌이라고 합니다." 남자가 손을 내밀었다. 로나는 악수를 거절하면 무례할 것 같았다.

"로나예요."

남자는 힘 있게 악수를 해왔다. "스켈턴 플레이스에서 발견된 백골 얘기를 들었습니다. 마을 사람들 모두 그 얘기를 하고 있지요."

"네, 알 것 같네요."

글렌이 소리 없이 활짝 웃었다. 아직도 로나의 손을 놓지 않았다. 로나는 수작을 걸려고 이러는 것인지 궁금했다. 하지만 글렌은 로나보다 최소 열다섯 살은 더 많은 것이 확실했다. 다소 나이가 든 남자치고 잘생긴 편이기는 했다. 하지만 냉담함도 엿보였다. 로나는 손을 뺐다.

"어쨌든 전 가 봐야겠어요. 만나서 반가웠어요, 글렌."

"저도 반가웠습니다." 글렌은 인사를 하고도 그 자리에 그대로 서있었다.

"로즈에게 안부 전해주세요." 멀어져가던 로나에게 글렌의 외침이 들려왔다. 하지만 고개를 돌려 보니 글렌은 숲 쪽으로 가고 있었다. 로나는 순순히 물러나는 글렌을 보고 인상을 찌푸렸다. 쫓아가서 엄마를 아냐고 물어봐야 할지 망설였다. 하지만 결국에는 잘못 들었을 거라고 결론지었다.

집에 돌아온 로나는 헬리아나와 방송국 스태프들이 보이지 않아서 안심했다. 벨을 누르자 새피가 생각에 빠진 얼굴로 문을 열어 줬다.

"다녀왔어." 로나는 스노이의 목줄에서 산책용 줄을 분리했다. 새피는 몸을 숙여 스노이에게 뽀뽀하고는 다시 서재로 돌아갔다. 모니터에는 작업 중인 책 표지가 떠 있었다. 리언 브론스키라는 이름이 상단에 붉은색으로 크게 들어갔고, 아래에는 사악해 보이는 도자기 인형이 불타고 있었다. 로나는 이 작가 책을 읽어본 적이 있었다. 말도 못하게 어두운 분위기였다. "네가 만든 거니?"

새피가 고개를 끄덕였다. "이 작가랑 일하는 출판사가 우리를 고용했어. 표지랑 마케팅 담당으로. 포스터, 잡지 광고 헤더, 이런 것들 말이야. 리브랜딩한대. 작가가 장르를 호러로 바꿨거든. 괜찮은 일이야. 이 사람 거물이니까."

로나는 이 책이 훨씬 더 음울하겠다는 생각이 들어서 움찔했다. "너보고도 책 읽으래?"

새피가 웃었다. "당연하지. 덕분에 악몽도 꿨어." 새피는 얼굴로 흘러내린 곱슬머리를 걷어냈다. 눈은 여전히 화면 속 섬뜩한 표지에 고정하고 있었다. "드디어 기자들이 없어져서 다행이야."

"그러니까. 아까 신경 쓰이게 한 기자가 있긴 했는데 걱정 안 해도 돼. 아무 말도 안 했어." 로나는 장바구니를 들어 올렸다. "오늘 저녁거리 장 봐왔어. 재료를 전부 구하지는 못했지만 파에야 비슷한 걸 만들 거야."

새피는 대충 성의 없는 소리로 대답했다. 화면에 집중하느라 미간을 찌푸리고 있었다. 로나는 딸을 혼자 두는 편이 낫겠다고 생각하며 장 본 것들을 부엌으로 옮겼다. 그리고 거실로 돌아갔다. 어젯밤에는 상자를 전부 살펴보지 못했다. 다들 너무 피곤했고 톰은 출근하려면 새벽에 일어나야 했다.

로나는 어제의 일을 계속하기 위해 자리를 잡고 앉았다. 걸레받이에 먼지가 한 겹 내려앉은 것이 눈에 들어왔다. 당장 가서 걸레를 찾아오고 싶었지만 참았다. 대신 샌들을 벗고 바닥에 털썩 앉았다. 그러고는 종이 뭉치를 들고 중요한 문서와 영수증을 구분하기 시작했다. 그때 휴대폰이 울렸다.

알베르토였다.

가슴이 철렁했다. 로나는 며칠 동안 알베르토와 통화하려고 애썼다. 도착했을 때 알베르토에게 형식적인 문자를 몇 개 받기는 했다. 하지만 전화를 걸면 계속 음성메시지에 바로 연결되었다.

"내 보물Mi tesoro, 보고 싶어." 로나가 전화를 받자마자 알베르토가 말했다. "집에 언제 올 거야?"

"나도 보고 싶었어." 로나는 이렇게 말하면서도 사실인지 알 수 없었다. "주말까지는 여기 있을 거야. 아무리 못해도."

"자기가 없으니까 집이 쓸쓸해." 로나는 의심이 들었다. 알베르토는 보통 늦게까지 바에 남아있으니까. 그래도 정말 그리워하는 말투였다. 어쩌면 로나가 품은 의심이 잘못된 것일지도 모른다.

하지만 알베르토가 새피나 엄마의 안부를 묻지 않는다는 생각이 떠올랐다. 날카로운 실망감이 엄습했다. "지금은 내가 여기 있어야 해. 새피가 임신했어……." 로나는 베거스 눅에 온 이후로 있었던 모든 일을 이야기했다. 하지만 도중부터 알베르토가 듣고 있는지 알 수 없어졌다. 지겨움 섞인 대답만 돌아왔기 때문이었다.

"빨리 돌아오기만 하면 돼. 내 사랑, 보고 싶어 죽겠어Mi amor, Me muero por verte.

"나도 빨리 보고 싶어." 로나는 거짓말을 했다. 통화는 무거운 마음으로 끝났다.

로나는 엄마가 남긴 종이들을 살펴보며 시간을 보냈다. 흥미로운 물건을 또 찾고 싶었다. 새로운 사진 같은, 혹 아버지 사진이 있을지도 몰랐다. 지난날 로나는 아버지에 대해 별달리 생각하지 않았다. 하지만 아버지가 있었으면 좋겠다는 생각이 들었던 적이 있었다. 열 살쯤 일이다. 학교에서 일반 상식 퀴즈를 내줬다. 일주일 시간을 주고 누가 상식을 가장 많이 찾는지 보는 숙제였다. 그런데 도서관에 가려면 도시로 나가야 했다. 그곳까지 갈 자동차가 없었던 로나는 엄마가 집에 사다 뒀던 오래된 백과사전을 쓸 수밖에 없었다. 1등은 로나의 가장 친한 친구였던 앤 차지였다. 아빠가 필요한 자료를 찾을 수 있게 매일 밤 도서관에 데려다줬다. 그때 로나는 앤을 질투했다. 사랑해 주는 아빠가 있어서, 앤네 아빠에게 미니 메트로라는 자동차가 있어서 질투가 났다. 로나는 퀴즈에서 꼴찌를 했다.

로나는 어제 찾아낸 실라에 관한 신문 기사를 손으로 쓸어내렸다. 엄마가 이 기사를 보관하기로 한 이유가 궁금해서 다시 한번 살펴보았다. 실라가 엄마 친구였을까? 늘 실라에게 무슨 일이 있었는지 진상을 알아내고 싶었던 것일까? 로나에게는 단순한 익사 사고로만 보였다. 그때 어떤 부분이 눈에 들어왔다. 어제 깨닫지 못했다니 놀라웠다.

이웃인 앨런 하톨(38세)은
"실라는 고독한 타입이었다. 혼자 지내는 편을
좋아했다. 하지만 나는 잘 알고 지냈다."라며…

앨런 하톨. 엄마가 방을 빌려줬다던 대프니도 성이 하톨 아니었나? 그래서 엄마가 이 기사를 보관한 것일까? 로나는 자리에서 일어나 맞은편 새피의 서재로 달려갔다. 그리고 노크도 없이 불쑥 들어갔다.

새피가 올려다봤다. "또 뭐야, 엄마? 나 일 밀렸단 말이야. 아침마다 문 두드리는 기자들 때문에."

로나는 기사를 새피 책상에 탁 내려놓았다. "미안, 우리 딸. 하지만 이것 좀 봐." 로나는 찾아낸 곳을 손으로 가리켰다. "앨런 하톨이래. 대프니랑 성이 같아."

로나를 보는 새피의 눈도 이제 흥분이 깃들며 빛이 났다. "와."

"이걸 조사해 봐야겠어. 두 사람이 친척이라면 대프니를 찾을 연결 고리가 될 수도 있으니까."

"40년 전 일이야. 앨런 하톨은 이제 죽었을지도 몰라."

로나는 속으로 못 말린다는 표정을 지었다. 비관적인 딸이 이렇게 나올 줄 알았다. "하지만 죽지 않았다면 대략 할머니 나이쯤 됐을 거야. 시도는 해봐야지. 이 대프니란 사람에 대해 얘기해 줄지도 모르니까."

"그래…… 하지만……" 새피가 손목에 끼워두었던 스크런치를 빼서 머리를 뒤로 묶었다. "그게 무슨 의미가 있는지 잘 모르겠어, 엄마. 살인 사건이 벌어졌을 때 할머니가 여기 살았는지도 확실하지 않잖아."

"알아. 하지만 대프니가 실마리를 제공해 줄 수도 있잖아. 경찰이 여기 살았던 사람을 전부 조사하는 중이기도 하고. 또……" 로나는 침을 삼켰다. "젊은 시절의 할머니를 아는 사람을 만나보는 것도 좋을 것 같아."

"경찰에게 맡기는 편이 낫지 않을까." 새피가 말했다.

"그럼 백만 년 걸려." 로나는 점점 답답해져서 좁은 방 안을 서성이기 시작했다. 이제 아이디어가 생겼는데 이대로 포기할 수는 없다. "경찰은 만나야 하는 사람이 너무 많아. 예전 세입자들, 하숙인들 다 만나야 하잖아. 게다가 대프니를 찾아서 얘기한다고 해도 우리한테는 안 알려주겠지, 안 그래? 대프니가 아직 살아있다면 직접 만나서 이야기를 나누는 게 더 좋을 거야. 할머니를 알던 사람이니까. 여기서 할머니랑 같이 살았고. 나랑도 같이 살았잖아. 만나서 해로울 건 없을 거야. 실라에 대해 뭔가 알지도 몰라. 실라는 중요한 사람이 분명해. 아니면 할머니가 이 신문 기사를 보관해 두지 않았을 거야. 어쩌면 세 사람이 다 친구였다거나……."

"벌써 아빠한테 실라하고 익사 사고에 관해 알아봐 달라고 부탁했어."

"아, 그렇구나. 그럼…… 아빠한테도 아기 얘기했니?"

새피가 고개를 끄덕였다. "놀라더라. 그래도 기뻐했어. 진심이었으면 좋겠어."

"잘됐다." 로나는 책상 옆에서 뭉그적거렸다. 결국 새피가 체념하며 한숨을 내쉬었다.

"알았어. 그럼 어떻게 할 건데?"

로나는 두 손을 짝 마주쳤다. "좋아. 엄마 생각에는 네가 아빠한테 다시 연락하는 게 좋겠다. 괜찮다면 말이야. 아빠가 신문에서 선거인 명부를 찾을 수 있을 거야. 그러면 앨런 하틀이 아직도 브로드스테어스 지역에 살고 있는지 알 수 있을 테고. 지금 당장 안

해도 돼. 너 일하는 중이니까."

새피는 로나에게 신문 조각을 되돌려줬다. "이따가 아빠한테 전화할게. 이것부터 마치고."

"알았어." 로나는 재빨리 새피를 안아주고는 거실로 돌아갔다.

큰 진전은 아니다. 상자를 계속 뒤지며 로나는 생각했다. 하지만 현재로서는 이 발견이 전부였다.

18

새피

휴대폰을 들고 거실로 갔다. 엄마가 가슴에 겨자색 쿠션을 끌어 안고 소파에 앉아있었다. 내가 들어가자 올려다보는 검은 눈동자 가 흥분으로 반짝였다. "그래서? 아빠랑 얘기했어?"

"응, 아빠가 내일 찾아본대. 오늘 오후에는 뉴스실에 안 들어간 다고."

엄마가 벌떡 일어서서 창가로 갔다. 엄마는 햇볕에 그을린 맨발 로 여기저기 계속 뛰어다닌다. 그 에너지가 거의 눈에 보일 정도 다. 레디 브렉 시리얼 광고에서 아이들 몸을 둘러싸고 있던 빛처럼 말이다. 옛날 광고인데 엄마가 유튜브에서 찾아 보여줬던 적이 있 다. "왠지 대프니를 찾기 위해 더 노력해야 할 것 같은 기분이 들 어." 엄마는 목에 걸린 큼직한 목걸이를 만지작거렸다. 청록색 비 즈를 손가락에 몇 번 끼우기도 했다. 그러다가 날 보고 눈을 빛냈 다. "런던에 가야겠다."

"뭐? 왜?"

"아빠 만나러 가려고. 네 졸업식 때 보고 쭉 못 만났잖아. 만나서 밀린 얘기를 하면 좋을 거야."

이것이 이혼한 우리 부모님의 이상한 점이다. 두 분은 아직도 서로 좋아한다. 졸업식 때는 둘이 같이 술 마시면서 웃고 떠드느라 내내 붙어있었다. 사실 부모님이 이혼했다고 얘기하자 태라가 충격을 받기도 했다. 종종 이런 생각이 든다. 십 대 시절이 아니라 조금 더 나이 들어서 만났다면 부모님이 헤어지지 않았을까?

"아빠가 앨런 하틀에 대해 아무것도 못 찾을지도 몰라. 잘해봐야 주소일걸. 그 정도는 전화로 들어도 되잖아."

"알아. 하지만 이렇게 하면 할 일이 생기잖아. 너 귀찮게 할 일도 없고. 우리 딸은 일해야 하는데 난 여기서 빈둥거리고 쓸모가 없어. 내일 기차를 타야겠다. 역까지 태워다 줄 수 있니?" 내가 대답하기도 전에 엄마가 서둘러 청바지 뒷주머니에서 휴대폰을 꺼냈다. "내일 패딩턴역 가는 열차는……" 엄마가 화면을 더 자세히 들여다봤다. "아침 9시 28분에 있네." 엄마가 눈을 들었다. "너무 이를까?"

엄마는 내가 아직도 해가 중천에 뜰 때까지 침대에서 게으름을 피울 거라고 생각하는 모양이었다. 어릴 때 그대로 발전이 없었을 거라고 말이다. "괜찮아." 이렇게 대답하면서도 나는 어리석은 생각이라고 생각했다. 그래도 하루 엄마가 집을 비울 테니 책 디자인을 마칠 여유가 생길 것이다. 상사인 케이틀린이 지난번에 만들었던 표지 이미지를 좋아하지 않았다. 실력이 떨어진 것은 아닌지 걱정이 된다. 이사하고, 임신하고, 할머니 일도 있고, 이제 엄마도 오고 집중하기가 너무 어려웠다. 물론 유골이 발견되는 사소한 일도 있었지.

"입술 좀 그만 씹어." 엄마가 경쾌하게 내 옆을 지나치며 말했다. "차 마시게 물 끓일게."

다음 날 아침, 일어나 보니 엄마는 벌써 옷도 다 차려입고 부엌 식탁에서 화장을 하고 있었다. 톰은 일찌감치 아침 6시가 되기 전에 출근했다. 매일 먼 거리를 통근해야 한다. 처음에 느꼈던 신선함도 이제 사라져 가는 듯했다. 어젯밤에는 기차가 연착돼서 늦게 돌아왔다. 기진맥진한 모습으로 침대에 쓰러져서 내 배를 팔로 감싸고는 거의 곧바로 잠들어 버렸다.

"엄마 멋진데." 진심이었다. 엄마가 입은 옷을 내가 입을 일은 없겠지만. 엄마는 황동 단추가 달린 딱 붙는 흑백 트위드 재킷을 입었다. 아래에는 몸에 밀착되는 선홍색 진을 입었는데 평소 엄마가 제일 좋아하는 바지였다. 위에는 가슴이 깊게 파인 흰 티셔츠를 입고 어제와 같은 큼직한 목걸이를 걸었다. 반면 나는 고작 레몬색 티셔츠와 헐렁한 멜빵바지 차림이었다. 그래서인지 좀 더 갖춰 입어야 할 것 같은 기분까지 들었다.

"고마워." 콤팩트에 달린 거울을 보고 있던 엄마가 눈부신 미소를 지었다. 하지만 곧 콤팩트를 내려놓고 미간을 찌푸렸다. "너 괜찮니? 좀…… 창백해 보이는데."

"괜찮아. 그냥 아침이 되면 속이 울렁거려서 그래." 엄마가 뿌린 향수 때문에 멀미 비슷한 두통이 밀려왔다. 향수 때문만은 아니었다. 이 집에서 온종일 혼자 있을 생각을 하니 조금 불안했다. 지금까지는 엄마가 자꾸 들락날락하지 않는 시간을 간절히 바라고 있었다. 하지만 막상 엄마가 진짜로 외출한다고 하니까, 그리고 톰도 런던에 있으니까, 정말 혼자 있어야 한다는 생각이 엄습했다. 백골두 구가 남긴 공포가 아직 남아있는 이 으스스한 집에서 혼자라니.

물을 가져오면서 최대한 창밖을 보지 않으려고 애썼다. 톰은 다른 건설업체를 알아보면 어떨지 생각 중이다. 구덩이를 최대한 빨리 메우는 편이 좋을 테니까. 볼 때마다 소름이 끼친다.

엄마가 일어나려고 의자를 뒤로 밀며 말했다. "좀 앉자, 우리 딸. 엄마가 뭐 줄까? 토스트? 조금씩 씹을 수 있게 크래커로 할까?" 엄마는 어젯밤에 남겨둔 설거지를 벌써 해치우고 정리까지 마친 뒤였다. 마치 내가 엄마 집에 손님으로 온 것 같았다. 엄밀히 말하면 사실이나 다름없다. 엄마가 이제 스노이 밥까지 챙기니까. 그런 일은 절대 없을 줄 알았는데 말이다.

엄마가 크래커를 가지고 왔고, 나는 의자에 털썩 주저앉았다. 너무 피곤한 나머지 주위에서 부산을 떠는 엄마를 말리지도 못했다. 내 안에서는 불안이 촘촘하게 자라나고 있었다. 런던행 기차를 타러 가는 사람이 나인 것만 같다. 아빠가 뭘 찾아냈을까? 아무리 생각해도 괜히 일을 크게 키웠다.

"그래서 어떻게 할 계획이야?" 크래커를 내려놓으며 물었다. 메스꺼움이 그다지 가라앉지 않았다.

"아빠 만나서 조금 이른 점심을 먹으려고." 엄마가 손목에 찬 줄이 가느다란 금색 시계를 확인했다. "자, 나가야겠다. 어디 보자. 엄마 바래다줄 수 있겠어? 택시 타도 돼."

나는 몸을 일으켰다. "괜찮아, 엄마. 나가자."

집에 들어간 뒤에는 아빠에게 전화했다 신호가 두 번 가자 아빠가 받았다.

"안녕, 공주님. 아빠도 전화하려고 했는데 시간이 너무 이른가 했지."

아홉 시 반이라고요. 우리 부모님은 다 왜 이러지? "실라 와츠에 관해 운 좋게 뭐 찾으셨는지 궁금해서요."

숨소리로 보아 아빠는 걷는 중이었다. 런던 거리를 걷는 아빠를 생각하니 좋았다. 아마도 한 손에 테이크아웃 커피를 들고 재킷 안쪽에 수첩을 쑤셔 넣은 채 회사로 가는 길이겠지. 커다랗고 잘생긴 우리 아빠. "그게, 사실, 뭘 좀 찾긴 했어." 아빠가 말했다.

나는 선 채로 몸을 곧게 폈다. "와, 뭔데요?"

"기록 보관실에서 실라에 관한 파일을 찾았어."

숨이 턱 막혔다. "진짜요? 파일에 뭐가 있었어요? 동일 인물이에요?"

"그런 것 같더라. 지금 큰 기사 마무리하느라 여유가 없어서 그냥 대충 훑어만 봤거든. 뭐가 많지는 않아 아쉽게도. 아직 파기되지 않은 게 신기하더라. 하긴 기록 보관실에 잊힌 채로 그냥 남아 있는 게 한두 가진가. 그래도 쓸모 있을지 모르지. 사진 찍어서 메일로 보내줄까?"

"응, 그럼 좋겠어요."

"끊어야겠다. 아빠 회사 다 왔어. 나중에 메일 보낼게."

"고마워요, 아빠."

나는 파일을 볼 생각에 흥미진진해져서 전화를 끊었다.

일을 시작하기 전에 머리를 비워야 했다. 그래서 스노이를 데리고 산책하기로 했다. 산책용 줄을 꺼내서 목줄에 연결하는 동안 스노이는 신나서 내 다리 주위를 빙글빙글 돌았다. 나가기 전에 현관문에 달린 작은 유리창으로 바깥을 살펴보았다. 기자들이 있는지 확인하기 위해서였다. 위험 요소가 없는 것을 확인하고서야 진입로로 나갔다. 재킷을 입으면서 몇 집 아래로 내려가면 나오는 좁은 길로 향했다. 이 길은 스켈턴 플레이스의 집들을 둘러싸고 있는 뒤쪽 숲으로 이어진다. 엄마는 이 숲이 음산하고 숨 막힌다고 생각한다. 하지만 내게는 아름답고 고요한 곳이다. 나무와 젖은 흙이 자아내는 숲 냄새도 좋고, 이 시기면 보라색 카펫을 이루는 블루벨과 나뭇잎 사이로 반짝이는 햇살도 좋다. 여기에서는 제대로 숨을 쉴 수 있는 느낌이다. 오염 없이 자연만 존재하는 곳이니까.

숲속 깊은 곳으로 터덜터덜 걸음을 옮겼다. 나무가 너무 빽빽해서 햇빛이 들어오기 힘들었다. 그래서인지 몸이 살짝 떨렸다. 재킷이 너무 얇은 탓이다. 구불구불한 길이 이어졌다. 지면에는 울퉁불퉁한 나무뿌리들이 복잡하게 연결된 파이프처럼 튀어나와 있었다. 조심해서 걸어가는 동안 스노이가 줄을 당기며 앞장섰다.

나는 깊은 생각에 잠겨있어서 처음에는 누가 뒤에서 따라오는 소리를 듣지 못했다.

그런데 갑자기 잔가지 부러지는 소리가 났다.

소리가 너무 커서 화들짝 놀라 주위를 휙 둘러보았다. 조금 떨어진 곳에 어떤 남자가 서있었다. 전에 집 앞에 서있었던 그 남자였다. 지난주에 할머니 요양원까지 따라왔던 그 남자가 분명했다.

얼굴이 달아오르고 입이 바짝 탔다. 나무 밑동 냄새를 맡던 스노이도 내 옆으로 왔다. 그리고 귀를 앞쪽으로 쫑긋 세웠다.

남자는 왁스 재킷을 입고 두꺼운 부츠를 신고 있었다. 어디 귀족 영지에서 엽총을 들고 있으면 어울릴 법한 차림이었다. "안녕하세요." 남자가 웃으며 인사했다.

나는 고개만 까딱하고 다시 걷기 시작했다.

"사프란 씨, 맞죠?"

걸음을 멈췄다. 이 남자는 누구지? 기자인가? 돌아서서 목소리가 떨리지 않게 노력하며 말했다. "저기요. 기자 분이신 것 같은데, 우리 집 마당에서 나온 유골에 대해 저는 더 아는 게 없어요. 그쪽하고 마찬가지로 이 모든 일에 대해 아무것도 모른다고요. 제가 이사 오기 훨씬 전에 일어난 일이란 말이에요."

남자가 손을 들었다. "전 언론에서 나온 사람 아닙니다."

"아……." 더는 뭐라고 할 말이 떠오르지 않았다. 불안감이 솟으며 오싹해졌다. 내가 알기로 이 숲은 꽤 동떨어져 있었기에 낯선 남자와 단둘이 있다는 사실을 깨닫고 몸서리쳤다.

"그나저나 전 데이비스라고 합니다. 사설탐정이죠." 남자가 말했다.

"타, 탐정이요?" 탐정이 왜 나를 숲속까지 따라온 것일까? 그냥 우리 집 문을 두드리지 않고?

"뒤를 밟은 건 아닙니다." 데이비스는 마치 내 마음을 읽기라도 한 듯 씩 웃으며 말했다. "찾아뵙기 너무 이른 시간인 것 같아서 숲이라도 산책하고 가면 적당하겠다고 생각했죠. 정말 아름다운 숲이잖아요."

나는 눈을 찡그렸다. "음…… 의뢰인이 누구죠?"

"죄송하지만 그건 말씀드릴 수 없습니다." 데이비스는 숲을 둘러보았다. 마치 가벼운 대화를 나누고 있다는 듯한 태도였다. 딱히 중요하게 여길 만한 대화는 아니라는 것처럼. 하지만 몸에서 느껴지는 긴장감으로 보아 이런 태도는 연기에 불과해 보였다.

"그렇군요. 글쎄, 전 아는 게 없어서요. 미안하지만 그러네요……." 나는 다시 걷기 시작했다.

"잠깐만요!" 데이비스는 뒤쫓아 오지는 않았지만 날 불러 세웠다. 그리고 내가 걸음을 멈추고 뒤돌아서자 다시 입을 열었다. "제가 정말로 만나야 하는 사람은 할머니 되시는 분입니다."

"저희 할머니요? 왜죠?"

"그건…… 그러니까 사적인 문제입니다."

"저희 할머니는 요양원에 계세요. 사람들하고 대화를 나눌 만한 상태가 아니에요."

데이비스의 얼굴에 그늘이 스쳐 지나갔다. 그래서인지 아까처럼 말이 잘 통할 거 같지 않아 보였다. "어디 아프십니까?"

"치매예요."

데이비스는 수염이 조금 자란 턱을 손으로 문질렀다. "아…… 그러면 일이 훨씬 어렵게 되겠습니다. 정말 어렵군요. 아시겠습니까. 제 의뢰인은 그분께 어떤 정보를 꼭 받으셔야 한단 말입니다." 데이비스의 어조가 훨씬 차가워졌다. 꾸미고 있던 친절한 태도가 모두 사라졌다.

심장 박동이 빨라졌다. "어떤 정보인데요?"

"오래전에 일어났던 일에 관한 정보입니다."

"그렇군요." 나는 온통 당혹감에 사로잡혀 있으면서도 대화를 이어 나갔다.

"할머님은 얼마나 오래전에 그 집을 떠나셨죠?"

"한참 전에요. 여기서는 그리 오래 살지 않으셨어요."

"연도는 기억하십니까?"

"아뇨, 정확히는 몰라요." 데이비스에게 어떤 정보도 주지 않을 작정이었다. 데이비스는 내 대답을 잠시 따져보고 있는 듯했다. 스노이가 더 기다리지 못하고 줄을 잡아당기기 시작했다. "저기요. 전 정말 아무것도 몰라요. 엄마하고 저는 할머니가 요양원에 들어가시기 전까지 이 집의 존재조차 몰랐어요. 정말로 도와드릴 수가 없어요." 내가 덧붙였다.

데이비스가 재킷 안쪽에 손을 넣으며 내 쪽으로 다가왔다. "이걸 드리죠." 꺼낸 것은 작은 크림색 명함이었다. 나는 손을 내밀어 명함을 받았다. G.E. 데이비스. T&D 사설 조사. 이런 문구가 앞면에 찍혀있고 아래에는 전화번호가 있었다. "제 의뢰인은 할머님이 가지고 계신 물건을 찾고 있습니다. 의뢰인 분은 할머님이 그 물건을 수십 년 동안 보관해 오셨다고 확신하십니다."

나는 할머니 물건으로 가득 찬 상자 두 개를 떠올리며 다시 샅샅이 살펴보기로 다짐했다. "어떤 물건이죠?"

데이비스가 한숨을 내쉬었다. 불만스러운 표정이었다. "일종의 파일, 문서입니다."

"대체 무슨 일인데요?"

"전 그저 임무를 수행하는 겁니다, 사프란 씨." 데이비스가 주변에 아무도 없는데도 목소리를 낮췄다. 두려움이 온몸으로 번져나갔다. 나는 한 걸음 물러섰다. "제 의뢰인은 이 파일이 아주 중요하다고 하십니다. 원래 제 의뢰인 물건이었고, 되돌려 받고 싶어 하십니다."

"이렇게 오랜 시간이 지났는데도요?"

"그렇습니다. 이렇게 오랜 시간이 지났으니 더 돌려받고 싶으신 겁니다. 그러니 물건을 찾으면 연락 주시죠. 물건이 엉뚱한 데로 흘러 들어가면 할머님께 수많은 문제가 생길 수 있습니다. 아셨습니까?"

"문제라니…… 어떤 식으로요?"

"그건 설명하기 복잡하군요. 하지만 아주 중요한 일입니다. 이해 하셨을 겁니다. 그렇죠?"

나는 고개를 끄덕였다.

"좋습니다. 그럼 연락 기다리죠."

데이비스가 뒤돌아섰다. 나는 선 채로 데이비스가 멀어지는 모습을 바라보았다. 굵게 튀어나온 나무뿌리를 넘으며 숲길을 따라 가다가 모퉁이를 돌아 시야에서 사라질 때까지.

19

테오

래리 나이트의 집은 리즈 지역의 부유한 교외 동네에 있었다. 붉은 벽돌로 만든 에드워드 시대풍의 단독 주택이다. 검게 칠한 현관문 양쪽에는 정사각형의 금속제 화분이 있었고, 공 모양으로 다듬은 미니어처 나무를 심어두었다.

테오는 집 밖에 적당한 주차 공간을 찾아냈다. 꽃잎이 흩날리는 커다란 벚나무 아래였다. 떨어진 꽃잎이 이미 인도를 뒤덮고 있었다. 아름다운 저녁이었다. 해가 뉘엿뉘엿 저물고 있었다. 덕분에 하늘은 지평선을 따라 하늘색과 노란색, 분홍색이 층을 이루며 줄무늬 아이스크림처럼 물들어 있었다. 거리는 조용했다. 새 지저귀는 소리와 저 멀리서 아이들이 노는 소리뿐이었다.

테오는 래리의 행방을 찾을 수 있어서 운이 좋았다고 생각했다. 여기저기 수없이 전화한 끝에 마침내 래리 이름이 있는 병원을 알아냈다. 하지만 예상한 것처럼 래리는 은퇴했다는 답이 돌아왔다.

하지만 테오가 전화를 끊으려고 할 때 접수처 직원이 이제 래리의 아들, 휴고가 병원을 운영한다고 말해줬다. 테오는 메시지를 남겼고 휴고가 전화해서 아버지에게 물어보겠다고 했다. 그리고 겨우 몇 시간 뒤에 래리가 전화를 걸어와 만나주겠다고 했다. 그렇게 테오는 여기에 이르렀다. 아름다운 수요일 오후, 리즈의 낯선 거리에.

테오는 단 몇 분 늦었을 뿐이었다. 하지만 래리는 테오를 기다리고 있었던 것 같았다. 초인종을 누를 새도 없이 문이 벌컥 열렸기 때문이다. 벗겨지고 있는 이마 대신인 듯 흰 턱수염을 무성하게 기른 노인이 문 앞에 서있었다. 배 주위가 팽팽하게 당겨진 셔츠 위에 카디건을 입고 있었다. 푸른 눈이 친절해 보였고 웃을 때면 눈꼬리에 잔주름이 생겼다. 노인이 테오를 보는 순간에도 바로 이 주름이 나타났다. "이런 세상에. 자네 그 나이 때 아버지를 꼭 빼닮았군, 그래."

"닮은 건 외모뿐이면 좋겠네요." 테오는 자기 말이 가볍게 들리도록 웃음을 보탰다.

래리는 놀란 듯했지만 테오가 들어올 수 있게 뒤로 물러섰다. 테오는 넓은 복도에 멈춰 섰다. 벽이 수많은 가족사진으로 장식되어 있었다. 크기는 모두 달랐지만 왜인지 몰라도 서로 보기 좋게 잘 어울렸다. 테오는 사진을 둘러보았다. 이국적인 곳에서 휴가를 보내는 사진. 결혼사진. 바닷가에서 강한 바람을 맞고 있는 장화 신은 아이들. 푹신한 소파에서 체크무늬 담요 아래로 파고드는 손주들. 심지어는 반려동물 사진까지 액자에 넣어 걸어두었다. 테오가 자랐던 그 집과 비교하면 이보다 더 다를 수 없을 정도였다. 그 집 벽에 걸린 유일한 사진은 1984년에 아버지가 골프 대회에서 상을 받는 사진이었다.

테오는 노인을, 래리 나이트를 바라보았다. 왜 이 사람과 아버지가 동업을 유지하지 못했는지 알 것 같았다. 두 사람은 극과 극이었다. 이 집에서 태어났다면 자신의 어린 시절이 어떤 모습이었을지 떠올리며 테오는 순간 가슴에 통증을 느꼈다. 형제자매와 장화를 신고 겨울 해변에서 모래성을 만들 수도 있었다. 집에는 강아지, 고양이, 기니피그, 햄스터가 가득했을 것이다. 두려움과 위협이 아니라 사랑과 웃음으로 충만한 집. 이러한 삶이 복도 벽에 기록되어 있었다. 테오는 부모가 되는 행운이 찾아오기만 한다면 젠과 함께 이 모든 것을 이루고 싶었다.

그러자 오늘 저녁 집을 나설 때 젠이 얼마나 우울해 보였는지 떠올랐다. 젠은 뜨거운 물주머니를 배에 대고 소파에 앉아있었다. 눈물이 고여서 사랑스러운 옅은 녹색 눈동자에 빛이 어렸다. 젠은 눈물이 흐르지 않게 애써 참고 있었다. 테오는 그런 아내를 혼자 두기가 싫었다. 하지만 젠은 가야 한다고 고집을 부렸다. 그리고 다녀오겠다고 입을 맞추는 테오에게 마음의 부담을 덜어주며 따뜻하게 말했다. "올 때 몰티저스 초코볼만 사 오면 돼."

"집이 아주 멋진데요." 테오가 진심을 담아 칭찬했다. 수염이 희고 나이 들어 보이는 골든레트리버 두 마리가 어기적거리며 다가왔다. 테오는 몸을 굽히고 둘 다 쓰다듬었다.

래리는 대답 대신 미소를 지었다. "자, 안으로 들어가지." 친근하게 테오의 등을 두드리는 태도가 아주 오래 알고 지낸 것 같다. "거실로 가세. 차 한잔하겠나? 마지!" 래리는 테오가 대답하기도 전에 큰 소리로 누군가를 불렀다. 사진 속에서 래리와 얼싸안고 있던 여자가 나이 든 모습이 되어 복도에 나타났다. 키가 컸고 광대뼈가 두드러졌으며 백발을 어깨 길이까지 길렀다. 실크 블라우스에 남색 바지 차림이 맵시 있었다.

"여긴 테오야. 빅터 아들."

"어서 와요, 테오." 마지가 테오의 손을 따뜻하게 잡았다. "만나서 반가워요. 차 마실래요?"

테오는 그러겠다고 대답하고 래리를 따라 앞마당이 보이는 아늑한 방으로 들어갔다. 그리고 소파 끄트머리에 앉았다. 래리가 팔걸이의자에 앉자 골든레트리버 한 마리가 그 발치에 자리 잡았다. 다른 한 마리는 테오 옆에 앉더니 무릎 위에 머리를 올렸다.

래리가 씩 웃었다. "보니가 자넬 좋아하는군."

테오는 보니의 머리를 쓰다듬었다. "저도 개 좋아해요. 언젠가 저희 부부도 한 마리 기를 수 있으면 좋겠어요."

"음, 자네 연락을 받고 깜짝 놀랐네. 빅터를 못 본 지…… 세상에나…… 수십 년은 된 것 같군. 아버진 어떠신가?" 래리가 불룩 나온 배 위에 손을 얹고 입을 열었다.

"잘 지내세요. 감사합니다. 은퇴하셨어요."

"어머니도 잘 계시고? 결혼식에 참석했었는데…… 시간이 얼마나 흘렀더라? 35년 전이군."

"어머니는…… 14년 전에 돌아가셨어요. 사고로요."

래리의 안색이 어두워졌다. "정말 유감이군. 한창 젊은 나이였을 텐데."

"네, 너무 젊어서 가셨죠." 테오는 마른침을 삼켰다. "만나 뵙고 싶다고 연락드려서 이상하게 생각하셨을 거 알아요. 하지만……"

테오는 맞은편의 친절해 보이는 남자를 바라보았다. 행복한 대가족을 거느린 남자. 솔직하게 말해도 될 것 같았다. "아버지에 관해서 궁금한 게 생겼는데, 해답을 얻기보다는 의문이 더 늘어나서요."

"그렇군."

"아버지와 함께 병원을 여셨죠. 70년대에요."

"그래, 맞아. 개인 병원이었지. 몇 년 동안 같이 일했네."

"그래서 제가 궁금한 건⋯⋯." 마지가 머그잔 두 개를 들고 들어왔다. 테오는 말을 멈추고 컵을 건네받았다. 보니의 머리 위로 컵을 가져가지 않게 주의했다. 보니는 여전히 테오 다리 위에 머리를 올리고 있었다.

"그래 궁금한 게 뭔가?" 마지가 나가자 래리가 재촉했다.

테오는 집중해서 생각을 정리했다. "사실은 잘 모르겠어요. 전부 아버지 책상에서 어떤 신문 기사를 발견하면서 시작된 궁금증이거든요." 테오는 머뭇거렸다. "로즈 그레이라는 사람 들어보신 적 있으세요?"

래리가 곰곰이 생각했다. "기억에 없는 이름이네만."

"사프란 커틀러는요?"

래리는 고개를 저었다.

"저희 아버지는 너무 비밀스러운 분이에요. 동업자 얘기조차 꺼내신 적이 없어요."

래리가 머그잔 테두리 너머로 인내심 있게 테오를 바라보았다. 본론으로 들어가기를 기다리는 눈치였다.

"선생님하고 아버지가 갈라서게 된 이유가 뭐죠?"

래리는 유감스러운 표정을 지었다. "그래. 동업이 잘 이루어지진

171

않았지."

테오는 기대감으로 가슴이 고동쳤다. 한편으로는 래리가 무슨 얘기를 할지 몰라 두려웠다. "아버지가 무슨 잘못이라도 하셨나요?"

"음…… 글쎄, 확실한 건 아무도 모르지. 물론 빅터는 항상 결백을 주장했어. 하지만 젊은 여성이 신고를 한 일이 있었다네. 미안하군. 듣기 힘든 얘기일 텐데."

테오는 마음을 다잡았다. 뭐가 됐든 아마도 상상했던 범위 안에 있을 것이다.

"빅터가 자기한테 부적절한 행위를 했다고 어떤 여자가 신고한 거야. 검사 중에 그랬다고."

테오는 가슴이 내려앉았다. 수많은 시나리오를 상상했지만 이것만은 떠올리지 못했다. "검사실에는 간호사도 반드시 들어가야 하지 않나요?"

"그때는 1970년대였지." 래리는 자세한 설명 대신 이렇게만 말했다.

"그 여자분이 고소했나요?"

"경찰에 갔지. 하지만 양쪽 주장이 달랐네."

테오는 그 여자가 얼마나 막막했을지 그냥 상상이 갔다. 40년 전에는 여자가 하는 말을 사람들이 그다지 들어주지도, 믿어주지도 않았으리라. 지금보다 훨씬 더 힘들었을 것이다.

아버지가 그런 끔찍한 일을 저질렀을지 모른다고 생각하니 극심한 분노가 솟아올랐다. 테오는 분노를 잠재우기 위해 차를 한 모금 마셨다. 감정적으로 되면 안 된다. 지금은 안 된다. 아직은 아니다.

"여자분 이름은 기억하세요?"

래리가 잠시 생각에 잠겼다. "기억이 안 나는군. 샌드라 같긴 하지만 정확하진 않네. 그 사람은 슬프게도 1년 뒤에 자살했어."

테오는 방금 마신 차가 배 속에서 얼어붙는 느낌이었다. "아, 세상에, 너무 끔찍하네요."

래리도 심각하게 고개를 끄덕였다. "동감일세."

"그 일이 있고 나서 병원을 그만두시기로 하셨나요?"

"난 빅터를 믿고 싶었네……."

"하지만 믿지 못하셨죠?"

래리는 한숨을 쉬었다. "그 일만이 원인은 아니었네. 다른 일도 있었어."

테오는 아버지가 항상 자기 고집만 밀어붙이며 남을 괴롭힐 수 있는 사람임을 잘 안다. 그래도 의사로서는 뛰어나다고 믿었다. 집에서는 좀 나쁜 놈이더라도 직장에서는 환자가 다른 인생을 살 수 있게 도와주는 사람이라고 생각했다.

"신고가 더 있었나요?"

"그런 신고는 더 없었네, 다행히도." 래리가 차를 한 모금 마셨다.

"하지만 다른 일도 있다고 하셨잖아요?"

"그게, 그냥 더는…… 손발이 안 맞게 됐었지. 그 일이 있고 몇 달이 지나는 사이에. 서로 바라는 게 달랐던 것 같아. 자네 아버지는, 자네도 분명 잘 알겠지만, 아주 야심 있는 사람이지. 난…… 좀 더 조용한 삶을 원했던 것 같네." 테오는 래리가 말하지 않은 일이 더 있음을 감지했다.

"연락은 계속 주고받으셨나요?"

래리는 고개를 끄덕였다. "가끔은 했지. 같은 학회에 등록해서 마주치기도 했고. 마지랑도 몇 번 만났네. 빅터는 자네 어머니를 학회에 데려오지 않았지만."

테오에게는 놀라운 이야기도 아니었다. 아버지는 항상 일과 가정을 별개로 분리하려 했다. 엄마가 아버지 동료들을 저녁 식사에 초대해야 하는 특별한 경우만 예외였다.

"빅터가 의사로서 경력을 쌓는 것도 계속 지켜봤네. 잘 지내서 기뻤지…… 난 정말로…… 빅터와 그 아가씨 사이에서 오해가 있었길 바랐다네."

"아버지와 마지막으로 만나신 게 언제죠?"

래리가 눈을 가늘게 떴다. "음, 생각 좀 해보지. 지금으로부터 십사오 년 전이 분명해. 분명해. 그래, 맞아. 2004년 가을에 있었던 학회에서 만났네."

"그럼 어머니가 돌아가시고 몇 달 뒤였을 거예요."

래리가 당혹스러운 얼굴을 했다. "아…… 빅터는 아무 말 없었네. 하지만 대화가 길게 이어지진 않았어. 짧게 얘기를 나누긴 했지만 일 얘기였지."

보니는 소파에 앉아있기가 너무 더웠는지 폴짝 뛰어내려 테오의 발치에 주저앉았다. 테오는 몸을 숙여 커피 테이블에 머그잔을 내려놓았다. "뭐 좀 여쭤봐도 될까요? 아주 솔직하게 대답해 주세요. 제 기분은 신경 쓰지 마시고요."

"물론이지."

"아버지가 그 여자분에게 부적절한 일을 했다고 생각하세요? 그분이 진실을 말했다고 생각하시나요?"

래리의 얼굴이 흐려졌다. "아, 그게, 이건 내 의견에 불과하네. 자네 아버지는 어떤 혐의로도 기소되지 않았어. 이 점을 이해해야 하네. 그리고 당시에 나는 정말로 빅터를 믿고 싶었네."

"그렇군요……. 그럼 지금은 어떠세요?"

래리는 잠시 침묵을 지켰다. 테오는 이 문제를 고심하느라 복잡하게 돌아가는 래리의 뇌가 눈에 보이는 듯했다. 결국 래리가 입을 열었다. "확실한 건 절대 알 수 없을 걸세. 하지만 내 가슴이 말하는군. 그 아가씨는 말을 지어내지 않았다고 말이야. 그날 병원에서 무슨 일이 있었든, 그 아가씨는 자네 아버지가 부적절하게 행동했다고 진심으로 믿었네."

테오는 마음이 싸늘해졌다.

여기에 온 것은 답을 얻기 위해서였다. 하지만 이제 의문이 더 커졌다.

20

로즈

1980년 1월

너와 단둘이 지내는 데 익숙해져 있어서 처음에는 누가 집에 있는 것이 이상했어. 하나밖에 없는 욕실과 작은 부엌을 같이 써야 했고, 텔레비전 채널도 아주 예의를 차려가며 네 개 중 하나를 골라야 했으니까. 영원히 머무는 손님이 있어서 편하게 지내기 힘든 느낌이었어. 지난번 하숙인 케이 때도 똑같았어. 이런 느낌은 절대 사라지지 않더라. 네가 좀 더 커서 학교에 다니게 되면 일을 하고 싶었어. 하지만 그때까지는 집에 있는 방을 세놓는 것이 돈을 벌 수 있는 유일한 방법이었지.

그런데 케이 때와 다르게 넌 대프니를 곧장 따르기 시작했어. 이모나 마찬가지였지. 대프니는 나와 있을 때는 말수가 적었지만 너와는 할 말이 많았어. 곁에 아이들이 있으면 마음이 편해지는 것처럼 보이더라. 거실에 깔아둔 양가죽 러그 위에 앉아서 몇 시간이고 너와 함께 신디 인형을 가지고 놀았어. 네가 제일 좋아하는 신디에게 연한 쑥색과 크림색으로 점프 수트를 떠주기도 했지. 넌 정말 좋아했어.

난 대프니가 주로 방에서 지낼 줄 알았어. 하지만 대프니는 매일 저녁 내게 차 한 잔을 건네면서 우리 곁으로 와 앉아있고는 했어. 일을 마치고 집에 막 돌아왔는데도 말이야. 매주 불을 지필 장작도 가져왔어. 사려 깊은 사람이었지.

대프니는 수사슴과 꿩에서 현찰로 보수를 받으며 청소부로 일했어. 그래서 오후에는 대부분 집을 비웠어. 넌 일주일에 세 번, 오전에만 유아원에 다녔어. 우리는 보통 같은 시간에 저녁을 먹으려고 한자리에 앉았지. 대프니는 내 오래된 갈색 캐서롤 냄비를 사용해서 스튜 만들기를 좋아했어. 그건 우리 부모님이 쓰시던 냄비였어. 레인지 위에서는 거의 매일 스튜가 보글보글 끓었단다. 가끔 대프니가 창의력이 넘치는 날이면 덤플링이 들어갔어. 그 겨울 동안 대프니의 주식은 고기가 듬뿍 들어간 걸쭉한 스튜였어. "싸고 만들기 쉽죠."라고 말하면서 솜씨 좋게 당근을 다졌지. 식당에서 일한 경험이 있는지 궁금할 정도였어. 대프니는 부엌에서 많은 시간을 보냈어. 직접 뜬 것처럼 보이는, 손목에 구멍이 난 헐렁한 스웨터를 입고 홍학처럼 한쪽 다리를 구부린 채 조리대 앞에 서서 그때그때 정육점에서 구할 수 있었던 고기를 썰었지. 물어봤더니 대프니는 이렇게 말했어. "그동안 아주 많은 직업을 전전했죠. 안 해본 게 없을걸요."

처음 같이 살기 시작한 그때, 모든 일이 다 잘 풀렸던 그때, 앞으로 일어날 일을 내가 자각하지 못하고 있던 그때도 대프니에게는 내 관심을 자극하는 무언가가 있었어. 첫날 밤이 그렇게 지나고 우리는 과거에 대해 말하지 않겠다는 무언의 합의를 본 듯했어. 하지만 내 안에는 대프니에 대해 더 알고 싶어 하는 내가 있었어. 그런데 너무 깊게 파고들면 대프니도 똑같이 행동할 수 있잖아. 그러면 내 입에서 우리를 위험에 빠뜨릴 만한 얘기가 나올지도 모른다는 생각이 들었어.

대프니는 무엇을 또는 누구를 피해 도망치는 것일까?

그래도 그 기간, 특히 처음 몇 주 동안 나는 집에 어른이 한 사람 더 있어서 훨씬 안전하다는 느낌을 받았어. 보살핌을 받는 느낌. 흔히 찾아오지 않는 감미로운 기분이었지. 오드리와 헤어진 후로는 느끼지 못했던 감정이었어.

추운 겨울이었어. 격자창은 김이 서려서 불투명해졌고, 안쪽 유리에도 얇게 성에가 꼈지. 부엌 바닥은 돌이라서 스케이트장 위에 서있는 느낌이었어. 양말을 신어도 한기가 스며들었지. 그래도 조그만 우리 시골집은 아늑했어. 우리 셋만 존재하는 공간, 다른 사람은 없는 공간, 안전한 공간이었지.

대프니가 이사 오고 몇 주 뒤의 일이었어. 너를 재우고 나서 대프니와 같이 텔레비전을 봤지. 〈부부 탐정〉을 보고 있는데, 대프니가 언제 밤에 같이 술 마시러 나가지 않겠냐고 물었어. 난 사람들하고 잘 어울리지 않았어. 기껏해야 가끔 멀리사랑 같이 여성 협회 회의에 나가는 거 아니면 네가 유아원에 가 있는 동안 동네 교회 일을 돕는 게 전부였지. 그마저도 너무 지나친 게 아닌지 걱정하고 있었어. 너무 안일한 건 아닌가 싶었거든.

"조이스랑 로이가 롤리 봐줄 수 있지 않나요? 너무 늦게까지 놀지 않아도 돼요." 대프니가 제안했어.

조이스와 로이는 옆집에 사는 친절한 노부부야. 우리 집하고 비슷한 시골집인데 초가지붕이 아닌 집 말이야. 두 분 다 너를 아주 귀여워하셔. 한 달에 두 번 내가 교회 종지기 일을 맡을 때면 널 봐주시지. 난 두 분을 신뢰했어. 남 얘기도 잘 안 하고, 캐묻는 일도 없는 분들이었거든. 나보다 조금 어린 아들이 하나 있는데 자주 만나지는 못하는 듯했어. 친손주도 없는 모양이고. 네 생일 때랑 크리스마스 때 선물도 해주셨어. 손잡이에 예쁘게 색을 입힌 수제 줄넘기, 그리고 오뚝이 세트였어. 조이스는 앞마당에서 장미를 다듬다가 네가 보이면 항상 하던 일을 멈추고 인사를 건네. 얼굴빛이 환하게 밝아지지.

나는 술 마시러 가려고 널 맡기자니 마음이 불편했어. 그런데 대프니가 같이 놀러 갈 생각에 너무 신이 나 보이는 거야. 헝클어진 머리를 어깨 아래로 늘어뜨리고 벌어진 이를 드러내며 환하게 웃고 있었거든. 이 마을에서 내 또래 여자 중 아는 사람이라고는 대프니뿐이었어. 하룻밤 놀러 나간다고 무슨 문제가 있겠어? 술 몇 잔 마시는 게 문제가 될까? 은둔자가 아니라 평범한 30대 여자처럼 행동하면 안 돼?

그래서 난 그러자고 했어. 다음 날 부탁하러 가니까 조이스랑 로이도 기뻐하면서 도와주겠다고 했어. 그리고 그다음 날, 금요일 저녁에 스마티즈 사탕 한 봉지를 가지고 널 봐주러 오셨지. 난 너무 일찍 재우지 않으셔도 된다고 했어. 기왕 맡아주시는 거니까. 하지만 문 앞에서 손을 흔들며 인사할 때는 여전히 마음이 무거웠어. 넌 두 분 사이에 서있었어. 로이는 큰 단추가 달린 갈색 카디건을 입었고, 조이스는 꽃무늬 원피스를 입었지. 복도에서 나오는 빛이 진입로까지 퍼졌어. 그리고 조이스가 현관문을 닫자 우리는 어둠에 파묻혔어. 공기가 너무 차가워서 하얀 입김이 나왔고, 땅바닥에서 서리가 반짝였어. 마을까지 언덕을 내려가는 동안 우리는 미끄러지지 않게 서로를 단단히 붙잡았어. 대프니는 형겊을 덧댄 벨벳 코트를 입고 검은색 터틀넥 상의와 적갈색 코듀로이 나팔바지를 입었어. 목에는 긴 목도리를 둘렀고. 나는 긴 꽃무늬 원피스로 갈아입고 아래 부츠를 신었지. 그리고 5년 전 중고품 가게에서 샀던 두꺼운 양가죽 코트를 걸쳤어. 너무 초조해하지 않으려고 애썼어. 어둠 속에 우리 둘만 있으니 산울타리 쪽에서 누군가가 계속 쳐다보는 것 같았거든. 그런 생각을 떨치려고 노력했어. 베거스 눅까지 날 찾으러 오는 사람은 아무도 없을 거라고 되뇌었지. 대신 대프니에게 집중하려고 노력했어. 대프니, 내 하숙인. 케이를 내보낸 이후 그렇게 다짐했는데도 결국 친구가 되어가고 있는 사람.

"수사슴과 꿩에서 일하면서 진짜 거기로 가고 싶어요?" 내가 물었어.

대프니는 어깨를 으쓱했어. "상관없어요. 따뜻하죠. 술 팔죠. 그리고 운전할 필요도 없죠."

난 운전을 정말 싫어해. 가끔 필요할 때 하기는 하지만. 그래도 집 밖에 엄마가 몰던 모리스 마리나를 세워두니 그것만으로도 더 안전한 느낌이 들긴 하더라. 널 데리고 재빨리 도망칠 수 있을 테니까. 그래야만 하는 날이 온다면.

바깥에서 본 술집은 크리스마스카드에 나오는 것처럼 예뻤어. 입구에는 아직도 꼬마전구를 둘러뒀고, 중간문설주를 돌로 만든 정사각형 창문에는 김이 서렸지만 북적거리는 사람들 윤곽이 보였어. 안으로 들어가자 시끄러운 말소리가 불협화음을 이뤘고 시큼한 술 냄새와 땅콩 냄새가 뒤섞여서 풍겼어. 구석에서는 나이 든 남자들이 모여서 다트를 하고, 누군가 주크박스에 일렉트릭 라이트 오케스트라의 〈날 실망시키지 마Don't bring me down〉를 걸었어. 안으로 들어가자 바 뒤편에서 사장 조엘이 눈으로 우리를 맞았어. 나한테는 언제나처럼 친절한 미소를 보여줬어. 그런데 대프니를 보고는 표정이 약간 어두워지는 거야. 왜인지 궁금했어. 일단 안테나가 반응하니까 실제로는 대프니를 잘 알지 못한다는 사실이 다시금 떠올랐지. 나는 경계를 풀 수 없었어. 버킹엄 궁전의 경비병처럼 계속해서 경계 상태로 살아가는 건 너무 피곤해. 하지만 벌써 4년째 그런 생활을 이어왔지. 평소 알고 지냈던 조엘은 마음씨가 아주 좋았고 인생을 쾌활하게 살아가는 타입이었어. 웃으면 입을 감싸듯 팔자주름이 도드라졌지. 자주 그런 얼굴을 보여줬어. 40대 후반이었고, 투박하면서 소박한 스타일로 잘생긴 편이었어. 애런 무늬 스웨터를 즐겨 입었고 웨스트 컨트리 지방 특유의 따뜻한 말투를 썼지. 전부터 날 친절하게 대해줬어. 처음 너를 가진 채로 이 마을에 왔을 때, 난 내 그림자만 봐도 소스라칠 정도였어. 그래서 그즈음 어떤 남자가 날 따라온다고 착각한 적이 있었지. 그때도 조엘이 도와줬어. 나중에 알고 보니 그 남자는 믹 브래컨이었어. 베거스 눅 경계에 있는 농장 사람으로 그저 내 뒤에서 개를 산책시키고 있었던 거야. 거기가 믹 소유지였다는 사실을 이제는 알아. 조엘은 나를 바 앞 스툴에 앉히고 커피를 끓여줬어. 그리고 내가 진정할 때까지 기다려줬어. 아무것도 물어보지 않았어. 내가 무엇을,

혹은 누구를 두려워하는지 털어놓게 하려는 시도조차 하지 않았어. 그저 든든한 존재였어. 나는 종종 이 사람이 내 이상형이었으면 좋았겠다고 생각했지.

"뭐 드릴까요, 숙녀 여러분?" 조엘이 바 뒤에서 물었어.

"뭐 마실래요? 내가 살게. 방 빌려줘서 고맙다는 뜻이에요." 대프니가 장식용 술을 단 가방에서 지갑을 꺼내며 말했어. 나는 조엘과 대프니 사이에 오가는 표정을 눈치채고 불안해졌어. 내가 모르는 무언가를 두 사람만 아는 느낌이 들었거든.

나는 드라이 화이트 와인을 주문했고 대프니도 같은 걸로 달라고 했어. 우리는 구석에 있는 난로 옆자리에 앉았지. 남자들이 다트를 하는 곳 반대편이었어.

"조엘이랑 잘 지내요?" 코트를 벗으며 애써 별 뜻 없는 척 물어봤어. 조엘은 우리를 등지고 있었어. 벽에 진열해 두었던 병을 하나 집어 들고 유리잔에 호박색 술을 따르는 모습이 보였어.

"아마도요. 왜요?"

"그냥 느낌이…… 글쎄요……. 둘 사이에 긴장감이 흐르는 것 같아서요."

대프니는 얼굴 위로 흘러내린 머리를 뒤로 넘겼어. 평소보다 화장이 짙었어. 파란색 아이라인을 진하게 그렸더라. 눈이 엄청나게 커 보였어. 누군가 어울려 놀 사람을 찾으려는 걸까? 이렇게 생각하자 웃고 싶어졌어. 거기서 그럴 만한 사람은 조엘뿐이니까. 대프니는 목소리를 낮추더니 탁자 위로 몸을 기울였어. 입김에서 와인 냄새가 났어. "조엘이 작업을 걸더라고요. 여기 오고 얼마 안 됐을 때. 아주 끈질겼어요. 나한테 몸을 밀어붙이기까지 하고."

"뭐라고요?" 나는 경악해서 말을 더듬었어. 가끔 조엘이 나한테 특별한 감정이 있는 것은 아닐까 의심했었거든. 하지만 행동으로 옮기진 않았단 말이야. 날 불편하게 한 적도 없고.

"진짜예요. 오후 장사 마치고 카펫을 청소기로 미는데 뒤에서 다가왔어요. 도망치지 못하게 팔로 꽉 감싸고 내 목에 코를 비볐죠. 몸을 바짝 붙이면서요." 대프니는 혐오스러운 표정을 지었다. "적나라하게 느껴졌죠……" 그리고 몸을 떨었다. "전부 다."

"세상에 그럴 수가." 나는 생각보다 사람 보는 눈이 없었어. 조엘이 그런 사람이라고 혼자서는 절대 생각 못했을 거야. 언제나 완벽한 신사처럼 보였으니까.

대프니는 흡족한 듯 웃음을 지으며 등받이에 기댔고 팔짱을 끼었어. "놀랍죠."

"어, 어떻게 했어요?"

"밀어냈죠. 또 한 번 이런 짓 하면 거시기 잘라버린다고 했어요." 나는 마시던 와인에 사레들릴 뻔했어.

"그때부터 저 사람 때문에 내 삶이 고달파졌죠. 싫은 소리 들었다 그거지. 역겨워서. 솔직히 여자한테 그렇게 들이대도 된다고 생각하는 남자들 진짜 열 받아요. 웃겨. 내가 호락호락 받아줄 줄 아나."

나는 대프니의 거침없는 태도를 동경하지 않을 수 없었어. 크리스마스이브에 봤던 불안해하고 초조해하던 여자와는 너무 달랐지. 하지만 덕분에 대프니의 과거에 대한 내 짐작이 모두 맞았다는 확신을 굳히게 됐어. 대프니는 여자를 억압하는 잔인한 남자에게 당했던 거야. 나처럼.

대프니가 팔을 뻗어 내 손을 잡았어. "우리 똘똘 뭉쳐야 해요. 자기랑 나 둘이서요, 로즈. 바깥세상은 거지 같아. 우리가 서로를 돌봐야 해요."

나는 바에서 두어 사람에게 음료를 내주는 조엘을 슬쩍 봤어. 뭔가 얘기하며 낄낄거리고 있었지. 실망으로 가슴이 철렁 내려앉았어. 그동안 속고 있었던 거야. 조엘도 다른 남자들과 다르지 않은데.

조엘은 내 시선을 느꼈던 것 같아. 고개를 돌리고 따뜻한 미소를 보여줬지.

나는 마주 웃어주지 않았어.

21

로나

로나가 먼저 유안을 발견했다. 커다란 곰 같은 남자. 유안은 레스토랑 구석에 앉아있었다. 하늘색 셔츠가 팽팽하게 당겨지는 넓은 어깨. 헝클어진 짙은 머리칼. 잘생긴 얼굴에 살짝 자란 수염. 로나는 조금 설렜다.

유안 커틀러, 한때 로나의 남편이자 연인이며 가장 가까운 친구였던 사람.

유안은 스프링 노트를 내려다보며 펜 끝을 잘근잘근 씹고 있었다. 과하게 호들갑스러운 종업원의 안내로 테이블에 다가가자 로나는 유안의 검지가 잉크로 얼룩진 것을 알아차렸다. 덕분에 결혼했을 때 기억이 떠올랐다. 유안은 그때 저널리즘을 공부하기 시작했고 작은 아파트 구석에서 항상 펜을 휘갈기며 글을 쓰고는 했다.

로나가 가까이 다가가자 유안이 고개를 들고 올려다보더니 펜을 내려놓았다. 링에 오르기 직전의 권투선수처럼 엄격하고 조금 진지한 표정이다. 하지만 미소와 함께 곧바로 표정이 부드러워졌다. "로나!" 유안이 자리에서 일어났다. 로나보다 훨씬 큰 188센티미터의 장신이다. 유안은 몸을 숙이고 로나의 뺨에 입을 맞췄다. 늘 그랬듯이 머스크 향 애프터 셰이브와 세탁 세제 냄새가 났다. 흐트러진 겉모습과는 어울리지 않았다.

로나는 미끄러지듯 맞은편 의자에 앉았다. 두 사람은 잠시 기다려 메뉴를 받은 뒤 각자 음료를 주문하고서야 입을 열었다.

"잘 지내는 것 같네." 유안이 말했다.

"당신도." 정말이었다. 유안은 잘 지내는 것 같았다. 여전히 몸집이 컸지만 전보다는 날씬해졌다. 배도 많이 들어갔고. 게다가 눈가에 주름이 생기기는 했어도 마흔둘치고는 아직 소년미가 남아있었다.

"어때, 스페인에서 사는 건?"

"좋아. 알잖아. 나 방랑벽 있는 거."

유안이 웃었다. "당신답네."

"당신은 어때? 이상형의 여자는 만났어?"

"일이 너무 바빠서."

"당신답네." 로나도 재치 있게 대꾸했다. 두 사람은 서로를 바라보았다.

"장모님 일은 유감이야." 유안이 시선을 거두며 말했다.

"치매 아니면 유골 건?" 로나는 농담처럼 넘기려고 했지만 유안은 웃지 않았다.

"당신도 새피도 힘들다는 거 알아."

로나는 유안의 시선을 피한 채 무릎 위의 냅킨을 만지작거렸다.

"엄마를 잃은 것만 같아. 아직 살아 계시는데도. 요전에 만나러 갔었는데 엄마가……" 목소리가 갈라졌다. "날 못 알아봤어."

유안이 테이블 위로 손을 뻗어 로나의 손을 잡았다. "장모님 나한테도 잘해주셨는데…… 우리가 헤어진 뒤에도."

로나가 고개를 끄덕였다. 목이 메어 와서 창피했다. 이번 주 내내 새피를 위해 강한 모습을 보이려고 정말 열심히 노력했다. 긍정적이고 낙천적인 모습을 유지하려고 애썼다. "쉽지 않은 상황이야. 엄마는 정신이 흐린데 난 새피가 걱정 좀 그만했으면 하거든. 아이도 가졌으니까." 로나는 고개를 들어 유안을 바라봤다. "참, 어떤 기분이야? 40대 초반에 할아버지 되는 거."

유안은 활짝 웃었다. "당연한 결과겠지. 새피가 연애를 많이 할 애는 아니니까. 타고나기를 어른스러웠지, 그 앤." 유안은 잡고 있던 손을 놓았다.

"심각하기 짝이 없는 꼬마였지." 로나도 맞장구쳤다. 두 사람은 함께했던 날들을 떠올리며 서로를 바라보고 미소를 지었다.

침묵이 찾아오고 서로에게 시선이 고정된 채 잠시 시간이 흘렀다. 이윽고 로나가 눈을 돌렸다. 자신이 현실적으로 상황을 주도해야 했다. 어쨌든 여기 온 것도 그러기 위해서였으니까. 로나는 몸을 숙여 가방에서 신문 기사 조각을 꺼냈다. 그다음 테이블 위에 놓고 유안 쪽으로 밀었다.

유안은 기사를 손으로 덮기만 하고 집어 들지는 않았다. "본론으로 들어가기 전에 주문부터 하자. 배고파 죽겠어. 그리고 시간이 한 시간 반 정도밖에 없어."

"어머, 내 정신 좀 봐. 그래야지."

유안이 씩 웃었다. "그것도 그렇고 우리가 한번 얘기하기 시작하면 어떤지 당신도 알잖아."

종업원이 음료를 가져오자 유안은 스테이크를, 로나는 생선 요리를 주문했다.

"자, 이제 주문도 했으니 좀 볼까. 〈새닛 에코〉라. 아직도 건재한 신문사네." 유안이 기사를 집었다.

로나는 자기들이 무엇을 발견했는지 설명했다. "내용을 보면 실라라는 여자가 자살한 것 같아."

유안은 눈썹을 찌푸렸다. "아니면 사고사든가. 어쨌든 여기에 관해서는 새피랑 벌써 얘기했어. 파일을 찾았다고."

"어머, 정말? 실라에 관한 거?"

"응, 많지는 않고. 그래도 새피한테 나중에 메일로 보내준다고 약속했어." 유안은 기사를 로나에게 되돌려주었다. "장모님은 마당에서 나온 백골에 대해 아무것도 모르시는 것 같아? 당신 생각은 어때?"

로나는 기사를 받아 다시 가방에 집어넣었다. "잘 모르겠어. 그냥…… 아마도 치매 때문에 횡설수설하시는 걸 거야. 하지만 진이 누구 머리를 쳤다는 얘기나 그게 실라라는 얘기를 했거든. 그다음에 이 기사를 찾았고. 그리고 앨런 하틀하고 대프니 하틀 사이에 연결점이 있잖아. 호기심이 생기더라. 그게 다야."

유안이 웃음을 터뜨렸다. "당신이 기자 할 걸 그랬네!"

"당신 팀에서는 스켈턴 플레이스에 취재하러 안 왔다면서. 좀 놀랐어." 로나는 다이어트 콜라를 한 모금 마셨다.

"우린 통신사 썼거든. 기사는 당연히 냈지. 하지만 피해자 신원이 밝혀지고 경찰이 용의자에 대해 감을 잡아야 더 흥미로운 기사가 될 거야. 그때가 되면 안타깝게도 기자들이 훨씬 더 많이 몰려들겠지. 새피한테 언질은 해둬. 알았지?"

종업원이 음식을 가져왔다. 앞에 놓인 농어 요리를 보자 로나의 배에서 꼬르륵 소리가 났다. 맛있어 보였다. 로나는 한 조각 잘라 입에 넣고 우물거리며 말했다. "앨런 하틀 연락처는 찾아봤어?"

유안은 스테이크를 썰었다. 여전히 타기 직전까지 바짝 익힌 고기를 좋아하는 것이 분명했다. "주소만 찾았어. 전부 전화번호부에는 없는 주소야. 브로드스테어스 지역에 사는 앨런 하틀은 두 사람이었어. 하지만 몇 살인지는 몰라."

"오늘 오후에 가봐야겠다."

유안이 스테이크를 자르다 말고 고개를 들었다. "기차로 한 시간 반 거리야."

"알아."

"하루에 너무 많은 일을 하는 것 같은데. 조심해야 해, 알았지?"

로나가 웃었다. "앨런 하틀이 누구든 위험할 것 같진 않은걸. 이제 노인일 테니까."

하지만 유안은 웃지 않았다. 대신 커다란 손으로 까칠한 수염을 문질렀다. 불안할 때면 늘 나오는 버릇이다. "노인도 위험할 수 있어."

로나는 네 시가 넘어서 브로드스테어스에 도착했다. 세인트 팽크러스 역까지 돌아가는 열차는 여섯 시 반에 있었다. 그러니 만나고자 하는 앨런 하틀을 찾기엔 그리 시간이 많지 않았다. 역 앞에 서 있는데 희미하게 감자튀김과 바닷바람 냄새가 풍겨와서 로나는 자신감이 떨어졌다. 지금 완전히 미친 짓 하는 게 아닐까? 앨런 하톨은 오래전에 죽었거나 이사를 했을지도 모르는데 헛수고 아닐까?

첫 번째 주소는 역에서 5분 걸어나면 나오는 피어몬트 거리에 있었다. 로나가 폰에 띄워둔 구글맵에 의하면 말이다. 로나는 작은 파란 점을 따라갔다. 높은 굽이 또각또각 인도에 부딪쳤다. 특색 없는 집들을 지나치자 피어몬트 거리가 나왔다. 지어진 시대도 풍기는 매력도 저마다 다른 집이 길게 늘어선 거리였다. 로나는 여기가 맞는지 모르겠다고 생각했다. 갈매기 울음소리를 빼면 바닷가 마을에 왔다는 느낌이 들지 않았다. 파란 점은 1970년대 스타일로 지은 집 앞에서 깜빡였다. 현관에 쓰레기 수거함이 놓여있었다. 로나는 망설이며 재킷의 매무새를 가다듬고 어깨를 폈다. 내심 기대감이 커져서 희망에 들뜬 채 현관문을 세게 두드렸다. 잠시 후 누군가 문을 열었다. 로나와 비슷한 나이대의 여자였다. 레깅스에 헐렁한 티셔츠를 입었고 몹시 지쳐 보였다. 다리에는 조그만 여자아이가 달라붙어 있었다.

"방해해서 죄송한데요." 로나가 입을 열었다.

"방문 판매라면 관심 없어요." 여자가 웃음기 없이 말했다.

"아뇨, 전 사람을 찾으러 왔어요. 앨런 하톨이란 사람이에요." 로나는 여자가 문을 닫아버리기 전에 다급히 말했다.

여자는 고개를 저었다. "죄송한데 앨런 하톨은 여기 안 살아요. 우리가 최근에 이사 왔거든요."

"앨런 하톨이라는 사람 혹시 아시나요?"

여자는 이제 짜증 나 보였다. "아뇨. 죄송한데요……." 아이가 울기 시작하자 여자는 말을 끝맺지도 않고 바로 앞에서 문을 닫아버렸다.

로나는 길게 한숨을 내뱉었다. 시간 낭비였다. 어째서 실라 와츠의 친구 앨런 하틀이 지금까지 이 동네에서 살 것으로 생각했을까?

가방을 어깨 위로 추켜올리고 로나는 대문 밖으로 나와 담장에 기대섰다. 그리고 다른 주소를 입력했다. 이 집은 바닷가 옆인 듯했다. 그러니 운이 나빠서 또 실패하더라도 해변에 가볼 수 있을 터였다. 커피 한 잔 사 들고 늦은 오후의 햇살을 즐길 수 있으리라. 두 집이 가까이에 있어서 다행이었다.

세상에, 정말 더웠다. 로나는 재킷을 벗어서 가방 손잡이 사이에 끼워 넣었다. 태양이 목덜미를 뜨겁게 달궜다. 휴대폰을 들여다보았다. 다음 주소는 루텀 길 끝이었다. 길을 따라 내려가자 저 멀리에서 희미하게 푸른빛이 나타났다. 바다였다. 훨씬 낫네. 마음속에 흥분이 차올랐다. 이번 집은 붉은 벽돌로 지은 빅토리아 양식의 거대한 건물을 아파트로 개조한 곳이었다. 로나는 C호의 벨을 누르고 기다렸다. 이번에야말로 단서를 찾을 수 있도록 속으로 행운을 빌었다.

하지만 아무런 대답도 없었다. 벨을 세 차례나 울리고, 10초 넘게 누르고 있었는데도 묵묵부답이었다. 극심한 실망감이 들었다. 이제 어떻게 해야 할까? 앨런 하틀이 아직도 여기 살기를 빌며 문 밑으로 쪽지를 넣을까? 이 아파트의 다른 주민이 주워서 버리지 않기만을 빌며?

로나는 가방을 뒤적였다. 펜과 쪽지로 쓸 만한 것을 찾고 있는데 인터폰에서 지직거리는 소리가 났다. 남자 목소리가 들렸다. "누구세요?"

긴장감이 로나를 휘감았다. "안녕하세요. 앨런 하틀 씨 되시나요?"

"그런데요?" 쉰 목소리였다. 노인 같은 목소리. "누구세요?"

로나는 믿기 힘들었다. 이 사람이 정말로 바로 그 앨런 하톨일까?

"전 로나라고 해요. 이렇게 갑작스레 찾아와서 너무 실례가 아
니면 좋겠어요. 저는 1970년대에 실라 와츠의 지인이었던 앨런 하
톨을 찾고 있어요."

"그래요." 실체 없는 목소리가 말했다. "경찰이신가?"

"아뇨. 그런 거 아니에요. 그게…… 저희 엄마도 아셨던 분일지
도 몰라서요. 실라 와츠와 아는 사이셨나요?"

잠시 침묵이 흘렀다. 탁탁거리는 잡음뿐이었다. 로나는 이 사람
이 자기 얘기를 들었는지 의심이 갔다. "여보세요?" 다시 한번 말
을 걸었지만 대답이 없었다. 말을 잘못했나? 이분도 치매일지 몰
라. 청력에 문제가 있는 것은 아닐까? 아니면……

꼬리를 물던 생각은 공동 현관문이 열리며 중단되었다. 문 맞은편
에 70대의 노인이 서있었다. 굵고 억센 백발이 무성했다. 지팡이를
짚고 있긴 했지만 청바지에 티셔츠를 입은 모습이 정정해 보였다.

녹갈색 눈동자와 큰 코. 숱 많은 눈썹에는 백발이 섞여있었다.
"실라 와츠를 아신다고?" 노인이 물었다.

이 사람이다. 이 사람이 틀림없다고 로나는 생각했다. "네! 저기,
아니요…… 정확히 말하자면 몰라요. 하지만 저희 엄마가 아셨던
것 같아요. 엄마 물건에서 실라의 죽음에 관한 신문 기사를 찾았거
든요."

"그래요, 슬픈 일이었지. 괜찮은 사람 같았는데 말이야. 실라에
대해서라면 그다지 얘기해 줄 만한 게 없어요. 그리 잘 알지는 못

해서.”

로나는 망설였다. 다음 질문을 어떻게 해야 좋을지 고민이 됐다. “사실, 설명하자면 좀 긴데요. 저희 엄마랑 알고 지내셨던 분을 또 찾고 있거든요. 대프니 하틀이요. 선생님하고 친척 관계가 아닐까 생각했어요.”

앨런은 혼란스러워 보였다. 숱 많은 눈썹이 위아래로 들썩였다. “대프니 하틀은 우리 누나예요.”

“대프니 하틀 씨가 누님이시라고요?” 그럴 줄 알았다! 우연이 아닐 줄 알았다. 하틀은 정말 보기 드문 성이니까.

“왜 대프니를 찾죠?” 대프니를 입에 올리는 앨런의 눈 뒤로 고통이 엿보였다.

로나는 체중을 반대쪽 다리로 옮겼다. 이 모든 일을 어떻게 설명해야 할까? “누님 되시는 분이 전에 저희 엄마 집에서 하숙을 하셨어요. 1980년에요. 그리고 제 생각엔 두 분 다 실라 와츠를 아셨던 게 틀림없어요. 아마 저희 엄마도 언젠가 여기 브로드스테이스에서 사셨던 것 같고요. 저희 엄마를 아세요? 로즈 그레이라고 하는데요.”

앨런은 혼란스러운 표정으로 고개를 저었다. 로나는 자기가 알아들을 수 있게 얘기를 했는지 알 수 없었다.

“어쨌든, 사실 전 대프니 씨와 이야기를 나눠봤으면 해요. 저희 엄마에 대해 알고 싶어서요. 엄마가 지금 치매에 걸리셨거든요. 그리고……”

앨런이 목을 가다듬었다. “잠깐.” 그리고 숱 많은 눈썹을 가운데로 모았다. “그쪽 어머니가 대프니를 1980년에 알고 지내셨다고?”

"네, 두 분이 같이 사셨어요. 윌트셔에서요."

앨런이 다급해 보이는 얼굴로 혀를 찼다. "아니, 아니야. 뭔가 잘못됐어요. 누나는 브로드스테어스에서 태어났고 평생을 살았어. 한 번도 떠난 적이 없어요. 그리고……" 앨런의 눈이 젖어 들었다. "누나는 죽었어요. 서른두 살 때, 암으로. 1971년에요."

22

새피

덜덜 떨면서 집으로 들어갔다. 탐정과 나눈 대화 탓이다. 누가 탐정을 고용한 걸까? 할머니한테 무슨 문서가 있다는 걸까? 실라에 관한 문서는 아닐는지 의문이 들었지만 이 생각은 곧 떨쳐버렸다. 유골이 발견되고 나서 탐정이 나타났으니까 그쪽과 관련된 일이 분명하다. 그럼 대체 무슨 일일까? 할머니가 우리에게 말해줄 수 있는 것보다 더 많은 사실을 알고 있을까?

물을 끓이려는데 주전자 위치가 전자레인지 옆으로 옮겨져 있었다. 또 엄마가 한 짓이다. 짜증이 났다. 주전자를 원래 자리로 되돌려 놓았다. 그 사이 스노이는 내 발 옆에서 장난감을 씹으며 놀았다.

문 두드리는 소리가 나서 깜짝 놀랐다.

움직일 수 없었다. 아, 세상에, 그 사람이야, 그 탐정. 집까지 따라왔어. 내가 혼자 있는 거 알고 왔나? 막 밀고 들어와서 물건 찾아내라고 하는 거 아냐? 상상력이 지나칠 정도로 풍부해져서 진정하자고 자신을 다독여야 했다. 스노이가 폴짝 뛰어서 일어나더니 빠른 걸음으로 복도를 따라가며 짖었다. 나는 거실 창문으로 가서 누가 왔는지 엿봤다. 가슴이 쿵쿵거렸다. 그냥 기자일지도 모른다고 생각했다. 처음으로 진짜 기자이길 빌었다. 진입로에 세워둔 미니 옆에 낯선 차가 주차되어 있었다. 파란색 큰 승용차였다. 그 탐정 차일까? 집에 들어오려고 하면 경찰에 신고하자. 그런데 아니, 잠깐. 밖에는 남자가 둘 있었다. 얼굴을 보니 어제 만났던 그 형사들이다.

안도감을 느끼며 현관으로 가서 문을 열었다. 새로운 소식을 가져온 것이 확실했다. 그렇지 않다면 전화해도 될 텐데 굳이 찾아올 필요가 없잖아? 목이 말라왔다.

"안녕하세요, 사프란 씨." 나이 많은 쪽인 반스 경사가 말했다. 쓸데없이 경찰 배지를 들어 올리고 있었다. "들어가도 되겠습니까?"

"당연하죠." 나는 옆으로 비켜섰다. 그리고 형사들을 거실로 안내했다. 마실 것을 내오겠다고 했지만 두 사람 모두 사양했다.

반스 경사는 소파에 앉았고 워딩 경장은 팔걸이의자 끝에 걸쳐 앉았다. 공간이 작아서 두 사람의 존재감이 컸다. 하지만 형사가 집에 있으니 금세 훨씬 안전한 느낌이 들었다. 몇 초 동안 침묵이 흘렀다. 밖에서 짹짹거리는 새소리만 들렸다.

나는 반스 경사와 마주 보는 소파 반대쪽 끝에 자리를 잡았다. 반스 경사는 몸을 내 쪽으로 돌렸다. 팔에 거미줄 문신이 있었다. 경사가 내 시선을 눈치채고 셔츠 소맷단을 내렸다. "커틀러 부인도 계십니까?"

"음, 아니요. 엄만…… 엄만 오늘 런던에 가셨어요." 기왕 경찰이 왔으니 브렌다가 말했던 해리슨 터너에 관해 무슨 소식이 없는지 물어볼 수 있을 것이다.

반스 경사의 얼굴에 걱정스러운 기색이 나타났다. "죄송하지만 안 좋은 소식이 있습니다."

나는 마음을 굳게 먹고 고개를 끄덕였다. "말씀하세요."

"마당에서 발견된 남성 유골의 신원을 파악했습니다."

입이 말랐다. "그렇군요." 왜 나쁜 소식인지 의아했다. 내가 아는 사람이면 모를까. 하지만 그런 일은 있을 수 없다. 그 순간 할머니가 떠올라서 속이 울렁거렸다.

반스 경사는 양복 재킷 속주머니에서 검은색 수첩을 꺼내 몇 페이지를 넘겼다. "닐 루이셤이라는 이름에서 뭔가 떠오르십니까?"

나는 고개를 저었다. "모르는 이름이에요." 뜸 들이지 말고 어서 본론으로 들어가라고.

"사실 두 유골의 신원을 파악하는 것은 쉽지 않은 일입니다. 사망 시기가 너무 오래전이기 때문입니다. 그래서 저희는 1975년부터 1990년 사이에 잉글랜드 남서부에서 실종된 30세에서 45세 사이의 남성을 조사했습니다. 그랬더니 닐 루이셤이라는 39세 남성이 1980년 4월에 실종되었다는 신고가 있었습니다. 신고자는 부인이었고요. 서리 지역에 사는 사람인데도 이 사람을 주목한 것은 당시 남편이 사라지기 전에 누구를 만나러 치퍼넘 지역에 간다고 얘기했다는 부인의 진술이 있었기 때문입니다. 물론 1980년대에도 수사는 했지만 한계에 부딪쳤죠. 불행히도 부인되시는 분이 그 뒤에 세상을 떠나셨기 때문에 아드님께 연락드렸고, DNA 테스트에 동의하셨습니다. 그 결과 DNA가 일치했습니다."

숨이 막혔다. "그러니까 그 사람이 이 집에서 죽었다는 말씀이세요? …… 할머니가 여기 사시던 동안에요?"

"네, 그렇게 추정하고 있습니다. 루이셤은 1980년 4월 7일, 치펀넘 역에서 마지막으로 목격되었습니다. 그 이후로는 목격자도 없고 은행에서 돈을 인출한 기록도 없습니다. 따라서 루이셤이 4월 7일 혹은 그즈음에 죽었다고 추정할 수 있습니다."

"유골이 그 사람인 게 정말 확실한가요? DNA가…… 제 말은……" 나는 눈썹을 찌푸렸다. "어떻게 확인했죠?" 지금이면 몸이 다 부패했을 텐데, 분명히.

"뼈와 치아에서 DNA를 추출할 수 있습니다. 아드님과 일치했고요. 루이셤이 확실합니다."

속이 울렁거렸다. 그 사람이 죽을 때 할머니가 여기 살고 있었다. "전…… 전 못 믿겠어요."

반스 경사가 몸을 들썩였다. "죄송합니다." 나를 보는 눈동자가 진실해 보였다. 그는 곧 손에 든 수첩으로 시선을 다시 옮겼다. 그 다음 보고 있던 페이지를 펜으로 두드렸다. "다른 유골도 최대한 신속하게 신원을 파악하기 위해서 노력 중입니다. 아직까지는 그렇습니다. 현재 할 수 있는 일은 그 시기에 실종된 여성, 닐 루이셤과 어떤 연관이 있을 만한 사람을 찾는 것입니다. 그래도 이제는 기간이 좁혀졌죠. 또 인력을 많이 배치해서 집집마다 방문 조사를 하고 있습니다. 해당 시기에 베거스 눅에 거주하셨던 분들을 찾아서 뭘 기억하시는지 얘기를 들어보기 위해서입니다. 이 집에 관해서도 조사를 담당하는 경관이 있습니다. 여기서 소란이 있었다고 신고가 들어온 내용이라든가, 그 비슷한 것들을 알아보고 있습니다. 그리고 피해자학 쪽도 진행 중입니다."

"피해자학이요?"

"네, 닐 루이섐에 관한 걸 말합니다. 기본적으로는 피해자의 정보를 조사하는 거죠. 살해된 이유를 찾아낼 수 있는지 보는 겁니다. 저희는 할 수 있는 모든 일을 다 하고 있으니 안심하시라고 말씀드리고 싶습니다."

구토감이 밀려왔지만 참았다. "그럼 이제 어떻게 되나요…… 저희 할머니는?"

반스 경사는 바지에서 존재하지도 않는 먼지를 털어내며 시선을 피했다. "글쎄요. 할머님께서 또 기억하시는 사실이 있는지 다시 얘기를 해봐야 할 겁니다. 댁에서 지냈다던 하숙인 행방도 알아보는 중입니다. 케이 그로브스라는 사람입니다. 물론 대프니 하톨도 찾고 있습니다."

엄마가 대프니를 찾으려고 지금 켄트 쪽으로 갔다고는 말하지 않았다.

"할머니가 말씀하셨던 다른 사람들은요? 빅터랑 진이요."

"네, 그쪽은 성이 없어서 찾기가 더 힘듭니다."

나는 젊은 형사를 쳐다봤다. 워딩 경장은 수첩에 뭔가 끄적이고 있다가 내 시선을 느끼고 고개를 들더니 동정하는 듯한 미소를 지었다.

"말씀드릴 일이 있어요." 나는 반스 경사 쪽으로 시선을 돌리며 말했다. 그리고 탐정이 준 명함을 꺼내서 건넸다. "오늘 어떤 남자가 숲에서 절 불러 세웠어요." 우리가 나눴던 대화에 관해 이야기했다. "막판에는 아주 불안해 보였어요. 뭔진 몰라도 진짜로 이 문서를 원하는 것 같았어요. 이름은 데이비스라고 했어요."

반스 경사가 인상을 쓰며 명함을 살펴봤다. "조사해 보겠습니다." 이렇게 말한 뒤 경사는 수첩에 전화번호를 옮겨 적고 카드를 되돌려줬다. "그쪽에서 찾는 거라고 판단하시는 문서를 발견하시면 저희한테 먼저 연락하세요. 그쪽에는 전화하지 않는 쪽이 좋습니다."

"알겠습니다." 나는 고개를 끄덕였다. 순간 유체 이탈을 경험하는 느낌이 들었다. 마치 범죄 수사과 형사에게 할머니에 관해 이야기하는 나 자신을 내려다보는 것 같았다. . 두 달 전이라면 톰 없이 혼자서 경찰을 상대한다는 상상만으로도 공포에 사로잡혔을 것이다.

"최대한 빨리 할머님과 이야기를 나눠봐야 할 겁니다." 반스 경사가 일어나며 말했다. 워딩 경장도 따라서 일어났다. "저희가 요양원에 전화해서 날짜를 잡으면 알려드리겠습니다." 나는 형사들을 배웅했다. 경찰차가 멀어지는 모습을 보고 있다가 결국 해리슨 터너에 관해서는 묻지 않았다는 것을 깨달았다. 어쨌든 이제는 의미가 없다.

할머니가 여기 살고 있을 때 닐 루이섬이 살해됐으니까.

할머니가 한 말이 떠올랐다. 진이 그 여자 머리를 내리쳤어. 할머니가 중얼거린 말들이 내가 처음 생각했던 것처럼 별 뜻 없는 말이 아니었던 것일까? 진, 빅터, 실라에 관한 말 모두 할머니가 자기 나름대로 40년 전에 진짜 무슨 일이 있었는지 알려주려고 했던 것일까?

23

로나

"죽었다고요?" 로나는 균형을 잃고 벽을 짚었다. "1971년에요? 하지만…… 그럴 리가 없는데."

"우리 누나가 언제 죽었는지 내가 모르겠어요?" 앨런이 퉁명스럽게 말했다.

"당연히 아시겠죠. 제 말뜻은…… 죄송합니다. 그냥 이해가 안 돼서요."

앨런이 로나를 바라봤다. 숱 많은 눈썹을 찡그린 채였다. 하지만 얼굴빛은 부드러워졌다. "안색이 안 좋은데, 들어와서 물이라도 마실래요?"

로나는 입이 말랐지만 유안의 말을 떠올렸다. 노인도 위험할 수 있어.

"음…… 아니요, 괜찮아요. 고맙습니다. 전…… 혹시 근처에 카페가 있을까요?"

"이쪽으로 내려가면" 앨런이 바다를 가리켰다. "해변에 아주 멋진 데가 있어요."

"감사합니다."

앨런은 조용히 로나를 뜯어보았다. "이름이 뭐라고 했죠?"

"로나예요. 로나 커틀러."

"이게 다 무슨 일인지 정말 모르겠군요." 앨런의 말투는 이제 더 부드러워졌다.

로나는 가방을 어깨 위로 추어올려 더 단단히 맸다. "저도 모르겠네요." 한숨이 나왔다. "동명이인인가 봐요……. 하지만 실라라는 연결점이 걸려요."

앨런은 생각에 잠긴 듯 잠시 아무 말이 없었다. "카페에 같이 가드릴까? 뭔가 마시면서 어떻게 된 건지 말해주면 어때요? 내가 실라 와츠랑 알고 지냈던 건 사실이니까 도움이 될지도 몰라요."

로나의 안색이 밝아졌다. 이 사람하고 같이 카페로 가는 것이 생각 없는 행동은 아니겠지? 환한 대낮이고 공공장소잖아?

"그렇게 해주시면 정말 좋을 것 같아요."

"그럼 갑시다." 앨런이 눈을 반짝이며 말했다. 로나도 고마운 마음이 들어서 미소로 답했다. 앨런이 문을 닫은 뒤 두 사람은 대로로 나갔다. 로나는 앨런과 함께 거리를 가로지르며 자신이 바란 것이 바로 이거라고 생각했다. 두 사람은 바닷가로 이어지는 길을 따라가며 예쁘게 가꾼 정원을 통과하고 야외 음악당을 지났다. 반바지와 티셔츠를 입은 사람들이 이리저리 돌아다녔다. 아이스크림을 먹으며 5월의 멋진 날씨를 즐기고 있었다. 앨런은 지팡이에 대해 이야기하고 고관절이 부실해서 대체 수술을 받아야 한다는 얘기도 했다. 하지만 걸음걸이는 놀랄 정도로 안정감이 있었고 속도도 로나보다 빨랐다. 힐을 신은 로나는 앨런과 속도를 맞추기 위해 종종걸음을 해야 했다.

앨런은 로나를 펑키한 작은 커피숍으로 데려갔다. 음악이 흘렀고 바다를 바라보는 야외 테라스에 테이블이 있었다. 서성거리는 사람들은 맥주를 마시거나 받침 딸린 크고 알록달록한 커피잔으로 카푸치노를 홀짝였다.

"뭐로 하실래요? 제가 살게요." 로나가 손을 내저으며 돈을 내겠다는 앨런을 만류했다. "저랑 이렇게 얘기해 주시는 게 고마워서요."

"별말씀을 다 하시네. 말 상대가 생기면 나도 좋아요." 앨런이 활짝 웃으며 말했다. 왼쪽 볼에 보조개가 들어갔다. 앨런은 맥주가 좋겠다고 했고 로나는 와인을 한 잔 주문하기로 했다. 그리고 운전해야 하는 것도 아니니까 괜찮다고 자기 자신에게 변명했다. 커피는 나중에 테이크아웃으로 주문해서 기차에서 마셔도 된다.

앨런이 바다가 보이는 테라스 구석에서 빈자리를 찾았다. 나란히 서있는 해변의 오두막이 파스텔 색상으로 줄무늬를 이루고 있었다. 로나는 앨런 옆에 앉아 바다 공기를 깊이 들이마셨다. 여기에서 살아도 괜찮겠다는 생각이 들었다. 등 뒤에 태양이 있고, 음악이 흐르고, 사람들이 북적이는 곳. 갑자기 산 세바스티안으로 돌아가고 싶은 욕구가 치솟았다.

앨런은 로나에게 고맙다고 인사한 뒤 맥주를 쭉 들이켰다. 덕분에 입술 위에 거품이 남았다. "바로 이거야."

로나는 웃음을 터뜨렸다. 와인과 태양과 음악이 있으니 기분이 들떴다. 대프니가 엄마 집에 오기 전에 죽었다는 이야기를 들은 직

후였지만, 분위기 덕에 실망감도 줄어들었다.

"자, 말해봐요." 앨런이 맥주잔을 나무 탁자에 내려놓고 말했다. "이게 다 실라 와츠랑 무슨 상관이죠?"

로나는 마당에서 찾은 유골과 실라에 관한 신문 기사, 대프니 하톨이라고 불리던 엄마네 집 하숙인에 대해 설명했다. 그리고 가방에서 신문 조각을 꺼내 앨런에게 줬다. "그러고 나서 이걸 봤어요. 기사에 실린 선생님 인터뷰요."

앨런은 기사를 훑어보고 로나에게 돌려줬다. "안경을 안 가져왔는데. 좀 읽어줄 수 있어요?"

로나는 부탁받은 대로 기사를 읽었다. 주의를 기울여 천천히 또박또박 읽었다. 종종 말이 빠르다고 한 소리 듣기 때문이었다. 끝까지 다 읽자 앨런이 바다를 바라봤다. 해변 어딘가에서 실라를 찾을 거라고 반쯤 기대하는 듯한 눈길이었다.

"이상한 사람이었어요." 앨런이 여전히 먼 곳을 바라보면서 말했다. "말하자면 조금 고독하게 지내는 타입이었지. 그래도 우린 친구가 됐어요." 앨런은 다시 로나 쪽으로 고개를 돌렸다. "우리 집 아랫집에 살았거든요. 지금 사는 집이 아니라 스톤 로드에 있던 집이었죠."

로나는 스톤 로드가 어디인지 몰랐지만 그래도 고개를 끄덕였다. 그리고 확실히 물어보았다. "하지만 로즈 그레이는 모르시는 거죠?"

앨런은 고개를 저었다. "맞아요. 전혀 모르는 사람이에요."

"전 엄마가 왜 실라 와츠에 관한 기사를 보관해 뒀는지 모르겠어요. 엄마나 그 집 하숙인이 실라하고 아는 사이가 아니었다면요."

앨런이 대답 대신 후루룩 소리를 내며 맥주를 한 모금 마셨다.

해변을 바라보니 한 소년이 코카푸종으로 보이는 갈색 개와 바다에서 즐겁게 놀고 있었다. 로나는 앨런에게로 다시 시선을 돌렸다. "실라가 죽은 날 밤 무슨 일이 있었죠? 기억나세요?"

"새해 전야였어요. 친구들이랑 동네 술집에 갔다가 해변에서 새해를 맞자고 했죠. 실라는 내 친구들을 아무도 몰랐지만 그래도 따라왔어요. 아까도 말했지만 혼자 있길 좋아하는 사람이었어요, 정말로. 브로드스테어스에 온 지도 몇 년밖에 안 됐고요. 원래는 런던 출신이었던 것 같아요. 여행을 많이 했다고 했어요."

"저희 엄마도 런던 출신이에요. 실라가 여기 오기 전에 알았던 사이일지도 모르겠네요." 바다 쪽에서 산들바람이 불어와서 로나는 다시 재킷을 입었다. 두 사람이 앉은 자리에 이제 반쯤 그늘이 드리워졌다.

"그럴지도요. 어쨌든 그날 밤 실라는 특히 더 조용했어요. 술집에서도 거의 말이 없었고, 구석에 우울하게 앉아서 술만 마셨어요. 그래도 술에 취한 것처럼 보이지는 않았어요. 몇 번이나 무슨 일 있냐고 물어봤죠. 말했지만 그렇게 가까운 건 아니었어도 2년 동안 이웃으로 지냈거든요. 그 사이에 조금 친해지기도 했고요. 가끔 우리 집에 올라와서 차도 마시고 그랬어요. 속에 있는 얘기들도 했어요, 정말로. 누나가 죽었다고 이야기했더니 자기도 누군가를 잃은 경험이 있다고 했어요. 누군지는 말 안 했지만. 그날 밤, 실라는 초조해하고 안절부절못하는 것 같았어요. 개인적으로 난 실라가 예전에 마약중독자였나 싶었어요. 아주 말랐고, 피해망상 증상을 보이곤 했거든요."

"피해망상이요? 뭐에 관해서요?"

"누가 쫓아온다고 믿었어요. 그래서 종종 마약 딜러나 그런 사람들한테 빚을 진 건가 싶기도 했죠." 앨런이 웃었다. 목 깊은 곳에서부터 쉰 소리가 섞여 나오는 웃음이었다. 마치 기관지염에 걸렸다 나아가는 사람 같았다. "지나고 나서 지금 생각하니 모든 게 더 잘 보이는지도 모르겠군요. 하지만 실라는 비밀스러웠어요. 비밀스럽다는 말이 딱 맞아요."

"그래서 그날 밤 해변에서는 무슨 일이 있었나요?"

"실라는 혼자 돌아다녔어요. 내가 함께 있어주면 좋겠냐고 물어봤는데 싫다고 고개를 저었죠. 감상적인 기분이 든다고, 새해가 올 때는 늘 그렇다고 했어요. 그래서 혼자 있고 싶다고 하더군요. 나랑 친구들은 앉아서 술을 마셨어요. 그러다가 실라가 옷을 벗고 바다로 들어가는 걸 봤어요. 미친 짓이었죠, 두말할 것 없이." 앨런은 몸을 떨었다. "끔찍하게 차갑거든요, 12월의 바다는."

로나가 활짝 웃었다. "상상이 가네요."

"난 친구 두어 명이랑 맥주 몇 캔을 들이부었어요. 다들 만취해서 실라는 잊어버렸죠. 나중에 집으로 가려고 걸어가다 보니 그제야 실라가 없는 걸 깨달았지 뭐예요. 나랑 필이란 친구가 해변으로 뛰어갔어요. 실라가 옷을 벗어둔 데로요. 그런데 바다에서도 실라는 보이지 않았어요. 마치 바다가……" 앨런이 얼굴을 찡그렸다. "실라를 집어삼킨 것 같았어요."

"그러면 그때 신고를 하셨나요?"

"맞아요. 물에 빠진 게 틀림없었으니까. 아마도 그때 실라는 우리가 생각했던 것보다 훨씬 더 취했었나 봐요. 너무 미안했어요."

"슬픈 일이네요." 로나가 말했다. 한낮의 더위가 한창인데도 팔에 소름이 돋았다. 로나는 바다를 사랑하지만 그만큼 공포를 느끼기도 했다. 바다는 거대한 짐승 같고, 바다의 기분이 어떻게 변할지는 아무도 알 수 없기 때문이다. 바다는 존중받아야 마땅했다. "사고였다고 생각하세요? 아니면 자살일까요?"

"솔직히 잘 모르겠어요." 앨런이 대답했다. "슬펐거든요, 정말로. 뒷수습까지도요. 아무도 실라 집을 정리하러 오지 않았어요. 혈혈단신이었던 같아. 그래서 내가 정리해 줬죠. 그런데 실라는 가진 게 거의 없었어요. 옷 몇 벌하고 찬장과 냉장고에 든 음식이 다였어요. 가구 딸린 아파트여서 실라 건 아무것도 없었어요. 개인적인 물건도 없었지. 잡동사니도 없고, 어질러진 것도 없고. 실라 와츠가 어떤 사람이었는지 알 수 있을 만한 건 아무것도 없었어요, 정말로."

"지갑은요? 열쇠도 있잖아요?"

"아파트 열쇠는 해변에 벗어둔 바지에 있었어요. 지갑이나 핸드백은 없었고. 그때 당시에 경찰은 실라가 바다에 들어간 사이 도둑맞았을 거라고 했어요. 그날 밤 해변에 사람들이 몇 명 있었으니까."

로나의 머릿속에서 사진이 현상되는 것처럼 아이디어가 형태를 갖춰가기 시작했다. "혹시 실라가 죽음을 가장했을 수도 있다고 보세요?"

앨런이 입을 동그랗게 벌리고 의자 등받이에 몸을 기댔다. "그건 좀 비약이 아닌가."

"그러니까 그냥……" 로나는 머릿속에 있는 이미지를 모두 짜맞춰서 앞뒤가 맞는 어떤 그림으로 만들려고 애쓰는 중이었다. "저희 엄마가 실라에 관한 신문 기사를 가지고 있는 거나 하숙인 이름이 대프니 하톨이라는 게 이상해서요. 대프니 하톨이 흔한 이름은 아니잖아요? 우연이라기엔 너무 심해요. 분명히 연결 고리가 있을 거예요."

"하고 싶은 말이 뭐예요?"

"너무 엉뚱하게 들릴지도 모르겠어요. 하지만……" 로나의 가슴이 흥분으로 떨려왔다. "저희 엄마가 알았던 대프니 하톨이랑 선생님이 아셨던 실라 와츠가 동일 인물일 가능성이 있지 않을까요?"

"실라가 죽은 척하고 우리 누나 신분을 도용했다는 말이에요?" 앨런이 못 믿겠다는 말투로 말했다.

"그러는 사람들이 있잖아요. 혹시 실라가 대프니에 관해 특히 관심을 보이는 것 같진 않았나요?"

"글쎄." 앨런이 턱을 문질렀다. "맞아, 얘기를 듣고 보니 그랬던 것 같아요. 그리고 한 가지 신경 쓰이는 일이 있었어요. 실라가 죽고 나서 일인데, 대프니 물건들을 작은 상자에 넣어서 책장에 보관해 뒀었거든요. 그걸 정리하는데 출생증명서를 찾을 수가 없었어요. 하지만 그건 내가 물건을 제자리에 두지 않은 탓일지도 모르고……"

"실라가 가져갔을 수도 있을까요?"

앨런은 불안해 보였다. "그럴 수도 있어요. 그럴 만한 기회는 있었어요."

"자기를 찾으려는 사람한테 쫓기고 있다면 자취를 감추는 가장 완벽한 방법이 뭐겠어요."

생각하면 할수록 로나의 확신은 굳어졌다.

실라 와츠와 대프니 하톨은 같은 사람이었다.

24

로즈

1980년 2월

시간이 흐르면서 대프니를 향한 내 관심은 점점 더 커졌어. 대프니는 어떤 면에서는 아주 강한 사람이었어. 하지만 또 어떤 면에서는 너무나 상처받기 쉬운 사람이더라. 그래서 내 모성애를 자극했어. 우리 둘은 비슷한 나이였는데도 말이야. 너를 지키고 싶은 마음과 같은 마음으로 대프니를 지켜주고 싶었어. 이쯤 되니 확신이 굳어졌지. 이 마르고 매력적인 여자도 남자 때문에 공포에 사로잡혀 살아왔다는 확신이. 바로 내가 그랬듯이.

수사슴과 꿩에 다녀온 날, 그러니까 대프니가 조엘의 정체를 폭로했던 그 밤 이후로 우리 둘이 똘똘 뭉쳐야 한다는 믿음은 전보다 훨씬 커졌어. 아무래도 남자는 신뢰할 수 없는 존재였어. 친절하고 의지할 수 있다고 생각했던 조엘마저도 사실은 덮치기 적당한 때를 기다리고 있는 포식자였으니까. 대프니와 나는 거의 매일, 밤늦게까지 한자리에 앉아 여성의 권리에 대해 토론했어. "멋대로 여

자 엉덩이 주무르고 '달링'이라고 부르는 남자들 있잖아요. 왜 그
래도 된다고 생각하지?" 대프니가 무릎을 끌어안고 말했어. 헐렁
한 스웨터 소매를 당겨서 손까지 덮고 있었지. "지금은 1980년대
지 1950년대가 아니잖아요."

대프니는 정말 진보적이었어. 아주 현대적이었고. 나랑은 참 달
랐어. 지난 3년 동안 외딴곳에서 처박혀서 지내온 나랑은 다를 수
밖에.

그리고 대프니는 같이 살기 정말 편한 사람이었어. 내가 너와 둘
만 있고 싶어 할 때면 그걸 알아차리는 것 같더라. 요령 좋게 자기
방에 들어가 있거나 마을로 산책하러 나가는 거야. 중고 재봉틀도
결국 구했어. 낡고 부피가 큰 싱어 재봉틀이었지. 발로 밟는 페달
달린 거. 대프니는 복도 맞은편 작은 방에 재봉틀을 설치했어. 헝
겊을 덧대 청바지를 수선하거나 패턴을 이용해 옷을 만들 때면 종
종 재봉틀 돌아가는 소리가 들려왔어. 너에게도 예쁜 여름 원피스
를 만들어준다고 했어. 어느 날 무늬가 들어간 노란색 천을 사 들
고 왔지. 넌 기대에 부풀어서 몹시 좋아했단다. 대프니는 재주가
참 많았어. 실용적인 기술을 많이 알고 있어서 자급자족이 가능할
정도였어. 난 그런 대프니를 동경했어.

추운 겨울이었어. 2월은 1월보다 훨씬 더 추웠어. 풀밭에 서리가
얼어붙고 숲에는 안개가 자욱해서 네 침실 창문으로는 숲이 거의
보이지 않을 정도였어. 그래서 난 불안해졌어. 누가 우리 집을 지
켜보고 있을지도 모른다는 걱정이 들었지. 대프니도 같은 느낌을
받은 게 분명했어. 어느 날 밤, 널 재우고 둘이 같이 부엌에 서서
담배를 피웠거든. 추우니까 레인지 앞에 바싹 붙어서. 그때 대프니

가 말했어. "이상해." 그러고는 담배 연기를 내뿜으며 창밖을 응시했지. 일하고 온 날이었어. 대프니는 조엘이 집적거렸다고 해서 청소 일을 그만두려 하지 않았어. "이 집이 우리에게 안식을 가져다줄 수도, 파멸을 가져다줄 수도 있다니 이상하죠."

이 말을 듣고 난 오싹해졌어. "무슨 뜻이에요?"

대프니는 내게로 시선을 돌렸어. 강렬하고 불안한 시선이었어. "우린 여기 숨어있으면 안전하다고 생각하죠. 세상에서 멀어졌으니 위험에서도 멀어졌다고요. 하지만 위험은 어쨌든 여기까지 닥쳐올 거예요. 위험도 여기에 갇히는 거야. 우리랑 같이."

난 숨어 지낸다고 말한 적이 없었어. 그래도 대프니는 알고 있었던 것 같아. 느낄 수 있었나 봐. 아마 대프니도 나랑 똑같이 숨으려 했기 때문이겠지.

"이 집에요?" 나는 당혹스러웠고 조금 겁이 났어. 대프니는 무슨 말을 하고 싶은 걸까?

"아뇨. 이 마을이요. 우린 도망칠 수 없어요, 로즈. 모르겠어요?"

나는 담배를 비벼서 끄고 팔로 내 몸을 감쌌어. "그런 말 하지 말아요." 작고 겁먹은 목소리가 나왔어.

"저 숲." 대프니가 계속 이상한 말투로 말했어. "저 숲이 우리를 지켜줄까? 아니면 가두고 있을까?" 순간 대프니의 눈이 번쩍였고, 난 그 눈에서 두려움을 읽을 수 있었어.

"여기라면 우린 안전해요." 난 단호하게 말했어. 대프니를 설득하려는 건지 나 자신을 설득하려는 건지 알 수 없었지.

대프니는 내 쪽으로 고개를 돌렸어. 입술을 둥글게 오므려 담배를 물고 한 모금 빨아들였지. 눈동자를 내게 고정하고 있었지만 잠시 아무 말이 없었어. 그러다 입을 열었어. "우린 서로 과거에 대해 이야기한 적이 없죠. 그건 괜찮아요. 그럴 필요도 없고. 우리 미래는 여기에서 시작되니까."

"바로 그거예요." 나는 대프니의 기운을 북돋으려고 일부러 쾌활하게 말했어. "그리고…… 우린 서로를 보호해 줄 수 있잖아요. 안 그래요? 서로 뒤를 받쳐줄 거잖아요?"

고개를 끄덕이는 대프니는 여전히 내게서 눈을 떼지 않고 있었어. 그러다가 싱크대에 담배를 비벼서 끄더니 내가 서있는 뒷문 쪽으로 다가왔지. 그리고 자기 얼굴을 내 얼굴 옆으로 바짝 들이대는 거야. 한순간 정신이 나가서 대프니가 키스하려는 줄 알았어. "고마워요." 부드러운 말투였어. "나도 같은 마음이야. 묻지도 말고 거짓말도 하지 말아요."

목부터 얼굴까지 다 달아올랐어. 그때 대프니가 한 걸음 뒤로 물러났어. 목을 가다듬고 레인지 쪽으로 갔지. "자긴 너무 착해요, 로즈." 대프니는 어깨를 움츠린 채로 나를 등지고 서있었어. 스웨터 위로도 척추의 윤곽이 드러났어. "자길 몇 년 전에 만났다면 지금쯤 모든 게 전혀 달랐을 텐데."

난 대프니에게로 가서 어깨 위에 조심스럽게 손을 얹었어. 그리고 말했지. "이제라도 서로를 찾아냈잖아요. 그 어떤 남자도 다시는 우리에게 상처 입히지 못할 거예요."

정말 그랬다면 좋았을 텐데.

다음 날 아침, 난 널 작은 교회에 딸린 유아원에 데려다줬어. 넌 제일 좋아하는 노란색 장화를 신었어. 내가 뜬 분홍색과 빨간색 털실 모자를 썼고. 서리가 내릴 정도로 추운 아침이었어. 길에 얼음이 깔려있어서 미끄러지지 않게 조심해서 걸어야 했지. 하늘도 잔뜩 찌푸린 흐린 날이었어. 마을 광장으로 가는 동안 아이 손을 잡은 다른 부모를 만나면 고개만 끄덕여서 인사했어. 굳이 다른 학부모하고 사귈 생각은 없었거든. 마켓 크로스에 가서 넌 계단 위로 올라갔다 내려왔어. 마켓 크로스를 봤다 하면 꼭 그래야 했지. 가장 꼭대기까지 올라가면 중세 시대 연극 무대에 올라간 것처럼 한 바퀴 돌았지. "대피, 어디 있어?" 미끄러질까 봐 내려오는 걸 도와주는 사이 네가 물어봤어. 넌 겨우 두 살 반이라 어떤 말들은 조금 어려워했거든. 그래서 대피라고 했지. 만화 속 오리 캐릭터랑 같은 이름으로. 그리고 한 번 잘못 발음하니까 그 이름이 그대로 입에 붙어버렸어. "대피 데리러 와?"

난 네가 대프니를 잘 따라서 기뻤어. 하지만 대프니에게 유아원에서 널 데려오라고 하기엔 아직 믿음이 부족했어. 대프니는 누구를 조심해야 하는지 모르잖아. 그 사람이 우릴 찾아온다면 말이야. 지난 3년 동안 주기적으로 나 자신에게 말했어. 그 남자는 절대 우릴 못 찾을 거야. 어디에서 찾아야 할지 어떻게 알겠어? 하지만 그래도 걱정하지 않을 수 없었어. 그 남자는 영리했어. 부자였고. 의심할 것도 없이 자기만의 방법이 있을 터였어. 스파이는 물론이고. 그래서 절대로 마음을 놓을 수 없었어. 항상 등 뒤를 신경 쓰지 않을 수 없었어.

"언젠간 그럴 거야, 우리 공주님. 하지만 지금은 아니야, 알았지? 그리고 대피는 어쨌든 일하러 가야 해."

넌 침울한 얼굴을 했지만 틸링 선생님을 보자 달라졌지. 네가 선생님한테 달려가자 그 남자를 빼닮은 짙은 색 곱슬머리가 뒤로 흩날렸어.

난 틸링 선생님이 널 교실 안으로 데려가는 것까지 지켜보았어. 매번 꼭 그렇게 한 다음에야 자리를 뜰 수 있었어. 이날도 네 안전을 확인한 뒤 걸음을 옮겼어. 핫초코를 사러 멀리사네 카페에 들렀지. 멀리사는 대프니에게 관심이 많았어. 대프니에 관한 모든 것을 알고 싶어 했지. 나는 너무 많이 떠벌리지 않도록 주의했어. 멀리사는 베거스 눅에서 가장 수다스러운 사람이니까. 대프니가 눈에 띄지 않으려고 한다면 나도 조심스럽게 행동해야 마땅하잖아.

나한테서 흥미로운 얘기가 나올 것 같지 않으니까 멀리사는 따분해하면서 다음 손님을 맞으러 가버렸어. 나는 카페에서 나가다가 조엘과 마주쳤지.

그전까지는 나의 구원자였던 조엘. 든든한 존재였던 사람. 긴 시간 끝에 처음으로 믿었던 남자. 첫만남 이후로 언제나 날 보살펴주고 필요한 게 없는지 물어봐 줬던 사람. 작년에 눈이 왔을 때도 조엘은 우리 집 문을 두드리고 나타나 진입로의 눈을 치워주겠다고 했었어. 파이프가 터졌을 때 내가 전화했던 사람 역시 조엘이었지. 난 내 좁디좁은 삶에 조엘이 들어오는 것을 허락했어. 하지만 조엘이 대프니의 몸을 더듬는 모습, 거절당했다고 대프니를 괴롭히는 모습을 상상하니까 소름이 끼쳤어.

아무 말 없이 지나치려는데 조엘이 날 불러 세웠어. "안녕, 로즈. 요즘 얼굴 보기 힘드네요. 잘 지내요?"

그러고 보니 대프니가 우리 집에 들어온 뒤로는 조엘이 도와주겠다고 하거나 내가 잘 지내는지 보러 와주지 않았다는 사실이 떠올랐어. 양심의 가책일 거라는 생각이 들더라.

"잘 지내요." 나는 퉁명스럽게 대답했어.

조엘은 의기소침해 보였어. 체크무늬 목도리를 턱까지 감싸 두르고 검은색 모직 크롬비 코트를 입은 모습이었지. 코끝이 빨갰고. 조엘에게 화가 났는데도 배신자 같은 내 마음이 나를 기만했어. 전에 친절하게 대해줬던 생각이 나서 나도 모르게 마음이 좀 누그러진 거야.

조엘은 걱정스러워 보였어. "내가 뭐 잘못했어요?" 조엘이 양손을 주머니에 찔러 넣고 물었어. "나한테 화난 것 같은 기분이 들어서요."

그러자 대프니가 한 말이 머릿속에 떠올랐지. 조엘도 다른 남자들과 다를 바 없다고 다시금 생각했어. "대프니가 당신이 무슨 짓을 했는지 말해줬어요."

"내가…… 뭐라고요?" 조엘은 정말 영문을 모르겠다는 얼굴이었어. "미안해요. 무슨 뜻인지 모르겠어요."

"대프니는 당신이……" 카페에서 6미터 넘게 떨어져 있었지만 그래도 목소리를 낮췄어. "원하지 않는 관심을 보였다고 했어요."

조엘은 웃었어. "농담이죠, 그렇죠?"

"내가 농담하는 것처럼 보여요?"

조엘의 얼굴이 침울해졌어. "대프니가 거짓말하는 거예요. 난 절대 그런 짓 안 해요."

"대프니가 왜 거짓말을 하겠어요?"

"모르죠. 난……" 조엘은 고개를 숙였어. 그리고 장화 신은 발로 길 위의 얼음을 조금 걸어찼지. 목이 점점 빨갛게 물들었어. "어쨌든 사실이 아니에요." 조엘은 고개를 들고 내 눈을 똑바로 봤어. "거짓말이 아니에요, 로즈. 약속할게요."

언제나 조엘을 날 보호해 주는 큰 오빠처럼 여겼지. 하지만 아니. 이젠 아니었어. 조엘의 말을 하나도 믿을 수 없었어. 전에도 이런 일이 있었으니까. 매력과 약속으로 시작해서 거짓과 통제로 이어지고 두려움과 위협, 학대로 끝나지.

대프니를 알고 지낸 시간은 겨우 두 달이었지만 이런 일로 거짓말할 사람이 아니란 건 잘 알았어.

"가야 해요." 난 대충 얼버무렸어. 지나쳐 가려니까 조엘이 내 손목을 잡았어.

"로즈." 부드러운 말투였어. "이런 식으로 넘어가면 안 돼요. 우린 친구잖아요. 안 그래요?"

나는 내 손목을 감싼 조엘의 손가락을 날카롭게 쳐다봤어. 그러자 조엘이 팔을 떨구며 날 놓아주었지.

난 화가 난 듯이 성큼성큼 걸어갔어. 확신이 굳어졌어. 조엘에 관한 내 판단은 옳았어. 다른 모든 남자들에 대한 판단도.

나는 정말 대프니는 거짓말하지 않을 거라고 믿었어.

그 모든 일이 있고 나서 여기 앉아 너에게 이 글을 쓰고 있는 지금, 난 정말 진심으로 시간을 돌리고만 싶어.

25

테오

테오는 차에 타고 나서도 래리와 나눈 대화가 머릿속을 계속 맴돌았다. 앞 유리에 벚꽃 잎이 떨어져 있었다. 마치 축하할 때 뿌리는 색종이 조각처럼 보였다. 와이퍼를 작동시켰지만 후드 위쪽 홈에 들어간 꽃잎은 닦아낼 수 없었다.

어떤 젊은 여자가 아버지를 성폭행으로 신고했고 1년도 안 돼서 죽었다.

테오는 시동을 걸고 내비게이션에 집 주소를 입력했다. 그리고 출발하려는데 서둘러서 다가오는 래리가 보였다. 테오는 창문을 내렸다.

"그 아가씨 이름이 생각났네. 자네 아버지를 고발했던 아가씨. 샌드라가 아니었어. 신시아야. 신시아 파슨스. 스물세 살이었네."

스물셋. 너무나도 끔찍한 기분이 들었다.

테오는 래리에게 감사를 전하고 손을 흔들어 작별 인사를 나누었다. 그리고 거리를 빠져나가면서 차 뒷거울로 점점 작아지는 래리를 지켜봤다. 불쑥 아버지에 대한 증오가 끓어올랐다. 테오는 운전대를 꼭 움켜쥐었다. 운전대를 감싼 인조 가죽이 아버지의 근육질 목이라고 상상했다. 하지만 테오는 곧 손에서 힘을 뺐다. 폭력은 테오가 타고난 본성이 아니었다. 아버지에게 미친 듯이 화가 치밀어 오르기는 했다. 그래도 아버지에게 폭력을 쓰지는 못할 것이다. 그랬다가는 아버지와 다를 바 없는 인간이 될 테니까.

그 여자가 거짓말을 했을지도 모르지. 머릿속에 이 생각이 떠오르자 테오는 믿고 싶었다. 세상에, 얼마나 믿고 싶었는지 모른다. 하지만 그럴 수 없었다. 테오는 그 여자를 생각했다. 1970년대 중반이었다. 아버지 같은 남자가 온갖 힘을 쥐고 있을 때. 신시아는 자기 얘기를 들어달라고 죽을힘을 다해 호소했을 것이다. 지금 신시아를 믿어주지 않는다면 테오도 당시 사람들과 똑같아진다. 미친 생각 같지만 순간적으로 엄마가 살아서 이 얘기를 듣지 않아도 된다고 생각하니 그나마 다행이라는 안도감이 들었다. 이 사실을 알았다면 엄마는 어떻게 했을까? 아버지와 헤어질 힘이 엄마에게 있었을까?

라디오에서 악틱 몽키즈의 〈넌 내 거야?R U Mine?〉가 나왔다. 테오는 볼륨을 격하게 올렸다. 생각을 잠재우고 싶었다. 이제 어떻게 해야 할까? 알아낸 사실을 아버지에게 들이대 봐야 얻을 게 없었다. 아버지가 갑자기 테오의 말에 수긍해서 자신이 한 일을 인정할 턱이 없다. 오히려 또 화를 내면서 방어적으로 험악하게 굴 터였다.

그러자 또 다른 생각이 머릿속에 떠올랐다.

아버지가 성폭행을 할 수 있는 사람이라면 그동안 또 무슨 끔찍한 일을 저질렀을까?

젠은 침대에 앉아서 〈프렌즈〉를 보고 있었다. 테오는 약속했던 대로 오는 길에 주유소 매점에 들러 몰티저스를 큰 봉지로 사 왔다. 유혹하듯이 초코볼 봉지를 달랑거리며 침실로 들어가자 젠의 눈이 빛났다. 방에 들어가기 전에 불안한 얼굴 위로 기분 좋아 보이는 가면을 쓰는 것도 잊지 않았다.

"완벽해." 젠이 무릎걸음으로 다가와 테오의 팔에 목을 둘렀다. 덕분에 무릎이 푹신한 매트리스에 쑥 들어갔다. 테오는 옷도 벗지 않고 침대로 기어 올라가서 아내 옆에 누웠다.

"좀 어때?" 테오가 물었다. 젠은 자리를 잡고 앉아서 몰티저스 봉지를 열고 입에 초코볼을 한 움큼 밀어 넣었다.

"아까보단 괜찮아." 젠이 초코볼을 잔뜩 물고 중얼거렸다. 테오에게도 하나 내밀었지만 테오는 고개를 저었다.

젠은 일시 정지 버튼을 눌렀다. 텔레비전에서는 두 사람이 수도 없이 같이 봤던 에피소드가 나오고 있었다. 테오가 매우 좋아하는 에피소드였다. 내기 끝에 여자들이 살던 아파트를 남자들이 차지하는 얘기다. 젠은 아마 토씨 하나 틀리지 않고 대사를 따라 할 수 있을 것이다. 위로 에피소드. 젠이 이렇게 부르는 것도 당연했다. 테오도 내용을 기억하고 있었다. 이 에피소드에서 피비가 임신 사실을 확인한다.

"그래서?" 우물거리던 초코볼을 삼키며 젠이 물었다. "어떻게 됐어?" 눈에는 걱정이 어렸다. "당신 표정이 많이 안 좋아 보여."

테오는 어깨를 으쓱했다. "내가 연기력이 좀 부족하지?"

"래리가 뭐랬는데?"

"아버지가 완전한 개차반이라는 증거를 말해줬어. 나한테 필요한 증거는 아니었지만."

"세상에, 테오."

테오는 젠을 흘낏 바라보았다. 아름다운 아내를 보자 말하고 싶지 않다는 생각이 불쑥 들었다. 젠이 자신을 볼 때 그런 끔찍한 짓을 저지른 사람과 혈연관계라는 생각을 떠올리지 않길 바랐다. 지금 두 사람은 층마다 방이 두 개씩 있는 빅토리아풍의 이층집에서 아이를 낳고 개를 기르는 꿈을 꾸며 순수하고 단순한 삶을 살고 있다. 이런 삶을 더럽히고 싶지 않았다. 테오는 래리 나이트의 집에서 본 사진들을 다시 떠올렸다. 젠과 함께, 아직 태어나지 않은 아이와 함께 간절히 만들고 싶은 미래를 떠올렸다. 그리고 이 모든 것을 더럽히겠다고 위협하는 아버지의 망령을 떠올렸다.

하지만 테오는 젠에게 사실을 숨길 수 없었다. 아내에게 비밀을 숨기는 남자가 되고 싶지 않았다. 자신은 아버지와 다르다.

테오는 젠에게 모든 것을 털어놓았다.

두 사람은 서로 끌어안고 초콜릿을 먹어 치우면서 아버지의 죄악 때문에 자신들의 삶이 망가지는 일이 있어서는 안 된다고 굳게 다짐했다. 그러고 나자 테오에게 어떤 아이디어가 떠올랐다.

"우리 윌트셔에 가보는 게 좋겠어. 그 집 주인들을 만나보자. 아버지가 왜인지 그중 한 사람한테 관심이 있잖아. 그 이유를 알아야겠어."

"정말 그러고 싶어? 어쩌면 과거는 그냥 묻어두는 편이 나을지도 몰라."

테오는 몸을 빙글빙글 돌려서 다리를 침대 밖으로 내린 뒤 젠을 등지고 가장자리에 걸터앉았다. "…… 그럴 수 없어."

어깨에 젠의 손길이 느껴졌다. "어머님 때문이야?"

테오는 고개를 돌려 젠을 바라봤다. "계속 엄마가 돌아가신 날에 대해 생각하게 돼."

"뭘?"

"그건 사고였어. 다들 그렇게 말했지. 하지만 아버지가 엄마한테 무슨 짓을 한 거라면?"

"무슨 짓? 어머님을 밀었다고?"

"아버진 그 계단에서 날 민 적이 있어."

"뭐, 세상에……."

"동정을 바라고 한 말은 아니야."

젠이 얼굴 위에 흘러내린 붉은기 도는 금발을 걷어냈다. "나도 알아. 하지만 당신이 말했잖아. 그 일이 있었을 때 아버지는 일하고 계셨다고."

"아버지가 엄마를 민 다음 출근해서 아무 일 없었던 척 행동했을 수도 있다는 생각이 자꾸만 들어. 아버지가 화내면 얼마나 심한지 알잖아. 일부러 그런 건 아닐지도 몰라. 그런 다음 퇴근해서 엄마를 발견한 척하는 거야. 엄만……" 목소리가 갈라졌다. 테오는 당황해서 말을 멈췄다. 엄마가 돌아가신 뒤로 한 번도 울지 않았다. "아버지가 집에 왔을 때 엄만 이미 돌아가신 지 몇 시간이 지난 뒤였대. 그때 경찰이 그랬어. 하지만 아버지가 진찰 시간에 성폭행을 할 수 있는 사람이라면, 어린아이를 밀치고 엄마를 때릴 수 있

는 사람이라면……." 테오는 신시아 파슨스가 자살하는 장면을 떠
올렸다. 래리는 신시아가 높은 주차 빌딩에서 뛰어내렸다고 했다.
의심의 여지가 없는 사실이었다. 아버지가 직접 밀진 않았어도 신
시아의 죽음은 아버지 책임이었다.

젠이 테오의 등을 쓰다듬었다. "그런 식으로 생각하면 안 돼, 테
오." 부드러운 말투였다. "당신이 당신 입으로 어머님이 돌아가셔
서 아버지가 절망에 빠졌다고 했잖아. 아버님이 다혈질이었다는,
아니 다혈질이라는 건 알아. 그래도 그건 일 때문에 스트레스가 심
해서였을 거야. 불행히도 당신이랑 어머님께 화풀이한 거지. 아버
님이 항상 두 사람을 사랑했을 거라고 난 믿어."

테오가 고개를 끄덕였다. 목이 메었다. 그 일이 일어났던 날 아
버지 얼굴에 나타났던 충격과 절망이 생각났다.

"신시아에 대해 알고 나서 달라졌어…… 모든 게."

두 사람은 침묵에 빠졌다. 젠은 계속해서 테오의 등을 쓸어주었
다. 그러다가 선언했다. "가자. 윌트셔에 가서 그 사람들 찾아보자.
그 사람들도 우리 의문을 풀어주지 못하면 뭐, 주말에 여행을 다녀
오는 셈 쳐도 좋지. 우리 둘 다 여행이 필요하잖아, 안 그래?"

26

새피

형사들을 배웅하고 나서 엄마에게 전화를 걸었지만 즉각 음성
사서함으로 넘어갔다. 메시지는 남기지 않았다. 엄마가 집에 올 때
전화하기로 약속했기 때문이다. 게다가 아직 오후 다섯 시도 되지
않았다. 아빠와 같이 점심 먹으면서 뭔가 성과가 있었을까. 앨런
하톨의 주소를 찾아냈을지 궁금했다. 분명 나한테도 계획을 알려
주겠다고 했으면서. 엄마는 늘 이런 식이다. 진지함과는 거리가 너
무 멀다. 아마 엄마가 언제 올지 내가 알고 싶을 거라고는 생각조
차 안 해봤을 것이다.

책상 앞에 앉아있는데 문 두드리는 소리가 나서 깜짝 놀랐다. 현
관으로 가서 유리 너머로 바깥을 엿봤다. 물방울무늬 블라우스를
멋지게 차려입은 여자가 밖에 서있었다. 나는 문을 당겨서 조금만
열었다. "누구세요?"

"사프란 커틀러 씨?"

"네."

"안녕하세요. 저는 나디아 배로즈라고 해요. 〈데일리 메일〉에서 나왔어요. 괜찮으시다면."

"관심 없습니다. 가세요." 나는 냉랭하게 말하고 대답도 듣기 전에 문을 쾅 닫았다. 다시 서재로 돌아갔다. 창문 밖으로 우리 집 진입로 끝에 모여 서있는 기자가 한 다섯 명쯤 보였다. 닐 루이섐의 이름이 벌써 공개된 것이 분명했다. 생각할 필요도 없다. 할머니에 관해 물어보려고 온 기자들이다. 서재 창문에는 블라인드도 커튼도 없다. 기자들한테도 내가 보일까? 악몽이 따로 없다. 톰은 회사에 있고 엄마도 없는데 나 홀로 이런 상황에 대처해야 하는 일이 없기만을 바랐다. 나는 손으로 머리를 감싸고 괴로워했다. 욕지기가 치밀어 올랐다. 그때 스노이가 내 다리에 몸을 문질렀다. 나는 몸을 숙이고 스노이의 머리를 쓰다듬어 주었다. 스노이는 내가 스트레스에 시달릴 때면 늘 이렇게 알아차린다.

휴대폰이 진동하는 소리가 나서 고개를 들었다. 아빠가 보낸 문자가 화면에 떠있었다. 안녕, 우리 딸. 실라 와츠에 관한 파일 메일로 보냈다. 엄마하고 점심 먹었어. 좋아 보이던데. 브로드스테어스에서 앨런 하톨 주소를 두 개 찾았어. 그래서 엄만 거기로 갔다. 사랑한다.

답장은 하지 않았다. 대신 메일을 클릭해서 열었다. 심장이 빠르게 뛰었다.

아빠는 약속한 대로 실라 와츠 파일의 내용을 사진으로 찍어서 보내줬다. 켄트 지방의 여러 신문사에서 실라의 익사를 다룬 기사 몇 개였다. 그리고 노트에서 잘라낸 듯한 종이도 몇 장 있었다. 종이에 뭐라고 썼는지는 알아볼 수 없었다. 온통 점과 기호만 있었기 때문이었다. 속기였다. 아빠가 전화 메시지를 받아 적을 때 쓰는 것을 본 적이 있었다. 스크롤을 계속 내렸다. 마지막 사진은 전국 규모의 신문, 아빠네 신문사에서 잘라낸 기사 사진이었다. 1978년에 작성된 기사였는데, 실라에 관한 것은 아니었다. 1950년대 초반에 있었던 사건을 다루고 있었다. 훑어봤지만 무슨 관련이 있는지 이해되지 않았다. 실라 파일에 잘못 들어간 건가 싶었다. 나는 맥이 빠져 의자에 몸을 기댔다. 파일에 새로운 정보는 없었다. 이메일을 닫으려고 하는 순간 마지막 기사에서 뭔가가 눈에 들어왔다. 기자 이름이었다. 자세히 들여다봤다. 기사를 쓴 사람은 닐 루이셤이다.

✳

곧바로 아빠에게 전화를 걸었다. 대충 들리는 소리와 뒤에서 나는 전화벨 소리로 미루어 아빠는 아직 뉴스실이었다. 나는 모든 일을 숨도 쉬지 않고 빠르게 설명했다. 그때 아빠가 정보원한테 방금 들었다면서 끼어들었다. 당연히 아빠한테도 정보원이 있었다. "일이 벌어졌을 때 할머니가 집을 비우셨을 수도 있어." 아빠가 말했다. "할머니가 그 집에 사실 때 그 사람이 죽었다고 해서 할머니가 반드시 그 일을 아신다는 뜻은 아니야. 하숙인이 있었다면 더더욱."

"알아요. 그런데 좀 이상해요. 아빠가 보내준 파일에 있는 기사, 바로 그 사람이 쓴 거예요." 생각하니 팔에 소름이 돋았다. "닐 루이셤이 1970년대 말에 〈미러〉에서 일한 것 같아요."

"어쩐지 들어본 이름 같더라. 하지만 우리 신문사에서 일했다고 해도 아빠가 들어오기 한참 전 일이야. 뭔가 알아낼 수 있는지 찾아볼게. 프리랜서였을지도 몰라. 그 기사는 실라에 관한 거였니?"

"아니에요. 일종의 요약 기사 같아요. 실라 이름은 안 나와요. 참!" 갑자기 생각이 났다. "아빠, 혹시 사진에 있던 속기 해석하실 수 있어요?"

"아, 그거. 아빠도 봤어. 그런데 안타깝게도 피트먼식 같더라. 아빠는 티라인 속기밖에 못해. 하지만 주변에 아는 사람 있나 물어는 볼게. 나이 드신 분들 중에 아시는 분이 계실지도 모르니까."

"고마워요, 아빠." 불쑥 아빠에게 미안한 마음이 들었다. "이런 거 부탁해서 죄송해요. 아빠도 엄청 피곤할 텐데. 언제 퇴근해요?" 아빠가 좋은 여자 친구를 찾으면 좋겠다. 일을 너무 많이 해서 걱정된다.

"뭘 부탁하든 아빠한테는 절대 미안해할 필요 없어." 온화한 말투였다. "그리고 아빠 금방 퇴근할 거야. 참, 새피. 기자들이 더 귀찮게 굴면 그냥 〈미러〉의 유안 커틀러가 우리 아빠라고 말해라. 그럼 다들 입 다물 테니까!"

전화를 끊을 때는 기분이 훨씬 나아졌다. 일어나서 창밖을 보니 마침 남아있던 기자 세 명도 언덕 아래로 내려가고 있었다.

엄마 휴대폰으로 다시 전화를 했는데 이번에도 받지 않았다. 형사들이 가고 나서 세 번째로 건 전화였다. 마음이 온통 불안에 휩싸였다. 평소 엄마가 내 전화를 받지 않는 일은 거의 없었다. 엄마한테 무슨 일이 생겼으면 어떻게 하지? 엄마가 만난 앨런 하톨이 노인과는 거리가 먼 사이코패스라면? 엄마는 너무 열정적이라 위험 따위는 떠올리지도 않았을 것이다. 게다가 엄마는 자기가 무적인 줄 안다. 어릴 때 도시로 나갔다가 히치하이크를 해서 돌아왔다는 얘기를 할머니한테 들었다. 할머니는 내 안전을 바라며 경고 삼아 얘기했겠지만 그럴 필요는 없었다. 나라면 그렇게 무책임한 행동은 하지 않을 테니까.

엄마에게 새로운 소식이 있으니 빨리 전화해 달라는 메시지를 남긴다.

하지만 8시가 돼도 엄마한테 연락이 없다.

날이 저물어 가고 남은 햇살이 숲 뒤편에서 새어 나오며 반짝였다. 시골집 내부는 어둡고 우울해 보였다. 하지만 불을 켜기에는 너무 일렀다. 톰이 6시 34분 기차를 탔다고 문자를 보냈으니 앞으로 30분 안으로 올 것이다. 나는 부엌으로 가서 루이보스 차를 우렸다. 그리고 보기 싫은 하부 장에 맨발로 기대섰다. 발 위에 엎드린 스노이의 존재에 위로를 느꼈다. 이제 이 집에 있는 것이 불안해지기 시작했다. 현실이 그랬다. 유골 때문만은 아니었다. 그것만으로도 충분히 나쁜 일이었지만, 오전에 웬 탐정이 나타난 것도 한몫했다. 그는 할머니가 자기 의뢰인이 돌려받아야 하는 문서를 가지고 있다고 주장했다. 할머니 상자를 다시 찬찬히 살펴봤지만 탐정을 고용할 만큼 중요해 보이는 것은 아무것도 없었다.

할머니. 탐정이 나한테 아무것도 얻어내지 못하면 할머니를 직접 만날 수도 있다. 머그잔을 쾅 내려 내려놓았다. 덕분에 안에 든 차가 넘치면서 조리대 위로 흘러내렸다. 나는 주머니에서 휴대폰을 꺼내 요양원에 전화를 걸었다.

"엘름스 브룩 요양원, 조이 로빈스입니다."

"조이, 안녕하세요. 저 새핀데요. 로즈 할머니 손녀요."

"아, 안녕하세요, 새피. 잘 지내……"

"혹시 누가 할머니 얘기하면서 연락하지 않았나요? 데이비스라는 남자가요."

"음…… 아니요. 그런 연락은 없었던 것 같아요. 왜 그러세요?"

"할머니에 대해 물어보는 사람들이 좀 있었거든요. 어떤 남자는 자기가 탐정이라면서 접근해 왔어요. 그 사람이 직원분들이나 할머니를 귀찮게 할까 봐요. 요양원에 찾아가서 할머니를 만나는 일도 없으면 좋겠고요."

"아, 그렇군요……. 별일이 다 있네요. 걱정 마세요. 저희 요양원은 아무나 쉽게 방문할 수 없습니다." 조이의 퉁명스러우면서 단호한 말투가 권위적이라 오히려 안심되었다.

"고마워요. 그리고 혹시…… 누가 와서 할머니를 만나고 싶다고 하면 저한테 먼저 연락해 주실 수 있을까요?"

"물론이죠."

"감사합니다. 그리고 할머니는 좀 어떠세요? 내일 만나러 가긴 하겠지만 그래도요."

"괜찮으세요. 오늘은 약간 착각하시는 정도였어요. 절 자꾸 멀리 사라고 부르시더라고요."

"멀리사라고요?"

조이가 웃었다. "절 보면 예전에 아시던 분이 생각나시는 거예요. 별일 아니에요. 많은 분들이 그러시거든요. 그럼 내일 봬요."

전화를 끊는데 현관문 쪽에서 쿵 소리가 났다. 놀라서 휴대폰을 떨어뜨릴 뻔했다. 그때 열쇠로 자물쇠를 여는 소리와 스노이에게 인사를 건네는 톰의 목소리가 들렸다. 안도감에 긴장이 풀리자 기운이 다 빠졌다.

어이가 없다. 나는 불안으로 엉망진창이 되어버렸다. 온종일 이 집에서 혼자 지냈다는 이유만으로 이렇게 초조해졌다.

톰은 헬멧을 쓰면 조금 바보 같아 보인다. 헬멧을 벗기도 전에 품속으로 달려들자 톰이 놀란 표정을 지었다.

"새피, 무슨 일이야?"

나는 톰을 거실로 데려갔다. 톰은 소파에 걸터앉아 헬멧을 벗었다. 머리카락이 납작하게 눌렸다. 내가 두서없이 오늘 있었던 일을 마구 쏟아내는 동안 톰은 말없이 나를 지켜보았다. 내 이야기가 끝나자 톰의 눈빛이 분노로 번쩍였다. "빌어먹을 데이비스라는 놈은 자기가 뭐라도 된다고 생각하는 거야? 죽고 싶나!"

"톰……"

"어떻게 사람을 그런 식으로 겁을 주냐고, 뻔뻔하게."

"난 그 사람 의뢰인이 누군지가 더 신경 쓰여. 할머니한테 있다는 문서가 대충 어떤 건지도 말해주지 않았어." 한숨이 나왔다. "모르겠어. 일이 점점 커지는 기분이야. 생각보다 큰일이 벌어지고 있어. 근데 무슨 일인지 전체적인 그림은 보이지 않는단 말이야. 계속 더듬거리다가 시궁창 속으로 점점 더 깊게 들어가는 것 같지 않아? 게다가 이젠 엄마도 진짜 앨런 하틀인지 뭔지 잘 모르는 남자를 만난다고 망할 브로드스테어스로 가버리고는 연락도 없어. 뒷마당은 범죄 현장이고, 기자들은 말할 것도 없고. 현관문만 열면 누가 달라붙어서 말을 걸어. 이건 뭐, 가택 연금이라도 당한 것 같잖아!" 숨도 못 쉬고 분노를 쏟아낸 다음 손으로 머리를 감싸고 톰 옆에 주저앉았다. 어깨가 떨려왔다. "크로이던을 떠나지 않았으면 좋았을걸." 입을 막은 손가락 틈새로 한마디 내뱉었다. 눈물이 뺨을 타고 흘러서 청바지 위로 뚝뚝 떨어졌다. "전부 다 지긋지긋해, 톰. 여기 오는 게 새로운 출발이 될 거라고 믿었단 말이야. 아기를 위해서도…… 근데 이제 작은 방에는 들어가고 싶지도 않아. 뒷마당이 보이니까. 유골이 있었던 구덩이를 보면……"

톰이 나를 끌어당겼다. 차가운 가죽 재킷이 볼에 와 닿았다. "내일 병가 낼게. 혼자 두지 않을게."

나는 놀라서 몸을 일으켰다. 톰은 한 번도 회사에 병가를 낸 적이 없었다. 식중독에 걸렸을 때도 지하철에 멀미 봉투를 들고 타면서까지 출근했다.

"톰, 그럴 순……"

"나한테 주어진 권리잖아, 안 그래? 그리고 내일은 널 혼자 두고 싶지 않아. 인테리어 작업도 할 수 있고. 건설업체에도 전화할게. 언제 다시 와서 작업할 수 있는지 물어봐야지. 이번에도 핑계 대면서 미루면 다른 데를 알아보자. 그럼 더는 구덩이 볼 일이 없을 거야."

"엄마가 올 시간이 지났어……." 엄마 생각에 불안과 걱정이 다시 몰려왔다. "지금 몇 시야?"

톰이 시계를 확인했다. "8시 반 조금 넘었어." 톰은 일어나서 어깨를 으쓱하며 뒤로 젖혀 재킷을 벗었다. "전화하는 걸 잊어버리시다니 어머니답지 않은데? 평소 같으면 종일 폰 붙들고 계실 텐데."

"그러니까." 나는 휴대폰을 집어 다시 엄마에게 전화를 걸었다.

곧장 음성 사서함으로 연결되었다.

10시가 되어도 엄마는 오지 않았다.

자동차 소리가 들리면 택시이길 바라면서 창가로 달려갔다. 하지만 헛수고였다.

"경찰에 전화해야 할까?" 톰에게 물었다. 앞에 놓인 텔레비전에 DVD로 〈더 와이어〉[18]를 틀어놨지만 우리 둘 다 집중해서 보지 못하고 있었다.

"경찰은 움직이지 않을 거야. 성인이 실종된 상황에서는 24시간인가 지나야 조사하지 않아?"

나는 심호흡을 하며 공포를 억눌렀다. 어떻게 해야 할지 몰랐다. 불안이 온몸으로 흘러나오는 느낌이었다. 엄마가 자유로운 영혼이라는 것은 알고 있다. 그래서 스페인에 있을 때는 걱정한 적이 없다. 하지만 이번에는 뭔가 이상했다. 엄마가 전화를 안 할 리 없다. 무엇보다도 이 일을 같이 헤쳐나가기로 했다.

크로이던의 아파트에서 가져왔지만 이 집 창문과는 크기가 맞지 않는 회색 커튼을 들췄다. 바깥은 어두웠다. 길을 밝혀줄 가로등도 없었다. 하늘에는 반쯤 구름에 가려진 가느다란 초승달이 걸려있다. 무겁고 숨 막히는 밤이다. 마치 두꺼운 담요가 내 차와 톰의 스쿠터를 감싼 듯했다. 덕분에 평소라면 별거 아닌 것들이 위협적으로 보였다.

"그만 봐." 톰이 부드럽게 말했다. "괜찮으실 거야."

"그럼 왜 전화를 안 하는데?" 울먹이며 소리를 질렀다. 나도 모르게 양손 모두 주먹을 꼭 쥔 채로 몸에 바짝 붙이고 있었다.

엄마한테 뭔가 나쁜 일이 생겼을 것이라는 기분을 떨쳐낼 수 없

18. 마약 범죄 수사를 다룬 미국 드라마

었다. 그것도 이 모든 일과 연관된 무언가가.

우린 대체 무슨 일에 말려든 것일까?

27

로나

로나는 캐러멜 마키아토를 들고 런던행 기차 창가 자리에 앉았다. 옆에 아무도 타지 않아서 기뻤다. 덕분에 몸을 좀 뻗었다. 기진맥진하고 약간 알딸딸했다. 마지막 와인 한 잔은 마시지 말았어야 했다.

벌써 8시가 넘었다. 게다가 런던에서 다시 치퍼넘행 열차를 타야 한다. 열차가 역을 벗어나기 시작하자 로나는 유리창에 머리를 기댔다. 지는 해가 하늘에 보라색과 복숭아색 줄무늬를 자아내고 있었다. 로나는 앨런과 나눈 대화, 대프니와 실라가 동일 인물이라는 가정을 곱씹어 보았다.

다시 몸을 똑바로 일으켰다. 새피! 하루 종일 새피한테 전화를 하지 않았다. 망할. 집에 갈 때 전화하겠다고 약속했었는데. 로나는 휴대폰을 찾으려고 가방 안을 뒤졌다. 어디로 갔지? 가방 안에는 잡다한 것들이 넘쳐났다. 오래된 영수증, 명함, 수첩, 펜 두 자루,

지갑, 화장품. 하지만 아무리 찾아도 휴대폰은 나오지 않았다. 로나는 좌석 등받이에 털썩 기댔다. 어딘가에 떨어뜨린 것이 틀림없었다. 아니면 카페에서 나올 때 테이블 위에 놓고 왔나? 앓는 소리가 흘러나와서 맞은편 좌석에 앉은 남자가 놀란 듯 바라보았다. 로나의 삶 전체가 휴대폰 안에 들어있다. 머리로는 전화번호를 하나도 기억하지 못했다. 요즘 누가 그런 걸 외우나. 휴대폰이 없으니 돌연 벌거벗은 느낌이다. 나약해진 기분이다. 사람을 손바닥만 한 짜증스러운 기계에 의지해서 살아가게 하다니. 로나는 속으로 현대 사회와 기술 발전을 욕했다. 그리고 소리를 지르고 싶은 충동을 참았다. 이제 어떻게 해야 할까? 치퍼넘 역 앞에 택시가 서있기를 바라는 수밖에 없었다. 아니면 베거스 눅까지 걸어가야 할 테니까. 아무리 못해도 8킬로미터는 넘는 거리다. 게다가 휴대폰이 없으면 길도 찾지 못한다.

로나는 빠르게 스쳐 지나가는 켄트 지방의 시골 풍경을 바라보며 어쨌든 지금은 아무것도 할 수 없다고 생각했다. 커피를 마시면서 쉬는 것 말고는 달리 선택지가 없었다.

11시가 넘어서야 두 번째 열차가 치퍼넘 역에 도착했다. 로나는 새피와 톰이 너무 걱정하고 있지 않기를 바랐다. 미안함에 가슴이 아팠다. 로나에게는 열쇠가 없었다. 그러니 두 사람은 로나 때문에 늦게까지 잠들지 못한 채 기다리고 있을 터다.

역은 텅 비어있었다. 같이 내린 승객 세 명이 어둠 속으로 사라졌다. 로나는 몸을 떨며 트위드 재킷을 꼭 여몄다. 빈 플랫폼에 또각거리는 구두 소리가 울려 퍼졌다. 로나는 걸음을 재촉했다. 이제 집에 가고 싶었다. 새피한테 돌아가서 오늘 알아낸 것들을 말해주고 싶었다.

입구에는 기다리고 있는 택시가 없었다. 텅 빈 도로만이 눈앞에 펼쳐졌다. 이제 어떻게 하지? 다른 사람 휴대폰을 빌려야 할까? 열차 안에서 본 적이 있는 청년이 출입구 쪽에 서있다. 발치에 서류 가방을 내려놓고 헤드폰을 썼다. 양복과 어울리지 않게 빨간색 나이키 운동화를 신었다. 휴대폰을 들여다보며 스크롤 하느라 고개를 푹 숙이고 있다.

로나는 주저하며 청년한테 다가갔다. 미친 여자처럼 보일까 봐 걱정했다. 청년은 로나가 다가가자 헤드폰을 벗었다. "죄송한데요. 택시를 불러야 하는데 휴대폰 좀 빌릴 수 있을까요?"

"물론이죠." 청년이 웃음기 없이 말했다. "제가 불러드릴게요. 폰에 번호 저장해 뒀어요. 어디로 가세요?"

"베거스 눅이요."

청년이 웃었다. "베거스 눅? 거지들의 은신처[19]라고요? 대체 거기가 어디예요?"

로나는 억지로 웃음을 지었다. "근처에 있는 작은 마을이에요."

청년은 택시 회사에 전화를 걸었다. 그리고 전화기를 손으로 가리고 속삭였다. "이름이요?"

"로나." 로나도 속삭이며 대답했다. 왜 자기도 속삭이는지는 알 수 없었다. 청년이 이상하게 쳐다봤다.

"10분 뒤에 온대요." 청년은 전화를 끊으며 말했다.

"고마워요. 이렇게 도와주셔서……"

19. Beggars Nook, 영문을 뜻풀이한 농담

"가볼게요. 데리러 온 차가 와서요." 청년은 막 도착한 포드 피에스타를 향해 달려가며 말했다. 로나는 청년이 탄 차가 떠나는 것을 지켜보았다. 이제 완전히 혼자 남았다.

다행히 오래 기다리지 않아 택시가 도착했다. 로나는 안도하며 뒷좌석에 몸을 기댔다. 베거스 눅까지는 15분밖에 걸리지 않았다. "몇 번지라고요?" 기사가 마을을 통과해 새피네 집 쪽으로 달리며 물었다.

"스켈턴 플레이스 9번지요. 그냥 여기 어디 세워주세요." 로나가 대충 손을 흔들며 말했다. 이 언덕 위 어디인지 정확히 위치가 기억나지 않았다. 요금을 지불하고 차에서 내리자 택시가 바로 떠났다. 모퉁이를 돌아가니 깜빡이던 백라이트도 사라졌다. 로나는 완벽한 어둠 속에 남겨졌다. 어둠에 삼켜진 기분이 들었다. 왜 가로등이 없는 걸까? 로나는 언덕을 오르기 시작했다. 그래, 멀지 않아. 스스로 힘을 북돋우며 걸었다. 아는 길이 나왔다. 이 길을 따라가면 숲과 우체통이 나온다. 그렇다면 이제 두 집만 더 지나면 도착한다. 뒤에서 발소리가 들려왔다. 로나는 목덜미가 오싹해졌다. 택시에서 내릴 때는 주위에 아무도 없었다.

일은 순식간에 벌어졌다. 뒤에서 뻗어 나온 손이 로나의 입을 감쌌다. 반대쪽 팔은 가슴을 꽉 조여 왔다. 놀이 기구 철제 안전대처럼 꽉 조였다. 베거스 눅 같은 작은 시골 마을에서 이런 일이 벌어지다니 로나는 믿을 수 없었다. 비명조차 지르지 못했다. 남자 손이 얼굴을 너무 꽉 짓누르고 있었기 때문이다. 발로 차보려고 했지만 남자가 팔을 더 조여서 숨 쉬는 것조차 힘들었다.

남자는 로나를 뒤에서 잡아끌며 숲으로 가는 길까지 억지로 데려갔다. 로나는 저항하려고 애썼다. 구두 굽을 땅에 박고 버텨보려 했다. 하지만 남자의 힘이 너무 셌다. 샌들에 달린 굽이 부러져서 떨어져 나갔다. 로나는 너무 겁에 질린 나머지 요의까지 느꼈다. 진정하자고 되뇌었다. 진정하자. 진정하자.

이제 두 사람은 숲으로 가는 길에 들어서 있었다. 양옆에 있는 두 집은 높은 산울타리에 가려 보이지 않았다. 그러니 누구도 로나를 보지 못할 것이다.

"잘 들어." 남자가 으르렁거리며 말했다. 로나의 귓가에서 남자의 뜨거운 숨이 느껴졌다. "하라는 대로 하면 다칠 일 없어."

강간하려는 거야. 로나는 생각했다. 죽이지만 않으면 돼. 죽이지만 마. 숨죽이고 빌었다. 새피를 남겨두고 떠날 순 없다. 이제 곧 할머니가 될 텐데, 그럴 수는 없었다.

"로즈 그레이에 대한 정보가 필요해."

로나는 너무 놀라서 잠깐이나마 겁에 질린 것도 잊었다. 아무나 노린 범죄가 아니었다. 이 남자는 엄마를 알고 있었다. 목소리가 기억났다.

로나는 고개를 끄덕일 수밖에 없었다.

"로즈 그레이한테 증거를 어디 숨겨뒀는지 물어봐. 중요한 일이야. 물어보지 않으면 당신 딸이 다칠 줄 알라고."

오, 세상에. 새피는 안 돼. 절대 안 돼.

"뭐든 다 할게요." 로나가 손바닥에 입이 눌린 채로 대답했다.

"이제 손 뗄 거야. 소리 지르면 어떻게 되는지 알지? 그리고 경찰에 불면 다 아는 수가 있어. 내가 직접 로즈 그레이를 만나러 가는 건 싫겠지. 안 그래? 요양원이 어딘지도 다 안다, 이 말씀이야."

귀에서 맥박이 쿵쿵 뛰었지만 로나는 고개를 끄덕였다. 남자가 입에서 손을 뗐다. 하지만 얼굴을 볼 수 없게 여전히 뒤에 서서 다른 팔로 조이고 있었다.

"전화번호 대." 남자가 말했다.

"휴, 휴대폰 잃어버렸어요."

"말이 되는 핑계를 대야지."

로나는 울고 싶었다. "진짜예요. 가방 확인해 보세요." 로나는 여전히 가방을 어깨에 메고 있었다. 남자가 무게로 압박해서 가방을 움직일 수 없었다.

"그럼 명함에 있는 번호로 전화해. 무슨 명함인지는 당신 딸이 알 거야."

남자가 로나를 놓아주며 세게 밀쳤다. 덕분에 로나는 앞으로 넘어졌다. 무릎을 인도에 부딪쳐서 고통스러운 비명이 나왔다. 남자가 멀어지는 발소리가 들렸다. 숲을 향해 길을 따라 내려가고 있었다. 하지만 로나는 남자가 사라질 때까지 감히 돌아보지 못했다.

몸을 일으켰다. 다리가 젤리로 만든 것처럼 후들거렸다. 청바지 무릎에 구멍이 생겼다. 가장자리가 피와 흙이 묻어서 짙게 얼룩졌다. 로나는 절뚝거리며 길에서 빠져나와 왼쪽으로 돌았다. 도중에 부러진 샌들 굽을 주웠다. 걷는 내내 몸이 덜덜 떨렸다. 절뚝거리며 집으로 걸어가는 동안 다른 집들을 가리고 있는 덤불과 산울타리 때문에 범죄도 가려질 거라는 생각이 들었다. 강간당할 수도 있었다. 바로 이 길에서 살해될 수도 있었다. 하지만 그 누구도 무엇 하나 보지 못했을 것이다.

9번지가 보였다. 로나는 마음이 놓였다. 거실에 아직 불이 켜져 있다. 잘 맞지 않는 커튼을 사이에 두고 새어 나온 빛이 은은하게 퍼졌다. 로나는 절뚝거리며 진입로로 들어갔다. 신발에 굽이 없어서 발이 자갈 속으로 들어갔다. 미처 가까이 가기도 전에 문이 열렸다. 딸이다. 공포와 안도감이 뒤섞인 얼굴이었다.

"엄마!" 새피가 소리치며 로나에게 달려들었다. "아, 정말 엄청 걱정했잖아. 괜찮아? 무슨 일 있었어?"

로나는 자기를 안으로 데려가서 소파에 앉히는 새피에게 겨우 고개를 끄덕였다. 벽난로 옆에 서있던 톰은 로나를 보자마자 얼굴이 하얗게 질렸다. 그 모습을 본 로나는 미친 듯이 웃고 싶은 충동을 억눌러야 했다.

"그 남자가…… 날 덮쳤어." 로나가 설명했다. "그 미친놈이 날 확 붙잡는 거야. 기다리고 있었던 게 분명해. 휴대폰 잃어버렸어. 전화 못해서 정말 미안해."

"그게 무슨 소리야! 그런 건 지금 신경 쓰지 마." 새피가 옆에 앉아서 손을 잡으며 말했다. "엄마 무릎에서 피가 나. 괜찮은 거야? 누가 엄마를 덮쳤어?"

"어제 만난 그 남자 같아. 글렌. 자기 이름이 글렌이랬어."

새피가 눈썹을 찌푸렸다. "어제 만났다고?"

로나는 눈물을 참았다. 울 수 없었다. 겁에 질린 딸을 위해 강해져야 한다. "어제 내가 스노이 산책시킬 때 말을 걸었어. 그땐 꽤 예의 바른 사람 같았는데…… 인사하고 가다 보니까 뒤에서 엄마에 대해 뭐라고 하는 거야. 잘못 들었겠거니 했지. 하지만……"

톰이 화가 나서 서성거리기 시작했다. "이런 미친 말도 안 되는 일이 있다니. 경찰에 전화해야겠어. 새피, 반스 경사 전화번호가 뭐야?" 톰은 벌써 손에 휴대폰을 들고 있었다.

"안 돼!" 로나가 소리치며 일어섰다. 하지만 한쪽밖에 없는 굽 때문에 비틀거리다가 다시 자리에 앉았다. 발톱에 바른 매니큐어가 벗겨졌고 발도 더러웠다. "경찰에 알리면 안 돼. 그 남자가 다 아는 수가 있다고 했어. 그 남자 말이…… 엄마가 어디 있는지도 안대."

로나는 두 사람에게 모든 것을 털어놓았다. 전부는 아니지만 어쨌든 거의 모든 것을 이야기했다. 남자가 새피를 해칠 거라고 위협하던 부분은 빼놓았다. 딸에게 필요 이상으로 더 겁을 주기 싫었다. 이 모든 스트레스와 걱정이 아기에게도 좋을 리 없다. "그 남자는 엄마가 증거를 숨겼다고 했어. 어디 숨겼는지 알고 싶대."

"증거?" 새피의 얼굴이 창백해졌다. "그 남자가 그렇게 말했어? 할머니가 가지고 있는 문서라고?"

"음…… 잘 모르겠어. 문서라는 말은 없었던 것 같은데 잘 기억이 안 나. 엄마한테 물어보라고 했어. 명함 얘기도 했고." 로나가 말했다. "근데 무슨 말인지 못 알아들었어."

새피가 숨을 날카롭게 들이마셨다. "그 재수 없는 놈. 같은 놈이야."

"그게 무슨 말이야?"

"오전에 어떤 사람을 만났거든. 자기가 사설탐정이라면서 할머니가 가지고 있는 파일인지 문서인지 뭔지를 찾아달라고 누가 고용했다는 거야. 처음에는 아주 친절한 척했어. 근데도 그 사람이랑 얘기하다 보니까 점점 더 불안해지는 거야. 그 남자……" 새피가 몸을 떨었다. "아주 감정적이었어. 막판에는 무서워질 정도로. 갈 때 나한테 명함을 줬어. G. E. 데이비스라고 적힌…… 글렌. 동일 인물이 분명해." 새피는 커피 테이블로 가서 뭔가 집어 들더니 로나에게 건넸다. "이거 봐."

"합법적으로 활동하는 탐정은 아닐 거야." 톰이 계속 서성거리면서 말했다. "길거리에서 여자를 덮친다면 더더욱."

로나는 딸에게서 명함을 받았다. 조잡하고 전문성이라곤 찾아볼 수 없는 만듦새였다. 로나는 명함을 되돌려줬다. "그 남자가 꼭 집어서 말했어. 증거라고……."

새피는 스트레스에 지친 얼굴로 머리카락을 잡아당겼다. "오늘 경찰이 왔었어." 로나는 경찰이 다녀간 이유에 귀 기울였다. "형사들이 돌아갈 때 데이비스 전화번호도 알려줬어. 형사들은 알아보겠다고 했고. 그러니까 이번 일도 얘기해야 해."

로나는 전부 다 받아들이기가 힘들었다. 적어도 한 번은 살인이 일어났을 때 엄마가 이 집에 살고 있었다. 그 사실이 밝혀진 것으로도 모자라 이제 이런 일까지 당했다. 분명 어떻게든 연결된 일일 것이다. 로나는 몸을 숙이고 신발을 벗었다. 접착제로 굽을 다시 붙일 수 있을까.

"할머니는 대체 무슨 일에 말려든 거지?" 서성거리던 톰이 멈춰 섰다. 팔짱을 끼고 마치 로나 잘못이라도 되는 것처럼 분노에 찬 시선을 로나에게 고정했다. 로나는 엄마로서 책임감을 느꼈다. 자신이 해결해야 했다.

"우리 모두 자자." 로나는 몸을 일으키며 말했다. "내일 나하고 같이 요양원에 가자, 새피. 뭘 알아낼 수 있나 봐야지."

"엄마……."

로나는 손을 흔들었다. 그리고 걱정스러운 새피 얼굴과 화가 난 톰 얼굴을 둘러보았다. "너희 둘 다 좀 쉬어야 해." 최대한 엄하게 말했다. "내일 다시 얘기하자." 로나는 절뚝이며 거실을 나와 계단으로 올라갔다. 움직이니 무릎이 쑤셨다. 마음속에서는 분노가 커져갔다. 자기가 뭔데 감히 우리 가족을 위협하는 거야. 로나는 내일 경보기랑 최루 스프레이를 사야겠다고 다짐했다. 그 남자가 딸에게 손댄다면 끝장낼 셈이다.

28

로즈

1980년 2월

마을 광장에서 조엘을 만난 다음 날 눈이 내렸어.

네가 날 깨웠지. 서둘러 내 방으로 달려와서 침대 위로 뛰어올랐어. 흰색 긴 잠옷을 입은 네 모습은 천사가 따로 없었단다. "눈! 눈!" 넌 소리치며 날 흔들어서 깨우고 창가로 끌고 갔어. 발밑의 마룻바닥이 차가웠던 기억이 나. 넌 너무 귀여웠어. 안 그래도 큰 갈색 눈이 기쁨에 젖어 더 커졌고, 곱슬곱슬한 짙은 머리칼이 어깨까지 내려왔지. 굵은 눈송이가 쉴 새 없이 내려서 바닥에도 이미 눈이 쌓여있었어. 하늘은 진줏빛이라는 표현이 꼭 들어맞을 만큼 하얗게 빛났어. 덕분에 세상이 흰 담요에 감싸인 느낌이 들었지.

"오늘은 유아원 안 갈 거야! 이 눈을 뚫곤 못 가겠다." 난 침대로 다시 기어 올라가 뒹굴면서 말했어.

넌 신이 나서 손뼉을 마주쳤지. "눈사람!"

"그래, 눈사람. 이따가 만들자."

그때 침실 문가에 대프니가 나타났어. 파자마 바지 위에 두꺼운 양말을 몇 겹이나 겹쳐 신어서 바지가 부풀어 보였어. 구식 승마복을 입은 것처럼 보이더라. 길고 아름다운 머리는 얼굴을 둘러싸는 모양으로 대충 둥글게 말아 올렸어. "바깥은 말도 못하게 추워." 대프니는 연극을 하듯이 과장되게 손에 입김을 호호 불었어.

"눈! 눈!" 넌 노래를 불렀어. 대프니의 손을 잡아끌면서 빙글빙글 돌았지. 다 같이 둥글게 손을 잡고 동요를 부르며 빙글빙글 돌 때처럼. 대프니는 고개를 뒤로 젖히고 웃었어. 두 사람을 바라보고 있으니 너무 행복해서 가슴이 터질 것만 같았어. 세상에서 격리되어 이 작은 시골집에서 아늑하고 안전하게 지내는 우리 세 사람.

다른 사람은 필요 없었어.

우리는 거실 난로에 불을 피웠어. 대프니가 우유를 데워서 핫초코를 만드는 사이 나는 찬장을 뒤져서 앞으로 며칠 동안 먹을 음식이 충분한지 확인했어. 가게까지 가지 못할 수도 있으니까. 보통음식은 대부분 마을 식료품점에서 샀어. 하지만 한 달에 한 번은 싫어도 3킬로미터 정도 떨어진 로터리의 큰 마트까지 운전해서 가야 했어. 다행히 일주일 전에 막 다녀온 참이었지.

"콩 통조림도 많고 스파게티 후프 통조림[20]도 많아요. 그리고 어제 빵도 좀 얼려뒀어요." 내가 큰 소리로 말했어.

"내가 만든 홈메이드 수프도 아직 좀 있네요." 대프니가 내게 핫초코가 든 컵을 내밀며 말했어.

넌 벌써 식탁에 앉아서 후루룩 소리를 내며 핫초코를 마시고 있

20. 토마토소스에 익힌 고리 모양 파스타가 들어있는 통조림

었어. 짧은 다리를 달랑거리면서. 잠옷 아래로 왼쪽과 오른쪽을 바꿔 신은 노란색 장화가 보였어. "롤리, 착하지. 밖에 나가려면 옷부터 잘 챙겨 입어야 해."

"대피." 네가 일어서면서 외쳤어.

"이제 다 컸지? 옷은 스스로 입을 수 있지?" 나는 이렇게 말하면서 대프니를 슬쩍 봤어. 하지만 대프니는 널 바라보며 그보다 더 행복해 보일 수 없는 미소를 짓더라.

"당연히 도와줘야지." 대프니는 이렇게 말하며 네 손을 잡았어. "어서 가요, 롤리팝 공주님. 따뜻한 옷을 찾아봐요."

대프니는 항상 널 롤리팝 공주님이라고 불렀고 넌 그걸 참 좋아했어. 넌 대프니를 사랑했어.

그날 대프니는 너와 함께 마당에서 눈사람을 만들면서 많은 시간을 보냈어. 난 창문으로 조금 지켜봤지. 눈사람 머리가 굴러떨어질 때마다 다 같이 깔깔 웃었지. 그것도 몇 번이나. "보기보다 어려워요." 대프니가 입 모양으로 변명을 하더라. 눈이 계속해서 내려서 네 모자 위에 쌓이고 머리카락에도 달라붙었어. 마치 작고 흰 꽃을 엮어서 머리를 땋은 것 같았어.

나도 마지못해 마음을 단단히 먹고 밖으로 나갔어. 추운 게 정말 싫었거든. 하지만 대프니는 추위를 못 느끼는 것 같았어. 너도 마찬가지였고, 장갑이 축축하게 다 젖은 데다가 코와 뺨이 빨개졌는데도 말이지. 이쯤 되니 눈은 거의 네 장화 높이만큼 쌓여있었어. 대프니는 장화가 없어서 낡아빠진 통굽 부츠를 신었는데 방수가 되는 것 같진 않았어.

"이제 건포도랑 당근 찾아서 눈하고 코만 만들면 되겠는데." 눈

사람을 다 만든 다음 대프니가 일어서서 허리에 손을 올리고 자기가 만든 작품을 감상하며 네게 말했어. 넌 안으로 쪼르르 달려갔어. 그러고는 결국 의기양양하게 작고 쭈글쭈글한 당근 하나랑 통통한 건포도 두 개를 들고 나타났지.

"두 사람 다 뼛속까지 꽁꽁 언 것 같아." 내가 말했어. 그제야 눈이 거의 그쳐서 가끔 흩날리는 눈송이만 천천히 땅 위로 내려앉고 있었어. "콩 토스트 먹을 사람은 어서 들어가세요."

나중에 넌 침실에서 곰돌이 인형을 가지고 놀고 나와 대프니는 불 옆에 앉아서 차를 마셨어. 대프니의 손가락은 차가운 눈을 만진 탓에 그때까지 빨갰어. 대프니는 소파에서 다리를 뻗더니 내 무릎 위에 발을 올렸어.

나는 그대로 굳어버렸어. 대프니가 너무 친근하게 굴어서 당황했거든. 하지만 대프니는 전혀 의식하지 않았어.

내 발목을 살짝 두드리며 말하는 거야. "소파 위로 다리 올려요." 나는 머뭇거리다가 다리를 올렸어. 다리를 올리니 대프니 허벅지에 내 발이 닿았어. "봐요? 훨씬 편하잖아. 그렇죠?"

나는 미소로 대답을 대신했어. 정말 그랬거든. 자매가 있으면 이렇게 지내겠다는 생각이 들었어. 그게 전부라고. 아주 자연스러운 일이라고. 어색하게 느낄 필요는 없다고 생각했지. 그대로 긴장을 풀었어. 차를 마시며 컵 너머의 대프니에게 미소를 지었어.

대프니를 안 지 두 달도 채 안 되었지만 대프니는 우리 삶에 자연스럽게 녹아들었어. 그렇게 지금의 우리가 됐지. 마음 편히 같이 지낼 수 있는 사이가. 다정한 침묵 속에서 서로 말을 해야 한다는 부담 없이 앉아있을 수 있을 만큼. 우린 서로 무슨 생각을 하는지, 어떤 감정인지 알아차리고 거기에 맞춰서 행동할 수 있는 것 같았어. 문득 대프니가 거슬린 적이 없다는 사실을 알아차렸지. 대프니는 흥미로운 사람이었고 영리했어. 독립적이고 재미있었지. 착하고 사려 깊기도 했어. 너랑 놀아주는 방식, 네 곰돌이와 인형들에게 떠준 옷들, 돌아올 때 가져오는 작은 선물들에서 알 수 있었지. 선물은 네가 제일 좋아하는 스펀지케이크일 때도 있고 솔방울일 때도 있었어. 그건 은색 스프레이를 뿌려서 창턱에 올려뒀단다. 네 옷을 만드느라 몇 시간씩 재봉틀 앞에 앉아있기도 했어. 눈이 오기 일주일 전에는 몬스테라 화분을 가지고 나타났어. 어찌나 큰지, 화분에 대프니 머리가 가려져서 안 보일 정도였지. 차마 나는 식물 기르는 실력이 처참하다고 말하지 못했어. 화초들은 내가 돌보기만 하면 다 죽더라.

"여자 형제 있어요?" 아무것도 묻지 않는다는 규칙을 잊고 물었어. 대프니가 긴장하는 것이 느껴졌어. 하지만 놀랍게도 이내 고개를 저었지.

"없어요."

"나도 없어요. 부모님은요?"

대프니는 차를 한 모금 마셨어. 벽난로에서는 탁탁 나무 타는 소리가 났지. 대프니에 대해 내가 아는 건 런던 남부에서 자랐다는 사실 뿐이었어. 그것도 내가 부모님과 같이 살았던 동네하고 그리 멀지 않은 곳에서. 하지만 열한 살 때 이사를 했다고 하더라. 그때 이후로는 "안 살아본 곳이 없다."라고 했어.

대프니는 고개를 저었어. "길고 지루한 얘기예요. 난 집에서 혼자 튀는 골칫거리였거든요. 어떤 건지 알죠?"

몰랐지만 어쨌든 고개를 끄덕였어.

대프니는 내게서 고개를 돌렸어. 더는 아무 말 없이 그저 큰 눈에 슬픔을 담고서 불길을 바라보기만 했어.

몇 분 뒤 대프니는 다시 나를 똑바로 바라봤어. 표정이 조금 달라져 있었지. "난 항상 사람들과 어울리지 않고 혼자 지냈어요. 그동안 머물렀던 곳들, 같이 집을 빌려서 살았던 사람들, 항상 거리를 뒀어요. 하지만 자기는……" 대프니의 눈길이 부드러워졌어. "자긴 내가 스스로 가까워지고 싶다고 생각한 유일한 사람이에요, 로즈. 아주 길고, 긴 시간 끝에 처음으로 그렇게 생각했어요. 자기가 나 후회하지 않게 했으면 좋겠어."

난 얼굴을 붉혔어. "물론이죠. 그런 일 없을 거예요. 근데 물어봐도 돼요? 왜 나예요?"

"몰라요. 그냥 우린 같은 부류인 것 같아."

대프니 말이 맞았어. 나도 같은 느낌을 받았거든. 둘 다 다른 사람의 도움을 원하지 않았고 강해지겠다고 굳게 마음먹고 있었지. 하지만 상처를 입기도 했고. 대프니는 3년 전 그 끔찍했던 밤에 도망친 뒤 처음으로 가까워진 사람이었어. 게다가 대프니도 같은 경험을 했을 거라는 느낌이 있었어.

난 외동딸이어서 형제자매가 있는 게 어떤 느낌인지 모르고 자랐어. 하지만 그 순간 대프니한테서 느낀 친밀함은 자매가 있다면 어떤 느낌일지 상상했던 바로 그대로였어. 난 대프니를 흘깃 보았고 대프니는 내게서 눈을 떼지 않았어. 마음이 설렜어. 사실은 대프니에게 자매 이상의 감정을 느끼고 있다는 걸 알고 있었어. 대프니를 알면 알수록 그 감정이 더 깊어졌어. 대프니가 내 마음을 알 아차릴 수 있을지도 모른다고 생각하니 볼이 뜨겁게 달아올랐어.

대프니는 미소를 지었어. "그리고…… 롤리가 있으니까. 우리 셋 은 마치 내가 꿈꾸던 가족 같아요."

"나도 같은 생각이에요." 대답하는 내 목소리에 감정이 듬뿍 실 려있었어.

우리는 서로를 바라보며 수줍게 웃었어. 대프니가 손을 뻗어서 내 손을 잡고 부드럽게 손가락을 꼭 쥐었어. 그 순간 난 내가 대프 니를 위해서라면 뭐든지 다할 거란 사실을 알았지. 대프니를 돌보 고 지켜주고 싶었어. 이런 감정을 네가 아닌 다른 사람에게는 느낀 적이 없었어. 어쩌면 오드리한테는 느꼈을까. 지금 돌아보니 나 이 미 사랑하고 있었구나.

그때 네가 폴짝폴짝 뛰어서 들어왔어. 반쯤 옷을 입히다 만 바비 인형을 대프니 무릎 위로 대뜸 올려놓았지. 그리고 투덜댔어. "못 하겠어." 대프니는 웃음을 터뜨리며 널 다리 위로 안아 올렸어. 그 러고는 널 위해 바비에게 옷을 입혀주었지.

더할 나위 없이 완벽한 하루였어. 소파 위에 옹기종기 모여 앉은 우리 셋은 행복하고 안전했지. 난롯불이 활활 타오르고 밖에서는 조용히 눈이 내렸어.

우리가 계속 그렇게 지낼 수 있었으면 좋았을 텐데. 정말로 바랐 는데.

3부

29

테오

목요일 아침, 테오는 생각지 못하게 아버지 서재에 혼자 있게 됐다. 그냥 지나치기에는 너무 좋은 기회였다.

비밀을 캐낼 기회.

평소라면 테오는 이런 행동을 하지 않는다. 테오는 그런 사람이 아니다. 젠의 휴대폰을 살펴본 일도 없다. 몇몇 친구들이 자기 배우자한테 그러듯이 젠의 이메일을 몰래 확인할 생각도 전혀 없었다. 서로 신뢰하는 것이 테오에게는 아주 중요했다. 그리고 테오는 젠 또한 같은 생각이라고 믿었다.

아버지는 비밀을 숨기고 있는 변태 성욕자일지도 모른다. 테오는 이렇게 생각하며 양심의 가책을 달랬다.

테오는 오늘 아버지 집에 가고 싶지 않았다. 어제 래리와 만나고 나서 더욱 그랬다. 하지만 아버지와 다툰 일 때문에 죄책감이 들었다. 간밤에는 분노와 실망이 파도처럼 번갈아 가며 밀려왔다. 테오는 그 파도에 휩쓸려 거의 뜬눈으로 밤을 지새웠다. 그래도 죄책감은 여전히 틈새를 비집고 들어왔다. 마치 그릇에 달걀을 깨면 꼭 안쪽에 떨어지는 달걀 껍질 같았다.

일하러 가기 전에 아버지 집에 들르겠다고 하자 젠은 알 것 같다는 미소를 지었다. "그래, 당신 아버지라는 사실은 그대로니까." 부드러운 말투로 이렇게 말하고 입을 맞춰 작별 인사를 했다. 하지만 테오가 도착했을 때 아버지는 집에 없었다. 가정부인 메이비스도 막 나가던 참이었다. "아버지는 골프 클럽에 가셨어. 한참 있어야 오실 거야."

테오는 백팩을 보란 듯이 들어서 보였다. "아버지 드릴 음식 좀 가져왔어요." 거짓말이었다. "걱정 마시고 들어가세요. 저는 알아서 돌아갈게요."

"넌 좋은 아들이야." 메이비스는 테오의 볼을 애정 어린 손길로 토닥였다. 그러고는 버스를 타러 종종걸음으로 진입로를 따라 내려갔다.

이제 테오는 아버지 서재에 서있다. 세상에서 가장 나쁜 아들이 된 기분이었다. 어린아이였을 때도 아버지 허락 없이 서재에 들어간 적이 없었다. 서재는 출입 금지 구역이었다. 아버지의 명령을 감히 어기기라도 하면 죽음보다 더한 운명이 기다리고 있을 터였다. 굳이 들어가려고도 하지 않았다. 어릴 때는 서재에 있는 것들이 따분하고 재미없어 보였다. 아버지의 업무 자료나 볼품없는 골프 트로피뿐이었다. 하지만 지금은…… 지금 테오는 기대감으로 가슴이 뛰었다. 아버지는 아무것도 말해주지 않는다. 하지만 테오는 서재야말로 아버지의 수많은 비밀을 간직한 금고라는 사실을 알고 있었다.

테오는 서재를 둘러보았다. 벽에 장식한 나무 패널, 붙박이 선반과 장식장, 녹색 가죽 매트를 덧댄 책상으로 차례차례 시선을 옮겼다. 어디부터 시작해야 할까? 뭘 찾아야 할까? 서재에서는 비싼 머스크 향과 나무 광택제가 뒤섞인 냄새가 났다. 아버지 냄새다. 정말 터무니없는 생각이지만 테오는 항상 아버지한테서 중요한 냄새가 난다고 생각했다.

테오는 책상 뒤 벽에 있는 붙박이 선반 쪽으로 갔다. 양쪽에 있는 선반 아래에는 벽장문이 한 쌍씩 달려있다. 지난주 아버지가 성질을 부리던 때 뒤지고 있던 바로 그 벽장이다. 테오는 한쪽 문을 열었다. 바인더가 깔끔하게 쌓여있다. 하나를 꺼내서 내용을 훑어보았다. 오래된 세금 서류 같다. 다시 밀어 넣을 때는 순서가 뒤바뀌지 않게 주의했다. 순서가 바뀌면 틀림없이 아버지가 알아챌 것이다. 테오는 반대쪽 벽장을 열려고 했다. 그런데 그쪽은 잠겨서 열리지 않았다. 젠장. 이런 건 예상 못했다. 왜 잠갔을까? 서재에는 메이비스조차 얼씬도 못하게 하면서. 테오는 대신 책상 서랍을 열어보았다. 놀랍게도 잠긴 서랍은 없었지만 별로 중요한 것도 없었다. 집게로 묶은 영수증, 볼펜 한 팩, 고급 만년필, 골프클럽에서 받은 증명서, 약병 하나 정도였다. 약병을 들어서 라벨을 살폈다. 혈압약이다. 테오는 아버지에게 고혈압이 있다는 사실도 몰랐다. 다시 약병을 제자리에 뒀다. 뭔가 있을 것이 분명하다고 생각하니 다시 잠긴 벽장으로 시선이 갔다. 결과가 어떻게 되든 꼭 열어봐야 했다. 테오는 책상 서랍을 다시 열어 큰 클립을 두 개 찾아냈다. 그리고 클립을 V자 모양으로 구부려 그 끝을 자물쇠 안으로 밀어 넣었다. 한 번 해본 적이 있었다. 학교 다닐 때 친구들하고 럭비팀 녀석들을 골려준다고 스포츠 메달이 진열된 장식장을 열었었다. 그때 한쪽 끝을 아래로 누르고 반대쪽 끝을 빠르게 움직였던 기억이 났다. "열려라, 망할 자물쇠. 열려라." 테오는 이를 악문 채 중얼거렸다. 드디어 딸깍하는 소리가 들리고 문이 열렸다. 성공했어! 테오는 놀라서 바닥에 주저앉았다.

하지만 실망스러운 광경이었다. 벽장은 비어있었다. 노력이 다 물거품이 됐다. 텅 빈 벽장 따위를 잠가두다니. 테오는 이게 무슨 장난인가 싶었다. 아버지가 문 앞에 나타나 비웃는 게 아닌지 주위를 둘러보았다. 하지만 테오는 혼자였다. 왜 아버지가 빈 벽장을 잠가둔 것일까? 테오는 생각을 가다듬었다. 뭐든 안에 들어있던 것을 아버지가 더 안전한 곳으로 옮기지 않았다면 말이 안 됐다. 테오는 벽장 안을 살펴보았다. 안에 있는 선반도 살짝 눌러보았다. 아래쪽 선반이 손 밑에서 삐걱거렸다. 더 자세히 살펴보았다. 헐거운 것은 선반 자체라기보다는 나무판에 가까웠다. 테오가 누르니까 위쪽 판이 분리되면서 아래에 숨겨진 공간이 드러났다. 가슴이 쿵쾅거렸다. 안에 무언가 있다. 잘라서 모아둔 신문 기사가 조금 있었고 검은색 A4 크기의 파일을 그 위에 올려뒀다. 테오는 신문 기사부터 확인했다. 모두 2004년에 나온 엄마의 사고 관련 기사였다. 아버지가 기사를 보관해 둔 이유는 이해할 수 있다. 하지만 왜 숨긴 것일까? 그냥 잊어버린 것일까? 테오는 기사를 제자리로 돌려놓으며 생각했다.

이어서 테오는 파일을 펼쳐보았다. 투명한 플라스틱 슬리브가 있는 파일이었다. 휙휙 넘겼다. 대략 열다섯 장 정도 되는 슬리브에 사진이 들었다. 고정되지 않아 아래쪽으로 쏠린 상태였다. 그것 말고는 없었다. 테오는 첫 번째 사진을 꺼냈다. 컬러 사진인데 연한 갈색 톤으로 바랬다. 지금 테오와 비슷한 나이대의 여자 사진이었다. 사진 찍는 것을 모르는 눈치였다. 만삭의 임신부였다. 머리 모양이나 옷으로 보아 1960년대 말 아니면 1970년대 초 같다. 날짜나 이름이 있는지 사진을 뒤집어서 확인했지만 아무것도 없었다. 나머지 슬리브도 넘겨보니 모두 같았다. 몰래 찍은 여자 사진이었다. 하지만 이것이 전부였다. 가장 마지막 사진은 좀 더 최근에 찍은 것처럼 보였다. 아마도 10년 전, 많이 봐줘야 15년 전일 것이다. 확실히 21세기였다. 이렇게 공통점이 없어 보이는 여자들 사진을 아버지가 왜 가지고 있었을까?

불쑥 테오는 무서운 생각이 떠올랐다. 혹시 아버지가 이 여자들을 성추행하고 집착에 사로잡혀 스토킹하고 있는 건 아닐까? 끔찍한 시나리오가 수도 없이 떠올랐다. 공포 영화의 축약판이나 다름없었다. 테오는 파일을 탁 닫았다. 이건 말이 안 된다. 그런 짓을 했다면 이 여자들 중에도 고발한 사람이 있었을 것이다. 테오가 알기로는 신시아 파슨스 외에 그런 사람은 없었다. 테오는 이 여자 중 한 명이 신시아인지 궁금했다. 다시 파일을 열고 첫 번째 사진을 찾았다. 이름이라도 알면 더 조사해 볼 수 있을 텐데. 테오는 뒷주머니에서 휴대폰을 꺼냈다. 그리고 첫 번째 사진부터 시작해 총 다섯 장을 카메라로 찍었다. 자신도 왜 이러는지 정확히 몰랐지만 그냥 찍었다.

타이어에 자갈이 눌리는 소리가 났다. 깜짝 놀란 테오는 일어서서 서재 창밖을 내다보았다. 아버지가 테오의 낡은 볼보 옆에 벤츠를 세우고 있었다. 제기랄. 테오는 시간이 더 많을 줄 알았다. 아버지가 차를 보면 테오가 온 것을 알 것이다. 이 집에 혼자 있는 것도. 대학을 졸업하고 독립한 이후로 테오는 한 번도 그런 적이 없었다.

테오는 파일을 신문 기사 위에 다시 올려놓고 위쪽 판을 다시 끼웠다. 그리고 벽장문을 세게 닫았다. 가슴이 너무 쿵쿵거려서 귀에 뛰는 맥박이 느껴졌다. 테오가 서재에 있는 모습을 보면 아버지가 얼마나 미친 듯이 화를 낼지 상상만으로도 두려웠다. 문을 다시 잠그려고 애썼지만 아무리 클립을 움직여봐도 소용없었다. 이마에서 땀이 솟았다. 그냥 내버려 두는 수밖에 없었다. 아버지가 잠그는 것을 잊었다고 생각해 주기만을 빌면서.

테오는 다시 창가로 갔다. 아버지가 진입로에 서서 테오의 차를 보고 있다. 뒷머리를 쓰다듬으며 인상을 찌푸리고 있다. 그러다가 서재를 올려다봤다. 테오는 몸을 확 수그렸다. 젠장, 보였을까?

테오는 네발로 기어서 창가를 벗어나 서재 밖으로 나왔다. 정교한 장식이 있는 계단을 뛰어서 내려왔다. 부엌으로 뛰어드는 동안 운동화가 마룻바닥과 마찰해 끽끽거리는 소리가 났다. 아버지가 열쇠로 문을 여는 소리가 들렸다. 테오는 물을 한 잔 따르고 아일랜드 앞에 앉았다. 그리고 내내 거기 앉아있었던 척했다.

아버지가 신은 비싼 브로그 구두 밑창이 바닥에 닿는 소리가 복도에 울려 퍼졌다. 곧 아버지가 나타났다. 199센티미터의 거구가 문을 꽉 채웠다.

"여기서 뭐 하는 게냐?" 아버지가 으르렁거리며 말했다.

"메이비스가 들어오게 해줬어요. 저기 아버지에게 사과하고 싶었어요. 지난번 일을요."

아버지는 아들을 유심히 살펴보았다. 믿어야 할지 말아야 할지 모르는 듯했다.

"메이비스가 아버지 금방 오실 거랬어요." 테오 입에서 놀랍도록 술술 거짓말이 나왔다. 그래도 거짓말을 했다가 선생님에게 걸렸을 때처럼 얼굴이 붉어졌다.

아버지는 주전자 쪽으로 가서 스위치를 켰다. 피곤해 보였다. 눈 밑에 새로 생긴 주름이 보였다. 아버지는 양손을 허리 아래쪽에 대고 몸을 쭉 늘렸다.

"음식은 다 잘 챙겨 드세요?" 테오가 물었다.

"당연하지. 난 어른이야. 나 자신쯤은 돌볼 수 있다. 군대도 다녀왔는데."

세상에. 테오는 한숨을 쉬었다. 또 그 얘기야. 아버지는 병역의 의무를 마친 마지막 세대였다. 자라면서 테오는 귀에 못이 박히도록 군대 얘기를 들었다.

테오는 아버지가 차를 준비하는 모습을 지켜봤다. 폴로셔츠 아래로 드러난 햇볕에 그을린 팔이 근육질이었다. 언제나 아버지가 어떤 부류의 사람인지 안다고 생각했다. 엄격하고 구식이지만, 영리하고 대대로 물려받은 재산이 있다. 교육을 많이 받았고 사람을 통제하려 든다. 하지만 변태는 아니었다.

스토커도 사이코패스도 아니었다.

아버지 정말 그런 사람이에요? 테오는 속으로 물어보았다.

머그잔 벽에 티백을 누르는 아버지를 살펴보며 테오는 자기가 아버지를 사랑한 적이 있는지 의문이 들었다. 아버지를 동정했다.

그건 맞았다. 의무감도 느꼈다. 어머니가 돌아가신 뒤에는 책임감도 들었다. 하지만 사랑이라. 단정하기 힘들었다. 어린아이였을 때, 아버지가 자신을 사랑하고 보살펴줄 거라고, 늘 바라던 아버지가 되어줄 거라고 희망을 가득 품고 있었을 때는 그랬을지도 모르겠다. 아버지는 차갑고 이해하기 힘든 사람이다. 테오는 속으로 아버지를 위한 변명을 지어내는 것이 지긋지긋했다.

지금 이곳을 떠나서 다시는 돌아보지 않을 수도 있다. 엄마가 실망할까 봐 걱정되는 것만 빼면 그렇게 할 것이다. 테오가 다시는 찾아오지 않더라도 아버지가 눈썹 하나 꿈쩍할까 싶다.

"알겠어요." 테오가 높은 의자에서 내려오며 말했다. "가볼게요."

테오를 돌아보는 아버지는 놀란 얼굴이었다. "차 안 마실 게냐?"

테오는 망설였다. 같이 있어주기를 바라는 것일까? 아버지는 언제나 읽기 힘들었다. 화해하자는 뜻인가? 그때 래리가 한 말이 떠올랐다. 신시아 파슨스는 성폭행으로 아버지를 신고했다. 빨갛게 된 엄마의 눈, 엄마가 가리던 멍도 떠올랐다. 아버지가 마구 소리를 지를 때 어린 자신이 얼마나 겁을 먹었는지도 떠올랐다. 아버지의 푸른 눈을 들여다보니 이젠 나이가 들어서 흰자가 조금 노르스름해져 있었다. 동정심으로 가슴이 쓰렸다. 아버지는 노인이었다. 아마 외로울 것이다. "좋아요, 그럼." 테오는 모르는 사이 이렇게 대답하고 말았다.

30

새피

톰은 어젯밤에 말했던 대로 병가를 내고 집에 있었다. 내가 그럴 필요 없다고 했지만 듣지 않았다.

"그냥 그 남자가 다시 오지 않는지 확인하고 싶어." 톰이 아침을 먹으며 말했다. 비가 오고 있었다. 몇 주 만에 내리는 비다. 덕분에 집 안이 쌀쌀하고 축축하게 느껴졌다. 창문도 교체해야 한다. 하지만 지금 벌어지는 일들 때문에 움직일 여유가 없다. 비용은 더 말할 것도 없고. 잘 맞지 않는 창틀을 비집고 외풍이 스며들기는 하지만 부엌 확장 공사에만도 돈이 꽤 많이 든다. 나는 잠옷 차림으로 몸을 떨며 식탁 앞에 앉아서 유일하게 마실 수 있는 루이보스차를 홀짝였다. 엄마와 글렌 데이비스 때문에 밤새 잠들지 못하고 뒤척이면서 걱정했더니 몹시 피곤했다.

"우리 때문에 엄마가 위험해지는 건 싫어." 부엌으로 들어오는 엄마에게 말을 걸었다. 엄마는 옷 몇 벌을 팔에 걸치고 있었다. 그러고 보니 어제 엄마가 앨런 하툴을 찾아간 일이 어떻게 되었는지 얘기할 기회도 없었다.

"세탁기 써도 되니? 입을 옷이 다 떨어져서. 신발 하나 더 가져 오길 잘했지. 내가 제일 좋아하는 샌들이 망가지다니 못 믿겠어."

"저한테 주세요. 고쳐드릴게요." 톰이 일어서서 빈 접시와 컵을 싱크대로 가져가며 말했다. 무릎에 구멍이 난 페인트 얼룩투성이 청바지를 입고 있었다. 톰은 작은 방 작업을 시작할 생각이었다. 자기 나름으로는 그렇게 해서 내 기운을 북돋우고 싶은 모양이다. 톰은 내가 아기를 기다리는 설렘을 되찾고 이 집에 다시 정을 붙이 길 바란다. 내 마음속에서 다른 일들을 지우고 싶어 한다. 이런 톰 에게 하루하루 시간이 갈수록 점점 더 이 집이 우리 보금자리로 느 껴지지 않는다고 차마 털어놓을 수 없다.

옆에 둔 휴대폰이 진동하고 화면에 아빠 번호가 떴다.

"엄마 집에 잘 들어왔니?" 받자마자 아빠는 엄마 안부부터 물어 왔다.

"네." 나는 고개를 들고 날 보는 엄마에게 흘낏 시선을 던졌다. "휴대폰 잃어버렸대요. 전부…… 전부 다 괜찮아요." 집에 오는 길 에 누가 엄마를 덮쳐서 위협했다는 얘기는 하지 않기로 했다. 아빠 까지 걱정하게 하기 싫었다.

"아빠니? 아빠하고 얘기 좀 해도 될까?" 엄마는 자리에서 일어 나더니 내가 대답하기도 전에 전화를 뺏어서 귀에 가져갔다. "유 안? 응, 나야." 그러고는 부엌을 나가 복도로 가버렸다.

덕분에 두 사람이 무슨 얘기를 하는지 더는 들을 수 없었다.

"너무하네." 옆에 있는 의자에 미끄러지듯이 앉는 톰에게 불평했다. 같이 웃음을 터뜨렸지만 그 웃음에는 불안이 섞여있었다.

엄마는 5분 뒤에 돌아와서 전화기를 돌려줬다. 아빠랑 무슨 얘기를 했는지는 말하지 않았다. 대신 차를 한 잔 우려서 식탁에 앉았다. "좋은 생각이 있어." 엄마가 진지하게 말했다. "우리 다 같이 스페인에 가는 게 좋을 것 같아. 잠시 우리 집에서 지내면 돼."

나는 차를 뿜을 뻔했다. "농담하는 거야?"

"여기 계속 있는 건 안전하지 않아."

"하지만 일은 어쩌고? 할머니는? 그렇게 단순하게 생각할 일이 아니잖아……. 떠나다니."

"스페인에도 요양원 있어. 할머니도 같이 가면 되지."

"지금 가버리면 다시 돌아왔을 때 지금 이 문제들이 그대로 남아있을 거예요. 도망칠 순 없어요." 톰이 현실적으로 대답했다.

엄마는 항상 이런 게 문제다. 평생 만사 도망치는 것이 답이라고 생각하며 살았다.

이번에 엄마는 정확히 무엇에서 도망치는 걸까? 엄마가 나한테 말하지 않은 것이 있을까?

할머니를 만나러 가는 동안 엄마는 운전 중인 나에게 앨런 하톨을 찾아갔던 이야기를 해줬다. 톰은 스노이와 함께 집에 남았다. 작은 방의 벽지를 뜯어낸다고 했다. 톰이 이렇게 말했을 때 엄마 얼굴에 슬픈 기색이 스쳤다. 엄마는 그 벽지를 기억하고 있었다. 어릴 때 자기 방에 있던 벽지니까 엄마에게는 과거와 현재를 잇는 끈과 같았다.

집을 나서면서 잊지 않고 반스 경사의 전화번호를 톰에게 알려췄다. 혹시라도 데이비스가 집 주위에 숨어있는 조짐이 보일 때를 대비하기 위해서였다. 이따가 집에 들어가면 내가 직접 전화해서 엄마한테 있었던 일을 얘기할 생각이다. 길거리에서 엄마를 공격한 데이비스란 작자를 그냥 둘 수는 없다.

"그래서 엄마 생각엔 실라 와츠가 대프니 하톨의 이름을 쓴 거 같아. 할머니 집에서 하숙한 사람이 동일인이야. 분명해."

"그럼 할머니한테 거짓말한 거야?"

엄마가 어깨를 으쓱했다. "모르지. 도착하면 할머니한테 한번 물어보자. 아빠한테 실라 와츠랑 대프니 하톨에 대해 찾아보라고 부탁했어."

"실라는 내가 벌써 부탁했어." 이번에는 내가 실라 파일에 뭐가 들어있었는지 설명하고 다른 사건 기사에서 닐 루이셤의 이름을 찾았다고 말해줬다. "우리 진짜 경찰에 가야 해." 엄마가 반대할 것을 알면서도 말을 꺼냈다. "반스 경사가 전부 다 해결할지도 모르잖아."

"데이비스는 누구 밑에서 일하는 걸까? 대체 뭘 알고 있지?" 엄마가 말했다. "아, 염병 미쳐 돌아버리겠네."

"엄마!"

"욕해서 미안한데 사실이 그렇잖아. 할머니한테서 뭐 알아내는 건 말도 못하게 어렵고."

비가 세차게 내렸다. 앞 유리 와이퍼가 너무 오래 움직였는지 끼익끼익 하는 소리가 났다. 얇은 재킷을 입은 엄마가 떨고 있어서 히터를 더 세게 틀었다. 엄만 톰과 내가 레인코트를 빌려주겠다고 했는데도 거절했다. 엄마 머리는 나하고 비슷한 곱슬머리인데 더 짧아서인지 비에 젖으니 더 곱슬곱슬했다.

할머니는 정원이 보이는 유리문 옆에 앉아있었다. 늘 앉는 자리
다. 자주 드는 생각이지만 할머니는 온실에서 분주하게 보내던 나
날이, 적환무를 돌보고 주말농장에 알뿌리를 심던 때가 분명 그리
울 것이다. 여닫이창을 두드리는 빗소리와 열대성 더위가 합쳐져
서 휴게실이 아늑하게 느껴졌다. 할머니는 2년 전에 내가 사드린
녹색 스웨터를 입고 있었다. 앞에는 맞추다 만 직소 퍼즐이 있었
다. 전에 같이 했던 강아지 그림 퍼즐이다. 너무나 작고 쇠잔한 할
머니를 볼 때면 가슴이 떨린다. 매주 변함없이.

우리가 옆에 있는 의자에 앉자 할머니는 나와 엄마에게 미소를
지었다. 하지만 낯선 사람들한테 예의상 보여주는 그런 미소였다.
"나한테 볼일 있어요?" 할머니가 물었다. 옆에 앉은 엄마가 긴장하
는 것이 느껴졌다.

"할머니, 저예요. 새피요."

할머니의 눈이 밝아졌다. "새피!"

"엄마 딸도 왔어요. 로나예요." 엄마가 말했다.

"롤리!"

나는 눈꼬리에 맺힌 눈물을 닦았다. 아무도 못 봤길 빌었다. 할
머니가 엄마를 이렇게 부르는 것은 처음 들었다. 그래서 할머니가
과거로, 엄마가 어린아이일 때로 돌아가 있는 것일까 궁금해졌다.

"맞아요." 안도감이 역력한 목소리였다. 엄마는 할머니 손을 잡
았다. "저 롤리예요."

"미안하다, 롤리." 할머니 얼굴이 일그러졌다. "너무 미안해." 할
머니의 주름진 볼 위로 눈물이 흘러내렸다. 가슴이 산산이 조각나

264

는 것처럼 아팠다.

"뭐가 미안해요?" 엄마가 다정하게 말했다. 나와 잠시 마주친 눈에 걱정이 가득했다. 엄마는 다시 할머니를 바라보았다. "아무것도 미안해할 필요 없어요."

"경찰이 다시 온대니?"

"이제 경찰 걱정은 하지 말아요. 내가 알아서 할게요." 엄마는 단호하게 말하고는 마술사처럼 휴지를 꺼내 할머니에게 건넸다. 엄마는 항상 몸 어딘가에 휴지를 가지고 있는 모양이다. 그렇게 딱 붙는 옷만 입는데 어디에서 나오는지 정말 의문이다. 할머니는 휴지를 받아 눈물을 닦았다.

"엄마." 엄마가 걱정스러운 표정으로 날 바라보고는 머뭇거리며 할머니에게 물었다. "닐 루이섐이라는 남자 기억해요?"

할머니는 엄마를 보며 커다란 눈을 깜빡였다. 하지만 아무 말도 하지 않았다.

"실라 와츠는요?" 엄마가 캐물었다.

"실라 와츠?"

"네, 엄마가 전에 실라 얘기 했잖아요. 기억나요?"

할머니가 휴지로 볼을 눌러 눈물을 닦으며 날 쳐다봤다. "진이 그 여자 머리를 내리쳤어. 진이 그 여자 머리를 내리쳐서 다시 일어나지 못했어."

"진이 실라를 때렸다고요?" 내가 물었다.

"아니. 진이 수전을 때렸어. 수전은 죽었어." 할머니는 이제 짜증이 난 듯했다. 할머니 말을 우리가 알아들어야 마땅하다는 것처럼.

수전? 대체 수전은 또 누구야?

"수전이 마당에 묻혀있던 사람이에요?" 할머니가 겁내지 않게 부드럽게 물어보았다.

"마당에 묻혔는지는 모르겠다." 할머니가 미간을 찌푸리고 말했다. 손에 든 휴지를 잘게 찢고 있었다. "그 사람들이 어디다 묻었는지는 모르겠어."

"그 사람들이 누구예요, 할머니?"

"당연히 수전을 데려가려고 온 사람들이지. 그냥 거기서 피 흘리고 있게 내버려 둘 수는 없잖아. 안 그래?"

곁눈질로 보니 엄마도 당혹스러운 얼굴이었다.

"그래서 수전이 죽었어요?" 불안이 밀려와서 배 속이 꼬이는 느낌이었다. 할머니의 기억은 깨진 스테인드글라스 창문과 같다. 조각 하나하나는 따로 보면 의미가 없지만 순서를 맞추면 전체를 알 수 있다. "성은 기억나세요? 수전이라는 사람이요."

"월리스. 이름이 수전 월리스였어."

엄마가 숨을 헉 들이마시는 소리가 났다.

"할머니 말씀은 진이 수전 월리스를 죽여서 마당에 묻었다는 얘기지요."

할머니가 고개를 저었다. 괴로워 보였다. "아니, 아니, 아니야. 안 묻었어. 아니야. 하지만 진이 그 여자 머리를 내리쳤어. 진이 머리를 내리쳐서 그 여자가 죽었어."

"그럼 그게 1980년에 엄마가 시골집에 사실 때 있었던 일이에요?" 엄마가 몸을 기울이며 물었다.

"난…… 난 몰라……." 할머니가 손을 비비기 시작했다. 이제 할머니 무릎 위로 휴지가 형체를 알 수 없게 부서졌다. "언제 일인지 기억이 안 나. 난…… 너무 흐릿해." 할머니 얼굴이 주름으로 일그러졌다. 할머니가 나를 쳐다봤다. "이봐요. 저 사람 누구예요?" 할머니가 난데없이 불쑥 말했다. 마치 지금까지 대화를 나눈 일이 없는 것 같았다. 할머니는 엄마를 가리키고 있었다.

"로나잖아요. 할머니 딸이요." 대답하면서도 가슴이 천근만근 가라앉았다.

"아, 그렇지…… 그래……." 할머니는 우리에게서 고개를 돌리고 빗물이 튄 창문을 바라보았다.

나는 엄마를 보며 말했다. "더는 힘들 것 같아."

31

로즈

1980년 2월

눈에 갇힌 며칠 동안 우리는 집 안에서 눈부시게 아름다운 나날을 보냈어. 영원히 그렇게 살아도 좋았을 거야. 세상과 단절된 채로 우리 셋이서만. 우리는 텔레비전에서 흑백 영화를 보고 대프니가 직접 만든 수프를 먹었어. 난 특별히 너를 위해 케이크를 만들었단다. 두 번째 크리스마스를 보내는 기분이었어. 하지만 나흘째가 되자 실망스럽게도 길이 다 치워졌어. 반쯤 녹은 눈과 길가에 둑처럼 쌓아둔 누르스름한 눈 더미만 남았지. 난 널 유아원에 데려다줬어. 눈이 다져져서 얼음이 된 바람에 장화를 신어도 길이 미끄러웠어.

집으로 돌아오니 대프니가 얇은 패치워크 코트를 걸치고 있었어. 긴 머리는 포니테일로 묶었고.

"어디 가요?" 놀라서 물어봤지.

"일하러 가요. 계속 빠질 순 없잖아요." 대프니가 코바늘로 뜬 모자를 머리에 눌러 쓰면서 대답했어. "그러고 싶은 마음은 굴뚝같지만. 조엘한테 해고당하기는 싫거든요."

나는 조엘이 대프니에게 거절당하고 바로 해고하지 않은 점이 의외였어. 여전히 내가 안다고 생각했던 조엘과 대프니가 말한 조엘을 한 사람으로 받아들이려고 애쓰고 있었거든. 하지만 문득 깨달았어. 과거에 나는 남자 문제에 너무 순진했어. 나 자신의 판단을 더는 믿을 수 없었어.

감히 해고했다가 대프니가 무슨 짓을 할지 몰라서 조엘이 겁을 낸다는 생각도 들었어. 대프니는 그러려고만 하면 단호하고 거침없는 사람이 될 수 있으니까. 쓰레기 수거하는 사람이 봉투를 하나 남기고 갔을 때 대프니가 화내는 모습도 그랬지. 비둘기를 걷어차는 마을 청년한테 소리 지를 때도 그랬고.

대프니 없이 혼자 있으니 기분이 이상하고 집이 텅 빈 것 같았어. 대프니가 돌아올 때까지 시간이 가기만을 기다렸어. 세탁기를 돌리고 부엌 바닥에 걸레질하며 다른 데 신경을 쓰려고 애썼지. 그러다가 천천히 마을 광장으로 가 유아원에서 널 데려왔어. 모퉁이 가게는 열었는데 멀리사네 카페는 아직 안 열었더라.

대프니는 다섯 시에 근무가 끝났어. 술집이 저녁 장사를 시작하기 바로 전이지. 그래서 보통 다섯 시 반이면 집에 돌아왔어.

하지만 그날은 다섯 시 반이 지났는데도 대프니가 돌아오지 않았어.

바깥은 깜깜해졌지만 눈에 빛이 반사돼서 칠흑 같은 어둠은 아니었어. 밤하늘이 맑아서 별도, 우리를 둘러싸고 있는 숲의 어슴푸레한 형태도 잘 보였고.

"대피 어디?" 피시 너깃을 굽고 있는데 네가 물었어. 보통 대프니는 우리와 저녁을 먹었으니까. 너는 보고 싶은 것처럼 대프니의 빈자리와 식탁 매트를 쳐다봤어. 커다란 보라색 꽃이 그려져 있는 거 말이야.

"금방 올 거야." 가벼운 목소리로 말하려고 애썼지만 사실 두려워서 가슴이 무거웠어. 대프니한테 무슨 나쁜 일이 생겼으면 어떻게 하지? 대프니의 반격에 화가 나서 조엘이 폭력을 썼다면 어쩌지? 과거의 경험이 머릿속에 스쳐 지나가면서 대프니도 비슷한 일을 겪고 있을지 모른다는 생각에 몸서리를 쳤어.

한 시간쯤 더 기다리고 나니 더는 견딜 수 없었어. 널 조이스와 로이네 집으로 데려가서 돌아올 때까지 봐주실 수 있냐고 물었지. 예상했던 것처럼 두 분은 네가 오는 걸 반가워했어. 널 두고 가기는 싫었어. 하지만 어딘가에서 대프니가 위험에 처해 있다는 생각이 자꾸만 떠올랐어. 눈이 녹아서 생긴 더러운 진창길을 느릿느릿 걸어서 술집으로 갔어. 뒤에 있는 어두운 숲과 대비되어서 술집은 신호등처럼 눈에 띄었어. 긴 전선에 알알이 달린 꼬마전구로 밖을 장식했고 창문으로 흘러나오는 노란 호박색 불빛이 길에 반사되고 있었으니까. 근처의 강은 검고 위협적으로 보였어. 대프니가 강에 빠지는 환상이 떠오르더라. 아니야. 나 자신에게 말했어. 대프니가 다리를 건널 일은 없어. 다리는 스켈턴 플레이스와 반대 방향에 있잖아. 코트를 입고 있었는데도 술집에 다가가니 몸이 덜덜 떨렸어. 격자창 안쪽을 엿보려 했지만 바 주변에 모여있는 사람들 형체만 알아볼 수 있었지. 생김새까지 구분하기는 어려웠어. 대프니가 술집에 남아서 한잔하고 있을지도 모른다는 생각이 들었어. 평소에는 늘 곧바로 집에 돌아왔지만, 우리에게로 돌아왔지만, 그래도 모르잖아. 그러자 나한테 뭐라고 했든 간에 대프니도 결국 조엘한테 끌렸겠지 싶더라. 실망으로 가슴이 내려앉았어. 하지만 그렇게 많은 얘기를 나눴잖아. 남자를 두고 한 약속도 있었고, 우리 인생에 남자는 필요 없다고도 했었지. 지금부터 우리 둘이 힘을 합쳐야 한다는 말도 했었어. 그러니까 대프니 마음도 나와 같을 거라고 믿었어. 그러길 빌었어.

조엘을 마주하기 위해 가슴을 좀 진정시키려고 심호흡했어.

"로즈."

뒤돌아보니 다리 근처 덤불에 누군가 숨어있었어.

그림자 속에서 어떤 여자가 나왔는데 대프니처럼 보이지는 않았어. 머리가 짙은 갈색 쇼트커트였으니까.

하지만 그 여자가 빛이 있는 데로 나오니 숨이 막혔어. 대프니였어. 긴 금발 머리가 온데간데없었어.

"뭐 하고 있어요? 머리는 어떻게 한 거예요?" 목소리를 낮추고 물었어.

대프니는 겁에 질린 것 같았어. "이건 가발이에요. 가방에 늘 넣고 다니는." 그리고 주변을 조심스럽게 둘러보며 말했지. "그 남자가 날 찾았어요, 로즈. 날 찾은 것 같아."

32

테오

금요일 밤이라 레스토랑이 바쁘게 돌아갔다. 테오는 갈릭 치킨, 볶은 감자, 자기 대표 메뉴 비프웰링턴을 준비하느라 다른 생각을 할 겨를이 없었다. 평소 테오는 바삐 일하는 것을 즐겼다. 요리를 준비하고 어린 직원들한테 주문 들어온 메뉴를 소리쳐서 알려줄 때면 얼굴에 생기가 돌고 활력이 넘쳤다. 물론 예의는 잊지 않았다. 테오는 고든 램지 같은 셰프는 아니었다. 하지만 오늘 밤 테오는 두통에 시달렸다. 수면 부족 때문이다. 어제 부엌에서 아버지와 마주친 뒤, 분위기는 사실 화기애애한 편이었다. 두 사람은 차를 마시며 잡담을 했다. 그래도 테오는 래리가 한 말과 이상한 여자들 사진을 머릿속에서 몰아낼 수 없었다. 내일 젠과 함께 코츠월드에 간다는 사실이 고마웠다. 그 유골들에 대해 더 알아보고 아버지와 관련된 연결 고리가 있는지 알아볼 것이다. 이렇게 생각하며 테오는 버텨나갔다. 아무것도 찾지 못한다면 젠과 휴가를 보낼 기회가 될 것이다.

다섯 시간 근무 내내 테오는 발바닥에서 불이 날 정도로 바빴다. 저녁 10시가 넘어가니 그제야 좀 한산해졌다. 테오는 주방을 정리하기 시작했다. 동료인 노아가 어젯밤에 본 영화에 대해 떠들었다. 그때 접객 담당인 아일라가 테오에게 와서 말했다. "손님 한 분이 음식이 훌륭하다면서 셰프를 만나보고 싶으시대요." 아일라는 활짝 웃었다. 자랑스러운 듯한 느낌마저 들었다. 마치 테오가 미쉐린 가이드에 선정된 스타 레스토랑의 셰프라도 되는 것 같았다. 테오는 이런 일을 한 번밖에 겪어 보지 못했다. 동료 셰프 페리는 몇 번 더 경험해 봤다. 다행히 오늘 밤은 페리가 일하는 날이 아니었다. 그러니 손님이 말한 셰프는 확실히 테오였다.

레스토랑은 크지 않았다. 열 개 남짓한 테이블을 길게 나란히 두 줄로 배치해 두었다. 아일라는 테이블 사이 통로로 테오를 데려갔다. 음식을 반쯤 먹은 손님들이 아직 꽤 있었다. 바닥까지 닿는 큰 창문으로 시내 중심가가 보이는 구석 자리에 나이 든 남자가 혼자 앉아있었다. 익숙한 랄프로렌 셔츠와 치노 팬츠를 입고 있었다.

테오는 그대로 굳어버렸다. 아버지였다.

"이분이 저희 셰프예요." 아일라가 짠 소리와 함께 등장을 알리는 듯한 몸짓을 해 보였다. 그리고 테오의 등을 탁 치며 말했다. "저희 레스토랑의 자랑이랍니다." 아일라는 눈을 반짝이더니 고맙게도 자리를 비켜주었다. 손님이 테오의 아버지라는 것은 알아차리지 못했다.

"아, 아니, 아버지가 어쩐 일이세요?" 테오가 물었다. 아버지의 접시는 깨끗이 비어있었다. 8번 테이블. 해물 요리였다. 테오는 놀라지 않을 수 없었다. 아버지는 오븐에 구운 고기처럼 전통적인 저녁 식사를 선호하는 사람에 가까웠다. 접시를 이렇게 깨끗하게 비웠다면 아버지의 엄격한 입맛을 충족시켰다는 뜻이다.

"아버지가 아들이 셰프로 일하는 식당에 와보지도 못한다는 게냐?" 테오 아버지는 등받이에 기대 앉아 넓은 가슴 위로 팔짱을 끼었다. "잘하는구나, 테오. 맛있었다."

테오가 눈을 깜빡였다. 자기가 똑바로 들었는지 의심이 갔다. "여기서 2년을 일했는데 이런 건 처음이에요……."

"직접 보고 싶었다." 아버지가 주위를 둘러보며 말했다. "아주 괜찮구나." 얼굴에 일그러진 미소를 띠고 있었다. 이 레스토랑은 아버지가 만족할 만큼 고급이 아니었다. 테오도 잘 알았다. 그렇다면 아버지는 왜 굳이 그런 척을 하는 것일까? 여기에 온 진짜 이유가 무엇일까?

테오는 초조한 듯 반대쪽으로 무게 중심을 옮기며 자세를 바꿨다. "전, 그 뭐냐, 맛있게 드셨다니 기뻐요. 하지만 바로 주방에 돌아가야 해서요."

아버지가 고개를 끄덕였다. 레스토랑 조명이 너무 강해서 평소보다 얼굴색이 더 누르스름하게 보였다. 테오가 주방 쪽으로 돌아서려고 하는데 아버지가 말했다. "난 네 엄마를 정말 사랑했다. 알겠니."

테오는 그대로 멈춰 섰다. 가슴이 쿵 내려앉았다.

"아니라고 생각하는 거 안다."

"그렇게 말한 적 없잖아요." 테오가 당황해서 대꾸했다.

"내가 늘 최고의 남편이었던 건 아니지." 곧게 편 아버지의 어깨가 경직되어 있었다. "잘못한 것도 알고 있다. 하지만 네 엄마를 다치게 하는 건 절대 생각할 수 없는 일이야."

테오는 엄마가 숨기려 했던 멍을 떠올렸다. 엄마를 다치게 하지 못하다니 헛소리도 이런 헛소리가 없었다. 아버지는 자기가 하는 말을 진심으로 믿는 걸까? 끔찍한 일을 저지르고도 살아가기 위해 마음속에서 과거의 기억을 바꾼 걸까? 아니면 정말로 엄마를 사랑했을지도 모른다. 자기만의 뒤틀린 방식으로.

"엄마가 죽은 건 사고였다."

테오는 차갑게 얼어붙었다. 아버지가 알고 있다. 테오가 서재에 들어간 사실을 알고 있다. 벽장의 자물쇠가 풀린 사실을 알아차렸다. 그렇지 않으면 왜 지금 여기 와서 엄마 일을 끄집어낼까?

"신시아 파슨스는요?" 미처 알아차리기도 전에 이 말이 불쑥 나와버렸다. 테오는 주춤했다. 여기서 이 얘기를 꺼내지 말았어야 했다. 여긴 직장이었다. 5분 쉬는 동안 얘기하기에는 너무 심각한 주제였다.

아버지 얼굴에서 핏기가 사라졌다. "신시아 파슨스에 관해 뭘 알고 있지?"

"아버지를 신고했다는 거요." 테오가 말했다. 다른 손님들이 놀라지 않게 목소리를 낮췄다. 분명 이상해 보일 것이다. 흰 셰프 복장을 한 사람이 어떤 노인과 아주 심각하게 이야기를 나누고 있으니 말이다. 다른 손님들은 아버지가 불평한다고 생각할 것이다. 보기 좋지 않을 수 있다.

"그건 아주 옛날 일이야."

"성폭행이라면서요." 테오가 내뱉었다. 목소리에서 경멸을 지우지 못했다.

"넌 아무것도 모른다." 으르렁거리는 듯한 대꾸였다. "그리고 앞으로는 내 등 뒤에서 이것저것 캐고 다니지 말고 나한테 직접 와서 물어보면 좋겠구나."

"그러죠." 테오가 어깨를 으쓱하며 말했다. 이렇게 긴 세월이 흐른 뒤 드디어 아버지와 결판을 내고 있다는 생각에 가슴이 뛰고 손바닥에 땀이 배어났지만 애써 침착한 척했다. "아버지는 뭐든 아주 기꺼이 말씀해 주시니까요. 제가 여쭤보지 않은 것도 아니잖아요. 하지만 한 번도 솔직하게 말씀해 주시지 않았죠."

"네가 그렇게 캐고 다녀야 한다고 생각했다니 슬프구나."

테오가 가슴 위로 팔짱을 끼었다. 아니라고 부정해야 할까? 그래봤자 의미 없었다.

"내 서재에 들어왔던 거 안다." 아버지가 지금까지처럼 극히 차분한 목소리로 말했다. "벽장문을 잠그지 않았더구나."

"왜 알 수 없는 여자들 파일을 가지고 계신 거예요? 엄마에 관한 신문 기사들은 뭐고요?"

아버지가 테오를 바라보았다. 무표정한 얼굴이었다. 아마도 여기 오기 전에 테오가 정확히 이렇게 물을 거라고 짐작했을 것이다. 테오는 아버지가 이 질문이 나오는 순간을 대비해 뒀을 거라고 의심했다. "신문 기사는 오래전, 네 엄마가 죽었을 때 거다. 다 잊어버리고 있었어. 파일은 그저 내가 그동안 도와줬던 환자들을 모아둔 거야. 넌 이해 못할 게다. 의사가 되지 않았으니까. 의사는 자기가 도와준 사람들에게 정이 생기기 마련이야. 그 사람들을 기억하고 싶었다."

앞뒤가 맞지 않았다. "그럼 왜 잠가서 숨겨두셨어요?"

아버지는 답답하다는 듯 휴 소리를 냈다. "그 탐정 놀이 좀 집어치워라, 정말이지. 넌 지금 아무것도 아닌 일을 부풀리고 있어. 잊어버렸을 뿐이다. 벌써 몇 년 전에 은퇴한 거 모른단 말이냐." 아버지는 다리를 꼬고 테오를 거만한 표정으로 바라보았다.

테오는 당황해서 머리를 뒤로 쓸어 넘겼다. 아버지가 이런 식으로 빠져나가게 할 수는 없었다. 하지만 아버지가 여기 있는 지금은 안 된다. 아버지가 이 얘기를 꺼낸 지금은 안 된다.

"그럼 신시아가 거짓말을 했군요. 그렇죠?"

아버지는 무릎 쪽 바지 모양을 바로잡으며 말했다. "설명하자면 복잡하다. 난 아무 잘못도 하지 않았어. 그 여자한테는 남자 친구가 있었다. 점점 히스테리가 심해지더니 내가 부적절한 행동을 했다는 얘기를 지어내려고 했지. 그때는 네 엄마랑 아무 사이도 아니었어. 만나기 전 일이니까. 여자는 많은데 내가 뭐가 부족해서 강요까지 하겠냔 말이다, 테오."

테오는 아버지를 믿고 싶었지만 그럴 수 없었다. 아버지가 너무 친절했다. 마치 코너에 몰린 사람처럼 너무 기꺼이 손을 내밀고 있었다.

"그럼 책상 위에 있던 신문 기사에 '이 여자를 찾아'라고 써두신 건 왜죠? 왜……"

"왜, 왜, 왜? 찾아가서 친절하게 설명을 해주면 되겠거니 했더니 안 되겠구나. 이걸로도 충분하지 않은 게지. 안 그러냐? 그놈의 잔소리. 꼭 네 엄마 같구나." 아버지는 재킷을 들고 자리에서 일어났다.

"잠깐만요, 아버지. 이런 얘기는 사적인 자리에서 해야죠. 30분이면 일이 끝나요. 제가 갈 테니까……"

하지만 테오가 말을 다 마치기도 전에 아버지는 테오를 옆으로 밀었다. 테오는 균형을 잃고 휘청거리다가 뒤쪽 테이블에 부딪쳤다. 다행히 빈 테이블이었다.

벌컥 화를 내는 아버지 얼굴에는 아들에게 폭력을 썼다는 죄책감이 조금도 보이지 않았다. "다시는 빌어먹을 내 물건들 뒤지지 마라! 알아들었냐?" 레스토랑 전체가 조용해졌다. 아버지가 문을 쾅 닫고 나갔다. 사람들의 시선은 모두 테오에게 집중되었다.

33

새피

금요일 늦은 오후, 엄마가 거실에서 알베르토와 통화하는 소리가 들렸다. 내 휴대폰을 썼다. 잃어버린 엄마 전화기는 내일 정도면 올 것이다. 엄마가 브로드스테어스의 카페에 전화해서 간신히 찾았다. 다행히 어떤 선량한 사람이 카페 직원에게 가져다준 모양이다. 통화 소리를 들어 보니 엄마가 일주일 더 있을 거라고 전하는 중이었다. 엄마는 툭하면 넘치는 에너지로 법석을 떨고 끊임없이 수다를 떤다. 그만큼 성가시지만 진짜로 내일 가버리면 그리울 것이다. 밖에서는 기자 한 무리가 늑대처럼 돌아다닌다. 웬 수상한 탐정이란 작자도 숲속에 숨어있을지 모른다. 그러니 이 집에서 혼자 긴 하루를 보낸다고 생각하면 너무 무섭다. 매일 어두운 내용의 소설책 표지를 작업하고 있는 것도 전혀 도움이 되지 않는다. 게다가 우리한테는 아직 모르는 것이 너무 많다. 할머니에 관해서도, 과거에 관해서도, 그 유골들에 관해서도 잘 모른다. 실라와 진, 수

전에게 얽힌 사연도. 할머니가 뭔가 알고 있는 것은 분명한데 기억이 혼란스러워 보였다. 어릴 때 할머니와 함께했던 게임이 생각났다. 둘로 나뉜 만화 캐릭터의 몸을 맞추는 게임이었다. 지금 상황도 마치 몸의 윗부분과 아랫부분이 서로 맞지 않는 것처럼 느껴졌다. 나는 계속해서 은근한 불안감에 시달렸다. 호르몬 때문인지 아니면 전체적인 상황 때문인지, 아니면 둘 다 때문인지 잘 모르겠다.

어젯밤 반스 경사에게 전화해서 글렌 데이비스가 엄마에게 한 짓을 낱낱이 전했다. 엄마는 경찰에 알리지 말라고 위협했다며 날 말렸다. 하지만 경찰에 말하는 쪽이 옳다.

차를 우리고 있는데 엄마가 들어왔다. 나는 미소를 지으며 머그잔을 엄마에게 건넸다. 엄마는 무심하게 받았다. 오늘 치 작업은 끝났다. 매시간 서재 문을 열고 얼굴을 들이밀며 괜찮은지, 필요한 건 없는지 묻는 엄마 때문에 그렇게 많이 하지는 못했다.

"알베르토는 그리 달갑지 않은가 봐." 엄마가 조심스레 차를 한 모금 마시며 말을 꺼냈다. "이사 나갈 것 같아."

"뭐? 엄마가 그 사람이 원하는 대로 안 해서?"

엄마는 얼굴을 찡그렸다. "아니. 그것 때문만은 아니야. 한동안 우리 사이에 뭔가 빠진 게 있었어. 게다가 알베르토고 스페인이고 다 지금 당장은 그냥 백만 킬로미터쯤 떨어진 느낌이야. 돌아갈 수 없어. 아직은 안 돼. 할머니가 이 일에 관해 뭔가 알고 있잖아. 그건 확실해. 끝까지 전부 다 파헤쳐야 해. 알아내야지. 할머니가 뭘 아는지. 아니면 누군가를 보호하고 있는지."

"일주일 더 쉬는데 상사가 싫어하지 않을까?"

"그쪽은 괜찮을 거야. 나한테 빚지고 있는 휴가가 엄청 많거든.

새피." 엄마 목소리가 엄격해졌다. "엄마한테 맡겨. 아직은 스페인으로 돌아갈 수 없어. 이 모든 문제가 해결될 때까지는 못 가."

내가 한숨을 쉬었다. "하지만 영원히 해결되지 않을 수도 있잖아."

"당연히 해결될 거야." 엄마가 놀리듯이 말했다. 엄마 세계에서는 언제나 모든 일이 다 해결된다. 엄마가 반드시 그렇게 되게 하니까. "할머니가 그 유골에 대해 뭔가 안다면 말이야. 그게 누구인지, 누가 죽였는지 같은 거. 두려워서 입을 꾹 다물고 있었을 거야. 경찰도 그 점은 이해할 거야. 확실해."

두 손으로 컵을 감싸 쥔 채 고개를 돌렸다. 속이 울렁거려왔다. 부엌 창문으로 구덩이가 보였다. 파헤쳐진 무덤이다. 이 소름 끼치는 발견과 함께 모든 일이 시작되었다. 심지어는 잘난 체하던 공사 인부들마저 돌아오지 않는다. 그렇다고 그 사람들을 탓하진 않는다. 어쨌든 우리는 저 구덩이를 한동안 안고 살 수밖에 없다. 볼 때마다 이 집에서 두 사람이 살해되었다는 사실을 떠올리면서. 정말이지, 이 빌어먹을 부엌 확장 공사는 계획하지 말았어야 했다. 그러면 우리는 더없이 행복한 무지 속에서 지냈을 테고 이 모든 일도 전혀 일어나지 않았겠지.

나는 일찍 잠자리에 들었다. 아직 열 시도 되기 전이었다. 종일 속이 안 좋았다. 임신 때문인지 스트레스가 심해서인지 모르겠다.

욕조에 누워 물이 차가워질 때까지 몸을 조금 담갔다. 이제 18주가 다 되어서 물속으로 살짝 부푼 배가 보였다. 배꼽도 모양이 달라졌다. 원래보다 더 튀어나왔다. 조심스럽게 욕조 밖으로 나와 몸을 닦았다. 그다음 가장 편한 잠옷을 입었다. 침대 위로 올라가니

피부에 차갑게 닿는 이불이 기분 좋았다. 아래층에서 톰과 엄마가 얘기하는 소리가 들렸다. 무슨 말인지는 알아들을 수 없었지만 아마도 할머니 얘기일 것이다. 지금 우리 대화 주제는 전부 그 얘기뿐이다. 나는 옆으로 돌아누워 무릎을 배까지 끌어 올렸다. 지금은 아주 행복한 시기여야 했다. 아이가 태어나는 날을 기다리며 집을 새롭게 단장하는 나날이었을 테니까. 하지만 이제 모든 것이 잿빛으로 우울하게 더럽혀진 느낌이다. 다시 등을 대고 누워 방 안을 가볍게 둘러보았다. 할머니가 여기 살았을 때 이 방을 썼을까? 분명 할머니도 이 방향으로 침대를 뒀을 것이다. 저쪽 벽에 있는 무쇠 벽난로가 맞은편에 오고, 진입로가 내다보이는 창문이 오른쪽에 오니까. 나는 피곤에도 아랑곳하지 않고 자리에서 일어나 창가로 갔다. 그리고 커튼을 걷었다. 글렌 데이비스가 바깥에 숨어있을지 궁금했다.

배가 뭉치는 느낌이 들더니 밑이 조금 젖는 느낌이 이어졌다. 나는 욕실로 달려갔다. 가슴이 쿵쿵 뛰었다. 당황해서 얼굴이 달아올랐다. 잠옷 바지를 내리고 변기 위에 앉았다. 오, 세상에. 오, 세상에…… 숨이 막힌다. 잠옷에 붉은 얼룩이 있다. 피였다. 피가 나다니 정상이 아니다. "톰!"

내 외침을 들은 톰이 쿵쾅거리며 계단을 올라왔다. 그리고 욕실로 달려왔다. "왜 그래? 무슨……" 톰은 더 묻지 않고 조심스럽게 나를 일으켜주었다. 내 얼굴에서 충격과 절망을 본 것이 분명했다. "가서 옷 입어. 병원에 가자."

나는 몇 년이나 입지 않았던 오래된 남색 운동복 바지를 입고 어울리지 않는 스웨터를 걸쳤다. 문가에 엄마가 나타났다. 얼굴이 잿빛이었다. "아이 문제니?"

"몰라. 모르겠어." 나는 머리카락을 뒤로 모아 스크런치로 묶으며 소리쳤다. 목이 바짝 탔다. "아직 너무 일러, 엄마. 겨우 18주잖아."

소리치며 말했지만 두려워서 울먹이는 것에 가까웠다. 엄마는 나를 품에 안았다. 곁에 엄마가 있어서 고마웠다. 정말 고마웠다.

병원까지 가는 동안의 기억은 흐릿하다. 톰은 차를 너무 빨리 몰았고, 엄마는 뒷좌석에서 나를 위로했다. "나 유산하는 걸까?" 나는 묻고 또 물었다.

"모르겠다, 우리 딸. 엄마도 모르겠어." 엄마가 내 이마에 손을 올리고 부드럽게 머리를 뒤로 쓸어 넘겼다. 어릴 때 기억이 떠올랐다. 악몽을 꿨을 때나 아플 때면 엄마는 항상 내 머리를 쓸어 넘겨줬다. 할머니도 마찬가지였다. 여름에 할머니 집에서 지낼 때 밤에 겁에 질려 잠에서 깨면 할머니는 내가 같은 침대에서 잘 수 있게 해줬다.

"피가 그렇게 많지는 않았어. 닦으니까 더 나왔고, 알겠지……." 나는 희망을 잃지 않으려고 애썼다.

"의사가 뭐라고 하는지 기다려보자."

우리는 어디로 가야 할지 몰라서 응급실로 향했고, 그곳에서는 우리를 산부인과 병동으로 보냈다. 우리가 간다고 미리 연락을 해둔 것이 분명했다. 친절해 보이는 간호사가 맞아주고 진료실로 안내했다. 안에는 임신 기간이 다른 두 사람이 기계에 연결된 채 침대에 기대 누워있었다. 소독약 냄새가 강하게 났다. 간호사가 침대에 누우라고 하는데 너무 겁이 나서 눈물조차 나지 않았다. 축축해진 손으로 톰의 손을 잡았다. 피를 봤다고 설명하자 간호사는 바삐 나가더니 초음파 기계를 가지고 잠시 뒤 돌아왔다. 그리고 우리 침대 주위에 얇은 파란색 커튼을 쳤다. 차분한 움직임이었다. 얼굴은 뜨거웠지만 두려움 때문에 몸은 차가웠다. 톰의 얼굴도 잿빛이었다. 엄마는 반대편에서 서성거리고 있었다. 이번만은 뭐라고 해야 할지 모르는 듯했다. 간호사 게일이 내 스웨터를 위로 끌어 올렸다. 나는 운동복의 허릿단을 접어 내려서 배가 드러나게 했다. 손이 덜덜 떨렸다. 게일의 밝은 미소에서 염려하는 기색을 읽을 수 있었다. 게일은 배 위에 올린 기기를 천천히 움직이며 진지한 얼굴로 스크린에 집중했다. 가슴이 답답했다. 나는 톰을 바라보며 슬프게 고개를 저었다. 아기 잃어버렸어.

그때 게일이 환하게 웃으며 우리를 바라봤다. 밀려오는 안도감에 울고 싶었다. "아기 심장 소리는 정상이에요. 환자분 증상은 방광염일 수도 있어요. 방광염도 피가 비치는 원인 중 하나거든요. 소변검사를 해보죠. 그래도 계속 조심하시고 잘 관찰하시는 편이 좋아요. 피가 더 비치면 저희한테 바로 전화하세요." 게일은 소변 검사 용기를 가지러 갔다. 엄마와 톰이 동시에 나를 끌어안았다.

방광염이 확정됐다. 항생제와 다른 문제가 발생했을 때 연락할 전화번호를 받았다. 그러고 집에 돌아오니 자정을 넘긴 뒤였다.

집으로 들어갔다. 톰과 나는 마음이 놓인 나머지 아직도 조금 들떠있었다. "이렇게 겁이 난 적이 없었다니까." 이렇게 말하며 복도로 들어갔다. 앞으로는 모든 일의 경중을 따지기로 했다. 이제부터 이 아이를 보호하기 위해 힘닿는 대로 뭐든 다할 것이다. 나는 보호하듯이 배를 감싸 안았다. 마음속으로 어떤 대가를 치르더라도 아이를 안전하게 지키겠다고 맹세했다.

스노이가 펄쩍펄쩍 뛰며 달려들 줄 알았는데 기척조차 없었다.

"집이 좀 추운 것 같다." 엄마가 중얼거렸다. 엄마가 노출이 꽤 있는 블라우스 위에 트위드 재킷 하나만 걸쳤지만 맞는 말이다. 집 뒤쪽에서 외풍이 들어오고 있다. 톰이 불을 켜고 복도를 따라 부엌으로 갔다. 문을 여는데 헉하면서 숨을 삼키는 소리가 들렸다. "이런 미친!"

엄마가 걱정스러운 눈으로 날 쳐다봤다. 조금 전까지 느끼던 기쁨은 눈 녹듯이 사라졌다. 대신 불안이 찾아왔다. 스노이. 나는 걸음을 재촉했다. 톰이 경악한 얼굴로 부엌 한가운데에 서있다. 뒷문이 활짝 열려있다. 스노이는 어디에도 없다.

서랍 안에 들어있던 것들이 아무렇게나 쏟아져 밖으로 나와 있었다. 펜, 오래된 영수증, 지방세 고지서. 그리고 그냥 쑤셔 넣어뒀던 물건이 전부 바닥에 어지럽게 흩어져 있었다.

"스노이는 어디 있어?" 정신없이 주위를 둘러보며 외쳤다.

엄마는 거실로 뛰어갔다가 다시 돌아왔다. "경찰에 전화하는 게 좋겠다." 긴장한 목소리였다. "도둑이 든 것 같아."

"잠깐만요." 톰이 전자레인지 옆의 나무 선반에서 칼을 하나 집으며 말했다. "경찰에 전화하고 여기서 나가지 마세요. 범인이 아직 집 안에 있을 수 있어요."

34

로즈

1980년 2월/3월

집으로 오는 동안 대프니는 겁에 질려서 안절부절못했어. 이상하게 생긴 가발이 너무 어색해 보였지. 야생 동물이 머리 위에 앉아있는 것처럼 보였다니까. 대프니는 계속 산울타리 쪽을 두리번거렸어. 누가 튀어나올 거라고 반쯤 상상하는 듯했어.

"조엘이 그러는데 어떤 남자가 술집에 와서 나에 관해 물었대요." 대프니가 숨을 헐떡이면서 말했어. 최대한 빠르게 걷고 있었거든. 위로해 주려고 팔을 둘렀더니 대프니는 몸을 떨고 있었어. 그 모습이 너무나도 연약해 보였지. 크리스마스이브에 처음 봤을 때 같았어. "그 남자가 결국 날 찾아냈어. 떠나야 할지도 모르겠어요, 로즈. 다른 곳으로 가야 할까 봐요."

나는 두려움에 사로잡혔어. 대프니가 떠나지 않길 바랐어. "무작정 결론부터 내리면 안 돼요. 더 기다려봐요. 좀 더 자세한 상황을 파악할 때까지요." 나였어도 도망치고 싶다고 생각했겠지. 그렇게

286

생각하면서도 나는 대프니를 진정시키려 했어. "술집에는 다시 일하러 가지 말아요. 당분간 사람들 눈에 띄지 않는 게 좋겠어요."

대프니가 어깨를 잔뜩 움츠린 채 푹 숙이고 있던 고개를 끄덕였어.

"괜찮을 거예요." 어둠 속에서 집을 향해 발걸음을 재촉하며 몇 번이고 이렇게 말했어. 정말 그랬으면 좋았을 텐데.

대프니는 너무 겁에 질려서 집 밖으로 나가지 못했어. 누가 문을 두드리거나 길가에서 움직임만 느껴져도 안절부절못했어. 얼굴이 창백해지고 핼쑥해졌어. 담배도 전보다 훨씬 많이 피웠고. 나는 몇 시간씩 대프니를 안심시키려고 애썼어. 시간이 흐르자 대프니는 내 설득에 넘어가 점차 여기 남아있는 쪽으로 마음을 정한 듯했어.

그러던 어느 날, 네가 유아원에 있을 때였어. 거실 먼지를 닦고 있는데 대프니가 다가왔어.

"이걸 잘라야겠어요. 나라는 게 너무 티가 나."

머리카락 얘기였어. 굵고 아름다운 밀짚색 머리카락, 그토록 부러워했던, 손을 넣어 쓸어보고 싶던 바로 그 머리카락.

나는 하던 일을 멈췄어. 대프니의 움푹 들어간 큰 눈은 간절했지. "도와줄 거죠? 미용실에 가긴 싫어."

나는 경악해서 한 걸음 물러났어. "농담이죠? 머리를 잘라달라고요?"

"부탁해요."

그렇게 바라보는데 어떻게 거절할 수 있겠어. 난 대프니를 돕고 싶었어. 안전하게 지내길 바랐어. 우리 셋 모두 안전하길 바랐어. 하지만 난 미용사가 될 자질이 없었어. 한번은 네 앞머리를 다듬다가 완전히 망치기도 했고. 그래서 넌 아직도 앞머리를 기르는 중이지.

"염색약도 있어요. 초콜릿 브라운색. 모퉁이 가게에서 딱 하나이 색깔만 팔았어요. 몇 주 전에 만약을 대비해 사둔 거예요."

가슴이 내려앉았어. "정말 그러고 싶어요?"

"정말." 대프니가 앞으로 다가왔어. 코 위에 있는 희미한 주근깨도, 눈동자 위의 녹색 얼룩도 다 보일 만큼 아주 가까이. 가슴이 설렜어. 대프니는 내 손을 잡았어. "가요." 그리고 날 데리고 거실을 나와 계단으로 데려갔지. "롤리 데리러 가기 전에 해버려요."

결과는 그렇게 나쁘지 않았어. 내가 생각한 것보다 잘 나왔고. 어릴 때 옆집에 출장 미용사가 살고 있었거든. 머리 자르는 걸 푹 빠져서 구경하고는 했어. 두 손가락으로 일종의 자를 만들어서 가위에 대고 자르는 모습 말이야. 작고 예쁜 대프니의 얼굴에 잘 어울리는 스타일이었어. 고르게 다듬느라 계속 같은 데를 다시 잘라야 했지만. 그래도 대프니는 신경 쓰지 않았어. 자기가 어떻게 보이는지전혀 관심이 없었어. 난 이해할 수 있었어. 과거의 삶을 남겨두고 떠난 뒤로는 나도 그랬으니까. 살아남는 것이 중요했으니까.

하지만 넌 대프니를 보더니 조그만 얼굴을 찡그리면서 소리쳤어. "아냐, 대피. 남자!" 내가 머리 모양을 바꿔도 늘 그런 식이었어. 하지만 대프니는 충격을 받았고 나는 예의 바르게 행동하라고 널 야단쳤어. 넌 발끈해서 방으로 달려가 버렸지. 너도 곧 익숙해질 거라고 대프니를 다독였어. 물론 실제로도 그랬고.

3월의 첫 번째 주말이 되자 눈이 거의 다 녹았어. 흰색으로 칠하다가 만 것처럼 높은 지대에만 조금 남았어. 토요일에 대프니는 일주일 만에 처음으로 집을 나섰어. 머리 모양을 바꿔서 조금 더 자신 감이 생긴 덕이었지. 돌아왔을 때는 다른 일자리를 구했다고 했어.

"농장이에요." 몸을 꼼지락거려 코트를 벗으면서 대프니가 말했어. 줄무늬 목도리는 목에 두른 채였어. 우리 집은 아직 말도 못하게 추웠거든. 이때는 그전 주보다 기온이 몇 도 더 낮기도 했고. 거실에 불을 지피긴 했지만 바로 앞에 앉지 않는 한 크게 달라지진 않았어. 중앙난방 장치를 설치할 생각은 늘 하고 있었어. 하지만 낯선 사람들이 우리 안식처인 집 안에 들어오는 게 싫어서 계속 미뤘어. 더불어 비용 문제도 있었지.

"하지만 그럼 꽤 많이 걸어야 하잖아요." 내가 대답했어. 농장은 마을 반대편 끝에 있었으니까. "어떤 일이에요?" 대프니에게서 머그잔을 건네받으며 물었어. 부엌이 어찌나 추운지 컵에서 피어오르는 김이 다 보였어.

"잡다한 일이죠. 말을 돌보거나 청소를 하거나 그런 일이요. 사람보다는 동물하고 있는 쪽이 좋아요. 물론 자기랑 롤리는 빼고." 대프니는 차를 한 모금 마시며 머그잔 너머로 나를 바라봤어. 마음이 녹아내리는 것 같았어.

그렇게 대프니는 농장에 일하러 다녔어. 매일 왕복 오 킬로미터를 걸어서 오갔지. 새로 자른 머리 위에 코바늘로 뜬 모자를 눌러쓰고서. 날씨가 좋든 나쁘든 상관없이. 집에 오면 말과 건초 냄새가 났지만 행복해 보였어. 뺨도 빨갛고 눈도 반짝였거든. 동물원에 갇혀있다가 야생에 풀려난 호랑이처럼 자유롭게 농장을 돌아다녔어. 술집에는 손버릇 나쁜 사장과 추파를 던지는 취객들이 있었지. 그런 곳에 갇혀있는 것보다 바깥에서 지내는 편이 좋았던 거야. 누가 찾아올까 봐 불안해하는 일도 줄어들어서 나도 안심했어.

"자기도 일하면 어때요?" 농장에 며칠 다니고 나서 대프니가 말했어. "같이 일하면 재미있을 거야. 내가 알아서 하게 내버려 두는 때도 많고, 사람들 눈에 띄지도 않아요. 아무도 질문하는 사람이 없어서 정말 좋아요. 농장 주인 믹은 무뚝뚝하지만 계속 내 방식대로 일하게 해줘요. 또 숀이라는 사람도 있는데 나처럼 새로 왔고 잘생겼죠. 그런 거 좋아한다면요."

나는 일하기 힘들었어. 네가 학교에 가려면 2년은 더 있어야 했으니까.

"롤리가 학교에 들어가면 생각해 볼게요." 내가 대답했어.

계산해 보니까 집을 몇 군데 손보고도 그때까지는 버틸 만큼은 저축이 남아있었어. 대프니한테 방세를 많이 받지는 않았어. 어쨌든 집이 그렇게 훌륭한 건 아니었으니까. 게다가 대프니는 식비도 삼분의 일 부담했거든. 하지만 대프니는 돈을 모으는 데 재주가 있어 보였어. 아주 검소했고 가능하면 꼭 할인 상품을 사려고 했지. 모퉁이 가게에서 유통기간이 다 돼 싸게 내놓은 통조림 같은 걸 말이야. 재봉틀로 옷을 만들어서 네 옷값을 절약할 수 있었던 건 말할 것도 없지.

이때쯤에는 내가 대프니에게 마음이 있다는 사실을 알고 있었어. 마지막 연인이었던 오드리 이후로 느껴보지 못했던 감정이었지. 오드리에게 상처받은 뒤로는 그 누구에게도 가까이 다가갈 수 없었거든. 하지만 대프니를 향한 마음은 어쩔 수 없었어. 대프니도 같은 마음인지는 알 수 없었어. 가끔 대프니가 내 뺨을 만지거나 아주 가까이 다가올 때, 소파에 앉아 내 무릎 위로 발을 올릴 때면 그렇지 않을까 궁금했지. 하지만 너무 겁이 나서 아무것도 할 수 없었어. 선을 넘고 싶지 않았어. 대프니가 떠나지 않길 바랐어.

우린 너무 행복해서 경계를 유지하는 것도 잊어버렸어. 계속 그랬어야 했는데. 누가 대프니를 찾는다는 사실을 알았을 때 훨씬 더 조심해야 했어. 하지만 시간이 흐르고 마을에서 남자 방문객이 더는 목격되지 않자 차츰 안전하다는 느낌이 들었어. 그렇지 않은데도. 순진하게 대프니의 변장만으로도 우리가 안전할 거라고 생각했지. 머리를 자르고 염색을 한 것만으로도 대프니의 존재를 숨길 수 있다고 생각했어. 얼마나 어리석었는지.

대비해야 했는데 그러지 못했어.

그래서 4월 초, 거센 바람이 불던 그날 저녁 그 남자가 현관에 나타났을 때, 우린 무방비하게 걸려들고 말았어.

35

로나

"글쎄요." 제복을 입은 두 경찰관 중 한 명이 거실로 들어오며 말했다. 로나와 새피는 나란히 앉아있었다. 둘 다 머그잔을 감싸 쥐고 있었다. 흥분과 두려움 때문에 지칠 대로 지친 상태였지만 잠들 수 없었다. 아직 외투도 벗지 않았다. 경찰들이 지난 20분간 집 안을 샅샅이 훑어본 뒤였다. "아무것도 훔치지 않은 것 같습니다. 보석, 전자제품 다 손도 안 댔어요. 절도라기엔 이상하군요."

로나는 딸과 시선을 교환했다. 분명했다. 데이비스, 그 개자식 짓이다. 상자에 넣어뒀던 엄마 물건이 바닥에 흩어져 있었다. 분명 그 '증거' 때문이다. 데이비스는 엄마가 이 집에 증거를 숨겨뒀다고 믿는 눈치였다. 그런 것이 정말 존재한다면 진짜로 찾았는지 궁금했다. 그렇다면 더는 우릴 건드리지 않겠지.

앞서 톰이 집 안에 아무도 없는 것을 확인하자 새피는 스노이를 찾아보라고 톰을 재촉했다. "집에 들어온 사람이 스노이를 해쳤으면 어떻게 해?" 새피의 하얀 얼굴에서 크고 슬픈 눈이 두드러졌다. 로나는 가슴이 아팠다. 오늘 밤 새피가 그 많은 일을 겪었는데 또 이런 일이 벌어지다니. 새피는 그 망할 개에게 강한 애착을 느끼고 있다. 톰은 경찰이 도착할 때까지 기다렸다가 집을 나섰다. 벌써 15분이 지났고 그동안 새피는 내내 입술을 깨물었다. 로나가 보기에 새피는 눈가에 다크서클까지 생긴 것이 완전히 기진맥진한 상태였다. 새벽 한 시가 넘었으니 그럴 만도 했다. 로나는 새피가 이 모든 일을 겪지 않게 해주고 싶었다. 엄격한 엄마 밑에서 자랐지만 로나 자신은 그다지 엄격한 엄마가 아니었다. 새피가 열 살 때 12세 관람가 영화를 보게 해줬다. 늦게까지 밖에서 놀고 싶으면 그러라고 했다. 물론 새피는 그러지 않았지만 말이다. 아침으로 초콜릿 머핀을 먹고 싶다거나 크리스마스에 와인을 마시고 싶다고 하면 그렇게 하도록 내버려 뒀다. 새피가 세상사에 관해 물어보면 항상 정직하게 대답했다. 그것이 제삼 세계 기근에 관한 것이든 소아성애자 집단에 관한 것이든, 어떤 냉혹한 답이 되더라도 개의치 않았다. 로나는 자기가 새피보다 어릴 때 엄마한테 들었던 말을 떠올렸다. 그때는 이미 유안과 결혼해서 150킬로미터도 더 떨어진 켄트 지방에서 살고 있었다. 엄마는 평생 널 걱정할 거야. 네가 몇 살이든 간에. 새피가 십대였을 때 로나는 엄마처럼 생각하지 않으려고 노력했다. 엄마의 사랑을 받았지만, 그 사랑의 근본에 과보호가 자리 잡고 있을 때 얼마나 숨 막히는지 알고 있었기 때문이다. 하지만 이제는 아니다. 지금 로나는 그 어느 때보다 딸이 걱정됐다. 마침내 그 옛날 엄마가 했던 말이 무슨 뜻이었는지 이해했다.

"저라면……" 잘생긴 붉은 머리 경찰관이 입을 열었다. 데이미

언 루이스라는 배우랑 조금 닮았다. "부엌에 있는 뒷문을 교체하겠습니다. 별로 안전하지 않아요. 자물쇠를 발로 차서 들어올 수 있었거든요. 수리해야 할 겁니다. 뒤에 저렇게 숲이 있으니까요." 경찰관은 고개를 저으면서 제복 주머니에 수첩을 쑤셔 넣었다.

"알지만 신경 쓰지 않았어요. 확장 공사를 할 거라서요." 새피가 말했다.

"그렇다면 최소한 자물쇠라도 바꾸세요. 그리고 도난 경보기 설치도 고려해 보세요."

로나는 가슴이 철렁했다. 문을 바꾸기 전에는 마음 놓고 쉴 수 없다는 뜻이다.

붉은 머리 경찰관과 부하 경찰관은 로나가 준비해 준 차를 다마시고 돌아갔다. 경찰이 가버리자 로나는 다시 불안에 휩싸였다. 잡아먹히기 쉬운 먹잇감이 된 기분이었다.

"반스 경사한테도 말해야지." 새피가 작은 목소리로 말했다. "우리 둘 다 절도가 아니란 거 알잖아." 큼직한 외투를 입고 몸을 웅크린 새피는 어려 보였다.

"경찰이 전해줄 거야. 엄마가 반스 경사 얘기 해뒀어." 로나는 일어나서 커피 테이블 위의 컵을 모아 부엌으로 가져갔다.

밑에 신문을 끼워서 겨우 닫아 놓았던 뒷문이 갑자기 열리더니 거센 바람과 빗줄기가 몰아쳤다. 새피는 놀라서 비명을 질렀다. 싱크대 쪽에 있던 로나가 튀어 나가 딸 앞을 막아섰다. 침입자가 누구든 간에 새피를 지켜줄 준비가 되어있었다. 그런데 들어온 사람은 톰이었다. 비에 젖어서 더 짙어진 머리카락이 얼굴에 착 달라붙어 있었다. 산책 줄에 묶인 스노이도 함께였다. 로나는 두근거리는 가슴에 손을 얹고 심호흡을 했다.

새피는 톰의 품으로 달려갔다. "다행이다! 너무 걱정했어." 그러고는 몸을 숙여 스노이의 젖은 머리 위에 입을 맞췄다. "아, 내 강아지. 우리 귀여운 아저씨." 로나는 당혹감에 움찔하지 않을 수 없었다. 지금 서있는 곳에서도 개 냄새가 나기 때문이었다.

"숲속에서 돌아다니는 걸 찾았어. 괜찮아 보이더라. 다친 데도 전혀 없고." 톰이 산책 줄을 풀면서 설명했다. 그리고 바람을 거스르며 뒷문을 눌러 닫은 다음, 다시 열리지 않도록 의자를 밀어서 기대 놓았다. "당장은 이 정도로 충분하겠지." 톰은 조리대 위에 놓인 자물쇠로 손을 뻗었다. "하지만 이건 다시 달아야겠다. 공구 상자에 나사못이 좀 있었는데." 톰은 자물쇠를 든 채로 성큼성큼 부엌에서 나갔다.

새피는 벽에 걸려있던 구멍 난 낡은 수건을 집어 들고 스노이의 발을 닦아 주었다. 다리에 진흙이 튀어있었다. 스노이는 집에 와서 기쁜 듯 다정하게 새피의 얼굴을 핥았다.

톰이 공구 상자를 들고 다시 들어와 전기 드릴을 꺼냈다. "그럼 고쳐볼까."

"브렌다가 1분 만에 달려와서 시끄럽다고 불평할 거야." 새피가 말했다.

"진짜로 오면 내가 한마디 해줄게." 로나가 말했다.

"데이비스가 다시 와서 걷어차면 문이 또 열릴 거야. 그러면 어쩌지?" 새피가 물었다. "누가 들어와서 우리 물건 뒤진 걸 뻔히 아는데 잠을 잘 수 있을지 모르겠어. 내 삶이 너무…… 침범 당한 기분이야."

"오늘은 다시 오지 않을 거야." 톰이 이 사이에 나사못을 문 채로 말했다.

"맞아." 로나는 목소리에 스스로 느끼는 것보다 더 자신감이 실려있기를 바랐다. "어서, 새피. 넌 좀 자야 해. 내일 아침에 다 정리하자."

새피가 고개를 끄덕이고는 스노이를 데리고 위층으로 올라갔다. 로나는 부엌에 서서 톰이 자물쇠 교체하는 모습을 바라보았다. 걱정 때문에 마음속에 매듭이 생긴 것 같았다. 일을 마친 톰이 하품을 했다. "세상에. 엄청 피곤하네요."

로나는 톰에게 아래층 불은 자기가 알아서 끌 테니 올라가라고 권했다. 그리고 톰이 올라가는 걸 지켜본 다음, 디카페인 차를 한 잔 끓였다. 거실의 불편한 소파에 앉았다. 주위는 어둑어둑했고 엉망으로 어질러져 있었다.

로나는 무릎걸음으로 벽난로 근처에 내던져진 사진을 보러 갔다. 의문의 인물이자 실제로는 실라 와츠일지도 모르는 대프니 하톨과 엄마가 함께 찍은 사진이었다. 두 사람은 뒷마당에 서있었다. 추워 보였다. 목도리와 코트로 몸을 칭칭 감고 있었다. 그래도 환하게 웃고 있었다. 누가 사진을 찍었을지 궁금했다. 로나 자신이 찍은 것일까?

"내가 뭘 놓치고 있지?" 로나가 낮은 목소리로 사진 속 두 여자에게 물었다. "무슨 짓을 한 거예요?"

36

로나

로나는 다음 날 아침 일찍 깼다. 소파에서 잠든 모양이다. 트위드 재킷을 그대로 입고 있었다. 새피의 패딩을 이불 삼아 덮은 것 같았다. 대프니와 엄마가 함께 찍은 사진이 볼에 눌려있었다.

잘 맞지 않는 커튼을 통과해 거실로 햇살이 들어왔다. 덕분에 공기 중에서 춤을 추는 미세한 먼지가 두드러졌다. 로나는 슬쩍 손목시계를 확인했다. 9시가 넘었다. 자리에서 일어나 기지개를 켰다. 온몸의 근육이 하나하나 아팠다. 위층에서는 기척이 느껴지지 않았다. 로나는 아이들을 깨우기 싫었다. 두 사람 모두 잠이 필요했다. 토요일이라 일찍 일어나서 일할 필요가 없다는 사실이 고맙게 느껴졌다. 어질러진 바닥을 보자 가슴이 철렁 내려앉았다. 어제 일어났던 모든 일이 머릿속에 되살아났다. 이래서는 안 된다. 조치를 취해야 한다.

로나는 일어나서 조용히 부엌으로 들어갔다. 맨발로 슬레이트

타일을 밟으니 얼음처럼 차가웠다. 문손잡이 아래로 밀어 넣은 의자가 제 자리에 그대로 있는 것을 보니 안심이 되었다.

로나는 냉장고를 열었다. 우유가 없다. 마을로 내려가서 장을 좀 봐오기로 했다. 이건 로나가 해줄 수 있는 일이다. 새피와 톰을 위해서. 두 사람의 부담을 덜어줄 수 있는 실질적인 일이다.

로나는 옷을 갈아입은 다음 가방을 들고 조용히 집에서 나왔다. 그러다 집배원과 딱 마주쳤다. '로열 메일'의 규정을 따라 반바지를 입은 나이 든 남자였다. 집배원은 친절하게 웃으며 도톰한 안전봉투를 건넸다. 로나의 휴대폰이었다. 폰이 없어서 로나는 아무것도 하지 못하고 있었다. 고맙다고 인사하며 받은 휴대폰을 켜보았다. 배터리는 거의 남아있지 않았다. 새피한테서 온 부재중 전화가 열 통 있었다. 로나는 휴대폰을 가방에 넣었다.

맑고 푸른 하늘을 보고 기대감을 품었지만 바람은 쌀쌀했다. 로나는 언덕 아래로 내려가면서 길 중앙을 벗어나지 않도록 주의했다. 이렇게 하면 누가 덤불로 잡아끌지 못할 것이다. 뒤에서 나뭇가지 부러지는 소리가 날 때마다 목덜미 털이 쭈뼛거렸다. 하지만 개를 산책시키는 사람이거나 아침 산책하러 나온 커플에 지나지 않았다. 로나는 지나친 상상에 빠져들고 있었다. 이래서는 안 된다. 강해져야 한다. 딸을 위해서. 언덕을 내려가서 수사슴과 꿩을 지나쳤다. 작은 카페 야외 테이블에 젊은 커플이 앉아있었다. 거품 올린 커피를 마시던 커플은 지나가는 로나에게 고개를 까딱하며 인사했다. 주말여행을 온 듯 사랑에 푹 빠진 모습이다. 로나는 알베르토를 떠올렸다. 실제로 알베르토를 사랑하는 것보다 자기 생각 속 알베르토를 더 사랑했다. 지금 이 순간 알베르토는 아마도 자기

짐을 챙겨서 아파트를 나가고 있을 터였다. 로나는 아무렇지 않은 자신을 깨달았다.

광장을 지나는데 교회가 눈에 들어왔다. 마켓 크로스 맞은편에 있는 높은 철문이 약간 열려있어서 안이 보였다. 첨탑과 스테인드 글라스 창문이 있는 아름답고 오래된 교회였다. 작은 묘지에는 정교한 모양새의 낡은 묘비들이 있었다. 로나는 철책 근처에서 서성거리며 안을 들여다보았다. 불쑥 익숙한 느낌이 몰려왔다. 기억이 떠오르고 있었다. 엄마와 같이 걸었던 기억. 엄마는 기분이 안 좋다. 볼 위로 눈물이 흐른다. 기억이 유령처럼 서서히 사라졌다. 로나는 다시 기억을 떠올리려고 문 앞에서 잠시 서있었다. 하지만 더는 생각나지 않았다. 무거운 감정만 로나 안에 자리 잡았을 뿐이다. 깊은 슬픔이었다. 두 사람이 장례식에 갔던 것일까? 알고 지내던 사람이 죽었을까? 로나는 바보 같은 생각이라고 자신을 타이르며 눈물을 참았다. 그냥 감정에 불과했다. 왜 갑자기 이토록 비통한 기분이 드는지 알 수 없었다.

로나는 숨을 깊게 들이 마시고 광장을 가로질러 작은 카페로 갔다. 그리고 라테를 주문했다. 세스가 주문을 받고 있어서 반가웠다. 자신을 사로잡은 우울한 기분을 가라앉히려 애쓰는 대신 신경을 다른 데로 돌릴 수 있게 세스에게 단조로운 질문을 했다. 오늘 카운터에는 나이 많은 여성도 있었다. 아무리 못해도 여든은 되어 보였다. 얼굴이 통통하고 삼중 턱이었으며 볼이 불그스레했다. 작은 금테 안경을 썼고 굵은 백발을 머리핀으로 올려 묶었다. 새로운 얼굴이 로나를 웃으며 맞이했다.

"난 멀리사예요. 세스의 이모할머니죠. 40년 전에 이 카페를 운영했어요. 세월이 흘렀지만 여긴 그렇게 변하지 않았답니다."

로나는 몸을 반듯하게 폈다. 흥분해서 아드레날린이 솟았다. "전 스켈턴 플레이스에 사는 딸을 만나러 왔어요. 저희 엄마도 오래전에 거기 사셨고요. 1970년대 말에요."

"어머나, 어머니 성함이 어떻게 되나요? 난 평생 이 마을에서 살았다우. 그러니 내가 아는 사람일지도 몰라요."

"로즈예요. 로즈 그레이……."

멀리사가 입을 딱 벌리더니 놀라움에 숨을 헐떡이며 말했다. "롤리?"

로나는 마른침을 삼켰다. "맞아요. 절 아세요?"

멀리사가 로나의 두 손을 덥석 잡았다. "물론이지. 네가 아주 어릴 때 자주 얼굴 보고 지냈어. 세상에, 이렇게 만나다니 너무 반갑다. 엄마는? 로즈는 잘 지내니? 떠날 때 로즈랑 인사도 못해서 정말 아쉬웠어. 너하고도 마찬가지고. 둘이 너무 갑작스레 떠나는 바람에."

"그랬어요?" 로나는 이 일이 그 유골들과 관련이 있는지 궁금했다.

세스가 라테를 건넸다. 그리고 계산하는 로나에게 싱긋 웃으며 말했다. "세상 좁네요."

"이 마을엔 수십 년씩 산 사람들이 많아. 몇 세대에 걸쳐서 살기도 하고." 멀리사가 말했다. "세스는 이해 못하더라고. 얘네 엄마는 오래전에 떠났거든. 내가 카페 주인을 아니까 방학 때만 일하러 오는 거야." 멀리사는 애정 어린 손길로 조카 손주의 등을 토닥였고 세스는 활짝 웃었다.

하지만 로나는 여전히 심란했다. 여기에 젊은 시절의 엄마를 아는 사람이 있다니. 믿기지 않았다. "그 시절 저희 엄마는 어떠셨어요? 왜 그렇게 갑자기 떠났는지 아세요?"로나가 물었다. 기회를 놓치고 싶지 않았다. 그래서 대화의 주제를 되돌렸다.

"작별 인사도 안 했다니까. 그냥 훌쩍 떠나버렸지. 로즈는 알기 힘든 사람이었어. 아주 예민하기도 했고. 전전긍긍하는 타입이었어. 한번은 크리스마스이브에 네가 없어진 적이 있었거든. 솔직히 난 그때 로즈한테 심장마비라도 오는 줄 알았다니까. 하지만 하숙인을 들이고 나서는 좀 달라진 것 같았어. 더 행복해졌지. 둘이 엄청 가까웠어."

"대프니 하톨 말씀이세요?"

"대프니! 그래. 들으니까 생각나네. 맞아. 대프니였어. 매력적인 여자였지. 저기 농장에서 일했어." 멀리사는 작디작은 카페에 다른 손님이라고는 없는데도 목소리를 낮추고 슬쩍 주변을 둘러보았다. "집에서 백골이 나왔다고 들었어. 어쩌다 고생이네. 하나는 누군지 밝혀졌다면서 1980년에 죽었다던데. 신문 보고 엄청 놀랐다니까."

"맞아요."로나가 대답했다. "요전에 저희 딸이 발견했어요. 혹시 닐 루이셤이라는 이름 들어본 적 있으세요?"

멀리사가 미간을 찌푸리고 고개를 저었다. "아니. 여기 사람은 아닌 것 같아."

"엄마가 그 집에 사실 때 일이래요."

"글쎄, 그건 그렇지. 하지만 로즈가 뭔가 알고 있었을 거라고는 도저히 생각할 수 없구나. 파리 한 마리 못 죽이는 성격이었으니까. 게다가 너도 있었잖니. 집에 어린아이가 있는데 따질 것도 없지. 로즈는 절대로 네가 위험해지는 꼴은 못 보는 사람이었어."

"그건 저도 알아요. 하지만 사람들한테서 말이 나오겠죠."

"그렇겠지. 하지만 그래 봤자야. 사람들은 로즈를 기억하지도 못할 테니까. 난 로즈를 잘 알지. 항상 보호해 주고 싶은 사람이었어. 어쨌든, 로즈는 잘 지내고 있니? 이게 다 무슨 일이냐고 하지? 안 그러니?"

"엄마는…… 음, 엄마는 슬프게도 치매에 걸려서 요양원에 계세요."

"이런, 너무 가슴 아픈 소식이구나. 다정하고 좋은 사람이었는데. 널 보니 네 엄마가 보여. 너도 알지? 물론 머리색은 더 어둡지만."

로나는 미소를 지었다. 하지만 가슴 깊은 곳에서 자신은 항상 엄마와 닮지 않았다고 생각했다. 로즈는 피부색도 더 밝았고, 눈동자 색도 더 옅었으며 키도 크고 굴곡 없는 몸매였다. 자신은 아버지를 닮은 것이 분명했다. "엄마가 저희 아버지 얘기도 하셨나요?"

멀리사가 고개를 저었다. 그러자 턱살이 같이 흔들렸다. "아니. 로즈는 자기 과거에 대해서는 입을 다물었어. 다들 사별했구나 했지. 난 안 믿었지만."

"정말요?" 로나는 깜짝 놀랐다. "엄마는 저한테도 늘 그렇게 말씀하셨어요. 제가 태어나기 전에 아버지가 돌아가셨다고요."

"로즈는 처음 베거스 눅에 왔을 때 임신 중이었어. 그리고 그땐 분명히 혼자였지. 하지만 아주 비밀스러운 사람이었어."

"대프니에 대해서도 잘 아세요? 대프니는 어떻게 됐어요?"

"잘은 몰라. 가끔 카페에 왔지만 로즈만큼이나 입을 열지 않았어. 더하면 더했지. 두 사람 다 사람들하고 어울리기보다는 자기들끼리 지내는 편이었어. 나중에는 특히 더 그랬어."

"나중이요?"

"그래, 떠나기 전에."

"대프니는 저희 엄마보다 먼저 떠났나요?"

"난 항상 둘이 동시에 떠났다고 생각했는데. 같이 이사를 갔다고. 실은 의심을 했었거든……." 멀리사는 말을 도중에 멈췄다. "아니. 내가 이러쿵저러쿵할 건 아니지. 난 뒤에서 남 얘기나 하는 사람이 아니거든. 그리고 어찌 됐든 아주 옛날 일이니까."

세스가 헛기침을 하자 멀리사는 다정하게 나무랐다.

"뭘 의심하셨는데요?" 로나가 대답을 밀어붙였다.

멀리사는 창피한 듯이 세스를 흘낏 보고 말했다. "이제 세상이 아주 달라졌지. 이런 일도 그냥 대놓고 말할 수 있게 됐고. 하지만 두 사람은…… 페미니스트였던 것 같아." 멀리사는 마치 그게 부끄러운 일이라도 되는 것처럼 속삭이며 말했다.

세스가 로나를 보고 어쩔 수 없다는 표정을 지었다. "옛날 사람들이 이렇다니까요." 그리고 웃음을 터뜨렸다. 로나는 뭐가 그렇게 문제인지 알 수 없었다. 자기 자신도 페미니스트라고 믿고 싶었으니까. 왜 멀리사는 무슨 죄악이라도 되는 것처럼 말한 것일까? 그 순간 감이 왔다.

"우리 엄마하고 대프니가 연인이었다는 말씀이세요?"

"글쎄다." 안 그래도 불그스름한 멀리사 얼굴이 몇 배는 더 붉어졌다. 멀리사는 풍만한 가슴 아래로 팔짱을 끼었다. "꼭 그렇다는 건 아니지만 소문이 있었어. 당연하지. 이런 마을에는 항상 소문이 돌거든."

로나는 웃음을 감추려고 라테를 한 모금 마셨다.

"그럼 너도 대프니가 어떻게 됐는지는 모르는구나?" 멀리사가 물었다.

"네, 엄마는 그분 얘기를 하신 적이 없어요. 그래서 최근에야 대프니에 대해 알게 됐어요."

"그렇구나. 로즈한테 안부 전해 줄래? 난 로즈를 좋아했어. 너도 마찬가지고. 네가 이렇게 예쁜 모습으로 다 큰 걸 보니 감회가 새롭다."

이제 로나가 얼굴을 붉혔다. "따뜻한 말씀 고맙습니다." 로나는 냅킨에 전화번호를 적고 카운터 너머로 밀었다. "기억나시는 일이 있으면…… 이제 엄마한테는 뭘 물어보기가 힘들어서요. 치매 때문에요. 그러니 뭐라도 아시는 게 있으면 알려주세요……. 대프니가 어떻게 됐는지도 알아보고 싶어요."

"물론이지." 멀리사가 고개를 끄덕이고 두꺼운 카디건 주머니에 냅킨을 넣었다.

로나는 크루아상을 조금 산 다음 느긋하게 다리 건너 모퉁이 가게로 가서 우유를 샀다. 집으로 돌아오는 길에는 엄마와 대프니에 대해 생각했다. 두 사람이 사귀다가 헤어진 것일까? 그래서 베거스 눅을 떠난 다음의 삶에 대프니가 다시는 존재하지 않았던 것일까? 갑자기 떠난 것도 그래서일까? 로나가 아는 한 지금껏 엄마에게 남자 친구가 있었던 일은 한 번도 없었다. 왜 엄마는 이 긴 세월 동안 본인의 정체성을 로나에게 숨겨야 한다고 생각했을까?

로나는 엄마에게 자신이 모르는 부분이 아주 많다는 사실을 깨달았다. 하지만 어른이 되고 난 뒤에도 굳이 한번 물어볼 생각조차 하지 않았다. 너무 나만 생각만 했던 것일까? 그래서 엄마의 촌스럽고 과묵한 겉모습 뒤에 어떤 모습이 숨어있는지 알려고 하지 않았던 것일까? 로나는 자기 인생에 아버지가 없다는 사실도 그냥 받아들였다. 엄마가 해주는 이야기를 그대로 받아들였다. 나중에 생각해 보니 엄마가 지어낸 이야기에는 일관성이 없었다. 단순하기만 했고 자세한 설명이 없었다. 그렇다고 해서 로나가 캐물어 본 것도 아니었다. 로나는 그다지 호기심이 많은 아이가 아니었다.

죄책감과 후회가 밀려왔다. 진짜 엄마를 알 수 있었던 그 모든 나날을 낭비했다.

집에 도착하자 현관문이 활짝 열렸다. 온통 불안에 사로잡힌 새피가 서있었다. 무언가 잘못됐다.

"왜 그러니?"

새피는 아직도 잠옷 차림이었다. "경찰이 할머니를 다시 만난다고 전화가 왔어. 오늘이야!"

37

새피

엄마가 나는 남아있으라고 설득했지만 그럴 수 없었다. 경찰이 질문할 때 내가 할머니 곁에 있어야 한다. 최대한 할머니를 보호해야 한다. 내가 운전을 맡았다. 조수석에 앉은 엄마에게서 긴장감이 느껴졌다. 경찰이 할머니와 다시 이야기할 계획이라고 알려주기는 했지만 이렇게 급하게 부르다니 불안했다. 경찰은 이제 닐 루이셤이 죽었을 때 할머니가 그 집에 살고 있었다는 사실을 알고 있다. 할머니를 용의자로 보는 걸까?

"할머니가 뭔가 알고 있을까? 난 못 믿겠어. 엄만 어때?" 고속도로 쪽으로 가면서 물었다. 엄마는 아무 말도 없었다. 나는 발끈했다. "어떠냐니까."

"모르겠다. 그럴 것 같진 않아, 새피, 하지만……"

"하지만 뭐?" 내가 쏘아붙였다. "할머니가 사람을 죽일 수 있다고 생각하는 건 아니겠지?"

엄마가 코웃음을 쳤다. "당연히 아니지. 하지만 그렇다고 해서 할머니가 아무것도 모른다는 뜻은 아니야. 뭔가 알지도 모르지. 그 일이 일어났을 때 집에 있었을 수도 있고, 숨기도록 도와줬을지도 몰라."

나는 믿고 싶은 마음이 없었다. "할머니는 내가 아는 사람 중에서 제일 법을 잘 지키는 사람이야. 말도 안 돼." 엄마가 이를 악무는 모습을 보자 짜증이 끓어올랐다. "어떻게 할머니를 의심할 수 있어? 엄마의 엄마잖아!"

"할머니라고 다 완벽한 건 아니야. 할머니도 보통 사람에 불과해. 우리랑 똑같아."

나는 운전대를 꽉 움켜쥐었다. 지난 세월 엄마한테 느껴왔던 모든 분노가 터져 나올지도 몰랐다. 참아낼 자신이 없어서 입을 열 수 없었다.

"게다가……" 엄마가 말을 이었다. "할머니가 진이 누구 머리를 쳤다는 얘기도 했잖아. 뭔가 목격한 게 아닐까?"

"당연히 아니지! 할머니는 그냥 아무 이름이나 떠오르는 대로 말한 거야!"

"하지만 실라에 대한 이야기는 맞았지, 안 그러니? 실라는 실존 인물이었어. 앨런이 해준 얘기 전에 말해줬잖아. 그리고 대프니가 실제로는 실라 와츠일 거라는 내 생각도 얘기해 줬고."

"확실한 건 아니잖아. 이러다가 나머지 유골은 대프니라고 하겠네……. 할머니가 대프니도 죽였다고 생각하는 거야?"

엄마는 아무 말이 없었다.

"그 유골이 대프니라고 생각하는구나?"

"그런 말은 안 했어. 하지만 아까 멀리사랑 얘기해 보니까 할머니랑 대프니가 동시에 떠났대. 나도 너만큼이나 할머니를 나쁘게 생각하고 싶지 않아. 내 엄마니까. 하지만 사실을 직시해야 해."

"말도 안 되는 소리 하지 마. 다 엄마가 할머니를 못 믿어서 하는 소리잖아. 평소에 신경 쓴 적도 없기 때문에……" 나는 말을 멈췄다. 너무 나갔다.

엄마는 잠시 말이 없다가 입을 열었다. "무슨 뜻이니?"

"아무것도 아니야. 못 들은 걸로 해."

"아니. 엄마한테 할 말 있으면 해 봐."

나는 엄마를 바라봤다. 화가 나서 입을 꾹 다물고 있었다. 이렇게 싸운 것은 오랜만이다. 어릴 때 엄마가 어질러진 내 방을 보고 소리를 질렀던 때 이후로는 싸우지 않았다.

"좋아, 그럼. 내 생각에는 엄마가 좀…… 무관심했던 것 같아."

"무관심했다?"

"그래. 엄만 스페인으로 가버렸잖아. 나이 많은 할머니를 혼자 외롭게 내버려 두고. 거의 찾지도 않았어. 지난 6년 동안 할머니를 몇 번이나 만났어? 일 년에 한두 번?"

"그런 식으로 말하면 안 되지."

"사실이잖아. 그리고 나는? 난 몇 번이나 보러 왔어? 그나마도 올 때마다 끔찍한 남자 친구도 하나씩 데리고 왔잖아. 또, 내가 임신해서 기쁜 척하지 마." 이제 걷잡을 수 없다. 내가 못되게 굴고 있는 것을 알면서도 멈출 수 없다. "내가 임신했다고 했을 때 엄마 얼굴에 얼마나 실망했는지 다 드러났거든! 엄마가 어릴 때 날 가지고 후회했다고 해서 나도 그런 건 아니라고. 엄만 자기 또래처럼 살고 싶어서 아빠랑도 헤어지고, 남자들 만나러 다니느라 여름마다 날 치워버리지 못해서 안달이었잖아. 엄마가 그랬다고 나도 그럴 것 같아? 그러고도 엄마는 내가 왜 할머니랑 더 친한지 모른다고 하더라!"

충격 속에 침묵이 흘렀다. 정말 말해버리다니 믿기지 않았다. 엄마를 볼 용기가 나지 않았다. 내가 이렇게 대놓고 부딪치는 사람이 아닌데. 임신 때문에 호르몬의 영향을 받은 것이 틀림없었다. 그렇다고 해도 지금 털어놓은 것은 오랜 세월 느껴왔던 진짜 내 속마음이었다. 막상 입 밖에 꺼내고 나니 안도감이 찾아왔다.

달리는 차 안에 불편한 침묵이 자리 잡고 긴장이 흘렀다. 다리가 떨리고 있었다. 곁눈질로 보니 엄마가 휴지로 볼 위에 흐르는 눈물을 닦고 있었다. 나는 죄책감에 휩싸였다.

"엄마, 미안해. 전부 진심은 아니야."

"아니. 전부 진심이었어." 엄마가 조용하게 말했다.

"호르몬 때문이야. 난 그냥 너무, 너무…… 화가 나!"

"알아." 엄마가 눈물에 젖은 눈으로 웃어 보였다. "내가 늘 좋은 엄마가 아니었다는 건 나도 인정해. 내가 잘못……"

"엄마, 그러지 마!"

"진심이야. 너도 알잖아. 하지만 지금 네가 어떻게 생각하든 간에, 엄만 널 가진 걸 후회한 적이 한 번도 없었어. 단 한순간도."

울컥하고 목이 메어왔다.

이제 엘름스 브룩에 들어선 참이었다. 주차장에 차를 세웠다.

내가 기어를 중립에 놓자 엄마가 손을 겹쳐 올렸다. "우리 화해한 거지?"

"당연하지." 나는 스물네 살인데도 아이를 낳으려니 두렵다. 그러니 고작 열여섯 살이었던 엄마가 얼마나 무서웠을지는 상상도 가지 않는다. 상처가 되는 말은 하지 말았어야 했다.

문가에서 조이가 여전히 위압적인 분위기로 우리를 맞았다. 평소보다 더 스트레스를 받은 듯했다. 이유는 뻔했다. 아마도 전에는 환자를 찾아오는 경찰하고 얽힐 일이 없었겠지.

로비에 들어갔다. 엄마는 기분이 가라앉아 있었다. 나는 카펫의 못생긴 나선무늬 때문에 속이 울렁거렸다.

"경찰은 왔나요?" 엄마가 조이에게 물었다.

"안에 있어요." 조이가 저번에 들어갔던 방을 가리켰다. "제가 가서 로즈를 데려오죠. 로즈는 아직 자기 방에 있어요. 어젯밤에 좀 안 좋았거든요. 차도 좀 내올게요."

마음속에 또 불안이 차올랐다. "밤에 좀 안 좋았다니 어떻게 안 좋았어요?"

"계속 울면서 깼어요. 가끔 있는 일이죠. 자기가 어디에 있는지 잊어버리거든요. 어쨌든 들어가 계시면 로즈를 데려올게요." 조이는 문을 열고 우리가 들어갈 수 있게 문에 기댔다.

방 안에서는 반스 경사가 기다리고 있었다. 이번에는 다른 사람도 있었다. 내 나이 또래 여자였다. 두 사람은 벽난로 양옆의 똑같이 생긴 팔걸이의자에 앉아있었다. 우리가 들어가자 자리에서 일어났다. 반스 경사는 여자를 루신다 웹 경장이라고 소개했다. 웹 경장은 무늬가 있는 블라우스를 입었고 구릿빛 숱 많은 머리카락을 어깨가 덮일 만큼 기르고 있었다. 이번에는 조이가 가져다 놓은 의자가 두 개밖에 없었다.

"어서 앉아." 엄마가 의자 하나를 가리키며 말했다. "난 서있어도 돼."

"정말 괜찮아?"

"당연하지. 앉아!"

우리는 서로 부자연스럽게 대했다. 엄청나게 예의를 차리면서. 그래도 엄마 말대로 앉았다.

어색한 침묵이 흘렀다. 문이 열리고 조이가 할머니를 방으로 데려오자 고마울 지경이었다. 할머니를 보니 눈물이 차올랐다. 할머니는 잔뜩 겁먹은 듯했다. 마치 내성적인 어린 소녀 같았다. 할머니를 감싸 안고 이 모든 일에서 벗어나게 해주고 싶었다. 분홍색 뜨개옷에 주름치마를 입은 할머니는 더 말라 보였다. 내가 익히 잘 알고 있는 금목걸이와 세트인 귀걸이를 하고 있었다. 할머니가 예뻐 보이도록 아침에 요양사가 꾸며준 것일지 궁금했다. 할머니는 내 옆에 앉아서 아기 새처럼 빠르게 눈을 깜빡였다.

나는 손을 뻗어 할머니 손을 잡았다. "할머니……."

"누구세요?" 할머니의 대답을 들으니 가슴이 칼에 찔린 것처럼 아팠다.

"저예요, 새피." 울지 않으려고 애쓰면서 말했다.

대답이 나오기 전에 엄마가 할머니 옆에 쭈그리고 앉았다. "엄마. 무서워하지 않아도 돼요. 경찰은 그냥 몇 가지 질문만 할 거예요."

"왜?" 할머니가 물었다. 나를 돌아보는 할머니는 당혹스러운 얼굴이었지만 눈에는 나를 알아보는 기색이 감돌았다. 나는 할머니 손을 꼭 쥐었다.

"괜찮아요, 할머니." 안심시키는 말투로 말했다. 엄마는 일어나서 내 뒤로 와 서성거렸다. 덕분에 목덜미의 털이 곤두섰다. 엄마가 앉을 의자가 있으면 좋은데. 조이는 왜 하나 더 가져오지 않은 거야?

반스 경사는 소매를 말아 올리고 있었다. 저번처럼 덥지는 않았지만 그래도 땀이 나는지 이마에 광이 났다.

"안녕하세요, 로즈 씨. 걱정하지 않으셔도 됩니다. 따님이 말씀하신 것처럼 저희는 몇 가지만 질문드리러 왔으니까요. 괜찮으시겠어요?"

"아마도요." 할머니가 배 위에 손을 포개 올렸다. 조이가 의자를 하나 더 가져와서 엄마도 앉았다.

반스 경사는 계속 방해받아서 약간 짜증이 난 것처럼 보였다. 조이가 방에서 나가자 말을 이었다. "로즈 씨. 닐 루이섬이라는 이름에서 뭐 떠오르는 게 있으실까요?"

할머니가 나를 바라봐서 격려하듯이 미소를 지었다.

"아니요." 할머니가 말했다.

반스 경사는 나무 테이블 위에 올려둔 사진을 우리 쪽으로 밀었다. 할머니는 사진을 내려다보았다. 나는 계속 할머니의 손을 잡고 있었다. 뼈대가 가늘고 연약한 것이 느껴졌다. 나는 사진을 더 자세히 보려고 몸을 숙였다. 짧은 금발 머리 남자가 우리를 보고 있다. 특징 없는 평범한 사람이다. 눈에 띌 만한 것은 아무것도 없다. 검은색 긴 외투를 입고 한 손은 주머니에 찔러 넣었다. 옆으로 늘어뜨린 다른 손에는 담배를 들고 있었다. "이 남자가 예전에 사시던 집에서 죽은 채로 발견되었습니다, 로즈 씨." 반스 경사가 심각하게 말했다. "저희는 1980년에 사망한 것으로 보고 있습니다. 로즈 씨가 그 집에 살고 계시던 동안에요."

할머니는 두려움으로 눈이 커졌다.

"괜찮아요, 할머니." 나는 부드럽게 달랬다. "이 남자에 대해 기억나는 거 있으세요?"

"우릴 쫓아 왔어요." 할머니가 반스 경사에게로 시선을 돌리고 입을 열었다.

나는 충격에 휩싸여서 할머니를 쳐다봤다. 이 남자를 모른다고 할 줄 알았다. 차마 엄마 얼굴을 볼 수 없었다. 실라에 관한 파일이나 닐 루이셤의 이름이 나온 신문 기사에 관해서는 아직 경찰에 말하지 않았다. 어떻게든 할머니를 연루시키는 결과가 나오지 않길 바랐으니까.

"그게 무슨 뜻이죠, 로즈 씨?" 웹 경장이 캐물었다. 부드럽고 온화한 목소리였다. 덕분에 오늘 웹 경장이 같이 온 이유를 깨달았다. 여자의 손길이 필요했다.

입이 바짝바짝 탔다. 어젯밤에 그 난리를 겪은 피로가 아직 남았다. 조이는 여태 약속했던 차를 가져오지 않았다.

"그 남자를 해쳤나요, 로즈 씨? 아니면 대프니가 그랬나요?" 루신다 웹 경장의 목소리는 마음을 진정시켜주는 느낌이었다. 목이 아플 때 따뜻한 꿀물을 넘기는 것처럼 부드러웠다.

할머니는 내가 잡고 있던 손을 빼냈다. 그리고 풍성한 백발 속으로 손을 집어넣었다. "기억이 안 나요……."

"로즈 씨의 연인이었나요? 아니면 대프니의 연인이었나요?"

"아니, 그건 아니에요……."

"이 남자가 집에 찾아왔나요, 로즈 씨? 기억하세요?"

"화가 나 있었어요." 할머니가 말했다. 무릎 위에 손을 올린 모습이 이제 훨씬 차분해 보였다. "화가 나 있었어요."

"왜 화가 났을까요?"

긴장으로 몸이 굳어졌다. 할머니가 정말로 기억할 수 있는 걸까? 다시 아무 말이나 하는 것이 아닐까?

"우리를 해치려고 했어요."

"왜 그랬나요?" 웹 경장이 물었다.

"실라에 관해 알아냈거든요."

나는 엄마가 조용해진 것을 알아차렸다. 나도 뭔가 말해야 할지 판단이 서질 않았다. 그랬다가 할머니가 곤란해지면 어쩌지?

"실라가 누군가요?" 웹 경장이 계속 부드러운 목소리로 물었다.

할머니는 말없이 무릎만 바라봤다.

엄마가 나를 흘낏 보더니 형사들을 보고 입을 열었다. "제…… 생각에는 실라 와츠라는 여자 얘기 같아요. 최근에 실라 와츠가 대프니 하틀의 신분을 도용했을지도 모른다는 사실을 알아냈거든요."

두 형사가 엄마 쪽으로 몸을 기울였다. "계속 말씀하시죠." 반스 경사가 말했다.

"실라 와츠는 1970년대 말에 익사했어요. 엄마 물건들 사이에 그 사건에 관한 기사가 있었어요. 좀 파고들어 봤더니, 말하자면 길지만 요약하면 실라 와츠가 죽은 것으로 위장하고 진짜 대프니 하틀의 신분을 훔친 것 같았어요."

반스 경사의 우락부락한 얼굴에 순간적으로 짜증이 스쳐 지나갔다. "왜 미리 말씀하지 않으셨습니까?"

"죄송해요. 지난 며칠 동안 너무 많은 일이 있었어요. 말하려고는 했어요."

반스 경사는 약간 부끄러운 기색을 보였다. "그랬죠, 참." 그리고는 다시 할머니를 보면서 입을 열었다. 세계 종말을 전하기 직전의 아나운서처럼 심각한 목소리였다. "닐 루이셤은 탐사 보도 기자였습니다. 자주 만취했고, 아드님 증언에 따르면 부인하고 자주 싸우는 등 관계가 아주 나빴다고 합니다. 루이셤이 대프니가 실제로는 실라 와츠라는 사실을 알아냈고, 그래서 그날 베거스 눅까지 대프니를 만나러 온 겁니까, 로즈 씨?" 목소리에서 다급함이 느껴졌다. 할머니가 자기만의 세계로 돌아가 버리기 전까지 시간이 얼마 남지 않았음을 아는 듯했다.

할머니는 아무 말도 하지 않았다. 고집스럽게 입을 꾹 다물고 있었다.

"닐 루이셤이 대프니에 관한 진실을 알아냈나요?" 웹 경장이 부드럽고 매끄러운 목소리로 물었다. "대프니가 사실은 실라라고요?"

"아니요." 할머니가 목걸이를 만지작거리며 형사들을 올려다보았다. "그 남자는 진에 관해 알아냈어요."

38

로즈

1980년 4월

문 앞에 닐 루이셤이 나타나기 전까지는 모든 것이 완벽했어.

이번 부활절은 4월 첫 번째 주였지. 우리는 부활절을 기념하며 즐거운 시간을 보냈어. 우리 셋이서만. 대프니는 농장에서 얻어 온 달걀을 삶았고, 우리는 식탁에 둘러앉아 달걀에 그림을 그렸어. 넌 대프니가 그린 웃긴 얼굴을 보고 키득거렸지. 대프니는 놀라울 정도로 실력이 좋았어. 부활절 일요일, 우리는 조그만 달걀 모양 초콜릿을 마당 여기저기에 숨겼어. 초콜릿을 감싸고 있는 색색의 포일이 화초와 덤불 아래에서 빛을 받아 반짝였지. 해가 났지만 서늘한 날이었어. 대프니와 내가 뒷문에 서서 자랑스럽게 지켜보는 동안 넌 초콜릿을 찾으러 다녔어. 기쁨이 반짝이던 네 눈빛과 잔뜩 신난 웃음소리는 절대 잊지 못할 거야.

그날 밤, 네가 잠든 후에 대프니와 나는 난롯가에서 와인을 마시며 수다를 떨었어. 그러다가 대프니가 나를 바라봤지. 벽난로 불빛

속에서 대프니의 눈은 아주 커 보였어. "나, 나 하고 싶은 얘기가 있어요, 로즈. 하지만 말하면 우리 우정이 깨질까 봐 무서워."

나는 대프니에게 더 가까이 다가갔어. 내가 느끼는 모든 감정을 대프니가 말해주기를 소원했지.

"어떤 말을 하더라도 우리 우정이 깨질 일은 없을 거예요." 나는 부드럽게 말했어.

대프니는 내 손을 잡고 가까이 다가왔어. 우리 얼굴이 겨우 몇 센티미터 떨어져 있을 만큼 가까이. 그리고 부드럽게 내 얼굴 위로 흘러내린 머리카락을 걷어냈어. 나는 대프니 쪽으로 몸을 기울였어. 대프니의 입술이 내 입술을 스치자 가슴이 두근거렸어. 대프니는 나를 가까이 끌어당기고 진하게 키스했어. 그다음 내 손을 잡고 위층에 있는 자기 침실로 데려갔지. 나는 대프니 침실에 있다가 새벽에 내 침대로 돌아갔어. 네가 일어났을 때 날 찾으러 왔다가 텅 빈 침대를 보고 놀라면 안 되니까.

그날 행복했던 매 순간에 더 깊이 빠져들어 마음껏 즐겼으면 좋았을 텐데. 돋보기로 그 순간을 하나하나 자세히 살펴보고 음미했어야 했어. 쉰 목소리를 내며 웃던 대프니, 기뻐서 소리를 지르던 너, 초콜릿 달걀을 포장한 포일에 반사되어 반짝이던 햇빛, 초콜릿 향기와 바람에 실려 온 꽃가루 냄새, 그날을 두고두고 반복해서 다시 살 수만 있다면 뭐든 다 바치겠어.

그다음 날 모든 게 달라졌으니까.

그 남자는 월요일 저녁, 내가 널 재울 때 도착했어.

복도에서 목소리가 들려왔어. 목소리가 낮아서 잘 들리지는 않았지만 한 사람은 분명 남자였어. 심장이 빠르게 뛰기 시작했어. 우리 집에 누가 찾아오는 일은 없었거든. 나는 네게 이불을 잘 덮어준 다음 문을 닫고 나왔어. 현관에 찾아온 사람이 누구일까 생각하니 겨드랑이 아래로 땀이 배어 나왔어. 대프니가 두려워하던 그 남자일까? 그 남자가 우리를 찾아냈을까?

나는 서둘러 아래층으로 내려갔어. 온갖 시나리오가 머릿속에 펼쳐졌지. 하지만 대프니 곁에는 아무도 없었어. 대프니는 혼자였어.

"누가 왔어?" 널 놀라게 하고 싶지 않아서 조용히 물었어. "얘기하는 소리가 들렸는데."

대프니는 고개를 젓고 거실로 들어갔어. 나도 따라갔고. 대프니는 거실 한가운데에 서서 팔로 자신을 감쌌어. 얼굴이 너무 창백해서 기절할 것처럼 보였지. "그 남자야." 대프니가 속삭였어. "아, 세상에. 로즈. 그 남자가 날 찾았어. 날 찾았어……."

온몸이 다 차가워졌어. "어디…… 그 남자 지금 어디 있어?"

"옆으로 돌아갔어. 뒷마당으로. 내가 거기에서 얘기하자고 했어. 어떻게 해야 할지 모르겠어."

"경찰을 불러야지." 나는 소파 옆에 있는 주황색 전화기 쪽으로 갔어. 하지만 미처 수화기를 들기도 전에 대프니가 날 막았어.

"그럴 순 없어. 모르겠어? 아무 소용없을 거야. 전부터 그랬어. 경찰은 그때도 날 도와주지 않았는데 지금이라고 왜 도와주겠어?"

나는 고개를 숙였어.

그냥 경찰에 전화했으면 얼마나 좋았을까. 그러면 이 모든 일이 일어나지 않았을지도 모르는데. 두려움. 두려움에 사로잡히면 이상한 짓을 하게 돼. 머릿속이 흐려지지. 그리고 난 너무 오랫동안 겁에 질려있었어. 이건 꼭 믿어줘야만 해.

대프니는 내 어깨에 손을 올렸어. "저 사람하고 얘기를 해봐야겠어. 날 내버려 두라고 설득해 봐야지. 소용이 있을지는 모르지만." 대프니는 조금 흐느꼈어. "겁이 나, 로즈. 저 남자…… 저 남자는 좋은 사람이 아니야."

그 말을 들으니까 네 아빠 모습이 떠올랐어. 네 아빠가 나에게 한 짓들도. 만약 네 아빠가 이 닐이란 사람처럼 예고 없이 여기 나타난다면 난 어떻게 할까?

나는 대프니를 끌어안고 정수리에 입을 맞췄어. "괜찮을 거야. 내가 자기한테 아무 일도 생기지 않게 할 거야." 나는 온 힘을 주어 말했어. "같이 해결해 낼 거야. 가자." 난 몸을 뗀 다음 손을 잡고 대프니를 부엌으로 데려갔어. 뒷마당에서 담배를 피우고 있는 어떤 남자가 보였어. 내 안위는 생각하지 않았어. 심지어는 인정하기 부끄럽지만 그 순간에는 네 안위도 생각하지 않았어. 닐이 관심이 있는 건 우리가 아니라고 나 자신에게 말했지. 그 남자가 원하는 건 그동안 찾아다녔던 대프니였으니까.

나는 뒷마당 문을 열었어. 대프니가 앞장서서 야외 테라스로 나갔지.

"안녕, 진." 남자가 대프니에게 말했어. 부엌 불빛이 남자의 얼굴에 비췄어. 아주 옅은 금발이어서 속눈썹이 반투명해 보였지. 흰 티셔츠 위에 검은색 해링턴 재킷을 걸쳤고 청바지를 입었는데, 불쾌한 술 냄새가 났어.

진?

"이건 또 누구야?" 남자가 고갯짓으로 날 가리켰어.

"내 친구." 대프니가 고개를 돌리고 날 바라보며 대답했어. 눈이 마주치자 말하지 않아도 통했어. 우리 둘은 30대였고 알게 된 지 네 달밖에 안 됐지만 그래도 대프니를 향한 내 감정을 다 담기에는 충분하지 않은 표현이었지. 학교 다닐 때 이후로 친한 친구라고 할 수 있는 사람이 없기는 했어도 말이야.

"조심하는 게 좋을 거요." 남자가 눈을 가늘게 뜨고 거들먹거리는 얼굴로 내게 말했어. "이 여자가 무슨 짓을 할 수 있는지 알긴 해요?"

시작됐다는 생각이 들더라. 대프니가 나쁜 사람이라는 이야기를 지어낼 것이 뻔했어. 잘못은 대프니가 했다고 하는 거지. 이런 주제를 다룬 흑백 영화를 한번 본 적이 있었거든. 이 남자가 하는 짓을 뭐라고 하더라? 가스라이팅?

난 거기 서있었어. 카디건과 긴 치마를 입고 몸을 떨면서. 아무 말도 하지 않았어. 대답 대신 남자를 그냥 노려보기만 했어. 남자는 담배를 한 모금 빨더니 일부러 내 쪽을 향해 천천히 연기를 내뿜었어. 그 순간 격렬한 증오심을 느꼈어. 대프니가 남자 쪽으로 다가갔어. 하지만 나는 대프니의 손을 잡고 뒤로 잡아끌며 말했어. "그럴 필요 없어."

대프니는 고개를 저었어. 대프니가 남자한테 고분고분해서 놀라웠어. 남자한테 맞서자고 그렇게 열변을 토했었는데. 대프니는 날 떨쳐내고 남자 쪽으로 걸어갔어. 면 스웨터랑 나팔바지를 입은 모습이 여위어 보였어. 늘 애용하는 부츠를 신고 있었지. 대프니가 남자 옆으로 가자 두 사람은 내게 등을 돌리고 잔디밭으로 들어갔어. 옆집 마당에서 모닥불을 피우고 있는 냄새가 살짝 났고 부엌 불빛을 빼면 바깥은 아주 깜깜했어. 공해도 없고, 다른 불빛도 없고, 빽빽한 숲에 둘러싸인 시골에서만 볼 수 있는 그런 어둠이었지. 양옆으로 늘어선 산울타리는 아주 높아서 이웃들 시야를 가렸어.

이때부터 그럴 생각이었을까? 계획을 세웠던 것일까? 어느 정도는 분명히 그랬을 거라고 생각해.

나는 뒷문에 서서 기다렸어. 지켜보면서. 귀를 기울이면서. 덮칠 준비가 된 동물처럼. 바람에 실린 듯 목소리가 들려왔어.

"그렇게 찾아 헤맸는데 말이야." 남자가 말하는 소리였어. 담배 끝부분이 보였어. 어둠과 대비되는 주황색 점. 마치 반딧불이 같았어. "결국 찾을 줄 알았어. 그 빌어먹을 괴상한 머리 꼴을 하고 있어도 말이지. 나한테서 도망치는 건 불가능하다고. 진."

"내 이름은 대프니야." 대프니가 단호하게 말했어. 긴장감에 굳은 어깨가 눈에 들어왔어. 머리를 짧게 잘라서 드러난 목이 길고 우아했지. "왜 날 자꾸 진이라고 부르는지 모르겠네. 난 당신이 생각하는 사람이 아니야."

남자가 목소리를 낮췄어. 하지만 그래도 여전히 무슨 말을 하는지 알 수 있었어. "우리 둘 다 네가 누군지 알잖아." 이유는 알 수 없었지만 협박처럼 들렸어. "네 정체를 폭로하면 난 잘나가게 될 거야."

남자가 무슨 말을 하는 건지 궁금했어. 그때 문득 깨달았어. 남자는 경찰이었던 거야. 어쩐지 대프니가 경찰에 전화하길 바라지 않더라. 저 남자도 같은 부류였어. 자기 권력을 남용하는 남자. 다른 사람들이 무조건 믿어주는 위치에 있는 남자.

빅터 카마이클 같은 사람.

빅터는 사회의 정직한 일원, 그것도 무려 의사로 가장한 인간쓰레기였어. 다들 빅터 말을 믿지, 내 말은 아무도 믿어주지 않았을 거야. 빅터는 내 인생을 망치려고 했어. 그리고 닐 역시 대프니에게 똑같은 짓을 한 것처럼 보였어.

"또 도망치면 돼." 어둠에 묻힌 대프니의 목소리가 작게 들려왔어.

"그럼 난 언제든 널 찾아낼 거야."

"이번에는 안 될걸."

"죽은 걸로 위장하다니. 영리한 방법이었어. 그건 인정하지. 하지만 그 정도로는 충분하지 않다고, 진."

귀에서 쿵쿵 맥이 뛰는 것이 느껴졌어. 대프니가 떠나는 것은 원치 않았어. 대프니를 사랑한다는 사실을 자각했어. 대프니는 날 행복하게 해줬어. 대프니 없이는 살고 싶지 않았어. 지금 이대로 이 시골집에서 우리 셋이 안전하게 살 수 있길 바랐어. 아니 예전처럼 살고 싶었다는 표현이 맞겠다. 닐이 나타나서 아름다웠던 우리만의 세계를 더럽히기 전의 삶을 원했으니까.

빅터에 관한 생각이 머릿속을 떠나지 않았기 때문일까? 빅터가 나를 그런 식으로 대했기 때문에 내가 이런 짓을 저지르게 된 것일까? 대프니가 평생 도망 다니느라 내 곁에, 우리 곁에 영원히 머물러줄 수 없을 거라는 생각이 들었기 때문일까? 나는 너무 화가 났어. 무력한 내가 너무 지긋지긋했어. 이번만은 내 힘으로 상황을 바꾸고 싶었어. 수동적으로 받아들이는 게 아니라 이 순간을 통제하는 사람이 바로 나이길 원했어.

그냥 모두 없어져 버렸으면 좋겠다고 생각했어. 저 남자가 없어져 버렸으면 좋겠다고.

남자가 대프니 얼굴에 자기 얼굴을 바싹 들이대고서 손가락으로 볼부터 목까지 느릿느릿 쓸어내리는 모습이 보였어. 그러더니 대프니의 팔 윗부분을 움켜쥐고 등이 담장에 부딪칠 정도로 대프니를 밀어붙였어. "넌 거짓말쟁이야." 남자가 으르렁거리며 말했어. 나는 대프니의 얼굴에서 두려움을 봤어. 순간 빅터가 처음 날 때렸을 때로 돌아간 느낌이었어. 모든 남자가 우리 아빠처럼 선량하지 않다는 사실을 깨달았던 때로. 난 순진해 빠진 멍청이였어.

하지만 이제 나는 더 이상 그런 멍청이가 아니었어. 네가 날 바꿨단다. 대프니도 날 바꿨고. 난 대프니를 보호해야만 했어. 우리 셋이 함께 나누던 삶을 지켜야만 했어.

"대프니한테 손대지 마." 내가 문가에서 소리쳤어.

마치 내 눈앞에서 스냅 사진이 획획 지나가는 것만 같았어. 두려움이 역력한 대프니의 얼굴. 자기가 가진 권력을 즐기는 듯한 닐의 비웃음 띤 얼굴.

조리대 위의 도마에서 빵 칼을 집어 들었던 건 기억나지 않아.

야외 테라스를 성큼성큼 건너간 것도, 재빨리 닐의 가슴뼈 아래로 단번에 칼을 꽂아 넣은 것도 기억나지 않아.

전부 너무 순식간에 벌어졌어.

난 내가 한 짓에 너무 놀라서 칼을 놓고 비틀비틀 뒤로 물러났어. 대프니의 경악한 얼굴이 눈에 들어오더라.

"이 나쁜 년." 닐이 거칠게 내뱉으며 잔디밭 위로 털썩 무릎을 꿇었어. "이 염병할 나쁜 년."

닐은 배에 튀어나와 있는 칼 손잡이를 움켜쥐었어.

나는 손으로 입을 가렸어. 오, 세상에. 오, 세상에. 내가 무슨 짓을 저지른 거야?

닐이 뒤로 털썩 주저앉았어. 손은 여전히 칼 손잡이를 감싼 채로. 티셔츠의 앞부분이 피로 물들었어. 흰 바탕에 꽃처럼 붉게 물드는 피. 피가 너무 많았어. 난 공포에 사로잡혀서 구역질이 나기 시작했지.

대프니가 곧바로 다가왔어. 내 어깨를 감싸고 부드럽게 달래줬어. "괜찮아. 괜찮아……. 오, 로즈. 로즈……."

"경찰. 경찰에 전화해야 해." 숨쉬기가 힘들어졌어.

닐은 이제 몸을 가누지 못하고 누워있었어. 옅은 속눈썹이 바들바들 떨렸지. 대프니가 몸을 숙이고 닐의 상처에서 칼을 뽑아냈어. 하지만 그러니까 상황이 더 나빠진 듯했어. 피가 전보다 더 빠르게 쏟아져 나왔거든. 신음하면서 배를 누르고 있는 닐의 손가락 사이로 피가 솟구쳤어.

나는 카디건을 벗었어. "어서. 이걸로 막아보자."

대프니는 고개를 저었어. "저 사람은 죽어가고 있어, 로즈." 대프니는 딱딱 끊어서 사실적으로 감정 없이 말했어.

"경찰에 알려야 해." 나는 흐느꼈어.

"아니. 아니야, 그러지 마."

"알려야 해. 살릴 수 있을 거야!"

"저 사람을 구하고 싶어? 저런 놈을? 사람을 협박하고 다니는 비열한 인간쓰레기를?"

"난……"

닐이 신음해서 말을 이을 수 없었어. 대신 무릎을 꿇고서 둥글게 뭉친 카디건을 닐의 배에 대고 눌렀어. 그러니까 닐이 엄청난 힘으로 내 손을 세게 움켜쥐는 거야. 난 균형을 잃고 뒤로 넘어졌어. "이제 둘 다 살인자가 됐군." 닐이 식식거리면서 말했어. 침이 튀어서 자기 볼 위로 떨어졌지. "둘 다 똑같은 것들이야."

머리를 한 대 얻어맞은 충격이 느껴졌어. "뭐라고요?"

"저 여자는 진 버튼이라고." 닐이 내 뒤에 서있는 대프니를 가리키며 말했어. "진 버튼."

"입 다물어요." 나는 헐떡이며 말했어. 입이 바짝 말랐어. "말하지 말아요. 지금 도와주려고 하잖아요." 나는 다시 무릎을 꿇고 닐 위로 몸을 숙였어. 구역질 나는 인간이지만 죽게 내버려 둘 수는 없었어. 나는 공포에 사로잡혀서 등 뒤로 소리쳤어. "대프니, 구급차를 불러."

대프니는 내 옆에 무릎을 꿇었어. "난 아무도 부르지 않을 거야, 로즈." 차분한 말투였지. 그리고 내 어깨에 손을 올렸어. "우린 닐이 죽게 내버려 둬야 해."

닐은 이제 눈을 감고 있었고 얼굴이 땀에 젖어서 번들거렸어. 벌써 죽은 걸까? 몸이 걷잡을 수 없이 덜덜 떨려왔어. 닐에게서, 내 잔디밭에 밀랍 인형처럼 누워있는 이 남자에게서 눈을 뗄 수 없었어.

대프니는 팔을 잡아서 나를 일으켜 세웠어. 그리고 속삭였지. "구급차를 부르면 경찰에 통보가 간 거야. 그럼 자긴 감옥에 갈 테고. 사람들이 롤리를 뺏어갈 거야. 다시는 롤리를 만날 수 없겠지. 감옥에 가는 건 자기가 바라는 일이 아닐 거야, 로즈. 날 믿어."

무슨 뜻이지? 경험자의 충고일까?

난 눈을 감았어. 내가 감옥에 가면 넌 어떻게 될까? 눈을 뜨니 대프니가 날 바라보고 있었어. 아름다운 얼굴에 무척 심각한 표정을 짓고서. 대프니는 내 손을 잡고 날 진정시켰어. 내 앞머리를 매만지면서 얼굴에, 그리고 입술에 키스했어. "제발, 내 말 들어, 로즈." 낮고 부드러운 목소리였어. "이게 최선이야."

우리는 닐 쪽으로 돌아섰어. 그 사람 몸에서 생명이 빠져나가는 것을 지켜보았지.

그 사람도 누군가의 아들이었어. 어쩌면 누군가의 형제였겠지. 누군가의 남편이었을지도. 아버지였을지도 몰라. 그런데 내가 그 사람을 죽였어.

살릴 기회가 있었지만 아무것도 하지 않았어. 서로에게 팔을 두른 채 대프니와 함께 서서 지켜보기만 했지. 너무 충격이 커서 울지도 못했어. 우린 닐이 완전히 죽었다는 확신이 들 때까지 기다렸어.

"이제 어떻게 해?" 내가 물었어.

"묻어야겠지."

"묻어?" 나는 숨이 막혔어. "어디에 묻는데? 숲에?"

"아니. 숲은 안 돼. 너무 위험해. 누가 우릴 볼지도 몰라. 여기서 해야 해. 이 마당에서."

나는 손으로 입을 막았어. "난 못 해." 손가락 사이로 말했어. "여긴 안 돼. 롤리가 노는 곳은 안 돼. 우리가 부활절 달걀을 숨겼던 곳은 안 돼……." 그제야 난 울기 시작했어. 뜨거운 눈물이 내 볼을 타고 흘러내렸어.

"로즈. 자긴 나쁜 사람이 아니야. 날 보호하려던 거잖아." 대프니가 다정하게 위로하며 내 얼굴에 손을 올리고 부드럽게 눈물을 닦아줬어. "내 남은 생을 자기한테 빚졌어. 자기가 날 위해 한 일, 절대 잊지 않을게. 하지만 지금은 로즈, 강해져야 해. 롤리를 위해서."

나는 고개를 끄덕였어. 대프니 말이 맞았으니까. 나한테 달리 무슨 방법이 있겠어.

어쨌든 그렇게 나 자신을 타일렀어.

그건 훨씬 뒤의 일이었어. 훨씬 뒤, 몇 시간에 걸쳐 땅을 파고 성인 남자와 피에 젖은 내 카디건을 묻은 다음이었지. 그제야 나는 죽어가면서 닐이 한 말을 떠올릴 수 있었어.

이제 둘 다 살인자가 됐군.

39

새피

"무슨 말씀이세요, 할머니? 진이 누구예요?"

"진 버든." 할머니는 귀찮다는 듯이 대답했다. "닐 루이셤은 대프니가 진 버든이라고 생각했어."

형사들이 놀란 눈길을 주고받았다. 엄마도 헉하며 숨을 삼켰다.

"진 버든이 누군데요?" 나는 혼란스러워하며 물었다. 왜 그 이름이 익숙하게 들리지? 그때 실라 파일에 들어있던 기사가 생각났다. 성이 버든이란 사람에 관한 기사였다. 이름이 진이었나? 대충 훑어보기만 해서 기억나지 않았다. 모르는 이름이었기 때문에 그저 누가 파일에 잘못 넣었다고만 생각했다. 나 자신을 걷어차고 싶었다. 제대로 읽었어야 했다. 잘 봐뒀어야 했다. 기사에 진이라는 이름이 있는지 확인했다면 할머니가 횡설수설하던 말이 떠올랐을 테니까.

진이 그 여자 머리를 내리쳤어.

"메리 벨이라고 들어보신 적 있으십니까?" 밴스 경사가 물었다.

나는 고개를 끄덕였다. "아동 살인으로 유죄 판결을 받은 범죄자죠?"

"맞습니다. 진 버든의 경우도 비슷한 사건이지만 10년 앞서서 발생했습니다. 진은 젊은 나이에 출소했고 새로운 신분을 부여받았습니다. 그 이후 행적은 알려진 바 없고요." 밴스 경사가 할머니에게 말했다. "말씀하신 진이 바로 그 사람 맞습니까, 로즈 씨? 1950년대 초반에 친구를 죽였던 진 버든. 런던 동부에서요."

충격이었다. 엄마도 경악한 표정으로 할머니를 보고 있었다.

할머니는 고개를 끄덕이고 무릎 위에 손을 포개 올렸다.

"그럼 사실이었나요?" 웹 경장이 의자 앞쪽으로 나와 앉으며 물었다. "대프니가 정말로 진 버든이었나요?"

"난……" 할머니가 맞잡은 손을 비틀었다.

"로즈 씨." 웹 경장이 테이블 위에 팔꿈치를 올리고 물었다. "대프니가 닐 루이셤을 죽였나요?"

할머니는 입을 꾹 다물었다. 얼굴에 그림자가 스쳐 지나갔다. 할머니가 무슨 생각을 하고 있을지 궁금했다. "닐 루이셤이 누군데?" 할머니가 날 보고 말했다. "이 사람들은 다 누구야?" 할머니는 경찰들 쪽으로 팔을 내저으며 물었다. 엄마도 포함해서. 가슴이 내려앉았다.

"이만큼 했으면 된 것 같아요." 나는 할머니 손을 잡으며 말했다.

"로즈 씨. 대프니가 닐 루이셤을 죽였는지 기억나세요?" 밴스 경사가 고집스레 물었다. 어떻게든 계속 답을 듣고 싶어서 필사적이었다. 하지만 할머니는 그런 경사를 멍하니 바라보다가 고개를 저었다. 더는 아무 말도 하지 않았다.

형사들이 체념한 눈빛을 주고받았다.

"날을 다시 잡아야겠군요." 반스 경사가 나와 엄마에게 말했다.

방을 나서는데 웹 경장이 동료에게 하는 말이 들렸다. "다른 시체가 대프니 하톨인지 확인해 봐야 할 것 같아요."

"진 버든이라니 들어봤어?" 집으로 가는 길, 차 안에서 엄마에게 물었다. 아까 싸우고 난 뒤로 우리 두 사람 사이에 흐르는 긴장감은 실체가 보일 정도로 뚜렷했다.

"응, 물론이지." 엄마는 시원스럽게 말했다. "넌 아마 너무 어려서 모르나 보다. 진 버든 사건은 메리 벨 사건에 가려지기도 했고."

"진 버든이 죽인 사람은 누구야?"

"다른 여자아이. 사건이 일어났을 때 진은 겨우 열 살이었어. 죽은 여자애도 그랬고. 내가 태어나기 전에 일어난 일이지만 그 사건에 관해 읽어본 적이 있거든."

속이 메스꺼웠다. "세상에, 진짜 끔찍하다. 그런 사람이 우리 집에서 하숙한다는 걸 알았다고 생각해 봐."

엄마가 침울하게 고개를 끄덕였다.

"엄마 생각에는 자기 정체가 진 버든이라는 게 밝혀져서 대프니가 닐 루이섬을 죽인 것 같아?"

엄마는 고통스러운 얼굴이 되었다. "그럴 수도 있지. 특히 그 사람은 기자였으니까. 말은 돼."

"하지만 그러면……" 입이 말라왔다. "다른 유골이 대프니라면 누가 죽인 걸까, 대프니는?"

집에 도착하니 톰은 스노이와 함께 외출 중이었다. 나는 곧장 서재로 가서 아빠가 보내 준 실라 파일 속 그 기사를 다시 살펴보았다. 닐 루이솀이 쓴 복스팝[21] 스타일 기사였다. 진 버튼의 근황을 알아보며 목격했을 가능성이 있는 사람들을 인터뷰했다.

다 읽고 나서 구글에 진 버튼을 입력했다. 수많은 검색 결과가 나왔지만 대부분 거친 흑백 사진이 실린 신문 기사였다. 사진 속에는 통통한 얼굴에 단발머리를 한 어린 여자아이가 있었다. 나는 링크를 눌렀다.

데일리 메일 1951년 2월 17일

11세 여아, 살인 혐의로 유죄 판결 받아
11세 여자아이 중앙 형사 법원에서 살인죄로 유죄 판결을 받고 종신형을 선고받다

배심원들이 네 시간에 걸친 심사숙고 끝에 유죄 평결문을 낭독하는 동안 진 버튼은 무표정으로 침착한 태도를 유지했다. 진 버튼은 '둔기로 피해자의 관자놀이를 가격'한 것으로 알려졌다. 피해자는 수전 윌리스로 당시 10세였으며, 지난해 6월 20일 이유 없이 공격받았다. 윌리스는 폭탄으로 파괴된 건물에 버려져서 지나가던 두 소년에게 사망 상태로 발견되었다.

---

21. Vox-pop. 민중의 소리를 뜻하는 라틴어 vox populi에서 비롯된 저널리즘 용어. 짧막한 인터뷰나 길거리 여론 조사 등으로 여러 사람들의 목소리를 생생하게 전달하는 신문 기사 혹은 방송 프로그램을 뜻함

다우닝 판사는 버든이 다른 아동에게 위험한 존재이며 '오랜 기간' 아동 범죄자용 시설에 수감될 것이라고 밝혔다.

엄마가 머그잔에 차를 담아서 서재로 가져왔다. "여기 있어. 루이보스 차." 엄마는 컵을 조심스럽게 책상 위에 올려놓았다. "어떻게 이런 걸 마시는지 모르겠다. 난 냄새만 맡아도 울렁거리는데."

"이거 봐." 엄마는 내 어깨 너머로 기사를 읽었다. "엄마 생각엔 대프니 하틀이 정말 이 사람일 것 같아?"

"글쎄, 실라 와츠가 진 버든에게 부여된 새로운 신분일 가능성은 있지."

"그럼 할머니가 알아낸 걸까?"

"그랬던 게 분명해. 수전 윌리스라는 이름도 꺼낸 적 있잖아. 기억나니? 진 얘기할 때?"

"워낙 유명한 사건이라서 어릴 때 기억이랑 단순히 헷갈린 게 아닐까?" 나는 희망을 품으며 물었다.

엄마가 잠시 날 걱정스럽게 바라봤다. "그렇진 않을 거야." 그리고 덧붙였다. "미안."

눈물이 차올랐다. "경찰은 대프니가 닐 루이셤을 죽였다고 생각할 거야. 그렇겠지? 그다음에는 할머니가 그 사실을 알아내서 대프니를 죽였다고 할 거고. 이제 동기가 생겼어."

엄마가 내 어깨를 두드렸다. "그쪽으로 수사를 진행하려면 확실한 증거가 더 많이 필요할 거야. 걱정하지 마." 하지만 엄마 말투에서는 자신감이 느껴지지 않았다.

"엄마, 그 탐정 말이야. 대프니-실라-진, 이름이 뭐든 간에 어쨌든 그 사람한테 의뢰를 받은 걸까? 물론 나머지 유골이 그 사람이 아닐 때의 얘기지만."

"왜 그렇게 생각해?"

"봐봐. 데이비스가 의뢰인이 중요한 문서를 찾는다고 했잖아. 근데 엄마한테는 그걸 증거라고 했지. 그럼 또 뭐가 있겠어? 데이비스는 암만 봐도 폭력배야. 그리고 누군지는 모르지만 의뢰인 쪽도 필사적인 것 같아."

"글렌 데이비스에 관해 우리가 아는 건 전부 경찰한테 말했어. 경찰이 의뢰인을 알아내길 빌어야지."

"근데 지금쯤이면 대프니도 늙었을 텐데……." 나는 의문에 사로잡혀서 관자놀이를 문지르며 중얼거렸다. 두통이 오고 있었다.

할머니를 떠올렸다. 지금이 아니라 내가 어릴 때의 할머니. 강하고 의지할 수 있으며 선했던 할머니. 하지만 모든 걸 다 터놓는 분은 아니었다. 이제 보니 진짜로 엄마나 내가 생각했던 것보다 비밀이 많았던 모양이다. 하지만 할머니는 암사자처럼 지극히 충실하고 보호 본능이 강했다. 만약 남은 유골이 대프니고, 대프니가 정말로 진 버튼이라면, 할머니는 위험하다는 생각에 제정신이 아니었을 것이다. 그래서 딸을 보호하기 위해 대프니를 죽였을까? 나는 볼록 솟은 배 위에 손을 올렸다. 지난밤 병원에서 돌아오고 나서 내가 얼마나 큰 보호 본능을 느꼈는지 떠올렸다.

"할머니가 살인자일 수도 있다니 믿을 수 없어." 나도 모르게 혼잣말이 나왔다. 나는 구석의 칵테일 의자에 앉은 엄마를 바라보았다. 내 말을 듣고 있지 않은 듯했다. "엄마?"

"우리 얘기 좀 하자…… 차에서 네가 한 말들 말이야."

나는 다시 컴퓨터를 바라보았다. "지금 더 급한 일도 많아."

"엄마는 우리 사이에 나쁜 감정이 없었으면 좋겠어. 엄만 널 정말 사랑해."

"나도 사랑해. 제발 그냥 좀 잊으면 안 돼? 의미 없는 말싸움이었잖아."

엄마가 뭔가 더 말하려고 하는데 현관문 두드리는 소리가 났다. 우리는 서로 바라보았다. 가장 먼저 그 남자라는 생각이 들었다. 데이비스.

"여기 있어." 엄마는 이렇게 말하고 자리에서 일어나 현관문 쪽으로 갔다. 나는 의자에 앉은 채 몸을 뒤로 젖혔다. 엄마는 유리 너머로 바깥을 엿보고 있었다. "젊은 커플인데?" 어리둥절한 말투였다.

"기자 아냐?" 토요일 오후였다. 이 시간에 기자가 아니면 누가 찾아오겠어?

"기자 같지는 않아." 엄마는 문을 열었다. 나도 일어나서 옆으로 갔다. 누구인지 궁금했다. 놀랍게도 20대 후반 아니면 30대 초반으로 보이는 커플이 서있었다. 파인애플처럼 머리를 위로 말아 올린 키가 작고 예쁘장한 여자와 부드럽고 숱 많은 짙은 머리칼, 따뜻한 갈색 눈동자가 눈에 띄는 키 큰 남자였다. 친절해 보이고 잘생긴 편이었다. 웃으면 보조개가 하나 들어갔다. 키는 거의 톰만큼이나 컸고, 티셔츠와 청바지를 입은 편안한 모습이었다.

"안녕하세요." 남자가 살짝 얼굴을 붉히며 말했다. "전 테오 카마이클이라고 합니다. 이쪽은 제 아내 젠이에요." 젠이 미소로 인사를 대신했다. "이렇게 불쑥 찾아와서 실례가 된 게 아니었으면 좋겠네요……."

나는 당혹스러워하며 이 사람들을 바라보았다. 이웃인가? 여호와의 증인?

"그게 제가 저번에 아버지 책상에서 이런 신문 기사를 찾았거든요." 테오가 기사를 건네줘서 훑어보았다. 마당에서 발견된 유골 얘기였다. 누가 내 이름과 할머니 이름에 밑줄을 그어 놓았다. 그리고 아래쪽에 휘갈겨 쓴 글자가 있었다. '이 여자를 찾아.'

"이상하네요." 나는 엄마에게 기사를 넘겨줬다. "제가 사프란 커틀러예요. 저희 할머니가 로즈 그레이고요. 아버님 책상에서 발견하셨다고요? 아버님 성함이 어떻게 되시나요?"

"빅터 카마이클입니다. 할머님하고 아는 사이셨을 것 같네요." 테오 말투에는 요크셔 억양이 살짝 섞여있었다.

빅터. 나는 놀라서 잠깐 말문이 막혔다.

"할머니가 빅터라는 사람 얘기를 하신 적이 있어요. 저흰 누구를 말씀하시는지 몰랐지만요. 성은 기억 못하셨거든요. 지금 치매에 걸리셔서요." 이렇게 설명하자 테오는 얼빠진 얼굴로 나를 쳐다봤다. 나는 두 사람을 찬찬히 뜯어보았다. 엉겁결에 말이 나왔다. "들어오실래요?"

두 사람은 반가운 듯 고개를 끄덕이고 복도로 들어왔다. 나는 손님을 거실로 안내했다.

"무슨 짓이야?" 엄마가 소리 없이 입 모양으로 물었다.

"괜찮은 사람들 같아." 나도 속삭이며 말했다. "진상을 알아야 하잖아."

테오와 젠은 소파에 앉았다. 테오는 백팩을 발치에 내려놓았다.

"마실 것 좀 드릴까요?" 엄마가 묻는 사이 나는 창가 팔걸이의자에 앉았다.

"저흰 괜찮아요. 감사합니다." 젠이 대답했다. "요 아래 술집 겸 여관에서 머물고 있거든요. 점심을 늦게 먹었어요."

"저희는 요크서에서 왔어요." 엄마가 벽난로 근처 의자에 걸터 앉자 테오가 입을 열었다. "그럼 본론으로 바로 들어갈게요. 저희 아버지가 뭔가 숨기고 있는 것 같아요. 요즘 들어 아주 이상하시거 든요. 아니." 테오는 짧게 웃었다. "평소보다 더 이상하다고 해야겠 네요. 그 신문 기사를 보고 물어봤는데, '이 여자를 찾아'라고 쓰신 이유도 말씀해 주지 않으시고 다른 것들도 알려주지 않으세요. 아 주 방어적으로 나오면서 금방 화를 내시더군요. 그러다가 제가 벽 장 속 비밀 공간에서 아버지가 숨겨둔 파일을 찾았어요. 안에는 여 자들 사진이 잔뜩 들어있었어요. 그 여자들 중에 할머님 되시는 분 이 계신지 알고 싶은데요." 자리에서 일어나 테오가 내민 휴대폰 을 건네받았다. 그리고 선 채로 사진을 넘겨 보았다. 모두 젊고 예 쁜 여자들이었다. 한 명은 만삭의 임신부였다. 옷차림이나 머리 모 양으로 보아 20년 정도에 걸쳐서 찍은 사진 같았다. "아뇨, 이 중에 할머니는 안 계세요." 나는 휴대폰을 다시 돌려주고 다시 자리에 앉았다.

"아." 테오는 실망한 눈치였다. "할머님이 빅터라는 사람 얘기를 하셨다고요? 뭐라고 하셨나요?"

나는 엄마를 어색한 눈길로 바라보았다. "그게⋯⋯" 그리고 다 시 테오를 보며 말을 이었다. "할머니는 빅터가 아이를 해치려 했 다. 뭐, 그런 얘기를 하셨어요."

테오는 놀란 얼굴이 되었다. "아이를 해친다고요? 저희 아버지는 의사예요. 숨겨진 과거에 여러 가지 가능성이 있기는 해요." 테오의 표정이 어두워졌다. "하지만…… 아이를 해친다고요?" 젠이 테오의 손을 잡았다.

불편한 침묵이 이어지다가 엄마가 말을 꺼냈다. "아버님 연세가 어떻게 되시나요? 저희 엄마, 로즈 그레이는 70대세요."

"저희 아버지는 나이가 든 뒤에 절 낳으셨어요. 어머니가 훨씬 젊으셨죠. 지금 일흔 여섯이세요."

"그러면 두 분이 비슷한 나이네요. 한때 연인 관계였을까요?"

테오가 어깨를 으쓱했다. "잘 모르겠어요. 어머님이 저희 아버지에 대해 다른 말씀은 없으셨나요?"

"할머니는 정신이 온전치 못한 상태예요." 내가 끼어들어 설명했다. "많은 이름을 언급하셨어요. 빅터도 몇 번 언급하셨는데, 그럴 때면 할머니는 무서워하는 것처럼 보였어요……."

테오가 창백해졌다. "무서워하셨다고요?"

"무섭다는 틀린 표현일지도 모르겠네요." 나는 단어를 떠올리려고 애쓰며 미간을 찌푸렸다. "불안하다가 맞겠어요. 할머니는 빅터가 아이를 해치려고 한다고 확실하게 말씀하셨어요. 어떤 느낌이었냐면, 죄송해요. 조금 직설적인 말이 되겠네요. 할머니 얘기를 들으면 빅터가 좋은 사람은 아니라는 느낌이 들었어요."

테오는 아내와 눈길을 주고받았다. "저도 아버지가 좋은 사람이 아니라고 생각해요." 이렇게 중얼거리는 테오가 문득 여려 보여서 가여운 생각이 들었다.

"유골이 발견된 이후로 이상한 일투성이였어요. 대프니 하톨이라고 들어보신 적 있나요?" 엄마가 물었다.

테오는 고개를 저었다.

"대프니는 저희 엄마랑 같이 살았던 하숙인이에요. 1980년에도 여기서 살고 있었죠. 우리는 대프니가 실라 와츠라는 사람과 동일인이라고 보고 있어요."

"처음 듣는 사람이에요." 테오가 대답했다. 손을 보니 여전히 젠과 깍지를 끼고 있었다. 우리만큼이나 두 사람도 답을 갈구하고 있었다.

"우린 대프니를 찾으려고 노력 중이에요. 그러니까 경찰이요." 엄마가 말했다. "또 다른 일도 있었어요. 요 며칠 사이 저희한테 어떤 남자가 접근해 왔는데, 자기가 탐정이래요. 그러더니 밤에 사람을 덮쳤어요. 집에 돌아오다가 으슥한 데로 끌려갔어요."

젠이 놀라서 숨을 헉 들이켰다. "너무 끔찍하네요."

"정말이지, 몸서리가 쳐져요. 그 작자 말이 자기를 고용한 사람이 엄마가 가지고 있는 어떤 문서를 찾아오라고 했다는 거예요. 그 문서를 증거라고 하면서요."

"증거라고요?" 젠이 눈을 찡그렸다.

"네, 자세히 설명하진 않았어요. 저도 겁에 질려서 더는 묻지 못했고요."

"그 남자 이름이 뭐죠?" 테오가 물었다. "의뢰인이 누군지도 밝혔나요?"

"아뇨. 말해주지 않았어요. 하지만 자기 이름은 알려줬어요. 글렌 데이비스란 작자예요."

"잠깐. 뭐라고요?" 테오가 허리를 곧게 폈다. "글렌 데이비스라고요?"

"네, 그렇게 말했어요." 엄마가 말했다. "그리고 그 증거라는 걸 찾아서 집에 몰래 들어온 거 같아요."

  "글렌 데이비스는 제가 알아요." 테오가 창백해진 얼굴로 말했다. "저희 아버지 밑에서 일하는 사람이에요."

40

테오

"아버지 밑에서 일한다고요?" 딸이 소리쳤다. 사프란이다. 믿을 수 없다는 표정으로 안 그래도 큰 갈색 눈을 더 크게 뜨고 있었다. 테오는 아버지의 심복이 여기에 와서 이 여자들을 공포에 떨게 했다니 정신이 아찔해졌다.

"네." 테오는 다리를 꼬았다가 다시 풀었다. 음료를 권할 때 받아 놓을 걸 그랬다. 입 안이 바짝바짝 말랐다. "데이비스는 저희 아버지랑 오래 알고 지냈어요. 어떻게 알게 된 사이인지 저는 모르지만요. 데이비스 전에는 아버지 밑에 다른 사람이 있었어요. 비슷한 타입으로 군인 출신이었죠. 하지만 그 사람은 은퇴했어요. 제가 아는 건 이 정도예요. 글렌 데이비스가 탐정이 아니라는 건 확실해요."

"그러면 데이비스가 아버님 밑에서 실제로 하는 일은 뭐죠?" 엄마 쪽이 물었다. 로라, 아니 로나였나? 테오는 여기 와서 들은 것들이 하나도 머리에 들어가지 않는 느낌이었다.

테오는 어깨를 으쓱했다. 데이비스가 실제로 무슨 일을 하냐고? 테오 자신도 확실히는 몰랐다. "전 항상 데이비스를 아버지가 고용한 경비원 비슷한 사람이라고 생각했어요. 가끔 집에 다녀가고 도난경보기도 확인했거든요. 아버지에게 조언을 하기도 하고요. 그런 일을 했어요. 아버지는 부자예요. 자기 분야에서 성공을 거뒀죠."

"글쎄요. 글렌 데이비스는 빌어먹을 깡패예요. 그게 실체죠." 로라가 말했다. 아니, 로나. 로나가 맞는 이름이 분명했다. "우리가 병원에 간 사이 그 놈이 집에 들어왔다니까요. 우리가 집을 비울 때까지 밖에서 기다린 게 분명해요. 이 모든 게." 로나가 일어서서 방을 서성거리며 팔을 넓게 벌렸다. 테오는 홀린 듯이 로나를 바라보았다. 아주 익숙한 느낌이 들었다. 전에 만난 것 같은 기분인데 어디에서 만났는지 생각나지 않았다. "전부 그쪽 아버지하고 관련이 있을 거예요. 그리고 그 사진들……" 로나는 말을 멈추고 손을 뻗으며 테오에게 요구했다. "봐도 될까요?"

테오는 요구에 응했다. 로나가 사진을 넘겨보는 동안 나머지는 모두 기대를 품고 그 모습을 바라보았다. 곧 로나는 실망스러운 듯 낮게 앓는 소리를 내며 테오에게 휴대폰을 돌려줬다. "아는 얼굴이 하나도 없네요. 엄마가 있었으면 했는데."

"내가 벌써 살펴봤잖아." 사프란이 말했다.

"알아. 그냥 직접 보고 싶었어." 로나가 미안한 듯 딸에게 웃어 보였다. 테오는 엄마가 그리워서 가슴이 아팠다.

로나는 실망이 커 보였다. "글렌이 따로 또 요구한 건 없었나요? 그날 밤 그 사람한테…… 끌려갔을 때는요?" 테오가 물었다.

"증거 얘기만 했어요. 그게 다예요. 아 참. 협박도 했지. 가만두

341

지 않겠다고 했어요. 나하고 새피하고……"로나는 잠시 머뭇거렸다. "경찰에 신고하면요."

테오는 커지는 공포를 잠재우려고 노력하며 마른침을 삼켰다. 여기에서 일어났던 살인 사건에 아버지가 관계된 것일까? 파일 속 여자들 사진을 보고 잘못된 방향으로 추측했을지도 모른다. 그 여자들이 피해자가 아니라면 말이다.

"엄마는 누군가를 피해 도망치면서 산 것 같아요. 예전에 엄마랑 알고 지냈던 분이 그러시는데 엄마는 늘 초조해하고 비밀이 많았대요. 처음 이 마을에 도착했을 때 임신한 상태였고요."로나가 다시 자리에 앉으며 말했다. 꺼지기 직전의 불꽃놀이처럼 불안으로 촉진된 에너지가 넘쳐서 흥분한 상태였다.

"어머님이 저희 아버지한테서 도망치셨다고 생각하시는 거죠?"

로나가 딸을 흘깃 보더니 다시 테오를 바라봤다. "이제 그런 생각이 들기 시작하네요. 엄마는 항상 아버지에 관해 말을 아꼈어요. 이름이 '윌리엄'이라고 했지만 사진을 보여주신 적도, 아버지에 관해 이야기해 주신 적도 없죠. 마치 아버지를 잊고 싶은 것처럼요."

테오는 신시아 파슨스를 생각했다. 로즈도 아버지에게 당한 피해자일까? 겁이 나서 아버지를 피해 도망친 과거의 연인일까? 임신을 한 옛 여자 친구?

"자기야."젠이 테오의 팔에 손을 얹으며 부드럽게 불렀다. 테오는 젠이 무슨 말을 하려는지 알았다. 자기도 같은 생각을 쭉 하고 있었으니까. 로나는 아버지와 똑 닮았다. 짙은 곱슬머리도, 넓은 코도, 눈과 턱의 생김새도 똑같았다. 처음 거실에 들어왔을 때 로나가 친숙하게 느껴진 것은 거울 속 자신을 바라보는 것과 같았기 때문이었다.

"빅터가 내 아버지일지도 모르겠어요." 테오가 의혹을 입 밖에 내기 전에 로나가 먼저 말했다.

사프란이 손으로 입을 막았다. "어머, 세상에." 그리고 벌떡 일어서며 외쳤다. "그렇고말고!"

"저도 같은 생각이에요." 테오가 천천히 말했다. "로나 씨는 아버지와 너무 닮았어요."

잠시 어색한 침묵이 흐르고 로나가 입을 열었다. "그러면 빅터가 해치려 했던 아이, 그 아이가 바로 나란 얘기겠지? 날 해치고 싶어 했다면 마찬가지로 엄마도 해치려고 했을까? 그래서 엄마가 도망친 거고?"

테오는 수치심이 솟았다. 아버지와 가족이기 때문에 생긴 수치심이었다. 이 사람들한테 자신은 아버지 같은 쓰레기가 아니라고, 전혀 다른 사람이라고 말하고 싶었다. "아버지는 저희 엄마한테도 폭력을 썼던 것 같아요. 멍이 든 모습을 본 적이 있거든요. 아버진 지배적이고 사람을 교묘하게 조종할 줄 아는 사람이에요."

"두 분은 아직 함께 사시나요?" 로나가 물었다.

테오는 목을 가다듬었다. "어머니는 돌아가셨어요. 계단에서 떨어지셨죠."

"정말 안타깝네요."

사프란은 여전히 입을 벌리고 서서 두 사람을 바라보고 있었다. 테오는 생각했다. 내 조카.

"그러니까 아버님이 글렌 데이비스가 말한 의뢰인이 틀림없다는 거죠?" 로나가 물었다. 여전히 의자 앞쪽에 걸터앉아서 잘 다듬은 눈썹을 찌푸린 채 무릎에 팔꿈치를 올리고 있었다. "정말 그렇다면…… 살인 사건에 그 분도 관련이 있다는 뜻일까요?"

테오는 불편한 소파에서 몸을 꼼지락거렸다. 빌어먹을. 마당에서 나온 유골. 오려둔 신문 기사. 글렌 데이비스를 보내 이들, 그러니까 딸과 손녀를 협박한 일. 자기 자신을 보호하기 위해서라면 아버지는 협박 같은 비열한 짓을 하고도 남을 사람이다. 하지만 살인자라고? 테오는 최악의 최악을 떠올리면서도 그것만은 예상하지 못했다.

수사슴과 꿩으로 돌아오니 테오는 기진맥진이 되었다. 기둥이 네 개 달린 침대에 털썩 주저앉았다. 창으로 숲이 보였다. 오후 내내 떠들어서 목이 아팠다.

젠이 옆자리로 올라왔다. "못 믿겠다. 당신한테 이복 누나가 있다니."

"그리고 우리 아버지는 잠재적 살인자고." 테오가 대답했다. 아직도 그 생각을 하면 울렁거린다. "아니라면 왜 글렌 데이비스를 고용했겠어? 무슨 짓을 한 걸까? 그렇게 필사적으로 글렌이 찾아내기를 바라는 건 대체 뭘까?"

"아, 테오." 젠이 테오의 팔 안쪽으로 들어와 가슴에 머리를 기댔다. "마음이 너무 아프다. 당신 생각엔 아버님이 딸의 존재를 아실 것 같아?"

"잘 모르겠어. 아버지가 그 신문 기사를 가지고 있었던 게 유골이 발견된 탓에 자기가 한 짓이 발각될 위기에 처해서인지, 아니면 기사에서 로즈의 행방을 알아내서인지 알 수가 없어. 그래도 살인이라니." 테오가 신음했다. "그건 완전히 다른 거잖아. 게다가 그렇게 되면……" 테오가 말을 멈췄다. 머릿속 생각을 입 밖으로 꺼낼 수 없었다.

"그렇게 되면 뭐?" 젠이 일어나 앉으며 물었다.

테오는 숨을 깊게 들이마셨다. "만약 아버지가 살인을 할 수 있다면, 엄마 사고도 완전히 다른 방향으로 해석할 수 있어." 테오도 일어나 앉아 아내의 얼굴을 바라봤다. "젠. 아버지가 엄마를 죽였으면 어쩌지?"

41

로즈

1980년 4월

나는 이틀 동안 침대에서 일어나지 못했어. 정신적으로도 무너지고 있었지. 모두 잊고 싶었어. 닐의 옆구리에 칼이 꽂히는 장면. 얼굴에 떠오른 공포. 낭자한 피. 마당에 판 구덩이. 젖은 흙냄새. 그 안에서 꿈틀대던 벌레들. 무덤을 대신할 구덩이에 시체가 떨어지던 소리. 이 모든 것이 내 꿈에 스며들었어. 꿈은 악몽이 되었지. 내 행동과 닐의 죽음으로 오래 묵은 감정과 두려움이 봇물 터지듯이 밀려 나오기 시작했어.

대프니는 대단했어. 널 잘 돌봤지. 유아원에 데려다주고, 집으로 데리고 오고, 밥도 해먹이고, 빨래도 해주고, 널 안전하게 지켜줬어. 이런 일을 믿고 맡길 수 있는 사람은 오직 대프니뿐이었어. 옆집 조이스와 로이를 뺀다면 말이야.

"로즈, 자기야." 다음 날 저녁 대프니가 내 침대 가장자리에 앉아서 말했어. "뭐 좀 먹어야 해."

어두운 밤이었어. 대프니는 널 일찍 데리고 올라와서 인사를 시켰어. 나의 어둡고 어두운 마음을 네 순수함이 정화해 주리라 믿으면서 난 널 끌어안았지. 조금 지나자 복도 너머로 네가 키득거리는 소리가 들렸어. 대프니가 침대에서 이야기책을 읽어주고 있었거든. 온갖 재미난 목소리를 다 내면서 읽느라 한참 걸렸어.

대프니는 무언가가 든 컵을 들고 있었어. "마셔. 위스키를 조금 넣었어. 자긴 충격을 받았어. 그뿐이야. 며칠만 지나면 비 온 뒤 활짝 갠 하늘처럼 다시 멀쩡해질 거야."

비 온 뒤 활짝 갠 하늘. 정말 대프니답지 않은 표현이었어. 그래서 대프니도 나만큼 힘들어한다는 걸 알 수 있었어.

"난 살인자야." 나는 일어나 앉아서 컵을 받았어. "난 선을 넘었어. 생명을 빼앗았어. 결코 잊을 수 없을 거야." 야외 테라스 널돌 근처에 새로 생긴 흙더미가 계속 떠올랐어. 푸른 풀밭 속에서 닐의 무덤을 한눈에 알아볼 수 있는 갈색 흙더미 생각을 떨칠 수 없었어. 어떻게 다시 마당에 나갈 수 있을까? 볼 때마다 계속 이 일이 떠오를 텐데 어떻게 부엌 창문을 내다볼 수 있을까?

"잊어야 해." 대프니는 단호하게 말했어. "계속 방에 틀어박혀서 자기 연민만 할 수는 없어, 로즈. 자기는 엄마야. 엄마가 된다는 건 가장 큰 축복이야. 자기가 악당을 하나 물리쳐서 세상이 더 깨끗해진 거야. 우리 손으로 다른 악당들도 청소해 주지 못하는 게 오히려 아쉽지." 대프니는 농담이라는 것을 알 수 있게 웃어 보였어. 하지만 대프니의 눈빛을 보니 내가 그러자고만 하면 정말 행동으로 옮길지도 모른다는 생각이 들었어. 30대 자경단 두 사람이 탄생하는 거지.

"난 그럴 배짱이 없어." 억지로 웃으려고 노력하면서 말했어.

대프니는 다정하게 내 머리카락을 뒤로 쓸어 넘겼어. "나도 알아. 자긴 상냥하니까. 너무 착하고." 그리고 내 이마에 입을 맞췄어.

"오늘 밤 나랑 있어줄래?" 내가 물었어. "혼자 있기 싫어."

"물론이지." 대프니는 옷도 벗지 않고 내 옆으로 올라왔어. 베개에 기대앉아 우리 둘 위로 이불을 끌어 올렸어. 내 맨다리 위로 양말을 신은 대프니의 발이 닿았어. 나는 차를 한 모금 마셨어. 목을 타고 내려가는 위스키가 따뜻했어.

"눈을 감으면 매번 그 사람 얼굴이 보여."

"알아." 대프니는 날 달랬어.

"그냥 그런 기억들이 다 사라졌으면 좋겠어."

"그렇게 될 거야."

"정말?" 나는 고개를 돌려 대프니를 자세히 살펴봤어. "이런 일에 관해 많이 아는 것 같아." 나는 망설였어. 대프니에게 물어봐야 했지만 답을 듣기가 너무 무서웠어. 닐 말이 맞으면 어떻게 해.

대프니의 손을 잡았어. 손가락 밑으로 가는 뼈가 느껴졌어. 너랑 대프니는 이 세상에서 내가 사랑하는 단둘밖에 없는 존재였어. "부탁이야. 그냥 진실을 말해 줘. 거짓말은 감당할 수 없어. 더는 거짓말하지 마. 난 알아야만 해. 닐 말이 맞아? 자기가 진 버든이야?"

대프니는 아주 오랫동안 나를 바라보았어. 희미해져 가는 불빛에 동공이 아주 커져서 눈동자 전체를 가릴 정도였어. 대답을 듣지 못할 거라고 생각하는 순간 대프니가 말했어. "그래도 날 사랑해 줄래, 로즈?"

사랑할 수 있을까? 생각이 필요했어. 내가 막 사람을 죽이지만 않았다면 그 자리에서 바로 대프니를 내쫓았을지도 몰라.

"난 진실을 알아야 해."

대프니 눈에 눈물이 차올랐어. "그러려고 한 건 아니었어." 목소리가 너무 작아서 애써 귀를 기울여야만 했지. "그건 사고였어. 난 겨우 열 살이었고. 내 어린 시절은 그다지 좋지 않았어, 로즈. 하지만 나, 그때 말고는 다른 사람을 다치게 한 적 없어. 날 믿어줘야 해."

나는 대프니를 바라보았어. 그때의 대프니는 어린아이였어. 지금의 대프니가 누군가를 해치는 건 상상도 할 수 없었고. 어찌 되었든 닐을 죽인 사람은 바로 나였으니까. 게다가 난 대프니를 너무 사랑했어. 대프니 말이라면 뭐든 다 믿었을 거야.

우리는 밤이 새도록 앉아서 이야기를 나눴어. 대프니는 우리가 만난 이래 처음으로 모든 걸 다 털어놓았어. 진 버튼의 이야기를 해줬지. 신문마다 '악랄하다'라는 별명이 붙었던 어린 여자아이. 그 아이는 방치된 채 자랐고, 아버지에게서 육체적 학대를 받았어. 런던 동부에서 공습을 받아 버려진 곳을 홀로 헤매야 했지. "그때 친구가 생겼어." 대프니는 달빛 속에서 잿빛이 된 얼굴로 말했어. "너무 행복했어. 정말로 나를 신경 써 주는 사람이 생겼으니까. 난 감정 면에서는 이해력이 떨어졌어. 관계라는 걸 잘 이해하지 못했어. 특히 다른 아이들과의 관계는 더욱더. 내 안에는 어떤 분노가 있었어……." 대프니가 작게 흐느껴서 안심할 수 있게 손을 꼭 잡아줬어. "어쨌든 수전이, 그 아이 이름이 수전이었어. 어쨌든 수전이 나랑 절교하고 싶다고 했을 때 난 너무나도 화가 났어. 사람들이 그러는데 내가 벽돌을 집어서 걔 머리를 내리쳤대. 하지만 난 그런 기억이 없어. 내 생각엔 걜 밀었던 것 같아. 걔가 넘어지면서 머리를 부딪쳤고."

"세상에, 대프니."

"난 감옥에 갔어. 당연해. 그, 어른들이 가는 교도소는 아니었어. 아동 범죄자를 위한 시설이야. 사회에 다시 나올 수 있게 치료를 받았지. 고맙게도 사람을 다룰 줄 아는 친절한 어른들이 있어서 옳고 그름을 가르쳐줬어. 내 부모는 한 번도 가르쳐주지 않았던 것들을." 대프니는 이불을 턱까지 끌어 올리고 기억이 떠오른 것처럼 몸을 떨었어.

"끔찍한 경험이었겠다."

"내가 나고 자란 집만큼 끔찍하지는 않았어."

그때 나는 상상조차 할 수 없었어. 내가 자라난 환경은 사랑이 넘쳤으니까. 난 세심하고 선량한 엄마와 아빠 밑에서 외동딸로 자랐거든.

그날 밤 대프니는 어린 시절과 자기 삶에 대해 이야기했어. 어떻게 실라 와츠라는 새로운 신분을 부여받았는지, 닐 루이셤이라는 기자가 자기 정체를 파헤쳤다는 사실을 알았을 때, 친구였던 앨런에게서 어떻게 대프니 하툴의 신분을 훔쳤는지 털어놓았지.

대프니에게 내 이야기는 하지 않았어. 그때는 말이야. 비밀을 너무 오래 간직해 온 나머지 말로 옮기는 것이 버겁게 느껴졌거든.

그리고 우리 사이에 변화가 없기를 바라기도 했어. 내 과거를 알면 대프니가 불쾌하게 여길지도 모르잖아. 그래서 오해를 바로잡지 않았어. 계속 내 '남편'은 네가 태어나기 전에 죽었다고 생각하도록 내버려 뒀어.

내 전 여자 친구에 대해서도 말하지 않았어.

오드리와 나는 아주 오래 함께했어. 우린 성적 취향을 숨기지 않았어. 숨길 사람도 없었지. 우리 부모님은 돌아가셨고 오드리는 아주 진보적이고 지적인 가정에서 자랐으니. 오드리네 부모님은 교수였거든. 그래도 우리를 자기들 멋대로 판단하고 아무렇지 않게 반감을 표현하는 사람들은 여전히 존재했어. 자유연애와 성 혁명이 대두된 1970년대에도 말이야.

하지만 서른이 되고 나니 난 오드리가 줄 수 없는 한 가지를 원하게 됐어.

아기.

내가 빅터를 만난 것은 그때였어.

42

로나

"반스 경사한테 전화해야겠어." 로나는 다음 날 아침 일찍 눈을 뜨자마자 이렇게 말했다.

"일요일 아침에 괜찮을까?" 가지색 가운으로 몸을 감싸고 소파에 앉아있던 새피가 물었다. 창백해 보였다. 톰은 아직 자는 중이다. 지난밤, 테오와 젠이 떠난 뒤 세 사람은 늦게까지 이야기를 나누었다. 어쩐 일인지 로나는 아침 7시에 잠에서 깨어났고, 스페인에 있는 상사와 통화도 했다. 휴가가 더 필요했다. 상사는 로나의 상황을 놀랄 만큼 잘 이해해 주었다.

"물론이지. 중요한 일이잖아." 로나는 확고하게 대답했다.

아직 이른 시간이었는데도 창문으로 햇살이 밝게 들어왔다. 덕분에 로나는 기운이 났다. 지난밤 비밀이 밝혀진 이래로 로나에게는 햇빛이 필요했다. 유일한 위안은 이복동생이 있을지도 모른다는 사실뿐이었다. 하지만 드러난 진실은 그게 전부가 아니었다. 빅터 카마이클이 자신의 아버지이고, 온갖 비열한 짓을 다 했을지도 모른다. 어떻게 생겨 먹은 인간이면 글렌 데이비스 같은 폭력배를 보내서 협박하는 걸까? 그것도 자기 친딸을? 살인자 같은 부류라면 그럴 수 있을 것이라고 로나는 생각했다. 빅터가 마당에서 발견된 유골과 관련이 있을까? 지금 과거에 발목 잡힐까 봐 엄청난 공포에 사로잡혀 있을까? 이렇게 긴 세월 동안 숨겨 왔던 자신의 정체가 발각될까 봐 걱정할까? 엄마한테 있다는 빅터에게 불리한 '증거'란 대체 뭘까?

그리고 새피와의 일도 있었다. 로나는 딸을 슬쩍 훔쳐보았다. 멍하니 시선을 앞으로 고정한 채 엄지손톱을 물어뜯고 있다. 새피가 마음속에 품고 있었던 그 모든 분노. 로나는 그런 감정의 존재조차 모르고 있었다. 나는 나쁜 엄마였을까? 딸이 한 말을 떠올리면 아직도 마음이 아팠다. 어떻게 해야 서로의 상처와 감정을 치유할 수 있을지 알 수 없었다.

로나는 커피 테이블에서 휴대폰을 집어 들었다. "주전자에 물 좀 올려줄래, 우리 딸? 엄마가 반스 경사한테 전화할게." 로나는 이미 커피를 두 잔이나 마셔서 예민한 상태였다. 새피는 마지못해 정신을 차리고 소파에서 일어나 부엌으로 들어갔다. 찬장을 열고 컵을 꺼내 조리대에 내려놓는 소리가 들렸다.

반스 경사는 바로 전화를 받았다. 로나는 지난밤에 있었던 일을 설명했다. 너무 빨리 말해서 반스 경사가 다시 한번 말해 달라고 되물었을 정도였다.

"정말 대단한 성과군요." 로나가 말을 마치자 반스 경사가 감탄했다. "오늘 사람을 보내서 빅터 카마이클을 만나보겠습니다."

"그 사람은 요크셔에 있어요……."

"문제없습니다. 그리고 이제 누구 의뢰를 받았는지 아니까 글렌 데이비스를 찾는 것도 어렵지 않을 겁니다." 반스 경사의 말을 듣자 로나는 안도감이 밀려왔다. 데이비스에게 붙잡혀 끌려간 이후로 계속 경계하면서 지냈기 때문이다. 경찰이 데이비스를 잡아서 가두면 좋겠다고 생각했다. "짐작하셨겠지만……" 반스 경사가 덧붙였다. "데이비스가 준 명함은 진짜가 아니었습니다. 거기 적힌 전화번호는 불법 대포폰 번호로 추정됩니다. 부하가 전화해 봤는데 연결되지 않더군요. 저희 쪽에서 DNA 테스트를 할 수 있습니다. 테오 씨는 언제 돌아가시죠?"

"내일까지 있을 거라고 했어요. 전화번호를 받아뒀는데, 경사님한테 알려드려도 괜찮을 것 같아요."

"잘됐군요. 그럼 연락드리겠습니다."

반스 경사가 전화를 끊자 로나는 부엌에 있는 새피에게로 갔다. 새피는 냉장고 안을 빤히 바라보고 있었다. "우유가 떨어졌어, 또. 어떻게 이렇게 금방 마셔버리는 거지?" 울먹이는 목소리였다.

"미안." 로나는 그제야 우유가 없다는 사실을 떠올렸다. "우유 남은 거 아침에 커피 만들면서 다 써버렸어. 가서 좀 더 잘래? 엄마가 마을로 내려가서 사 올게." 로나는 딸의 팔을 문지르며 말했다. 벨루어 가운이 부드러워서 테디베어를 쓰다듬는 기분이었다. "오늘 밤에는 근사한 거 만들어줄게. 영양가 풍부한 걸로."

"고마워, 엄마. 가는 김에 스노이 산책까지 부탁해도 돼?"

로나는 그러겠다고 하고 조용히 복도를 지나 계단을 오르는 새피를 지켜보았다. 딸은 어깨 위에 온 세상의 무게를 다 짊어진 듯 했다.

비닐봉지를 들고 모퉁이 가게를 나오던 로나는 멀리사와 마주쳤다.

"또 만났네. 반갑다." 멀리사가 환하게 웃으며 말했다. 체인 안경줄로 돋보기를 목에 걸고 있었다. 로나는 한 마을에서 평생 살면 어떤 느낌일지 궁금해졌다. 여기 온 지 2주도 채 안 되었지만 벌써 답답하고 우울한 마음이 들었다.

"저번에 너랑 얘기하고 나서 많은 생각을 했어." 멀리사가 지팡이에 기대 몸을 기울이며 목소리를 낮췄다. "로즈랑 대프니 말이야……."

"네네, 그래서요?" 로나는 큰 기대를 하지 않으려고 애썼다. 거의 40년 전 일이었다. 멀리사가 무슨 쓸 만한 정보를 기억할 수 있을까?

"차 한잔할래? 우리 집이 요 앞에 있거든. 강가에." 마켓 크로스 옆에서 우는 아이를 달래는 여자 목소리가 들렸다.

"그럼 너무 좋죠." 로나는 멀리사가 외로워서 추억 여행을 떠나고 싶은 것으로 받아들였다. 새피와 톰에게는 둘이서만 보낼 수 있는 시간이 될 것이다. 자신도 젊은 시절 엄마에 대해 더 알아보고 싶었다. 수수께끼의 대프니에 대해서도. 이따가 테오와 젠을 만나기 전까지 주의를 다른 곳으로 돌리고도 싶었다.

"스노이 데려가도 괜찮으세요?" 로나는 가로등에 묶어두었던 스노이의 줄을 풀면서 물었다. "딸이 키우는 개예요."

"물론이지." 멀리사는 카펫 재질의 손가방을 어깨 위로 추켜올렸다. 그리고 지팡이에 무게를 많이 실으며 천천히 걸었다. 두 사람은 작은 다리를 건너고 강을 따라 조금 걸었다. 스노이는 수양버

들이 보이자 걸음을 멈추고 나무 밑동 냄새를 맡았다. 곧 마을 경계에 줄지어 서있는 시골집들이 나타났다. 새피네 집과는 반대 방향이었다. 멀리사네 집은 작은 테라스식이었지만 코츠월드 특유의 석조 건물이었다. 베거스 눅에 있는 집에서 예상할 수 있는 모든 특징이 다 있었다.

로나는 멀리사를 따라 집 안으로 들어갔고, 곧장 천장이 낮은 응접실로 안내 받았다. 인테리어는 구식이었다. 팔걸이가 큼직한 꽃무늬 소파를 벽에 붙여 놓았다. 하지만 그 나름대로 매력이 있었다. 깨끗하고 정돈된 방이었다. 로나에게는 그런 부분이 중요했다. 어질러진 것은 참을 수 없었다. 로나는 멀리사가 결혼을 하거나 자식을 낳은 적이 있는지 궁금했다.

"내 집이다 생각하고 편하게 있어." 멀리사가 소파를 가리키며 말했다. "차 줄까?"

로나가 고맙다고 하며 직접 만들겠다고 했지만 통하지 않았다. 멀리사는 아주 자주적인 사람이었다. 자기 집에서는 더 안정감을 느끼는지 지팡이도 벽에 기대 놓았다. 로나가 소파에 앉자 스노이도 발치에 자리를 잡았다.

멀리사는 머그잔 두 개를 들고 돌아와 하나를 로나에게 건넸다. 그리고 맞은편에 있는 빛바랜 팔걸이의자에 듬직한 몸을 기대앉았다. 옆에는 조그만 납 틀 격자창이 있었다.

"벽난로가 멋있어요." 로나가 말했다. 벽난로는 연철로 만들어졌고 바깥에는 안전망을 둘러 놓았다. 위쪽 선반에는 작은 조각상과 액자가 가득했다. 하나하나 먼지를 털려면 얼마나 오래 걸릴지 궁금하지 않을 수 없었다. 하지만 전부 티끌 하나 없이 깨끗했다.

"고맙다. 방마다 하나씩 있어. 침실에 있는 건 안 쓰지만. 요즘은 다들 그럴 거야. 하지만 여기 집들이 처음 지어졌을 때는 중앙난방이 없었거든." 멀리사가 낄낄거리며 웃었다.

"그래도 특색이 있어서 좋잖아요." 로나는 차를 한 모금 마시며 새피네 집에 있는 벽난로들을 떠올렸다. 엄마가 거기 살 때도 침실에 있는 벽난로를 썼을지 궁금했다. "그건 그렇고, 아까 하셨던 말씀이요. 가게 밖에서 하시려던 말씀이 뭐예요?"

멀리사는 옆에 잇는 협탁에 컵을 내려놓고 입을 오므렸다. 그러자 턱살이 흔들렸다. "그게 말이야. 널 만나서 로즈 얘기를 했더니 그게 다시 다 생각이 나더라고."

"그게 뭔데요?"

"그 이상했던 가을이 기억났어."

로나는 어깨를 으쓱하며 재킷을 벗었다. 날이 덥기도 했지만 멀리사가 난방을 켜두어서 방 안은 숨이 막혔다. 등 아래쪽에서 땀이 나기 시작했다.

"1980년 가을이요?"

"그래."

"어떤 면에서 이상했죠?"

"글쎄." 멀리사는 배 위로 손을 포개 올렸다. "그때 뭔가 이상하다고 생각하기 시작했거든. 로즈가 말이야."

"정말요?" 로나는 몸을 숙이고 컵을 내려놓았다. 차를 마시니 더 더웠다.

"요전에도 말했지만 로즈는 늘 조용하고 혼자 지내는 타입이었어. 누가 봐도 헌신적인 싱글맘이었지. 남편 얘기는 하지 않았어.

항상 초조하고 긴장한 듯한 모습이었던 것 같아. 네 안전을 지나치게 걱정했고. 어쨌든, 한 얘기를 또 하고 있네. 벌써 말했던 건데. 하지만 그런 사람이긴 했어도 로즈는 마을 일을 도우려고 했단 말이야. 한 달에 두 번 교회 카페에서 자원봉사도 하고. 여성 협회에도 가입하고. 그런데 초여름쯤인가부터 그걸 다 그만뒀다니까. 마을 사람들하고 관계를 완전히 끊다시피 했어."

"그럼 대프니는 어땠나요?"

"아, 대프니는 여전히 얼굴을 볼 수 있었어. 술집에서 조금 일하다가 근처 농장에서 일했지. 가끔 너랑 셋이 같이 있는 모습은 보여서 로즈가 괜찮다는 건 알았어. 난 로즈가 대프니 말고 다른 사람은 필요 없다고 생각하나보다 했지. 둘 다…… 마음을 터놓지 않았으니까."

"그래서 두 사람이 연인 관계라고 생각하셨군요?"

"그랬던 것 같아, 응. 드러내놓고 다닌 건 아니지만 말이야. 시대가 달랐으니까."

"그럼 이상한 가을이라는 건 무슨 뜻이죠?"

"그게, 아주 이상한 일이 있었거든. 로즈가 나한테 왔었어. 내 기억으로는 본파이어 나이트[22]였어. 마을에서 이벤트를 준비했었거든. 저기 농장에서 불꽃놀이랑 뭐 그런 것들. 로즈도 대프니랑 널 데리고 왔었어. 그런데 전보다 더 불안해 보이더라고. 워낙 큰 행사라 그런가 보다 했지. 사람들이 몰려있는 걸 안 좋아하니까. 아마도 안전하지 않다고 생각한 것 같아. 어쨌든 나중에, 한참 뒤에

---

22. 1605년 제임스 1세 암살을 노린 의사당 폭파 계획의 실패를 기념하는 날로 매년 11월 5일에 모닥불을 피우고 불꽃놀이를 함. 주동자의 이름을 따서 가이 포크스의 밤이라고도 부름

로즈가 나한테 오더니 자기 목숨이 위태롭다는 거야."

"세상에." 로나는 숨이 막혔다. 전혀 예상하지 못했던 얘기였다. "이유도 밝혔나요?"

"그게 내가 누가 카페에 와서 로즈를 찾더라고 전해준 뒤였거든. 누군지 물어보는데 나야 그 남자 이름은 몰랐지. 그때 처음 본 사람이었으니까. 로즈가 이사 가고 난 뒤에도 근처에서 몇 번 보기는 했지만, 얼마 지나지 않아 그 남자도 떠났던 것 같아. 그 후로는 한 번도 못 봤거든. 어쨌든 로즈는 자기가 무슨 일을 저질렀다면서 널 뺏길까 봐 두렵다고 했어. 솔직히 말해서 좀 흥분 상태였던 것 같아. 전부 다 정말 이상했어. 진정시켜보려고 했는네 로즈는 말을 안 하려고 했어. 털어놓기에는 부담감이 많이 느껴졌나 봐."

엄마는 빅터가 두려웠던 것일까? 로나는 젤 네일을 바른 손톱 하나를 계속 만지작거렸다. 빅터가 엄마를 찾아냈기 때문에 그렇게 서둘러서 떠난 걸까? 아무한테도 작별 인사 없이?

"그 남자가 이름을 밝혔나요?"

멀리사는 고개를 저었다. "아니…… 내 기억으로는 그러지 않았어……."

"그러면 엄마가 빅터라는 이름을 언급한 적은 있을까요?"

멀리사가 눈썹을 찌푸렸다. "잘 모르겠네…… 어쩌면 그랬을 지도. 너무 오래전 일이라서 말이야. 그냥 누가 찾더라고 하니까 로즈가 엄청 겁에 질렸던 것만 생각나. 왜 그러니? 빅터가 누군데?"

"제 생각엔 제 친아버지인 것 같아요. 엄마는 그 사람을 피해 도망쳤고요."

"아이고, 그랬구나. 이제 다 이해가 가네. 어쩐지 그날 밤 그렇게 겁을 내더라. 전에도 말했지만 로즈가 처음 마을에 왔을 때 우린 그저 남편이랑 사별했겠거니 했거든."

로나는 자세를 살짝 고쳐 앉으며 말했다. "우연이라기엔 너무 그렇죠? 누가 찾아왔다는 걸 알자마자 도망쳤으니까요." 한숨이 나왔다. "전 여기에서 살았던 기억이 거의 없어요. 대프니 기억도요. 그러니 두 분은 제가 어릴 때 헤어진 게 분명해요. 저랑 엄마는 여기서 이사한 뒤 브리스틀에서 살았어요."

"둘이 아주 가까워 보였는데."

"많이 사랑하지만 엄마가 좀 이상한 분이긴 해요. 이렇게 긴 세월이 흘렀는데, 제가 기억하기로 엄마는 그동안 남자 여자를 떠나 아무하고도 사귀지 않았어요. 저한테만 온 관심을 기울이셨죠. 그리고 제가 독립한 뒤로는 제 딸한테 그러셨고요."

"하지만 본파이어 나이트 날에는 로즈한테 정말로 무서운 일이 생긴 것 같았어." 멀리사가 생각에 잠겨서 말했다. "나한테 말이야……" 멀리사는 벽난로 쪽을 보며 미간을 찡그렸다. "아주 이상한 말을 했어."

"뭐라고 했는데요?"

"자기에게 무슨 일이 생기면 벽난로 안을 살펴보라고 했어."

로나도 눈썹을 찌푸렸다. "벽난로요? 어떤 벽난로요? 아주머니네 거요?"

멀리사가 웃었다. "아니. 내 건 아니겠지. 로즈네 집 벽난로라고 생각했어. 하지만 잘 모르겠다……."

로나는 가슴이 두근거리기 시작했다. 벽난로. 빅터가 그렇게 필사적으로 찾던 증거가 틀림없다. 지금까지 내내 증거가 거기 있었을까? "그러면……" 로나는 가까스로 흥분을 감추며 물었다. "찾아보셨어요?"

"아니, 전혀. 사실 그다지 깊게 생각해 보지 않았어. 로즈가 떠난 뒤에 듣자 하니 집은 아직 로즈 소유고 세를 준다는 거야. 그러니까 로즈한테 무슨 나쁜 일이 생긴 건 아니잖아. 나쁜 일이 생겼다면 만약에, 그 뭣이냐, 로즈가 죽은 채로 집에서 발견되었다든가 뭐 그런 일이 있었다면 그래, 그랬다면 로즈가 부탁한 대로 했을 거야. 하지만 로즈는 떠났고 다른 사람들이 이사를 들어왔어. 게다가 한 10년쯤 지나 1990년쯤에 집을 보러 온 부동산 중개인이랑 우연히 마주쳐서 로즈에 관해 물어보기도 했거든. 그 사람이 집주인은 여전히 로즈고 스켈턴 플레이스는 임대 중이라고 했어. 그러니까 그렇게 겁내던 남자를 피해서 잘 도망갔구나 했지."

세상에. 고독과 두려움에 시달리며 어린 자신을 혼자 힘으로 키운 엄마를 생각하니 로나는 눈물이 차올라서 시야가 흐려졌다.

"마당에서 나온 백골들……" 멀리사가 불쑥 말했다. "아직도 누군지 모른다니?"

"하나는 닐 루이셤이라는 기자래요. 다른 하나는 아직 모르고요. 하지만 전 계속 의심이 가요. 두 분이 헤어진 게 아니라 남은 유골이 대프니일 수도 있지 않나 해서요."

멀리사가 날카롭게 숨을 들이마셨다. "하지만 누가 대프니를 죽였겠어?"

로나는 자기 손을 내려다보았다. "경찰이 엄마를 의심할 것 같아서 걱정이에요……."

"아니, 아니, 그건 아니지." 멀리사가 힘줘서 말했다. "로즈는 절대로 대프니를 해칠 사람이 아니야. 다른 사람이 대프니를 해치게 내버려 두지도 않았을 거고. 그런 일이 있었더라도 경찰에 알렸겠지. 뭐라도 해보지 않았을 리가 없어."

"대프니를 죽인 게 엄마가 아니라면 누굴까요." 로나가 마른침을 삼키며 말했다.

43

새피

"지금 뭐 해?" 내가 침대에서 빠져나와 서둘러 옷을 갈아입는 것을 보고 톰이 물었다. "같이 늦잠 좀 잘 수 있을 줄 알았는데." 톰은 의미심장하게 눈썹을 들어 올렸다. "어머니가 잠깐 외출하셨으니까 말이야."

"미안. 할머니한테 가보고 싶어. 그냥 할머니를 만나야 할 것 같은 기분이 들어. 같이 있어드려야 할 것 같아."

"이따가 테오네 부부가 오기로 했잖아. 그때까지 돌아올 거야?"

"응." 2년쯤 입지 않았던 티셔츠를 뒤집어쓰며 말했다. 트레이닝복 바지를 입고 엉망으로 올린 머리를 스크런치로 고정했다.

톰이 일어나서 앉았다. 맨가슴을 보니 살짝 끌렸지만 그것도 잠깐이었다. 머릿속에 생각할 일이 너무 많았다. "나도 같이 가. 할머니 뵌 지도 오래됐고."

"됐어." 내뱉고 나서야 표현이 거칠었다는 생각이 들었다. "아니." 이번에는 더 부드럽게 말했다. "괜찮아. 나 혼자 가야 할머니가 얘기를 더 많이 하실 것 같아서 그래."

나를 빤히 쳐다보는 톰의 얼굴에 걱정이 아로새겨져 있었다. "네가 걱정이야, 새프. 다 받아들이기에도 버거울 정도인데 이제 브리스틀까지 간다고 하니까."

"금방 올게." 침대 가장자리에 앉아서 양말을 신었다. "할머니한테 빅터 얘기 물어보려고 해. 많은 걸 알게 됐으니까. 그리고 훨씬 쉬울지도 몰라. 저기……"

"엄마가 없으면?"

죄책감을 느끼며 고개를 끄덕였다.

톰이 내 손을 잡았다. "어머니랑 괜찮은 거야? 어제 집에 오니까 두 사람 사이에 긴장감이 흐르던데. 테오를 만나서 빅터에 대해 알게 된 게 엄청나긴 했지만…… 그게 전부는 아닌 것 같아. 두 사람 사이에 무슨 일이 있는 것 같았어."

"말싸움을 좀 했어. 내가 하면 안 되는 말을 해버려서."

"아, 새프."

"알아. 잘했다는 건 아니야. 엄마도 최선을 다하고 있어. 나도 엄마를 사랑하고. 하지만……"

"뭐야." 톰이 두 손을 들었다. "나한텐 설명 안 해도 돼. 두 사람 사이가 복잡하다는 건 알아."

"할머니는 훨씬 안 복잡했는데. 아니다." 나는 비꼬듯이 웃었다. "그렇게 생각했었지."

톰이 나를 끌어당기고 키스했다. "운전 조심해. 그리고 너무 오래 있지는 마. 안 그러면 어머니가 집안을 전부 본인 스타일로 바꿔버리실 거야!"

　도착하니 할머니는 침대에 누워 계셨다. 조이 말로는 지난밤에 제대로 못 주무신 모양이었다. 나는 속에서 소용돌이치는 불안을 잠재우면서 복도를 따라 할머니 방으로 향했다. 할머니 담당 요양사 밀리는 상냥한 사람이다. 전에 할머니가 나를 전혀 알아보지 못하는 날이 올 거라고, 잠깐씩 찾아오는 정신이 맑은 순간은 점점 더 짧아지고 결국에는 사라질 거라고 경고해 줬다. 알고 있다. 지금까지는 운이 좋았다. 언젠가 할머니는 완전히 떠나고 할머니 자리에는 내가 누구인지는커녕 자신이 누구인지도 모르는 노부인이 들어앉을 것이다. 과거도 현재도 기억하지 못하는 노부인.

　할머니는 커다란 베개 두 개에 기대서 침대에 앉아있었다. 담요를 겨드랑이 밑까지 끌어 올렸다. 커버 위로 겹쳐 놓은 손은 앙상하고 연약해 보였다. 라이스페이퍼 같은 피부밑으로 교차하는 푸른 혈관이 보였다. 눈을 감고 계셨다. 나는 문 옆에 서서 잠시 할머니를 지켜보았다. 반투명한 눈꺼풀. 한때는 길고 짙었지만 지금은 드문드문 난 속눈썹이 세월의 흔적이 드러나는 분홍빛 볼 위에 가볍게 놓여있다. 큰 침대 위의 쪼그라든 할머니는 일흔여섯이라는 나이보다 훨씬 늙어 보였다. 타자에는 학교 다니던 시절의 내 사진이 든 액자가 있었다. 할머니의 검은 래브라도레트리버, 브루스를 끌어안고 브리스틀 집 사과나무 아래에서 찍은 사진이었다. 작년에 입소한 이래로 할머니 방에는 와보지 않았기 때문에 목이 메었다. 울지 않기 위해 정신을 집중해야 했다. 할머니한테 울적한 모습을 보이기는 싫으니까. 할머니를 깨우지 않도록 조용히 침대 옆에 있는 의자에 앉았다. 반대편에 큰 창문이 있어서 꽃이 핀 나무가 보였다. 분홍색 꽃잎이 유리 절반을 가리고 있었다. 할머니가 좋아하시겠다는 생각을 하며 침대 위에 놓인 연약한 손을 잡았다. 할머니가 치매에 걸리기 전, 할머니네 집 거실에 단둘이 앉아있던 그 시절로 돌아가고 싶었다. 이야기를 나눌 기회가 많았는데 다 놓쳐버렸다. 할머니의 과거에 대해 알 수 있었을 텐데.

병원에서 쓰는 것과 같은 침대용 탁자 위에 물 주전자와 유리컵이 있다. 할머니가 깨어나실 때 필요할지 몰라서 물을 한 잔 따랐다. 그러고는 우리 둘만의 시간을 즐기면서 할머니와 함께 앉아있었다. 예전에 그랬던 것처럼.

휴대폰으로 주 중에 놓친 업무 이메일을 읽고 있는데 기침 소리가 들렸다. 눈을 들어보니 할머니가 깨어있었다. 하지만 그대로 누워서 잠시 정면을 응시하기만 했다. 마치 자기 상황을 파악하려는 모습 같았다. 그러다가 내 존재를 알아차린 할머니는 눈을 크게 뜨고 갈라지는 목소리로 속삭였다. "누구세요?"

나는 할머니에게 물컵을 건넸다. 할머니는 떨리는 손으로 컵을 입에 가져갔다. "저예요, 할머니. 새피예요." 나는 액자 속 사진을 가리켰다. "할머니 손녀. 기억나세요?"

하지만 할머니 눈에는 혼란뿐이었다. 혼란과 두려움.

그래서 이야기를 시작했다. 스켈턴 플레이스에 관해. 스노이에 관해. 엄마에 관해. 자갈 섞인 시멘트로 외벽을 발랐고 온실이 있었던 브리스틀 집에 관해. 할머니가 누구인지 기억할 수 있을 만한 것이라면 뭐든 다.

"그리고 온실에서 토마토 기르는 법을 가르쳐주셨잖아요. 기억나세요? 씨 뿌리고 적환무 심는 법도 가르쳐주셨어요." 감정을 억누르기 위해 잠시 말을 멈춰야 했다. "그리고 이제 저도 아이를 낳을 거예요."

"아이." 할머니가 미소를 지으니 온 얼굴이 다 환해졌다. 그리고 다시 우리 할머니가 됐다. 우리 멋지고 착하고 차분한 할머니. 뜨개질과 정원 가꾸기를 좋아하고, 아침 방송을 즐겨보며, 차를 너무 오래 우렸을 때는 커스터드 크림을 집어넣던 우리 할머니.

나는 몸을 숙여 할머니 손을 잡았다. "할머니는 이제 증조할머니가 될 거예요. 상상해 보세요." 나는 계속해서 가벼운 목소리를 내려고 노력했다.

"상상." 내 말을 되풀이하던 할머니는 눈을 반짝였다. 틀니를 끼지 않아서 더 나이가 들어 보였다. 얼굴의 아래쪽 절반은 펀치와 주디라는 인형극에 나오는 꼭두각시 인형 같았다. 곧 할머니의 눈이 흐려졌다. "넌 좋은 엄마가 될 거야, 그렇지? 아이를 잘 돌봐 줄 거지?"

"당연하죠. 톰도 좋은 아빠가 될 거예요."

"톰…… 톰……" 되뇌던 할머니 얼굴에 생각난다는 기색이 떠올랐다. "톰은 좋은 애야."

"그럼요."

"넌 아주 운이 좋구나. 닐은 좋은 사람이 아니었어. 빅터도 마찬가지고."

빅터. 할머니가 그 이름을 꺼내줘서 안심했다. 기회가 왔다. "빅터가 할머니 전남편이에요?"

할머니가 비웃음을 내뱉었다. "당연히 아니지. 난 결혼한 적이 없어."

"하지만 빅터가 로나 아버지잖아요. 롤리 아버지 아니에요?"

할머니의 커다란 녹갈색 눈이 내 눈과 마주쳤다. "그래…… 맞아. 그런 것 같아."

"그런 것 같다고요?"

할머니가 인상을 찌푸렸다. "모든 게 다 너무 흐릿해……. 내 기억. 늘 또렷하지 않아."

"알아요." 부드럽게 말했다. "알아요, 할머니." 할머니의 눈에 눈물이 차오르자 곧바로 내 눈에도 눈물이 고였다. "괜찮아요, 할머니. 괜찮아요."

"그렇지 않아." 눈물이 할머니의 주름진 뺨을 타고 흘러내렸다. "이렇게 긴 세월이 흘렀는데도 난 그 사람이 그리워."

마음이 아팠다. "누가 그리운데요, 할머니?"

"그 사람이 그리워."

대프니 얘기를 하시는 건지 궁금했다. "그 사람은 어떻게 됐는데요?" 대답을 듣고 싶은지 확신하지 못하면서도 물었다. 할머니가 지금 당장 대프니를 죽이고 닐과 함께 마당에 묻었다고 고백하면 어쩌지? 이 사실을 알게 되면 난 어떻게 해야 할까? 할머니는 늙었고 난 할머니를 사랑하는데. 할머니를 보호하고 싶어. 고백한들 무슨 소용이 있지. 이 모든 일이 일어나고 처음으로, 나는 진실을 원한다는 확신을 잃었다. 어쩌면 비밀은 그대로 묻어두는 것이 정말 최선일지도 모른다.

"빅터가 그 사람을 해쳤어요?"

할머니가 눈물을 흘리며 고개를 끄덕였다. "맞아, 그랬어. 빅터는 좋은 사람이 아니야."

"알아요. 들어보니 그런 것 같았어요."

"빅터가 그 사람을 속였어."

"대프니를 속였다고요?"

할머니가 고개를 저었다. "아니, 아니야."

"할머니를 속였어요?"

할머니가 나를 쳐다보며 눈을 깜빡였다. 그리고 손을 뻗어 내 머리를 귀 뒤로 넘겼다. "사랑한다."

"오, 할머니, 저도 사랑해요."

"그리고 롤리도 사랑해. 빅터가 롤리를 찾게 해서는 안 돼." 할머니는 눈을 감았다. "롤리를 안전하게 지켜줘."

"할머니, 빅터는 이제 노인이에요. 엄마를 해치지 못할 거예요."

감긴 눈이 다시 열렸을 때 내가 아는 할머니는 떠나고 낯선 사람만 남아있었다. "누구세요?" 마치 방금까지 대화를 나눈 적이 없다는 듯한 말투였다.

그래서 나는 끈기 있게 앉아서 아까 한 얘기를 모두 반복했다. 할머니가 다시 돌아오길 바라며.

주차해 둔 차로 가고 있는데 반스 경사한테 전화가 왔다.

그 남자를 찾았다고 했다. 글렌 데이비스는 체포되었다.

44

로즈

1980년 여름

내 두려움과 망상은 점점 더 심해져만 갔어. 무슨 소리라도 들리면 날 체포하려고 경찰이 문 앞까지 온 줄 알았어. 마을로 내려가면 어떻게 진실을 알아낸 사람들이 날 보며 수군거리는 것 같았어. 신문에 닐 루이셤의 실종 기사가 실렸더라. 종이 너머를 응시하는 그 얼굴을 보자 공포가 덮쳐와서 가게 밖으로 나가야만 했어. 난 사람을 죽였다는 사실을 정신적으로 잘 극복하지 못했어. 선한 의도에서 한 일이라고 나 자신을 설득하기 위해 노력했는데도 말이야.

대프니는 굉장했어. 그 후로 몇 달 동안 내가 의지할 수 있는 반석이 되어주었거든. 대프니는 동네 석공업자한테 널돌을 조금 주문했어. 나한테는 마당을 '다시 꾸민다'고 하면서. 하지만 난 대프니의 진짜 의도를 알았어. 야외 테라스를 더 넓혀서 닐의 시체를 묻은 곳까지 덮으려는 것이었지. 그러면 내가 더는 푸른 잔디밭과 전혀 어울리지 않는 갈색 흙더미를 보지 않아도 되니까.

"어디서 이런 걸 다 배웠어?" 하루는 바깥에 돌을 깐 다음 볼에 흙을 묻힌 채 부엌으로 들어오는 대프니에게 물었어.

대프니는 목소리가 들릴 만한 거리에 네가 있는지 확인하려고 주위를 둘러봤어. "교도소에서 여러 가지 많이 배웠어." 뺨을 붉히며 대답하던 대프니는 곧 애처로운 모습으로 덧붙였지. "거기 오래 있었으니까."

"오, 대프니."

나는 강해지려고 노력했어. 대프니를 위해. 그리고 너를 위해.

하지만 악몽이 끊이지 않았어. 밤이면 땀범벅이 돼서 깨곤 했지. 닐의 얼굴은 빅터의 얼굴로 변했고 나는 빅터가 우리를 찾을 거라고 확신하게 됐어. 결국 닐은 찾아냈으니까.

이때까지도 대프니에게는 빅터에 대해 이야기하지 않았어. 하지만 사랑이 깊어질수록 내 과거를 숨기기도 힘들어졌어. 대프니가 물어보거나 강요한 건 아니야. 자기도 진이었던 시절에 관해 이야기하지 않았으니까. 그냥 우리는 둘 다 서로를 찾아내기 전이라는 시간은 존재하지 않는 것처럼 여기에서 현재를 살고 싶었던 것 같아.

"이제 그만해. 널 때문에 자기 자신을 괴롭히지 마." 내가 죄책감과 두려움에 휩싸여 부들부들 떨며 울 때마다 대프니는 수없이 이렇게 말했어. 날 끌어당겨 품에 안고 키스하며 다 괜찮을 거라고 안심시켰어. "영원히, 아무도 모를 거야." 대프니가 이렇게 말하면 난 더 괴로워졌어. 통제할 수 없는 한없이 연약한 사람이 됐어.

대프니가 닐의 죽음도, 마당에 그 사람 시체가 묻혀서 썩어간다는 사실도 걱정하지 않는 것 같아서 당혹스러웠어. 어쨌든 닐의 실종 사건은 신문에도 실렸단 말이야. 닐에게는 아내와 어린 아들이 있었어. 덕분에 나는 죄책감에 조금씩 잡아먹히는 기분이었지. 널돌을 간 다음에도 마당에 나가기가 싫었어. 나가면 그날 밤의 기억이 밀물처럼 몰려왔으니까. 네가 온종일 마당에 나가서 놀고 싶어 한 더운 여름 동안은 특히 더 힘들었어. "내가 데리고 나갈게." 대프니는 내 팔을 부드럽게 토닥이며 이렇게 말하고는 했지. 그러면 나는 대프니와 네가 조그만 삽으로 흙을 파거나 작은 암석정원을 만드는 모습을 죄수처럼 부엌 창문으로 바라봤어. 내가 죽인 남자의 시체가 6미터도 안 되는 곳에 묻혀있다는 사실을 완전히 외면할 수 없었어. 밤에는 아래층으로 내려가서 널돌을 빼는 꿈을 꿨어. 그러면 마당에 구멍이 드러나는데 안이 텅 빈 거야. 닐의 시체가 사라지고 없는 거지. 때로는 꿈속에서 우리가 구덩이를 충분히 깊게 파지 않았을까 봐 걱정했어. 이웃집 개나 여우 같은 동물들이 우연히 마당을 파헤쳐서 시체가 발각될지도 모른다고 전전긍긍했지. 아니면 닐이 아직 살아있기도 했어. 배를 찔리고도 살아남아서 아직도 피에 물든 그 티셔츠를 입고 복수하려고 하는 거야.

"널돌을 깔았으니까 동물이 파헤치지는 못할 거야. 걱정 마." 대프니는 이런 두려움을 털어놓는 나를 진정시켜 주고는 했어. 밤이면 보통 네가 깊이 잠들기를 기다렸다가 내 방으로 몰래 들어왔지. 대프니의 따뜻한 몸이 내 옆에 있으면 위안이 되었어. 어두운 생각에 철저하게 혼자 사로잡혀 있다는 느낌도 덜했어. 끈적거리던 7월의 어느 날 밤 우리는 흰 시트 한 장만 덮고 서로의 팔에 안겨 누워있었어. 대프니가 물었어. "자긴 스스로 양성애자라고 생각해?"

나는 대프니의 얼굴을 보기 위해 팔꿈치를 세워 일어나 앉았어. 달빛 때문에 높이 솟은 광대가 두드러져 보였지. "왜 그런 걸 물어 봐?"

"글쎄. 자긴 결혼했었으니까."

"음. 사실 난 결혼한 적 없어."

어스름한 빛 속에서 대프니의 눈은 아주 커 보였어. "뭐? 하지만 롤리 아빠는……."

"나 사별한 거 아냐. 그 사람한테서 도망친 거야. 그 사람은…… 사이코였어……. 아니 사이코야."

대프니가 긴장해서 뻣뻣해지는 게 느껴졌어. "사실 자기가 누군가를 피해 도망치는 게 아닐까 의심하기는 했어. 자긴 언제나 너무…… 말을 아꼈으니까. 나도 그랬겠지, 아마. 듣고 보니 우리 둘다 도망치고 있기는 했지만 상황은 전혀 달랐네." 대프니는 손을 뻗어 내 볼을 만졌어. "하지만 나중에는 그냥 자기가 부끄러워하는 줄 알았어." 대프니는 손을 가져가서 시트를 가슴까지 끌어 올렸어. 정원에서 너하고 오래 놀아준 탓에 팔이 탔더라. "그럼 아직도 살아있는 거야, 롤리 아빠는?"

난 고개를 끄덕였어. "빅터라고 해."

"빅터." 대프니는 천천히 이름을 읊었어. "상류층 같은 이름이다."

"우린 사귀지 않았어. 연인 관계로는." 나는 대프니를 안심시키고 싶었어. "그러니까…… 좀 복잡해." 그러면서도 대프니에게 빅터에 관해서도, 빅터가 나에게 한 짓에 관해서도 말하고 싶지 않았어. 그게 우리 사이에 악령처럼 끼어들어서 지금 우리가 가진 것들을 더럽히는 게 싫었어. "빅터 전에는 여자랑 오래 사귀었어. 오드리라고. 자기는?"

대프니는 어둠 속에서 낄낄 웃었어. "남자들이랑 자기는 했는데 아무래도 이상하더라고. 그래서 내가 여자를 좋아한다는 사실을 깨달았어."

질투심에 가슴이 욱신거렸어. "어쨌든 단정 지어서 이름표를 붙이면 안 될 것 같아."

"그런 거 아냐. 그냥 롤리 아빠가 궁금했어. 그것뿐이야. 난 항상 아이를 가지고 싶었거든. 하지만 난 벌써 마흔이야."

깜짝 놀랐어. 대프니는 훨씬 어려 보였거든. "정말? 그렇게 안 보여."

대프니는 대답 대신 웃었어. 난 다시 기분 좋게 침대에 누웠어. 둘 다 시트 밑으로 들어가 서로를 마주 봤어. 대프니 뒤에 있는 벽에서 그림자가 춤을 췄어.

"사라질까?" 어둠 속에서 내가 속삭였어.

"뭐가?"

"죄책감? 다른 사람의 목숨을 빼앗은 죄책감."

처음에 대프니는 아무 말도 없었어. 마음을 상하게 했나 싶었지. 그때 대프니가 슬픈 목소리로 말했어. "수전한테 그런 짓을 한 나를 평생 용서하지 못할 거야. 죗값은 치렀어. 형기를 마쳤고. 내 인생도 망쳤지. 하지만 절대 잊지는 못할 거야."

"자긴 어린아이였잖아. 난 뭐라고 변명할까?"

"사랑." 대프니가 시트 아래에서 내 손을 더듬어 찾으며 부드럽게 말했어. "자긴 사랑을 위해 그런 거야."

45

로나

새피는 입을 벌리고 엄마를 빤히 쳐다봤다. "벽난로 안에? 어떤 벽난로? 이 집에만 네 개가 있는데."

"저쪽 건 내가 벌써 살펴봤어." 로나가 소심하게 거실 벽난로를 가리키며 새피에게 더러워진 손바닥을 보여줬다.

"저건 이사 들어오고 나서 꼬박꼬박 썼단 말이야." 새피가 입술을 씰룩거리며 말했다. "나머지는 오랫동안 쓰지 않았을 거야." 톰이 느긋하게 거실로 들어와서 두 사람한테 차를 건넸다. 로나는 차를 너무 많이 마셔서 입 안이 깔깔했지만 어쨌든 받기 받았다. 새피가 컵을 받자 톰도 새피와 함께 소파에 앉았다. 할머니를 보고 온 이후 새피는 슬퍼 보였다. 할머니 상태가 점점 더 나빠진다고 전했다. 오늘 함께 가지 못한 로나는 불쑥 강한 죄책감에 사로잡혔다. 곧 스페인으로 돌아가야 한다는 것은 알고 있었다. 상사가 로나 자리를 언제까지나 비워두지는 못할 테니까. 아파트 문제나 아직 제대로 마무리 짓지 못한 알베르토 문제 역시 말할 것도 없었다. 반면 로나 자신은 새피와 엄마 곁을 떠나고 싶지 않았다. 두 사람에 대해 생각할 때면 딸이 했던 말들이 가슴을 찔렀다. 새피가 엄마에게 버림받았다고 생각한 것이 견딜 수 없이 싫었다.

새피가 벌떡 일어났다. "위층을 확인해 보자."

"시간이 별로 없어." 톰이 말했다. "2시에 테오 부부랑 만난다고 하지 않았어?"

"아직 30분 남았네. 중요한 문제야. 가자."

로나는 의자에서 일어나려다가 순간 망설였다. "이 증거라는 게 대체 뭘까? 살인 무기? 칼?"

새피는 허리에 손을 올렸다. 이제 로나에게도 새피의 볼록해진 배가 확실하게 보였다. "바보 같은 소리 하지 마, 엄마. 데이비스가 어떤 문서라고 했잖아. 우리가 찾는 건 그거야."

톰 역시 눈썹을 찌푸리면서도 일어섰다. "왜 빅터는 오래된 문서를 되찾지 못해서 그렇게 필사적이었을까? 문서에 뭐라고 적혀 있으면 빅터랑 살인 사건의 연관성이 입증될 수 있지?"

"글쎄, 찾아보자니까." 새피가 조바심을 내며 톰의 손을 잡았다. "가자."

로나도 새피와 톰을 따라서 위층으로 올라갔다. 세 사람의 흥분한 것을 느꼈는지 스노이도 덩달아 신나게 짖으며 발치에서 따라왔다. 우선 새피와 톰의 방으로 갔다. 침대는 정리하지 않아 엉망이었고 톰이 어제 입었던 옷도 창가 의자에 대충 걸쳐져 있었다. 새피는 연철로 만든 작은 벽난로 쪽으로 갔다.

"내가 할게." 톰이 서둘러 앞으로 나섰다. "넌 무리하면 안 되잖아.”새피와 로나는 까치발을 하고 손을 넣어서 굴뚝 아랫부분을 더듬는 톰을 지켜보았다. 덕분에 화가 난 거미가 굴뚝에서 튀어나오자 새피는 비명을 지르며 뒤로 물러났다. “아무것도 없어.” 톰이 머리카락에서 먼지와 거미줄을 떼며 말했다.

“다음 차례는 엄마 방이야.” 새피가 말했다. 그리고 깔끔함 그 자체인 로나 방으로 들어서자 한마디 더 덧붙였다. “세상에, 엄마. 좀 어질러도 괜찮아.”

여기 벽난로는 새피 방보다 더 작았고 꽃을 새긴 선반이 있었다. 찾는 데는 그리 오래 걸리지 않았다. 역시 아무것도 없었다.

“작은 방…….” 로나가 중얼거리는 사이 새피는 벌써 그리로 가고 있었다.

작은 방은 구석의 상자들을 빼면 텅 비어있었다. 로나는 톰이 어디부터 벽지를 떼어내고 인테리어 작업을 시작했는지 알아볼 수 있었다. “여기가 내 방이었다니 이상해.” 로나는 창가로 가서 마당을 내다보았다. 대프니랑 엄마가 정원에서 땅을 파고 시체를 묻는 모습을 상상해 보려고 애썼다. 하지만 불가능했다. 스노이가 사람 머리를 달고 있는 모습을 상상하는 것과 크게 다르지 않았다.

“여기도 아무것도 없을 것 같아.” 새피가 말했다. 로나는 난로 주변을 더듬는 새피를 지켜봤다. 톰이 굴뚝 속으로 손을 뻗고 있었다. 둘 다 코미디 연기를 하는 것 같았다. “데이비스가 벌써 찾아냈을 것 같아?”

로나는 한숨을 쉬었다. “멀리사 기억이 틀렸을지도 몰라. 아주 오래전 일이니까.”

새피가 옆으로 오자 로나는 딸의 어깨를 팔로 감쌌다. 그러려면 팔을 높게 올려야 했지만 말이다. 두 사람은 한때 로나의 방이었던 이 방에서 잠시 그대로 벽난로를 바라보며 서있었다. 벽난로가 모든 답을 알고 있는 것처럼.

테오와 젠을 만나러 집을 나서려는 순간 새피의 전화가 울렸다.

새피는 가방에서 휴대폰을 꺼내 받은 다음, 입 모양으로 반스 경사라고 말했다.

로나는 속이 울렁거렸다. 이제 또 뭐가 필요하지? 빅터와는 만났을까?

"알았어요." 이렇게 말하며 새피는 걱정스러운 눈길로 톰과 로나를 쳐다봤다. "네, 확실한가요? 그렇군요……." 새피가 곱슬머리를 귀 뒤로 넘겼다. "네, 괜찮아요. 감사합니다."

새피는 통화 마치고 전화기를 다시 가방에 넣었다.

"뭐래?" 톰이 물었다.

"과학 수사대에서 나머지 유골을 진 버든이 교도소에 있을 당시의 치과 기록이랑 대조해 봤는데, 그 결과가 지금 나왔대. 일치하지 않는대. 진 버든이 아니래."

46

로즈

1980년 9월

사랑의 문제점은 눈을 멀게 한다는 거야. 그리고 난 대프니를 향한 내 감정 때문에 너무 맹목적이 된 나머지 어지러울 지경이었어.

빅터한테서 도망친 이후로 세운 단 하나의 규칙도 깨버렸지. 그 누구와도 사귀지 않고 혼자 지내겠다는 규칙.

하지만 날 괴롭히는 게 하나 있었어.

대프니가 나에 대해 너무 많이 알고 있다는 사실.

그리고 나 역시 대프니에 대해 너무 많이 알고 있었지.

신분을 훔쳤다는 사실, 진 버튼으로 짊어진 악명, 수감 생활.

대프니를 사랑하는 것은 확실했어. 하지만 각자의 범죄 때문에 하나로 얽히는 것은 아닐까? 혹시라도 서로의 비밀을 폭로하는 것이 두려워서 헤어지기 어려워지는 것은 아닐까?

진짜 정체가 대중에게 알려지는 날이 오면 대프니는 어떻게 될까? 사람들에게 비난을 받겠지. 교도소에서 나온 대프니에게 주어진 신분은 실라 와츠였어. 하지만 대프니는 자신을 '익사'시키던 날 그 껍질을 벗어버렸어. 그러니 이제는 감시하는 보호관찰관도 없지. 다시 살인을 저지르지 않게 감시하는 사람이 없다는 뜻이야. 대프니가 다시 사람을 죽일 거라고 생각한 건 아니야. 난 대프니를 믿었어. 어쨌든 이제 우리는 둘 다 살인자이기도 했고. 게다가 당시에 대프니는 방치와 학대, 비난에 노출된 순수한 아이였어. 난 서른여섯이잖아. 나야말로 사리 분별을 더 제대로 해야 했어.

아니, 오히려 대프니가 나보다 유리한 처지였지. 말 그대로 대프니는 경찰에게 시체가 있는 장소를 바로 알려줄 수 있었으니까.

하지만 난 그럴 가치가 있는 일이었다고 믿으려 했어. 우리 사랑은 진짜였으니까. 순수 그 자체의 진실하고 영원한 사랑이니까. 서로를 떠나지 못하게 하려고 각자 알고 있는 정보로 감정적인 협박을 하는 단계까지는 절대 갈 리가 없다고 믿었어. 대프니는 사람을 조종하려 하지 않으니까. 속임수를 쓰지 않으니까. 걱정할 필요가 없었어.

대프니는 빅터 같은 사람이 아니니까.

적어도 그때는 그렇게 나 자신을 다독였었지.

아름다운 가을 아침이었어. 이제 막 낙엽이 지기 시작했을 무렵. 넌 낙엽을 걷어차며 유아원으로 가는 걸 좋아했어. 빨간색과 금색, 갈색으로 둘러싸인 마을은 너무나 아름다웠어. 바깥 공기는 찼지만 해가 나고 상쾌했어. 그래서 널 유아원에 데려다준 다음, 숲을 통과해 조금 멀리 돌아서 집에 가기로 했어. 평화로웠지. 나무 사이로 비스듬히 햇살이 쏟아졌어. 양가죽 코트 주머니에 손을 찔러

넣고 걸으며 넘치는 행복을 느꼈어. 그런데 우리 집 뒤편으로 이어지는 길모퉁이를 돌려고 하니까 누가 마당에 서있는 거야. 숲과 마당을 가르는 돌담 옆에. 나는 걸음을 멈추고 굵은 나무 뒤로 몸을 숨겼어. 대프니였어. 그런데 혼자가 아니었어. 남자와 같이 있었어. 가슴이 두근거렸지. 속이 울렁거리고. 이 시간에 누굴까? 또 대프니의 정체를 밝히려는 기자일까?

농장에서 일한다는 숀일 수도 있다고 생각했어. 난 숀을 만난 적이 없지만 듣자 하니 대프니와 둘이 꽤 친해진 것 같았거든. 숀이 대프니한테 이것저것 잘 주는 것 같았어. 남는 달걀, 애매한 양의 페인트, 우유 500밀리리터 등등. 숀이 이런 것들을 훔치는 게 아니길 바랐어. 하지만 대프니는 그 사람이 '괜찮다'고 하더라. 대프니치고는 꽤 높은 평가였지. 숀이 대프니를 좋아하는 게 아닐까 하는 생각도 했어. 하지만 난 대프니를 믿었어. 대프니도 날 사랑한다는 걸 알았으니까.

가까이 다가가자 그 남자가 조엘이란 것을 알 수 있었어.

바람결에 두 사람의 말이 들려왔어. "돌아가시는 게 좋겠어요." 대프니 목소리였어. 난 나무 뒤에서 나왔어. 조엘은 왜 또 대프니를 괴롭히는 걸까? 하지만 조엘의 대답을 들으니 발걸음을 뗄 수가 없었어.

"대체 왜 거짓말로 사람을 모함하고 다니는지 이해가 안 가서 그럽니다." 조엘이 화가 나서 팔을 휘두르며 말하는 거야. 내가 있는 곳에서도 조엘의 꾸밈없이 당혹스러운 얼굴이 보였어. "로즈랑 난 친구였어요. 그런데 이제 로즈는 나랑 몇 달이 지나도록 말도 안 한다고요. 거리에서 날 보면 피한단 말입니다."

"그건 로즈 마음이죠."

"당신이 로즈한테 내가 무슨…… 무슨 호색가라도 되는 것처럼 없는 말을 해서 이렇게 됐잖아요."

"바보 같은 소리 그만해요."

"난 당신한테 추근거린 적 없어. 당신을 희롱한 적도 없고. 내가 한 짓이라곤 로즈에 관한 마음을 털어놓은 것뿐이잖아요. 그래서 그런 겁니까? 우리가 잘되는 걸 막으려고?"

"그 멍청한 머리로 똑똑히 새겨들어요. 로즈는 당신한테 관심 있었던 적도 없고, 앞으로도 없을 거야. 내가 뭐라고 하든 간에." 대프니는 화가 난 말투로 낮게 말했어. 얼굴에는 분노가 선명하게 드러났어. 난 깜짝 놀랐어. 평소에는 너무나 고요하고 태평해 보이던 사람이니까. 게다가 난 항상 대프니의 끈기와 다정함에 감탄했었거든. 물론 대프니가 성인이란 뜻은 아니야. 대프니는 나처럼 걱정이 많았어. 부당하고 불평등한 일에는 화를 냈지. 독립적이면서 유능했고. 하지만 절대 옹졸하거나 불공평하게 굴지는 않았어. 아니, 나는 늘 그렇게 생각했어. 하지만 조엘이 하는 말이 사실이라면 대프니는 내게 조엘이 추근거렸다고 거짓말을 한 게 돼. 그건 날 조종하려는 아주 교활한 행동이란 말이야.

"하지만 당신도 몰랐잖아, 안 그래? 그때는 몰랐지. 로즈가 날 좋아할지도 모른다고 생각해서 막으려고 한 거잖아. 벌레 한 마리도 못 죽일 것 같은 착한 얼굴을 하고, 여기 다른 사람들은 다 속였을지 몰라도. 대프니, 내 눈은 못 속여."

"당장 꺼지지 못해?" 대프니가 으르렁거렸어. "우린 내버려 둬."

나는 숨을 너무 날카롭게 들이마신 나머지 가슴이 아팠어. 조엘이 반박하기를 기다렸어. 하지만 조엘은 그저 슬프게 고개를 젓기만 했지. "당신이 로즈를 이용하는 게 아니길 빌어. 로즈는 좋은 사람이야."

"당연히 그럴 리가 없잖아."

조엘은 우리 집을 바라보았어. "좋은 환경을 손에 넣었군. 비를 가려줄 집에 준비된 가족까지."

대프니는 팔짱을 끼었어. 황갈색 헐렁한 스웨터에 내가 생일 선물로 준 크림색 승마바지를 입고 있었어. 다시 자란 머리는 어깨까지 길렀지만 여전히 짙은 색이었어. 난 그게 마음에 들었어. 대프니의 볼은 차가운 공기 때문에 빨개졌고 눈은 불타오르고 있었어. 대프니는 아름다웠어.

"난 로즈를 사랑해."

"사실이길 빌어."

"질투하나 본데."

"그럴지도."

대프니는 일하러 갈 때면 빌리는 내 장화를 신고 발끝으로 땅을 툭툭 건드렸어. "글쎄, 내가 뭐라고 했든 로즈가 당신한테 관심 가지는 일은 없었을 거야."

조엘이 한숨을 쉬었어. "하지만 적어도 우린 친구로 남을 수 있었겠지. 아님 그것도 싫은가?"

"무슨 말인지 모르겠는데."

"로즈가 당신 말고 다른 사람을 만나기는 해?"

"로즈는 항상 은둔하면서 살았어. 그건 내 잘못이 아니지."

조엘은 고개를 저었어. "멀리사 말이 로즈가 더는 교회 종지기를 맡지 않는댔어. 여성 협회 일도."

"그건 로즈가 결정한 일이지. 내가 그러라고 한 게 아니거든. 우린 시간이 나는 대로 함께 있고 싶을 뿐이야. 어떤 느낌인지 기억도 못 하시나? 한창 사랑에 빠져있을 때, 다른 건 다 상관없고 서로만 원하는 그 느낌. 그걸 다른 걸로 부풀려서 지어낼 생각 그만하시지. 난 로즈가 하고 싶다는 걸 막은 적 없으니까. 로즈도 나한테 그런 적 없고."

나는 더 이상 듣고만 있을 수 없었어. 옳은 행동이 아닌 것 같았거든. 그래서 나무 그늘에서 나와 뒷마당으로 갔어. 담장으로 기어올라 잔디밭으로 뛰어내렸지. 놀란 대프니 얼굴이 너무 웃겨서 웃음을 참아야만 했어.

"뭐, 뭐 하는 거야?" 내가 두 사람이 서있는 데로 가니까 대프니가 헐떡이며 물었어.

"미안. 가끔 이쪽으로 돌아와. 숲속을 혼자 걷는 게 좋아서. 일하러 간 줄 알았지."

대프니 얼굴이 새빨갛게 물들었어. "난…… 응. 막 가려던 참이었어. 근데 조엘이 와서." 내가 대화를 들었는지 알아내려고 하는 걸 알 수 있었어. 하지만 난 계속 가벼운 분위기를 유지했어.

"무슨 일 있어요?" 난 조엘에게 물었어.

"아무 일 없어요." 조엘은 따뜻하게 웃어줬어. "잘 지내는 거 보니까 좋네요, 로즈. 뭐든 필요한 게 생기면 언제든……" 조엘은 날 의미심장한 얼굴로 바라봤어. "뭐든지요. 어디로 오면 되는지 알죠?"

"음, 네……."

"좋아요. 그럼 가볼게요."

우린 그 자리에 서서 잔디밭을 지나 집 옆으로 사라지는 조엘을 지켜봤어.

"이게 다 무슨 일이야?" 난 대프니가 사실대로 털어놓을지 의심하면서 물어봤어.

하지만 대프니는 가까이 오더니 대답 대신 날 끌어안고 진하게 키스했어. "일하러 가기까지 30분 정도 있어. 롤리가 없는 시간을 허비하지 말자." 그러고는 내 손을 잡고 집 안으로 데려갔지. 하지만 난 내 안에 자리 잡은 감정을 떨쳐낼 수 없었어. 대프니가 조엘을 두고 거짓말을 해서 날 조종했다면 또 어떤 게 거짓이었을까?

47

테오

월요일 근무 시간 전에 테오는 아버지를 찾아가기로 결심했다. 이제 로나와 로즈에 대해 알게 되었으니 대답이 필요했다. 지난주에 아버지가 레스토랑에서 그렇게 뛰쳐나간 이후로 처음 만나러 온 것이었다. 테오는 평소보다 심장이 빨리 뛰는 자신에게 짜증을 내며 잠시 기다렸다. 곧 복도를 가로지르는 발소리가 들리고 문이 열렸다. 아버지가 파스텔 색상의 다이아몬드 무늬 골프 셔츠와 치노 팬츠를 입고 있었다. "또, 뭐?"

"들어가서 말씀드릴게요."

"할 말 없다. 경찰도 네가 보냈냐? 그럴 줄 알았어야 했는데. 항상 의심병이 있더니." 아버지는 테오의 면전에서 문을 닫았다. 하지만 테오가 문 틈새에 발을 끼워 넣었다.

"제가 그런 거 아니에요. 들어가게 해주시면 설명할게요." 테오는 스스로 느끼는 것보다 더 강한 어조로 말하려고 노력했다.

아버지는 문틈에 끼인 테오의 운동화를 날카롭게 쳐다봤다. "나한테 다른 선택지가 있는 것처럼 말하는구나." 그러고는 뒤로 물러서더니 획 돌아서서 뻣뻣하게 복도를 따라 걸어갔다. 테오도 그 뒤를 따라 부엌으로 갔다. 언제나 그랬듯이 완벽하게 깔끔한 곳이다. 뭐 하나 제자리를 벗어난 것이 없다. 아버지는 조리대 구석에 서서 주전자의 스위치를 켰다. "빨리 끝내라. 골프 클럽에 가야 한다."

이 순간 테오는 아버지에게 사랑을 할 능력이 있는지 의문이 들었다. 자기 아이에게 아버지가 자신을 대하듯이 말하는 것은 상상조차 할 수 없다.

"경찰이 뭐래요?"

"별말 없었다. 그냥 몇 가지 물어본 게 다다."

"뭘 물어봤는데요?"

아버지는 아무 말 없이 가만히 서서 테오를 슬쩍 보기만 했다.

"로즈 그레이가 누군지 알아요. 딸이 있더군요. 아마도 제 누나겠죠."

아버지는 계속해서 테오를 차갑게 응시했다.

"데이비스란 폭력배를 보내서 일가족을 협박하셨죠. 자기 친딸을 위협하다니. 미친 거 아니에요? 젠장! 아버진 대체 어떻게 된 사람이에요?"

아버지는 깜짝 놀란 얼굴이었다. 전에는 테오가 아버지 앞에서 욕을 한 적이 없었다. 지금까지 테오의 내면에는 언제나 아버지를 기쁘게 해주고 싶은 착한 아들이 존재했다. 그 아이는 아버지가 무슨 말만 하면 움찔거렸다.

"무슨 터무니없는 소리냐. 넌 정말 네 엄마랑 똑같아. 너무 감정적이야."

"적어도 저한텐 감정이란 게 있죠. 아버지랑 다르게요."

"난 네 엄마를 사랑했어. 그리고 로즈도 사랑했다." 아버지가 대답했다. 테오는 웃고 싶었다. 아버지는 사랑이 뭔지 모르는 것이 분명했다. 소유욕을 사랑으로 착각하고 있을 뿐이다.

"그래서 아버지한테 로즈는 어떤 존재였는데요?"

"로즈는…… 한때 사귀었던 사람이지."

아버지가 눈을 깜빡거렸다. 테오는 아버지 말이 거짓이라는 인상을 받았다.

"그런데요?"

"같이 살았는데 임신하고 나서 떠났다. 난 로즈를 찾으려고 노력했다. 하지만 그때는 그리 쉬운 일이 아니었지. 휴대폰도 없고, 위치 추적도 없고, 인터넷도 없으니. 로즈는 그냥…… 완벽하게 사라져버렸어. 그 뒤에 네 엄마를 만났다. 그러니 로즈는 그리 중요하지 않게 됐지."

"그럼 딸은요?"

"난 로즈가 아이를 낳았는지도 확실하게 알지 못했어. 처음 만났을 때 로즈는 지금 네 나이 정도였다. 근처에 살고 있었지. 떠날 때는 임신 6개월밖에 되지 않았다. 그리고 로즈는 너무…… 경박했어."

로나가 어머니에 대해 한 말과 일치하지 않는다. "아버지 자식이 아니라고 생각했다 그 말씀이세요? 그럼 제가 새로운 뉴스를 알려드려야겠네요, 아버지. 친딸이 확실합니다. 아버지와도 저와도 너무 똑같이 닮아서 아니라고 할 수 없을 정도라고요! 찾으려던 사람이 그 사람이었어요? 그래서 책상 위에 그 기사가 있었던 거고요? 저한테 또 숨기는 게 있으세요?"

아버지는 머리에 손을 올리고 고통스러운 얼굴을 했다. 그 순간은 테오가 무서워하던, 권위적이고 만사를 자기 마음대로 좌지우지하려던 사람처럼 보이지 않았다. 그냥 평범한 노인에 더 가까워 보였다. "설명하기엔 복잡하구나. 난 글렌한테 가서 좀 알아봐 달라고 했다."

마치 날씨처럼 평온한 주제로 이야기를 나누는 듯한 말투였다.

"실제로 글렌이 무슨 짓을 했는데요? 자기가 사설탐정이라고 말을 지어냈다고요. 헛소리죠, 안 그래요? 그 사람 그냥 사기꾼 아니에요? 경찰이 아버지한테 뭐라고 했는지는 모르지만 그 사람이랑 연결되면 아버지한테도 좋지 않을 거예요."

"말도 안 되는 소리 하지 마라." 아버지는 차를 우리기 위해 테오를 등지고 돌아섰다. 하지만 테오는 모든 것이 어딘가 어긋난 느낌이 들었다. 아버지는 의도적으로 얼버무리고 있었다.

"증거라는 건 또 뭐예요?" 테오가 물었다.

아버지는 아무 말도 하지 않았다. 하지만 테오는 아버지의 어깨가 긴장감으로 굳은 것을 알아차렸다. 아버지는 티백을 넣으며 머뭇거리다가 말했다. "증거?"

시간을 벌려는 속셈이다. "그래요. 얘기를 들어보니까 아버지 심복이 길거리에서 아버지 친딸을 위협했다던데요." 테오는 이 문장을 내뱉으면서 아버지가 자기 목소리에 담긴 경멸을 느끼기를 바랐다. "그 사람이 로즈가 무슨 증거를 숨겼다고 했다잖아요. 그게 무슨 소리죠?"

아버지는 여전히 테오를 등지고 있었다. "모르겠구나." 말투에서 거짓임이 드러났다.

"그다음엔 데이비스가 집에 숨어들기까지 했다고요. 이상하게도 아무것도 훔치지 않았고요. 하지만 뭔가를 찾고 있었던 건 확실해요."

아버지가 돌아서서 테오에게 컵을 건넸다. "난 모르는 일이다."

"당연히 아시겠죠." 테오가 컵을 받으며 말했다. "데이비스는 아버지가 하라고 하지 않으면 아무것도 안 하잖아요. 경찰한테도 이런 식으로 말씀하셨어요? 경찰은 다 파악할 거예요, 아버지. 아버지는 이제 글렌하고 엮였다고요."

아버지는 머그잔 너머로 테오를 바라보았다. 아버지의 날에 테오가 선물한 컵이다. 앞면에 스윙을 하는 골퍼 그림이 있다. 테오는 아버지의 눈에서 어떤 감정이 스쳐 지나가는 것을 보았다. 아마도 죄책감일까? 양심의 가책? 두려움? 알 수 없다. 아버지는 언제나 너무 파악하기 어려운 사람이었다. 너무 폐쇄적이다.

테오는 차를 마셨다. 아버지는 아직도 위협적이다. 지켜보고 있는 사이 깨달았다. 하지만 이제 아버지는 연금을 받으면서 사는 노인이다. 더는 테오에게 상처를 줄 수 없다. 테오의 삶을 통제할 수도 없다. 테오는 완전히 독립했다. 그리고 아버지에게서 아무것도 바라지 않는다. 아버지를 위해 해온 일들의 바탕에는 항상 의무감이 있었다. 엄마를 사랑했기 때문에 어쩔 수 없었다. 어릴 때부터 아버지를 사랑하고 존경하라고 주입식 교육을 받았다. 하지만 사랑과 존경은 일방적으로 성립되지 않는다. 테오는 자라면서 아버지를 사랑해야만 한다고 생각했고 아무런 의문도 품지 않았다. 하지만 지금, 정말 솔직하게 자기 자신을 들여다보면 아버지를 향한 사랑이라는 감정은 존재하지 않았다. 테오는 차를 삼켰다. "서재에 있던 그 여자들 사진은 뭐예요?"

"내가 도와준 여자들 사진이라니까. 기록을 남겨두고 싶었을 뿐이다." 아버지의 목소리에서 긴장이 느껴졌다. "레스토랑에서 이미 말했지 않니."

"당사자도 모르게 사진을 찍었다고요."

"범죄는 아니다. 누구한테 피해를 입힌 것도 아니고."

"그럼 왜 숨겨둬요?"

아버지는 남은 차를 싱크대에 쏟아붓고는 거의 집어 던지듯이 컵을 내려놓았다. 덕분에 덜커덕거리는 소리가 났다. "심문은 이제 이만하면 됐겠지. 나가야 한다." 아버지가 테오를 지나쳤다. "너도 돌아가." 아버지는 문 앞에서 골프 가방을 집어 어깨에 메며 등 뒤로 소리쳤다. "그리고 다시는 내 서재를 기웃거리지 마라. 아무것도 못 찾을 테니까."

"살인 사건은요, 아버지?" 테오는 아버지를 따라 복도로 들어가며 물었다. "로즈 그레이 집에 글렌을 보낸 게 살인 증거 때문이에요?" 엄마의 사고에 대한 질문도 혀끝을 맴돌았지만 묻지 않기로 했다. 지금은.

아버지가 걸음을 멈췄다. 경직된 자세였다. 아버지는 천천히 테오 쪽으로 돌아섰다. 위협적인 얼굴이었다.

48

로나

로나는 부엌에서 채소 캐서롤을 만들고 있다. 엄마한테 물려받은 조리법이다. 채소를 자르고 다지니 시끄럽던 마음이 차분해졌다. 머릿속에 원치 않는 생각이 가득했다. 유골들, 빅터, 엄마.

새피는 얼굴 보기가 힘들었다. 일을 해야 한다면서 하루 종일 서재에 틀어박혀 있었다.

로나는 캐서롤 그릇을 오븐에 넣었다. 고기가 먹고 싶었다. 여기 머물면서 내내 고기를 먹지 못했다. 톰도 새피의 비위를 맞추기 위해 생선만 먹는 눈치였다. 두툼하고 육즙이 풍부한 치즈버거가 정말 먹고 싶었다.

거실로 돌아가자 놀랍게도 새피가 소파에 앉아있었다. "일 다 했니?"

새피가 눈을 문질렀다. "너무 피곤해. 책상 앞에 8시간 내내 앉아있었어. 중간에 딱 한 번만 쉬었고."

로나는 걱정에 사로잡혔다. "일도 쉬엄쉬엄해야지⋯⋯."

"어떻게 그래?" 새피가 울먹거렸다. "도무지 일에 집중할 수가 없어! 밀렸단 말이야. 잘리면 큰일이라고."

로나는 딸을 또 짜증 나게 하기 싫어서 말은 삼키고 입을 꾹 다물었다. 예전에는 항상 침착했던 딸이었다. 하지만 새피에게는 이 모든 일이 버거울 터였다. 들쑥날쑥 날뛰는 호르몬은 말할 것도 없고.

"엄마, 어제 경찰이 한 얘기가 머릿속에 계속 맴돌아." 새피가 한숨을 쉬었다. "나머지 유골이 진 버튼이 아니라는 말."

"그래도 대프니일지 몰라. 할머니가 오해해서 대프니를 진이라고 했을 수도 있지. 아니면 대프니가 할머니한테 거짓말을 했든가."

"하지만 실라에 관한 파일. 거기에 진 버튼에 관해 닐 루이셤이 쓴 기사가 있었잖아. 그게 연결고리 아니겠어? 그리고 아빠가 아까 전화했어. 아빠네 신문사에 속기를 읽는 사람이 있었나 봐. 진하고 실라가 동일 인물이라는 내용이었대."

"새피, 경찰이 알아낼 거야." 로나가 위로했다. 오븐 속 캐서롤이 익어가는 냄새가 집 안으로 퍼지자 배에서 꼬르륵 소리가 났다. "경찰을 믿어야 해. 반스 경사를 믿어보자."

새피가 한숨을 쉬었다. "경찰이 사실을 알아내자마자 기자들이 벌떼처럼 몰려들겠지. 그래, 그게 그 사람들 직업인 건 나도 아는데 나한테도 삶이란 게 있잖아."

"그러니까." 지난 며칠 동안 인터넷이 안 돼서 로나는 유안에게 문자로 상황을 알려줬다. 그러자 유안 역시 새로운 정보가 공개되면 기자들이 다시 들끓는 흔한 패턴이 될 거라고 경고했다.

현관문에서 쿵 소리가 났다. 새피는 바짝 긴장했다. 그때 톰이 거실 문으로 머리를 쑥 내밀었다. "냄새 좋은데요."

"일찍 왔네." 새피가 기뻐하며 외쳤다. 로나는 톰에게 달려가는 새피와 그런 딸을 품에 안는 톰을 보자 불쑥 질투가 났다. 어릴 때 새피가 달려드는 상대는 할머니 아니면 로나였다. 이제는 톰이 되었다. 톰은 아직도 헬멧을 쓰고 있었는데, 하얀색이라서 달걀처럼 보였다. 헬멧을 벗고 머리를 흔들어 털자 머리카락이 약간 축축해 보였다.

"배고파 죽겠어요." 톰이 의자에 헬멧을 던지며 말했다. 로나는 헬멧을 집어서 복도 고리에 걸고 싶은 충동과 싸웠다.

"30분만 있으면 돼……" 문 두드리는 소리가 나서 로나는 말을 끝마치지 못했다. 톰이 창가로 가서 바깥을 내다보았다. 밖은 아직 밝았다. 이제 해가 나무 뒤로 지기 시작한 무렵이었다. 아직 낮의 열기가 남아있는, 로나가 좋아하는 저녁 시간이었다. "할머니하고 젊은 남잔데요."

로나도 창가로 가서 톰과 함께 내다봤다. "어머, 멀리사 아주머니랑 조카 손주 세스잖아." 로나는 달려가서 현관문을 열었다. "안녕하세요. 들어오세요." 그리고 두 사람을 거실로 안내해 새피와 톰에게 소개했다.

멀리사는 활짝 웃고 있었다. 로나에게 봉투 하나를 건네고는 방 안을 슬쩍 둘러보았다. 모던한 소파와 나무 바닥에 잠시 눈길이 가는가 싶더니 다시 로나를 바라보았다. "요전에 너랑 얘기하고 나니까 사진이 있었다는 게 생각나지 뭐니."

"이모할머니한테 내일까지 기다리시라고 했는데 고집을 부리셔서요." 세스가 청바지 주머니에 손을 찔러넣고 씩 웃으며 말했다.

"네가 보고 싶어 할 것 같아서." 멀리사가 덧붙였다. "로즈가 우리랑 같이 교회에서 종을 칠 때 사진이야. 종 치는 걸 좋아했어."

"할머니가 종지기였어요?" 새피가 놀라서 눈썹을 치켜올리며 물었다. "한 번도 말씀하신 적이 없어요."

로나는 그것 말고도 엄마가 얘기하지 않은 게 부지기수라고 말하고 싶었지만 그만두기로 했다. 로나는 사진을 휙휙 넘겼다. 훨씬 젊은 모습의 멀리사를 포함해 여자 여섯 명이 카메라를 보며 웃고 있었다. 교회 종탑으로 보이는 곳이 배경이었고, 각자 긴 밧줄을 하나씩 잡고 있었다. 머리 모양이나 옷차림으로 보아 1970년대에 찍은 사진이 확실했다. 로나는 여자들을 살펴보았지만 엄마는 보이지 않았다. 결국 눈썹을 찌푸리며 물었다. "여기 엄마가 있나요?"

멀리사가 어깨 너머로 들여다봤다. "그래. 저기 있네." 멀리사는 긴 웨이브 머리를 한 여자를 가리켰다. 오래된 사진이기는 했지만 그 사람이 엄마가 아니라는 것 정도는 로나도 바로 알아볼 수 있었다. "이 사람은 엄마가 아니에요. 하지만 막연하게 아는 얼굴 같기도 하네요……."

"무슨 소리야?" 멀리사가 로나의 손에서 사진을 잡아채면서 말했다. "그래, 이게 로즈라니까. 여기. 그리고 이 사진에도……."

"저도 보여주세요." 새피가 다가와서 멀리사한테 사신을 받았다. "잠깐만요. 이 사람은 할머니가 아니에요." 새피는 놀란 눈으로 로나를 쳐다봤다. "이 사람! 이 사람 할머니 사진에 있던 그 사람 아니야? 대프니."

멀리사가 웃었다. "그건 말도 안 돼. 이 사진을 찍었을 땐 대프니가 아직 이사하기 전이야. 1978년에 찍었으니까. 이게 로즈라니까.

로즈가 어떻게 생겼는지 내가 모를 리 없잖니."

차가운 손이 로나의 심장을 움켜쥔 느낌이었다. 로나는 거실 구석에 그대로 내버려 둔 상자로 달려갔다. 미처 전부 살펴보지 못했던 상자였다. 로나는 사진을 가지고 와서 멀리사에게 보여줬다. 손이 떨리고 있었다. "이 사진들에 찍힌 다른 한 사람이요……."

"이 사람?" 멀리사가 키가 크고 피부가 흰 짧은 머리 여자를 가리켰다. 로나의 엄마였다.

"네. 누, 누구예요?"

새피가 옆으로 왔다. "엄마, 무슨 말 하는 거야. 누군지 몰라서 물어? 할머니잖아."

로나는 딸의 손을 덥석 잡아 꽉 쥐었다. "누구예요?" 로나는 손가락으로 사진을 가리키며 다시 멀리사에게 물었다. 다급한 목소리였다. 욕지기가 올라오고 있었다.

"아니, 그거야 물론 대프니지." 멀리사가 두 사람이 바보라도 되는 것처럼 쳐다보며 말했다. "이 사람이 대프니 하톨이라니까."

4부

49

대프니

내 이름은 로즈. 나는 나를 로즈라고 생각하며 살았다. 하지만 이 빌어먹을 병 때문에 이제 많은 것들이 기억나지 않는다. 머릿속에서 수많은 것들이 뒤틀려서 혼란스럽다. 내게 남은 것은 기억뿐인데 이제 그마저도 햇빛 아래에 오래 꺼내 놓은 사진처럼 점점 흐려지고 있다. 나는 거의 40년 동안 로즈로 살았다. 다른 사람으로 살아온 세월보다 로즈로 산 세월이 더 길다.

하지만 지난 1년 사이에 많은 것들이 흐릿해졌다. 아는 얼굴도 낯선 얼굴로 바뀌어 간다. 그리고 현재를 잊을 때면 머릿속에서 다른 이름으로 살아왔던 내가 모두 서로 다른 사람이 된다. 나의 일부였던 사실이 전혀 존재하지 않는 것처럼. 진, 실라, 대프니. 대프니가 특히 더 그렇다. 나는 대프니로 사는 것이 가장 좋았다. 대프니에게는 사랑이 있었다.

어린 시절은 끔찍했다. 하지만 변명으로 삼을 수는 없다. 끔찍한

400

유년기를 겪은 사람들은 많지만, 모두 살인자가 되지는 않는다.

나는 1939년 8월 3일, 런던의 스테프니 그린 지역에서 진 버튼으로 태어났다. 나는 외동딸이었고, 양친은 서로를 잡아먹지 못해 안달이었다. 그리고 나에게는 눈곱만큼도 신경을 쓰지 않았다. 아버지는 술주정뱅이였고 어머니는 매춘부였다. 그래서 나는 아주 어릴 때부터 남자와 섹스에 관해 너무 많은 것을 알게 됐다. 대부분 나는 혼자 놀게 방치되었다. 공습으로 무너진 이스트엔드의 거리를 거닐면서 아버지 눈을 피해 다녔다. 그러지 않으면 숨을 쉬는 것만으로도 매를 맞았다. 교정 시설에서 나를 담당했던 심리학자는 괴롭힘을 당한 사람이 괴롭히는 사람이 되는 경우가 흔하다고 했다. 내가 바로 그런 경우였다.

수전 월리스는 나의 첫 친구였다. 유일한 친구였다. 수전은 예쁘고 다정했다. 즐거웠던 어느 여름, 우리는 서로 떨어질 수 없는 사이였다. 수전의 부모님도 나를 친절하게 대해줬다. 남아서 차를 마시게 해줬고, 자기들 역시 가난한 형편인데도 나를 도와주려고 노력했다. 월리스 아주머니가 직접 뜬 스웨터를 주기도 했고, 여유가 있으면 잼을 바른 빵이나 사과를 하나씩 더 주기도 했다. 그러던 어느 날 수전이 더는 나와 친구 사이로 남고 싶지 않다고 했다. 새로운 단짝 친구가 생겼다고 했다. 옆집에 이사 온 소녀였다. 나는 그때까지 한 번도 거부당한 경험이 없었기에 엄청난 분노에 사로잡혔다. 수전을 죽일 생각은 아니었다. 그저 떠나지 못하게 막고 싶었다.

재판장에서 판사는 엄격하고 무정했다. 내가 사이코패스라는 판결을 내렸다. 하지만 난 아니라고 생각한다. 교도소에서 나온 후

사이코패스에 관해 많이 읽고 공부했다. 사이코패스는 사랑도, 연민도, 공감도 불가능하다. 나는 이런 감정을 모두 느꼈다. 내 문제는 언제나 지나치게 많이 사랑하는 것이었다.

그렇다. 나는 생각하면 몸서리치게 되는 30년 가까운 세월 동안 진 버튼이었다. 그렇다. 나는 진 버튼에게서 어서 벗어나고 싶었다. 빨리 실라 와츠가 되고 싶었다.

나는 갱생 치료를 마치고 교도소에서 나왔다. 스물여덟 살. 새로운 신분이 주어졌다. 새 사람이 되기 위해 노력했다. 정말로, 정말로 노력했다. 사람들과 거리를 두고 관계나 애착이 형성되지 않도록 애썼다. 심리학자가 경고해 준 말들을 모두 기억하려고 애썼다. 한동안은 잘나갔다. 켄트의 브로드스테어스 지역으로 이사했고 몇 년 동안 꽤 행복하게 살았다. 하지만 그 기자가 냄새를 맡고 다니기 시작했다. 그리고 어떻게 했는지 몰라도 내가 진짜 누구인지 알아냈다. 보호관찰관에게 사실대로 말할 수도 있었다. 그러면 새로운 집을 찾아 주고 새로운 신분을 마련해 줬을 것이다. 하지만 내게는 죽은 것으로 위장하고 앨런의 누나, 대프니의 신분을 이용하는 쪽이 훨씬 간단해 보였다. 그러면 그 누구도 내 과거를 모를 테니까. 교도소 사람들도, 보호관찰관도. 마침내 자유로워질 수 있었다. 마침내 내가 되고 싶은 사람이 될 수 있었다. 아주 의리 있고 사고방식이 자유로우며, 페미니스트이고 무례를 용납하지 않는 대프니 하톨.

나는 웨스트 컨트리로 갔다. 처음에는 콘월, 그다음에는 데번, 그리고 마침내 베거스 눅이라는 작은 마을로 갔다.

그리고 그곳에서 가장 큰 실수를 저지르며 스스로 한 맹세를 깨뜨리고 말았다.

사랑하게 된 것이다. 로즈를. 그리고 로즈의 딸, 롤리를.

50

로나

컵을 든 로나의 손이 덜덜 떨렸다. 지난 열흘 동안 카페인을 너무 많이 섭취했다. 그 속에서 수영이라도 할 수 있을 만큼 마신 것 같다.

맞은편 소파에는 새피와 반스 경사가 나란히 앉아있었다. 수첩을 뒤로 구부려서 펼치는 반스 경사의 표정이 진지했다. "확신하십니까?"

"네, 저희는 그 유골이 로즈 그레이라고 생각해요. 제……" 로나는 마른침을 삼켰다. "제 진짜 엄마요."

"정말 유감입니다." 반스 경사가 로나를 올려다보면서 말했다. 푸른 눈동자에 동정심이 가득했다.

"전…… 감사합니다." 로나는 반스 경사가 어떤 점을 유감이라고 말하는지 알 수 없었다. 지금껏 엄마라고 생각해 왔던 여자가 이제 와서 보니 살인자 같다는 사실일까. 아니면 로나의 진짜 엄마는 아마도 죽었을 것이라는 사실일까.

새피는 거의 한마디도 하지 않았다. 무릎 위에 손을 올리고 앉아서 초췌한 얼굴로 걱정스레 짙은 눈썹을 모으고 있었다. 딸이 또 충격을 받았겠다는 생각이 들자 로나는 안타까웠다. 새피가 얼마나 더 감당할 수 있을까?

"로즈 씨…… 대프니 씨가…… 결백할 가능성도 아직 배제할 수 없습니다. 진짜 로즈 그레이를 죽이지 않았을지도 모릅니다. 유골이 정말 로즈 그레이라고 밝혀진다면 말이죠." 반스 경사가 말했다. "여전히 빅터 카마이클이 범인일 가능성이 있습니다. 이 부분은 저희가 제대로 수사할 테니 걱정 마십시오."

"하지만 그럼 왜 엄마 신분을 훔쳤겠어요?" 로나가 물었다.

"로나 씨의 안전을 지키기 위해 필요했을 수도 있습니다. 빅터가 로나 씨 아버지고, 요양원에 계신 분이 어떤 이유로 빅터를 두려워하고 있었다면 말이죠……."

"그럴지도요." 로나 안에서 희망의 불씨가 반짝 타올랐다. 하지만 로나는 애써 그 불씨를 꺼뜨렸다. 기대했다가 실망하고 싶지 않았다.

반스 경사는 톰이 스노이와 산책을 마치고 오자마자 돌아갔다. 이제 밖은 어둑어둑해져서 비가 내리고 있었다. 스노이는 얼굴 주변의 털이 길쭉길쭉하게 뭉치는 바람에 주름이 생긴 것처럼 보였다. 로나는 톰을 끌어안는 새피를 지켜보았다. 새피는 지난 몇 시간의 기억을 지우려는 듯이 톰의 가슴에 얼굴을 묻었다.

"그래서……" 톰이 거실로 들어서며 물었다. "경찰이 뭐래?"

"테오 얘기 듣고 경찰에서 전에 엄마 DNA 채취해 갔잖아."

새피가 로나에게 눈물 어린 미소를 지어 보이며 말했다. "그러니까 이제 유골에서 DNA 채취한 다음 엄마 거랑 충분히 일치하는지 보겠대……." 새피는 톰의 곁을 떠나 벽난로 쪽으로 갔다. 로나는 새피가 걱정됐다. 이 모든 일이 다 아이에게 해로울 수밖에 없다.

톰이 소파에 주저앉아 머리를 긁었다. "빌어먹을, 이건 정말이지…… 빌어먹을."

"그러니까." 새피가 톰 옆에 앉으며 맞장구쳤다. 로나를 보는 눈이 눈물 때문에 반짝였다. "하지만 할머니가 정말 유전적으로 내 친할머니가 아니라고 해도……" 새피는 가슴을 움켜쥐었다. "그래도 난 할머니를 사랑해. 그러면 안 되는 걸까?"

"물론 되지, 우리 착한 딸." 로나가 눈물을 참으며 대답했다. 그리고 맞은편에 앉아서 딸을 품에 끌어안았다. "난 친엄마가 거의 기억나지 않아. 그냥 이미지 정도인데 그것도 여기 오고 나서야 생각났어. 왠지 모르지만 기억이라기보다는 어떤 감정에 더 가까워. 비통함 같다고 할까. 그래서 난……" 로나는 눈을 깜빡여 눈물을 참았다. 지금 울 수는 없었다. "친엄마를 잃고 슬퍼하던 기억이 아닐까 싶어. 누가 알겠어? 내가 기억하는 건 한 사람뿐이야…… 대피니."

"어릴 때잖아, 엄마. 세 살도 안 됐을 때야. 나 내일 할머니를 만나러 가야겠어. 엄마도 같이 갈래?" 짙은 눈동자를 들어 큰 눈으로 올려다보는 새피를 보니 로나는 딸의 어린 시절이 떠올랐다.

"물론이지. 하지만 새피. 대답을 기대하지는 마."

다음날 두 사람이 엘름스 브룩에 도착하자 직원이 로즈는 상태가 나빠져서 침대에 누워있다고 설명했다. 새피가 침대 옆에 앉자 로나가 반대편에 앉았다. 두 사람은 잠들어 있는 로즈를 바라보았다. 꿈을 꾸고 있는지 눈꺼풀이 파르르 떨렸다. 대프니 하톨로 살아가는 또 다른 세상을 꿈꾸고 있을지도 모른다.

"너무 작아 보인다." 로나가 속삭였다. "만나러 올 때마다 점점 작아지는 것 같아. 정말로 대프니 하톨, 진 버든이라면 거의 여든일 거야."

새피는 아무 말도 하지 않았다. 대신 지금까지 할머니라고만 알아왔던 여자를 가만히 내려다보았다. 그리고 팔을 뻗어 할머니 손을 잡았다. 로나는 그 모습을 지켜보았다. 갈등이 느껴졌다. 자신들과 아무런 관계도 없는 여자였다. 하지만 동시에 로나가 평생 엄마라고 생각했던 유일한 사람이기도 했다. 새피에게는 유일한 할머니였고, 두 사람 사이의 유대감은 변함이 없었다. 아직도 눈에 보일 것처럼 생생했다.

"친엄마가 기억나면 좋겠어." 로나가 말했다. 가슴이 무거웠다. "마치…… 이, 대프니가……" 로나는 경멸에 가까운 말투로 그 이름을 내뱉었다. "내 기억을 전부 깨끗하게 지운 것 같아."

"엄마!" 새피는 로나의 원망 섞인 말투에 충격을 받은 얼굴이었다.

로나는 일어섰다. "마실 것 좀 가져올게." 자신이 없어졌다. 이 여자는 평생 자신에게 거짓말을 해왔고, 어쩌면 친엄마를 죽였을지도 모른다. 이 사실을 알고도 옆에 앉아있기가 힘들었다. 로나가 문 쪽으로 가려고 하는 순간 로즈가 서서히 눈을 떴다.

"할머니, 저예요, 새피예요." 손녀가 부드럽고 다정하게 말했다.

오늘 로즈는 두 사람을 알아보지 못하는 것이 분명했다. 두 사람이 무서운 것처럼 침대 안으로 더 웅크렸다.

"괜찮아요, 할머니. 저예요." 새피가 부드럽게 달랬다. 여전히 손을 잡고 있었다. "저예요, 새피."

"안녕하세요, 대프니." 로나가 입을 열었다. 새피가 날카롭게 숨을 들이마시는 소리가 들렸다. 달갑지 않은 것이다. "당신 정체를 알아요. 당신이 진짜 누구인지 안다고요."

하지만 침대 위의 노인은 그저 잔뜩 겁에 질린 눈으로 두 사람을 쳐다보기만 했다. "누구세요?"

"할머니 딸이에요. 롤리예요."

"롤리?" 노인이 로나의 손을 잡으려고 팔을 뻗었다. "정말 롤리니? 너무 어른 같아 보이는데."

"로즈는 어떻게 됐어요?" 로나가 손잡기를 거부하면서 날카롭게 물었다. 이 여자는 더 이상 로나의 엄마가 아니었다. "마당에 묻혀있던 백골이 로즈라는 거 알아요."

하지만 노인은 그저 로나를 바라보기만 했다. 온 얼굴이 혼란으로 물들었다. "내 이름은 로즈야." 노인이 말했다. "내 이름은 로즈. 내 이름은 로즈."

로나는 팔에 소름이 돋았다. 만트라처럼 반복해서 외우면 진실이 된다는 듯한 말투였다. "아니, 당신 이름은 로즈가 아니에요. 진이지. 당신은 진 버튼이에요, 그렇죠? 이제 인정해도 돼요. 전부 밝혀졌으니까요."

"내 이름은 로즈."

"그만해!" 로나가 날카롭게 말했다. "당신은 우리에게 진실을 말해줄 의무가 있어!."

"엄마!" 새피의 말투는 단호했다. "지금 할머니를 겁주고 있잖아."

"안 되겠어. 그냥…… 안 되겠어." 로나는 문 쪽으로 갔다. 나가야 했다. 밖에서 새피를 기다리기로 했다. 로나가 믿어 왔던 모든 것이 전부 다 커다란 거짓말이었다.

"롤리."

두 사람 모두 침대 쪽으로 고개를 돌렸다. 노인이 일어나 앉으려고 애쓰고 있었다. 하지만 그 와중에도 시선은 로나에게 단단히 고정되어 있었다. "미안하다." 절박한 목소리였다. 주름투성이 볼 위로 눈물이 흘러내려서 로나는 충격을 받았다. "너무, 너무 미안하다."

"왜요?" 물어보는 로나의 목소리도 감정이 섞여서 잠기고 갈라졌다. "왜 그랬어요?"

하지만 침대 위의 노인은 로나를 멍하니 바라보기만 했다. 또 다시 로나가 낯선 사람이 된 것처럼.

51

로즈

1980년 10월

조엘이 다녀간 이후로 불신이 자라기 시작했어. 처음에는 느리게 시작됐어. 자동차에 녹이 슬 때처럼 말이야. 하지만 눈치채지 못하는 사이 불신은 커졌고, 우리 관계는 빛을 잃고 점점 위태로워졌어. 난 완전히 신뢰할 수 있는 사람이 필요했어. 오드리 일이 있었으니까. 빅터 일을 생각하면 더더욱 그렇고. 아침에 눈을 뜨면 옆에 베개를 베고 누운 대프니 얼굴이 있었어. 그 얼굴을 보면 가슴이 철렁 내려앉았지. 실망. 사람들에게, 대프니에게 너무 기대가 컸나 봐. 사람은 알기 힘들지. 하지만 거짓말이라니. 내게 거짓말하는 사람을 어떻게 진정으로 알 수 있을까, 사랑할 수 있을까?

일어나 앉아서 잠든 대프니를 보면 머릿속엔 온통 또 어떤 거짓말을 했을까 하는 생각뿐이었어.

닐 루이셤에 대해서도 거짓말을 했지. 대프니는 내가 닐을 험악하고 폭력적인 옛 남자 친구라고 착각하게 유도했어. 하지만 나라고 그렇게 달랐을까? 나도 대프니를 처음 만났을 때 남편과 사별했다고 믿게 내버려 뒀잖아. 그리고 돌아보니 대프니는 사실 닐이 예전 남자 친구라고 말한 적은 없어. 내가 그렇게 추측했지. 그리고 난 이제 닐을 죽인 살인범이야. 대프니가 날 교묘하게 조종해서 그러도록 한 것일까? 대프니 대신 더러운 일을 맡게 된 것일까? 대프니는 과거에 살인을 한 적이 있어. 본인도 인정했지. 사고였다고 설명하기는 했지만. 싸우다가 화가 나서 수전 윌리스라는 어린아이를 밀었다고 했지. 공습을 받고 버려진 곳에서 둘이 같이 놀았는데, 수전이 넘어지면서 거기 있던 벽돌에 부딪쳐 머리가 깨졌다고 했어. 사실인지 알아보지는 않았어. 대프니를 믿지 않을 이유가 없었으니까. 하지만 조엘 일이 거짓말이었다는 사실을 알게 된 뒤로는 생각이 바뀌었어. 네가 유아원에 가 있는 동안 차를 끌고 치퍼넘에 있는 도서관에 가보기로 했지. 그곳에서는 옛날 신문을 모두 마이크로필름으로 열람할 수 있으니까. 난 재판에 관한 기사를 전부 읽었어. 대프니가 얼마나 의도적으로, 그리고 법정 변호사의 사건 요약에 나온 말대로라면 얼마나 잔인하게 수전 윌리스의 머리를 내리쳤는지 나와 있었어. 벽돌로 한 번도 아니고 두 번이나 아무 이유도 없이 내리쳤다고 했어.

난 증거를 앞에 두고 도서관에 앉아서 그대로 얼어붙었어.

대프니는 과거에 관해서도 거짓말을 했던 거야.

널 데리고 당장 도망치고 싶었어. 우리 시골집을 떠나, 베거스눅을 떠나 멀리, 멀리 도망치고 싶었어. 하지만 그럴 수 없었어. 그집은 내 집이니까. 내가 가진 유일한 재산이니까. 난 직업조차 없잖아. 그냥 떠나버릴 수는 없었어.

아니. 떠나야 할 사람은 대프니였어.

나는 집 안에서 서성거렸어. 대프니가 농장에서 돌아오기를 기다리는 동안 뭐라고 말할지 계획을 세웠어. 그때 거실에 깔아둔 푹신한 러그 위에서 신디 인형을 가지고 노는 네가 눈에 들어왔어. 넌 너무나 행복하고, 너무나 순수해 보였어. 그런 네 앞에서 대프니와 싸울 수는 없었어.

30분 뒤 대프니가 집에 오자 넌 그 품으로 달려갔어. 대프니는 발치에 가방을 내려놓고 널 끌어안았지. "대피!" 넌 큰 소리로 대프니를 부르고는 손을 잡아 거실로 끌고 갔어. 외투를 벗을 기회조차 주지 않고 말이야. 대프니는 킥킥 웃으며 네가 하는 대로 끌려가 주었어. 그걸 보니 속이 울렁거리더라.

네 머리 너머로 대프니가 불확실한 미소를 지어 보였어. 조엘 일을 알아낸 뒤로 내가 멀어지는 것 같아서 대프니도 걱정하고 있거든. 대프니는 조엘이 잘못 이해한 거라고 날 안심시키려 했지. 조엘이 근처에 있으면 기분이 나쁘다고, 계속 자기한테 들이댔다고 주장했어.

하지만 난 더는 대프니를 믿지 않았어. 조엘의 말은 지나칠 정도로 진실하게 들렸어

난 부엌으로 갔어. 그러면 대프니가 따라올 줄 알았으니까. 정말 그랬어. 대프니는 외투를 벗고 조리대 위에 쇼핑백을 올려놓았어. 추워서 볼이 빨개졌더라. "안녕, 자기." 대프니가 다가와서 키스하려고 했어. 하지만 내가 비켜났지. 거절당한 대프니는 어깨를 축 늘어뜨렸어. "아직도 화났어?"

"모르겠어." 거짓말이었어.

"이해가 안 돼……." 대프니가 고개를 떨구자 앞머리가 눈을 덮었어. 거기 서있는 대프니는 너무나 연약해 보였고, 본능적으로 다가가서 꼭 안아주고 싶었어. 하지만 그럴 수 없었어. 그래서 대프니를 등지고 돌아선 다음 레인지 위에 주전자를 올렸어.

"쇼핑백에 든 건 뭐야?"

"아." 대프니는 쇼핑백을 열었어. "숀이 소고기를 한 덩이 줬어."

"숀이 요즘 뭘 많이 주네. 숀한테 그럴 권한이 있어?"

"믹한테, 그러니까 주인아저씨한테 남는 식자재가 많거든. 그래서 신경 안 써."

나는 이것도 불안했어. 어떤 농부가 자기가 생산한 식자재를 그냥 공짜로 나눠주겠어? 이것도 대프니의 거짓말이 아닐까?

그날 밤, 네가 잠자리에 든 이후 우리는 같이 소파에 앉아있었어. 처음 만났을 때처럼 각자 양쪽 끝에 앉았지. 평소에는 서로를 감싸 안고 꼭 붙어있어서 마치 머리 두 개에 팔다리가 여덟 개가 달린 괴물 같았는데 말이야.

"줄 게 있어." 대프니는 내게 표지를 가죽으로 만든 책을 한 권 건넸어. 금박으로 입체감 있게 새긴 제목을 읽었지. 연가戀歌. 사랑의 시였어. "열어 봐." 대프니가 재촉했어.

시키는 대로 책을 펼쳐 보니 놀랍게도 책장 사이에 압화가 있었어. 로즈. 내 이름을 가리키는 붉은 장미였지.

"자기를 너무너무 사랑해. 제발 날 용서해 줘."

"거짓말 한 게 맞는 거네?"

"내가 멍청했어. 그냥 알고 싶어서 그랬어. 자기가 그 남자를 좋아하는지 아니면 여자를 좋아하는지. 그러니까 나 말이야……."

"대프니. 나한테는 정직해야 해. 자기를 완전히 믿을 수 없으면 우리 관계를 계속 유지할 수 없어."

"나 정직해." 대프니가 소파 위에서 조금씩 내 쪽으로 다가오며 말했어. "자기한테 당연히 정직하지."

"어릴 때 일은 어떤데? 수전 월리스를 죽인 건 사고였다고 했잖아."

"사고였어."

"신문 기사를 읽었어."

대프니는 내가 뺨이라도 친 것처럼 펄쩍 뛰며 물러났어. "뭐? 내 뒤를 캐고 다닌 거야?"

"나한테는 두 살 반밖에 안 된 딸이 있어."

대프니의 상처받은 얼굴에 나도 가슴이 무너졌어. "내가 롤리를 해치기라도 할까 봐?"

"아니." 내가 너무 지나쳤다는 생각이 들었어. 대프니가 널 친딸처럼 사랑하는 건 나도 알고 있었으니까. "아니야. 당연히 그런 건 아냐."

대프니는 서둘러 내 옆으로 달려와 내 발 옆에 무릎을 꿇었어. 그리고 내 손을 잡아 입을 맞추고 날 올려다봤어. 가슴이 덜컹거렸어. 대프니는 너무나 아름다웠어. "로즈, 조엘에 관해 거짓말해서 미안해. 내가 바보였어."

"난……"

대프니는 나를 바닥으로 끌어 내리고 손으로 내 머리를 쓸어내렸어. 열렬한 눈으로 날 바라봤어. "사랑해. 내 인생에서 자기만큼 누군가를 사랑해 본 적이 없어. 날 믿어야 해."

"믿어."

대프니 눈에 눈물이 가득 차올랐어. "날 버리지 마. 자기 없으면 난 안 돼."

"대프니……."

"약속해. 약속해 줘, 로즈. 날 버리지 마."

난 망설였어. 대프니에게 나가달라고 말하겠다는 굳은 결심을 떠올렸지. 하지만 난 그저 화가 났을 뿐이었어. 난 대프니를 너무 사랑했어. "헤어지려는 거 아니야."

대프니 얼굴에 안도감이 흘러넘쳤어. "아, 다행이다." 대프니는 나를 꼭 끌어안고 키스했어. 시집이 내 무릎 위에서 미끄러져 마룻바닥에 떨어졌지. 대프니는 몸을 떼고 두 손으로 내 얼굴을 감쌌어.

"난 자기에 대해 너무 많이 알고 있어." 이렇게 말하는 대프니의 얼굴은 진지했어.

"나도 자기에 대해 너무 많이 알고 있지."

"그럼 우린 떨어질 수 없겠다, 그렇지?" 대프니는 긴장감을 지우려고 웃었어. 하지만 스멀스멀 떠오르는 내 안의 불안을 떨치기에는 역부족이었지.

그래도 어쩌면 우리는 괜찮았을지도 몰라. 이 시기를 잘 넘겼을지도 모르지.

숀만 아니었다면.

52

테오

테오가 레스토랑 일을 마쳤을 때는 어둡고 비가 내리고 있었다. 5월에서 6월로 달이 바뀌었어도 쏟아지는 비는 여전했다. 테오는 머리 위에 재킷을 뒤집어쓰고 차까지 빗물로 번들거리는 길거리를 전력 질주했다.

주말을 틈타 베거스 눅에 다녀온 지 열흘이 지났다. 가족일지도 모르는 로나와 사프란을 만나고 온 지 열흘이 지난 것이다. 로나에게서는 몇 번 문자가 왔다. 테오와 마찬가지로 로나도 DNA 테스트 결과를 기다리고 있었다. 테오는 마음이 복잡했다. 누나가 생길지도 몰라서 기쁘기는 했다. 언제나 형제가 있었으면 했다. 하지만 아버지가 살인범일지도 모른다니 두려움으로 속이 뒤틀렸다.

아버지는 테오가 그 유골들에 대해 묻자 예상했던 대로 몹시 분노했다. 소리를 지르고 멋대로 상상하지 말라고 한 뒤 문을 쾅 닫고 나가버렸다. 그때 이후로는 아버지와 얘기할 기회가 없었다.

자정에 가까운 늦은 밤이었다. 거리는 텅 비어있었다. 테오는 가로등 아래 차를 세워두었다. 빛무리 덕에 내리는 빗방울이 반짝였다. 테오는 미끄러지듯이 운전석으로 들어가서 문을 닫고 나쁜 날씨에서 벗어났다. 차 지붕을 두드리는 빗소리 때문에 귀가 다 먹먹할 지경이었다. 테오는 흠뻑 젖었고 몹시 피곤했다. 시동을 걸고 히터를 세게 틀었다. 막 출발하려는데 젖은 재킷 속에서 휴대폰이 진동했다.

테오는 축축한 주머니 안에서 휴대폰을 찾았다. 모르는 번호가 화면에 떠있다. 이 늦은 밤에 누구 전화일까?

"여보세요." 테오가 머뭇거리며 전화를 받았다.

"나다." 회선 너머로 걸걸한 아버지 목소리가 들려왔다. 테오는 아버지한테서 전화가 왔다는 사실에 너무 놀라 잠시 말을 잇지 못했다.

"여보세요. 듣고 있는 게냐?"

"네, 죄송해요 아버지. 듣고 있어요. 무슨 일 있어요?"

"경찰이 날 체포했다."

결국 올 것이 왔구나. 테오의 아버지는 이번 사건에서 빠져나갈 수 없었다. 그렇다고 해도 테오는 속이 울렁거렸다.

"데이비스 그 망할 놈이 모든 책임을 나한테 돌렸다. 그놈이 저지른 모든 범죄를."

테오는 가슴이 철렁했다. 모든 범죄? 얼마나 많은 범죄가 있었던 것일까? 이런 생각이 들자 테오는 충격에 사로잡혔다. "데이비스가 자백했다는 말씀이세요? 1980년에 베거스 눅에서 그 두 사람을 죽였다고요?"

"그래, 아니, 그거 말고. 다른 건이다."

테오는 차 안에서 밤의 어둠에 사로잡힌 느낌을 받았다. 유리창에서는 빗방울이 긴 궤적을 그리며 흘러내렸다. 몸이 떨려왔다. "정확히 무슨 일인데요?"

"데이비스는 네 엄마가 죽은 게 내 책임이라고 은근히 암시하고 있어."

테오는 숨이 막혀서 옷깃을 잡아당겼다. 그리고 가까스로 물었다. "그리고요?"

"물론 사실이 아니다. 난 아무것도 잘못하지 않았어. 그날은 출근해서 집에 없었다. 너도 아는 사실이야. 나한텐 알리바이가 있어."

그 알리바이가 무너진 것이 확실하다고 테오는 생각했다. 그렇지 않으면 체포까지 하지 않았을 것이다. 아버지는 아마도 다툼 끝에 엄마를 밀었을 것이다. 그리고 슬며시 병원으로 돌아가 종일 밖에 있었던 척 연기했겠지.

"아버지가 엄마를 죽였는지 안 죽였는지 데이비스가 어떻게 알아요?" 뭔가 앞뒤가 맞지 않았다. 데이비스가 어떻게든 진상을 알아내서 아버지를 협박한 것일까? 아니면 아버지가 그 일을 덮을 수 있도록 도왔던 것일까? 2004년이면 데이비스가 아버지 밑에서 수많은 일을 처리할 때였다. 데이비스는 긴 세월 동안 아버지의 법률 고문이 되기도 했고, 회계사가 되기도 했으며 경비 책임자가 되기도 했다. 그리고 지금은 돌연 탐정이 되었다. 실제로 그동안 무슨 일을 했는지 테오는 내내 알지 못했다.

"그리고 이제…… 이제 경찰이 신시아 피슨스의 자살에 대해서도 물고 늘어져. 살인일 가능성을 염두에 두고 있어." 아버지의 말투에서는 슬픔도 양심의 가책도 느껴지지 않았다. 그저 분노만 배어났다. "하지만 난 아무 짓도 안 했단 말이다."

테오는 손으로 얼굴을 문질렀다. 속에서 분노가 끓어올랐다.

"잘 들어라. 변호사가 필요해. 랠프 미들턴. 온라인에 번호가 올라와 있다. 그 사람이…… 빌어먹을 좀 기다려요. 아직 통화 중이잖소." 아버지가 소리를 질렀다. 테오가 추측하기로는 뒷사람한테 한 말 같았다. "잘 들어라, 아들아. 끊어야겠다. 시간이 다 됐어. 변호사한테 연락해라. 부탁이다."

전화가 끊어졌다. 테오는 빗물로 얼룩진 앞 유리 너머로 텅 빈 거리를 바라보았다. 엄마의 다정한 얼굴이 마음속에 떠올랐다. 어제 막 만나고 온 것처럼 아주 생생했다. 아버지가 엄마를 죽이려 한 이유는 무엇일까? 엄마가 아버지와 헤어지려고 했던 것일까? 성폭행에 대해 알아낸 것일까? 아니면 파일에 든 사진 속 여자들에 대해? 스켈턴 플레이스의 유골들에 대해? 세상에. 아버지가 수십 년 동안 살인을 저질러 왔을 수도 있다니. 테오는 손바닥으로 운전대를 내리쳤다. 날카로운 통증이 훅 퍼져나갔다. 제기랄. 제기랄. 제기랄.

하지만 아버지에게 혐오감을 느끼면서도 테오는 숨이 막히도록 가슴을 짓누르는 무거운 감정을 어쩌지 못했다. 흐느껴 울며 이 감정을 억지로 토해내야 했다. 쌀쌀하고 좁은 차 안에서 테오는 운전대에 이마를 올린 채 잠시 앉아있었다. 눈물이 흐르게 내버려 뒀다. 누구를 위한 눈물인지 알 수 없다. 아버지를 위한 눈물은 단연코 아니다. 아버지가 교도소에서 썩기만을 바라니까. 엄마를 위한 눈물인 것은 확실하다. 젊은 나이에 아버지에게 삶을 빼앗긴 엄마. 그리고 일부는 다정한 엄마를 빼앗긴 자신을 위한 눈물이기도 했다.

테오는 좌석에 기대앉아 눈물을 닦았다. 휴대폰이 아직 무릎 위에 있다. 문득 몇 시간 전에 로나가 보낸 문자가 눈에 들어왔다. 레스토랑 일이 너무 바빠서 미처 알아차리지 못했던 모양이다. 화면을 터치하자 불이 들어오면서 차 안이 환해졌다.

간단한 문장이다. 공식 결과 나왔어. 넌 내 동생이야.

53

새피

톰을 따라 집으로 들어간 다음 문간에 서서 우산을 흔들어 털었다. 6월인데도 쌀쌀하고 축축한 날씨다. 산울타리 뒤에서 어떤 남자가 나오는 모습에 날카로운 숨을 내뱉었다. 데이비스가 무슨 수를 써서 경찰의 구류에서 벗어난 줄 알았다. 하지만 그 사람은 개를 산책시키는 노인일 뿐이었다. 날 보자 모자를 살짝 올려 인사했다. 나도 건성으로 손을 흔들고 돌아서서 문을 닫았다.

엄마를 막 공항에 내려주고 돌아온 참이다. 엄마는 어제 불쑥 오늘 비행기를 예약했다고 말했다. 더 오래 있다가 가고 싶지만 2주나 지나서 돌아갈 수밖에 없다고 했다. 서로 안고 작별 인사를 나누기는 했지만 우리 사이에는 아직 못다 한 말이 너무 많이 남아 있었다. 차에서 했던 얘기를 계속할 만한 적당한 때를 찾지 못했기 때문이다. 엄마를 사랑한다고 다시 마음을 달래주지도 못했다. 할머니가 대프니라는 사실을 알아낸 뒤로 엄마와 나 사이의 문제는 모두 묻혀버리고 말았다. 엄마는 이 모든 사실을 맞닥뜨리고는 본인의 감정조차 제대로 받아들이지 못하고 있었다. 그러니 우리의 지난날에 관해 떠올리기는 힘들었다.

"참." 톰이 몸을 숙여 스노이의 산책용 줄을 빼며 말했다. "저녁은 포장 주문할까? 피시앤칩스 진짜 먹고 싶은데."

"엄마 요리가 그리울 거야." 아쉬운 마음이 입 밖으로 나왔다. 발을 차서 운동화를 벗고 푸파 재킷도 벗어버렸다. 엄마가 없으니 문득 집 안이 너무 넓고 조용한 듯했다. 재킷을 서재 문 옆의 고리에 걸었다. 톰도 날 따라 했다. 둘 다 차에서 집까지 뛰어오는 사이 흠뻑 젖었다.

"알아. 나도 어머니가 보고 싶을 거야. 존재감이 엄청난 분이잖아." 톰은 이렇게 말하며 부엌으로 갔다.

"엄마 괜찮을까?" 주전자 쪽으로 가다가 보니 엄마가 토스터를 구석으로 옮겨 놓았다. 저절로 웃음이 났다. 뭐 하나 그냥 두는 법이 없다. "충격이 컸을 거야. 엄마가 친엄마가 아니라는 사실을 알았으니까." 나는 창밖의 마당으로 슬쩍 눈길을 돌렸다. 아직도 남은 유골이 진짜 로즈 그레이라는 확인을 기다리고 있다. 반스 경사는 내일이면 결과가 나온다고 했다.

"너도 마찬가지잖아." 톰이 부드럽게 말했다. "평생 로즈 할머니가 친할머니라고 생각했으니까."

"난 그래도 할머니를 사랑하는걸. 난……" 감정을 억누르려 했지만 눈물이 차올랐다. "난 할머니를 사랑하지 않을 수 없어. 우리가 함께해 온 모든 일들을 잊을 수 없단 말이야. 할머니가 나한테 해준 모든 일들. 알지? 하지만 그러다가 할머니가 내 친할머니를 죽였을지도 모른다고 생각하면……"

"이해해." 톰이 다가와서 내 허리를 팔로 감싸고 말했다. "하지만 난 진짜 정체가 누구든, 할머니가 살인자라고는 못 믿겠어. 그유골이 진짜 로즈 할머니라고 밝혀져도 다른 식으로 설명할 수 있을 거야."

"열 살 때 사람을 죽인 건 사실이잖아. 내가 할머니에 대해 알고있다고 생각했던 모든 게 다 거짓이었어."

톰은 일련의 사실을 되새기며 잠시 침묵했다. 그리고 조금 뒤 입을 열었다. "그때 기사는 우리도 다 읽어봤잖아. 가정환경이 끔찍했고…… 학대도 받으셨지. 게다가 갱생 과정도 거쳤어."

물론 대프니에 관해 알게 된 이후로 이런 이야기는 수도 없이했다. 결론은 늘 같았다. 로즈, 진, 대프니. 이름이 뭐든 간에 할머니가 세상에서 가장 좋은 할머니였다는 사실은 변함이 없었다. 사람은 변할 수 있다. 자신을 둘러싼 환경을 바꿀 수 있고, 새로운 삶의 방식에 적응할 수도 있다. "이런 것들 때문에 엄마도 마음이 뒤죽박죽인 것 같아." 나는 뼛속까지 한기를 느끼며 몸을 떨었다. 톰이 나를 좀 더 꼭 끌어안았다. "엄마는 그때의 기억을 억누르고 있는 것 같아. 세 살 정도였으니까. 일이 생겼을 때 아주 아기는 아니었어. 내 생각에는 엄마가 항상 도망치기만 하는 게 그래서인 것같아. 지금도 그렇고. 또다시 상황이 힘들어지니까 스페인으로 도망쳤잖아. 내가 어릴 때도 이사를 엄청 많이 했어. 난 브리스틀에서 태어났지만 켄트로 이사를 했고, 그다음엔 브라이튼으로 갔어. 다시 켄트로 돌아왔나 했더니 엄마는 유럽 전역을 돌아다니게 됐지. 자기가 무엇에서 도망치는지도 모르는 것 같아."

"새프." 톰이 부드럽게 말했다. "어머니가 여기에 영원히 계실수는 없어. 스페인에 삶이 있잖아. 집도 있고. 직장도 있고. 언젠가는 돌아가셔야 했어."

한숨이 나왔다. "엄마가 가기 전에 할머니에게 작별 인사를 하길 바랐어. 할머니 상태가 안 좋으니까. 엄마가 사과할 새도 없이 돌아가실까 봐 걱정이야……."

"새프." 톰이 몸을 떼고 말했다. "네가 할머니를 용서한다고 해서 어머니도 그러길 바라면 안 돼."

"나도 알지만……."

"세상에서 가장 믿었던 사람이 평생 거짓말을 하고 있었잖아."

나는 고개를 떨궜다. 톰 말이 맞는다. 할머니한테 그렇게 화를 낸다고 엄마를 탓할 수는 없다. 하지만 너무 늦기 전에 맺힌 감정을 풀 기회가 없으면 엄마는 후회하게 될 것이다. 할머니 입장에 치우친 변명을 듣는 것에 불과하더라도 말이다.

"엄마랑 테오는 많이 비슷한 것 같아, 그렇지? 둘 다 거짓말하는 부모를 뒀잖아?"

"그건 아니지." 톰이 내 이마에 붙은 곱슬머리를 뒤로 넘기며 말했다. "너희 할머니는 어머니의 친엄마가 아니잖아. 젠장. 네 머릿속이 얼마나 복잡할지 상상도 안 간다."

"그러네. 완전히 엉망이야. 난 그냥…… 늙고 연약한 사람한테 화를 못 내겠어, 톰. 그냥 그럴 수 없어."

톰이 가서 차를 우리기 시작했다. 나는 서서 그런 톰을 지켜보았다. 상반된 감정이 내 안에서 서로 부딪치고 있었다. 엄마가 그렇게 화를 내는 것은 이해할 수 있다. 하지만 요양원 침대에 누워서 겁에 질린 눈을 크게 뜨고 있던 할머니를 생각할 때마다 여름이면 나를 돌봐 주던 사람이 떠오른다. 내가 나답지 않은 누군가가 되어 살아가기를 바라지 않았던 사람. 서툴고 부끄럼 타고 둔해도 된다고 해준 사람. 할머니는 나를 친손녀처럼 사랑했고, 그 사랑에는 의심할 여지가 없었다. 할머니는 언제나 선하고 친절했다. 잘 돌보았다. 나도, 식물들도, 동물들도. 아니다…… 할머니가 진짜 할머니를 죽였을 리 없다. 믿고 싶지 않다. 할머니가 평생 해온 일은 나와 엄마를 보호하는 일이었으니까.

"하지만 할머니가 정직하게 살 수 없었다는 건 슬퍼." 나는 톰에게서 차를 건네받고 손으로 컵을 감싸 온기를 느꼈다. "우리가 발견한 시집을 보면 할머니는 로즈를 사랑했던 게 분명해. 어쩌면 평생 잊지 못했나 봐."

"정말이지 너무 슬프다." 톰이 차를 한 모금 마시며 생각에 잠겨서 말했다. "그 오랜 세월 동안 로즈를 그리워하셨다니."

가슴이 조여왔다. "여기 두 분이 같이 있었다고 생각해 봐, 톰. 바로 여기 이 부엌에." 나는 창가로 다가가 격자창에 손을 가져다 댔다. 그렇게 하면 내가 그 두 사람과, 과거와 연결될 수 있는 것처럼. 두 사람이 남긴 보이지 않는 지문을 만지려는 것처럼. "할머니가 닐 루이셤을 죽였을 것 같아?"

"두 분 중 한 분이 하셨을 것 같아. 남은 한 분은 그 분을 지켜줬을 것 같고."

"맙소사." 나는 깊게 숨을 들이마셨다. 차가운 유리에 손가락을 댄 채로 유리창 위로 흘러내리는 빗물을 바라봤다. 폭우 때문에 안개가 끼어서 멀리 있는 숲도 보이지 않았다. 하지만 나는 유리 너

머로 두 사람을 본다. 대프니와 로즈, 흐릿하게 두 사람의 환영이
비밀을 묻고 있다.

옆 마을까지 운전해 가서 찾아온 피시앤칩스를 해치운 다음 엄
마와 통화했다. 엄마는 무사히 산 세바스티안에 도착했다고 했다.
그러고 나서 나는 목욕을 하러 위층으로 올라갔다. 이 집이 우리
것이 되었을 때 욕실을 가장 먼저 뜯어 고쳤다. 다리 달린 욕조를
넣고 샤워부스를 설치했다. 배를 만져 보았다. 이제 아이가 규칙적
으로 배를 걷어찬다. 배 안에 거품이 생기는 느낌이다. 이제 임신
중반에 접어 들었다. 다음 주에 또 초음파 예약이 잡혀있다. 가끔
은 벌써 이만큼 지났다니 믿기지 않는다. 아래층에서 웅성거리는
텔레비전 소리가 들려왔다. 톰이 축구 경기를 보고 있다. 나는 욕조
에서 나와 타월 가운으로 몸을 감쌌다. 그러고는 엄마가 쓰던 방으
로 갔다. 엄마는 방을 깔끔하게 정리하고 갔다. 시트도 다 벗겨서 오
늘 아침 나가기 전에 세탁기에 넣었다. 엄마의 머스크 향수 냄새가
희미하게 느껴지는 것을 빼면 엄마가 여기 머물렀던 흔적은 남아있
지 않았다. 호르몬 때문인지 잘 모르겠지만 전과는 전혀 다른 방식
으로 엄마 때문에 마음이 아프다. 긴 여름이 찾아오면 매번 할머니
에게 맡겨지던 어린 시절에도 느껴보지 못한 아픔이었다.
　다음으로는 뒷마당이 보이는 작은 방으로 갔다. 아기방이 될 공
간. 엄마가 롤리였을 때 썼던 방. 할머니한테서 집을 빌린 사람들
은 이 방을 창고 이외의 용도로는 전혀 쓰지 않았던 모양이다. 데
이비스가 그토록 확신하던 증거를 찾아 우리 모두 허겁지겁 방에
서 방으로 뛰어다녔었지. 그때를 떠올리며 벽난로 쪽으로 갔다. 따

뜻한 나무 선반에 손을 대보았다. 엄마 방 벽난로 선반과 같이 소나무 재질이고 섬세한 꽃을 새겼다. 위에는 먼지가 폭 쌓여있다. 엄마가 와서 치우지 않았다니 놀라웠다. 창가로 걸음을 옮기다가 바닥에 튀어나온 못에 걸렸다. 다행히 선반 모서리를 잡아서 넘어지지 않았다. 몸을 펴고 일어서다 보니 계속 붙잡고 있던 벽난로 선반이 벽에서 살짝 떨어진 것이 눈에 들어왔다. 가까이 가서 들여다봤다. 흥분해서 가슴이 빨리 뛰었다. 벽난로 선반을 당겼다. 그 밑에 무언가가 숨겨져 있다. 벽난로와 벽돌이 맞닿는 지점에 틈이 있다. 선반으로 막아뒀지만 무언가 들어있다. 무언가 숨겨져 있다. "톰!" 큰 소리로 불렀다. "톰!"

톰이 아무것도 깔지 않은 계단을 쿵쿵거리며 올라오는 소리가 들렸다. 숨도 못 쉬고 쏜살같이 방 안으로 들어왔다. "무슨 일이야? 괜찮아? 아이 문제야?"

"할머니가 숨겨둔 증거가 어디 있는지 찾은 것 같아. 어서. 이거 좀 들어내게 도와줘."

톰이 서둘러 내 옆으로 왔고 함께 벽난로 선반을 들어냈다. 벽난로에 붙어있던 부분까지 다 떼어내자 굴뚝을 가리기 위한 구조물이 나타났다. 거기 구멍이 있었다. 톰은 조심스럽게 선반을 바닥에 내려놓았다. 덕분에 먼지가 날려서 기침이 나왔다. 구멍 안에는 거미줄 범벅이 된 갈색 봉투가 있었다. 평소의 나 같으면 진저리칠 텐데, 거미도 벌레도 신경 쓰지 않고 손을 뻗었다. "찾아냈다니 못 믿겠어." 나는 놀란 얼굴로 톰을 바라보았다. 성배라도 되는 듯이 A4 크기의 봉투를 고이 들었다. 곧 눈앞이 흐려졌다. "엄마가 같이 있었으면 좋았을 텐데." 할머니나 진짜 로즈에 관해 어떤 사실이

드러날지 몰라서 문득 불안해졌다.

나는 바닥에 무릎을 꿇고 앉았다. 톰도 옆으로 와서 두 사람 모두 거친 마룻바닥에 앉았다. 봉투에서 내용물을 꺼내 보았다. 표지를 가죽으로 만든 파일이었고 안에는 종이를 끼울 수 있는 투명한 슬리브가 있었다. 망설이며 열어봤더니 숨이 턱 막혔다. 나체의 여자들. 폴라로이드 카메라 같은 것으로 찍은 사진이었다. 여자들은 모두 잠이 든 것처럼 보였다. 일부는 환자복 가운을 입고 있는 듯했는데 알몸이 드러나게 위로 끌어 올린 상태였다. 구역질이 났다. "아, 세상에." 나는 파일을 톰에게 넘겼다.

톰도 움찔했다. "이게 다 뭐야? 사진마다 번호가 있는 것 같은데." 톰이 파일을 탁 덮었다. "봐, 여기. 파일 앞면에 병원 이름이 있어."

몸을 숙이고 들여다봤다. 금색 글씨로 펀힐 난임 클리닉이라고 쓰여있었다. "빅터 병원일까? 테오가 아버지 서재에서 찾았다던 그거랑 관계가 있을까? 그 여자들 생각나? 임신한 사람도 있었잖아. 망할. 톰. 진짜 로즈가 이 클리닉에 갔던 걸까?"

"인공 수정?"

"그럼 말이 되잖아, 그치? 할머니랑 진짜 로즈는 연인이었어. 로즈랑 빅터가 아무 사이도 아니었다고 하면……." 어떤 의미인지 깨달음이 찾아왔다.

"테오한테 전화하는 게 좋겠다." 톰이 심각하게 말했다.

"이게 바로 데이비스가 말하던 증거가 틀림없어. 결국 살인과는 무관했네. 다른 일이었어. 빅터의 병원에서 벌어진 일."

"진짜 로즈는 이걸 어떻게 손에 넣었을까?"

나는 고개를 저었다. 아직도 이해되지 않는 일이 너무 많았다. 왜 여자들 알몸 사진을 찍었을까? 동의를 받았을까? 어쩐지 아니라는 감이 왔다. 진료 중인 듯한 분위기가 너무 강했고, 여자들은 잠들어 있었다…… 아니면 마취 상태거나. 다리도 의자에 달린 받침에 올린 상태였다. 시술 도중인 것처럼 보였다.

나는 가슴 위에 손을 올렸다. 가운 아래로 심장 박동이 느껴졌다. 그때 봉투 안으로 또 무언가가 보였다. 더 작은 봉투였다. 흰색이었고 밀봉되어 있었다. 보통 편지를 보낼 때 쓰는 봉투다. 뒤집어 보았다. 앞면에는 화려한 글씨체로 받는 사람이 적혀있다. 롤리에게.

54

로즈

1980년 11월

그 사람이 우리를 찾은 것 같았어. 피할 수 없는 일이었겠지. 롤리, 우리가 영원히 숨는 것은 불가능했어. 시간문제였을 뿐이야.

빅터 카마이클과 얽히고도 무사히 빠져나가는 사람은 없으니까.

하지만 난 행복하게도 아무것도 모른 채 11월을 맞았어. 대프니와 나 사이도 안정됐어. 때때로 잠옷이 달라붙을 만큼 땀에 젖은 채 잠에서 깨기는 했어. 널을 죽이는 꿈을 꿔서 가슴이 마구 요동쳤지. 그럴 때면 대프니가 옆에 있었어. 나의 천사. 내가 다시 잠들 수 있게 달래고 평온을 되찾게 해줬어. 난 영원히 죄책감을 품고 살아야 한다는 사실을 받아들였어. 죄책감은 내 그림자 같은 존재라는 것을. 그것이 내가 치러야 할 죗값이었어.

대프니도 여전히 의심했어. 당연히 그랬지. 하지만 대프니를 사랑했어. 믿고 싶었어. 대부분 실제로 믿었고. 조엘 일이 있은 뒤로 대프니는 절대 내가 의심할 여지를 만들지 않았어. 가끔 거짓말을 하기는 했어. 어처구니없는 사소한 거짓말이었지. 농장에서, 더 자세히 말하자면 손에게서 물건을 '공짜'로 받았다는 거짓말. 계란, 우유 같은 비싸지 않은 것들이었어. 하지만 난 여전히 편하게 받아들이지 못했어.

어느 날, 대프니가 농장에서 전화를 걸었어. 내 차로 자기를 데리러 와줄 수 있냐고 말이야. 남은 타일을 두어 상자 얻었다고 했지. 상자를 가지고 차에 타는 대프니는 아주 즐거워 보였어. 그리고 주말이 되자 레인지와 싱크대 주변에서 보기 싫은 갈색 타일을 떼어낸 다음 새 타일을 붙였어. 난 경이로워하면서 그 모습을 지켜봤어. "뭐야?" 대프니는 놀란 내 얼굴을 보더니 웃음을 터뜨렸어. "내가 교도소에서 어떤 기술들을 배웠는지 말하면 자긴 못 믿을걸."

대프니의 과거를 떠올리게 하는 적나라한 말이었어. 매번 대프니가 교도소 얘기를 하면 나는 가슴속에 자리 잡은 불안을 억눌렀어. 자주 언급한 건 아니었어. 네 앞에서는 절대 하지 않았고.

넌 새로 붙인 타일을 좋아했어. 만화 캐릭터로 돼지와 양을 그린 타일이라 진짜 시골집 느낌이 났지만 우중충했던 부엌이 덕분에 밝아졌지.

다음날인 수요일, 대프니가 쉬는 날이라 나와 함께 널 유아원에 데려다줬어. 그날 저녁에는 불꽃놀이가 있을 예정이었어. 대프니는 우리랑 다 같이 가고 싶어서 필사적이었어. 하지만 난 널 데려가기가 살짝 걱정됐어. 넌 불꽃놀이를 본 적이 없었고, 오히려 놀랄 수도 있으니 말이야. 하지만 대프니가 재미있을 거라고 설득하니 그럴 것 같았어. 난 사람 많은 곳을 싫어하는데도 말이야.

우리는 깡충거리며 틸링 선생님과 함께 들어가는 너를 지켜봤어.

"있잖아, 대프. 오늘 밤 말인데." 내가 말을 꺼냈어. "롤리가 너무 어린 게……"

하려던 말은 멀리사가 나타나면서 끊겼어. 멀리사는 카페에서 나와 스티로폼 컵을 들고 쏜살같이 우리 쪽으로 다가왔지. "두 사람 다 잘 지내지?" 멀리사는 인사하면서 맞잡은 우리 손을 날카롭게 눈여겨봤어. 대프니는 반항적인 표정을 짓고 있었지만, 난 당황한 나머지 바로 떨어져 섰어. 내가 그러지 않았으면 대프니는 멀리사가 어떻게 생각하든 상관하지 않고 계속 내 손을 잡고 있었을 거야. 멀리사는 나이가 아무리 많아도 아직 40대 후반일 텐데 삶에 관한 가치관은 너무 구식이었어. 우리 관계를 절대 이해하지 못했지.

"로즈, 이렇게 만나서 잘됐어." 멀리사는 대프니를 완전히 무시하면서 말했어. "어떤 남자가 월요일에 카페에 와서 자기를 찾았어."

심장이 멎는 듯했어. "정말요? 그 남자가…… 이름은 밝혔어요?"

멀리사는 고개를 저었어. "아니, 그냥 자기를 아냐고 묻기만 했어."

"어떻게 생겼어요?"

멀리사는 잠시 꼼꼼하게 따져보는 듯했어. "글쎄, 잘생긴 편이었지. 머리색은 어둡고 키가 컸어."

빅터. 빅터였어.

"말씀하셨어요……?" 나는 목이 바짝 말라와서 마른침을 삼켰어. "저에 관해서?"

멀리사는 측은한 듯 날 쳐다봤어. "아니, 당연히 안 했지."

"고마워요." 갑작스레 멀리사를 향한 애정이 샘솟았어. "정말 고마워요."

멀리사는 안심하라는 듯 내 팔을 토닥였어. "아주 매력적인 사람이기도 했어. 하지만." 멀리사의 얼굴이 어두워졌어. "자기를 꼭 찾으려고 결심한 것 같더라, 로즈."

나는 눈물을 참았어. 대프니가 다가오는 것이 느껴졌어. "부탁이에요." 목소리가 떨려왔어. "저에 관해 그 사람한테 아무것도 알려주지 마세요."

멀리사는 건포도 같은 눈으로 내 얼굴을 찬찬히 보다가 대답했어. "물론이지. 아무 말 안 할게." 심각한 말투였어.

멀리사에게 고맙다고 말한 뒤, 과호흡이 올 것 같아서 걸음을 옮겼어.

"빅터 같아?" 옆에서 대프니가 속삭였어. 대프니는 나와 속도를 맞추기 위해 거의 뛰다시피 해야 했지.

"그럼 누구겠어?" 쏘아붙이고 나니 대프니가 상처받은 얼굴을 해서 죄책감이 들었어. "미안, 미안해. 그냥……" 난 훌쩍거리며 말했어. "빅터가 날 찾아냈어. 빌어먹을 3년이나 지났는데도 찾아냈어."

"로즈, 진정해. 나까지 겁이 나잖아. 그만해!" 대프니는 내 팔을 붙잡았어. 그리고 다시 한번, 이번에는 더 부드럽게 말했어. "그만해." 집까지 언덕을 절반쯤 오른 참이었어. 주변엔 아무도 없었지만 나는 뒤에서 빅터가 따라오는 것처럼 몸을 떨었어. "잘 들어. 이틀 전에 있었던 일이야. 빅터는 집으로 돌아갔을지도 몰라. 집이 어디야?"

"요크셔." 눈물을 닦으며 말했어. 오드리랑 내가 살던 곳이기도 했지. 오드리네 가족이랑 가까운 곳에서 살고 싶었거든. 빅터를 만날 때까지는 거기서 나도 행복했어.

"그래, 그럼 빅터는 요크셔로 갔을 거야. 아무한테도 소식을 알아내지 못해서 집에 돌아간 거야."

"난, 난 잘 모르겠어. 하지만 그건 빅터답지 않아. 내가 여기 있다고 생각하면 포기하지 않을 거야."

대프니는 내 손을 잡았어. "가자. 집에 가서 얘기해. 이따 롤리 데리러 가기 힘들면 내가 갈게. 빅터가 내 얼굴은 모를 테니까, 그렇지?"

난 고개를 끄덕이고 대프니를 따라 집으로 갔어. 들어가자 대프니는 날 소나무 재질 식탁 앞에 앉히고 차를 한 잔 끓여줬어. "이사 가는 방법도 있어. 자기가 원한다면?" 대프니는 내게 컵을 건네주고 자기도 앉았어. 둘 다 아직 외투도 부츠도 벗지 않은 채였어.

"이 집을 팔 수는 없어. 특히 이젠 저기, 저기……." 차마 닐의 이름을 입에 담을 수가 없었어. 우린 갇히고 만 거야.

"그럼 다른 데로 이사 간 다음에 세를 놓으면 되잖아? 도시로 가자. 숨기에는 도시가 더 좋을 거야."

"누가 찾아내면 어떻게 해? …… 그 사람을."

"세입자가 마당을 건드리지 못하게 하면 되지. 계약서에 넣으면 돼."

속이 너무 울렁거렸어. "대프, 자기한테 솔직하게 말해야겠어. 빅터에 관해."

대프니는 앞머리를 걷어 올리며 물었어. "무슨 말이야?"

"빅터는…… 우리는 연애 관계로 얽힌 적이 없어. 같이 잔 적도 없고. 빅터는 내 담당 의사였어."

"의사라고? 무슨 말인지 모르겠어."

"빅터는 나한테 인공 수정을 해준 의사였어. 하지만……" 목이 메었어. 지난 3년 동안 빅터를 내 마음에서 몰아내기 위해 부단히 노력했거든. 내가 느꼈던 배신감. 두려움. 모두 아직은 너무 생생했어. 널 빼앗아 가겠다는 빅터의 위협도. "빅터는 나한테 끔찍한 짓을 했어."

대프니가 식탁 너머에서 팔을 뻗어 내 손을 잡았어. "무슨, 무슨 짓을 했는데?"

"날 속였어."

"어떻게?"

오래 숨겨왔던 비밀을 밝힐 수 있게 되니 안심이 됐어. 그래서 모든 걸 다 털어놓았지.

거의 4년 전이었어. 오드리와 나는 인공 수정 시술을 받기 위해 해러깃에 있는 빅터 카마이클의 클리닉으로 찾아갔어. 빅터는 아주 친절하고 배려심 많은 의사처럼 보였어. 우리 상황에 대해 이야기했더니 전에도 동성 커플을 도와준 적이 있다며 안심시키더라. 익명의 기증자가 선택되고 시술 예약이 잡혔어. 전부터 임신은 내가 하기로 같이 정했었어.

빅터의 진료실에서 시술을 받던 시간을 돌이켜보면 빅터가 나를 점점 마음에 품었던 것이 명백했어. 하지만 난 순진하게도 우리가 비슷한 나이 또래라 같이 있으면 즐겁다고만 생각했어. 나중에야 그런 것이 아니었다고 깨달았지.

난 서른세 살이었지만 금방 임신에 성공했어. 1970년대 중반에는 임신하기에 좀 늦은 나이라고들 생각했는데도 말이야. 시술에는 돈이 많이 들었어. 부모님이 남겨주신 돈도 일부 써야 할 정도였어. 하지만 성공해서 난 너무 기뻤단다.

그런데 그때 오드리가 내 마음을 짓밟았어.

내가 그렇게 빨리 임신에 성공했으니 오드리도 날아갈 듯이 기분이 좋아야 정상이었지. 하지만 내 배가 불러오자 오드리는 점점 멀어졌어. 그리고 결국 자기는 아이의 보호자가 되는 일을 감당하지 못하겠다고 인정했어. 엄마가 되고 싶지 않다고 말이야. 오드리는 떠났고 부모님 집으로 들어갔어. 난 절망하고 겁에 질린 채 혼자 남았지. 임신 4개월에. 다음 예약에 빅터를 만나고 나는 무너졌어. 모든 걸 다 털어놓았어. 그 후로 우리는 친구가 됐어. 빅터는 내가 제대로 먹고 있는지 잠깐씩 찾아와서 봐주기도 하고 날 데리고 놀러 나기도 했어. 극장에도 가고 내가 살아오면서 한번 꿈꿔보지도 못했을 비싼 레스토랑에서 저녁을 사주기도 했어. 빅터는 영리하고 매력적인 남자였어. 하지만 난 환자와 의사 사이의 선을 넘는 건 아니라고 생각했어. 지금 와서 생각해 보니 정말 곧이곧대로 믿었었네. 하지만 난 너무 힘들었고, 너무 외로웠어. 빅터가 관심을 가져줘서 고마웠어. 어쨌든 빅터는 내가 동성애자인 걸 아니까. 아파트 계약을 연장해야 할 때가 오자 빅터는 그러지 말고 자기 집에 남는 방을 빌리라고 했어. "나한테 혼자 사는 크고 멋진 집이 있거든. 내가 당신을 돌봐 줄게. 이런 시기에 혼자 지내면 안 돼."

난 빅터가 아직도 싱글이라니 놀랐어. 이렇게 잘생기고 능력 있는 남자한테는 여자가 끊이지 않을 거라고 생각했으니까. 하지만 내 물음에 빅터는 자기가 일 중독이라서 아내를 얻고 아이를 낳을 시간이 없다고 농담을 하다. 병원을 키우고 있는 동안에는 안 된다고 했어. 빅터가 사는 집은 너무나 멋졌고 해러깃에서 가장 살

기 좋은 동네에 있었어. 거절할 수 없었지. 부모님이 살아 계셨거
나 그 지역에 친구가 있었다면 반대했을지도 모르겠어. 그런데 거
기는 오드리네 가족하고 가까이 살려고 임신 몇 달 전에야 이사 간
곳이었단 말이야. 그래서 내겐 친구조차 없었어. 난 슬픔에 빠져
허우적거렸고 겁에 질려 있었어. 그리고 아, 정말 순진했지. 난 빅
터를 존경했어. 그리고 존중했어.

불행히도 빅터는 날 존중하지 않았어.

처음에는 다 괜찮았어. 서로 사이좋게 잘 지냈으니까. 하지만 빅
터는 점점 소유욕을 보였어. 내가 외출하면 어디로 가는지, 누구와
가는지 캐물었지. 그때 나는 동네 극장에서 좌석 안내원으로 일했
어. B급 영화가 끝나면 아이스크림을 나눠줬지. 그러다가 어떤 여
자하고 친구가 됐어. 그때부터 빅터는 질투에 사로잡힌 행동을 하
기 시작했어. 나는 실수했다는 사실을 깨달았고. 나한테는 빅터를
향한 연애 감정이 없었지만 빅터는 있었던 거야. 그러니 다른 것
들도 보이기 시작했어. 빅터는 내가 뭘 먹고, 뭘 입고, 얼마나 자야
하는지까지 일일이 가르치기 시작했어. 숨을 쉴 수 없을 정도였
어. 내가 그 '조언'을 받아들이지 않으면 빅터는 며칠 동안 날 무시했
어. 문을 쾅 닫으며 쌀쌀맞게 대했지.

어느 닐 밤, 일을 마치고 늦게 돌아가니 빅터가 벌컥 화를 냈어.
내가 경박하다고 비난하면서 곧 엄마가 될 사람답게 행동하라는
거야. 나는 놀라서 빅터를 쳐다봤어. 친구라고 생각했는데 사사건
건 통제하려고 드는 연인을 보고 있는 것 같았어. 우리는 말다툼을
했고 난 빅터에게 남의 일에 간섭하지 말라고 했어. 당신은 내 친
구지 연인이 아니라고, 아버지가 될 사람도 확실히 아니라고 했지.

그때 날 보던 빅터의 얼굴은 절대 잊지 못할 거야. 내가 모르는 비밀을 자기는 알고 있다는 의기양양한 얼굴.

"사실은 말이야." 빅터가 잔인하게 입술을 비틀면서 말했어. "나야."

"무슨 말이야?" 이렇게 묻기는 했지만 빅터가 무슨 짓을 했는지 날카로운 깨달음이 찾아왔지. 마치 차가운 손이 심장을 꼭 죄는 느낌이었어.

"내가 있는데 왜 익명의 기증자를 찾겠어?" 빅터는 너무나 당연하다는 듯이 말했어. 내 동의 없이 내 자궁에 자기 정자를 집어넣고서는 너무 태연했어. "뭘 그런 눈으로 봐? 불법도 아닌데."

난 빅터에게 소리를 질렀어. 날 모욕하고, 거짓말을 했다고 화를 냈어. 빅터는 내가 과잉 반응하는 어린아이라도 되는 것처럼 차가운 눈으로 길길이 날뛰는 나를 바라봤어. 난 위층으로 달려가서 짐을 싸기 시작했어. 어디로 가야 할지 고민했어. 호텔에 머물다가 집을 사자고 생각했지. 통장에 돈이 있었고, 어쨌든 오드리랑 같이 그렇게 할 계획이기도 했으니까. 오드리가 떠났다는 사실을 정면으로 받아들이지 못하고 있었지만, 거기서 더 지낼 수는 없었어. 짐을 싸고 있는데 뒤에서 침실 문 열쇠를 돌리는 소리가 났어. 빅터가 문을 잠근 거야.

"떠나게 내버려 둘 순 없지." 빅터가 문 건너편에서 말했어. 차분하고 사악한 목소리로. "내 아이를 가지고 있으니 말이야."

살면서 그렇게 겁이 난 적이 없었어. 빅터는 음식을 가져다주고 다 날 위해서 이러는 거라고 달랬어. 널 사랑하고 나와 결혼하고 싶다고도 했지. 내가 빅터를 연애 상대로 볼 수 없다고 호소해도 듣지 않았어.

"절대로 놔주지 않을 거야, 로즈." 빅터의 말을 들으니 나도 영리하게 굴어야겠다는 생각이 들더라. 속여야 한다고 생각했어. 빅터가 날 속였듯이. 그래서 나는 결혼을 생각해 보는 척했어. 그리고 빅터가 방문을 잠그지 않고 날 혼자 집에 둘 만큼 신뢰를 얻었을 때 도망치기로 계획했지. 우선 빅터가 나를 찾을 때를 대비해서 '보험'을 찾아보기로 했어. 서재를 뒤졌어. 아무것도 못 찾을 거라고 생각했을 때 그게 보였어. 책상 서랍에 들어있던 파일. 앞면에는 병원 이름도 새겨져 있었고 딱히 문제없어 보였어. 하지만 열어서 안을 확인했더니 너무 충격적이라 파일을 떨어뜨릴 정도였어. 여자들 사진이 있었거든. 빅터의 진찰실에서 의자 받침대에 다리를 벌리고 올린 모습이었어. 내가 진료를 받은 바로 그곳에서. 사진은 폴라로이드 카메라로 촬영한 것 같았어. 동의도 없이 말이야. 여자들은 모두 병원 가운을 입고 있었거든. 빅터가 시술 도중에 제멋대로 환자들의 생식기를 촬영한 것처럼 보였어. 평범한 의사라면 이런 짓을 할 리 없지. 여자들은 모두 약물로 잠든 것 같았어. 역겨웠어. 빅터는 괴물 그 자체였어. 여자들 사진 속에 나도 있을지 궁금했지만 찾아보고 싶지 않았어. 구역질이 나서 토하지 않으려면 정신을 집중해야 했어.

당장 경찰서에 갈지 생각해 봤어. 이 사진들로 보아 빅터는 의사 면허를 박탈당할 게 분명했어. 잘하면 감옥에 가게 될지도 모르고. 하지만 난 무서웠고 빅터가 겁났어. 빠져나갈 방법을 찾아낸다면 어쩌지? 그런 위험을 감수할 수는 없었어. 빅터는 존경받는 의사였어. 또 내가 인공 수정 시술을 받은 증거도 모두 없앴을 가능성이 컸어. 거짓말로 상황을 유리하게 몰고 가겠지. 우리가 연인 사이였다고, 아이도 자기 아이라고 하면서.

그 파일을 가지고 가능한 한 멀리 도망치는 것 말고는 달리 선택의 여지가 없었어.

이후로 30분은 내 인생에서 가장 무서운 순간이었어. 정신없이 여행 가방 두 개에 내 소지품을 챙겼어. 아주 많은 것들을 남겨뒀지. 그리고 두 구역 떨어진 거리로 택시를 불렀어. 언제라도 빅터가 나타나서 날 막을지 모른다는 생각에 가슴이 줄곧 쿵쿵 뛰었어. 나는 여행 가방을 끌며 길거리를 내달렸어. 뒤쫓아오는 빅터를 떠올리니 가슴이 미친 듯이 뛰었지. 택시에 타고 곧이어 기차에 타고 나서야 안심이 됐어. 기차가 달리는 만큼 빅터에게서 멀리, 더 멀리 도망치고 있었으니까.

바로 베거스 눅에 온 건 아니야. 치퍼넘에 있는 아침이 제공되는 여관에 머물면서 공인 중개사들을 만나고 다녔거든. 내 지갑 사정이 허락할 만큼 저렴한 집을 찾아서. 그게 스켈턴 플레이스 9번지였어.

난 숨었어.

그렇게 생각했지.

지금까지는.

55

로나

알베르토의 물건이 빠져나간 아파트는 텅 비어 보였다. 로나는 쓸쓸하게 아파트 안을 돌아봤다. 남자를 잘못 만나서 또 인생을 몇 년 허비했다. 마음이 무겁지만 알베르토 때문은 아니다. 영국에 남겨두고 온 딸과 예비 사위 때문이다. 이 나라에서 저 나라로, 이 남자에서 저 남자로 옮겨 다니는 것은 이만하면 충분하다. 로나는 새피 곁에, 아이가 태어나면 손주 곁에 있고 싶었다. 이번 한 번만은 뿌리를 내리고 싶었다. 테오와 젠도 떠올랐다. 있는 줄도 모르고 살았던 남동생 부부. 그 두 사람과도 인연을 이어나가고 싶었다. 과거에 묻혀있던 어두운 비밀이 드러났어도 말이다. 그리고 무엇보다도 새피가 어릴 때 항상 곁에 있어주지 못한 것을 보상하고 싶었다. 일상생활을 하다가도 딸이 한 말이 어느새 머릿속에 떠오르고는 했다.

브리스틀만 근처에 작은 집을 빌릴 수 있을 것이다. 그러면 새피와도 그리 멀리 떨어지지 않는다. 그래. 로나는 침대 가장자리에 걸터앉아 발을 차서 부츠를 벗으며 결심했다. 그래, 그렇게 하자. 내일 아침 일찍 계획을 실행에 옮기기로 했다. 이 아파트 계약은 한 달 단위로 갱신되니 당장이라도 떠날 수 있다. 이렇게 생각하니 돌연 힘이 솟았다.

로나는 대프니와 로즈 사진을 꺼냈다. 두 사람이 시골집 앞에 서 있다. 나팔바지에 민소매 상의 차림이다. 키가 더 큰 대프니가 로즈의 어깨에 팔을 걸치고 있다. 로나가 떠나기 전에 새피가 준 사진이다. 로나는 이 사진에서 눈을 뗄 수 없었다. 친엄마의 예쁜 얼굴을 들여다보면서 자신과 닮은 구석이 있는지 살폈다. 진실을 알게 된 뒤로 로나는 꿈에서 엄마를 본다. 키가 작고 예쁘장하며 황갈색 머리칼을 길렀다. 눈동자는 초콜릿색이다. 로나, 새피와 꼭 닮은 눈. 잠들어 있을 때는 무의식 속으로 삶의 단편들이 떠올랐다. 친엄마의 손을 잡고 숲속을 걸었던 일. 마을 광장에 서서 크리스마스 캐럴을 듣고 코코아를 마셨던 일. 이 장면들이 진짜 기억인지 아니면 로나가 바라는 진실을 뇌에서 이미지로 만들어낸 것인지 알 수 없다. 하지만 베거스 눅에서 과거를 기억해 내려고 할 때 로나가 느꼈던 슬픔. 그것은 진짜였다. 로나는 엄마를, 진짜 로즈를 애도하고 있으면서 그 사실조차 모르고 있었다.

아까는 반스 경사가 로나에게 연락을 해왔다. DNA 결과가 나왔다는 소식이었다.

반스 경사는 두 번째 유골에서 추출한 DNA가 로나의 모친임을 의미할 만큼 충분히 일치했다고 전했다.

그리 놀랍지는 않았지만 그래도 소식을 들은 로나는 왈칵 울음을 터뜨렸다.

사진을 협탁 위에 올려놓았다. 그때 휴대폰이 울려서 생각의 흐름이 끊겼다. 화면에 뜬 새피의 이름을 보자 로나는 기운이 났다.

"안녕, 우리 딸. 잘 지내니?"

"엄마!" 새피가 숨 가쁘게 말했다. "찾았어! 데이비스가 찾던 증거. 로즈가 벽난로에 숨긴 증거 말이야. 알고 보니……" 새피는 침을 꿀꺽 삼켰다. "여자들 나체 사진이 든 파일이었어."

"그게 무슨 소리야?"

"빅터가 어떤 시술을 할 때 피해자들한테 진정제를 투여한 것 같아. 그다음 옷을 벗겨서 사진을 찍었고."

로나는 속이 뒤틀렸다. "세상에나."

"미안해."

로나는 어지러웠다. "경찰에는 연락했고?"

"이제 할 거야. 그런데…… 또 다른 것도 찾았어."

"말해 봐……."

"편지야. 엄마 이름이 적힌."

저세상에서 보낸 편지. 친엄마가 보낸 편지. 로나는 벌떡 일어나 방 안을 서성였다. "열어 봐!"

"정말 열어?"

"물론이야. 당연하지. 무슨 내용인지 알아야 해."

"알았어, 잠깐만." 부스럭부스럭 편지 봉투를 찢는 소리가 났다. 곧 새피가 다시 말을 이었다. "열었어. 와, 긴 편지야."

"얼마나 긴데?"

"다섯 페이지 정도. A4 종이로. 앞뒤 다 꽉 채워서 썼어."

"뭐라고 해?"

"처음부터 끝까지 다 읽어줘?"

그래. "아니, 아니야. 그러지 마. 너무 오래 걸릴 거야."

종이 넘기는 소리가 났다. "그러면 내가 읽어본 다음에 어머나, 세상에!" 새피가 소리를 질렀다.

"왜? 왜 그러니?"

"로즈가 닐 루이셤을 죽였대. 엄마, 이건 고백이야."

로나는 다시 침대에 주저앉았다. 다리에 힘이 들어가지 않았다. "경찰한테 보여줘야 해. 경찰한테 전부 다 말해줘. 빅터한테서 가져온 파일도 넘겨주고. 망할. 떠나지 말았어야 했어. 여기 돌아오는 게 아니었어."

새피가 날카롭게 숨을 들이쉬는 소리가 났다. "이런, 엄마." 슬픈 목소리였다. "대충 훑어만 봤는데, 편지에, 로즈가…… 아무래도 빅터가 로즈를 찾아냈나 봐."

56

로즈

1980년 본파이어 나이트

난 그 파일을 네 방에 있는 기우뚱한 벽난로 선반 뒤에 숨기기로 했어. 뒤쪽에 벽돌이 빠진 데가 있어서 선반이 제대로 딱 맞지 않았거든. 파일을 둔 장소는 대프니에게도 말하지 않았어. 아무도 모르는 편이 나으니까.

"내일." 대프니가 레인지 앞에 서서 당근, 감자, 브로콜리가 든 냄비를 뒤적이며 말했어. "스켈턴 플레이스 세 놓는 걸 알아보자. 그러면 브리스틀에서 살 곳을 찾을 수 있을 거야. 대도시지. 사람들 사이에 섞여들기 훨씬 쉬울 거야."

"알았어." 나도 동의했어. 바쁘게 돌아가는 특색 없는 거리. 모든 집들이 다 똑같이 보이는 곳. 우리 이름을 아는 사람이 아무도 없는 동네. 처음부터 도시로 갔어야 했어. 베거스 눅에 오는 게 아니었어.

"하지만 오늘 밤은⋯⋯" 대프니가 손에 나무 주걱을 들고 내 쪽으로 몸을 기울이며 말했어. "불꽃놀이에 가자. 아무 일 없는 것처럼 지내는 거야. 롤리를 위해서. 알았지?"

고개를 끄덕였어.

"좋아." 대프니가 말했어. "좋았어. 우린 할 수 있어. 다 괜찮을 거야."

난 그렇게 확신이 생기지는 않았어. 내 세계가 점점 좁아져서 마을 안에서도 밀실 공포증을 느끼는 것만 같았어. 이 집에서도 마찬가지였고. 항상 가장 안전하다고 생각했던 곳인데도 말이야.

"내가 쓰던 가발을 쓰는 게 좋겠어." 대프니가 익숙해진 홍학 같은 자세로 불쑥 말했어. 스웨터 소매가 손을 반쯤 덮고 있었어. "자기의 사랑스러운 웨이브 머리를 감추자."

난 웃었어. 내 머리는 칙칙한 갈색이라서 딱히 눈에 띄지 않거든. "그냥 털실 모자 쓰려고. 춥고 어두울 거야. 만약 빅터가 돌아다니고 있다고 해도 날 알아보기 힘들겠지."

대프니는 이마에 주름을 잡으며 날 살펴봤어.

"왜 그래?" 순간적으로 그 시선이 부담스러워졌어.

"아무것도 아니야." 대프니는 고개를 저었어. "로즈 그레이, 자기는 스스로 생각하는 것보다 더 강한 사람이야."

"난 잘 모르겠어……."

"사실이야." 대프니의 목소리가 더 부드러워졌어. "빅터한테서 도망친 방법도 그래. 정말 감탄했어." 대프니는 내게 키스를 보내고 다시 요리에 집중했어.

그날 밤, 마을로 내려가는 동안 우리 세 사람 사이에는 기대감이 가득했어. 넌 언제나처럼 대프니와 나 사이에서 한쪽씩 손을 잡고 걸었어. 가는 동안 대프니는 사과에 토피를 입힌 막대 사탕 얘기를 해줬어. 난 네 머리 위로 대프니를 슬쩍 쳐다봤어. 태평하고 행복한 얼굴이었어. 아무 걱정도 없어 보이더라. 반면 나는 속에서 세탁기라도 돌아가는 것처럼 감정의 동요에 휘말렸어. 갑자기 큰 웃음소리가 들리거나 개 짖는 소리라도 나면 움찔거렸어. 단지 빅터만 걱정한 것은 아니었어. 익숙할 대로 익숙해진 마을을 떠나 새로운 삶을 시작하는 것도 걱정이었지. 브리스틀로 떠나는 것이 옳은 일일지 의심이 들기 시작했어. 이사는 대프니가 늘 원하던 일이었지. 생각해 보면 대프니도 여기에서 계속 지내다가는 결국 누가 닐을 찾으러 오는 것이 아닐까, 그래서 자기 정체를 알아내는 것이 아닐까 걱정했던 것 같아. 하지만 난 평생 대도시가 싫었어. 런던에서 자랐는데도 말이야.

그래도 하나는 대프니가 옳았어. 빅터가 날 찾아냈다면 멀리 떠나는 것이 유일한 방법이라는 것.

불꽃놀이는 대프니가 일하는 농장 근처 들판에서 열렸어. 조금 오래 걸어야 했지. 특히 너한테는 더 멀었고. 그래도 넌 불평하지 않았어. 달콤한 음식과 불꽃놀이가 기대돼서 잔뜩 신났었거든. 우리는 몰리는 인파를 따라 마을 광장을 지났고 다리를 건너 농장 쪽으로 걸어갔어.

"어제 일하러 갔을 때 숀 아저씨가 그러는데 핫도그도 팔고 모닥불도 피울 거래." 대프니가 너에게 말했어. 넌 신나서 소리를 지르고는 우리 손을 더 꼭 잡았지. 작년에는 너무 어려서 이런 것들은 이번이 처음이었어.

또 숀 얘기. 대프니는 요즘 들어 숀 얘기를 많이 했어. 숀은 치퍼넘에 사는데 매일 이 먼 데까지 일하러 온댔어. 대프니는 남동생 같다고 했지. 하지만 난 숀이 대프니한테 안 좋은 영향을 끼치는 것 같아서 걱정이었어. 숀이 농장에서 일을 시작하고부터 대프니가 집에 가져오는 것들이 늘어났거든. 믹이 알아차리면 좋은 얼굴을 하지 않을 법한 것들이었지. 대프니가 친구를 사귀는 건 상관없었어. 당연하지. 연인을 통제하려는 생각은 해본 적이 없어. 하지만 불안한 것은 어쩔 수 없었어. 인간관계는 최대한 좁게 유지하는 편이 더 안전할 것 같았어. 그리고 만나보지는 못했지만 숀은 내 마음속에서 이미 못 믿을 사람으로 결정이 나 있었어.

"사람이 꽤 많다." 목소리에서 불안이 느껴지지 않게 애쓰며 말했어.

"이웃 마을 사람들도 티켓을 산 것 같아." 대프니가 말했어.

난 바짝 긴장해서 초조해졌어.

즐길 수 없었어. 대프니가 널 데리고 이 가판대에서 저 가판대로 돌아다니는 모습을 지켜보며 뒤를 따라다녔지. 경계 태세에 들어간 경호원처럼 말이야. 빅터가 날 찾고 있지 않을까 여전히 겁에 질린 채로. 가느다란 보슬비가 내리고 어두웠어. 대프니를 따라다니는 네 머리 위로 분홍색과 빨간색 털실 방울이 흔들거렸어. 넌 대프니의 손을 꼭 잡고 있었지. "손 놓치지 않게 조심해." 대프니에게 말했어. 말투가 너무 딱딱했나 봐. 대프니가 놀라고 상처받은 얼굴로 눈을 크게 뜨고 당연히 그럴 거라고 말했어. 그리고 덧붙였어. "내 목숨을 걸고 이 아이를 보호할 거야."

너와 대프니가 토피 사과 사탕 판매대에 멈춰서자 나는 두 사람 뒤로 숨었어. "먼저 핫도그부터 먹여야 하는 거 아냐?" 내가 몸을 앞으로 숙이고 물어봤지만 대프니는 안달이 난 네 손에 벌써 막대에 꽂힌 사과 사탕을 들려주고 있었어.

"미안." 대프니는 어깨 너머로 돌아보며 입 모양으로 사과했어. 하지만 전혀 미안해 보이지 않았지.

난 뭔가 먹기에는 너무 긴장해서 대프니가 핫도그 판매대를 지나쳐도 신경 쓰지 않았어. 대프니는 앞장서서 널 데리고 사람들 사이를 요리조리 빠져나갔지. 거대한 모닥불이 벌써 타오르고 있었어. 연기가 피어올라서 축축한 밤하늘로 퍼져나갔어. 옆에서는 스티로폼 컵을 든 사람들이 서로 밀치며 자리를 찾아 움직였어. 근처 가판대에서 희미하게 열악한 음질로 음악 소리가 들려왔어. 넌 누가 봐도 알 수 있을 정도로 너무 신나서 위아래로 깡충깡충 뛰었어. 내가 어깨에 손을 올리고 그만두게 할 때까지 말이야. "이러다가는 금방 지칠 거야." 웃으려고 했지만 목에 웃음이 걸려서 나오지 않았어.

대프니가 내게 몸을 기대고 귓가에 속삭였어. "마실 거 가져올까? 핫초코나 그런 거? 너무 춥다. 그리고 한참 기다려야 할지도 몰라."

"난……" 나는 까치발로 서서 불안해하며 주변을 살펴보았어. "난 잘 모르겠어. 그러다가 우릴 잃어버릴 수도 있고."

"잘 찾아올게. 걱정 마." 이렇게 말하고 대프니는 가버렸어. 손쉽게 사람들 사이를 지나갔지. 헝겊을 덧댄 벨벳 코트를 입고 코바늘로 뜬 베레모를 쓰고 있었어. 그 모습을 보자 거의 1년이 다 되어가는 그날 저녁이 떠올랐어. 마을 광장에서 처음 대프니를 발견하고 내 심장이 반응했던 날.

난 다시 널 바라보았어. "대피는 마실 거 가지러 갔을 뿐이야." 이렇게 말했지만 널 안심시키려는 건지 날 안심시키려는 건지 알 수 없었어. 난 네 손을 꽉 잡았어.

"싫어." 넌 손을 놓았어. "안 잡을래."

"안 돼. 엄마 손 잡아." 날카롭게 말하고 나니 곧바로 죄책감이 들었어. "부탁이야, 롤리. 엄마 잃어버리면 안 되잖아."

넌 고개를 돌리고 계속해서 토피 사과 사탕을 먹었지만 내가 손을 잡게 해줬어. 대프니는 어디 있지? 너무 오래 걸렸어. 나오지 않았으면 좋았을 거라는 생각이 들었어. 안전하게 집에 있을걸.

"안녕, 안녕." 뒤에서 목소리가 들려왔어. 멀리사가 보온병을 들고 있었어. "신나지 않아? 사람도 진짜 많이 왔네."

"그러게요." 대프니가 오고 있는지 멀리사의 어깨 뒤로 시선을 던지며 대꾸했어. 그러다가 어떤 생각을 떠올리고 다시 멀리사를 바라봤지. "사실 이렇게 만나서 잘됐어요. 좀 이상한 얘기인 건 아는데요." 나는 목소리를 낮추고 너에게서 멀어지도록 몸을 기울였어. 네가 듣지 못하도록. "카페에 절 찾으러 왔던 남자. 아는 사람인 것 같아서 걱정하고 있거든요. 누구냐고 하면…… 제가 피하려고 도망친 사람이에요."

"어머, 로즈. 미안해. 미처 생각을 못 했어."

난 손을 들어 올렸어. 마음이 바뀌기 전에 어서 털어놓아야 했으니까. "제가 바보 같은 짓을 했어요. 아주 바보 같은 짓이요. 제 목숨이……" 난 네가 듣지 못하게 이어지는 말은 입 모양으로 대신했어. "위험할지 몰라요."

멀리사가 눈썹을 치켜세웠어. "그게 무슨 말이야?"

"만약 저한테 무슨 일이 생기면……"

"어허, 아무 일도 없을 거야, 로즈. 바보 같은 소리 하지 마!"

"잘 들어요. 부탁이에요. 만약 무슨 일이 생기면 증거는 벽난로 속에 있어요. 기억하실 수 있겠어요? 아주, 아주 중요한 일이에요."

멀리사는 충격을 받은 듯했어. "그, 그럴게. 하지만 자기가 걱정 이네, 로즈. 누구 연락할 사람은 없어? 경찰에 연락할까?"

"아니요!" 거의 소리를 지를 뻔했어. 네가 돌아봐서 웃어줬어. 네가 다시 고개를 돌려 모닥불 쪽을 보고 나서야 겨우 숨죽인 목소리로 말했어. "아니에요. 부탁이니 경찰에는 아무 말 마세요. 괜찮을 거예요. 그냥 만약의 경우를 생각해서 말했어요."

멀리사는 걱정스러운 얼굴로 날 보고 그러겠다고 했지. "어머, 저기 모린이 왔네. 미안, 로즈. 가봐야겠어." 날 두고 돌아선 멀리사는 아마 안심했을 거야. 이야기를 나눌 더 정상적인 사람을 찾았으니까. 나는 목을 길게 빼고 대프니를 찾았어. 음료수를 가져오는 것치고는 너무 오래 지났어. 그때 핫도그 판매대 쪽에서 누군가와 얘기하는 대프니를 발견했어. 가슴이 뛰기 시작했어. 상대는 남자 같았어. 키가 크고, 머리색이 짙고. 저 사람은…… 빅터? 아니, 아니, 당연히 아니었어. 남자는 훨씬 어려 보였어. 무릎까지 오는 웰링턴 부츠와 왁스 재킷 차림이었지. 대프니는 미소를 지었고 남자도 그런 것 같았어. 고개를 뒤로 젖히면서 대프니의 팔을 건드리는 모습이 그래 보였거든. 질투가 차올랐어. 지금 둘이서 노닥거리고 있는 거야?

"엄마, 언제 시작해?"

난 다시 너에게로 관심을 돌렸어. 안에서는 박테리아처럼 불안이 자라났어. "금방, 우리 딸. 아주 금방."

"메슥거려." 넌 반쯤 먹은 토피 사과 사탕을 내 손에 넘겼어.

"그럴 줄 알았어." 난 가벼운 말투를 유지하려고 노력했어. "와, 봐! 저기 봐. 시작했어."

너는 하늘을 가르고 올라가서 머리 위로 분홍색과 보라색 광선을 그리며 터지는 불꽃에 정신이 팔렸어.

그때 누가 내 어깨에 손을 올렸어. 놀라서 펄쩍 뛰었는데 알고 보니 대프니였어. 대프니는 차가운 볼을 내 볼에 누르며 말했어. "미안. 여기 있어." 스티로폼 컵을 건넸어. 난 토피 사과 사탕을 땅에 떨어뜨렸어. 바닥에 쓰레기를 버렸다는 죄책감은 억눌렀어. 그래야만 네 손을 계속 잡을 수 있었으니까.

"누구랑 얘기했어?"

대프니가 인상을 찌푸렸어. "아무하고도, 왜?"

"봤어. 남자하고 있는 거."

"남자?" 대프니는 잠깐 혼란스러워 보였지만 곧 기억이 떠오른 얼굴이 됐어. "아, 맞다. 숀이야."

"숀이 여기서 뭐 하는데? 치퍼넘에서 이 먼 동네까지 왔다고?"

대프니는 별일 아니라는 듯이 어깨를 으쓱했어. 대프니가 숀을 데려와서 우리를 소개하지 않았다는 사실이 불현듯 떠올랐어. 숀이 나에 대해 알기는 할까? 우리에 대해? 바보같이 굴고 있다면서 계속 나 자신을 타일렀어. 당연히 대프니는 우리 이야기를 했을 테니까. 하지만 숀 눈에 대프니는 그저 우리 집에서 하숙을 하고 있을 뿐이라면 어떨까?

대프니는 킥킥 웃었어. "숀이 나한테 살짝 마음이 있는 것 같아.

하지만 그래서 편리하긴 해."

난 놀라서 대프니를 쳐다봤어. 대프니가 주장하던 페미니스트의 원칙은 다 어떻게 된 것일까? 자주 '남자는 필요 없다'는 주제로 이야기를 나눴던 건?

"뭐야?" 대프니는 웃으면서 목을 조금 축였어. "손이 무거운 거 들 때 도와준다는 얘기야."

"세상에, 대프니." 난 대프니를 외면했어.

대프니가 이어서 한 말은 불꽃이 터지는 소리에 묻혀버렸지. 난 너와 눈높이를 맞춰서 자세를 낮췄어. 대프니를 보고 싶지 않았거든. 너는 열중해서 불꽃을 보고 있었어. 불꽃이 터져서 무수히 많은 금색과 노란색 점이 생기자 놀라서 입을 딱 벌렸지. 하지만 손으로 귀를 막고 있었어.

"너무 시끄러워?"

넌 고개를 흔들었어. "예뻐."

난 불꽃놀이가 끝날 때까지 대프니를 무시했어. 뭐가 그렇게 화가 났는지도 잘 모르는 채로. 대프니가 남자랑 노닥거려서 질투가 났을까? 아니면 빅터가 여기 있을지도 모르고 내가 위험할지도 모르는데 전혀 걱정하지 않는 것처럼 보여서였을까?? 대프니가 널 때문에 긴장할 때 난 대프니의 걱정을 같이 짊어졌잖아. 대프니를 위해 널을 죽이기까지 했어. 그런데 반대가 되니까 대프니는 내가 처한 상황을 단지 의미 없는 농담처럼 받아들이고 있었어.

불꽃놀이가 끝나고 네 손을 잡고 돌아섰어. 뒤에 대프니가 있을 거라고 생각하면서. 하지만 대프니는 사라지고 없었어.

57

로즈

1980년 본파이어 나이트

나는 대프니를 찾아 들판을 훑어봤어. 멀리 가지는 못했을 테니까. 내가 쌀쌀맞게 대해서 화가 난 것이 분명했어. 우린 거의 다투지 않았어. 너와 함께 작은 집에서 안전하게 사는 동안은 다툴 일도 사실 별로 없었어. 닐이라는 불안 요소가 우리 곁을 떠나지 않는 동안에도 줄곧 그랬어. 하지만 빅터가 이 지역에 있을 가능성이 생기면서 모든 것이 꼬였어. 난 다시 한번 완전 경계 태세에 들어갔어.

"엄마, 힘들어." 네 팔을 잡아끌고 들판을 가로지르자 네가 불평했어. 사람들이 흩어지고 있었고 우리는 그 사이로 들어갔다 나갔다 하면서 여기저기로 대프니를 찾아다녔어. 그 와중에 빅터 역시 과도하게 의식하고 있었지. 넌 여전히 핫초코를 마시고 있었지만 내 컵은 비어있었어.

"미안, 우리 공주님. 하지만 최대한 집에 빨리 가야 해." 목소리에서 두려움을 감추려고 애쓰며 말했어. 대프니는 내가 빅터 때문에 무서워하는 것을 알면서 왜 우리를 버려두고 가버렸을까? 들판을 빠져나가려고 하는데, 다들 동시에 문으로 나가려다 보니 길이 꽉 막혔지 뭐야. 어쩔 수 없이 기다려야 했어. 난 불안한 눈으로 주변을 살폈어. 사방이 사람들로 꽉 들어차 있었어. 참을성 없이 발을 쿵쾅거리면서 큰 소리로 오래 걸린다고 불평하는 사람들도 있었어. 나는 빅터가 있을지도 몰라서 주변의 남자 얼굴은 다 뜯어보고 네 손을 꼭 움켜잡았어. "손 놓으면 안 돼." 내가 낼 수 있는 가장 엄한 목소리로 네게 경고했어. 그러다 마침내 사람들이 서로 양보하기 시작하면서 길이 나고 다 같이 앞으로 빠져나갈 수 있게 됐어. 사람들이 흩어지자 안도의 한숨이 나오더라. 만약 빅터가 나타나도 우리를 보호해 줄 만큼의 사람들은 아직 남아있어서 다행스러웠지.

하지만 중심가를 지나 스켈턴 플레이스로 가는 언덕을 오르기 시작하니 다른 사람들은 다 사라지고 우리 둘만 남았어.

"조금 무서워, 엄마." 네가 손을 꼭 잡으면서 이렇게 말하니까 가슴이 너무 아팠어. 넌 평소에 무서움을 타는 아이가 아니었거든. 내가 느끼는 두려움이 너에게도 전해진 거겠지. 넌 겁먹은 눈으로 높이 선 산울타리와 널찍하게 우리를 둘러싼 숲을 바라봤어. 저 멀리 어딘가에서 부엉이 울음소리가 들렸어.

"오늘 밤은 달님이 구름 뒤에 숨어서 평소보다 더 늦은 시간처럼 보이는 거야." 난 명랑한 척하면서 말했어. "아직 여덟 시밖에 안 됐어."

"힘들어."

"집에 거의 다 왔어. 금방이야. 조금만 더 올라가면 되는데. 업어 줄까?"

넌 열심히 고개를 끄덕였지. 나는 몸을 낮춰서 네가 등 위로 기어오르게 했어. 그리고 네 발목을 꼭 잡았어. "이랴." 말 흉내를 내면서 뛰는 듯이 언덕을 올랐어. 너무 지쳐서 다리에 힘이 풀릴지 모른다고 생각하면서도. 하지만 덤불 뒤에서 갑자기 빅터가 나타날지도 모른다는 두려움 때문에 다리에 힘이 들어가서 계속 뛸 수 있었어.

"대피, 어디 있어?" 우리 집이 보이기 시작하니 네가 물었어. 불이 모두 꺼져 있어서 나도 마음이 가라앉았어.

"잃어버렸어." 어둠 속에서 내 목소리는 작게만 들렸어. "하지만 걱정 안 해도 돼. 금방 따라올 거야."

현관문을 여니까 네가 등에서 뛰어내렸어.

집 안은 춥고 어둡고 텅 비어있었어. 누가 우리 앞에 튀어나올까 봐 불안했어. 복도의 불을 켰지만 옷걸이에 대프니의 코트는 보이지 않았어. 어디 있는 걸까? 대프니와 숀이 같이 있는 모습이 떠올랐지만 생각하지 않기로 했어.

1층의 모든 불이란 불은 다 켰어. 유리창은 불투명해 보였어. 밖에서 누가 안을 들여다보고 있지 않을까?

난 몸을 떨었어. 하늘에서 한 차례 불꽃이 터지는 바람에 깜짝 놀라기도 했어.

"가자, 롤리. 재워줄게." 난 네 손을 잡고 2층으로 올라갔어.

널 침대에 눕히고 이불을 덮어준 다음 이야기책을 읽어줬지. 하지만 넌 이야기를 채 마치기도 전에 잠들었어. 난 네 이마에 입을 맞추고 사랑스러운 곱슬머리를 쓸어 넘겼어.

그때 바깥에서 또 무슨 소리가 나는 거야. 깜짝 놀랐어. 이번에는 불꽃놀이 같지 않았어.

마당 쪽에서 난 소리였지.

난 조심스럽게 네 침대에서 일어나 창가로 다가갔어. 그리고 분홍색 깅엄체크 무늬 커튼을 옆으로 밀었어.

너무 놀라서 그 자리에 얼어붙고 말았지.

잔디밭에서 어떤 남자가 우리 집을 올려다보고 있었어.

빅터였어.

58

테오

"알겠습니다." 테오는 맞은편의 젠에게 눈길을 보내며 수화기 너머의 상대에게 말했다. 젠은 선글라스를 머리 위로 올리고 이유를 묻듯이 눈썹을 위로 올렸다. 작은 마당에 내놓은 일광욕 의자에서 맨다리를 쭉 뻗고 누워있었다. "그럼 기소된 거죠?" 테오는 야외 테라스에 서있었다. 햇빛이 목 위로 따갑게 내리쬤다. "그리고……" 테오는 목소리를 낮췄다. "이제 웨이크필드 구치소로 이감되었고요?" 거실로 이어지는 유리문이 열려있어서 테오는 햇빛을 피해 안으로 들어갔다. 이웃들이 통화 내용을 듣는 것도 걱정됐다. 벌써 언론에서도 엄청난 관심을 보이고 있다.

"그래." 아버지의 변호사 랠프가 말했다. 중후한 목소리였다. 좋은 와인과 오페라 관람을 즐기는 타입처럼 보였다. 한 번도 만나본 일은 없었지만 말이다. "죄질이 무겁기 때문이야. 재판이 있을 때까지 구류 상태로 있어야 해. 네 아버지는 살인죄와 성폭행으로 기소됐다."

"난임 시술 사기는요?" 테오는 아직도 퍼즐 조각을 다 모으지 못했다. 새피가 찾아낸 증거를 가지고 가까스로 맞춰 보는 정도에 불과했다.

"맞아, 그쪽으로도 기소될 가능성이 있지. 조금 애매하긴 한데, 언론의 관심이 높아서 검찰에 신고한 여자들이 많아. 워낙 오랫동안 해왔으니 말이다."

테오는 속이 울렁거렸다. 아버지 서재에서 찾아낸 여자들 사진은 카탈로그였다. 누구에게 자기 정자로 인공 수정을 했는지 정확하게 기억하기 위한 수단이었다. 새피가 찾아낸 파일 속의 여자들…… 테오는 그 여자들에 관해서는 생각조차 하기 힘들었다.

랠프는 테오의 침묵을 걱정으로 착각한 모양인지 위로를 전했다. "아버지 상황이 좋지 않아서 유감이구나. 캐롤라인 일은 과실치사로 가자고 조언했다. 죽일 생각은 아니었고, 사고였다고 주장하고 있으니까. 싸우다가 네 어머니가 헤어지자고 해서 화가 난 나머지 밀었다고 하더구나. 캐롤라인이 비틀거리다가 계단에서 떨어졌다고 말이야. 유죄를 인정하면 재판은 없을 거야. 하지만 너도 아버지를 잘 알지 않니." 어머니 이름을 듣자 테오는 목이 메어왔다. 아버지는 그리 오래 지나지 않아 범죄 사실을 인정했다. 테오에게는 놀라운 일이었다. 아버지는 죽을 때까지 결백하다고 주장할 줄 알았다. 하지만 부정하기에는 증거가 너무 많았던 모양이다. 글렌 데이비스의 자백 진술 뒤로 더 철저한 조사가 시작되자 알리바이가 무너졌다. 이웃이 그날 오전, 아버지가 출근했다고 말한 시간보다 더 나중에 대화를 나눴던 일을 기억하기도 했다.

"로즈 그레이 살인 건은요?"

"그 건에 관해서는 경찰이 계속 증거를 찾고 있다. 사프란 커틀러가 제출한 편지에 따르면 로즈 그레이는 빅터가 자기를 찾아내서 두렵다고 썼고 본파이어 나이트에 마당에서 빅터를 봤다고 했어. 하지만 편지가 거기서 끝나버렸지. 빅터가 로즈를 찾은 것이 사실이고 그래서 로즈에게 편지를 끝마칠 기회가 없었다고 추측하는 것이 당연해. 그렇지만 확실히 법정에선 이 정도 증거로는 부족할 거야. 그런데 멀리사 브라운이라는 증인이 나왔어. 겉모습이 빅터랑 일치하는 남자가 카페에 와서 로즈를 찾았다고 하더구나. 그게 로즈가 사라지기 며칠 전 일이었다고. 새로운 소식이 있으면 또 알려주마."

"신시아 파슨스 건은요?"

"신시아 파슨스의 죽음이 자살이 아니었다고 주장하기에는 증거가 부족해."

적어도 아버지가 엄마의 죽음에 원인을 제공했다고 시인했다. 테오는 이렇게 마음을 달랬다. 로즈를 살해한 것도 인정하면 로나와 새피도 마음의 평화를 찾을 수 있을 것이다.

"아버지가 네게 면회를 왔으면 좋겠다고 전하더구나." 랠프가 돌연 머뭇거리는 목소리로 말했다.

"그 사람은 내 엄마를 죽였어요." 테오가 대답했다. "전 그 사람이 평생 감옥에서 썩길 바란다고요." 마당에서 젠이 테오를 뚫어져라 쳐다보고 있었다. 하지만 자신이 하는 말이 들리는지는 알 수 없었다.

"나도 안다. 그래도 물어는 봐야 했어. 어쨌든 피고인 답변 기일이 잡히면 또 연락하마."

"알려주셔서 감사합니다." 테오는 전화를 끊었다. 사실 테오는 정의가 구현되기만을 원했다. 아버지가 죗값을 치렀으면 했다. 테오는 휴대폰을 든 채로 의자에 털썩 주저앉았다. 그림자가 다가오는 느낌에 고개를 들어 보니 문 앞에 젠이 서서 해를 가리고 있었다.

"괜찮아, 당신?"

테오는 고개를 끄덕였다. 손이 축축해서 휴대폰을 탁자에 올려놓았다.

젠이 무릎 위로 올라앉더니 테오의 목에 팔을 둘렀다. 젠에게서는 코코넛 선크림 냄새가 났다. 하지만 젠은 아무 말도 하지 않았다. 그럴 필요가 없었다.

"그런 개자식이 내 아버지라니." 테오가 한숨을 쉬며 말했다.

"당신은 전혀 달라. 하나부터 열까지 어머님만 닮았으니까. 그 사실을 잊지 마. 그리고 당신은 혼자가 아니야. 로나도 이제 아버지의 존재를 알았으니까 같은 심정일 거야."

"맞는 말이야." 로나가 있어서 다행이었다. 로나에게서 자신이 동생이라는 문자를 받은 그날 밤 이후로 두 사람은 며칠에 한 번씩 통화했다.

"데이비스도 여러 죄목으로 기소됐대." 테오가 젠을 더 가까이 끌어당기며 말했다. "내 생각엔 데이비스가 일종의 협상을 한 것 같아. 그래도 폭행과 협박으로는 기소됐지. 피해자가 로나랑 새피만 있는 게 아니고, 다른 여자들도 있대. 그리고 사기, 경찰관 사칭, 무단 침입 등등 죄목이 끝도 없어."

젠이 몸서리쳤다.

"아버지 면회하러 갈 거야?" 젠이 부드럽게 물었다. "무슨 이유로 어머님하고 다투셨는지 물어보기 위해서라도? 어머님이 헤어지겠다고 하신 게 사실인지 확인하고 싶어?"

"난 다시는 그 사람 얼굴 보고 싶지 않아." 테오가 감정을 담아 대답했다. "그 사람을 증오해. 어차피 그 사람은 절대로 정직하게 말하지 않을 거야. 왜 그런 짓들을 했는지 설명도 해주지 않을 거야. 변명을 하겠지. 엄마 탓으로 돌리려고 하면서."

"미안해. 어떤 기분일지 상상조차 못하겠다."

그래도 테오에게는 젠이 있었다. 이 멋진 여자가 내 곁에 있다고 테오는 생각했다. 언제나 자신을 적극적으로 지지해 주고 무조건 믿어주는 사람. "로나한테 전화해야겠어. 새로 들어온 소식들 말해 줘야지."

"그래." 젠이 애정을 담아 테오의 어깨를 한 번 꼭 쥐고는 무릎에서 뛰어내렸다. "난 계속 태닝하러 갈게." 젠은 어깨 너머로 미소를 보여주며 다시 마당으로 나갔다. 테오는 그런 젠을 바라보았다. 젠의 어깨는 이미 빨개지기 시작했다. 그래도 최소 한 시간은 더 나가 있지 않으면 젠은 만족하지 못할 것이다. 테오가 피부암에 걸릴지도 모른다고 경고했지만 소용이 없었다. 어쨌든 테오는 의사의 아들이었다.

✳

그날 오후 테오는 엄마를 만나러 갔다. 묘지에는 여느 토요일보다 훨씬 사람이 많았다. 아무래도 날씨 때문인 듯했다. 커플들이 서로 팔짱을 끼고 걷고 있었다. 어린아이를 데려오거나 유아차를 미는 가족도 있었다. 테오는 가슴이 조여왔다. 자신을 위해, 그리고 젠을 위해 아이가 너무나 간절했다. 아버지는 불법으로 그 많은 아이들의 생물학적 부친이 되었는데 테오 자신은 아내 한 사람하고도 아이를 가질 수가 없다니 너무나 잔인한 아이러니였다. 아버지가 왜 그런 짓을 했는지 궁금했다. 테오는 똑같이 인공 수정 시술 과정에서 사기를 친 다른 의사들 사건을 여러 건 조사했다. 전에는 이런 사건이 있다는 얘기조차 들어보지 못했었다. 보통은 이유 중 하나로 신 콤플렉스가 꼽혔다. 테오의 아버지에게도 완벽하게 들어맞는 설명이었다.

엄마 무덤에 도착하자 테오는 무릎을 꿇고 시든 꽃을 꽃병에서 꺼냈다. 그다음 싱싱한 장미를 꽂았다. "그 사람 잡혔어요, 엄마." 테오는 장미가 꽂힌 모양을 매만지며 말했다. "엄마를 밀었다고 인정했대요. 로즈를 죽인 것도 경찰이 밝혀낼 거라고 생각해요. 전……" 목소리가 갈라졌다. "그 날 무슨 일이 있었는지 절대 알 수 없겠죠. 그 사람을 결코 이해할 수 없을 거예요. 하지만 약속할게요, 엄마. 제게 아버지가 되는 행운이 찾아온다면 그 사람과는 모든 면에서 다른 아버지가 될 거예요."

테오는 매끈하게 윤이 나는 대리석 묘비를 만져 보았다. 마지막으로 엄마를 만났을 때가 생각났다. 돌아가시기 바로 전 주말이었다. 엄마는 문 앞에 서서 테오의 손에 가방을 쥐여줬다. 안에는 집에서 만든 코티지 파이와 라자냐가 들어있었다. 테오가 요리사라는 꿈을 꾸게 해준 장본인도 엄마였다. 엄마는 마지막 포옹이라는 사실을 알기라도 한 것처럼 테오를 꼭 끌어안았다. 그러고는 뒤돌아서 진입로를 빠져나가는 아들을 향해 그 자리에 서서 손을 흔들었다. 엄마가 겪었을 고통을 미소 뒤에 숨긴 채로. "죄송해요." 테오는 목이 메었다. "그 사람이 무슨 짓을 할 수 있는 사람인지 알아차리지 못해서 죄송해요. 엄마를 구하지 못해서 죄송해요."

59

대프니

2018년 8월

오늘 두 여자가 날 찾아왔다. 둘 다 짙은 곱슬머리인데, 한쪽이 더 나이가 많다. 어린 쪽은 데님 멜빵바지를 입었고 임신한 것처럼 보인다. 나이 든 쪽은 주황색 여름 원피스를 입고 있다. 두 사람 다 아름답다. 내 눈에 젊은 여자들은 모두 아름답다. 다들 젊고 민첩하며 걸을 때마다 쑤시지 않는 엉덩이가 있으니까.

"할머니." 어린 쪽이 내 침대 옆에 앉아 말을 건다. 요즘은 침대에서 머무는 시간이 많다. 몸이 약해진 느낌인데 이유를 모르겠다. 내가 기침을 하자 어린 쪽은 걱정이 되는지 인상을 찌푸린다. 아랫입술을 깨물고 있다. 나이 든 쪽은 적대적인 느낌이다. 표정도 그렇고 눈에 실망이 담겨있다. 이 사람을 보고 있으니 로즈가 생각난다. "새피예요." 임신한 아이가 말한다. 새피. 새피. 들어본 이름인데. 날 할머니라고 부르고 있다. 그러니 내 손녀가 틀림없다. 하지만 나한테는 자식이 없다. 확실하다. 잊어버릴 리 없다. 어린 쪽이

465

울고 있다. 이유를 모르겠다. 얼굴 위로 흘러내린 눈물이 데님 바지 위로 떨어져서 조그맣게 짙은 얼룩들이 생겨난다. 누구를 위해 눈물을 흘리는 거예요, 아가씨? 물어보고 싶다. 하지만 입이 움직이지 않는다. 말이 나오지 않는다.

나이 든 쪽이 이 새파란 아이 뒤에 서더니 어깨를 꼭 잡는다. "엄마." 나를 보면서 말한다. "저 로나예요. 롤리요."

롤리. 당연하지. 롤리잖아. 나의 롤리. 내 사랑.

"엄마가 기억할 수 있으면 좋겠어요." 롤리가 부드럽게 말한다. "로즈에게 무슨 일이 있었던 건지, 왜 엄마가 로즈라는 이름으로 살아갔는지 기억하면 좋겠어요."

당연히 기억한다. "널 안전하게 지켜주려고 그랬단다." 내가 불쑥 대답하자 두 사람이 놀라서 눈을 크게 뜬다. 쉰 목소리다. 노인 같은 목소리. 침대 시트 위로 올려놓은 손도 주름투성이에 혈관이 튀어나와 있다. 난 늙었다. 노인인 것이 당연하다. 왜 자꾸 잊어버리지.

롤리가 침대 맞은편으로 돌아와서 내 손 위로 자기 손을 겹친다. "엄마를 용서하고 싶어요, 너무너무." 내 차가운 손 위에 올려놓은 롤리의 손이 따뜻하다. "지금은 더더욱 용서하고 싶어요. 그날 밤 무슨 일이 있었는지 영원히 진상을 모를 테니까요." 롤리를 바라보았다. 롤리가 말하는 그날 밤이 언제인지 확실히 모르겠다. 눈을 감았다. 뜨고 있으면 눈이 아프다. 가슴도 아프고 폐도 아프다. 두 사람 목소리는 들리지만 아주 먼 곳에서 나는 소리 같다. 하지만 두 사람은 스켈턴 플레이스 얘기를 하고 있다. 그리고 로즈에 대해서도.

나의 로즈.

두 사람은 다가오는 재판에 대해서도 이야기한다. 그리고 빅터 카마이클이란 이름도 나온다. 두 사람이 말하는 밤은 로즈가 죽은 밤이구나.

가슴에서 통증이 느껴지고 폐가 아픈데도 나는 입을 열었다.

✳

로즈가 점점 멀어지는 게 느껴졌어. 어릴 때랑 똑같은 느낌이었지. 내가 진이었을 때. 수전도 내 곁에서 멀어지기 시작했으니까. 로즈와도 똑같은 일이 벌어지고 있다는 것을 알 수 있었어. 돌이켜 생각해 보니 로즈가 닐을 죽인 다음부터 시작된 것 같아. 로즈는 살인자가 아니었으니까. 로즈는 자신이 저지른 나쁜 일을 상자에 넣어 마음속 깊이 묻어버리지 않았어. 그렇게 하면 다시 들여다보지 않아도 되고 곱씹어보지 않아도 될 텐데 그러지 않았어. 나는 그렇게 했는데 말이야. 그건 타고난 재능이었어. 덕분에 나는 잊고 새로운 인생을 살 수 있었지. 하지만 로즈는 그럴 수 없었어. 로즈는 자기를 좋은 사람, 착한 사람, 언젠가 천국에 갈 사람이라고 믿어야 했으니까. 난 로즈의 그런 점이 좋았어. 그 순수함. 내가 살아온 나날들을 생각하면 신선하게 다가왔지. 하지만 가끔은 믿을 수 없을 만큼 거슬리기도 했어. 로즈는 사람들에게 너무 많은 것을 기대했어. 완전히 선하기만 한 사람도 완전히 악하기만 한 사람도 없는데, 로즈는 지나치게 흑백으로 사람을 구분했어. 그리고 눈에 뻔히 보였어. 내가 진짜 누구인지 알게 된 뒤로 로즈가 나에 대한 감정을 다시 생각해 보고 있다는 게. 로즈가 내 정체를 묵인하고 넘어간 건 자기도 사람을 죽였기 때문이었어. 하지만 나를 사랑해서, 나를 지키려고 그랬다며 자신을 위로할 수 있었어. 나를 보호하고 자신을 지키기 위해 한 일이라고. 내가 한 짓은 분노와 두려움에서 비롯됐지. 가슴속 깊이 뿌리내린 버림받았다는 생각 때문이었고.

손이랑 노닥거리면서 어떤 결과를 얻을 거라고 생각했는지 모르겠어. 단 한순간도 손을 좋아한 적이 없었어. 하지만 로즈가 질투하길 원했던 것 같아. 그리고 깨닫게 해주고 싶었어. 날 사랑한다는 것을. 내가 필요하다는 것을. 그런데 그 뒤에 불꽃놀이가 시작되고 난 로즈가 날 어떤 눈으로 보는지 알아차렸어. 차갑고 정 떨어진 눈빛이었지. 내가 지긋지긋한 것처럼 말이야. 너무 상처를 받아서 로즈 옆에 있을 수 없었어. 그래서 곁을 떠나 인파 사이로 모습을 감췄어. 내가 없어진 걸 알고도 로즈는 걱정조차 하지 않는 듯했어. 그저 롤리 손을 잡고 사람들 사이로 들어가 집으로 가버렸지.

난 생각을 정리하려고 마을을 좀 돌아다녔어. 로즈가 날 그리워하기를 바랐어. 우리가 서로에게 정해진 짝이라는 사실을 깨닫길 바랐어. 내가 돌아갔을 때는 빅터 때문에 너무 두려워서 함께 떠나야 한다고 말해주길 원했어. 그곳을 떠나 새로운 삶을 시작하자고.

마침내 집으로 돌아가 보니 로즈는 하얗게 질린 얼굴로 좁은 부엌 안을 서성이고 있었어. 칼을 들고 있었지. 아름답지만 앞다리를 들고 일어설지 아니면 빠르게 뛰쳐나갈지 예측할 수 없는 말처럼 보였어.

"이제야 왔네!" 내가 들어가자마자 로즈가 불만스러운 목소리로 말했어. "어떻게 그렇게 날 버리고 가버릴 수가 있어? 빅터가 돌아다니고 있을까 봐 무서워하는 거 알면서."

"로즈." 나는 부드럽게 이름을 불렀어. 손을 뻗어서 로즈를 진정시키려고 하면서 다가갔지.

"빅터를 봤어!" 로즈가 소리쳤어. "마당에 빅터가 있었다고." 로즈는 칼을 휘두르며 말했어.

나는 부엌 창가로 가봤어. 마당에는 아무도 없었어. 그럴 줄 알고 있었지.

"로즈, 자기야. 칼 내려 놔. 마당에 아무도 없어."

"너…… 넌……" 로즈는 이를 악물고 두려움에 몸을 떨었어. 아니 분노 때문이었을지도. 알 수 없었어. "그 사람 어디로 갔어? 그 사람한테 뭐라고 했어?"

"우리 떠나야 해, 로즈." 난 대답 대신 이렇게 말했어. "이제 자기가 어디 사는지 빅터가 알았으니까……"

"그렇지 않다는 거 알잖아." 화난 목소리로 나지막하게 말하는 로즈의 눈이 빛났어.

"부탁이야, 로즈. 자기 지금 과잉 반응하고 있어……."

하고 많은 말 중에서도 최악을 말을 해버렸어. 그때부터 로즈는 날 비난하기 시작했어. 거짓말을 하고 자신을 조종하려고 한다고. "널 믿지 말았어야 했어. 조엘이 맞았어."라고 말했지.

그 말이 너무 상처가 됐어. "하지만 우린 서로 사랑하잖아."

"그게 실수였어." 로즈가 내뱉듯이 말했어. "난 롤리를 우선으로 생각해야 해. 떠나줘. 너하고 숀이……"

"나하고 숀은 아무 사이도 아니야. 무슨 말을 하는 거야?"

"끝났어. 나가줘. 지금 당장!"

"뭐라고?" 로즈의 말을 믿을 수가 없었어. "이렇게 끝내려는 거야?"

"난 널 믿지 않아." 로즈가 슬프게 말했어. 하지만 떨리는 손으로 칼을 조리대 위에 내려놓았어. "미안해, 대프니. 널 사랑해. 하지만 널 믿지 못하겠어. 네가 거짓말을 하는 것 같아. 그리고……" 로즈는 눈에서 눈물을 닦아냈어. "더는 못하겠어."

있을 수 없는 일이었어. 내가 늘 그렇게나 열망했던 행복을 찾았다고 생각했는데. 항상 꿈꾸던 가족을 얻었다고 생각했는데. 로즈를 잃는 것도 괴롭지만 롤리마저 잃어버리게 된다고? 난 그 아이를 내 친딸처럼 사랑한단 말이야.

"날 버리지 못하게 할 거야." 나는 가까이 가서 로즈를 품에 안았어. "우린 서로를 사랑해."

"난 깨끗하게 헤어지고 싶어. 다시 시작하고 싶어."

"그럴 순 없어." 난 울부짖었어. 로즈는 내게서 몸을 떼고 눈물을 닦았어. 구불구불한 머리카락을 어깨 위로 늘어뜨리고 있었어. 로즈는 나보다 5센티미터쯤 작아서인지 그 순간 작고 가녀려 보였지. 난 절박했어. 인생 최대의 실수를 저지르고 있다고 로즈를 일깨워줘야 했어. "우린 서로에 대해 너무 많은 걸 알고 있어."

"세상에, 그 얘기는 꺼내지도 마. 더는 거기 안 넘어가. 내가 닐을 죽였다고 증명할 수 없잖아."

그러더니 로즈는 갖은 비난을 퍼붓기 시작했어. 내가 자기를 조종했고 숀에 대해서도 거짓말을 했다고 했지. 알아냈던 거야. 내 영리하고 귀여운 로즈는. 내가 과소평가했어.

그제야 알았지. 로즈는 날 절대로 용서해 주지 않을 거라고. 난 로즈를 잃었어.

그건 사고였어.

수전 월리스의 죽음이 사고였던 것처럼.

로즈가 날 밀치고 갔어. 내게서 멀어지고 있었어.

내 머릿속은 온통 로즈를 가게 내버려 두면 안 된다는 생각뿐이었어. 로즈가 롤리를 데려가게 할 수 없었어.

치밀어 오르는 분노로 눈앞이 붉게 물들었어. 재빠른 움직임 하나로 모든 것이 끝났지. 난 우리가 레인지에 올려두고 쓰던 무쇠 주전자를 들어 사랑스러운 로즈의 뒤통수에 휘둘렀어. 로즈는 기절하는 것처럼 뒤로 쓰러졌어. 놀란 눈을 뜬 채로 내 품 안에 무너져 내렸어. 내가 무슨 짓을 했는지 깨달았을 때는 너무 늦었어. 난 죽어가는 로즈를 안고 있었어. 품에 안고 울면서 사랑한다고 말했어. 사랑한다고, 사랑한다고, 계속, 계속. 사실이었으니까. 그리고 난 롤리와 한참 뒤에 만난 새피, 이 두 사람 말고는 평생 아무도 사랑하지 않았어.

이야기를 마치고 나니 롤리가 경악한 얼굴로 날 쳐다보고 있다. 벌어진 입, 볼 위로 흐르는 눈물. 이 모든 이야기를 소리 내서 했구나. 이 사랑스러운 여성에게, 이 경이로운 사람에게, 내 친딸처럼 사랑했던 이에게 내가 네 친엄마를 죽였다고 말해버렸구나.

새피. 착하고 사려 깊은 손녀가 내 손을 잡고 있다. 내가 그 모든 사실을 털어놓았는데도 손을 놓지 않는다. 새피 안에서 로즈가 보인다. 똑같이 영리하고 순수하며 신의가 있는 아이. 내가 이 다정한 아이의 그런 면들을 망치지 않았기를 빈다.

"미안하다." 이 순간 정신이 고통스러울 정도로 끔찍하게 맑다.

사실 내 정신은 사람들이 내 모습을 보고 판단하는 것보다 더 또렷했다. 오해하지 말기를. 난 치매가 있다. 내 뇌는 늘 안개가 낀 것처럼 흐리멍덩하고 많은 것을 잊는다. 나는 아는 사람들, 사랑하는 사람들을 알아보지 못한다. 하지만 정신이 맑고 완벽하게 또렷한 순간이 찾아오면 아주 많은 과거를 떠올린다. 내가 한 짓을 떠올린다. 사람들이 생각하는 것보다 훨씬 많이.

이제 이 아이들도 안다. 진실이 뭔지. 나의 진실을. 내가 내면으로 더 깊이 들어가 버리기 전에 알게 됐다. 언젠가 찾아올 그 날에는 어떻게 진실을 밝힐지 스스로 정하지 못했을 것이다. 나는 아이들이 알아주길 원했다. 나는 냉혹한 살인자가 아니라는 사실을. 사이코패스가 아니라는 사실을. 그 먼 옛날에 판사들이 나를 잘못 판단했다는 사실을. 나는 좋은 엄마였고, 좋은 할머니였다.

그리고 이 모든 일이 있었음에도 내가 로즈를 사랑했다는 사실을 알아주길 바란다.

정말로, 정말로 사랑했다.

60

에필로그

1년 뒤

로나는 스켈턴 플레이스 9번지 마당에 모인 가족을 바라보았다. 새로 만든 부엌의 이중 접이식 문을 활짝 열어두었고, 바로 안쪽 그늘진 곳에 스노이가 머리를 발 위에 얹고 있었다. 새로 깐 슬레이트 타일이 시원해서 좋은 모양이다. 가끔, 특히 오늘처럼 이렇게 더운 여름날에는 40여 년 전 이곳에서 무슨 일이 있었는지 믿기 힘들다.

가끔 로나는 밤에 눈을 감으면 마당에서 무릎을 꿇고 있는 대프니를 본다. 닐 옆에 로즈를 묻기 위해 야외 테라스의 널돌 비틀어 들어내고 있다. 가끔은 이 환상이 너무 선명해서 억눌렀던 기억, 다시 말해 자신이 직접 목격한 장면이 아닌지 궁금하다. 로나는 정신과 의사인 펠리시티와 함께 이 문제를 해결해 나가고 있다. 대프니가 이 집을 팔지 않은 것도, 세를 놓기까지 한동안 빈집으로 남아있었던 것도 당연했다. 누가 시체를 찾아낼지 모르니 모험을 할 수 없었을 것이다.

하지만 오늘은 그런 일들을 생각하지 않기로 했다. 오늘 이 마당의 풍경은 행복하니까. 구름 한 점 없는 하늘에 해가 높이 떴다. 잔디밭 위에서는 새피와 톰이 생후 7개월 된 딸 프레야를 돌보느라 바쁘다. 노란 원피스를 입은 프레야는 톰이 깔아둔 형형색색의 놀이 매트 위에 모두의 여왕이 된 것처럼 앉아있다. 주위가 온통 인형과 치아 발육기로 둘러싸여 있다. 새피도 팔꿈치를 구부려 머리를 받치고 딸 옆에 누워있다. 새피는 스스로 놀랄 정도로 어린 딸을 깊이 사랑했다. 그리고 이 사랑은 새로운 자신감으로 이어졌다. 로나는 딸이 성숙해지는 모습을 자랑스럽게 지켜보고 있다. 곁에 둔 긴 의자 두 개에서 테오와 젠이 자애로운 미소를 짓고 있다. 젠은 임신 중이다. 체외 인공 수정 시술에 도전한 두 사람은 운 좋게도 첫 시도에 성공해서 8주 뒤에 출산을 앞두고 있다.

모두 다 잘 풀렸다. 로나는 차가운 핌스 한 잔을 들고 주위를 둘러보며 이렇게 생각했다. 다들 잘돼서 기뻤다. 진심이었다. 영국에서 사는 것도 행복하다. 포티스헤드에 살면서 처음으로 뿌리를 내렸다. 요트 선착장이 내려다보이는 아파트를 사기까지 했다. 처음 스페인에서 돌아왔을 때 빌렸던 아파트와 같은 단지다. 가끔, 특히 더운 날이면 외국에서 지내고 있는 듯한 기분이 든다. 드디어 내 집을 장만했다. 그리고 그 어느 때보다도 새피와 가깝게 지내고 있다. 새피가 아이를 낳은 뒤 두 사람은 진정으로 마음을 터놓고 대화를 나누었다.

"이 아이를 너무 사랑해서 가슴이 아파." 프레야가 갓 태어났을 때 새피는 병원 침대에서 딸을 안고 이렇게 말했다. 그리고 눈물고인 눈으로 로나를 바라보았다. "미안해. 전에 했던 말들, 엄마를 의심한 거 너무 미안해. 우리 엄마가 세상에서 제일 좋은 엄마야. 이제 알겠어……. 프레야한테 내가 느끼는 이 사랑. 세상에, 이 애를 위해 죽을 수도 있어."

"내가 널 위해 죽을 수도 있는 것처럼 말이지."

그리고 두 사람은 머리카락이 덥수룩한 프레야를 가운데 두고 서로 마주 보며 웃었다. 이해하는 웃음이었다. 엄마가 엄마를.

두 사람은 적어도 일주일에 한 번은 만난다. 가끔은 새피가 포티 스헤드로 운전해서 오고 그렇지 않으면 로나가 시골집으로 간다. 로나와 대프니는 이런 식으로 가깝게 지내지 못했다. 두 사람 사이에는 항상 큰 틈이 있었다. 설명할 수 없는 틈이었다. 하지만 이제 그 이유를 안다. 로나는 무의식적으로 대프니가 친엄마가 아니라는 사실을 알았던 모양이다.

로나는 보름에 한 번 펄리시티를 만난다. 펄리시티는 로나가 내면의 문제를 헤쳐나갈 수 있게 큰 도움을 주고 있다. 로즈와 빅터를 같은 수준으로 묶는 것은 아니지만, 부모가 모두 살인자라는 사실에서 비롯된 불안이 가장 크다. 펄리시티 덕에 로나는 자신의 본성이 악하지 않고, 이런 부분은 유전되지 않는다는 사실을 깨달았다. 하지만 펄리시티는 로나가 자신의 문제에서 도망치는 것도, 애정 관계를 구축하는 데 어려움을 겪는 것도 사실이라고 지적했다. 앞으로는 이 문제도 해결해 나가려고 한다. 로나와 유안 사이에는 아직도 불꽃이 남아있었다. 유안이 로나의 새 집에서 머물다가 가기까지 했으니까. 로나는 두 사람 사이가 어떻게 발전해 나갈지, 발전이 있기는 할지 당장은 모르겠지만 설레는 마음으로 결과를 기대하고 있다.

"그럼." 테오가 잔을 들었다. 구석에 있는 바비큐 그릴 앞에 서있던 톰은 술잔 대신 손에 든 집게를 들어 올렸다. "정의를 위하여."

"정의를 위하여." 모두 테오를 따라 외쳤다.

"그리고 미래를 위하여." 로나가 말했다. 젠이 불룩한 배를 쓰다듬으며 테오의 손을 잡았다.

어제 몇 달이나 이어져 온 빅터의 재판이 드디어 끝났다. 빅터는 살인 혐의를 인정하지 않았다. 하지만 과실치사라는 피고 측 주장은 기각되었다. 따라서 재판이 진행되었고 빅터는 캐롤라인 카마이클을 살해한 혐의로 유죄 선고를 받았다. 파일 속 여성들에 대한 성범죄 역시 유죄였다. 각양각색의 피해자가 스무 명이나 되었다. 형량은 다음 달에 선고된다. 로나가 알기로 테오는 한 번도 면회를 가지 않았다. 로나도 마찬가지였다. 로나는 부친이라는 사람을 알고 싶은 마음이 없다.

로즈를 살해한 혐의로 빅터를 기소하기에는 증거가 부족했다. 요양원 침대에 누워 자신이 한 일을 인정하던 대프니를 떠올리면 로나는 마음이 무거워졌다. 자신이 늘 엄마라고 생각했던 사람이 진실을 말하고 있다고 처음 느낀 순간이었다. 로나도 새피도 대프니의 고백에 관해서는 경찰에 함구했다. 빅터가 기소되었다면 털어놓았을지도 모른다.

그로부터 며칠 뒤 대프니는 세상을 떠났다. 폐렴이었다. 로나보다는 새피가 훨씬 더 힘들어했다. 새피는 넓디넓은 마음으로 대프니를 용서할 수 있었지만 로나는 그런 날이 올지 확신할 수 없다. 대프니는 로나에게서 진짜 엄마를 빼앗았다. 로나가 거의 기억하지도 못하는 엄마를. 이 생각을 하면 가슴이 무너진다.

기억은 아직도 백지상태나 다름없다. 진짜 로즈가 갑자기 사라진 뒤 자신이 어떤 일을 겪었는지 생각나지 않는다. 로나는 아무리 고통스럽더라도 필리시티가 그때의 기억을 해방해 줄 수 있기를 바란다. 언제부터 대프니를 '엄마'라고 부르게 되었을까? 친엄마를 생각하며 울었을 것이다. 버림받았다고 생각해서 혼란스러웠을 것이다. 이런 생각을 하면 대프니를 절대로 용서할 수 없다. 대프니가 평생을 바쳐 로나를 돌봤다고 해도 대프니의 배신을 로나는 결코 극복하지 못할 것이다.

로나는 핌스를 내려놓고 물을 마시러 부엌으로 들어갔다. 술을 너무 많이 마시면 안 된다. 이따가 운전해서 돌아가야 하니까. 부엌 여기저기를 돌아보았다. 완전히 달라진 모습이었다. 아름다운 셰이커 양식[23]의 연한 회색 하부 장 위로 석재 조리대를 얹었다. 새피가 죄책감을 느끼는 것은 로나도 안다. 종종 이 집은 사실 로나의 집이라고 말하기 때문이다. 하지만 로나는 새피가 이 집을 받아서 기쁘다. 자신은 바다가 보이는 지금 아파트에 만족한다. 브리스틀에서 부티크 호텔 매니저로 일하게 됐고 새 친구들도 사귀었다. 대프니가 죽은 뒤, 로나는 남은 저축을 물려받았다. 액수가 생각보다 많았다. 로즈의 신분을 도용해서 차지한 돈이 분명했다. 그 정도면 대출 없이 아파트를 사기에 충분했다.

빅터가 체포된 뒤 로나는 새피가 스켈턴 플레이스에서 계속 살 생각인지 궁금했다. 하지만 딸은 그곳에서 살면 로즈가 가깝게 느

---

23. 셰이커교는 의복, 가구, 생활용품 등을 직접 만들어서 생활했는데, 그런 맥락에서 탄생한 간결하고 견고한, 기능성을 중시한 디자인을 '셰이커 양식'이라고 부름

껴진다고 했다. 그리고 친할머니를 기리기 위해 마당 끄트머리에 장미 덤불을 심었다. 장미는 이제 근사하게 자라서 담장 높이 정도가 됐다.

"괜찮아, 엄마?" 프레야를 허리에 받쳐 안은 새피가 옆으로 다가왔다. 프레야는 플라스틱 기린의 귀를 빨고 있었다. 로나를 보자 통통한 작은 팔을 뻗었다. 로나는 기분 좋게 프레야를 넘겨 받고 손녀의 작은 몸에서 전해지는 온기를 즐겼다. "엄마 조금…… 슬퍼 보여, 오늘."

로나는 프레야에게 웃긴 표정을 지어주다가 딸에게로 시선을 돌렸다. "그동안 있었던 일들에 대해 생각하고 있었어. 그게 다야."

새피가 커다란 미국식 냉장고로 가서 로나의 잔에 물을 따라주었다. "오늘 자고 가면 어때? 프레야 방에서 자면 돼. 프레야는 우리랑 같이 자면 되고. 테오랑 젠도 자고 간대."

"좋지. 하지만…… 오늘 밤에 그 편지를 읽으려고 해. 이제 시간이 된 것 같아. 그렇지? 이만하면 미룰 만큼 미뤘어."

새피가 동정 어린 미소를 짓고 고개를 끄덕였다. 그리고 멋쩍어하며 말했다. "편지에 대해 엄마한테 해줄 말이 있어."

편지. 차마 읽을 수 없어서 서랍에 넣어뒀던 편지. 로나는 감정을 주체하지 못할 것을 알면서도 이제 그 편지를 읽을 준비가 됐다고 생각했다.

"뭔데?"

"마지막 페이지 말이야. 사실 그때 경찰한테는 안 줬어. 미안해. 읽어보면 왜 그랬는지 엄마도 알 거야. 엄마한테 준 편지는 경찰한테 돌려받은 다음에 내가 마지막 페이지를 다시 넣은 거야. 그게…… 음, 할머니가 우리한테 진상을 말해주기 전이었거든. 할머니가 연루되는 게 걱정돼서 그랬어. 잘못했어."

로나가 눈썹을 찌푸렸다. "무슨 말인지 잘 모르겠어."

"읽어보면 알 거야. 난 그냥 할머니를 보호하고 싶었어. 정말로 사랑했으니까."

"엄마도 알아, 우리 딸. 엄마도 할머니를 사랑했어. 그 사실은 절대 잊지 않을 거야."

두 사람은 장난감을 씹고 있는 프레야를 가운데 두고 나란히 서서 팔짱을 끼었다.

"로즈 할머니도 여기 있다고 생각할래." 새피가 마당을 내다보며 말했다. "진짜 로즈 할머니 말이야. 우릴 지켜보고 있을 거야."

로나는 딸을 보며 미소를 지었다. 언제나 낭만을 잊지 않는 아이.

하지만 로나도 같은 마음으로 정말 그렇기를 희망했다.

얼마 뒤 아파트로 돌아온 로나는 와인을 한 잔 따라서 발코니로 나갔다. 해가 지고 있었다. 연인이나 친구로 보이는 사람들이 삼삼오오 잘 차려입고 밤 외출을 나가는 모습이 보였다. 맞은편 레스토랑에서 테이블에 앉은 사람들의 웃음소리와 이야기 소리가 들려왔다. 이것이다. 이런 분위기야말로 자신이 원하는 것이다. 편지를 읽기 위해 자리에 앉으며 로나는 이렇게 생각했다. 떠들썩한 사람들 사이에 있는 느낌이 좋다. 첫 데이트나 마지막 데이트를 하러 온 연인들 사이에, 축배를 들거나 추억을 곱씹는 친구들 사이에 있는 느낌이 좋다. 친엄마가 살아있었다면 자신이 어떤 사람으로 성장했을지 궁금했다.

봉투에서 편지를 꺼냈다. 가로선이 있는 A4 종이였다. 세월이 흘러 노랗게 변했고 두 군데 가로로 접힌 주름이 있었다. 로나는 편지를 잠시 바라보았다. 엄마의 화려한 글씨체를 보면서 앉아서 일기를 쓰듯이 편지를 쓰고 있는 엄마를 상상해 보았다. 손가락 끝으로 '롤리'라는 글자를 다정하게 어루만졌다. 그리고 첫 문장으로 시선을 옮겼다.

우리 마을이 그렇게 예뻐 보였던 적은 내가 대프니 하틀을 만난 그날이 처음이었어.

편지를 읽어나가면서 로나는 엄마의 목소리가 들리는 것만 같았다. 듣기 좋고 마음을 달래주는 듯한 목소리. 엄마가 옆에 앉아 있는 것처럼 느껴졌다. 잠들기 전에 엄마가 읽어주던 이야기들, 잊은 줄만 알았던 그 이야기들이 모두 되살아났다. 해가 지고 별이 떠오르는 동안 로나는 그 자리에 그대로 앉아 엄마의 세계로 들어갔다. 엄마의 삶을 알아나갔다. 대프니와 나눈 사랑, 빅터에게 느끼는 두려움, 불꽃놀이가 있었던 밤. 엄마가 죽은 밤.

이어서 마지막 페이지. 새피가 언제나 할머니라고 생각했던 사람을 보호하겠다는 어긋난 사랑으로 경찰에게 숨겼던 퍼즐의 마지막 조각으로 접어들었다.

다 읽고 나서 로나는 편지를 가슴으로 가져가 꼭 끌어안았다. 그리고 바다에 비치는 달을 바라보았다. 눈물이 뺨을 타고 흘러내렸다. 마침내 모든 것을 이해했다.

이제 모든 걸 알겠지, 내 사랑스러운 딸. 나의 롤리. 이제 다 알았구나. 내 고백을. 내 죄악을.

만약 네가 이 편지를 읽고 있다면, 이 편지를 내가 도망친 남자에게서 가져온 증거와 함께 발견했다면, 나에게 나쁜 일이 생겼다는 의미일 것 같아서 두렵다.

너도 알겠지만 난 사랑하는 여자를 이제 더는 믿지 못하거든. 오늘 밤 대프니가 나를 교묘하게 조종해 왔음을 알게 됐어. 가장 나쁜 방향으로 내게 거짓말을 해왔던 거야. 우리가 함께했던 시간 내내 그랬던 것 같아. 대프니는 날 사랑한다고 했어. 그건 사실일 거야. 대프니만의 비틀린 사랑이겠지만. 그리고 대프니가 널 사랑한 건 의심하지 않아. 하지만 오늘 밤 대프니는 그 전보다 더 깊은 나락까지 추락했어. 두려워. 목숨을 걸지 않으면 아무도 대프니 하톨에게서 벗어나지 못할 거야.

이 편지는 잠든 네 침대 옆에서 쓰고 있어. 버섯 모양 야간 등만이 어둠 속에서 빛나고 있지. 꿈을 꾸는 네 눈꺼풀이 파르르 떨리고 있네. 내 소중한 딸. 널 두고 가기가 싫다. 너를 잃는다고 생각하면 마음이 너무 아파. 내 의지로 너와 헤어지는 일은 절대로 없을 거야. 꼭 명심해.

지금 방금, 불꽃놀이가 끝나고 나서 난 빅터가 날 찾아낸 줄 알았어. 하지만 그건 착각이었어. 용기를 끌어올려서 네 방 창문으로 밖을 다시 내다봤거든. 잔디밭에서 본 남자는 빅터와는 전혀 다른 사람이었어. 불꽃놀이에서 본 사람이었어. 숀 말이야. 그리고 그 순간 깨달음이 찾아왔어. 대프니를 믿다니 내가 너무 멍청했지. 멀리서 보면 숀은 빅터랑 비슷해 보였어. 대프니도 당연히 알았을 거야. 내 생각에는 대프니가 손에게 여기 와서 서있으라고 한 것 같아. 내가 놀라서 겁에 질리게 하려고. 빅터가 날 찾아냈다고 생각하게 하려고. 대프니는 멀리사네 카페로도 손을 보냈을 거야. 그러면 멀리사가 나한테 누가 찾더라고 전해줄 테니까. 아마도 대프니는 내 두려움이 우리가 더 가까워지는 계기가 되기를 원했던 것 같아. 날 압박해서 함께 도시로 가고 싶었겠지. 내가 의심하고 있는 걸 알았나 봐. 떠나달라고 말하기 직전까지 몰린 것도.

그런데 난 흔히 말하듯이 이러지도 저러지도 못하는 처지야. 경찰을 부르면 널 루이섬 살해 혐의로 체포될 테니까. 그러면 사람들이 널 데려가 버릴 거야. 그래서 난 남아서 싸우기로 결심했어.

일이 잘못되면, 내가 싸워서 이기지 못하면, 엄마가 널 얼마나 사랑하는지 꼭 기억하렴. 이 세상 그 무엇보다도 더 널 사랑해. 정말로 최선을 다해 좋은 엄마가 되려고 노력했어. 널 안전하게 지켜주려고 했어. 살면서 어리석은 결정을 여러 번 내리기는 했어. 하지만 난 나쁜 사람이 아니란다. 부디 날 믿어 줘.

강해지렴, 내 사랑, 내 딸아. 넌 내게서 혹은 빅터에게서 비롯된 결과물이 아니란다. 너는 너 자신 그대로 독립된 한 사람이야. 내가 되고 싶었던 사람이 되렴, 나의 아름다운 롤리.

영원히, 내 모든 사랑을 담아,
엄마가

작가의 말

감사의 글

《진 버든》은 팬데믹이 한창일 때 쓰기 시작했다. 첫 번째 지역 봉쇄가 시작되어 모든 상황이 불투명하고 두려웠던 무렵이다. 집에서 아이 둘을 가르쳐야 했기 때문에 소설을 완성할 만큼 오랫동안 집중력을 유지할 수 있을지 알 수 없던 시기였다. 다만, 이 이야기를 쓰기로 마음을 먹었던 건 아직 팬데믹에 휘말리지 않았던 2018년의 일이다. 이 소설 덕분에 힘들었던 시간 동안 다른 세계로 도망칠 수 있었다. 그런 의미에서 새피, 로나, 테오, 로즈 그리고 대프니는 언제나 내게 특별한 인물로 남아있을 것이다.

이 책을 쓰면서 많은 사람의 도움을 받았다. 먼저 똑똑하고 지적이며 패션 감각도 뛰어난 에이전트, 줄리엣 머션스가 있다. 특별한 사람, 그리고 내게는 특별한 친구인 줄리엣. 우리는 고양이를 무척이나 사랑한다. 작가로서 경력을 쌓으며 길을 찾아 나갈 때 내게 그 누구보다도 큰 힘을 주었다. 머션스 팀의 일원이 된다는 건 참 운이 좋은 일이었다. 또 체계성이 부족한 나를 인내심 있게 대해준 머션스 엔터테인먼트의 라이자 디블록에게도 큰 빚을 졌다.

독일의 펭귄 출판사, 미국의 하퍼, 이탈리아의 노르드, 폴란드의 폭살 등 계속 믿음을 보내주는 해외 출판사에도 감사의 인사를 전한다.

더 웨스트 컨트리의 멤버이자 나의 멋진 글쓰기 친구, 팀 위버와 질리 맥밀런. 줌으로 통화하고 펍에서 점심도 함께 먹고 문자와 웃음, 조언을 나누어 줘서 고맙다. 질리언 매칼리스터, 리즈 티핑, 조애나 바너드에게는 재미있는 밈을 가르쳐 줘서, 그리고 왓츠앱 메시지와 격려를 보내줘서 고맙다고 전하고 싶다. 계속해서 지지해 준 다른 친구들에게도 감사를 전한다. 누군가 빠뜨릴까 봐 걱정돼서 일일이 이름을 적지는 않았지만, 우리 모두 함께 놀러 나갈 밤을 기대해 보려 한다.

가족들에게도 언제나 감사를 전한다. 특히 엄마와 언니는 출판 전 초고를 읽어줬고, 엄마는 꼼꼼하게 교정까지 봐주기도 했다. 플롯 구상을 도와주고 어색한 부분을 아주 솔직하게 말해 준 내 남편 타이. 그리고 자랑스러운 우리 아이들, 클로디아와 아이작도 빼놓을 수 없다. 이들에게 사랑의 인사를 남긴다.

집 컨설턴시의 스튜어트 깁슨에게도 많은 도움을 받았다. 오랫동안 매장되어 있던 유골이 발견되었을 때 경찰의 대응 절차, 형사가 취약한 상황에 놓인 용의자를 대하는 방식 등 여러 질문에 끈기 있게 대답해 줬다. 너무나 고마웠다.

그리고 독자 여러분. 제 책을 사고, 빌리고, 추천해 주셔서 고맙습니다. 아 참, SNS에 언급해 주신 것도요. 독자 여러분의 메시지를 보면 온종일 기분이 좋답니다.

마지막으로 슬프지만, 우리 곁에 없는 세 사람의 멋진 여성에게 감사의 인사를 전하고 싶다. 증조할머니 엘리자베스 레인, 할머니 로다 더글라스, 고모할머니 준 케네디. 세 분 모두 내 인생에서 중요한 여성이었으며, 슬프게도 알츠하이머라는 잔혹한 병에 걸리셨다. 이렇게 말할 수 있어서 참 기쁘다. 세 분 모두 마당에 시체를 묻으신 적은 없지만, 이분들의 성품과 강인함을 떠올린 덕에 로즈 이야기를 쓸 수 있었다.

The Couple at Number 9

진 버튼

초판인쇄 2023년 11월 30일
초판발행 2023년 11월 30일

지은이 클레어 더글라스
옮긴이 김혜연
발행인 채종준

출판총괄 박능원
국제업무 채보라
책임편집 조지원
디자인 서혜선
마케팅 안영은
전자책 정담자리

브랜드 그늘
주소 경기도 파주시 회동길 230 (문발동)
투고문의 ksibook13@kstudy.com

발행처 한국학술정보(주)
출판신고 2003년 9월 25일 제406-2003-000012호
인쇄 북토리

ISBN 979-11-6983-747-7   03840

그늘은 한국학술정보(주)의 SF/판타지/스릴러 큐레이션 출판 전문브랜드입니다.
더운 여름날 그늘 밑에서 편하게 읽을 수 있는 책,
사건의 내막을 들여다보며 느끼는 음습한 그늘이라는 의미를 중의적으로 담았습니다.
나무 아래에서 혼자 편히 쉬고 싶을 때, 넓은 그늘이 되어 주는 책을 만들고자 합니다.

@geuneul_book